张新科 著

鏖战

江苏凤凰文艺出版社

图书在版编目（CIP）数据

鏖战 / 张新科著. — 南京：江苏凤凰文艺出版社，2018.11

ISBN 978-7-5594-3079-3

Ⅰ.①鏖… Ⅱ.①张… Ⅲ.①长篇小说－中国－当代 Ⅳ.①I247.5

中国版本图书馆 CIP 数据核字(2018)第 256897 号

书　　名	鏖战
著　　者	张新科
责任编辑	于奎潮　王宏波
出版发行	江苏凤凰文艺出版社
出版社地址	南京市中央路 165 号，邮编：210009
出版社网址	http://www.jswenyi.com
印　　刷	南京捷迅印务有限公司
开　　本	718×1000 毫米　1/16
印　　张	28.75
字　　数	480 千字
版　　次	2018 年 11 月第 1 版　2021 年 9 月第 6 次印刷
标准书号	ISBN 978–7–5594–3079–3
定　　价	58.00 元

（江苏文艺版图书凡印刷、装订错误可随时向承印厂调换）

1

1937年的5月，立夏将至。

苏北平原的天气，谈不上炎热，但气温偶尔也会蹿到摄氏三十来度，不少贪凉的孩子急匆匆穿上了短袖衫，毫不掩饰地炫耀着青春的炽烈。

此刻，正是中午时分。学生们无精打采地坐在闷热的教室里，早上那点稀饭干粮早已消化殆尽，肚子唱起了空城计，一个个显得烦躁不安。讲台上的先生明白个中缘由，况且自己同样饥肠辘辘，讲起课来也显得中气不足，对学生们的如坐针毡也就睁只眼闭只眼了。

正在学生们抓耳挠腮之时，校园里响起了"铛、铛、铛"的下课铃声。此时的铃声对年轻的学生们来说既似久旱后的甘霖，更像战场上冲锋的号角，教室里一下子升腾起叽叽喳喳的喧闹声。看着学生们迫不及待的样子，先生也不好有半刻延迟，立即喊了"下课"。话音刚落，坐在后排的几个学生箭矢般冲出了教室，有个学生把屋檐下的垃圾篓踢到了墙角的排水沟里，惹得打扫卫生的老校工扯着嗓子喊："慌张个啥？小兔崽子，难不成还有八碟八碗等着！"

教室内第二排的杨云枫没有像其他同学那般心急火燎，而是不紧不慢地收拾好书本，规规整整放进书包后，方从座位上站起。教室后头的蔡云邈已经收拾好东西，两人一道迈出教室，向位于教堂后的学校食堂走去……

这里是徐州城内的昕昕中学。

这所有着近三十年历史的教会学校位于与三民路交叉的公安街上，仅有二十多亩地，紧凑地建有一栋教学楼、两栋学生宿舍和一个运动场。学校虽说不大，但在徐州城却是无人不晓，原因是校园内有座对普通百姓来说的稀罕物——教堂。昕昕中学校园西侧建有一座天主教堂，教堂旁边是传教士的宿舍楼，教堂东侧是传教士的办公室。正对着教堂，马路对面是座天主教修道院，旁边的二层小楼是修女的宿舍……所有这些建筑都是西式的，在徐州城别致凸显。

提及昕昕中学，不能不提其创办人法国传教士艾来沃。1884年，艾来沃不远万里来到徐州府，目的是先建教堂然后布道。当时的徐州还比较闭塞，百姓不知"教"为何物，把蓝眼睛高鼻子的西洋人视为蛮族夷类，一哄而起把他赶跑了。虔诚的艾来沃没有灰心，辗转去了当时归属徐州府的砀山县，在县城西北四十五里的侯庄置地建了教堂，算是在淮海平原扎下根来。毕竟徐州城人口众多，为了获得更多的"牧民"，1908年艾来沃第二次来到徐州，在中国生活了二十余载的他似乎对东方文化终于有所开悟，不再以传教的名义，而是打着办学的旗号私下开展他的传教事业。这次，徐州百姓接受了。

艾来沃开办的学校取名"要理学堂",寓意"圣经教义的重要道理",明里说是办学,实际上与传教有着千丝万缕的关系。两年之后,艾来沃的野心更大了,将"要理学堂"改名为"类思公学","类思"即天主教楷模"路易斯"的音译。后来,艾来沃觉得这个名字还是不够为普通百姓接纳,1916年他再次将学校更名,名曰"类思中学"。又过了二十年,随着对中国文化了解的深入,也为了持续扩大学校在徐州地区的影响,艾来沃将学校第三次更名,名为"昕昕中学",取朝气、阳光、希望、光明之意,并扩建校舍,极大地改善了办学条件。从昕昕中学与教堂比邻而居的地理位置可以看出,当初艾来沃来徐州的主要目的还是传教,只不过穿了个马甲更名正言顺而已。但昕昕中学的创办以及后来的蓬勃发展,的确给徐州城带来了些许现代文明的气息。这所按西方模式创办并运行的新式学校,在徐州城颇受欢迎。那些望子成龙、盼女成凤的殷实家庭都想尽办法把孩子送进昕昕中学,杨云枫和蔡云邈的父母也不例外。现在,他们两人已经读到高中二年级,马上就要毕业了。

杨云枫家不在徐州城,而是来自江苏"北大门"的宿北县。杨云枫能来繁华的徐州城读书,离不开他二舅孔清源的支持。孔清源在徐州的生意做得不错,所以极力建议姐姐和姐夫送外甥到徐州城读中学。

与杨云枫不同,蔡云邈是本地人,家住徐州东北韩桥煤矿。

几年前杨云枫初到昕昕中学,第一个认识的就是蔡云邈。因名字中都有个"云"字,也都喜欢打篮球,两人很快成了形影不离的朋友。假期里,蔡云邈带着杨云枫登上云龙山顶招鹤亭,临栏远眺,古老彭城的美景一览无余,尽收眼底。蔡云邈吟诵起苏轼《放鹤亭记》中的佳句"山人有二鹤,甚驯而善飞,旦则望西山之缺而放焉"后,用手指着山脚下告诉杨云枫,九里山在什么地方,石狗湖在什么地方,还有戏马台、道台衙门、燕子楼在什么方位……

朝夕相处中,杨云枫知道了蔡云邈的父亲是一名矿工,成年累月下井采煤,艰辛地养活一家老小。蔡云邈还告诉杨云枫,韩桥煤矿集聚着成千上万讨生活的矿工,奴隶般辛苦劳作却仍难养家糊口。他们曾经像一盘散沙,各顾各儿。但现在不一样了,在中共地下党组织下成立了煤矿工会,矿工们拧成一股绳与煤矿主斗争。工会还悄悄办起了夜校,教大家识字学文化,矿工们不但会写自己的名字,甚至还能算清每个月矿主从自己身上攫取了多少血汗钱。蔡云邈的父亲上过夜校之后,不但铁了心供大儿子上学,还变卖所有值钱的家当,托人让大儿子进了昕昕中学。

"云枫哥,你们也才下课?"杨云枫和蔡云邈两人正走着,忽听到旁边有人喊。杨云枫扭头一看,是表弟孔汉文。杨云枫和孔汉文两人的老家虽然隔着一条河,相距不远,但却不是一个地方的人——杨云枫是宿北人,而孔汉文却是邳县人。

孔汉文是杨云枫二舅孔清源的长子，七八年前孔清源在徐州盘了个棉布店，就把家人从乡下接到了徐州城里。孔汉文比杨云枫小一岁，正在读高中一年级。

"云邈哥好！"汉文也认识蔡云邈，走近之后，主动打了招呼。

"汉文，走，我们一起去食堂。"杨云枫搂住了表弟汉文的肩膀。孔汉文不住校，但由于离家比较远，中午在学校吃饭。饭点上，表兄弟两人谁先到就等着另外一个人，经常坐在一起聊东谈西。

在食堂里，三人各自买好饭，围坐在了一起。

"云邈，时间过得真快呀，再过两个月就要毕业了，今后有什么打算，你想过没有？"杨云枫掀起了话头。

"你平时挺有主见的，先说说你怎么想的？"蔡云邈没有直接回答，而是把皮球踢了回去。

"'九一八'事变后，日本人先是占领我们东北，然后得寸进尺，一步一步蚕食华北……现在看来，东洋倭寇总有一天要南下中原，把整个中国变成他们的殖民地。"杨云枫是班里的学习尖子，深得先生们的喜爱，因此和先生们交流的机会也比较多。从先生们那里，他知道了很多其他同学了解不到的时事信息。

蔡云邈和孔汉文知道杨云枫的话还没有讲完，便聚精会神地看着他，等待下文。

动了两下筷子，杨云枫接着说："'九一八'之后我才明白，靠写写画画对付不了小日本，得靠刀枪。要是现在能有杆属于自己的枪就好了！如果今后日本人真的过来了，胆敢欺负我们，就和他们真枪真刀地干！"

"是啊，我也一样，做梦都想有一杆自己的枪。上次我回家，邻居张振山叔叔极力鼓励我去报考中央陆军军官学校。"蔡云邈接上话茬。

杨云枫先是环顾了一下四周，然后压低嗓门说："你们俩都知道，去年年底张学良和杨虎城将军为了逼蒋介石改变'攘外必先安内'的政策，在西安发动了兵谏，把老蒋给扣住了。在中共周恩来的斡旋下，蒋介石不得不接受'停止内战，联共抗日'的主张。蒋介石过去杀了不知多少共产党，蒋介石被抓后，社会上绝大部分人认为共产党会和张、杨一道杀蒋报仇，但人家共产党并没有那样做。从这个事情可以看出，延安方面是真心抗日的。"

杨云枫每次谈起延安的时候，眼神里都闪动着兴奋和憧憬。

"云枫，每当谈起延安，你就很激动，难道你——"从好友杨云枫的眼神中，蔡云邈已经猜出了好友的心思。

"前几天从教国文的洪老师那里打听到，咱们学校的不少毕业生悄悄去了延安，如果有可能，我真想找几个伴儿一起去延安！"杨云枫话中充满了向往之情。

"云枫哥，如果你真去，那我能不能和你一块去啊？"搭话的是表弟孔汉文。

"我们马上就要毕业离校了，你还有一年呢，等你高中毕业再说吧。"杨云枫拍着汉文的肩膀说。

"云枫，都说孔雀东南飞，而你却愿意孤身走西北，如果你今后真的要去延安，我愿一同前往。"蔡云邈放下手中的碗筷，坚定地说道。

"那好，这样的话，就弦断有人听了。"

不经意的一句话，杨云枫提到了岳飞那首脍炙人口的名篇《小重山》。这首词中有一句感人肺腑的话："欲将心事付瑶琴，知音少，弦断有谁听！"

蔡云邈心领神会，笑着借用岳飞另一名篇《满江红》作答："愿与挚友一道，驾长车，踏破贺兰山缺。壮志饥餐胡虏肉，笑谈渴饮匈奴血。待从头收拾旧山河，朝天阙……"

云枫和云邈的四只手紧紧握在了一起，两个热血青年的眼里闪耀着果敢的光芒。

在昕昕中学，莘莘学子除了埋头学习，业余时间男学生最喜欢的一项活动就是打篮球。篮球在这所教会学校已不是什么新鲜物，他们不仅朋友之间打着玩，班级之间也时常组队比赛。快毕业了，学生们意识到今后在一起玩耍的机会不多了，更是见缝插针，一有空就奔向篮球场。

5月底的一个周末，一班和三班约好进行一场篮球友谊赛。说是友谊赛，可是年轻气盛的小伙子们都憋足一股劲，谁都不愿甘拜下风。

一班上场的有杨云枫、蔡云邈和另外三个同学，杨云枫任队长。三班上场的有刘占理、李志平等五个人，刘占理是头儿。巧的是，刘占理和杨云枫都来自宿北县，并且是邻村的，杨云枫是大杨庄人，刘占理是小刘庄人。他们从小就在小刘庄的同一个私塾念书，各自是本村同龄小伙伴的孩子头。两个庄上的娃儿们个个争强好胜，谁也不服谁。那时，两帮娃儿们最常玩的游戏是互相"抓马子（土匪）"。刘占理小名孬蛋，个子大，外加姥爷在新安镇开了一家金银首饰店，浑身光鲜的他从不把其他小伙伴放在眼里。玩"抓马子"时，不但自己败了不认输，还经常想尽法子欺负外村的杨云枫一帮人。机灵的杨云枫对他并不服气，带领着伙伴兵来将挡，水来土掩，两帮人常常闹得不可开交，最后非得闹到私塾先生那里才肯罢休。

读完私塾，两人鬼使神差般地一同来到徐州的昕昕中学，真可谓不是冤家不聚头。

这场篮球赛，两个班已酝酿许久。新学期伊始，两个班曾组织过一次篮球赛，那次刘占理所在的三班赢了。不服气的一班认认真真准备了两个月，这次想来个咸鱼翻身。所以一上来，两个班都使出浑身解数，派出了最强的战将。

"杨云枫，怎么样？不行就早点投降吧。"球赛还没鸣哨，刘占理就开始挑衅。

"刘占理，你们不要得意忘形，是骡子是马拉出来遛遛，鹿死谁手还不一定呢。"杨云枫当然不服气。

比赛之前，班长杨云枫动员班里的所有男女生集合在场边当啦啦队，阵势浩大，呼啦啦站满了球场半边。比赛开始前，他把队友叫到一起，遣兵布阵："云邈，你块头大，负责盯死三班的中锋刘占理，我来对付他们的前锋李志平……"

"嘟、嘟、嘟"三声哨声响过，两拨人各自上场。

场地中线边上一个学生举着一个记分牌架，场地四周围满了观战的人，其中包括两个队的啦啦队员。三班班长刘占理平常说话粗声粗气，不讨本班女生喜欢，因此来的啦啦队员都是男生。

恰在这时，场外一阵骚动。一位瓜子脸上嵌着一双雪亮的大眼睛、剪着齐齐整整的刘海、穿着浅蓝衫黑裙子漂亮校服的女孩翩然而至。女孩是二班的李婉丽，因为长得漂亮，被大家公认为昕昕中学的校花。在昕昕中学校园里，李婉丽是风云人物，人走到哪里，男生的目光就追随到哪里。窈窕淑女，君子好逑。李婉丽不仅被本班的男生视为公主，一班和三班的男生也个个喜欢她。杨云枫、蔡云邈和刘占理自然也不例外。

二班的男生不喜欢打篮球，校花李婉丽却喜欢观看篮球赛。所以，其他班的比赛她每次都要来。李婉丽来看比赛，既不站在一班一边，也不站在三班一边，而是独自亭亭玉立地站在球场中场线外。

李婉丽的不期而至，顿时使比赛的两队一下子士气高涨。马上要跳发球了，杨云枫和刘占理的目光本应聚精会神地盯着球，然而两人却时不时往中场线外瞅，惹得裁判老师瞪着眼提醒场上队员要集中精力比赛，引得全场忍俊不禁。

"嘟——"的一声哨响，上半场比赛开始。场上十个球员和裁判随着篮球忽左忽右，忽前忽后，比分也一直咬得很紧，4∶8，13∶11，20∶24……啦啦队的呼声此起彼伏。两队的得分也此消彼长，难分伯仲，比赛进入了胶着状态。"杨云枫，加油！蔡云邈，加油！"见自己班的男生比分落后，一班的啦啦队女生喊得更加起劲，不大一会儿，一班的比分逐渐反超，形成了一边倒的架势。在本班女生啦啦队的助威声中，杨云枫和其他四名队员生龙活虎，越打越来劲，相反，三班的队员底气不足，渐渐乱了章法。上半场结束时，一班以36∶28的较大优势盖过了三班。刘占理原来不相信啦啦队的作用，这次信了，中场休息时派出一个同学赶快到女生宿舍去喊人助阵。

下半场，三班的女生啦啦队赶来了，这下子，篮球场边炸了锅。伴着两帮女生声嘶力竭的尖叫，场上两个班的男生铆足了劲，快速传球，带球过人，三步上篮，一个比一个卖力，凌空跳投一次比一次精彩，比分交替上升……啦啦队的喊声越大,队员们的劲头越足。场上的队员求胜心切,犯规的动作越来越多,不是你撞我一下,就是我拉你一把,比赛进入了白热化阶段。不知不觉间,双方打成了平局。

"一班加油!杨云枫加油!"李婉丽突然一声助威。一直观球不语的李婉丽的这一声呼喊不啻一声惊雷,给了一班队员莫大的激励。只见杨云枫高高跳起抢到了篮球,瞅准机会,迅速把球传给了离篮架较近的蔡云邈。蔡云邈变向运球过人后向前冲去,刘占理本来在他的前面,一转身就落在了蔡云邈的后面。眼看篮球就要被蔡云邈投出去,刘占理一把揪住了蔡云邈的后衣领,将人拉了个趔趄,差一点摔倒在地,球自然也就投偏了。杨云枫见刘占理故意犯规,便走上前去想和他理论一番。令所有人没有想到的是,蛮牛似的刘占理二话没说,冲着走上前来的杨云枫就是一拳,猝不及防的杨云枫捂着眼睛蹲下身去。一班的队员看到对方不但犯规还蛮横无理地动手殴打自己的队长,纷纷围了上去,抡起拳头要揍刘占理。见此情景,三班的队员也不甘示弱,哗啦一下冲了上来,摩拳擦掌和一班的男生纠缠到了一起。球场顿时失控,女生们尖叫起来,一场恶战即将爆发。

裁判焦急地吹响哨子,但球场上嗷嗷直叫的队员却没有一个理会。

"不能动手,打人犯规,打群架更是严重犯规!"千钧一发之际,眼眶青紫的杨云枫突然一声吼叫,镇住了所有的队员。

"打篮球倒打起人了,你们不配做对手,我们不比了!"一班的一个男队员忽然喊道。

"走,不比了!"一班的其他队员吆喝道。

自感理亏的刘占理傻傻地站在球场上没有了对策。三班的其他队员也个个沉默不语,不知如何是好。球赛进行不下去了。

"犯规不对,停止比赛更不对!"杨云枫又是一声高喊,准备拔腿离场的一班其他队员停了下来。

这时,偌大的球场寂静无声,没有人知道下一步会发生什么事情。

"杨云枫讲得对,快毕业了,大家一定要把这场球打完,别让自己后悔遗憾啊!我建议,由裁判对犯规进行裁决,然后把比赛进行完。"说话的是李婉丽。

球场内外鸦雀无声,明显是对李婉丽提议的支持。

裁判走到刘占理面前,先是判罚他犯规,然后责令他向杨云枫道歉。

打人的刘占理低下了头,不愿看裁判,也不敢看场外的李婉丽,但要他主动道歉,气盛的刘占理做不到,也不愿做,局面陷入了尴尬。这时,杨云枫再次开口说话:"裁判,占理同学不讲话,说明他不会再一次犯规了,不要再难为他,可以进行比赛了。"说完,杨云枫走到刘占理面前,主动伸出双手。刘占理踌躇一下后也伸出双手,两双手握在了一起。

双方握手言和，比赛继续进行。

接下来的比赛双方都变得小心翼翼，没有再出现恶意犯规的现象，比赛进行得十分顺利。比赛结束的哨音响了，一班以多三分的微弱优势赢了三班。李婉丽先是大大方方地走到一班的杨云枫面前，笑着说："杨云枫，这是你一年来打得最好的一次比赛！"一句话说得杨云枫红了脸。接着，李婉丽又走到三班的刘占理面前，笑着鼓励道："一次输不是输，我建议你们和一班的同学约好，等毕业十周年回校庆祝时，再比赛一场。"

校花的建议，得到了杨云枫和刘占理的响应。

分别时，刘占理说："等着瞧吧，十年后的比赛我们一定要赢你们，比分的差距不是三分，至少是六分或者更多，我们要把这次的三分补上！"

当着李婉丽的面，杨云枫和刘占理的手再次握在了一起，两人一起邀请她十年后再来观看两个班的比赛。

"一言为定，你俩放心，到时候我一定来！"李婉丽爽快地答应。

咯咯一笑，李婉丽走了，清脆的皮鞋声敲打在两位后生的心坎上……

在昕昕中学，杨云枫的成绩出类拔萃，次次考试都在全年级拔得头筹，但这不是杨云枫的全部。他从小就喜欢捣鼓门锁、捕鼠夹和钟表之类的东西，一有空来到二舅家，一件一件拆开然后再把它们拼装起来。周末不上课，杨云枫便一个人跑到街上修理铺，默默地站在一旁盯着店铺师傅配钥匙、修雨伞、修自行车和修钟表，并把过程一一记在心里。很多时候，他像入了迷一样，不知不觉一待就是半天。遇到不明白的地方，也会问问师傅。师傅起初不搭理他，后来发现这个学生模样的年轻人是诚心求教，慢慢从心底接纳了这个眉清目秀的小伙子，也就愿意把一些手艺活的窍门跟他说道说道。

与性格开朗的杨云枫不同，表弟汉文喜静不喜动，平常也不太爱讲话，唯一的爱好是读书，《三国》《水浒》《七侠五义》和《天工开物》一本接着一本读。这事儿让他的父亲孔清源颇为心急，害怕儿子这样下去会成为不谙世事的书呆子，便悄悄关照大一点的外甥杨云枫平时多带带弟弟。杨云枫理解二舅的心思，自己拆卸东西时也带着汉文一道玩。一段时间的耳濡目染后，汉文也慢慢喜欢上了捣鼓可以转动和发声的器物来。

昕昕中学一位教地理的先生有个木匣子收音机，这件神奇的物件吸引了杨云枫。他便三番五次往这位先生的宿舍钻。这位地理先生早年在欧洲留过学，收集了不少西洋玩意儿，尤其是国内稀少的留声机和收音机。与地理先生熟识之后，杨云枫课余时间就去他那儿，帮他拆洗和调试摆满整个房间的老物件儿。

这位叫宋泽铭的先生衣着端庄时尚，一天到晚西装革履，与人交往彬彬有礼。

杨云枫每次去，都会与他聊会天，听他谈一些自己闻所未闻的事情。一次，两人谈到了杨云枫的家乡，宋先生便开口问道："你老家有座马陵山，你是否去过？"杨云枫答话："我小时候就去过。""你知道马陵山的典故吗？"宋先生的话一下子问住了杨云枫，他一时回答不上来。宋先生笑着说："我曾去过一次，那可是座风景很美的山啊！"宋先生如数家珍，把马陵山的历史娓娓道来，"如果我没记错的话，古时候此山又称司吾山、司镇山，由峰山、斗山、虎山、奶奶山和黄花菜岭五座山头组成，人称为'五姊妹山'。传说清代乾隆皇帝六度南巡三幸此山，曾写下'钟吾漫道才拳石，早具江山秀几分'的诗句。"

寥寥数语，说得杨云枫钦佩不已。

"据传说乾隆皇帝还赐予了马陵山'第一江山'的美称。我几年前去那里游览过三仙洞、黄巢湖等景点，看后心旷神怡。以后有机会你们年轻人一定要多出去走走看看，古人云'读万卷书，行万里路'，只有不断丰富自己的知识，多出去闯荡，才能开阔自己的胸襟和眼界。"

两人还谈到了宿北县城新安镇。

杨云枫说："我跟爹去过几次新安镇，那里是我们县最热闹的地方。"

宋先生微微一笑，接了杨云枫的话茬："你们宿北县热闹的不只是县城新安镇，还有一个地方也同样繁华异常，那就是窑湾镇。窑湾镇是京杭大运河沿线出名的商埠和物资集散中心，位于县城西南约九十华里，离你们那里比较远，估计你还没有去过吧？"

杨云枫说："宋先生，那地方我还没去过，能有多热闹啊？"

放下手中的活儿，宋老师介绍起窑湾来："那是座古镇，与你们县城新安镇的热闹不一样。不谈别的，建筑样式上就风格迥异，古民居、古街道、古店铺、古码头、古遗址，共同铸就了古镇的地理风貌与文化内涵。虽经兵戈战乱和时代变迁，古镇昔日风貌犹存，真是人间幸事啊！我学习地理，也研究地理，去过很多古镇，保存如此完好、功能齐全的地方，在淮河以北的运河沿线只有窑湾古镇。这些古老遗迹多为明清时期随社会经济发展而自然形成，至今仍为古镇居民所使用。它兼具北方宫殿、庙宇古迹以及南方水乡园林古镇的特点，体现了咱们苏北地区海纳百川、融汇南秀北雄的博大胸襟。"

"以后有机会我一定要去窑湾看看。"杨云枫内心非常敬佩宋先生的博学多才，他充满激动和向往。

随着接触次数的增多，杨云枫和宋先生从闲聊家乡趣闻、风土人情和机械电子方面的知识，慢慢谈到了人生和社会。

宋先生问杨云枫："你马上就要毕业了，今后有什么打算？"

稍做停顿，杨云枫答话："我喜欢摆弄修理机械类的东西，跟着您学习这一段时间后，也能动手修理一些小物件，过去曾想过到离我们家不远的新安镇上开个修理铺什么的，做点生意，以报答父母的养育之恩。但最近一段时间，我看了几张报纸，说日本的步枪大炮要比我们中国的先进得多，所以他们才敢肆无忌惮地占领咱们东北和侵略咱们华北。如果有机会，我想去研究枪炮，争取造出来的枪炮超过小日本，为咱们中国人争口气。"

"是啊。日本人就是倚仗先进的枪炮和飞机军舰，才敢侵略我们泱泱中华，霸占我们的领土，屠杀我们的同胞，掠夺我们的物资。如果有一天我们的武器先进了，他们还敢像现在这样野蛮无礼、横行霸道吗？！"宋先生说完，情不自禁地一声长叹。

"宋先生，我们现在学的这些东西有用吗？上了战场能不能帮助咱们打日本鬼子？我从来没有接触过真的枪炮，真想学点有用的东西，毕业后好派上用场。"

"莫急，莫急！现在最重要的是要把基础知识学扎实，基础打好了，毕业后掌握相关的技术也就容易了。我相信，你们青年人今后有的是机会施展拳脚的。"

杨云枫一直有个埋藏于心底的问题想当面请教宋先生，通过长时间接触，他觉得宋先生是个可信赖的人。

"宋先生，我有个问题不知当问不当问？"

"请说！"

"现在好多青年人都想到延安去，宋先生接触的人多，能给我介绍个知道延安情况的人吗？"

"哦？你想去延安？这可是件大事情，请问你为什么要去那里？"宋先生先是一惊，然后疑惑地望着杨云枫。

"'九一八'以来，延安的中共不但自己主张抗日，还号召全国人民团结起来，把日本人赶出中国去，我认为，那里才是我们中华民族的希望所在。"

"你年纪轻轻，很多事不清楚，有些话可不能到处乱讲，否则会吃亏的。"

"我敬佩宋先生，也相信宋先生，这话只敢对您说。学生不才，刚才说到我们的枪炮不如日本先进，其实我认为，政府的腐败和软弱无能才是我们节节败退的真正原因吧……"与自己信任和敬佩的师长一起，云枫才能够敞开心扉。

宋先生确实没想到，杨云枫虽然年纪轻轻，却将时局如此"看透"，他沉默一会儿后说："今天不谈这些，你再回去好好想想，想好了告诉我不迟。"

三天之后，当再次遇到宋先生的时候，杨云枫话说得更加直白，说自己铁了心想去延安。

"我没听说过有人组织这个事，不过你要真想去，我可以帮你打听打听。"

宋先生的话讲得比较隐晦，其实他自己就是一名中共地下党员，一直以教师身份作掩护，一方面配合党组织在徐州城开展工作，另一方面就是发现、引导和培养更多的优秀青年助他们走上革命的道路。

杨云枫期待着尊敬的宋先生能帮自己的忙,他更期盼着去延安的这一天快点到来。

表弟孔汉文知道表哥杨云枫经常去宋先生那里,还学到不少知识,便央求哥哥带他一道去。宋先生知道情况后,愉快地答应了。慢慢地,孔汉文也与宋先生熟识起来。

在宋先生的引导和培养下,杨云枫逐渐成熟,感情和思想上已完全倾向于共产党。宋先生决定再考察一段时间,再将杨云枫吸纳到自己的组织内。到了放半个月夏收假的时间了,宋先生把孔汉文留在身边帮自己修理收音机和留声机,而给杨云枫介绍了一个打短工的机会。

"云枫,你喜欢修理的活儿,我给你介绍一位师傅,不但可以跟他学点手艺,还能挣点学费。"

"真的?!"

"是真的!我把话说在前面,在那里你要听他的话,多看、多听、多学、少说,能做到吗?"

杨云枫回答得很干脆:"能!"

临走时,杨云枫悄悄问道:"宋先生,您不是说帮我问问去延安的事吗,有消息没有啊?"

"莫急,我已经问过一位熟人了,他还没有回话。一有消息,我就告诉你。你先做一段时间短工,耐心等待吧!"宋老师安慰杨云枫。

就这样,杨云枫来到了一家修理铺。修理铺的门面不大,日常就是接些修理平板车、黄包车、自行车以及门锁之类的活儿。修理铺的师傅年纪不大,三十多岁的样子,姓侯叫侯全中,手艺不错,什么车都能修。侯师傅的老婆人称侯五嫂,一个非常能干、里里外外一把手的女人,她除了偶尔给侯师傅帮帮忙,自己还弄了一辆小推车,有空的时候就推着车去卖一些日用杂货。他们已经有一双儿女,老大是男孩,有七八岁了,长得聪明又机灵,大家都亲昵地称他"小猴子"。

接下来的半个月时间,杨云枫每天跟着侯师傅学习修车和修锁手艺。时间一长,他有点捺不住性子了,觉得自己在浪费时间,但每次想起宋老师交代的让他多看、多听、多学和少说的话,就竭力压下了自己的急躁情绪。终于在半个月后的一天晚上,侯师傅对杨云枫说:"你跟我到后院来吧。"后院是侯师傅住的地方,平时杨云枫都在前面店里干活,从来不到后院去。

杨云枫跟着侯师傅到了后院,进了西屋,侯师傅反手把门闩上了。只见侯师傅走到墙角一个堆粮食袋子的地方,把几个粮食袋子拿走,然后把地上的木板移开，便露出了一个三拃见方的洞口，杨云枫看得心怦怦直跳。师傅默不作声，杨云枫更不敢多话。

洞里面有个木梯子，杨云枫跟着师傅小心翼翼地下到了两人多深的洞里。拉开电灯后，杨云枫看清洞内有一间屋那么大，里面摆着两台机床，还有一张桌子，上面铺着胶皮垫。侯师傅穿上工作服，戴上手套，从一个箱子里拿出了一把手枪和一支步枪。

杨云枫顿时愣住了。

第一次这么近距离看到真家伙，紧张加上激动让他的手不由自主地微微发抖。原来这里是个秘密的枪械修理所。

其实，打从杨云枫来到店里起，侯师傅和侯五嫂一直在观察他，发现小伙子思想进步，每天夜里不但偷偷阅读共产主义书籍，还做了大量的笔记。经过一段时间的考察，侯师傅两口子觉得宋先生介绍给自己的人没错，是时候让他知道真实情况了。

侯师傅对杨云枫说："宋先生说你一直想见见可以打日本鬼子的真家伙，今天就满足你的愿望！"

"你是谁？"杨云枫止不住问道。

"中国人，一心想打鬼子的堂堂正正的中国人。"侯师傅坦然回答。

"是，是共产党？"

"你说呢？！"微笑着的侯师傅反问道。

杨云枫明白了一切。此时的杨云枫没有半点的紧张，反倒有种踏破铁鞋无觅处，得来全不费功夫的畅快感觉。

"侯师傅，我今后愿做您的徒弟，您能接受我吗？"杨云枫的话一语双关。

"接受一个新徒弟不是简单的事，需要几个月的考察，就看你今后的表现了。"侯师傅同样话中有话。

"师傅放心，我跟定您了，请您考察！"

侯师傅拍了一下杨云枫的肩膀，说："那好，考察就从今天开始！"

此时的杨云枫热血澎湃。

侯师傅知道杨云枫的所思所想，但他还是不动声色地开始教授自己的徒弟。

"共产党真心诚意地打日本，但国民政府没给分一支枪，发一文维修费，只能靠自己的双手。你可能想不到，我们仿造和维修过的枪支照样可以打烂日本鬼子的脑袋！"

侯师傅的寥寥数语，说得杨云枫更加向往自己心仪的组织。

"这把手枪俗称盒子炮，我们又习惯称它驳壳枪，是德国造毛瑟军用手枪。这种枪在中国的正式名称叫自来得手枪。它有全自动的，又称快慢机，毛瑟厂则称之为速射型,也有非全自动的……"

侯师傅如数家珍。介绍完手枪,他又拿起了那支步枪。

"这支步枪俗称汉阳造,是在德国1888式委员会步枪的基础上改造的。这种枪生产量非常大,现在国民党军队中大多也是配备的这种步枪。"

侯师傅让杨云枫先感受一下这两把枪。这是杨云枫第一次手握真正的手枪和步枪,手枪在掌心里沉甸甸的,令他感到充盈和踏实,勇猛之感油然而生。侯师傅从他手里接过手枪,几声清脆的金属撞击声响过之后,手枪就变成了一堆散落在桌面上的零件,看得杨云枫目瞪口呆。随后,侯师傅又一个零件一个零件地组装上,一把手枪很快又呈现在眼前,惊得杨云枫眼睛都不敢眨一下。步枪的拆装也是这样,拆过后装一遍,也就两三分钟的时间。最后,侯师傅让杨云枫先熟悉一下枪的结构和零件。

侯师傅走了,扔下杨云枫一个人在洞里。杨云枫的脑子里一遍遍回想着侯师傅的拆枪步骤,试着拆下枪上的零件,琢磨了好大一会儿,他才把手枪拆开,装的时候同样不轻松。在地洞里,杨云枫整整琢磨了一个晚上……

毕业了,到了各奔前程的时节。

所有的毕业生都兴高采烈,感觉自己一夜之间成了大人,可以去做自己想做的任何事情了。一班和三班的同学见面,忘记了昔日的打打闹闹,相互之间道起了珍重。昕昕中学的学生心里都清楚,生逢乱世,这一别,大家各奔东西,不知道什么时候才能再相见。

蔡云邈回到韩桥煤矿,父母非常高兴,儿子中学毕业长大成人了,有出息了。邻居们也都来了,他们这些矿工很少能有下决心把孩子送到市里去读书的,年纪小的在矿里捡煤,稍大点的已经下井挖煤了。看到蔡家公子这么有出息,左邻右舍羡慕不已。

众邻散去,隔壁一个叫张振山的中年人留了下来。张振山家里没有男娃,从小看着蔡云邈长大,把云邈当作自己的亲儿子看待,偶尔有点果子和糖豆,舍不得给自己闺女吃,都偷偷塞给云邈。

"云邈,陪叔叔出去溜达溜达?"张振山说。

蔡云邈知道张振山叔叔有话要说。

两个人顺路走着,矿工居住区的小道是煤渣垫出来的路,坑坑洼洼,幸好当天晚上天上挂着月亮,不至于走到泥坑里。

走过一段路后,张振山问道:"云邈,你中学毕业了,下一步怎么打算?"

蔡云邈想了想,说:"我们班同学有想去当兵的,有想上军校的,甚至还有想去延安的。我想啊,您上次说的不错,先上陆军军官学校学习,等毕业了上战场打日本鬼子。"

沉默片刻,张振山说:"好,有志气。日本鬼子侵略中国,我们终究要把他们赶出去。但你想过没有,打完日本鬼子以后,最终目的是什么呢?"

"最终目的?"蔡云邈一边思考,一边喃喃自语,片刻后问:"是不是像您过去老讲的,大家都有饭吃有衣穿,像我爹我娘这样的人通过自己的双手勤劳致富能够过上好日子,而不是像现在一样当牛做马,受穷受罪?"

"好小子,还记得叔叔过去给你说过的话!"张振山的脸上充满着欣喜。

"你听说过共产党吗?"张振山突然冒出这样一句话。

蔡云邈倒没有十分吃惊,因为在昕昕中学,学生们经常收到塞进宿舍的共产党传单。

"听说过,但是没见过。我在徐州参加过游行,当时警察不但用棍棒打人,还说游行是共产党煽动的。不知道共产党到底是个啥样的组织?"

"据我所知,就像国民党是一个党派组织一样,共产党也是一个有自己的主张和纲领的党派组织。他们的成员也不是三头六臂,也都是和我们一样的人。他们最了解像你爹和我这样的穷苦矿工,咱们庞庄煤矿几次为矿工争取加薪的抗议活动都是他们秘密组织领导的,这是个真心想让咱们老百姓过上好日子的组织。"

从爹娘嘴里,蔡云邈不止一次听说过共产党领导矿工与矿主斗争的事,能听出他们对共产党的认可。但从学校的课本里,他了解最多的是国民党主张的三民主义,对共产党的主张却是懵懂无知的。于是,他止不住好奇地问道:"共产党的主张是个啥样?"

沉默了片刻,张振山说道:"你小子也知道,叔叔没多大文化,只不过在夜校里听过一位姓刘的共产党先生,就是每次领着我们和矿主作斗争的那个人的课。现在就来个竹筒倒豆子,知道多少就给你说多少吧!刘先生说,共产党是咱们劳苦工人的党,主张共产主义。啥是共产主义呢?说简单点就是要建立一个没有地主和矿主、没有欺负人、没有压榨和克扣工资,人人平等的社会。打个比方,等实现了共产主义,通过辛勤的劳动,人人有衣穿,家家有房住,大人小孩病了能去城内基督医院拿药治病。刘先生还说,到那时候,你爹和我这样的矿工就用不着下井用竹筐背煤了,采煤用的都是机器,人在旁边操作机器就行了,还有我们现在住的地方会盖上大房子,像城里最有名的花园饭店一样高的房子,铺上柏油马路,就像大同街那种又黑又亮的马路,房子周围是清清的湖泊,倒映着蓝天白云,我们就像住在市内中山花园中一样……"

皎洁的月光下,两个人并排徜徉在小道上,蔡云邈尽力想象着张振山描述的情景,但他怎么都无法想象出那是一番什么样的景象。蔡云邈自小还没有离开过徐州城,他觉得自己所在的昕昕中学是天下最漂亮的地方。校园里有柏油路,有参天大树，有五彩缤纷的鲜花，特别是旁边的尖顶式天主教堂，穹顶上满是画，玻璃也是彩色的……不止一次，蔡云邈憧憬过，要是自己家所在的韩桥煤矿能有学校一半好也就心满意足了。现在听张振山叔叔这么说，好像不仅仅是梦想，还真有可能实现呢！

那天晚上，这一老一少谈到很晚。到了分别的时刻，蔡云邈心中有了幅美丽的人生画卷。

"今晚回去我写封信，你拿着到南京找个人，他一定能帮助你。假如能进中央陆军军官学校，一定要好好学习。只有学到了一技之长，才能为国为民做出更大贡献。"

"好的，请张叔叔放心，我一定不会辜负您的期望。"

几天之后，蔡云邈去了南京。

三班的刘占理离开昕昕中学后，投奔了他姨夫，一位国民党部队中的军官，至于是团长、旅长还是师长，无人说得清。李志平也先回了老家，说过一阵子再决定自己的去向。

杨云枫暂时留在了徐州，在修理店里一边打着短工，一边等待着宋先生为他打探去延安的消息。

7月7日卢沟桥事变的消息传到徐州后，学生市民纷纷走上街头，声援抗战的口号声响彻古老而雄性的彭城。

假期里，杨云枫见到了李婉丽两次。李婉丽的父母是东北人，几年前迁到徐州后在大同街开了家"回春堂"中药铺，她毕业后在店里帮起了忙。

来中药铺看病抓药的人每天络绎不绝，但有些是真正的病人，有些则不是。谁是谁不是，只有李婉丽父亲知道。李婉丽细心观察过，其中一位"表叔"一来，父亲就会撇开生意，给店里的伙计使使眼色，把他领到后面内室去。

李婉丽家住在哪里，对杨云枫不是什么秘密。一个周末，杨云枫帮师母抓汤药，舍近求远来到了大同街上的"回春堂"。

见到杨云枫，李婉丽好奇地问："都毕业了，现在做什么啊？"

杨云枫也不隐瞒："跟别人学着修理点东西。"

停了一下，李婉丽又试探着问："对今后，你有什么想法吗？就这样一直当学徒？"

"我只有一个想法，就是找机会参加抗日的部队，扛枪打日本鬼子！"

李婉丽听后，没有说话，只是点了点头。

杨云枫问李婉丽打算今后做什么，李婉丽回答说先在家帮父母做事，过一段时间后可能会到南京去。

望着自己喜欢的姑娘，此时的杨云枫说不出更多的话，只能把爱慕放在心底，默默地祝福眼前的姑娘一切安好。

徐州似乎还是那个历尽沧桑却又岿然不动的古老彭城，却又似乎时时在发生着什么……

2

一晃就是十年，转眼到了1948年。

农历戊子年的十一月初，天气逐渐转冷，地上铺满了落叶。金黄色的叶子经风一吹，簌簌地在空中停留片刻后，轻飘飘地落下，重新染黄了大地。此时的苏北农村，秋收已经完成，播种的小麦大部分也都露出了绿茵茵的尖尖苗儿，勤快的人家正忙着往地里施农家肥，希冀来年有个好收成。等忙完这一切，农活算是告一段落，庄户人家可以悠闲地喘口气了。

这是一个秋高气爽的午后，大杨庄的村屋里，十几个人正在火急火燎地开着会。村长杨敬禄在区里一连开了两天会，今天风尘仆仆一回到家，连口水都没来得及喝，就召集所有干部和村中的积极分子来到村屋，说是要讨论打仗支前的事儿。中等个头的杨敬禄，不胖不瘦，理着平头，穿一件黑色的薄棉袄，看上去特别干练利索，虽年近六旬，但绝无村中其他老人驼背臃肿的老态。平日里，他的双眼常似睁非睁地眯着，看起来像没睡醒的样子，但是偶尔抖擞一回，射出的精光几乎能灼疼对方的眼睛。

干咳两声后，屋子里立即安静下来，杨敬禄开口讲话。

"今天把大家喊过来，是有重要的事情要商量。上级开会说了，毛主席和朱总司令发布了命令，要彻底消灭盘踞在苏北的蒋介石反动派，最近一两个月要在徐州一带打大仗了，解放军，也就是咱们过去叫的八路军就要从四面八方赶来了……"

使劲吧嗒了两口烟，村长杨敬禄接着说："大家也都知道，就在上个月底，驻扎在新安镇附近的黄百韬部队对咱们宿北地区进行疯狂扫荡，闹得大小村庄鸡犬不宁。这不，一说要开战了，他们就夹着尾巴往徐州方向缩回去了。现在啊，解放军东线总部、特别纵队、后勤卫生部等先后入驻新安镇，县委、县政府机关也进驻到了马陵，咱们宿北算是彻底解放了。这个月的头两天，县委和区委在苗庄召开了紧急会议，传达地委指示精神，布置支前锄奸工作。县里要求各区和村都要建立支前领导机构，所以啊，开完会一回来，俺就召集大家赶快落实咱们村的支前工作。"

村长说到这里，看了一下会场里的成员，大家都在屏息凝神地盯着他，一改会议刚开始时的散漫和无精打采。

"大家清楚接下来我们应该要干啥吗?"杨敬禄抛出问题后,环视了会场一圈,绝大部分在场的人员都是一脸迷茫。

"要打仗了,一旦打起仗来,民工现用现调是来不及的,必须组织常备的担架队、运输队等。所以啊,上级要求各村必须把大家组织起来,投入到即将到来的支前运动中去。"对自己抛出去的问题,杨敬禄用两句话做了简短综述。

说到组织什么样的人参与支前,杨敬禄提高了嗓门,语速特别慢,生怕漏掉一个字——凡无残疾的男女村民,年龄在十六岁以上五十五岁以下者,都有参加支前的义务。对于男女分工和不同年龄的分组,杨敬禄怕说不清,是按照小本本上的记录读的——妇女主要担任碾米磨面、做衣纳鞋、洗衣看护等工作,不得已情况下也应承担短距离的运输工作;男人根据年龄和体力分任担架、运输、向导等工作,说得具体点,凡满十六周岁至四十五周岁以下的担任远夫、重夫、常备夫,四十五周岁以上或者体质较弱者,担任近夫、轻夫、临时夫。

详详细细介绍完这一切,杨敬禄最后说:"最终谁符合哪项条件不是个人说了算,要大家讨论认可,以示民主和公允。"

村长刚布置完任务,副村长杨又财叭的一下站了起来,他有话要说。开会之前,两位正副村长嘀咕过,一个唱白脸,一个唱红脸,要把支前动员这场戏演好演活。

"过去咱们大杨庄为部队打仗也出过民工,但那都是临时的,问题出了一箩筐。这里俺要给大家说说:比如担架队和运输队是随时用随时调,在哪打仗就调到哪儿去,打完仗就回家,干活的时间没有走在道上的时间多,工夫都耽误在路上了;有时仗打起来了才着急忙慌地组织担架队和运输队,等担架队和运输队到了,仗也打完了,赶不上趟了;也有的时候去早了,仗还没打,只好干等着,公粮吃得不老少,就是没有干上多少活,好好想想是不是这回事?!"

念过两年私塾的杨好学是村治保主任,轮到他说上几句:"以前每次上边调担架、搞运输的事都很急,事先都没有一点谱,接到通知来不及好好动员发动群众,所以造成大家思想不齐,有的人说以前去过了,有的说不该自己去,有的甚至找借口跑到外边亲戚家躲起来了。这一次,咱们先讨论一下组织常备担架队、运输队有什么好处,思想通了,行动也就跟上了。"

听完杨好学的讲话,民兵队长杨二喜第一个站起来发言:"要说组织常备担架队、运输队的好处,俺有资格啰唆几句。如果事先建立好常备担架队和运输队,出发以后,随着部队活动,一来能熟悉担架和运输的常识,同时也能熟悉部队的情况,一旦仗打起来,相互之间就不生疏了;二来部队什么时候用就什么时候送,东西既能及时运得上去,伤病员也能及时抬得下来,中间不断线!"

三位村干部都说二喜讲得好，乐得杨二喜半天合不上嘴。

村会计杨德水是个精明的人，心里像是掂着杆秤，说起话来论斤论两的："各种常备民工小组组织得好，村里公粮消耗也就合理！怎样才能既干好活又少消耗公粮呢？俺认为，老的、少的、弱的、病的都可以组织起来，这些人留在村里，仍然吃自家饭，做些力所能及的活儿，只将村里的壮劳力组织起来，有任务就一批一批轮流去，只有这些人才吃公粮……"

妇女主任王秋菊是个急性子，早就按捺不住了。杨德水的话音未落，她就站了起来，先是把长辫子甩在身后，然后清了清嗓子讲起话来："刚才几位大老爷们说话，好像支前全是你们带把儿男人的活儿，俺王秋菊可不这么认为！要俺说，组织常备担架队和运输队还有个好处，不仅让出门的男人提前有个准备，对留在村里的妇女也一样。知道自家男人往后不在家，俺们就得把带孩子、做家务、养鸡鸭和忙农活的事提前合计合计，啥时啥事需要村里照顾，心里也就有个底了！"

十来个人各抒己见，你一言我一语，最后意见趋于一致，说八路军在前线打仗流血牺牲，大杨庄应该马上组织好担架队和运输队，为打败蒋介石反动派贡献力量。虽然抗战胜利后中共领导的"八路军"已经更名为"解放军"，但很多老百姓仍然习惯叫"八路军"。

"好！"村长杨敬禄最后做总结。

"看来大家都是明白人，个个都认识到要把今后的支前工作做好，就得提前组织常备担架队和运输队。这样做，不但公粮吃得少，又不耽误打仗，比临时现抓强多了。明天咱们就召开全村动员大会，宣传教育，发动村民踊跃报名参加。"

"铛！铛！铛！"第二天吃过午饭，挂在村中央旧祠堂门前的那口大钟响了起来。近段时间以来，这口铜钟时常会被敲响。村里大人小孩都知道，铜钟一响，就是有要紧的事情。在洪亮钟声催促下，人们三三两两从家中走出来，很快就聚集到了老银杏树下。

大杨庄有两棵老银杏树，分立在旧祠堂门前左右两侧，像两位忠实的卫士守护着杨家祠堂。每棵银杏树的树身都很粗，两个大人都合抱不过来。夏天的时候老银杏树枝繁叶茂，秋天的时候一棵树上结满了密密麻麻的银杏果，数也数不清，另一棵树上除了叶子啥也没有，村里的人都知道两棵树一棵是公树，另一棵是母树，是对夫妻树。为此，村里多年来也形成了一个习俗，凡新婚夫妇进洞房前都要来抱一抱这两棵树，男人抱公树，女人抱母树，寓意枝繁叶茂、多子多福。

十一月份了，银杏叶已经变得金黄灿灿，一半挂在树上，一半散落在地面。挂在枝头的随风摇曳，散落地面的宛如给地面铺了一层软绵绵的黄金地毯。树根处被垫高了不少，形成一个齐腰高的小土台，正好当作会场的主席台。

此刻，杨敬禄就站在这个土台中央，手里拿着一杆旱烟袋，不时吧嗒吧嗒地吸上两口。过了大约二十分钟的样子，杨敬禄眯着眼睛瞅了一眼，看看人到得差不多了，依旧按惯例先是干咳两声，会场立刻寂静下来。

"老少爷们，不是俺想麻烦大家，实在是事情一件接一件地赶着。前天俺到区里开会，开了整整两天，区长亲自做的动员报告，说咱们这一带又要打大仗了，让各村提前做好准备。区长让咱们马上要把两件大事一起做好，一是组织常备担架队和运输队支援前线，往部队上运粮食、送弹药，打起仗来往后方医院运伤员，二是组织大家在后方做好后勤工作。"

村长杨敬禄讲话自有一套，先大后小，交代起来有理有条。

"开完会回来，村里就在一起讨论了咱们大杨庄组织常备担架队和运输队的事。大家一定会问，仗还没打，为啥要提前做这些事呢？"杨敬禄讲话有个套路，先提出问题，然后再解答。这个法子灵验，能把所有人的注意力一下子吸引过来。见众人将眼神聚焦到自己这儿，杨敬禄顺势把村里讨论的意见给大家做了宣讲，说："以往大杨庄人做事，都是屎憋屁股门才脱裤子进茅房，误过不少事儿。现在要留出足够的时间提前准备，这样不但对村里好，对每个人也好，大家可以了解自个儿今后要做的事情，当担架工的人要把怎么简单处理伤口、怎么及时救治、怎么抬运伤病员这一套学会学精，尽量减轻伤病员的痛苦，尽量让我们受伤的战士活下来，站起来；当运输队的人要学习有关运输的知识，要会修理各自的小推车，看怎么样跑得更快，要会捆扎货物，看怎么样绑得结实，半路上不要掉下来。总之，一旦有任务，就能和时间赛跑。"

说完一段话，杨敬禄打眼瞅了一下四周，大家都在聚精会神地盯着他。

"大家都知道，自从赶走了日本鬼子，有好一阵子没打仗了，刚刚过了几天消停日子，可是南京城里的蒋介石说话不算数，撕毁了停战协定，挑起了内战，逼得共产党不得不接招。自从咱们大杨庄成了解放区，大家有田种了，有粮吃了，大人孩子也都有新衣服穿了，所有这一切来之不易啊！这要感谢共产党，感谢咱们自己的部队，大家说是不是？"

"是！是！"众人异口同声。

"区长说了，前一阵子，解放军和国民党军队在济南开打，由于离咱们这里比较远，没有让咱们赶到那里去支援，只在山东省内动员民工支前了。区长说，守卫济南城的国民党部队司令王耀武被活捉了，济南城已经解放了，这里面有解放军的功劳，也有山东民工的功劳！现在解放军和国民党军马上又要开战了，这一次要在我们苏北这一片打大仗，要把国民党彻底赶走，老少爷们说说，是好还是不好？"

"好！"杨村长话音一落，群众的应答声震云天。

"你们说好，俺也说好！大家想想，共产党和国民党就是不一样啊，过去八路军的部队从咱们村路过,在场的哪个人不知道他们的纪律,不拿群众一针一线,借东西还要打个借条。而国民党的部队呢,在村子里不是撵鸡鸭就是抓猪羊,把各家各户的粮袋扛起来就走,简直比马子还马子!大家都知道村东头的杨四宝吧,在他家过夜的国民党的一个连长看上了他家祖传的孔雀铜灯台,非要拿走,四宝不愿意,硬是活生生被枪托砸断了一条腿,现在还躺在家里哼哼不停呢……"

经过村长杨敬禄这么对比着一宣讲,人群顿时热闹起来。大家你一言我一语,小声嘀咕,认为村长讲得很在理。

村长杨敬禄,那可是个人精。早年日本鬼子占领徐州一带的时候,他表面上应付着,实际上想了很多点子,既不明着和日本人死抗,但也不让乡亲们吃亏受罪,暗地里还帮助过共产党的游击队。日本鬼子投降后,政府大员和部队军官个个怀揣小算盘,借抗战胜利大发横财。杨敬禄心里跟明镜似的,认为这样的国民党肯定长久不了,所以就积极为共产党做事。果不其然,过了一年多,宿北就成了解放区,留他继续出任大杨庄的村长。杨敬禄兄弟二人,老大家一儿两女,儿子居中,他自己两儿两女,前面两个是闺女,后面两个儿子。他在徐州上过中学的大儿子杨云枫毕业后跑去了延安,没和家里说一声就偷偷参加了八路军。两个闺女出嫁后,家里只剩下了二十出头的老幺杨云林,还没有成亲。

杨敬禄老两口是有私心的,大儿子已经出去了,希望小儿子无论如何要留在身边。但杨云林也不是个安分的小伙子,一心琢磨着外出找哥哥,像村里的几个伙伴一样穿军装扛长枪。为了留住老幺,杨敬禄两口子经常左引右劝,说留在后方也一样可以发挥大作用。父亲杨敬禄不仅口头劝说,还经常会给云林派些重要的活儿,让儿子感到在村里照样也能成大事儿。杨敬禄哥哥家的独子叫杨云震,爹娘也不想让他出去,但杨云枫有一次从徐州回来,两人三天两头腻在一起,叽叽咕咕不知都讲些什么,没过多久,杨云枫走了,云震也不见了。再后来,当上八路军排长的云震借部队路过大杨庄的时候还回来探过一次亲,爹娘和两个姐姐拽着人死活不让走,着急的云震竟拔出手枪,朝天空开了一枪。趁着爹娘和姐姐四个人吓得魂不附体的时候,他拔腿就跑,转眼间就不见了踪影。

谈到支前,在大杨庄,可谓几家欢喜几家愁。村中有几户人家的儿女在解放军队伍里,自然希望共产党打败国民党,所以,他们从心底对支前动员举双手赞成,行动上也都积极响应。但村里有个从邻村小刘庄嫁过来的中年妇女刘二翠,侄子叫刘占理,对支前动员不吭不声。由于宿北已经成了解放区,她虽然心里不高兴可也不敢说出来,行动做派和前些年比像换了个人似的。大杨庄的人从刘二翠嘴里得知,她侄子年纪轻轻就在国民党部队里当了大官,有的说是团长,有的说是师长。日本鬼子投降那阵子她侄子回老家一趟,开着汽车,带着两个背盒子炮的卫兵,把家里的老宅子翻盖一新,邀了两台梆子大戏,还请全村的人吃了顿流水席，一共摆了三四十桌。那一次，刘二翠带着全家人也去了，待了三天，也吃了三天，回来时，侄子还给她送了八尺洋布……三十年河东，三十年河西，风水轮流转，现在，村里的人都在积极准备打自己的侄子，刘二翠心里有说不出的滋味。

听着大家的议论，杨敬禄吧嗒吧嗒又在吸烟，看似不经意，其实长着顺风耳的他一直在仔细地聆听大家的话音。

"支前好啊，这次要彻底赶走国民党，咱们也有机会出一份力了。"

"好是好，但这次与往常相比不一样了，组织的是常备担架队和运输队，要出远门的。"

"去那么长时间，家里怎么办呢？俺的地还没有种完，能不能不去啊？"说这话的是个叫杨全盛的黝黑汉子，老婆得了痨病，家里就他一个壮劳力。

杨敬禄听了好大一阵，心里有了底，把烟袋锅使劲往鞋底上敲了敲。

"大家静一静！咱们这次组织常备担架队和运输队，需要找一些身强力壮的人参加，时间也可能久一点，一个月、两个月甚至三四个月都有可能。但请出去支前的各位放心，留在家里的人也不会闲着，村里会把大家组织起来，谁家有事，就去帮忙，绝不会落下任何一家的农活。"

说完大原则，杨敬禄开始介绍具体的做法。他要让每个村民放下心来："根据区里的要求，每村都必须建立战勤工账，按勤务的性质分别立账，分为常勤工账、短勤工账、车畜折工账、包运工账等。俺要特别交代的是，留在家里的人代别人耕田的也要记入短勤工账。记工的时候以每天记，做一天记一天，常勤工记常勤工，如果是常勤工偶尔分配你做短勤时就按短勤工记；短勤工记短勤工，偶尔分配你去做常勤就给你记常勤工。还有，牲畜大车各顶人工一个，出常勤短勤的车畜工合在一起立一本工账……以上这四种记工的方法，村里不强求，本着自愿原则，尽量照顾到各个方面。俺提前说清楚，今后，村工账全年分四期结账，每三个月结一次，结清后张榜公布，请大家特别注意日常小结，每人记好自己的账，每天都要和记工员核对一下，别弄错了！"

村长滴水不漏的安排一宣布，全场响起了一阵热烈的掌声。

掌声结束后，憨厚的杨全盛站了起来，怯生生地问道："村长，出去支前有没有危险？要是打死了或者打伤了怎么办？"

"出去支前又不是让你去打仗，一般没什么危险。但话不能说死，如果遇到国民党部队乱放枪或者他们用飞机轰炸，也有可能被打死或被炸死。不过请你放心，这个也有规定，俺来给大家念一念啊——"杨敬禄从上衣口袋里拿出叠好的一张纸，一字一句读了起来，"常勤工在执行任务时阵亡或者炸成残废者，不但本人按革命军人待遇，其家属也按军烈属对待；短勤工在执行任务时遇到同样情况，本人按革命军人待遇。包运工执行任务中，如遇到上述情况，公家会酌情照顾一部分。还有,在执行任务中如果致车船炸毁、牲畜炸死或损伤者,公家都酌情给予赔偿,包运工一般不赔偿,如家庭困难,公家也会酌情照顾……"

听完村长的话,杨全盛笑了:"原来是这样,这样俺就放心了!"

全场大笑不已。

在全场的笑声中,杨敬禄接着说:"还有啊,支前时立功的给予表扬,由上级发给'功劳证',完成任务后,村里举行庆功大会,由区政府负责发放奖励。在支前服务中逃跑回来的,按其已服务的时间折半计算,缺工数另补;如逃亡自省,主动返回的服务者不扣工。逃跑并且躲藏起来的,无论服务时间长短,工数一律取消。"

"中间逃跑回来还折算工分,要俺说,谁逃跑谁就是孬种!"杨全盛一声吆喝。

"对!对!逃跑的就是孬种!"众人附和着笑起来。

"大家都听清楚没有?记着没有?"村长杨敬禄最后问道。

"听清楚了!记着了!"

见大家认识到位,杨敬禄开始布置具体的事儿。

"这次上面要咱们大杨庄组织支前队,俺看大家也都挺积极的。这样啊,咱们支前队呢,选一个队长,经村里商量,决定让杨云林来担任这个职务。云林呢,大家都知道,是俺杨敬禄的儿子,平常在村里表现如何,老少爷们心里都有杆秤。这几天他积极主动提出要去支前,还愿意承担最重最累的活儿,俺和他娘商量之后,表示支持。另外,前几年云林也做过一些支前工作,和区里以及八路军部队里的人也有过接触,帮过他们不少忙,所以,让他带着村里的人出去俺也比较放心。都说举贤不避仇,还有一句叫举贤不避亲,俺推荐自己的儿子,不知道大家同意不同意?"

所有在场的人都清楚,支前队的头儿是最危险和最辛苦的活儿。村长这样做,不是捞什么便宜事,是给大家做表率。

"同意!同意!"村长的话音一落,在场的群众异口同声地喊起来,其中年轻人的呼喊最热烈。长得敦敦实实的杨云林在同龄人中本来就是孩子头,脑袋瓜反应快,做起事来有板有眼,不但村里的年轻人认可,长辈们也都喜欢。

村长宣布完任命,云林和一帮年轻人围在一起有说有笑,高兴极了。为了多为支前做些工作,他一直在做爹娘的思想工作,这次父亲宣布让他做支前队的队长,也是他事先强烈要求的。杨敬禄两口子认为大儿子已经上了战场,就不想让小儿子去,但经不住云林的软磨硬泡,只好同意了。

"感谢大家的认可,现在请杨队长讲话。"杨敬禄一本正经地宣布,并把土台子让给了儿子。

担任队长,云林没有害怕,但让他上台讲话,立马犹豫扭捏起来。几个小青年推着他起哄,最后,他涨红着脸走上了土台子。云林站在土台上,能把下面所有人看得清清楚楚。他看到了村长爹笑眯眯鼓励的目光,看到了娘得意自豪的脸庞,看到了大爷大娘们肯定的点头,看到了同伴们期待的眼神。

在全村这么多人面前讲话,云林还是大姑娘坐轿——头一回。只见他抓了抓脑袋,深吸了一口气,平静一下忐忑不安的心情,努力地学着爹的模样,眯了眯眼睛,双手交扣在肚子上,一本正经地开始讲话。

"大爷大娘,叔叔婶子,还有各位兄弟姐妹们:

感谢大家对俺的信任!

刚才俺爹说了,咱们苏北要打仗了,要打大仗了,咱们不是部队的人,不能拿枪握刀真枪实弹地和敌人干,但是咱们可以支援他们呀,八路军也是人,他们也要吃饭穿衣。俗话说人是铁饭是钢,一顿不吃饿得慌,吃饱了才能打胜仗呀,那咱们就去给他们送粮食去;还有子弹和炮弹都需要运送,一个战士上战场能带的有限,打完了怎么办?咱们给他们送去啊!"

云林的脸刚开始说话时还泛红,三五句之后,红色消退了,渐渐恢复了正常。

"还有,咱们村也有几户人家的孩子在解放军部队里呢,其中也包括俺哥杨云枫。他们现在就在济南,驻扎在离咱们不远的地方,估计这次也要参加打仗。在战场上子弹可是不长眼睛,万一要是有人受了伤,咱们要去把他们救下来啊。"

几分钟之后,云林说话流利顺畅多了,毕竟天天和村长爹在一个锅里捞饭,耳濡目染,不仅学到了他爹的精明,显然也继承了他爹的口才。

见大家都用信服的眼光盯着自己,云林知道自己的话没有跑偏,便壮起胆子继续往下说。

"俺爹经常说,俺哥上战场打敌人是干革命,咱们在后方支援他们也是干革命,只不过大家的方式不同罢了。只要大家齐心努力,把国民党的部队赶走,咱们就有好日子过了,大家说是不是?"云林也学他爹用起了问句。

"是!"

"好,愿意跟着俺去支前的,等开完会就到俺这里报名。虽说不强求,但还是希望能去的都要去,完了。"

云林一走下土台子,人群中响起了暴风雨般的掌声。

动员会一结束,人们立马围上了杨云林。有问要往哪里去的,有问要去多长时间的,有问自己这个年龄适合报什么队,有问女人能不能报名的,询问声叫喊声此起彼伏。杨云林一一解答,他身边围满了人。

"俺参加运输队!"

"俺参加担架队!"

"担架队算我一个!"

"运输队我报个名!"

3

1948年初秋。

一场后来震惊中外的战役在一位将军的脑海中已经酝酿了很长一段时间。将军认为，济南战役之后，应该乘胜攻歼苏北淮阴、淮安、宝应、高邮、海州之国民党军队。如果不抓住这个机会调兵遣将，排兵布阵，千载难逢的战机就会稍纵即逝。是尽快向中央进言，还是以沉默方式静待上级的指令？他心存顾虑。中央军委和毛泽东对全局战略定有筹划谋略，自己的意见会不会影响到上级的决策呢？

将军最终选择了前者。

将军的名字叫粟裕，时任华东野战军代司令兼代政委。

这已经不是粟裕第一次斗胆向中央提出建议了。1946年6月，蒋介石发动全面内战后不久，中共中央采纳了他的建议，改变太行、山东、华中三支大军同时出击外线的计划，同意华中野战军主力先在苏中内线作战。

"嘀嘀，嘀嘀嘀，嘀嘀……"1948年9月24日，字斟句酌之后，一封电报从地处泰山脚下、汶河之滨的山东省宁阳县东疏镇大伯集村通过电波分别飞向了中共华东局、中原局和中央军委领导所在地。

军委，并报华东局、中原局：

（一）至此刻为止，攻济战斗已突入内城六个团，敌极混乱，决乘此时机于白昼继续攻歼该敌。……如敌停止北援，则我们下步行动，拟作如下建议：

1. 为更好地改善中原战局，孤立津浦线，并迫使敌人退守（至少要加强）江边及津浦沿线，以减少其机动兵力，与便于我恢复江边工作，为将来渡江创造有利条件，以及便于尔后华野全军进入陇海路以南作战，能得到交通运输供应的方便和争取华中人力、物力对战争的支持，建议即进行淮海战役，该战役可分两阶段：

第一阶段以苏北兵团（须加强一个纵队）攻占两淮，并乘胜收复宝应、高邮，而以全军主力位于宿迁至运河车站沿线两岸，以歼灭可能来援之敌。如敌不援或受阻，而改经浦口、长江自扬州北援，则我于两淮作战结束前后，即进行战役第二步，以三个纵队攻占海州、连云港，结束淮海战役，然后全军转入休整。

……

粟裕

敬晨七时

这里是鲁中山区少有的一处平原村落。村子北距济南一百公里，南距曲阜二十五公里，是周围十几个村寨的中心。村子里有一座建于清朝时期的崔家大院，占地四公顷，是方圆百里难得一见的六进六出的大宅，华野"攻济打援"指挥部就设在这里。华野把总部设在大伯集，可谓煞费苦心：一是因为这里战略位置适中，向北便于指挥济南战役，向南可以指挥阻援和打援的部队；二是这个村十分隐蔽，指挥部入住后，往日的集市即被取缔，日常只有千把口人，利于人员监视管控。为了保密和安全起见，白天华野指挥部领导在崔家大院办公，晚上则分散到周围村中不起眼的农户家住宿，没人会想到华野指挥部竟会设在这么个普普通通的村子里。国民党情报机关几乎天天在打探华野指挥部的情况，一架又一架的侦察机在鲁中大地上不分昼夜转着圈儿低空侦察，但直到济南战役结束，他们也没有发现华野指挥部所在地的蛛丝马迹。

"当！当！当！"

"报告！"

"请进！"

随着洪亮的报告声，机要科长走进了中原野战军副司令员陈毅的住处兼办公室，把一份加急电报送了进来。

陈毅接过电报，从头到尾仔细地看着，边看边陷入了沉思，过去的一幕幕像放电影一样从他的脑海中闪过：1946年6月下旬，抗战刚刚结束不到一年，蒋介石不顾全国人民的强烈反对，撕毁停战协定，用突然袭击的手段进攻中原解放区，悍然发动了全面内战，解放战争正式拉开序幕。在接下来将近一年的时间内，国民党军队集中强大兵力，在中原、华东、西北、东北等几个区域内企图围歼中共部队。这一阶段对解放军来说，是艰难的防御阶段，但他们挺过来了。到了1947年6月30日，刘伯承邓小平率领十二万大军强渡黄河，发起了鲁西南战役，千里跃进大别山，揭开了战略进攻的序幕……

突然，陷入凝思的陈毅脸上露出了一丝笑容，他从口袋里摸出香烟抽出一支后，划亮火柴，轻轻地点着。机要科长知道，这是陈司令多年养成的习惯，心情愉快时最愿意点支烟当会儿神仙。

陈毅的思绪延续到了1948年7月。短短两年的时间，国共两党各自的实力发生了根本的变化——解放军经过二十来个月的英勇作战，共歼灭敌军一百六十万人，由此，国民党的兵力已由战争初期的四百三十万人下降到三百六十多万人，其中用于一线作战的正规军只有一百七十多万人，分布于东北、华北、华东、中原、西北五个战场，在战略上已处于被动挨打的地位。与国民党截然不同的是，解放军在不断发展壮大，兵力从战争初期的一百二十多万人增加到二百八十万人，部队正规化建设和武器装备方面也有很大提高，具备了进行大规模运动战、阵地战和城市攻坚战的能力。更令解放军官兵振奋的是，1948年9月16日，华野发起济南战役，经过八天八夜的连续作战，于24日攻克拥有七十万人口的山东省会济南，歼灭国民党军队第二"绥靖区"十万余人，打通了华北与山东地区的联系。这时的中华大地，中原、西北解放区逐渐巩固，华北、华东解放区连成了一片，东北除少数大城市外，绝大部分地区已获得解放。短短两年时间，"国统区"大面积缩水，经济萧条几近崩溃，此时的蒋介石仿佛热锅上的蚂蚁一般坐卧不宁，寝食难安。不久前，潜伏于国民党内部的"孤雁"从南京传来情报，蒋介石鉴于东北战场败局已定，华东、华中战场态势也极为不利，计划由华中"剿总"总司令白崇禧统一指挥武汉、徐州两方面人马，并采纳了"守江必守淮"的建议，准备收缩主力于淮河以南，加强淮河防御，屏障长江，阻解放军于长江以北……

"报告！电报如何处理，请首长指示！"机要科长清脆的声音把陈毅从沉思中拉了回来。

"哦！你先回去吧。"陈毅说道。凭经验，机要科长知道，华野要有大动作了。

此刻陈毅手里拿着的正是粟裕发给中央军委并华东局、中原局的电报。

粟裕经过一个多月的深思熟虑，向中央军委并华东局、中原局建议，他的方案可以简简单单总结成一句话——济南战役结束后应立即开始淮海战役。在向中央军委建议的方案中，粟裕将战役区域界定于两淮和海州地区，目的是使山东解放区和苏北连成一片，即"小淮海"。粟裕这样界定，有自己的考量——当时解放军东北、中原和华东三支大军，各自都有强大的国民党军队要对付，如果此时发动大规模歼灭战，需要邻区之间互相配合、协助打援或钳制才能实现。作为华东野战军的代司令员，粟裕不敢想得太大，只想馒头一口一口嚼，不能一口吃个胖子。

陈毅手拿粟裕的电报，一边看一边踱着步，默默地进行着思考。陈毅知道这封电报的分量，老搭档粟裕的军事指挥才能，没有人比他更清楚。

对目前全国的战局形势，久经沙场的陈毅可谓了如指掌。就在本月的8日至13日，中共中央在河北省平山县西柏坡召开了一次关键性的中央政治局会议。会议的主题只有一个——全力加速解放战争进程。毛泽东在会议上作了《关于我军的战略方针》的讲话。讲话慷慨激昂，振奋人心，字字句句仍回荡在陈毅的脑海里："我们的战略方针是打倒国民党，战略任务是军队向前进，生产长一寸，加强纪律性，由游击战争过渡到正规战争，建军五百万，歼敌正规军五百个旅，五年左右从根本上打倒国民党。"

想到这里，陈毅突然一拍脑袋，转身向外走去。

一踏进另一间办公室，陈毅的大嗓门立即响了起来："呵呵，好事来喽！"说完，立即把电报递给了中原野战军司令员刘伯承。

刘伯承有点疑惑地接过电报，认认真真地读了一遍，然后兴奋地对陈毅说："我看有必要开会研究一下，赶快通知小平他们过来。"

过了大约一刻钟，邓小平、李达等同志先后走了进来。

刘伯承屋内布置非常简单，靠墙角放着一张床，不远处是一张书桌和一把椅子，离门口不远处放着一个农村常用的方桌。几个人围方桌坐下，仔细斟酌着电文，开始了热烈的讨论。

邓小平第一个说话："我们攻打济南时，国民党在徐州地区集结了三个兵团约十七八万人，为了防止他们北上支援济南，华野在他们北上途中布置了打援部队，使得他们一直在打援部队阵地前徘徊，不敢北上。这充分说明，我军的气势已经让敌人发怵，敌人一直避免在不利条件下与我军硬碰硬，也说明我军对敌人战略决战的有利条件正在日益成熟。"

陈毅接过邓小平的话："济南战役虽然还没有完全结束，现正在进行战役扫尾，但大势已定，最后的胜利必然属于我们。待济南战役结束，部队简单休整后，下一步必然要向前推进。黄百韬的第七兵团布置在淮阴至海州一带，我看可以先围而歼灭之。"

李达同意陈毅的想法，随之接话："陈毅同志说得对。徐州方面国民党军邱清泉、李弥两个兵团肯定会前往救援，在华野出击的同时，中野也应该配合作战，牵制徐州之敌并部分消灭之。"

你一言我一语，他们对当前的形势进行了充分分析，也对敌我双方的力量进行了全面评估。最后，刘伯承进行了总结，说粟裕同志的建议可行，认为打大仗的时机已经成熟，完全可以部署大兵团作战的淮海战役。

9月25日，刘伯承、陈毅、李达联名发出了同意乘胜进行淮海战役致中央军委、粟裕的电报。

军委并粟：

（一）粟敬七时电悉。济南攻克后，我们同意乘胜进行淮海战役，以第一方案攻两淮，并吸引打援敌为最好。如能配合孙良诚各伪部之反正，则收效更大。对控制于鲁西南之四、八两纵以能进出于丰、沛、肖、砀，蹑邱兵团之后为最好，且可于南下时相机夹击援敌于淮北路东地区，同时亦可保持向西的机动，打击陇海线、鲁西南分散之敌。

（二）……

……

刘陈李
九月二十五日午

当日晚，中央军委关于批准举行淮海战役及战役第一个作战应歼灭黄百韬兵团致饶漱石、粟裕的电报也送到了华野司令部。

饶粟，并告许谭王，刘陈李：

> 我们认为举行淮海战役，甚为必要。目前不需要大休整，待淮海战役后再进行一次休整。淮海战役可于十月十号左右开始行动。你们应利用目前半月时间，使攻济部队获得短时休息，然后留一个纵队位于鲁西南起牵制作用，吴化文亦应移至鲁西南，其余全部南下，准备进行几个作战：
>
> （一）……
>
> （二）……

军委
二十五日十九时

兵贵神速。

中央军委和毛泽东接到粟裕以及刘陈李联名发至的电报后，立即进行了紧急磋商。经综合分析研判，原则同意粟裕的建议，但中央军委洞察全局之后，考虑的已经不是苏北和两淮地区的"小淮海"战役，而是放眼以徐州为中心，在长江以北、济南以南、开封以东整个大的淮海区域实施具有决定意义的歼灭战了。

"小淮海"转变成了"大淮海"。

"大淮海"战略方案确定后，中央军委汇总各方信息进行了详尽研究，果断指示华野和中野：黄百韬兵团将回至新安镇、运河车站地区，第一个作战应以歼灭黄兵团于新安、运河一线为目标，歼灭两淮、高宝地区之敌为第二个作战，歼灭海州、连云港、灌云地区之敌为第三个作战。目前，要想尽一切办法，动用一切关系收集敌方部队的兵力部署和调动情况。

连续收到两封回电，粟裕兴奋异常，一方面说明自己对战争形势的研判是正确的，得到了中央的肯定和认可，内心对打大仗的期盼令他兴奋激动不已；另一方面，他从心底佩服中央军委决策的高屋建瓴和布局的详细周密。

接到中央回电，粟裕立即召开华野司令部人员会议，传达中央指示，学习讨论中央军委关于淮海战役的实施执行方案。

人员到齐后，粟裕起身讲话。他语气坚定地说："同志们，告诉大家一个好消息，中央军委已经同意了我们关于淮海战役的建议。但中央确定的范围更大，比我们想得更加周全。徐州地理位置重要，历来是兵家必争之地，以徐州为中心的淮海战役成败与否，将直接决定着我们能否尽快取得最终决定性的胜利。所以，这场大战必须要打，还必须打赢。毛主席和中央军委对华野十分信任，我们一定要做好充分的战前准备工作。"

粟裕一阵慷慨激昂的开场白之后，参加会议的所有人员个个昂首挺胸，热血沸腾。打仗是军人的天职，有仗打，尤其是有大仗打，所有人的心都不再平静。

"同志们，孙子兵法说，知己知彼，百战不殆。淮海战役是场大战，也必定是场恶战，谁准备筹划得早，准备得细，谁就能够占据先机。因此，各部队要广泛搜集情报，包括动员我们潜伏在国民党内部的人员，尽可能多地获悉掌握国民党内部的战略计划，特别是要了解国民党部队最近一段时间的调防情况。与此同时，还要实地侦察地形，师以上干部要对长江以北的地形地势、城镇和村落布置等做到心中有数。最后，后勤部队要做好军需物资储备工作，立即和地方组织的支前力量做好接洽工作……从现在开始，我命令，华野特别行动部和各纵队的侦察力量全部进入作战状态！"

会议结束后，华野的各级干部人人开始了研究敌情的准备工作，部队官兵处在大战前的亢奋状态，给人以山雨欲来风满楼的感觉。

大战在即，代司令员粟裕一刻都没有休息，整天一个人守在简易作战室里，不是对着地图琢磨思考，就是在纸上写写画画。作为淮海战役的一线指挥官，他深知战前谋划和获悉掌握敌情对如此大规模作战的意义。这天，有一个人匆匆忙忙地来到了他的门前。

"报告！"来人声音洪亮清晰。

"请进！"粟裕抬头一看，面露惊喜，说曹操曹操到啊！华野敌工部部长杨云枫走了进来。

粟裕走上前去，急切地说："来来，云枫同志，我正要找你呢，快说说，你那边有什么情况？"

"报告首长，我们敌工部目前工作进展顺利。下辖的南京组、徐州组、蚌埠组、海州组等均已开始工作，各组在原有情报网的基础上，正根据目前形势的需要，扩展新的小组和人员。"

"我们将要进行的战役事关全局，我相信，敌人一定也正在想尽办法打探我方的情报，这些小组和人员一定要绝对保密，不能走漏一点风声。"

"请首长放心，几个重要的情报站和相关人员都是单线联系的。"

望着年少沉稳的杨云枫，粟裕满意地点了点头。

"首长，您看——"说着，杨云枫从挎包内小心翼翼地取出几张纸给粟裕看，"我从南京回来，这是刚刚收到的。"

杨云枫取出的两张东西，一张是国民党部队南京至徐州一线最新的兵力布防图，另一张纸是密密麻麻的文字，写的是国民党在长江淮河流域的兵力部署情况。

"从哪得到的这些东西？"粟裕看完之后，激动地问道。

"'孤雁'提供的。"

"'孤雁'还好吗?"

"很好,我和他只见了五分钟的面,临走时他特别嘱咐我,一定要向陈司令和您问好!"

"'孤雁'这个名字还是恩来同志给他起的,我已经十年没见过他了,真的很想他。"

粟裕动情地说完,抬头看了一下屋顶,自言自语吟诵起杜甫的那首《孤雁》来。

孤雁不饮啄,
飞鸣声念群。
谁怜一片影,
相失万重云?
望尽似犹见,
哀多如更闻。
野鸦无意绪,
鸣噪自纷纷。

"'孤雁'同志提供的情报太重要了,正是我们急需的东西。这阵子你与他保持联系,一定要格外注意安全保密工作,他身处南京国民党核心部门,要保护好他,不能出一点纰漏。下次再联系时,代陈司令和我向他问好。"

"是!我一定带到,请首长放心。"杨云枫先是一个标准的敬礼,然后果断地回答。

这里花点笔墨交代一下华野敌工部部长杨云枫。昕昕中学毕业后,杨云枫在中共徐州地下党秘密枪械维修点工作三个月后,在侯师傅和地理老师宋泽铭的介绍下加入了共产党。在修理部工作期间,杨云枫三番五次提出要去延安,宋泽铭见他情真意切,请示上级后同意了他的请求。杨云枫出发时,偷偷带上了他的堂弟杨云震。杨云枫本来也想带表弟孔汉文一道去,但怕目标太大,最终放弃了这个想法。留在徐州城的表弟孔汉文见表哥杨云枫莫名"失踪",多次向老师宋泽铭打听情况,但始终没有得到正面答复。几个月后,表哥托人带回信息,孔汉文方知表哥已经到达延安,不禁痛惜万分,抱怨表哥没有带自己去。但因为表哥不带自己去,一个念头悄悄地在孔汉文心底萌发……

在延安,杨云枫的学历算得上小知识分子,经笔试和面试后顺利进了抗大。经过几个月系统的学习培训,思想和理论上有了突飞猛进的进步,逐渐成长为一名出类拔萃的年轻共产党员。

由于对枪械有一种天生的敏感和挚爱，杨云枫不仅练就了双手使枪的过硬本领，而且在枪械修理方面也是一把好手。在延安几次枪械修理和射击比赛中，杨云枫崭露头角，被延安社会部的人看中，抗大没毕业，就被调到社会部工作。

在抗日战争时期，粟裕的部队一直在山东、河南和江苏一带活动，由于杨云枫的老家在苏北，对这一带风土人情及地形地势都比较熟悉，粟裕就把杨云枫要到新四军情报部，从此之后一直跟着粟裕，直到成长为华东野战军敌工部部长。

进入10月后，在杨云枫领导下，各组情报源源不断地汇总到华野司令部。

徐州组传来了消息："济南战役后，国民党为应付我军南下攻势，以徐州为中心，于其东西两翼郑州、东海段布防，以二、七、十三等兵团控制徐州两侧，以十六兵团及第四'绥靖区'刘汝明之五十五军、六十八军控制郑、汴、商地区，以第三'绥靖区'冯治安之五十九、七十七军置于徐州东北临、峄、邳地区；以第九'绥靖区'李延年之四十四军控制东海、连云港地区。以便能够控制陇海路一线……"

苏北组上报侦察情况："黄百韬七兵团驻扎宿北新安镇，二十五军布防阿湖地区，六十三军在新安镇、红花埠、杨家集、南北劳沟地区，六十四军在高潭沟、丁集地区，一〇〇军在新安镇西北王家庄地区，孙良诚一〇七军在睢宁地区，另归其指挥之鲁保一旅王洪九部在郯城地区……"

徐西组的情报也送来了："10月下旬，中野先后攻克郑州、开封，乘胜进逼商丘、砀山，敌人以七、十三兵团控制徐海间新安镇、曹八集地区，意图阻止南下的解放军；以二兵团控制徐西砀山，意图阻止我军由鲁西南南下；同时将由郑州、开封退守商丘的十六兵团及四绥区刘汝明的两个军，南调蒙城、永城，意图加强徐蚌西侧，阻止我中原野战军东进，另从平汉方面抽调黄维的十二兵团北上太和、阜阳，意图确保徐蚌……"

杨云枫将一系列情报汇总后，及时上报给了粟裕。10月5日，华野在山东曲阜召开师以上干部会议，一是研究淮海战役作战方针，二是贯彻中央政治局9月会议精神，落实"统一作战意志，调整内部关系"的指示，同时开展战前组织纪律性教育。

在曲阜会议上，各纵队参会人员分别汇报了所掌握的情况，之后大家就如何打，先打哪里，后打哪里，部队如何展开战役布局等等问题展开讨论。大家畅所欲言，气氛非常热烈。粟裕不动声色，一边默默地听着大家的发言，一边认真进行着思考。

不大的会议室里弥漫着一股大战前抑制不住的亢奋情绪。

会议决定，所有部队在休整期间，大力加强组织纪律性教育和准备打更大胜仗的思想政治动员工作。

在纪律性教育和思想动员中，华东野战军特种兵纵队反而后发先至，走在了其他部队的前列。这支队伍组建于1947年1月，当时将华中野战军和山东野战军合并成立华东野战军时，同时成立了陈锐霆任司令员的特种兵纵队。

特种兵纵队下属的火炮团辖有高炮营、野炮营、山炮营、榴弹炮营、骑炮营以及迫击炮营，主要任务就是配合其他纵队作战。在部队突击之前，先调集适合的炮种进行轰击，摧毁对方的工事、碉堡、暗道、巷道等防御设施，为地面部队最后发起冲锋扫除障碍。

当初和杨云枫一起奔赴延安的杨云震就在这支部队里。和堂哥杨云枫相比，云震的文化水平稍低一些，来到延安后直接进了部队，和新兵一起进行训练。但杨云震脑瓜灵活，接受新知识快，再加上训练刻苦，进步神速。由最初的班长、排长，没几年就已经升到了营长。期间，他带领部队和日本人、胡宗南部队较量过多次，先后立过一次一等功和两次二等功。

后来，山东枣庄和微山湖一带拉起了铁道游击队，闹得动静挺大。共产党为了加强对地方武装的领导，准备选派一位对苏鲁交界地区风土民情比较了解的人。杨云震符合条件，就被派回家乡工作。1945年8月日本鬼子投降后，苏鲁地区的地方武装接受了八路军改编，加入了特纵部队。经过战火的洗礼和磨炼，杨云震现在已经是火炮团的团长了。

在抗战中，杨云震作为指导员，和战友们一起爬飞车、搞机枪、炸火车、炸桥梁，有效地打击了日本鬼子控制的津浦铁路运输线，牵制了日本鬼子的有生力量。有次回老家探亲，曾给堂弟杨云林一帮人透露了一点自己作战的小故事。

云林问："听说你所带的游击队主要在铁路上活动，专门夺日本鬼子的物资，毁日本人的军列，是真的吗？"

"不错，我们队员那是真厉害，他们可以飞身爬上火车，然后拧开货车的车门，把车上的机枪、步枪和子弹箱往下扔。"

"你们不怕日本人吗？"一个叫文华的小伙子问道。

"不但不怕，日本人倒害怕我们！"杨云震的口气坚定刚毅。

在云林一帮人的再三要求下，杨云震给他们讲了一段逼迫日军投降的有趣故事。

1945年8月15日，日本签署投降书那天，按照惯例，日军应立即向属地的抗日武装投降。由于多次吃过铁道游击队的亏，日本鬼子从心里愤恨且不服气，驻扎在临城的日军说什么也不愿意向铁道游击队缴械投降，而他们唯一能选择的就是乘火车沿津浦铁路南下向徐州国民党军队投降。杨云震和铁道游击队队员咽不下这口气，随即制定了对策。当这部分日军乘坐的铁甲列车趁着夜色悄悄开出临城车站，行驶到临城南沙沟附近时，突然发现前方的钢轨不见了。当他们无奈地试图退回临城时，铁道游击队拉响了事先埋下的炸药，日军退路也被切断。日军知道这是多年的宿敌在和他们作对，火车虽然停了，但人龟缩在车厢里死活不出来。游击队员也不急，心里暗骂，好你个王八蛋，你不下来，我们就奉陪到底，于是在铁路沿线安营扎寨，生火做饭……最后，忍饥挨饿三天之后，孤立无援的日军再也坚持不下去，只好举着白旗向游击队投降。

杨云震讲述这段故事，绘声绘色，手舞足蹈，云林一帮人佩服得五体投地，纷纷要求云震带他们一道去参军打仗。

杨云震是如何进入火炮团的，这当中还有一段趣闻。

云震没到特纵之前，就喜欢看人家捣鼓火炮，觉得火炮威力巨大，一发炮弹出去能炸死一片敌人，比步枪和手榴弹威武。本是步兵营长的他一有空就喜欢和炮兵团的人厮混在一起。一段时间后，杨云震申请调到特纵火炮团，步兵团长不放人，他就跑到火炮团长那里寻求帮助。炮兵团长疑惑地问："你懂炮吗？"杨云震二话没说，闭眼就是一通喃喃自语："火炮按类型分为加农炮、榴弹炮、山炮、野炮和迫击炮。加农炮弹道低伸，身管长，初速大；榴弹炮弹道较弯曲，炮身较短，初速较小；迫击炮弹道弯曲，炮身短，初速小……"最后，火炮团长送了步兵团长三包洋烟，说："兄弟，给个面子，让那小子试上一炮吧！"

炮弹珍贵，两位团长约定好等哪天炮团配合步兵团作战时，让杨云震试上一炮。三天过后，附近山头上一帮土匪跑到村庄里抢粮食，打死打伤不少群众，部队决定及早剿灭这股民愤极大的土匪，两个团各抽一个营上了山。

由于是山地作战，这次火炮团出动的是山炮。

山炮结构比较简单，轻便且容易拆卸，一般都是炮兵肩扛或者用驴马驮，到山上后很快就能组装好。剿灭小股土匪，根本用不着团长出马，但两尊"大神"为测试杨云震，都亲自来到现场。等两人到达山顶，山炮已经架好。炮兵团长要求杨云震打第一炮，目标是土匪山寨大门口的瞭望台。山炮虽然简单，但杨云震没有打过，只是跟在火炮团屁股后面观察和捣鼓过几次，在场的所有人都为他捏把汗。

老练的炮兵团长目测了一下，发射点距目标估摸有五百多米，说只要炮弹落在瞭望台四周五米内就算通过。步兵团长站在旁边丝毫不担心，认为这小子肯定跑不了，因为这么远的距离，杨云震没打过炮，又没有瞄准镜，十有八九要打瞎。

只见杨云震围着山炮转了一圈，先初步瞄了瞄，然后运口气，抱弹、装弹、上栓等一连串动作一气呵成，再静下心来细瞄了一会儿，最后向炮兵团长点了点头。炮兵团长会意，一声令下："放！"

随着一声巨响，炮弹如出笼的猛虎向山寨飞去。

所有人的视线都盯着远方的瞭望台,片刻之后,奇迹出现了,炮弹不偏不倚正好击中瞭望台中间,一团冲天的火光后,整个瞭望台灰飞烟灭。

紧接着,旁边的几门山炮一齐怒吼,一时间炸得土匪鬼哭狼嚎。步兵营趁势发起冲锋,不到一个小时就结束了战斗,抓获土匪头子和手下五十多人。

就这样,杨云震如愿转到了特纵火炮团。在火炮团,凭着人炮合一的天分,他先从连长做起,很快晋升为营长,后来当上了团长。

担任炮兵团长后,杨云震如鱼得水。现在大战在即,他知道离自己大显身手的机会要到了。在休整期间,他不但没有丝毫的马虎,而且比别人更加尽心尽力,结合今后可能面对的任务和战区地形,对全团开展了以河川平原地为背景、以阵地攻坚战为主要内容的战术技术训练。在训练间隙,他自己带着一帮营长侦查周遭的地形及南下的途径,还化装进入过滕县县城,摸清了国民党部队在当地驻防的情况。

远在西柏坡的中央军委和毛泽东更是密切关注着华野和中野两支劲旅,从制定战略方针到确定作战计划都做了具体的指导。

嘀嘀、嘀嘀嘀、嘀嘀……空中电波不停地穿梭。

9月28日,中央军委关于应做好淮海战役的充分准备致饶漱石、粟裕、谭震林电报;

10月11日,中央军委关于淮海战役部署的几点意见致饶漱石、粟裕、谭震林电报;

10月12日,饶漱石、粟裕、谭震林关于歼灭黄百韬兵团的部署致中央军委电报;

10月14日,中央军委关于钳制徐州各部援敌的部署致饶漱石、粟裕、谭震林电报;

10月21日,饶漱石、粟裕、谭震林关于修改原定部署致中央军委电报;

……

至此,淮海战役的宏大作战方案渐渐浮出水面。

10月23日,作战方案基本定型,华野发布了《淮海战役预备命令》。

10月30日,中央军委指示华野、中野要同时发起进攻。

到11月4日,华东野战军司令部正式下达了《淮海战役攻击命令》。这份攻击令中明确提出,为贯彻淮海战役决心,定于11月8日晚统一发起战斗。对于任务分工,攻击令更是交代得周详细致:"鲁中南纵队首先应以主力一部配合鲁中南基干团于七日晚采取突然奔袭速决手段围歼郯城、大埠王洪九部,主力按拟定计划经郯城东西沭河西岸地区开进,首先分割保卫红花埠与新安镇、瓦窑与新安镇之间地区守敌（应以主力挺进至新安以西至新安以南之前沙墩、王家庄、侯墩至鲍庄地区）相机歼灭新安镇外围地区之敌，尔后协同一纵、六纵、九纵聚歼新安镇之敌……"

4

1946年6月，抗日战争结束不到一年，尽管美国人在国共双方之间斡旋调停，但蒋介石不愿眼睁睁地看着自己的生死对手毛泽东所领导的共产党逐渐做强做大，便悍然撕毁停战协定，向各中共解放区大举发动进攻，妄想剿灭中共于成长壮大之初。

蒋介石未曾想到，经过一年的厮杀较量，自己的长枪利炮居然不敌毛泽东的"小米加步枪"，国民党军队的进攻被对手一个接一个地打垮，被迫采取"全面防御"策略。蒋介石使出浑身解数，力图挽回颓势。但事与愿违，短短一年过去，国军的"全面防御"被解放军全面瓦解，战火很快蔓延至国统区。在解放军连续攻城徇地的强大军事压力下，国民党不得不采取所谓的"重点防御"策略，即把主要兵力收缩集结于各重要战略点线，构筑坚强堡垒和工事，意图拥城固守，以待时变。

作为战略要地的徐州，是国共争夺的焦点。1948年6月，蒋介石将"中华民国陆军总司令部徐州司令部"改组为"徐州剿匪总司令部"。任命刘峙为总司令，杜聿明、李延年、冯治安、刘汝明、韩德勤、孙震等六人为副总司令，李树正为参谋长。改组后的徐州"剿总"下辖七个兵团与三个"绥靖区"，另外，徐州"剿总"还可指挥调动驻扎在南京、蚌埠和徐州等地相当数量的空军。

1948年下半年，情势愈加危急。迫于无奈，蒋介石做出了仅守郑州、济南、徐州三大战略要地的决定。为实现这个军事部署，他采取各种措施补充兵力，重点加强这三地的力量。然而天违人愿，时间进入9月，辽沈战役刚刚打响，济南即被解放军攻破，守军十万余人被歼灭，第二"绥靖区"司令官王耀武也被活捉。济南失守不啻一个晴天霹雳，给了蒋介石当头一棒，"重点防御"计划摇摇欲坠。蒋介石没有死心，他把一切希望寄托于最后一搏，企图依仗固若金汤的徐州—蚌埠防线彻底粉碎毛泽东由此渡江南下的"野心"。

古城徐州，地处江苏、河南、山东和安徽四省交界，是陇海铁路和津浦铁路的枢纽，自古就是兵家必争之地，千百年来流传着"九里山前古战场，儿童拾得旧刀枪"的名句，地理位置的重要性和战略意义不言而喻。作为首都南京在淮河以北的最后一道安全屏障，国民党在徐州周边集结了大量兵力，构筑了坚强的堡垒，准备拼死固守，防止解放军由此向南渡过长江。正因如此，在蒋介石的作战思路中，关键时刻徐州周边的其他城市均可以放弃，但徐州万万不能失守，显然他旨在以此为战略要地，集中力量与解放军决一雌雄。蒋介石决心一下，便将国民党原郑州指挥所取消，改为"徐州剿总前进指挥部"，统一指挥郑州—徐州—蚌埠一带的所有机动兵力，准备与解放军在此决一死战。

中央军委和毛泽东把即将开始的生死决战命名为"淮海战役"，蒋介石和国民党军队则称为"徐蚌会战"。

双方心里都十分清楚，此战不光关乎个人成败，更将决定未来中国的走向，谁都输不起。

济南战役结束后，由军统改组的国民党国防部保密局已察觉到徐蚌大战在即，局长毛人凤便下令所有人员立即行动起来，对国民党重要军事机构和可能参战的部队实行全天候秘密监控，任务主要有两项，一是严防国军将领投共，二是坚决铲除潜伏于政府和军队内部的中共卧底。毛人凤制定好周密的方案，便向蒋介石进行了禀报，当即得到尚方宝剑："如此两类人员一经查实，可先斩后奏。"

决战在即，蒋介石密令自己器重的徐州"剿总"副总司令杜聿明拟定了"对山东共军攻击计划"，企图集中徐州国民党部队主力，乘解放军中野和华野东西分离之际，全力歼灭华野一部分主力，以提振日渐颓废的国民党部队的士气。

进入9月，"火炉"南京的天气逐渐凉爽下来，白色云朵在碧空中飘荡，街衢边的法国梧桐也染上了斑驳的色彩。不闻枪炮轰鸣，不见硝烟弥漫，这座即将面临重大变迁的城市，仍保持着阅尽沧桑不形于色的气度，显得静谧安详。

月底的一天，一架飞机犹如撕裂平湖的小船，轰鸣着划破金陵城湛蓝的天空，稳稳降落在大校场机场。这是一架军用专机，机身上闪烁着醒目的青天白日徽章。

一个身形瘦削的人从飞机上走了下来。此人身着笔挺的将军服，头戴嵌有青天白日徽章的军帽，脸高高地仰起，没有一丝笑容，透露出决绝而又肃杀的神情。走下专机者不是别人，正是国民党部队中将、徐州"剿总"副司令杜聿明。

汽车直接将他带进了总统府。一个年轻的军官已经等在门口，态度谦恭地为他拉开了车门。

"王参谋，顾总长在吧？"

"在，已经等您多时了。"王参谋带领杜聿明向里面的办公室走去。

"报告！"

"请进！"

杜聿明踏进了国防部参谋总长顾祝同的办公室。对这位委员长的得意门生，顾祝同也是热情有加。

"光亭，还好吧？来来来，请坐！"顾祝同走上前去，与杜聿明热情地握手寒暄，并且亲自给他泡了一杯碧螺春。

杜聿明环顾四周一眼，见只有顾总长一个人，脸上紧张的表情才放松下来。

"看你小心翼翼的，在我这里没事。"顾祝同半开玩笑地说。

"还是小心点为好。现在的共产党真是无孔不入啊。"杜聿明谨慎地答道。

"顾总长，按委座指示，我初步拟定了'对山东共军攻击计划'，向您汇报一下。"说完双手将一个密封的卷宗递给了顾祝同。

顾祝同翻看卷宗时，杜聿明在一旁不停解释。

"徐州'剿总'刘峙总司令及李树正参谋长原则上同意这个计划，但他们对冯治安部守徐州不放心，打算用十三兵团守备徐州，想把冯治安他们调出徐州参加攻击。"

仔仔细细看过一遍，老于世故的顾祝同没有马上表态，而是说道："最近委员长在北平，你最好还是到北平亲自向他汇报一下。既然是委员长安排的，要听听他怎么说。"

"好！我即飞北平。"杜聿明无奈地答应。

杜聿明飞往北平的途中，远在西柏坡的中共机关收到了一封来自南京的密电："杜聿明拟出'对山东共军攻击计划'，内容不详。君子。"

北平，蒋介石圆恩寺官邸。蒋介石背着手站在花园的长廊下，一动不动地凝视远方。

圆恩寺是清代庆亲王奕劻次子载奭的府邸，分中西东三路，中路是一座西式洋楼，楼前建有一水池，池有喷泉，堆砌着假山，加上从圆明园移来的石刻点缀，别有一番洞天。西路是一座二进四合院，东路庭院开阔，花厅敞轩俱全，配上优美的凉亭游廊，精致宜人。池子东南方是一座西式圆亭，是小憩休闲之佳地。蒋介石非常喜欢圆恩寺，每次来北平都下榻于此。可如今国事堪忧，此等胜景如今亦有了易主之虞。

蒋介石长长地吁了一口气，脸上掠过一丝落寞的神情。

"报告校长！"翌日，来到北平的杜聿明匆匆走进了圆恩寺。

"光亭，来来来。"看到自己心仪的学生，蒋介石难得地露出了笑容。

听完杜聿明的当面汇报，蒋介石并没有立即答复，以身体不适为由，打发走了雄心勃勃的杜聿明。杜聿明心里清楚，现在的校长已不再是过去的那位坐拥雄兵、果断刚毅的校长了，决断起事情来早就没有了北伐时的雷厉风行，而是多了几分瞻前顾后、犹豫不决。两天之后，心急火燎的杜聿明才从蒋介石侍从室得到消息，委员长同意了他的计划，不过，他必须回到南京，和总参谋长顾祝同再行协商。

一个并不复杂的作战计划竟如此大费周章，无可奈何的杜聿明顿生惆怅，一种隐隐遑遑的感觉掠过心头。

对于即将到来的决定生死命运的"徐蚌会战",国民党内部在两个作战方案之间争论不休,迟迟不能决断。国民党内有名的"小诸葛"、华中"剿匪"总司令白崇禧按照"守江必守淮"的思想,提出了两种作战方案:第一种方案是固守徐州和蚌埠一带,北向阻止解放军南下,以佯攻济宁、收复济南为目的,采取所谓以攻为守的思路。如若共军南下,就集中兵力,寻机与共军决战;第二种方案是南撤蚌埠,放弃徐州,凭借淮河作为天然屏障,进行河川防御,实施加强以南京外围防卫为目的的战略方针。

按照常规,两个方案在深入研判后应该果断决策,集中对利多弊少的方案进行完善修订,然后立即组织实施。但此时的国民党高层,上至国防部下至徐州"剿总",彼此之间争论不休,相持不下,闹得蒋介石莫衷一是,不知如何是好。就这样,战役论证会不知开了多少次,大多数时间都是两派之间扯来争去,无法决断。

徐州"剿总"副总司令杜聿明一帮人力主实施第一方案。他态度坚决地说:"我们现在徐蚌津浦沿线一带大约有八十万兵力,是共军无法企及的。可以趁共军刚打下济南,立足未稳的休整间隙和狂妄的骄兵心态,采取以攻为守的战略攻势,主动攻击,出其不意地拿下济宁,最终达到收复济南的目的。"

与杜聿明的观点不同,国防部作战厅厅长、中将郭如桂提出了自己的观点:"共军刚攻占济南不久,风头正劲,锋芒毕露,在济南我军有生力量已损失惨重,此时北上可能再次碰到共军的钉子上,这样做是不是过于冒险?如果失误,将会陷入进退失据的危险局面。"

两种观点似乎都有道理。

反复研判两种作战方案之后,蒋介石和国防部长何应钦等人更倾向于实施第二个方案,即放弃徐州,向蚌埠撤退,坚守淮河,凭借淮河天然屏障阻止共军南下。蒋介石的理由是,徐州虽为战略要地,但易攻难守,距南京较远,后方联络战线过长,兵员粮弹补足困难,不如将主力退守淮河,以守为攻,胜算更大,这样可以绝对确保南京外围的安全。其他人不了解蒋介石,身边的几位心腹却清楚蒋介石的心思。何应钦私下悄悄对顾祝同说:"委员长没有说真心话,徐州南百余公里的灵璧睢水一带就是项羽被围的垓下古战场,他对此还是特别避讳的。"

对第二种方案,参谋总长顾祝同持有不同意见:"这样做未尝不可,只是从徐州撤防容易,再部署时一时半会并不能见成效,若共军部队也继续追击南下,并乘机在两淮苏皖等地进行渗透,那后果将不堪设想。中原的屏障我们拱手相让失去后,不但首都南京直接处于威胁之下,就连武汉三镇也将会陷于暴露动摇之中……"

战局未开,国民党高层举棋不定,思想不统一,已经错失提前布局的良机,犯了兵家大忌。就这样,纷纷攘攘进行一段时间的"研判"之后,大家为时局所迫，勉强认为徐州地理位置重要，自古乃兵家必争之地，绝不可自甘气馁而轻易放弃，再加上杜聿明信誓旦旦的表态，让众人觉得胜算较大，蒋介石无奈决定采取第一套方案。

见最高军事长官拍板第一种方案，作战厅厅长郭如桂只好见风使舵："既然共军要攻打徐州，我觉得前期光亭以徐州为中心作攻防战的计划还是可行的。把兵力布置在徐州周边，进退两利。进可以机动地向济南进攻，退可以防守徐蚌一线。"

蒋介石眼望郭如桂，最后说道："你是作战厅厅长，一定要辅助光亭做好具体方案，确保万无一失。"

"是！"郭如桂起立，响亮地回答。

回到徐州，杜聿明立即召集邱清泉、李弥、黄百韬等将领开会，商讨在各种情况下部队的战术战法，众人一致同意守备徐州，机动出击的战术，并决定于10月15日开始行动。

但是，战场风云瞬息万变，辽沈战役中，国民党部队节节败退，急需一个得力的人去救火。15日早，前往东北督战的蒋介石突然把杜聿明从徐州接走，派往东北战场。杜聿明走后，"徐蚌会战"的第一种方案不得不搁浅下来。但是被寄予厚望到达东北的杜聿明并未能挽回东北战场的颓势。10月30日，蒋介石眼睁睁看着东北廖耀湘兵团全军覆灭，沈阳已陷入四面楚歌的困局之中，这才不得不慌忙从北平飞返南京……

南京国防部总参谋部。

几个人围在会议桌前，正在举行一个紧急作战会议。参会的有参谋总长顾祝同，参谋次长刘为章，作战厅厅长郭如桂、副厅长许正春和作战处长李炎华等。接到从北平返回南京途中蒋介石的指令，他们正在拟定一个新的"徐蚌会战计划"。

会议由作战厅厅长郭如桂主持，他信心满满地说："目前战局对我们越来越不利，济南战役失败了，东北战场战况也很糟，共军猖狂至极，已经喊出了打什么'淮海战役'的口号。据可靠消息，共军华东野战军已经在向济南以南集结并向徐州方向推进，我们必须做好应对的方案。现在请作战处李炎华处长把初步制定的'徐蚌会战计划'向大家介绍一下。"

李炎华走到悬挂着的军事地图前，杖指徐州蚌埠两地之间说："此计划的核心要义是，将徐州'剿总'所属各兵团及'绥靖区'各部队主力移至淮河南岸蚌埠地区，占领阵地，以攻势防御击退对方之攻击，相机转为攻势，予以歼灭。"

接着，李炎华汇报起详细的作战方案。

"主要任务是以兵团之一部守备徐州、贾汪，掩护主力转移，各部队的行动分配是这样的:新安镇附近之第七兵团经五河、临淮关附近转进;徐州附近之第十三兵团、第三'绥靖区'经褚兰、固镇向蚌埠转进;徐州以西黄口、虞城附近之第二兵团经涡阳向怀远附近转进;柳河、商丘附近之第十六兵团及第四'绥靖区'经蒙城向海河街、凤台间地区转进;总部及直属部队经津浦路向蚌埠转进。各部队到达目的地后应迅速占领阵地构筑工事。"

李炎华说到这里,郭如桂插话补充说道:"前一段,何部长召集大家开过一次会,大家有两种思路并提出了两个不同的方案:第一种是徐州'剿总'除以一至两个军坚守徐州据点外,将所有陇海路上的城市放弃,集中一切可以集中的兵力于徐州、蚌埠津浦路两侧地区,做攻势防御,与共军决战;第二种是退守淮河南岸,凭河川防御,待共军攻击受挫时,机动转为攻势,击破共军。经反复研究,建议采取第一种方案。这次的徐蚌会战计划就是在这个基础上产生的。"

"我看这样做不妥!从徐州至蚌埠有二百多公里,在津浦铁路两侧摆上数十万的大军,毫无既设阵地可守,势必会形成首尾难顾、到处挨打的态势。"刘为章参谋次长瞟了一下郭如桂,提出了不同意见。

在参谋总部内,人人皆知一个事实,刘为章和郭如桂均是精通军事理论的实力派人物,一山二虎,经常尿不到一个壶里。仪表堂堂、留学日本陆军大学的刘为章擅长谋略,外加与白崇禧私交甚笃,恃才傲物的他从来不把别人放在眼里。黄埔五期生郭如桂也不是盏省油的灯,曾在日本陆军士官学校学习过,堂兄是大名鼎鼎的四川军阀郭汝栋。他本人抗战时期以出色的参谋能力获得陈诚赏识,纳为心腹,成为陈诚"土木系"十三太保之一,内战期间一年内调动三次直至荣升国防部作战厅长。作战厅长是个实职,因此郭如桂向来不买官高半级的次长刘为章的账。

一看两人见面就交火,参谋总长顾祝同急忙出来打圆场:"委员长已经看过这个计划,基本上同意将主力集中于蚌埠附近与共军决战,但认为计划还太笼统,请大家好好斟酌,进一步修改完善。"

总长这么一说,刘为章就没再持有异议,只是漫不经心地围绕计划提些细枝末节的问题。

会后,低头不语的刘为章随顾祝同一起回到了办公室,顾总长问刘为章:"你还有事吗?"

刘为章见四下无人,小声说道:"有句话不知当讲不当讲?"

"你刘为章可是从来没有这么吞吞吐吐畏首畏尾过啊,讲!"

"我觉得老郭有问题。"

一句话把顾祝同说愣了,急忙问:"他怎么有问题?!"

两人坐定,刘为章说:"我的怀疑是有根据的:第一,老郭天天穿制服,不管是工作时间还是业余闲暇，甚至私人宴请也没见他穿过别的像样的衣服。吃饭呢，也是很简单，曾听光亭说见过他们家晚饭只有区区两个菜，且从来没有宴请同事到家中吃过饭。最不可思议的是，他也没有什么特别嗜好，除了抽烟，不打牌不赌钱，有时同事和朋友间小来小往他一概不参加。据说家里沙发都打着补丁，如此谨慎和清廉的人，我至今听说过的就他一个，怎么看我都觉得他不像我们的人，倒像共产党的做派；第二，看他带着作战厅一帮人弄的这个计划，明眼人一看就有问题，表面上看着合情合理，但暗地里却正中共产党的下怀。所以，我怀疑是共党方面指使老郭这么干的。"

顾祝同听后，闭上眼睛沉默了很长一段时间没有说话，最后，意味深长地笑着摇摇头："你多虑了！"

他想起就在前一天下午，也是在这个办公室里，同样有人神神秘秘地向他反映情况，只不过对方换成了郭如桂。郭如桂状告的对象不是别人，正是刘为章。郭如桂说："我有一件要紧的事向总长反映，一次听喝醉酒的二厅厅长冯怀西说，咱们的次长是共产党，在日本留学期间加入的。听说在日本几年，他经常暗地里参加共党组织的抗日宣传活动。"

当时，房间内的空气一下子凝固了，顾祝同还没有从诧异中回过神来，郭如桂继续说道："次长这个人，仗着自己能饮、能唱又能讲的那点本事，凭借自己的三寸不烂之舌，在公共场合旁若无人、口沫横飞，次次大言不惭，除了您，根本没把其他同事放在眼里。如果不细加分析地听他这个人讲话，既像听到一位学者、教授或是专家在讲学，又像见到一位雄辩家在演说，头头是道，面面俱圆。可是，当慢慢地体会他所说的内容，却又驴唇不对马嘴，空无一物！他虽然身负重任参与作战计划的制定，可从来没有听过在哪次大会战中他有了不起的贡献，或是在哪次战役中因为他卓越的见解、判断与处置，打了大胜仗。他唯一的一点本事，不是别的，是每次战役后八面玲珑和花言巧语般的分析，可这些东西，仔细想想，又有什么用呢?！"

昨天来了个告状的，今天同样又来了一位，而且是相互告状，攻讦的内容如出一辙——对方是共产党。想到这些，顾祝同脸上飘过一丝不易觉察的诡异笑容。

顾祝同认为，刘为章和郭如桂都不是共产党，只是都有后台的两个人之间互不服气，谁也看不惯谁，官场上的钩心斗角而已。以后如能利用两人之间的矛盾，说不定对自己地位的巩固有好处。于是，顾祝同像劝郭如桂一样劝导刘为章："没有真凭实据千万不要乱说，看人要看人家的长处。谁说我们国民党的高官就一定要享荣华富贵，一定要锦衣玉食?！老郭这种节俭的品性也是蒋委员长推崇的，所以，你千万不要讲到委员长面前去，否则挨一顿骂是小事，弄不好还要说是有意侮辱党国形象。"

顾祝同的一席话说毕，刘为章额头上已沁出一层细汗，便不再吱声。

"大家都是同事，大战来临之际还闹不团结，会葬送党国大好前途的。"

就这样，顾总长把这事压了下去。

刘为章和郭如桂虽然互相猜忌，但苦于没有真凭实据，也只好不了了之。

5

大杨庄，支前报名组织工作正在紧张地进行着。

与杨云林年纪差不多的年轻人经常扎堆一起玩，个个信服云林，所以动员会后他们二十多个人第一时间报了名。村里大部分人要等会后和家人商量一番后再做决定。在这群人当中，不少人一回到家，看到草屋内地上爬的娃娃，床上躺的老人，会场上的激情和热度立马减了大半，又犹豫观望起来。

按照村里的设想，一个支前队起码也要五六十人。两天下来，报名的才四十来人，这事可急坏了支前队长杨云林。"这样不行，报名的人数太少了，不但向区里不好交代，还显得我这个队长没能耐！"杨云林对身边的几个铁杆伙伴说。其实，除了嘴头上说出的原因，他心里还有自己的小算盘："支前队人数多了，队伍一字排开半里地，浩浩荡荡看起来才像个样，那样的队长当起来才有点意思！"

"怎样才能组织一个五六十人的支前队呢？"云林想了很长时间，伙伴们建议他向村长爹求援，被他一口拒绝。"谁的事谁操心，不能啥事都推给村里。俺现在是支前队长，招兵买马的事得俺自己做！"

云林开始绞尽脑汁想主意，达到了吃饭愣神、睡觉梦呓的地步。一次去村里开会，边走边琢磨的他竟一头撞在门前的银杏树上，满眼金星晃了好大一阵儿。杨敬禄知道儿子在想什么，瞧在眼里却一直不声不响，他要先让儿子自己去折腾，不到关键时候不出手。

一天下午，云林把已报名的所有人召集起来开会。人员到齐后，云林对大伙说："古人说，兵马未动，粮草先行。粮食和弹药是军队的命根子，仗一开打，咱们的部队没有这些东西不行，等仗打了一半，缺这些东西更不行！都好几天了，村里才报了四十来人，不行啊！大家想过没有，咱们每人运粮食最多挑一百多斤，运弹药最多扛两箱，就现在这点人，不要说保障一个营了，就是一个连俺看也够呛！"

几天下来，云林就瘦了一圈。

"咱们大伙一起帮云林想想，看看有啥法子能让大家都来报名？"文华站出来说话。

云林的另一位好友青山接着站了起来："要俺说，先把每家每户能出工的劳动力列个名单，除去老弱病残，摸摸咱们大杨庄到底有多少人能出工。"

又矮又壮的铜锤说："给恁爹说说，是不是哪家哪户出工支前了，明年可以少交点公粮？"

一年四季剃光瓢的铁匠"石磙"一身蛮力，村里孩子每次遇到他，都躲得远远的。他站起来吼道："符合条件的人不去，都他娘的是孬种怕死鬼，俺就举着铁皮喇叭站他家门口喊，看他臊不臊得慌！"

瘦高条"麻杆"性格温和，做起事来有板有眼，说："石磙你真是手榴弹的脾气，一拉就响，别急啊兄弟，俺认为可以先去每家问问，看看有什么困难，能解决的咱们大伙先帮他解决掉。"

……

很快，大家集思广益，一个个办法想了出来。最后，云林站起来激动地做了总结。

"都说三个臭皮匠顶个诸葛亮，按这个算法，今天咱们这里可是有十几个诸葛亮了！根据刚才大伙的建议，咱们马上可以做下面几件事……"

云林握着小笔记本，一共说了六点。他首先拜托大伙各自回去后做自己家人的思想工作，自己家里父母或兄弟姐妹能报名的都要动员起来，接着布置文华和青山核对筛选全村能出工支前的人数，然后还要再到各家各户去摸底动员。云林说的第四点是他马上向村里提出申请，问问凡是远行出工支前的人，来年交公粮时每个人能否可以根据支前时间长短减交小麦，用粗粮相抵；第五点，云林选了"麻杆"和几位年长者挨家挨户去走访，看看有什么问题，汇总后再集中派人帮各家解决实际困难。最后，云林让铜锤和"石磙"带一帮人准备筹集支前的工具，哪家有需要修理的平板车、小推车等都可以拿到指定地点进行免费维修……

会后，云林来到村屋，把商量好的建议拿给杨敬禄等几个人看，结果是大家一致同意。杨敬禄瞧着儿子，心里有说不出的高兴。"老二也越来越像老大云枫有头脑了，不仅分工细致，而且具体任务也都尽量根据每个人的特点来安排，恰到好处。"

"嗯，还不错！你们就放心大胆地去做吧，有问题再来找我。"杨敬禄代表村里表了态。

云林拿到了尚方宝剑，走出村屋没有回家，立即带领大伙行动了起来。

其实，对于支前工作，不要说云林，就连他的村长爹也不太了解这次行动的大背景。杨敬禄去区里开会，知道上级说要在淮河流域打大仗，要求大规模组织民工支前工作。但他们所不知道的是，这是中央军委和毛泽东做出的重大部署。早在9月华野粟裕代司令员提出进行淮海战役的建议时，中央就考虑到了这一点。关于发起淮海战役后的后勤工作，中央军委专门进行了指示："这一战役比济南战役要大，比睢杞战役的规模也可能要大。因此，你们必须有相当时间使攻济兵团获得休整补充，并对全军作战所需包括全部后勤工作在内有充分之准备，方能开始行动。战役时间包括打黄兵团，打东海，打两淮在内，须有一个月至一个半月，战后休整一个月，故你们须准备两个月至两个半月的粮秣用品……"为了保密和迷惑敌人，向地方说明此次支前的目的地是帮助部队攻打徐州。

经过摸排，云林很快得到了统计结果——可以参加担架队或运输队但没有报名的有六十五人，其中家中老人有病的八人，孩子多且小走不了的十五人，农家肥还没有拉到地里的十人，家里工具坏了还没修好的八人，其他的人倒是没有什么困难，但行动上磨磨唧唧，估计思想上有顾虑没想通。

问题摸排出来后，云林再次把大家召集到一起，详细地进行了分工，并根据不同情况，挨家挨户逐一解决。对云林来说，往地里拉农家肥、修理工具等这些事处理起来易如反掌，难的是解决老弱病残的问题，李金锁家就是这样的困难户。金锁爹娘都是年过六十常年有病的老人，不能干什么重活，家中一顺溜有三个孩子，老大七岁，老二五岁，小的还不到两岁。金锁说他想去，如果自己拍拍屁股走了，家里就剩媳妇一个人，这一摊子咋办呢？

云林想来想去想到了妇女主任王秋菊。"留守的后勤组不是她负责吗，何不找她商量呢！"

"秋菊嫂子，俺有个想法不知管不？"见到王秋菊，云林诚恳地说。

"管不管你先说来听听！"

把支前队组织报名的情况和存在的问题大致介绍一遍后，云林提出了自己的建议："你们妇女组除了分为浆洗缝补小组、磨面小组，是不是还可以再组织两个小组，一是组织三至五人的护理小组，专门帮忙照顾六十岁以上身体不好的老人，每天去他们家里瞧瞧，有问题及时解决，没问题也陪他们拉拉家常说说话；二是组织一个孩娃看护所，凡外出支前或在村出后勤的人家，没达到上学年龄、三岁以上的小孩都可以送过来，集中进行照顾。这样解除大家的后顾之忧了，大家的积极性不就提高了？"

王秋菊一听，一拍大腿喊了起来："好点子，好点子，俺怎么没想到呢！平时有事情时，俺都要一家家去叫，督促她们快一点。可是女人家务活多啊，不是刷锅洗碗没弄好，就是孩子缠着腿走不了。如果把老人安置好，把孩子统一管起来了，那女人的麻烦事不就少了嘛！"

说干就干，雷厉风行的王秋菊先是成立了"帮老组"，然后找人找房子，没几天又成立了"孩子房"。这两项事情被王秋菊解决后，村子里一下子就有二十七八个壮劳力报名参加了支前队，乐得杨云林合不拢嘴。

刚准备喘口气，一个消息忽然传到了云林的耳朵里——杨全英失踪了。

云林和文华正在院子里修理一辆独轮车，青山慌慌张张跑进来，气喘吁吁地说："云林，杨全英跑了。俺到他家几趟，都没见到人。开始他老婆说他下地了，俺就信了。后来吃饭点去找他，还是不在，他老婆又说他赶集去了没有回来。反正每次都有理由，俺怀疑他是跑了。"

大杨庄的人都知道，杨全英可以算得上个小人坏子。杨全英姊妹六人，上面五个全是姑娘，老幺的他从小就被家里人疼着护着，大事小活不干一点，虽然是三十多岁的壮年汉子，可是每次只要碰到支前出后勤的事情，一听到风声就躲到几个出嫁的姐姐那里去了。

青山说："俺大致算了一下以前大家出后勤的工，多的已经做了一百多个，少的也有五六十个了，就他杨全英最少，只有十几个工。"

"不会吧，前天开会他不还在吗？"云林不相信。

"是的，前天开会他在，可当时他就一言不发，大家都知道他好偷奸耍滑，德成叔还故意说他呢。"

云林问："说啥了？"

青山模仿当时德成叔说话的语调和神情说："全英，你这次不能再不去了。细说起来，你这个人真是忘本透顶，你家世代是贫农，现在翻身翻过来了，倒把思想翻顽固了。人要饮水思源，老蒋不打倒，日子能过舒心吗？哪个再后退，连祖宗三代都对不起。"

"这些话杨全英当时全听到了，羞得脸红脖子粗的。"青山说。但没有想到，杨全英抱定主意，随别人怎么说，死活就是不吭声。"你有你的千条计，他有他的铁心锁。随你们说去，真要他去支前，除非走起路来脚后跟朝前！"

果然，那天开完会回到家，杨全英和老婆悄悄商量决定，还和往常一样去三十里外的大姐家避一避。第二天一大早，天刚蒙蒙亮，杨全英就起来了，背个粪箕子，假装出去拾粪，偷偷地溜出了村。三十来里的路，他一路慌慌张张小跑不断，生怕大杨庄的人追过来。

半晌午赶到大姐家，姐姐看到弟弟很高兴，又是端水又是递烟。小外甥看到他，快快乐乐跑到跟前，问："舅舅，俺爷和俺爹他们都去支前了，你什么时候去啊？"

外甥无心的一句话把杨全英问愣了，脸"唰"的一下变了色。他期期艾艾地说："大人的事情，小娃娃别多嘴！"

晚上，大姐静下心来问他："全英，咱们大杨庄那块没有去支前吗？你姐夫这回也做常备民工了，连小宝他爷爷也去了。俺们这里还组织什么后勤组、磨面组、洗衣组呢，俺也要去参加的。听说这回仗打大了，要把反动派赶跑了，再把徐州也解放了，海州、淮河一带再一打，咱们这块就安稳了。"

大姐说这话的时候，杨全英低头不语，心里还是不以为然。

"全英，前几次大杨庄出后勤，你跑到俺这里，姐没难为你吧?！但这一次啊，姐不能再护你了！你姐夫参加完村里的动员会，回来后很快就把俺说通了。他说，现在咱们这里解放了不假，但如果不把蒋介石彻底打趴下，说不定他啥时候带着人马又回来了。到那个时候，不但分到手的一盘石磨和一头毛驴要交给地主，最要命的是现在的四亩六分地也要重新还回去，咱们这些刚刚过上好日子的穷人又要再次变成啥也没有的穷光蛋了！大姐琢磨来琢磨去，这次的仗还真不是为别人打的，是为咱们自己打的，为了一盘磨、一头驴和四亩六分地打的……"

大姐说完，瞅了瞅弟弟，杨全英一直佝着的头，这时抬了起来，好像有些动心的样子。

"全英，大姐劝你还是快点回去吧。咱们家不是也分了一架织布机、一辆平板车和三亩九分地吗？你如果还像过去一样次次都躲出后勤，解放军吃不上饭续不上弹，仗打败了，蒋介石的人又回到了大杨庄，家里齐整整的三样大家什，你可一样都没有了！"

大姐说完这段话，杨全英直愣愣地看着她，一时没了主意。

晚上躺在床上，杨全英翻来覆去睡不着，暗自思忖："俺杨全英也三十多岁的人了，现在看来见识还不如姐姐呢！姐姐说的都是掏心窝子的话，不打倒国民党确实没有好日子过，开春时国民党兵半夜路过大杨庄，家里的一头半大的猪和几只鸡全给当兵的逮走了，只剩到麦口的一点粮食，也被那些狗日的一点不剩都扒了去。自己的媳妇骂了几句，险些三间草房也被烧成灰，逼得全家五口人东借西拿，个把月一天两顿粥都维持不了。以前全家种地主的十五亩地，累死累活还管不饱嘴，寒冬腊月还穿着单衣，五口子挤在一条棉花胎里，年年过的都是这种受穷的日子啊。"

"幸亏共产党来了，领导大杨庄老百姓分了田地，俺杨全英才撑得起腰杆，土地改革给俺家分了地，去年复查又搬进三间风不透雨不漏的屋，还分到不少浮财。今年刚入冬，又新添了两床新被子，大人孩子每人还添了新棉衣棉裤……"

越想越难受，直到鸡叫两遍，杨全英还没有睡着。天明时分，他终于想通，止不住暗自捶胸："别人说的没错，俺这个人真的不上路子，实在是忘了本啊！历次出后勤俺不是装病就是躲到几个姐姐家，到今天才做了十几个工。这次理当去才是，可是俺又偷偷躲到了大姐这里，俺还算个大男人吗？大姐说得对，打倒蒋介石，家里的织布机、平板车和三亩九分地就牢靠了。这些东西牢靠了，今后家里五口人的日子也就牢靠了……"

早上起床后，大姐做的饭杨全英扒了几口就丢下筷子，说："俺赶快回去了，有件急事要办……"

匆匆忙忙赶回大杨庄，杨全英专找没人的路走，神不知鬼不觉地钻进了自己家。见杨全英忽然回来，老婆很疑惑地望着他，可他一声也不吭，把屋内的平板车推出来，把车垫子摆好，检查了车轴，又点上几滴油，找出一条又长又结实的草绳，把分浮财得到的一条没舍得用的新麻袋也放在了小推车上。然后，他去了云林一帮人修理板车和农具的场地，主动要求报名参加支前。

云林和文华他们几个见到杨全英，像是看到太阳从西边出来一般，愣神半天才吐出一句话来："全英哥，回来了？"

杨全英红脸低头，忸怩地说："回来了！"

文华问："真的假的？"

"这次是真的！"杨全英这次回答得十分干脆。

后来，杨云林把杨全英的事改编成了一段快板书。

> 哒哒哒，竹板响，
> 大杨庄人支前忙。
> 男人忙着修推车，
> 女人忙着把棉纺。
> 青年忙着刷标语，
> 儿童忙着去站岗。
> 杨全英，变化大，
> 这里重点夸一夸。
> 以前思想有疙瘩，
> 一遇出工就趴下。
> 现在思想转变啦，
> 支前再不去姐家。
> 改头换面来报名，
> 支援前线当先锋，
> 当——先——锋。

6

深秋的黄淮大地，落叶纷飞，凉意袭人，但华野司令部里的每个人却激情澎湃。

中央军委批准的淮海战役作战方案，明确提出："第一个作战目标，应以歼灭黄（百韬）兵团于新安、运河一线为目标。"针对中央的部署，华野司令部一方面全力动员备战，一方面秘密商定围歼黄百韬兵团的具体方案。

决战时刻越来越近，粟裕和华野司令部却面临一个异常严峻的挑战，他们正为一件事情的可能发生忧心忡忡。这件事情不是兵力集结，不是武器弹药，也不是支前动员，而是担心黄百韬兵团判断出我军的意图而逃之夭夭。一旦对方逃跑，淮海战役第一战将功亏一篑，第一枪"哑火"，后面第二枪和第三枪怎样打，不确定性陡然增大，胜算则猛然减少。究竟通过什么样的方法才能丝毫不让对方察觉？经过讨论，华野司令部最后认为数十万大军的调动不可能瞒过对方的侦察系统，在敌人眼皮子底下悄无声息地完成部署可能性不大。华野司令部最后确定的目标非常务实：既然对方早晚会知晓，那就采取一切可行的措施，让对方知道得越晚越好。国民党方面知道得越晚，我方受到的干扰就越少，就准备得越充分，关键时候才能给敌人来个出其不意。

"首长，我有一个建议。"参加作战会议的敌工部长杨云枫站了起来。

"云枫同志，请讲！"粟裕说。

"我军真实的作战目的和动向让敌人知道得越晚越好自然是对的，但我们能不能再拓展一下思路，让国民党方面得到错误的情报，这样他们就会在战前部署中产生误判，从而使战场局势朝有利于我们的方向发展。"

"这个主意好！说说有什么具体的想法。"粟裕满心期待地看着杨云枫。

"现在，蒋介石把保密局北平站站长陈楚文调到徐州当站长，此人毕业于莫斯科东方大学，'五卅运动'时加入我党，后变节进入军统，长期在军统和保密局总部就职，为人奸诈阴险，是个有名的老狐狸。此人来徐后，与保密局苏北站站长陈轶珍相互勾结，以徐州和蚌埠为中心，在苏鲁豫皖接壤地区广布眼线，并配备有电台，我军稍有风吹草动，立马就会有情报飞向徐州和南京。国民党保密局这一手虽然厉害，但任何事情都有两面性，我建议，在他们的电报网上做文章，主动发布假情报，让他们'搬起石头砸自己的脚'！"

杨云枫的建议得到一致认可，华野司令部当即决定，用假电报迷惑敌人，打乱国民党军队的部署。为了统一步调，不引起敌人怀疑，华野领导层决定报告中央军委，由中央军委协调华野、中野及地方武装一起来实施，共同摆设一个迷魂阵。

中央军委指示在鲁西南的解放军各纵队用不同的频率和不同的番号发电报，伪装成大部队已经向徐州集结的假象。

"我纵已经按照指令，目前越过……"——华野七纵司令员成钧。

"我纵已从商丘出发，今天拟到达蒙城……"——中野二纵司令员陈再道。

"今天向前推进五十公里，已经到达……"——华野十一纵司令员胡炳云。

诸如此类的电报，每天编发几十条，无形的电波在活泼悦耳的滴滴声中不断飞向淮海大地的上空……

与此同时，中央命令其他地方的部队一律不得使用收发报机，使电台全部处于静默状态。陶勇的四纵、聂凤智的九纵、胡炳云的十一纵等位于山东临沂、郯城以北的几支部队，与华野司令部的联络或者他们之间的联络都暂时换成马匹，有摩托车的则用摩托车。

各支部队齐心协力，为把这台大戏演得活灵活现，以假乱真，克服了难以想象的困难。一次，四纵司令部急送一份重要文件到下边一个团去，两地相距较远，骑马早上出发，顺利的话晚上才能到达。通讯员小吴受命跨马前往，出发时天色晴朗，谁知半路上突然下起了暴雨，旷野小道找不到遮蔽物躲藏，只好策马拼命前奔。小道积水很多，路面泥泞打滑，最后连人带马跌进了一个深沟里，小吴昏了过去。

不知道过了多久，雨水中的小吴苏醒过来，第一件事就是下意识地往胸口摸，用油布包着的文件还在贴身的衣袋里，这才放下心来。小吴擦去满脸的污泥和鲜血，想挣扎着站起来，但左膀子脱臼，一阵钻心的疼痛袭来，整个左手臂动弹不得。小吴扭头看看身边，白马的眼睛正凝视着他，刚才就是这匹白色战马用嘴在他脸上蹭来蹭去才把他唤醒的，所幸白马并没有受伤。

小吴从背包里掏出仅有的一个玉米面窝头，一半自己吃，一半喂了白马。吃罢窝头，小吴忍着疼痛，强撑起身体骑上了马。在越过一处较窄的河沟时，危险再次降临。小吴本想一跃而过，但路滑引起马失前蹄，最后人马一起摔进了一人多深湍急的河水中。本来已经筋疲力尽的小吴因为一条胳膊不能动，在河中随波逐流，上下起伏，情况万分危急。这时，已经上岸的白马再次跳入河中，嘴衔缰绳挡在了小吴面前。小吴趁机抓住缰绳，被白马拉上了对岸……当天深夜，一匹已经看不清本来颜色的战马，驮着一位半睡半醒的战士闯进了团部驻地，众人赶紧上前勒住战马，把人从马背上抬下来后，才发现是四纵司令部通讯员小吴。

当众人忙着照料小吴时，旁边的白马先是四蹄发抖，接着轰然倒地，在低低的嘶鸣中气绝而亡。

像闪电一样迅捷，像山峰一样坚强，像激流一样无所畏惧……

小吴在大伙的搀扶下，流着泪向朝夕相伴的战马行了一个郑重的军礼。众人掩面，潸然泪下。

解放军来往频繁的空中电波，引起了国民党军方和保密局的警觉，为防止中共部队释放烟幕弹，毛人凤立即电令苏北站和徐州站，派人化装后实地侦察共军部队调动情况。

杨云枫截获并破译了这封密电。

针对国民党特务的侦察，杨云枫和几位作战参谋反复商量后向华野司令部提出了一个新建议，为掩护主力部队完成真实的大规模调动布防，可以采取"化整为零，分散行进，打时间差"的方法迷惑对方。

"这个办法的思路就是按照既定的路线，让部队分批分期逐步向南推进。假如甲、乙、丙三个城市按地理位置由南向北排列，那每天丙城有一小部分部队移动到乙城，同时乙城有一小部分部队移动到甲城，这样目标小，每个地方的部队规模不会一下有大变化，敌人不易察觉。在具体操作上，白天让大部队在原驻地大张旗鼓地进行休整，在城市周边进行操练，让敌人感觉我军并没有要行军的打算，暗地里偷偷把行李都准备好，待夜深人静之时，丙城和乙城的部队同时出发……"在向华野司令部汇报时，杨云枫把自己和几位参谋反复斟酌后提出的新思路和实施办法说得清清楚楚。

在空中迷惑电报频发的同时，地面上一场悄无声息的兵力大转移也开始秘密进行。

由于掩饰得严丝合缝，国民党方面并没有发现什么异常，保密局徐州站和苏北站各个据点的报告都是"共军部队今天还在休整操练，没有异常情况发生"。就这样，"分散行进"计划实施了半个月，杨勇一纵、王必成六纵等一步一步向新安镇方向靠拢，越来越逼近黄百韬兵团，国民党部队却丝毫没有察觉。

"静水流深"——老奸巨猾的徐州站长陈楚文深知这个道理。一段时间以来，陈楚文一直感觉目前淮海地区的共军有问题，不应该如此这般"安静"，但手下大量特工虽说四处奔波，却没有找到半点对方异常行动的证据。对这个结果，陈楚文估计定是各站点人员渎职和敷衍所致，他心里清楚再这样下去迟早会出大事，便立即下令所有徐州站人员"务必亲自动身，为党国命运之战赶赴一线，潜入共军驻地，尽一切可能探知实情，如有违背，轻者解职，重者就地正法"。陈楚文这次的判断是正确的，前面一段时间，虽然保密局苏北站和徐州站特务人数众多，但极少有人敢真正冒险化装进入共军驻地附近，绝大部分是通过熟人、亲戚和眼线道听途说草草收集些所谓"情报"，递交上去算是完成任务。

杨云枫估计到了狐狸般的陈楚文会来这一手，已经提前一段时间命令敌工部所有人员下到各个纵队驻地，指导部队的保密反特工作。敌工部科长燕刚来到了临沂城附近一个叫王各庄村的地方。

这天，天近傍晚时分，一个四十多岁的干瘦老农带着一个八九岁的男娃，在部队附近转悠不停，脸上显现出焦虑不安的神情。部队战士以为此人是附近的农民，也没有太在意。在部队驻地周围转了两圈，老农终于走到一队正在训练的战士们的面前，问道："大兄弟，俺的驴跑丢了，你们有没有看到一头驴？"

大部分战士摇摇头，一个刚入伍不到一个月名叫陈秋水的小战士想了想，说：

"刚才天还大亮的时候,俺好像在哪个地方瞟过一眼有头驴在跑,身上是灰色的,四只蹄子是白的。"

"是的,是的,一头灰毛白蹄的驴。"老农惊喜地叫道。

附近村里老百姓的驴子丢了,这对部队来说可是大事。连长说,老百姓的驴子就是咱们自己的驴子,于是他命令停止训练,分头寻驴。

找了大概有半个钟头,犄角旮旯都找遍了,训练场上、营房院里、炊事班柴火堆内,能找的地方都找遍了,最后终于在两个麦草垛的空档里找到了这头驴,气得这个老农拿鞭子使劲抽打起来。

陈秋水劝老农:"别打它了,它毕竟是个畜生,不通人性。下次你把它拴好就行了,别再让它乱跑。"

朝着陈秋水一连鞠了几个躬,老农感谢声不断。

到了后半夜,部队按夜行军的要求出发了。他们不仅固定好行李,还将容易发出响声的锅碗瓢盆用稻草分隔了开来,甚至连骡马的四蹄都用布条做了包裹处理。因为事先做了严肃要求,部队悄无声息离开驻地时,王各庄的老百姓浑然不知。

部队在黑暗中快速向前行进,渐渐地,远处的天际边露出了鱼肚白。

陈秋水这会儿闹肚子,行军途中蹲在地里解大手。小时候他经常听说晚上野地里一明一闪有鬼火,心里哆嗦害怕,就四处乱瞅。这一看不要紧,他果真看到距离二三十米远处有个影子一闪不见了。还没有拉完屎的陈秋水真以为遇到了野鬼,提起裤子撒腿就跑。

追上队伍后,满头冷汗的陈秋水找到连长,慌张地说:"俺,俺刚才拉屎时看到野鬼了。"

连长迅速汇报到了营长那里,营长呵斥道:"胡扯!犯迷糊了咋地,怎么可能有鬼?!"

陈秋水说:"真的,就在咱们后面百十米的地方呢。"

营长见陈秋水说得有模有样,觉得事有蹊跷,就对身后的通讯员喊道:"王大槐,你平常号称'王大胆',队伍继续前进,你一个人留下来,埋伏在路边看看啥情况。"

人高马大的王大槐接到命令后,就猫在路边的沟里藏了起来。

果真后面出现了一个人影,立即被他一个猛虎擒小鸡扑倒在地。

"干什么的?"王大槐清楚是人不是鬼,把他的双手迅速扭到背后,厉声讯问。

"俺,俺是个拾粪的!"

"哪来的拾粪的?"

"你们驻地王各庄的。"

"拾粪的跟在我们后面干什么?"

"俺寻思你们人马多,路途中一定会拉很多屎,俺跟着你们拾,一天能顶平常七八天!"

王大槐确实看到此人刚才肩上背着粪箕子,手里拎着粪扒子,样子像个拾粪的农民。但他不放心,接着向拾粪人问起王各庄的情况。拾粪人对村长、妇女主任、村会计等人的名字和村内染坊、豆腐店、水井点的情况对答如流。王大槐相信了他的话,松开了他的双手。

"俺相信你,但你得跟俺一块回去一趟,让陈秋水那个胆小鬼看看,俺抓的不是鬼而是人!"

"跟着队伍等人拉屎,多丢人的事啊,俺,俺不去。"

"不去不行,那样的话,陈秋水一辈子都会相信有鬼的!"王大槐说完,拽着拾粪人就往前提溜。

"好,好,让俺找到粪箕子和粪扒子后就跟你一起去!"拾粪人弯腰去捡地上的粪箕子和粪扒子。当拾粪人从地上抓到粪扒子,猛然一个转身,凌空抡起的粪扒子"咣当"一下砸在了王大槐头上,毫无防备的王大槐一个趔趄猝然倒地。拾粪人没有停手,双手高高举起粪扒子再次向昏迷不醒的王大槐头上刨去……在粪扒子即将落下的刹那间,一个黑影突然从一旁闪出,飞起一脚从后面狠狠地踢在了拾粪人的腰部,拾粪人一下子飞出两三米远,重重地摔在地上,动弹不得。

捆好拾粪人,黑影摇醒了王大槐。王大槐睁眼看见眼前朦朦胧胧立着个黑帽、黑衣和黑鞋的"黑鬼",吓得目瞪口呆,嘴里"鬼!鬼!真鬼!"喊个不停。

"放心,俺不是鬼,旁边的那个也不是鬼,都是人!""黑鬼"笑着说。

"你是谁?"王大槐问。

"走,咱们赶紧去见你们营长,见了你就知道我是谁了!"

王大槐和"黑鬼"一道押着拾粪人赶上队伍,来到了营长面前。

"报告营长,俺抓到了鬼,不不,鬼抓到了鬼!"王大槐喊道。

"黑鬼"不是别人,正是杨云枫派去的敌工部科长燕刚。傍晚时分,他听说有人在部队附近找驴,顿生疑惑,告别营长后,他没有回徐,而是化装后埋伏在附近,跟踪部队夜里的行动。果然,燕刚深夜发现一个拾粪人鬼鬼祟祟地跟随部队,就在他后面盯梢。并在千钧一发之际及时出手,救了王大槐的命。

正在审讯拾粪人的时候,陈秋水走了过来,他凑到跟前仔细一端详,大吃一惊。

"怎么是你?"

原来拾粪人就是白天到处找驴的那个看似老实巴交的干瘦老农。

拾粪人原来是陈楚文派来的一个特务,这个狡猾的家伙最后交代:"驴是我故意放出来的，借口找驴才能在你们驻地转悠。我注意到你们的行李傍晚时都捆扎好了，晚上肯定有行动，就想跟踪看看你们到底去哪里，然后回去报告。"

"那你报告了没有？除了你还有谁知道？"燕刚问道。

"我，我还没有报告，想，想弄清楚情况再报告。不然的话，一问三不知，陈站长会骂人的。我，我想独领这份奖赏，所以没告诉别人。"特务哆哆嗦嗦地说。

燕刚这才如释重负。

营长后来在战前动员大会上表扬了一通陈秋水，说他这小子虽然当兵时间短，但警惕性高，拉屎时也不忘观察敌情，不费吹灰之力就逮住了一个国民党奸细。营长还专门买了一卷擦屁股的黄草纸送给陈秋水，说："如果你不拉这泡屎，就会出大事，俺这个营长就当不成了！送点纸给你，记住，今后该拉屎的时候你一定要拉，千万别憋着……"

大家哄堂大笑，陈秋水也红着脸咧着嘴傻笑起来。

华野各部集思广益，各自想出不同的方法迷惑国民党军队和保密局特务。杨云枫到鲁西南检查工作时，又和部队首长一起策划实施了另外一条妙计——假集结。

原来，驻扎在鲁西南的解放军部队比较少，为了给国民党徐州"剿总"造成解放军向徐州方向集结的假象，他们采取了"假集结"的方式。

杨云枫他们想到的"假集结"是这样的。在地理位置上，解放军从南向北排列三个驻防地甲、乙、丙，把每个驻地的兵力分成两部分，白天时一半的兵力同时从北向南走，丙地的到乙地，乙地的到甲地，这部分兵力的移动不做丝毫遮掩，就是要让保密局情报人员知道，解放军的部队正在向徐州方向集结。到了后半夜，白天移动过去的人休息，另外一半的人则向相反的方向移动……如此反复，进行了十几天，国民党保密局各情报点的人员每天报告："今天丙地约有一个团的共军向乙地移动。""今天估计乙地有两个团的共军向甲地集结……"

就这样，在解放军各路人马备战的关键时期，徐州"剿总"得到并破译的电报及特务上报的"敌情"基本上都是假情报，直到11月4日华东野战军司令部下达《淮海战役攻击命令》之前，敌人仍然被蒙在鼓里，由于看不清淮海战场的整体态势，军事战备一直处于犹豫不决的状态。

华野各部千方百计创新推出的十几条迷惑敌人的办法互相配合，互相补充，在一段时间内使国民党军队相信，解放军下一步的动作"必是共军华野、中野两大野战军联手攻击徐州"。基于这样的判断，国民党徐州"剿总"不敢随便调动徐州周边的任何一支部队，徐州守军更是人心惶惶，不可终日。

不仅如此，中央军委还进一步指示华野和中野，做戏要做得真，做全套，淮海战役开打之时，应采取声东击西策略，虽然目标是徐州东的黄百韬，但可以抽调部分军队同时进攻徐州西侧的邱清泉部，使敌人搞不清解放军的主攻方向，造成人人自危的局面。

华野和中野巧妙设局，淮海战役前期战备搞得有声有色，风生水起。对手国民党徐州"剿总"又是如何呢？

这里有必要先说说徐州"剿总"总司令刘峙。

在国民党部队内，刘峙算得上是位大名鼎鼎的老将，早年毕业于保定陆军军官学校，后历任黄埔军校教官，河南省政府主席，参与北伐、中原大战等多场战事，因对领袖赤胆忠诚和一句"校长让我干什么，我就干什么"的口头禅，甚为蒋介石赏识。抗战时曾先后任职第一战区第二集团军司令，第五战区司令等职。在国民党军界，二级陆军上将刘峙和顾祝同、蒋鼎文、陈诚、卫立煌一起并称"五虎上将"且居五虎之首，人人对其"福星高照"、官运亨通表示羡慕，称他为"福将"。但暗地里，刘峙还有一个不怎么光彩的绰号——"长腿将军"。原来，抗战中刘峙率部驻扎保定，负责防守平汉路沿线。因其决策失误，保定很快落入敌手。刘峙败退后率部沿平汉线向西南一路狂奔，先是到石家庄，后又退往开封。平汉路战役被日军打得一溃千里，刘峙声誉大落，被讥讽为"长腿将军"。

面对解放军的"诡异"动向，此时的刘峙瞻前顾后，犹豫不定。一贯对部下强调"知己知彼，百战不殆"的他，此时也想不出应对策略，只得倚重部下收集来的情报。十几天来，"剿总"情报处和保密局徐州站不断汇集来的情报如出一辙，让他也不得不相信，共军的确是冲着他的老巢徐州而来。

刘峙把徐州站长陈楚文和"剿总"情报处长顾一炅叫到自己的办公室，一起分析研究军情。司令部内妩媚标致的文书李婉丽看到两个大处长进来，莞尔一笑，马上将泡好的茶水端了上来。

二十七八岁的李婉丽仍是单身，一直没有找到中意郎君。此时的她肌肤如雪，身形苗条，学生时代的齐刘海已变成了成熟的波浪卷，周身透着一股干净干练，又不乏绰约柔媚。这么一位漂亮的纤纤女子，又善于察言观色，所以在大老爷们占多数的"剿总"大院内左右逢源，惹得一帮男人想入非非，都想趁机从她那里揩点油。

陈楚文和顾一炅自然也是众人当中的两位。瞧着李婉丽，两个人都恨不得把她生吞活剥了，但表面上还是装得像个正人君子。两人心里都清楚，李婉丽这个女人不简单，父亲是徐州城有名的中医，也是大名鼎鼎"回春堂"的堂主，抗战时给第五战区司令长官李宗仁和参谋长徐祖诒治过病，还向当时的第五战区总动员委员会捐过一笔款，深得李徐二人赏识。1946年6月，刘峙来到徐州，李宗仁就把李婉丽的父亲介绍给了刘峙。刘峙自己或亲属身体有恙，经常去找这位老中医。

刘峙看到两人进门后眼睛一直跟着李婉丽打转，口中"哼哼"了两下。两人赶忙收敛起身心，正襟危坐，开始汇报工作。

顾一炅首先把情报处弟兄们如何效忠党国，如何深入共军占领地冒死打探情报说得天花乱坠。一通洋洋洒洒的邀功汇报后，他得出结论："共军把十几个纵队都布置在鲁西南一带，目标只可能是徐州，所以，徐州四周布防的兵力不能轻举妄动。"

顾一炅说完，陈楚文接着汇报："我们派往各地共有七八十部电台和人员，不幸的是，有一半都被共军破获了，收集的情报都如实上报到司令部这里了。我站大功率侦讯台最近一段时间也探知到共军十几个纵队在鲁西南的电台讯号，看来敌人的确是冲着我们徐州来的。"

停了一会儿，陈楚文犹豫思忖起来，好像不知道后面的话该不该汇报。

刘峙瞪了陈楚文一眼，嘴里挤出一句话："接着说。"

陈楚文这才不得不如实往下说："最近我们的人在鲁西南一带的共军占领区看到一些标语，都抄下来了。有'踊跃支前，无条件支援解放军''解放徐州城，赶走国民党'，还有——"话到嘴边，陈楚文收了回去。

"还有什么，快说！"

"'打到徐州，杀猪过年！'"陈楚文壮着胆子说出了这句话。

这里面有个背景需要交代一番。在国民党内部，刘峙除了"长腿将军"这个绰号，还有一个更难听的外号——"猪将"，是有人用来挖苦体形肥胖、动作拙笨、反应迟缓却一直受到重用的刘峙的。这个外号起初只有国民党军界高层知道，为制造对手内部的矛盾，"孤雁"告诉了杨云枫，说适当时候可以散布出去。

刘峙听完，气得把茶杯使劲摔到地上，茶杯崩了个四分五裂。

"杀猪过年！杀猪过年！简直欺人太甚！"刘峙暴跳如雷，吓得陈顾二人面面相觑，不敢大声出气。

"打到徐州，杀猪过年！"刘峙比任何人都清楚，解放军之所以这么喊，目标就是直逼徐州，取下他项上的首级。

"我早就预测过了，共军攻下济南后，下一个目标很可能就是徐州。果不其然，鲁西南侦测到共军十几个纵队的电台讯号，还有徐州站情报人员侦察到的共军兵力调动情况，充分证明共军已经把大部队集结到了鲁西南，中野和华野妄想联合起来吃掉我刘某人掌控的徐州啊！"

徐州"剿总"司令刘峙据此加强了徐州方面的防范，不敢从徐州向其他地方调动兵力。但自命不凡的刘峙万万没有想到，兵不厌诈，此时的他正中了对手粟裕的声东击西之计。

粟裕的战略意图实现了，于是佯攻徐州，暗中则把集中优势兵力围歼徐州东一百多公里外新安镇附近黄百韬兵团的计划提上了议程。

后来，黄百韬第七兵团奉命从新安镇向西边的徐州收缩，解放军果断抄了他的后路，当时第七兵团离徐州只有四十公里，但刘峙惧怕徐州失守，不敢大批调动徐州四边装备精良的部队前去救援，只得眼睁睁看着黄百韬兵团身陷火海，全军覆灭。

当然，这是后话。

7

经过半个月的日夜忙碌，大杨庄的支前队伍正式成立了。

令杨敬禄都没有想到的是，最后共八十六人报名参加支前队伍，其中担架队三十人，运输队五十六人。眼望排成一行足有百十来米长的队伍，支前队长杨云林脸上乐开了花。经过大伙儿推荐，云林任命文华为运输小队长，青山为担架小队长。云林暗地里找过文华和青山两人，有板有眼地说："你们两个给俺听清了，小队长也是个官儿，当官要有当官的样，枪炮一响，要冲在别人前面。"两人回答："不当官俺们也会跑在前面，当了官就更不会落后，请杨大队长放心。"

时间到了11月初，云林率领的大杨庄支前队随时待命。

听说支前队要开拔，村子里的老人开始坐卧不宁，个个都在为自己儿孙担心。天空中时不时传来飞机的轰鸣声更让他们心惊肉跳，寝食难安。

村长杨敬禄和老伴儿也不例外。大儿子杨云枫在八路军部队里当差，离开后就没回过一次家，一年两年还得不到他一个准信儿，现在要打大仗，炮弹和子弹像雨点，都没长眼睛，碰到谁谁倒霉，要是这事被云枫摊上了，大儿子的死活就难说了。好多次两口子夜里做梦，不是飞机上落下的石碌般大小的炸弹就是半大孩子高的炮弹在儿子身边爆炸了，云枫变得血肉模糊，躺在地上一动不动。"哇"的一声惊醒后，老两口常常是满头冷汗，相视而坐默默无语直到天亮。以前正是受不了这份提心吊胆，两人才态度坚决地不让二儿子云林去当兵。但现在不一样了，宿北解放了，大杨庄成了解放区，上边要求每个村都必须成立支前队。杨敬禄作为一村之长，怎能不带头做表率，二儿子一时参不了军，就答应了他做一名支前队员，还当上了活儿重危险大的支前队长。过去，大杨庄的年轻人出过不少次后勤，出后勤毕竟不是抱枪上前线冲锋打仗，除了几次有人被流弹打伤，还没谁丢过性命。对二儿子云林，老两口起初并不担心，但云林娘听到村里人口口声声说要围攻大城市徐州，是场从未有过的大仗，心里就咕咕咚咚打起鼓来——打大仗呀，炸弹多，炮弹多，空中乱飞的子弹更多，支前队要到前线抬伤员运弹药，难道敌人还有工夫分当兵的和支前的？肯定是一块炸一块打！想到这些，云林娘不但饭菜不香，走起路来也深一脚浅一脚，像丢了魂似的。

其实，杨敬禄两口子还有个心病，两口子只在私下嘀咕，从没有向外人说过，就连对二儿子云林也没表露过半个字。大儿子云枫已经二十八九的年纪了，和他同样大小的村里的年轻人早就娶妻生子，两三个娃儿的家户占了一多半。可自家的大儿子云枫呢？不要说娶妻生子了，都十年光景了，连个人影都没见过，啥时候能见到也没个准信儿。每当想到这事，老两口就唉声叹气，心绪难平。大儿子指望不上，老两口就打起了二儿子云林的主意。云林也是二十二三的人了，老两口张罗过几次找媒人给他寻个媳妇，但想不到二儿子总是用一句话搪塞："大麦不割哪能割小麦，俺哥还没娶媳妇，俺不急！"两个儿子都没有成家，成了杨敬禄两口子的心病。这次两个儿子都要上战场，还是场大仗，眼瞧邻居家娃儿们满院子跑来跑去，老两口心里不是滋味。见过世面且当着村长的杨敬禄还能想得开，老伴儿就不一样了。

这天早晨，云林洗罢脸来到锅屋帮娘干点活，一进去就看到娘蹲在灶口抹眼泪。

"娘，怎么了？您哪里不舒服呀？"

云林娘赶快擦擦眼睛，说："没有，没有，刚才烧火时烟灰迷了眼。"

云林信以为真，也不再多问。过了一会，他娘自己憋不住，和云林唠了起来。

"唉！娘昨天晚上又做梦了，梦见你哥了。他在战场上受伤了，一个劲地喊疼。"

云林赶忙弯下腰，安慰起娘来："娘，不会的，您不要胡思乱想。俺哥命大福大，不会有事的。况且，您也知道，俺哥从小就很坚强，受个小伤什么的，都咬牙挺着，从来不会喊疼的。"

停顿了一会儿，娘又说："这次支前，娘是真心不想让你去，更不想让你干什么队长。但你爹说，他是村长，大家都看着呢。这次支前需要的人头多，村里能去的都要去，俺不能拖你的后腿。这次去，一定要格外小心，千万别出什么差错。另外，有机会多打听打听你哥的下落，有消息赶快托人往家里捎个信。"

云林听娘说着话，一个劲地点头。都说儿行千里母担忧，云林原来不懂这句话，现在他懂了。云林向娘保证，出门一定会加倍留心，同时也一定要找到哥哥云枫。

像云林娘这样牵挂儿子的父母在大杨庄何止一人，隔壁的大伯和大娘一家更是有过之而无不及。自从听说要打大仗，云林的大伯和大娘整天忧心忡忡，坐卧不安。几年前，他们唯一的儿子云震偷偷跑出去参加了八路军，中间回来过两趟，住了一天就犟牛般匆匆忙忙地离开了。从那时到现在,五六年时间过去了,至今杳无音信。大娘整天眼泪汪汪地期盼儿子归来,哭得眼睛都有点看不清了。昨天晚上,大伯和大娘来到云林家,一提起儿子云震,大娘的泪水就止不住扑簌簌地涌出来:"俺云震儿啊,也不知是死是活!"

云林娘赶忙劝说:"嫂子,别哭了。你看你,眼睛都哭成这样了,再这样下去,眼睛哭瞎了可不得了啊,等云震回来都看不见孩子了。"

云林也帮忙劝慰大娘:"大娘,别哭了。可能云震哥在外好着呢,只是现在到处都在打仗,兵荒马乱的,他不方便回来。等过了这一阵子,打跑了国民党反动派,全国都解放了,说不定云震哥就骑着高头大马回咱们大杨庄了,十有八九啊,马背上还给你驮回来一个穿花袄抹香脂的俊媳妇呢!"

云林的一席话说得大娘破涕为笑:"你看你这孩子,当了支前队长都会油腔滑调哄大娘了!"

可怜天下父母心,大杨庄的人如此,其他村庄的父母也一样。几天前,云林和文华几个人到县城去买板车和小推车的配件,在街上遇到了刘占理的父母。刘占理父母知道儿子和云林的哥哥是昕昕中学的同学,便拉着云林的手问这问那。当得知云林当了支前队长时,更是拉着手不松开了。刘占理老娘哭啼着告诉云林,要是他见到了儿子刘占理,一定要劝他赶快回来,不要再给国民党卖命了。还说如果刚好在战场上碰到他儿子受伤了,一定要看在乡里乡亲的面上把他儿子救下来。老两口说着说着好像他们儿子真的打仗受伤了一样,抹起了眼泪。

云林本来还想说几句难听的话怼怼刘占理爹娘,但看到老两口一把鼻涕一把泪的,顿生怜悯之心,赶忙劝他们:"大爷大娘,别哭了,你们放心吧。你儿子虽然为蒋介石卖命,但他毕竟是俺哥的同学,到了前线,俺一定抽空帮你们找儿子,告诉他你们整天惦记他,也要劝他赶快回头,不能再跟着反动派蒋介石他们了。如果刚好遇到他受伤了,俺二话不说,肯定第一时间把他送去救治。"刘占理父母离开后,文华冲着云林说:"刘占理是咱们解放军的敌人,到时候他不开枪打咱们就够好的了,怎么还能去救他!"云林回答:"刘占理是刘占理,他爹娘是他爹娘,咱们不能眉毛胡子一把抓。话说回来,到时候如果在战场上真的遇到刘占理,他不听劝,咱们就把他绑了交给解放军不就完了。"文华听后,笑着说:"这还差不多!"

从新安镇赶集回来,云林看到大舅来了。宿北一带的风俗,老娘舅为大。已经响午了,云林娘收拾了三四个菜,杨敬禄正和大舅两人细斟慢饮。

"大舅来了。"云林赶忙打招呼。杨敬禄让儿子也坐下来陪大舅喝几盅。

大舅家离这里并不远,七八里路。两个村虽然路途不远,但大舅家属邳县。"大舅,你怎么有空来了?我们这里都在忙着报名支前呢,你们那里是什么个情况?"云林快人快语。

"俺就是到你们这来看看什么情况。俺们那里也是一样,天天在动员支前。看来这次是大范围动员,各县各区都一样啊。俺还能跑得动,也报了名呢。"

大舅五十多岁,看起来身体还算硬朗。

"二舅家情况咋样?还有汉文哥,有消息没有啊?"云林问道。

"你二舅他们在徐州还不错,也好长时间没有回来过了。你汉文哥以前在徐州,这几年不知跑到哪里了,好长时间没有他的消息了。你二舅说,汉文给他捎过信,只说让家人放心,其他的什么也不讲,不知道他在干啥。唉,儿大不由娘,只要在外好好的就行了。"

"汉文哥不会参加了国民党的部队吧?要是那样的话,俺和对待哥哥的同学刘占理一样,见到他,就先把他绑了交给解放军。"云林半开玩笑半当真地说。

"你看你这孩子,尽说些不着调的话,汉文怎么会参加国民党呢!"大舅瞪了外甥一眼。

"汉文经常和云枫在一起玩,云枫的话他一定会听进去,无论如何不会加入国民党的。不然的话,兄弟俩趴在两个战壕里,你打我,我打你,不管哪一个倒下了,这亲戚今后可就没法做了!"杨敬禄打起了圆场。

"俺先把丑话说在前面,如果汉文哥真是国民党,不但他受伤了俺不管,就是今后遇到二舅,俺也不会搭理他。"

云林一句话把他娘说得愣在桌边很长一段时间一动不动。

第二天一大早,家里不见了云林的人影。

云林没去别的地方,而是赶往了邻近的风铃寨。

在风铃寨,云林有个同学叫刘志远,上学那会儿就经常到他家玩。去的次数多了,云林就瞄上了刘志远的妹妹英子。英子比他们小三岁,也在同一所学校读书。平时云林到他们家玩,英子在家时也一起聊天,彼此熟悉后,英子渐渐对云林也有了好感。杨敬禄两口子找媒婆为小儿子张罗婚事,云林次次推辞,是因为他心中有了心仪的英子,要不是赶上支前这事,可能云林就会央求他父母找人到风铃寨去提亲了。云林这次去志远家,说是找刘志远告个别,其实醉翁之意不在酒,他想见的是英子。

云林来到风铃寨的时候,刚好兄妹俩都在家。一阵寒暄后,志远说他也要去参加支前队了,妹妹英子也报名了,村里年轻姑娘参加的是医疗服务队。见到云林,英子腼腆地说:"俺明天就要出发了,来招人的同志说,各个战地医院的人手不够,俺们去县里集中后,培训一段时间,就要分到各个战地医院去。"

云林看着英子,内心怦怦直跳,真是女大十八变啊!前几年还跟在他们几个男生后面乱跑的疯丫头，没几年就已经出落成大姑娘了。云林说："英子，打仗了，外面很乱，你一定要注意安全，你哥和我都不在你身边，你自己要把自己照顾好。"

志远知道老同学云林的心思，故意找个理由出去了。院子里，只剩下云林和英子。志远一离开，刚才还大大方方的云林立刻像变了个人似的，脸一下子红到了脖颈，说话也不利索了。云林自己也觉得奇怪，在那么多人面前讲话时心都没有现在跳得这么快。踌躇好大一阵子后，云林偷偷掐了两下自己的大腿，方才平静下来。

云林说："英子，告诉你个好消息，俺这次当上了大杨庄的支前队长了。"

"看不出来，俺哥的同学还真行！是沾你村长爹的光吧？"

"没有，没有，是俺自己争取来的，况且在别人眼里，这可是吃力不讨好的活儿啊！"

"那你用什么办法争取的呀？"

"俺在大杨庄几百口子人面前讲了好大一阵子才争取来的。"

"那你说说，都讲些什么呀？"

"大爷大娘，叔叔婶子，还有各位兄弟姐妹们：感谢大家对俺的信任！刚才俺爹说了，咱们苏北要打仗了，要打大仗了，咱们不是部队的人，不能拿枪握刀真枪实弹地和敌人干，但是咱们可以支援他们呀……"

云林挺胸抬头，红着脸把那天他在动员会上的发言复述了一遍。英子看着云林一本正经的样子，捂嘴咻咻笑个不停。

就这样，两个年轻人你一言我一语聊得热火朝天，不知不觉半个时辰过去了。

云林知道，到了该说心里话的时候了。简简单单的几句话，来的路上他不知练习了多少遍，可一旦要说出口，云林的双腿立马哆嗦起来，嘴巴好像也不听指挥了。"不行，今天不说，不知道今后什么时间才能有机会呢！"云林又掐了两下自己的大腿，双腿不再颤动。

"英子，俺有句话想了很长时间，今天想说说！"

"说吧！"

"俺，俺，俺有个想法——"云林再次哆嗦起来。

"如果你没有想好，等下次见面再说也不迟！"

"不行！俺今天就想说。"

"那就说吧！"

"俺有个想法，等俺完成支前任务回来，俺想让爹托人来，来，来——"

"你看你这人，平时说话都挺利索的，这次嘴里怎么像含着两颗大枣。"

英子好像预料到云林要说什么似的，脸上升腾起一片红晕。

云林期期艾艾地憋了半天，终于把心里话说了出来。

"俺想让爹托人来，来提亲。"

"你说什么？"

"提亲。"

清清楚楚听到这两个字的英子一下子傻在那里，片刻之后捂脸跑进了堂屋。

这一次，云林没有半点迟疑，立即跟随英子追进了堂屋，把之前赶集时买的一条漂亮的红围巾塞到了她手里。

英子忸怩地接了围巾，脸蛋一下子红得像个苹果。

两只喜鹊在梧桐树上叽叽喳喳地叫着，院里的空气闻起来既甜蜜又惆怅，云林深深地吸了一口气，恋恋不舍地走出了英子的家……

支前队出发的日子终于到了。

为欢送八十六名支前队员，村长杨敬禄特意安排了锣鼓班，砰砰嚓嚓，热闹喧天。这天一大早，支前队在村头晒谷场上集合完毕，大家齐齐整整站成两排，一排担架队，一排运输队，队员们个个站得笔直挺拔，气宇轩昂。站在前面的云林和两个分队长文华和青山还戴上了大红花，宛如结婚入洞房的新郎官一般。晒谷场上人山人海，天真的孩子们开心地绕着支前队员转来转去，从头看到脚，又从前看到后，见每个支前队员脸上都洋溢着自豪的神情，稍息立正做得有模有样，羡慕得他们恨不得立即长大，能够随支前队一同出发。上了年纪的人，特别是支前队员的父母们心疼和担心自己的儿子，他们清楚这次支前的危险性不同以往，站在队伍前面个个直抹眼泪，一遍遍叮嘱儿子一定要注意安全，好好地去好好地回。在成家的队员身边，媳妇们恋恋不舍，一会儿帮扯扯袖子，一会儿又帮整整背包，心灵手巧的女人还趁机将做好的布鞋塞进自己男人的背包里。杨全英虽然笔直地站着一动不动，但眼眶里早就泪水汪汪。他的几个孩子不是抱着他的腿就是拉着他的手，舍不得他离去。

"嘟，嘟——"支前队长云林吹响了哨子，乱哄哄的晒谷场立马安静了下来。

"好了，时间到了。"

云林出列，站在两排队员前面开始讲话："各位老少爷们，我们这次出门，是去干正事，干大事，干好事的，一人支前，全家光荣。"慷慨激昂的演讲刚刚开始，立刻引来乡亲们的阵阵掌声，"我们支援解放军去把国民党部队赶走，只有这样，村里的人才能过稳当的日子。我们这次去，时间可能会长一点，说不定要两三个月。俺们走了，你们谁家有困难就去找村里，他们会把大家照顾好的。在这里，俺代表队员们向大家表个态，出门在外，俺们几十个人一定不会辜负村里人的希望，一定为我们大杨庄争口气，不但完成好出后勤的任务，也会注意安全，顺顺利利地去，平平安安地回，请大家放宽心！"云林说完，向大家敬了一个有模有样的军礼。

晒谷场上再次响起了热烈的掌声。

"出发！"

在大杨庄父老乡亲依依惜别的目光中，支前队出了村口。

当天下午，云林带领大杨庄支前队赶到了县城。宿北县成立了支前总队，大约有一千多人，县里对各村来的队伍进行了整合，分别组成了担架队、运输队，据说后面还要根据需要再进行调整。云林和文华被分在了运输队。运输队由大队长高忠全、指导员李宏率领，下面有五个中队，每个中队大约二百人，有大大小小的独轮车、平板车、牛马车一百多辆。

云林被任命为第五中队的队长。

8

南京，总统府。

自从 10 月 30 日从北平督战无功而返，蒋介石一连数天闷闷不乐，吃不下饭睡不着觉，满脑子都是东北战场的兵败场景。侍从室的人个个屏声静气，噤若寒蝉，只有夫人宋美龄在一旁不停劝慰："达令，既然东北守不住了，就不要去想它了，还是以身体为重，留得青山在，不愁没柴烧。要打起精神来好好计划下一步，守住关内。现在中共气焰正盛，四处出击，毛泽东的野心显然不小，你可要早做筹划，御敌于江北。"

坐在办公室沙发上，蒋介石手捧水杯，沉默不语，近几年国内局势的风云变幻一幕幕浮现在他的脑海里。抗战结束后，日本人被赶走了，国家百废待兴，急需休养生息。国民政府希望中共能放弃自己的政治主张，不再与政府作对，但中共提出了"和平、民主、团结"的口号，虽经四十三天谈判，双方达成《政府与中共代表会谈纪要》，但远远没有达到他本人和政府最初的设想。更令人不安的是，国内不少党派和青年学生受中共蛊惑，走上街头游行示威，喊出什么"反对独裁，和平建国"的口号，闹得国内局势动荡不安。宪兵、警察和军统虽全力进行弹压，但没有想到，结果是事与愿违，国内形势更是江河日下。1946 年 6 月，中央政府下定决心，计划剿灭中共在中原一带的军事力量。但哪里想到，忙活了一年，竟还是让刘伯承和邓小平强渡黄河并挺进大别山。从此之后，形势发生逆转，东北丢失、豫东丢失、济南也丢失了，到现在才两年多的时间，非但没有把共产党赶尽杀绝，他们反而日益壮大，步步进逼，搞得政府焦头烂额，筋疲力尽。蒋介石此时甚至有种不祥的预感，觉得坐了几十年的江山岌岌可危了。

蒋介石喝了一口水，闭上眼睛，仍停止不下纷乱的思绪。

宋美龄深知当下形势前所未有地严峻，但奈何"流水落花春去也"，国府的颓势似乎无力挽回了。她走上前去，挽起蒋介石的胳膊说："达令，先不要想这些烦心事，陪我出去走走吧！"

蒋介石努力装出一副轻松的表情，拿起靠在沙发边的手杖站起来。

"好的，我们散散步吧！"

面对国民党当前节节败退的局面，蒋介石早就心知深层的原因，无非是党内高层人心不齐，独吃自屙，争权夺利，派系之间盘根错节。为了挽回颓势，加之美国当局施压，他在国民党内也采取了一系列的变革措施。早在5月份，他大刀阔斧地进行人事调整，由何应钦取代白崇禧就任国防部长，让顾祝同接替陈诚做了参谋总长，特别安排卫立煌坐镇东北，刘峙接管徐州"剿总"。同时，蒋介石起用了一批老牌将领，逐渐把陈诚的"土木"系边缘化。经过这次大换血，蒋介石原以为能迅速提升军队的作战能力，可事与愿违，丝毫没有出现事先预想的效果。卫立煌在辽沈战役中一败涂地，国军为此损失了四十七万人。刘峙主持的徐州"剿总"也是乱麻一团，毫无章法，能否守住徐州还尚未可知。这些"成绩"不但令何应钦恼羞成怒，惴惴不安，蒋介石自己也暴跳如雷，两次将收听战局播报的收音机摔得粉碎，至今提起来还在骂娘。

11月的总统府内秋意阑珊，蒋介石握着手杖和宋美龄沿着小径缓缓而行，脑海里仍然摆脱不掉最近一段时间纷乱的战况。

各方面汇集来的情报显示，共军正在积极谋划所谓的淮海战役，旨在夺取贯通东西、衔接南北的徐蚌地区，进而跨过淮河屏障，直逼首都南京。如果中共的阴谋得逞，国民政府必将倾覆，几十年浴血奋战打下的江山也将毁于一旦。从任何角度来考虑，徐州都不能丢，丢掉徐州就意味着丢掉一切！但摆在面前的一个万分棘手的问题是，国防部现在上上下下都认为徐州"剿总"刘峙难当大任，由这样的人坐镇指挥，徐州能保得住吗？

"不让刘峙担当此任，又有什么办法呢？"想到这里，蒋介石长叹一声，不禁回忆起之前任命徐州"剿总"司令的艰难过程。

在全国各个战区，蒋介石最看重的是徐州。当时，在中原区域分设了两个剿总，汉口的华中"剿总"下辖三十五万人马，镇守腹地要津，而徐州"剿总"则以六十万大军背江北向，拱卫首都。从目前形势看，坚守徐州显然是第一要务，所以徐州"剿总"司令这一要职就显得十分关键。在人选未确定之前，国防部内猜测了很长时间，彼时国军可谓将星云集，杜聿明、王耀武、胡琏、黄维、邱清泉等都是抗战期间功勋卓著的将领，论军事指挥才能个个出类拔萃，委员长会让谁当这个徐州"剿总"司令呢？

委员长和国防部想的不一样。蒋介石认为国防部提议的候选人资历浅,他自己还是喜欢老人,老人压得住阵脚。

蒋介石最初的人选是浙江老乡、"五虎上将"之一的蒋鼎文。

蒋鼎文何许人也?此人不仅是所谓的"五虎上将",还是何应钦的"四大金刚"之一,因战功显赫被冠以"飞将军"的名号。

蒋介石认为,把指挥几十万大军的重任交给他,想必他能恪尽职守,不辱使命。

思考成熟之后,他把蒋鼎文叫到了办公室。二蒋相对而坐,促膝长谈。

"铭三,目前的形势你也知道,共产党正在大举反攻,党国正是用人之时,你能否出任徐州'剿总'司令一职啊?"

蒋鼎文长久不语,最后叹了一口气。

"蒋公,我也知道现在正是党国用人之时,但你看我这身体,血压很高,常常超过160,动不动就头晕目眩。另外,我还有糖尿病,指数都到十几了,天天要吃药。国家危难,我本不应有所推辞,但我更怕误了党国社稷,实在是有心无力啊!"

蒋鼎文是个聪明人,之前他想担任的一些职务都因各种缘故未能如愿。心灰意冷的他现在看得很明白,徐州"剿总"司令这个职位是个烫手山芋,极其棘手,蒋介石让国防部制定的作战计划,他极不认同,但也不好反驳,如果让他违心地去执行,可以说毫无胜算。另外,国民党部队近两年来连吃败仗,军心涣散,国共两党的力量对比已经发生了很大变化。对于即将到来的"徐蚌大战",他曾私下对家人说:"这个仗神仙也打不赢,我也是无力补天。"

在蒋介石面前,老谋深算的蒋鼎文不会说出自己的真实想法,身体原因就是最好的挡箭牌。他当着蒋介石的面,从口袋里摸出两三个小药瓶,把药配好后一骨碌咽了下去。

假装思考了一会,蒋鼎文再次开口说话:"委员长,我推荐一人,不知妥否?"

"讲!"蒋介石不假思索地回应道。

"我个人认为,经扶是不二的人选,虽非常胜将军,但他忠信可靠,只要辅之以杜聿明这样的虎将,经扶就是只猫也会生威的。"

"经扶"就是另一位"五虎上将"刘峙。

见蒋鼎文借故推辞,蒋介石看在眼里,气在心头。但他还是不死心,他不相信过去那个只知道服从,从不知拒绝为何物的"飞将军"竟会如此搪塞自己!

蒋介石呷了一口水,轻咳一声,对蒋鼎文说了一番分量很重的话:"铭三,我们自东征北伐,剿匪抗日,生死患难数十年,这次我要你从美国赶回来,并不是为我中正本人,而是要你回来帮党国做事情的。但未承想你颓唐至此,我很失望。"

稍做停顿，蒋介石自己感觉语气重了，便又长呼一口气，压下心中的不快，缓了缓语气："你很清楚，俄国革命了，白俄佬还可以到中国来卖俄国毯子过生活，但如果中共得势，你我都将死无葬身之地。你还是快到徐州去任'剿总'司令，参谋长的人选，我给你派，军队的调动你先与墨三、敬之商量，再报我定夺。"

"墨三"和"敬之"分别是顾祝同和何应钦。

然而，蒋鼎文也是个倔脾气，决心已下的他谁也扭转不动。蒋介石话虽至此，他依然以身体不佳、无力当此重任而拒绝。

尽管蒋介石再怎么苦口婆心左说右劝，蒋鼎文就是死活不接招。两人你来我往谈了整整一个上午，只得作罢。蒋介石无奈，只得去征求何应钦、顾祝同、刘为章和郭如桂等人的意见，最终，在以上几个人的建议下，蒋介石最终选择了刘峙。

蒋介石决定让刘峙出任徐州"剿总"职务的任命一公布，立刻激起轩然大波，国民党军界反对声一片。国防部几位与刘峙平日不太对付的高官开起了玩笑："徐州是南京的大门，应派一员虎将把守才是。不派一只虎，至少也应该派一只狗看门。如今却派了一头猪，大门怎么能守得住呢。"

刘峙就任徐州"剿总"司令后，手下众多将领表面上虽没有直接对抗，但多数心中不服，不愿听从调遣。济南丢掉之后，徐州"剿总"本该迅速制定徐蚌一带周详的作战计划，但总司令刘峙瞻前顾后，毫无建树，蒋介石只得依仗国防部替他出点子想方案，闹得国防部上上下下对刘峙一肚子意见。情况反映到蒋介石耳朵里，蒋介石清楚，大战还没开始，内部军心已经涣散，如不改弦易辙，走马换帅，必将铸成大错。

在他于北平督战之时，作战厅长郭如桂过去请示，报告说何应钦、顾祝同等人建议华中"剿总"和徐州"剿总"由白崇禧统一进行指挥，这个时候就不能再顾忌派系之别，应以党国大局为重。对郭如桂的话，蒋介石虽不喜欢，但他从心底里欣赏他直言劝谏的作风，要是手下多一些像他这样的诤臣，党国何至于落到今天这个地步。见蒋介石举棋不定，没有做出答复，郭如桂干脆把话说得更加明白，说自己来北平之前，何应钦和顾祝同还悄悄告诉自己，说让白崇禧指挥只是暂时的，如有不妥，还可以调换。这句话说到了蒋介石的心坎里，因为白崇禧的部队毕竟不是自己的中央军，万一其在徐州"剿总"和华中"剿总"的位子上做大，形成尾大不掉之势，后果不堪设想。如今何应钦与顾祝同既然有这番表态，此种顾虑也就小了很多。

蒋介石想了很长一段时间后，最后望着自己欣赏的作战厅长郭如桂点了点头。

郭如桂从北平回到南京后，何应钦立即打电话悄悄把消息透露给了白崇禧，以示信任拉拢之意。

散步回来后，在办公室内蒋介石独自坐了整整一个上午。等夫人宋美龄走进来告诉他午饭的时间到了，他才从思绪中回过神来。"娘希匹，不能再犹豫了，还是要打起十二分的精神与毛泽东在徐州决一死战，晚上就开会，正式宣布用'小诸葛'换掉刘峙。"

当天下午，蒋介石一个电话把白崇禧从武汉招回到南京。晚上，蒋介石亲自主持召开高级军事参谋会议，与会的有何应钦、顾祝同、白崇禧、俞大维、刘为章、郭如桂等几个核心人物。会议开始时，众人看委员长闷闷不乐，与会者谁也不敢像过去一样乱开玩笑，个个正襟危坐，会场上笼罩着压抑的气氛。

蒋介石开口就是一句他的口头禅："娘希匹！"

"东北战场失利了，济南也丢了，吴化文这个人没有一点骨气，临阵倒戈，害惨我们了！要不是他，济南也丢不了，王耀武也不会被中共俘虏。"

会议一开始，蒋介石就把吴化文拉出来骂一顿出气。

对吴化文这个人，在座的几位个个了解他的底细。1943年初，此人按戴笠密谕，率部投降日军，被改编为日伪第三方面军，任司令官。之后，此人曾在鲁中临朐一带制造过"无人区"，极力剿杀中共地方武装和革命群众。日军投降后，蒋介石电令该部改为国民党第五路军，先是进驻兖州，后又驻防济南。济南战役打响后，此人率部二万余人临阵倒戈，投向共产党，致使济南战局发生彻底转变。对吴化文变节，在座将领不感到奇怪，让他们无论如何不能理解的是中共竟会有如此大的胸襟，接纳一个对他们来说血债累累的人。

蒋介石一顿痛骂后，会议进入正题。

"今天请你们来，主要是议一下徐蚌之战指挥人员的调整和下一步作战方案事。"

国防部长何应钦首先发言，简要分析当前国共双方的军事动态后，说道："中共把他们抢占去的地方统统称作什么'解放区'，他们所谓的'解放区'越多，我们的地盘就越小。当前，他们的胃口很大，嫌自己的'解放区'太小，疯狂地从我们手里抢地盘。我们的主要任务就是要当机立断，依仗徐州云龙山和九里山之天然屏障削其锋芒，利用千里淮河阻断其南下之通道，力争把中共大部歼灭于淮河以北，确保首都之安全！"

顾祝同接着发言。他首先把参谋总部这一段含辛茹苦的工作情况进行了汇报，然后说："据可靠消息，中共正在酝酿所谓的'淮海战役'，但据我分析，以目前共军的形势，他们不敢贸然行动，因为他们刚在东北和济南同时打了这么长时间，怎么样也要休整一段，不会这么快就打响淮海之战的。我们也趁这段时间把徐蚌一带的作战计划调整好，另外相关军事指挥人选也应该慎重斟酌一下。"

这时，惯于见风使舵的作战厅长郭如桂急忙附和："顾总长说得对，根据我们的监测，近期没有收到有关共军部队调动的情报，华野粟裕部现在可能都在山东济南临沂一带休整。"

郭如桂讲完，刘为章坐不住了，立即提出了不同意见："我觉得不能这么乐观，粟裕这个人在军事战备中一贯善于声东击西，出奇制胜，还善于打时间差，我们原来吃过亏的。因此不能光看表面现象，要进一步探知他们的真实目的。"

可能是刘为章对局势的判断更出人意料，大家一时都把目光投向他，刘为章继续说道："《孙子兵法》曰：'水因地而制流，兵因敌而制胜。故兵无常势，水无常形，能因敌而取胜者，谓之神。'我军与粟裕多次交手，此人远远占据上风，可以说，此人算得上一个真正掌握了'兵无常势'的人……"刘为章还想继续讲下去，听到蒋介石咳了一嗓，便立即收声。

刘为章一提到粟裕这个名字，在座的人个个心头一紧。对这位中共骁将，他们个个心知肚明。会议开始之前，郭如桂已经给参会者每人发了一份有关粟裕的材料，足足十几页之多。材料上说，粟裕1927年就参加过旨在推翻国民政府的所谓南昌起义，后进入井冈山，国军五次围剿"共匪"，虽然共产党东奔西跑，后来却越做越大，越战越勇。抗日战争期间，此人创造过中共方面单次战役消灭日寇的最高纪录，后单独或与老搭档陈毅联手，指挥过高邮战役、苏中战役、孟良崮战役和济南战役，每次都让国军苦不堪言，损失惨重。李长江、韩德勤、李默庵、区寿年、张灵甫、王耀武、胡琏等国军众多战将不是死在他手里，就是成了他的败将，尤其是苏中战役，此人担任中共华中野战军司令与国军交战，连续七战七捷，一个半月内竟吃掉国军六个旅及五个交警大队五万多人。

刘为章的判断是对的。

可惜的是，在在座的大佬面前，刘为章人微言轻，他的观点没有引起蒋介石和在座高层的重视。

扯来扯去，会议最后绕到了正题上。

何应钦说："从前一个阶段的情况看，虽然经扶已经很努力了，但我觉得徐州方面战事吃紧，压力更大，由他继续执掌不太妥当，建议华中、徐州两总部所辖部队均由健生统一指挥。"紧接着，他又把白崇禧曾经的卓越战功大表一番。说完，看了正襟危坐的白崇禧一眼。何应钦如此坦诚地说话，是因为事先请示过委员长，得到了蒋介石的首肯。

会场上的白崇禧面无表情，一动不动，心里的算盘却拨得哗啦哗啦响。其实上周他就听何应钦说了此事，但他一直不动声色，不做任何表态。现在何应钦在会上正式抛出来了，他知道，这个提议何应钦一定是征得委员长首肯的。

"健生，你的意见如何？"蒋介石望着白崇禧问。

低头沉默几秒钟后，白崇禧不紧不慢地开始说话："既然何部长这样说，感谢委员长的信任，健生同意统一指挥华中'剿总'和徐州'剿总'，随后将以第十二兵团转用于阜阳、太和、上蔡地区，建议以第三兵团随第十二兵团进出阜阳和太和附近。"

"小诸葛"白崇禧能有这样的态度，让蒋介石和在座的其他各位大大松了一口气。作为陆军一级上将，白崇禧属桂系第二号人物，地位仅次于李宗仁，两人被外界合称"李白"。此人不但思维敏捷，记忆力惊人，过目不忘，更是有胆有识，善于捕捉各种战场信息，谋略深长，用兵出神入化，机巧百变，其军事才能不但在国民党和共产党中赫赫有名，甚至日本人也称之为"战神"。这样一个人，当然有恃才傲物的资本，但这次能这么爽快地答应，愿意接下刘峙留下的烂摊子，却大大超出了大家的预料。

"小诸葛"不愧为"小诸葛"，机智善变是他的本性。第二天上午再次开会研究具体执行方案时，白崇禧突然改变了主意，坚决不肯指挥徐州和华中两"剿总"，并且反复强调说："第三军及第十五军在距离上离得比较远，不便划归第十二兵团序列，我这边也只有第十四、八十五军可以归入第十二兵团。"

大家认为，这不是白崇禧拒绝的真正理由。但他不说，没有人敢直接追问他葫芦里到底卖的什么药，只能在心里嘀咕。可能"小诸葛"回去后左思右想，怕这是委员长做的一个圈套，万一"徐蚌会战"失败了，到时就会把责任全推到他身上。

蒋介石见白崇禧说变就变，气得是脸色铁青。可当着众人的面，他还是故作大度，他握起脚边的手杖朝地面顿了顿，干咳了两声。

"健生既然不愿意承此重任，想必有他自己的难处，但党国危难之时，在座各位都有纾解国难的责任！如果一味地遇事推搪，各谋其利，那离亡国亡党就不远了！"

众人如坐针毡，噤若寒蝉。

白崇禧表情肃然，一言不发。

当天的会议议题只得作废，不得不重复昨天会议的内容——徐州"剿总"由谁来坐镇指挥。

仍然是何应钦第一个讲话，他不无焦虑地说道："我看还是赶快把杜聿明从东北撤回来吧。"

何应钦的话戳到了蒋介石的痛点，这话也只有他这位日本留学期间的老同学敢说出口。杜聿明本来就任徐州"剿总"副司令，由于东北战事吃紧，10月中旬被蒋介石拖去了东北战场帮忙，到最后，两边都闪失掉了。此时，辽沈战役的战事实际上已经结束，杜聿明正在东北葫芦岛指挥残余部队撤退。

"葫芦岛部队的撤退让别人指挥就行了，徐蚌之战真要开打，恐怕经扶一个人应对不了，还是请他尽快回来协助吧。"何应钦又补充了一句。

见话已挑明，顾祝同附和道："是的，我也有这个担心。杜聿明对徐州的情况比较了解，回来后协助经扶指挥或者直接指挥，我们也会比较放心一些。"

在座的其余各位纷纷支持这个方案。蒋介石思考再三，只得同意并采纳了这个建议。

号称将星云集的国民党军，如今竟沦落到无人可用的地步，真可谓滑稽至极。

11月3日上午，蒋介石派作战厅副厅长许正春带着作战计划乘专机飞往葫芦岛去见杜聿明。杜看了计划，当即破口大骂："这是什么狗屁计划，把兵团集中放置在二百多公里的津浦铁路两侧地区，没有坚固的堡垒，没有天险可守，明摆着被动挨打嘛。这一帮龟儿子，真要把党国往死里整啊。你们参谋部的那个'小鬼'，明摆着就是个'内鬼'，整天一副穷酸样，装得挺朴素勤俭，说不定早就被'共匪'赤化了。"

郭如桂因身材又瘦又小，国防部内的同事给他起了个绰号叫"小鬼"，一般人不敢当面叫，只是背后开玩笑戏称。提起这位黄埔同学郭如桂，杜聿明就气不打一处来。因两人很早就相互熟识，来往比其他人要密切得多。但自从发现这位高官同学不但为人低调，住房和日常用度也很一般后，顿生疑惑。有次，他把心里的疑惑告诉了与自己关系不错的刘为章，想不到刘为章也有同感。从此之后，两人一直留心这个精明的"小鬼"，可始终没有发现任何真凭实据，只能当作猜测窝在心底。

见杜聿明大发雷霆，许正春说："这个方案是我们郭厅长主持制定的不假，但可是经顾总长和委员长最后亲自审定的。"

许正春说完，杜聿明收敛了许多。嘴上骂归骂，杜聿明心里清楚这个计划不是郭如桂一个人能定的，而是蒋介石与何应钦、顾祝同等军事首脑点头同意的。既然最高首领同意了郭如桂提出的这一方案，岂是他一人之力可以更改的，再争也觉得无益，毕竟一个人孤掌难鸣，争吵起来，反而会失了蒋介石的宠信。

见杜聿明心情平复下来，许正春从公文包中取出了一封蒋介石的亲笔信："……以上就是这个方案的梗概，如果光亭同意这一方案，请即到徐蚌指挥……"事已至此，尽管杜聿明心底非常不愿意去，但已经找不出任何回绝的理由了，只得硬着头皮给蒋写了一封回信："学生光亭同意将主力集中于蚌埠附近与共军决战的计划，但须待葫芦岛部队撤退完毕后再去蚌埠。'徐蚌会战'部署，请刘总司令指挥，迅速按计划实施，否则有被共军牵制无法撤退的可能……"

杜聿明答应了蒋介石，但他仍想以指挥葫芦岛撤退为由拖延到徐州的时间，这样就不用承担徐州失守的责任了。所以一直拖到9日，"徐蚌会战"都开始四天了，实在抗不过去了，他才动身赶往北平。

9日，北平，华北"剿总"司令部。

傅作义为杜聿明接风兼为之送行，二人相对而坐，几杯酒下肚，感慨良多。

傅作义说："你听说没，就在昨天，第三'绥靖区'冯治安部张克侠、何基沣等率部投共了。"

杜聿明大吃一惊："啊，有这事？"

"是啊，听说差一点就被共军乘虚而入进徐州了。老弟，你此去风险很大啊！"

听傅作义这么说，杜聿明越想越后怕，深感徐州之役凶多吉少。前期的作战计划一个都没有实施，本来阵线就不牢固，却还有人临阵倒戈主动打开了缺口，这真是一个漏洞百出的作战部署啊！

就这样，杜聿明惴惴不安地回到南京，在家中却没有见到自己的夫人。杜聿明问弟弟："你嫂子怎么没从上海回来？"

弟弟回答："她说她不想回来。"

"唉！"杜聿明长叹一口气，万分失望。本来想夫人在家，可以陪自己一同去觐见委员长和夫人宋美龄，看看能不能以身体不好为由不去徐州，最后寻求一次转圜的可能，可现在一个人怎好意思去呢？

见长兄神情落寞，弟弟劝说道："看目前这形势，国军是一天不如一天，徐州可能早晚是守不住的，哥哥你要趁早另做打算呀！"

杜聿明摇了摇头，无可奈何地说："我的本意也是不想去的，但一来我已经复信校长答应到徐州指挥，如果不去岂不是不守信用？二来我跟了校长这么长时间，他一直对我不薄，现在正是用人之时，不帮他岂不被骂'不仁不义'？还有，不少人都知道校长要派我去徐州指挥，如果不去岂不被人小瞧笑话吗？！"

弟弟了解哥哥的秉性，知道多劝无益，只说让他多找几个人聊聊，看看还没有其他办法，就再没有说其他的话了。

就这样，思忖再三，杜聿明最后还是怀着一颗"不成功便成仁"的心去了徐州。

9

正当华野司令部夜以继日加快战前部署时，谁都没有预料到，驻地发生了一件耸人听闻的大事。

事情经过是这样的，司令部后勤科一位副科长叫马树奎，家在徐州城户部山有处三进三出的大院。徐州老百姓有句顺口溜，叫"穷北关，富南关，有钱人住在户部山"，可见他家境之殷实。抗战期间，家中长子马树奎瞒着父母，脱下一身丝绸衣服，换上家丁的粗布衣，跑到盐城一带参加了新四军。当兵之后，他工作十分卖力，还立过一次三等功，几年后就调到司令部当了管后勤的副科长。半个月前，华野司令部宣传科从上海来了个洋气漂亮的姑娘，从那以后马树奎像变了个人似的，再无心思守在伙房、车队修理部和物资仓库里，而是一天到晚围着上海姑娘转。上级发现了这个苗头，也没当回事，年轻男女相互之间倾慕爱恋是再正常不过的事。但鬼迷心窍的马树奎做事过了头，一次上海姑娘在澡堂洗澡，他竟然爬上澡堂的后窗偷窥，被烧锅炉的老郑发现了，报告了上级。

马树奎被关了禁闭，等待上级处理。让大家意想不到的是，当天深夜，他拆掉禁闭室窗户上的两根木栅栏，先回自己宿舍取了东西，然后偷偷摸进老郑的房间，用木棍噼里啪啦把人打得满头是血，晕死过去。最后，他溜进马棚，偷了一匹马逃走了。

第二天早上，司令部的人才发现马树奎不见了。驻地警卫部门和当地民兵寻遍了方圆几十公里的地方，始终没有找到他。为严肃军纪，司令部相关部门立即做出决定，开除马树奎军籍，并在附近几个解放区的县城贴出布告，悬赏缉拿马树奎。

马树奎星夜兼程，一路狂奔，逃回了徐州。他没有回到户部山马家大院，而是直接去了城里的道台衙门——徐州"剿总"司令部驻地。几经周折，马树奎投奔到保密局徐州站长陈楚文那里。

马树奎一五一十把事情经过报告后，老奸巨猾的陈楚文还是不相信他。陈楚文知道，自己的对手杨云枫是个厉害的角色，这一出不会是个苦肉计吧。

"仅仅看回女人光屁股，被关了禁闭，你就能放弃前面那么多年好不容易挣来的资本？"陈楚文眯着眼睛看着马树奎问道。

"陈站长，解放军，不，不，'共匪'部队的规矩您不知道，偷看女人光屁股在你们这里不算什么，在他们那里，可就一切都完了，往后我就是表现再好，也不会再受到重用，一辈子只能窝在伙房和仓库里与小米白菜做伴了！"马树奎点头哈腰地回答。

"你投靠我们，就凭一匹马和一张嘴？"

"在禁闭室内，我也想到了把他们当月的伙食费给偷出来，但每天夜里，管钱的科长门前都站着两个背枪的士兵，我一个人不敢贸然闯进去啊！不过，我也带了点东西回来，不知对你们有没有用？"

"拿出来看看！"

马树奎从上衣口袋里摸出一张照片，双手递给了陈楚文。

"陈站长，您看看，这上面有很多人，说不定对你们有用呢！这是他们的司令粟裕，这是政治部主任唐亮，这个是敌工部部长杨云枫，旁边的是他的手下燕刚。

这是我的科长，挨着的是我，最边上的是个炊事员。"马树奎一个个指给陈楚文看。

对陈楚文来说，粟裕和唐亮这个级别的中共干部的照片对他没有什么吸引力，他也不可能有机会接触到他们。部队里一般的后勤科长和炊事员，就是接触到也没有用。唯一令他感兴趣的是，他第一次亲眼看到了自己对手杨云枫的真容。这个杨云枫，近段时间捕去了他派出的十几位特工，到现在仍然活不见人死不见尸，他做梦都想把这个人千刀万剐，一解心头之恨。可惜的是，他从来不知道这个人长什么模样，今天终于见到了。

陈楚文眼里透露出浓浓的杀机，紧紧盯着照片上的杨云枫好长时间。

"照片哪里来的？"陈楚文突然发问，他还是担心其中有诈。

"一年前，一个新华日报的记者到我们司令部采访粟裕司令，不，不，'共匪'部队头子粟裕，在我们伙房吃完饭后，说饭菜做得好，就给我们一起拍了这张照片。"

"就这张破照片？"陈楚文一脸的不屑，随手把照片扔到了地上。

"不，不，还有，还有一些重要的情报！"马树奎先是弯腰捡起照片，然后连连说道。

"说！"

"这一段时间，几个作战参谋在食堂吃饭时，说要打徐州，还低声嘀咕过徐州道台衙门、九里山和大郭庄机场的位置，我在旁边偷听到的，应该对你们有用吧？"

陈楚文的徐州站通过电台侦测和派出的特务，嗅出了华野准备集中兵力攻打徐州的意图，今天马树奎带回的这个消息无疑是个有力的佐证，对徐州站来说算是很有分量的情报。但万一又是共军使出的伎俩呢，所以老奸巨猾的陈楚文还是装作毫不在意的样子。

"这个算个屁，我们早知道了，还有吗？"

"还有，华野在徐州城里设有一个办事处，有不少人马呢，专门收集你们的情报，这个办事处的主任有一次回到司令部，被我看见了。"

听马树奎说出这番话，陈楚文不禁内心一惊。凭着多年的特务直觉，他认为这里面有"干货"。华野在徐州建有秘密情报站的事，陈楚文自然知道。一个多月来，为报复杨云枫，他联手"剿总"情报处长顾一炅派出众多人马在城内进行地毯式搜捕，可是始终没有发现一点线索。现在马树奎说见过华野驻徐州办事处的主任，他心中一阵狂喜，几乎忘记了必要的伪装。

"快说！这个人长什么样子？"

"这个人中等个头，不胖不瘦，年纪大约在三十至四十岁之间。"

陈楚文正焦急地等着了解华野驻徐州办事处主任更为详细的信息，马树奎却停下了。

"就这些？"

"我就知道这些。杨云枫那个人太狡猾，每次与徐州回去的人见面都是在夜里，谈完后当夜就打发人离开。那次这个主任回去也一样，半夜通知我们做碗面条，是我送过去的，那个主任背对门坐着，见我敲门，杨云枫自己出来接碗，然后立即关上了门，我就晃了这么一眼。"

见马树奎说得合情合理，陈楚文也就不好说什么。

"说的尽是些没用的东西，还有没有？"陈楚文显然不耐烦了。

马树奎低头苦思冥想一阵后，好像想起来了什么。

"前几天，杨云枫手下的那个科长燕刚突然找到我，向我打听了不少徐州马路和巷子的情况，还跟我学了不少徐州话。我当时就问他了解这些东西做什么，燕刚笑着说，他看上了部队里一位徐州姑娘，说今后好和她套近乎。燕刚那个家伙跟着杨云枫时间久了，整天也是神秘兮兮的，嘴里没句实话。"

马树奎说出的这件事，陈楚文倒兴趣十足。琢磨一阵之后，他认为华野敌工部最近很可能派人来徐州侦察，或者取情报。想到这些，陈楚文不免一阵躁动。

"你今后打算怎么办？"陈楚文话锋一转，问马树奎的想法。

"此处不留爷，自有留爷处！既然共军容不下我，我想投靠政府，想想也只有这么一条道了。"

"回到你马家大院躲一段时间不就是了？"陈楚文试探马树奎。

"使不得，使不得，'共匪'一定会猜到我有可能回家。如果他们找上门来，不光我一个人倒霉，家里的其他人也要跟着倒霉。前年一个纵队的连长打死几个士兵并偷走一挺机枪投靠了国军，大半年后，他回家参加奶奶六十岁大寿喜宴，硬是被杨云枫派去的人打死在饭桌上，听说脑浆溅了一桌子。如果让他知道我到了您这儿，杨云枫也一定不会放过我，就算不打死也会弄残我，说不定还会一把火烧了户部山的马家大院！"

"那你准备今后待在哪里？"陈楚文简单的问话中暗藏玄机。

"逃回来时我寻思了一路，真想跟着陈站长干，但不少徐州人都认识我，如果哪一天有人向'共匪'告发，我的小命就完蛋了！想来想去，如果可能，我愿意去南京或者上海为党国效力，实在不行，送我到广州或者重庆也行。至于今后做什么，干你们这行可以，到部队干我的老本行也可以。"

马树奎的回答过了陈楚文的第一关测试。如果马树奎直接回答跟着陈楚文在徐州当差，那他就活不过当天。在双方攻守徐州之际，突然有人从对方司令部里逃出并直接点名投靠徐州的关键部门，定是杨云枫使出的"苦肉计"，目的在于刺探国军的情报。

尽管通过了第一关，陈楚文听后，仍然没有马上回答，而是说过几天告知消息。随后，马树奎就被关进了名为"青年招待所"的一处秘密监狱里。

四天之后，陈楚文派人把马树奎提了出来。在这四天时间内，陈楚文通过线人四处探听核实，证实确如他本人所讲，山东临沂好几个县城里不但贴出了共军缉拿马树奎的布告，而且获悉那个伙夫被打断了鼻梁，被看过光身子的上海姑娘也寻死觅活地闹了几次自杀。

至此，陈楚文基本排除了马树奎假变节、真卧底的可能性。

"从今天开始，你可以跟着我为党国效力了。"

"站长，不能把我送到其他地方吗？"听到陈楚文的话，马树奎喜忧参半。喜的是自己今后有个着落了，忧的是留在徐州无异于把脑袋别在裤腰带上，说不定哪一天不小心就被杨云枫的人顺走了。

陈楚文自然想过把马树奎上交出去，但琢磨来琢磨去，还是决定留下此人。马树奎对"共匪"熟悉，对徐州也熟悉，特别是他还认识华野敌工部的人，战前对方一定会派人进入徐州城摸底搞情报，要想抓住来者，没有人比他更能发挥作用。不怕一万，就怕万一。对于防范马树奎的方法，老奸巨猾的陈楚文更是动足了脑筋：一是不让他接触徐州站核心机密，仅让他充当行动队的一名普通队员；二是逼他做出保证，如有意外，就烧了他在户部山的马家大院，算是押个宝，正所谓"跑了和尚跑不了庙。"

"我向南京毛局长汇报了你的事情，毛局长听后只说了一句话，'大战在即，搞不准的人杀了算了，别婆婆妈妈误了党国大事。'我解释了半天，毛局长最后才同意你跟着我干。你现在要到别处去，那我陈楚文就管不了了，你到南京去见毛人凤吧！"

陈楚文说罢，转身就要走人。

走投无路的马树奎"扑通"一声跪在了地上，头如捣蒜，连声道谢……

"树奎，我陈楚文留你是担了风险的，今后你跟着我，总得让我吃个定心丸吧？"

"站长，我都到了这个分上了，还能有什么别的想法吗？"

陈楚文闭口不语，他身边的副手欧大来这时插话了。

"知人知面不知心，谁说得准呢！姓马的，站长都对你这样了，你得让站长心里有个着落吧。俺看呀，你就把家里户部山的马家大院押上，写个东西，如有二心，一把火烧了算毬，或者干脆趁半夜派个人往院里扔十来颗手榴弹，炸平完事。"

听罢这话，马树奎吓出一身冷汗，手脚哆嗦。无奈之下，他写了保证，意思是死心塌地为党国效力，如有异心，愿以烧毁户部山马家大院祖宅作为对自己的惩罚。

第二天，马树奎换上便装，跟随徐州站行动队四处抓人……

10月底的一天，敌工部部长杨云枫得到上级批准，要单枪匹马进入徐州城。粟裕和华野司令部的领导起初不答应，经不住他的软磨硬泡，只好同意了。

多年苦心经营，徐州城内已经建立了好几条为中共服务的情报渠道。华野在徐州设立了一个办事处，下设六个联络点，共有十七名地下情报员。中共淮北徐州工委和中国民主同盟徐州分部也都建立了自己的情报网，组织了一批不同身份人员潜入国民党徐州政府和驻军内部各个要害部门，采用不同的方式，通过不同的渠道，搜集敌人的重要信息，为即将到来的淮海战役提供情报。

杨云枫此次前去，就是要逐一与这些机构的负责人见面，收集并带回最新情报，布置今后一个阶段隐蔽人员在徐州城内的策应工作。

除此以外，杨云枫只身入城还有另外一项更为重要的秘密任务——这项任务只有粟裕一人知道。粟裕也正是因这项任务被杨云枫说动，才批准他前往徐州的。

两天后的一个早上，徐州城二马路，沿街走着一位身着满是补丁的灰色对襟布衫，头裹黑色毛巾，胡子拉碴的中年人。此人身挑修伞担子，腰间一副满是油污的帆布围裙已被磨得锃光发亮，每走一段嘴里就要吆喝一声："修伞啦，修伞啦，桐油纸伞、桐油布伞还有洋布花伞拿来修啊！"遇到询问情况的客户，修伞人都会停下脚步，放下担子和人家聊上几句，一口地道的徐州话。

修伞者不是别人，正是华野敌工部部长杨云枫。通过走街串户修伞的方式，杨云枫不但与华野驻徐州办事处、中共淮北徐州工委和中国民主同盟徐州分部的领导人分别接上了头，还仔细侦察了城里的主要街道和徐州驻军机构附近的主要情况。为防止杨云枫出意外，华野驻徐州办事处的几位同志化装成普通百姓，散布在他附近警戒保护。

到了第三天晚上，杨云枫的第一个任务顺利完成，便立即着手执行他来徐的最重要的一项秘密任务。

这天晚上，杨云枫来到了城内北关故黄河边的一家染坊，先是抬头凝视了一下旁边的牌楼，然后环视了四周一圈，见无可疑情况，便挑着担子走了进去。

这座牌楼在徐州城内妇孺皆知，原为河道总督黎世序所建，清光绪年间徐州道尹赵椿平重修。牌楼建于临河高台上，高大的门额上悬挂着两块巨匾，北写"大河前横"，南书"五省通衢"，笔法圆润遒劲，与雕龙画栋的飞檐斗拱浑然一体，蔚为壮观，向行人无声地述说着故黄河畔徐州城的古老历史。

进入染坊，杨云枫在一名伙计装扮的人引领下直接到了后院的一间房子，华野驻徐州办事处主任邵晓平已在那里等候多时。

"杨部长，这位就是我给你说过的钟扬春同志，抗战前经郭之化和郭影秋两人介绍入的党，新四军情报部抽派过来的，在徐州潜伏已经将近十年了。过去我们送回的很多情报，都是老钟搞到手的。"邵晓平手指身边伙计模样的人说。

"扬春同志，我这次来徐州，就是和你一道演出大戏。"杨云枫握着钟扬春的手说。

"首长，请您放心，我早就想好了，不管今后出现什么样的情况，我都不会辜负组织的重托。"钟扬春坚定地回答。

"扬春同志，粟司令要我向你转达他的问候，这个任务事关重大，关系到淮海战役的成败，但同时也十分危险，还有什么困难，但说无妨！"杨云枫说。

听到粟裕司令员向自己问好，钟扬春激动地说："粟司令在海安时我为他站过岗，想不到他竟然还能记得我，请您回去后一定代我向首长问好。"

"你为粟司令服务过，他当然记得你。"杨云枫说。

"那就好，那就好！要说还有一点要求的话，就是今后我如果出事，请你们一定要写个东西送回我老家。在我们村里，钟姓是个小姓，李姓人家老是瞧不起我们，我家里只剩下一个六十多岁的老娘，她一直盼着儿子能撑起门面……"

"扬春同志，执行任务时首先要保证自身安全，如果保证不了，你可以随时放弃。对你刚才的要求，我不但办到，还会请粟司令在上面签个名。"

"太好了，太好了，粟司令要是能签个名，那可是件光荣的事，我老娘一定会贴在村头那棵皂角树上。"

杨云枫看着兴高采烈的钟扬春，心里有说不出的滋味。多好的一位同志啊，十年了，隐姓埋名战斗在徐州城内，从来没有回过一次家，可怜的老娘至今不知他的生死。

三人坐在屋内，又详细研究了一遍下一步的行动计划。不到一个时辰，院子里突然响起了急促的脚步声，随即是叮叮咣咣的撞门声。

屋内三人知道有了突发情况，没有惊慌失措，而是立即行动起来。

屋内首先向外射出了一串子弹，三四个端枪的国民党宪兵被放倒。

屋外向染坊内哗哗哗打起了排枪，而里面的人也向外不停地还击，染坊内外子弹飞射，形成了一道道刺眼的光线……十几分钟后，屋内没有了枪声。

"快进去，他们没子弹了，抓活的！"屋外响起了陈楚文的吆喝声。

十几个士兵和便衣特工冲进屋内，发现地上躺着一个人，胳膊已经被打断，汩汩地向外冒着鲜血。

"是杨云枫吗？"陈楚文问身后的马树奎。马树奎用手翻了一下地上躺着的人的脸，说："不是，是染坊的人。"

搜索好大一阵后，没有发现另外两个人，但在染坊的柴堆后面发现了一个洞口。下去的士兵沿着地洞走了将近七八米远，来到了出口，出口也是染坊排放污水的洞口，离故黄河水面只有一米远。

杨云枫和邵晓平早已沿着这个秘密通道逃走了。

陈楚文连夜把钟扬春带到警备司令部设在井涯巷的监狱，对其进行突审。

起初钟扬春死活不吐一个字，陈楚文就命令马树奎掏出匕首，一个劲地往他胳膊上的伤口里戳，疼得钟扬春哭喊不停。半个钟头内，钟扬春昏死过去了四五次。

见钟扬春仍然不交代，陈楚文亲自动手，他把烧红的烙铁一下子按在了钟扬春血肉模糊的胳膊上，就这样，反反复复几次之后，钟扬春终于抗不住了。

"我说，我说。"

"逃跑的另外两个人是谁？"陈楚文问。

"是，是杨，杨云枫和邵晓平。"

"杨云枫来徐州干什么？"

"他们，他们马上要，要打徐州，来这里看地形的……"

"他们现在去了哪里？"

"我，我是个小兵，他不会告诉我。"

"在徐州你还和谁联络？"

"我，我们都是单线联系，我只知道邵，邵晓平……"说完，钟扬春又昏了过去。

见问不出任何有价值的东西，气急败坏的陈楚文从桌子上拿起手枪对准钟扬春的额头连开两枪。

当天夜里，陈楚文给毛人凤发了一封密电，说"共匪"攻打徐州的计划不用再怀疑了，华野敌工部部长杨云枫冒死亲自到徐州侦察，充分说明了这一点。第二天，陈楚文又赶到"剿总"司令部把消息报告给了刘峙。

至此，徐州"剿总"司令部结合电波侦测等手段，确认了华野进攻徐州的"真实目的"。

这就是杨云枫此次来徐的第二个目的，他要让狡猾的陈楚文确信，华野不是佯攻徐州，而是千真万确地准备攻打徐州，并由他向毛人凤和刘峙"代为传达"。

钟扬春没有叛变，他是一项绝密计划的生死执行者。

原来，为迷惑敌人，钟扬春主动设计了一出戏，他自己当主角，让杨云枫和邵晓平配合他。"我在徐州干这一行快十年了，到时候会灵活应变，不会出事的！"考虑到危险，杨云枫起初不答应，但经不住决心已下的钟扬春的再三请求，最后还是同意了。杨云枫走进染坊前，在牌楼附近被马树奎认了出来。马树奎就让同伴守着，自己回去报告了陈楚文。

走出徐州城，杨云枫伫立良久，最后向牌楼方向庄重地行了一个军礼，才依依不舍地随接应的同志策马而去。

10

11月6日，粟裕致电中央军委，建议华野定于戌时向黄百韬兵团发动进攻，当即得到批复。为配合华野，中央指令以钱钧鲁中南纵队为主，在地方武装配合下攻打郯城县城，同时中野部队向蒙城方向秘密集结。

此时的淮海大地，苍茫中孕育着生机，肃穆中隐含着亢奋，国民党并没意识到一场震惊世界的大决战即将拉开帷幕。

为攻克郯城，部队间进行了详细的分工，鲁中南纵队负责攻打四座城门，地方武装以及其他部队负责打援。杨云震所在的特种兵纵队火炮团调集十几门榴弹炮和迫击炮配合攻城。

几天前，攻城的准备工作已经神不知鬼不觉地开始了。

根据华野攻城打援的战术，地方武装早已对郯城周边的地形进行了详尽的侦察，提前熟悉了战场环境。凭借地方武装绵密的情报网络，解放军对周边一百公里以内国民党军队的驻防情况了如指掌，在敌人可能赶来增援的方向上，早已事先布置好兵力以待来援之敌。

为攻夺城门，鲁中南纵队除装备好充足的枪弹外，还置备了大量的木筏、云梯、绳索等。4日那天，杨云震见到了他的好友、六团团长马翔宇。两个人坐在一起，对攻城时步兵和炮兵怎样配合的问题商量了半天时间。大大咧咧的马翔宇最后对杨云震说："老弟，我的兵炸暗堡、拼刺刀那都没说的，个个小老虎一样，可是我对城里敌人的布防还吃得不透，先前派进去的侦察员也出不来，我怕弟兄们冲进去找不准主攻方向会吃大亏啊！"

杨云震也觉得这是一个大问题，他瞅了瞅马翔宇拧成疙瘩的眉心："是啊，这些兵好多都是咱周围庄户人家的年轻娃，能少牺牲一个就应该少牺牲一个！"

马翔宇把军帽从头上扯下来，攥在粗大的手掌中揉来揉去，虽一言不发，但难掩内心的焦虑。

杨云震忽然灵机一动，对马翔宇说："你等着，俺今晚给你抓个'舌头'回来，问问城里布防的情况，这样你知道往哪攻，俺也知道炮往哪打。"

大战在即，城里的情报尚且传不出来，马翔宇不知杨云震从哪里才能抓回"舌头"来。

杨云震回到部队，从炮兵团里找来一个名叫江易天的战士，问道："听说你会武术？"

"俺从小身体不好，被父母送到县城一座庙里，跟着一个会武功的和尚学了八年，不但身体练壮实了，还学会了些拳脚功夫。"江易天回答。

"功夫如何？"杨云震问。

"俺不敢说好，对付五六个人不成问题。"

"向来吹牛不上税，你江易天不会是嘴把式吧？"

江易天一听急了，脸憋得通红："俺吹不吹牛你可以试试！你要不是俺团长，俺两招之内就把你撂地上！"

杨云震一听笑了："你小子气性不小！咋个试法？先把我撂倒？"

"俺不敢，把你撂倒了政委还不得关俺禁闭啊！"

杨云震忍不住哈哈大笑："你这娃倒也不傻，你说怎么办？"

"你找人搬来三块砖吧！叠在一起，俺一掌下去能把它们劈成两截。"

很快，青砖搬了过来，不是三块，而是五块。

"五块行吗？"

"五块也行，不过多毁两块整砖罢了。"江易天绷着脸说，看来真是被杨云震的激将法惹毛了。旁边的战士知道江易天又要表演少林功夫，纷纷围了上来。五块青砖被码放在一条板凳上，只见江易天扎下马步，两三分钟运气之后，突然高高扬起展开的右掌，接着一声低吼猛然向下劈去。

"砰"的一声脆响，五块砖齐刷刷地从中间断成了两截。

杨云震和所有在场的战士看得目瞪口呆，半天没有回过神来。

"铁砂掌！铁砂掌！"人群中一阵鼓掌欢呼。

"团长，是不是嘴把式俺不知道，要不你也砍一块试试！"

旁边的战士们也都一起起哄。

杨云震打心眼里喜欢上了这个愣头愣脑的小伙子。

"好！就是你了！跟我执行任务去，任务完成得好我让你当排长！"杨云震手指江易天说道。

当天晚上，杨云震带着江易天化装后赶往郯城，去执行抓"舌头"的任务。两人出发时没有带任何武器，怕遇到国民党兵盘查暴露身份。

夜幕中，两人假装成酒鬼，一个人手里拎着一个酒瓶，摇摇晃晃走在通往西城门的路上，一边走还一边斗嘴。

杨云震说："你的酒量是真不行，才喝那么一点，就顶不住了。"

江易天不服气："你说谁呢？谁不行啊？你看你，走路摇摇晃晃，站也站不直，干脆躺下睡吧！我看你就是个嘴把式！"这小子显然对团长质疑他的一身功夫耿耿于怀，执行任务也不忘出出气。

"俺才不睡呢，俺要回家。"杨云震憋着笑。

两人一边斗嘴一边机警地向前后左右观察。初冬的傍晚，天黑得早，路上行人稀少，空旷的田野里冷风飕飕。

突然，身后二三百米的地方出现了几个人影，由于距离较远，看不清面孔，他们便一边晃一边在路边等待。几十米远的时候，看清楚了是五个背枪的国民党兵。原来，这几个家伙名义上到乡下巡逻，实际上是去捞点好处，边走还边唠叨着今天的收获，盘算着明天还能到哪里去瞅瞅。

对于路边站着的晃晃悠悠、浑身散着酒气的两个人，五个国民党士兵没有太在意，他们五个人都扛着枪，没把两个老百姓装束的人放在眼里。

杨云震先伸出两个指头，又朝自己脸上指了指，然后看了江易天一眼。江易天明白团长的意思，他来对付靠近自己的两个人，其他三个交给他了。

走近两人时，五个士兵中的其中一个对他们大声吆喝了一声："干啥呢？"杨云震和江易天装作没听见，还在拉拉扯扯继续说着酒话。五个士兵知道，路边的两个人喝多了。待五人走近看热闹时，只听杨云震"哼"了一声，江易天清楚，动手的时机到了。

两个人影一下子闪到五个士兵面前，等杨云震一拳打倒其中一人，转过身来准备对付第二个人时，人却不见了。原来，江易天左右掌同时开弓，每个铁砂掌对付两个，四个人猝不及防，连哼一声都没有，像装满麦子的布袋一样倒了下去。

"团长，不用再看了，都断气了！"当两个人用绳子把杨云震打昏的那个士兵捆结实后，杨云震还要去看看其他四人，被江易天制止了。

两人先给抓来的"舌头"灌了一斤烧酒，又给他换上带来的一身粗布衣服，架着他回到了驻地，审讯了好几遍，俘虏始终不愿交代。

杨云震二话没说，让手下人又搬来了五块青砖，当着俘虏的面，一声闷响之后，江易天一掌把一摞青砖劈成两截。

"来，小江，再试试这个家伙的脑袋是不是比青砖还硬！"

江易天绷着脸走到俘虏面前，瞪大眼睛，做出运气的样子。

"别！别！我说，我说！"吓得屁滚尿流的俘虏把知道的情况一五一十交代得清清楚楚。

郯城是座闻名遐迩的县城，曾是古郯国的都城。日军占领期间，郯城作为日军在鲁南苦心经营的兵站基地，筑起了坚固的城垣，开挖了宽阔的外壕，修建了大批明碉和暗堡，墙高壕深，碉堡林立，可谓固若金汤。驻守在县城里的主要是国民党山东保安第一旅，司令是国民党临沂行政督察专员王洪九。

蛇蝎心肠的王洪九在当地人眼里是个杀人不眨眼的活阎王。此人犯下了残害八路军官兵、杀害共产党员和革命群众的累累罪行。后来日本人来了，他当起了汉奸。日本人被赶走后，王洪九来到徐州投靠国民党，后来又组织起地方武装回到临沂，倒算土改果实。他不但武力下乡收租税，设置岗哨盘查过往行人，还四处捕捉共产党游击队员，屠杀革命干部和群众七千余人，欠下惊天血债。

临沂解放之前，王洪九带领人马偷偷溜到了郯城，打算依托那里的坚固城池负隅顽抗。王洪九部队在临沂时，一直是华野的心腹之患，当时粟裕一直忙于济南战役，腾不出手来收拾这个败类。这次不同了，郯城位于山东省最南端，与江苏宿北县接壤，县城与新安镇相距仅有二十五华里。如果华野自北向南朝新安镇一带挺进的话，这里就成了他们要突破的第一道屏障。华野遂向中央军委建议："华东局立即令鲁南及滨海地方武装对临沂之王洪九部实施包围，以待济南作战结束后，加派一部主力攻歼该敌。"粟裕的目的十分清楚，趁王洪九在郯城立足未稳，首先拿他们开刀，拔掉这个南下路上的钉子，同时也替当地群众清除一个祸害。

粟裕之所以建议鲁中南纵队和滨海地方武装执行这个任务，主要因为他们经常和王洪九部打交道，对其非常熟悉。但反之亦然，王洪九部队对解放军也是了如指掌。就在杨云震带领江易天去抓"舌头"的时候，王洪九也没闲着。

这天中午，鲁中南纵队驻地执勤值班的同志突然抓到一个人，开始以为是奸细，盘问了半天，这人说他叫李三丰，是来找人的。此人自称是炮兵团战士胡凤鸣的小舅子，在郯城县城做小生意，两人也好多年不见了。

胡凤鸣警惕地问："你来干什么？怎么知道俺在这里？"

李三丰说："俺有一次回老家，大姐说你在鲁中南纵队里，叫俺有机会来看看你。"说着拿出一个包裹，里面是两双鞋、两双袜子和两条短裤。看着这些，胡凤鸣当场就湿了眼角。自己常年不在家，老婆一个人带着两个娃，还要照顾两个瘫痪在床的老人，胡凤鸣想起这些心中不免有些愧疚。

毕竟是自己的小舅子，胡凤鸣留他吃了饭，并出于关心对他说："这两天就要攻打郯城了，你最好先不要回去了。躲一躲，等仗打完了再回去。"

李三丰满口答应："好，俺这就先躲几天，可到底要躲多长时间啊？店里的生意和伙计怎么办啊？"

胡凤鸣说："前后也就三五天就解决了，你先甭管那么多了。"

吃过饭，他把李三丰送走了。小舅子走的时候是朝着背离郯城县城方向去的。胡凤鸣不知道的是，等走到看不见人影的地方，李三丰调了个头，跑步向县城方向奔去。

李三丰是个生意人，平时和县城里的军爷混得挺熟。王洪九的副官知道李三丰有个姐夫在鲁中南纵队里，所以这次想找人去探探底，就给了李三丰十块大洋，答应事情办妥后再给十块大洋。爱财如命的李三丰就满口答应了下来。

李三丰回来把情况一说，王洪九感到事态严重，立即召集东南西北各守门的保安团长开会，布置应对措施且下令要严加防范，如果共军来袭，懈怠不力者满门抄斩。李三丰向王洪九的副官要他许诺的另外十块大洋，不但没要到，还被打得鼻青脸肿。王洪九的副官拿着盒子枪抵着李三丰的脑壳说："我看你是活得不耐烦了，你姐夫是'共匪'，老子还没有找你算账呢，你还敢跟老子要钱，今天不把那十块大洋给老子还回来，就让家里准备好棺材吧！"为了保命，李三丰只好乖乖地把钱还了回去。

四个城门布置归布置，王洪九心里还是没有底："那么大的济南城只有不到十天就给攻下来了，何况一个小小的郯城呢？不管攻城是真是假，我还是先到城外去躲两天，去避一避风头再说。"11月5日这天下午，他穿上便装，悄悄地带着警卫排去了城外一个相好女人的村子里。

11月6日，鲁中南纵队司令员钱钧调集主力部队在郯城独立团等地方武装的配合下，向郯城县城王洪九部发起了攻击。按照事先分配的任务，6日凌晨解放军从四面八方对郯城形成包围圈。郯城城墙周长四千六百多米，墙基宽四十米，顶部宽十五米。为了防护县城，王洪九事先布置了外围防线，当华野的千军万马以汹涌之势扑过来时，他们自知不是对手，稍微应付一阵就撤退到了城里。解放军把郯城包围以后，没有进攻，只在附近修筑工事。郯城国民党守军很快察觉了解放军的意图，把四个城门紧闭，准备做困兽之斗。

傍晚，杨云震又到各营转了转，检查各营火炮预备情况，看到部队已早早地吃过晚饭，肃然待命，一门门大炮昂起炮管，直指余晖中隐约可见的郯城。

晚上八点，郯城外一片静寂，只有城墙炮楼上的探照灯不时地扫来扫去，发出肃杀刺目的光芒。骤然间，三颗红色的信号弹凌空升起，如璀璨的烟火划破了漆黑的夜空。总攻开始了，顿时，猛烈的炮火接连不断地响起，大地跟着颤动起来，解放军部队从东西南北四个方向开始攻城。枪炮轰鸣声中，攻城部队先佯攻东门、北门，吸引国军的火力。马翔宇六团的战士们则扛着攻城的家伙向西门和南门逼近。等他们快到护城河边了，国军才发现不对劲，又集中火力对付西门和南门的解放军。担任主攻任务的六团选择敌人防守薄弱的西北作为突破口，但此处城墙高大，护城河又宽又深，不易攻破。马翔宇团长看到这种情况，当即叫停，又改城南门为突破口。

城南门外，壕沟上有一座小石桥，是南门通向外面的唯一通道。可现在，在小石桥的两端和中间，用石头筑起了三道被称为"拒马"的屏障，每座"拒马"都有一人多高，上面还有缠满铁蒺藜的木桩，"拒马"背面绑着随时准备爆炸的炸药包。护城河边还设置了三道铁丝网，国民党第八十三师原先构建的城墙防御，设置了两层火力点，城墙下面还有地道相连。敌人守备部队火力配备比较强，护城河又宽又深，所以攻城部队只能选择从石桥上突破，石桥立即成为双方攻守的焦点。城墙上敌人的火力正对着壕沟上的小石桥,攻城开始后,战士们几次想从小石桥突破,但由于敌人火力太猛,都被打了回来,伤亡惨重。

攻城部队紧急商量之后,决定先用炮火摧毁敌人的密集火力网。一直等待任务的杨云震兴奋异常,大手一挥把可用的迫击炮全部调集过来,根据抓到的"舌头"交代出的敌人火力点,集中向城墙上一阵狂轰。地动山摇般一阵轰鸣后,敌人的火力顿时弱了下去。马翔宇组织了一支二十八人的爆破队。爆破手在数十挺轻重机枪的掩护下经过几次爆破,很快清除了石桥附近的各种障碍,炸出了一条通向对岸的道路。一营长张宝国让突击连一边派几个战士匍匐向小石桥前进,另一边安排几个水性好的战士头顶炸药包从壕沟里游过去。观察到解放军这边有动作,城墙上的枪声又开始大作。冲在前面快要到达小石桥的战士们全部掉进水中牺牲了,刚下水的战士也倒下了好几个。步兵冲锋陷阵的时候,杨云震没有闲着,而是一直在观察城墙上喷出火舌的机枪点。见步兵兄弟进攻受阻,他再次站出来主动请缨,把三门榴弹炮调了过来,对准观察好的机枪点就是几发炮弹,敌人的机枪点顿时成了哑巴。趁此当口,困于水中的一个爆破手迅速前进,游过壕沟并爬上岸,把炸药包立在门口,点燃炸药包后,自己跳到了水里。一声巨大的响声过后,南门被炸开了,但让人意外的是,里面还有一道门,用沙包层层堆叠拥堵着,无法实施爆破。万般无奈之下,攻城部队决定放弃南门,改由北门进攻。好强的马翔宇知道后,坚决不同意,他沉着脸一字一顿地说:"我们一定要拿下南门。"

经过观察,马翔宇命令架梯连队上,准备强攻。经过一番折腾,架梯队终于找到一个防守较弱的地方,把云梯靠到了城墙上,几个战士迅速往上爬。躲在城垛后面的敌人看到后,纷纷将滚木、手雷等一齐向下倾泻,辛辣扑鼻的瓦斯弹呛得战士们头昏眼花,纷纷落下云梯,至此我军两次架梯先后失利,架梯队已经牺牲了多名战士。

眼前的一切,令团长马翔宇忧心忡忡,他命令道:"八连做好准备,七连不行你们上!"七连连长一听也急了,心想七连怎么不行呢,于是向战士们喊道:"同志们,不拿下这个鬼地方,我们决不回去!"接着,集中全连最优秀的投弹手,在城墙下排好阵势,一阵"嗖嗖嗖"的投弹之后,手榴弹准确地飞向城头,接着"轰隆隆"炸开了花,敌人的火力终于被压了下去。战士们乘机冲上去,将云梯架上城墙。

上两次失利,原因在于躲在城垛里的敌人突然冒出来疯狂射击所致,这次马翔宇接受了教训。二排战士攀梯登城的时候,他安排三排的战士向城垛上射击掩护。城垛里的敌人不敢露头射击,但狡猾的他们却想出了一个对付的办法,抱着一根大木杠将云梯推离城墙,云梯在半空中晃来晃去,二排好几名战士没有抓稳,从梯子上掉到了壕沟中。眼看云梯将要倒下,七连连长急中生智,命令一部分人迅速冲向梯脚，死死地把云梯按住，同时，又派十几名战士合力举着一根长长的木杆使劲把云梯向城墙按去。在双方角力的过程中，二排排长刘松江随即将两颗手榴弹扔上城头，趁着爆炸的浓烟，纵身爬上城墙。见排长带头冲上去了，其他战士冒死跟上，陆续翻上城头，在城墙上与敌人展开了肉搏战……南门终于被解放军攻破。与此同时，另外一个团也突破了城北门，同据守在那里的敌人展开激战，整个郯城火光冲天，浓烟滚滚。

郯城城外，王洪九听着隆隆的炮声，知道共军如果真的把郯城拿下，自己将成为无家可归的流浪之犬。所以，他不顾郯城正在进行激烈的战斗，带着警卫排拼命向新安镇方向逃窜，准备去央求国民党六十三军派部队前来救援。谁知刚沿着大路跑出几里地，就遇到了埋伏打援的解放军。一阵枪声后，王洪九的警卫排倒了一大片，他自己却趁机偷偷地溜掉了。

夜里，国民党六十三军军营突然闯进来一个衣衫不整的人，自称叫王洪九。六十三军其实早在解放军攻打郯城之初就接到了求援的电话，六十三军军长本意不想去救，怕偷鸡不成蚀把米，把自己的队伍搭进去，但架不住王洪九再三跪地央求，只得派两个团从西南两个不同的方向扑向郯城。和王洪九部一样，六十三军也属于黄百韬的七兵团，七兵团各个军驻地本就分布在新安镇附近，二十五军在阿湖地区，六十三军在新安镇、红花埠、杨家集、南北劳沟地区，六十四军在高潭沟、丁集地区，一〇〇军在新安镇西北王家庄地区，一〇七军的孙良诚部在睢宁地区。

担负郯城南侧、西侧阻击任务的滨海军分区一团、二团正愁没仗打呢，正好敌人送上门来了。于是在离郯城十里的白马河与土城子阵地上，与敌人展开了激战，打退了来援之敌的四次疯狂进攻。

此时，郯城县城四面城门均被攻破，双方进入巷战，展开了逐屋逐院的争夺。半夜时分，攻城部队靠近了县城中心。一部分国军龟缩到县政府大院里，由于墙高壁厚，解放军只得用炸药把四面围墙炸开，然后战士们潮水般涌入，里面的几百号人纷纷缴枪投降。一部分国军趁乱突围向西南逃窜，与担任打援和截击任务的滨海军区一、二团迎头撞上，全数被歼……

郯城解放了。

这里不妨做个交代，后来王洪九一个人逃到了徐州。见国民党大势已去，狡猾的王洪九开始考虑自己的后路，决定抛弃国民党。他先把家人送走，然后自己打扮成商人，混过解放军的哨卡，逃往济南。到达济南后，他戴上破毡帽，穿上补丁摞补丁的衣服，赶着几头牛，化装成牛贩，逃到了青岛。最后逃往台湾，1979年孤苦伶仃的他病死于台湾。

硝烟散尽，杨云震见到马翔宇，竖起大拇指表示祝贺："这仗打得不错，你小子又要立功了。"

马翔宇咧着大嘴笑起来:"打虎还得亲兄弟,要不是你的山炮、野炮、迫击炮,我老马得多损失多少弟兄啊!大恩不言谢,回头全国解放了,我请你喝咱们的绿豆烧!"

杨云震捶了一下马翔宇的肩膀,说:"老马,客气话不用讲,你们前面冲锋,我还不应该在后面给你用大炮开路?不过难得我们哥俩联手攻城,以后就不知道有没有这样的机会了。"

在郯城的断壁残垣下,两兄弟挥手话别,马翔宇策马而去。

就在大家兴致勃勃打扫战场的时候,突然,城墙根已被战火毁坏的碉堡里响起"哒哒哒"清脆急促的机枪声。大家一下子惊呆了,以为敌人在碉堡里暗藏着的人马要进行反攻。枪声惊动了杨云震他们,也惊动了上级首长。可是,枪声响过一阵之后很快平静下来了,一群战士急忙拿着家伙围了过去,从里面揪出了江易天。

原来,江易天和大伙一起检查战利品,在碉堡里发现了一挺崭新的美式机枪,和自己见过的所有机枪都不一样。一时兴起,他趴在缴获的美式机枪后面,对着碉堡外面的一片空地就扣动了扳机。子弹打光后,江易天一扭头,发现围过来的一群战士正愣愣地盯着他,这才意识到自己犯错了。

杨云震指着江易天的鼻子骂道:"你倒不是个嘴把式!我看是个瞎把式,敌人都被消灭了,你乱放什么枪?打着自己人,我枪毙你小子!"

江易天这次没有犯倔,低眉顺眼地任凭团长的唾沫星子在眼前飞舞,一句话也没敢说。

战后总结会上,江易天结结巴巴地念完检讨,红着脸表态:"俺以后再也不敢乱放枪了,要是再犯,俺把脑袋当青砖给团长劈!"

杨云震强忍着笑,绷着脸说:"别!别!别!我这手掌可没你花岗岩的脑袋硬!"大家哄堂大笑。

杨云震本想让江易天担任炮排排长,因为这事,只好把他任命为班长,一等功也改成了三等功。

在清理郯城内国民党残余势力的过程中,胡凤鸣又看到了他的小舅子李三丰。这时候,李三丰脸上的伤还没有消去。

胡凤鸣问他:"不是让你出去躲了吗?你怎么在城里啊?"

李三丰说:"俺不放心生意和伙计,就又回来了。"

"那你怎么成这样了?"

李三丰顿时涨红了脸,吞吞吐吐地说:"被,被王洪九的副官给打的。他们,他们逼着俺去找你探听情况,俺去了,说好给俺钱的,最后不但不给,还,还把人打成这样。"

"啊!"胡凤鸣恍然大悟,"你来找我原来是摸我们底的?怪不得我们没有抓到王洪九那个孬种,原来他早就闻风而逃了。"

胡凤鸣气得恨不得扇自己小舅子两个耳光,然后踹上两脚。可事已至此,再打再骂也无济于事,于是找到连长、营长一起到团长杨云震那里承认错误。杨云震责令把李三丰交地方处理。杨云震对胡凤鸣一顿臭骂之后,见他认错态度诚恳,只是把他的三等功取消了,其他也就没有深究。

胡凤鸣后来见人便说:"同志们,外盗好逮,家贼难防啊!希望大家以我为戒,今后要特别注意防备自己的小舅子!"

11

兵马未动,粮草先行。

自从当上第五中队的队长,杨云林就从早到晚在心里盘算怎样带好这支队伍。第五中队的队员们来自大杨庄和附近的几个自然村,大部分人互相之间从未谋过面。组好队的当天,云林就把二百来位队员集合到了一起,让每个人自报家门,互相认识一下。每人介绍自己时,云林还说,如果谁有什么手艺特长也可以讲讲,说不定啥时候就能用得上。

"俺是侯集的,叫侯老三,除了种地,别的不会,只会下河抓鱼摸鳖。"

"俺叫杨全英,大杨庄的,俺自己不懂手艺活,家里的事都是媳妇和几个姐帮俺做,从小到大连家里的尿罐子都没有倒过一回。"

"鄙人小刘庄的,爹娘死得早,俺没有大名,只有个小名叫刘歪嘴,从小跟着'孙家班'唱柳琴。临来时,师傅师母送俺到村头,交代说别光在戏里当英雄,遇到真刀真枪就成了狗熊!俺一直记着师傅的话,到战场上做回真英雄!"

"俺是十里铺的薛仁贵,可不是大唐'三箭定天山'的薛仁贵,但俺还真不比他差到哪里,他会射箭,俺会耍刀,杀了十几年的猪,方圆十几里没有不知道俺这个'小刀手'的!"

"王家堡的王福贵,弹了大半辈子棉花,俺本来想留在村里跟娘们儿弹棉纺线,但老婆不同意,说那里小媳妇多,会晃花男人的眼,拧着耳朵就把俺送进了运粮队……"

众人一阵大笑。

二百来号人各自介绍完毕,太阳已经快到三竿,杨云林看大家精神饱满,心里面很高兴。他左右瞅了一下,看到一只打麦的石磙子竖在旁边,就纵身一跃站了上去，朝大家喊话：

"大家都介绍完了，每个人都要记住，你们是第五中队的人，到时候不要跟错队伍，记不上工分是小事，别让大伙以为你当了逃兵！"

杨云林说完，下面同样是一阵哄笑。

"下面，我们再进行分组！"云林想了个办法，按照自然村区域划分，把自己的第五中队又分成了五个小队，选出文华、张明义等五人担任小队长，每个小队长分管四十来号人，不多不少好组织。

按照高队长和李指导员的要求，每个中队开始进行为期一天半的思想教育。两人在中队长会上说得很明白，虽然支前队员在报名时，各村的村长已经进行了动员，但那毕竟是最基本的，很可能还没有把道理说透，因此有些人思想上还存在着疙瘩。只有彻底把这些疙瘩解开了，才能使他们思想不开小差，安心投入到支前任务中去。

第一天上午，由戴眼镜的李指导员主讲。文质彬彬的李指导员是个文化人，先是滔滔不绝地讲了支前的意义和重要性，接着开始了对国内时局的阐述，接连分析了东北和济南两场大胜利对淮海地区有什么影响，解放军为什么会取得这样的胜利和蒋匪军为什么会节节败退等等。

台上李指导员讲得唾沫飞溅，激情四射，台下的队员却萎靡不振，无精打采。

虽然云林和文华这些念过书的人听得津津有味，频频点头，但绝大多数运输队的队员是文盲，斗大的字不识几个，过去只关心种庄稼和一家老小吃饱穿暖的事，现在将这样一群人集中起来讲大道理，对他们来说如听天书。刚开始时，大家还强打精神盯着讲台，但半个钟头一过，大部分人抗不住了，有的人抽烟，有的人聊天，还有的人打起了瞌睡。

"呼噜！呼噜！"突然，一阵奇怪且熟悉的声音响起，大家顺着声音看去，原来是文华他们小队的杨全英睡得正香。文华赶快挤过去，用力推醒了他："不要再睡了，李指导员在台上讲话，你竟然打呼噜，太不像话了！"杨全英嘴角滴溜着半尺长的口水，睡眼惺忪地说："俺，俺睡着了？！会开完了吗？"周围的人个个啼笑皆非，台上兴致正浓的李指导员尴尬异常。

会议结束后，云林找到杨全英，拉下脸说："我们一直都把你作为好典型宣传，要大家向你学习，你怎么搞的，在动员会场上竟然睡觉，不但给俺们大杨庄人丢了脸，也给现在的第五中队丢了脸！"

杨全英低下了头，后悔地说："俺昨天晚上寻思家里的事情，一夜没睡好，今天实在忍不住，加上俺也听不大明白，不知咋的就睡着了。"

云林说："既然出来了，就要好好干，给家里人争光，让外村人高看咱们大杨庄人一眼。家里的事甭想了，想也没用，村里会帮忙照顾好的。"

"俺今后听报告再也不睡觉了！"杨全英表态。

当晚，云林来到李指导员的宿舍，向他做了检讨。同时，也委婉地说出了自己的看法，意思是针对这些人能否用不同的方法进行宣传教育。李指导员听后，不但没生气，反而态度诚恳地对云林说，问题出在自己身上，要他回去转告第五中队的支前队员，请大家想想有什么疑问，他明天上午再去一次，不做报告，去回答大家的问题。

第二天上午，李指导员来到第五中队。

杨云林告诉大家今天上午就不听报告了，大家有什么问题可以提出来，让李指导员给大家解答。

"长官，人靠衣裳马靠鞍，前段时间村里过军队时，俺看到国民党的兵穿的衣裳呱呱新，腰里拴着三指宽的牛皮带，要多威风有多威风！粟司令领导的八路军穿的都是补丁衣服，他们真能打败徐州的国民党部队吗？听说，国民党的部队用的都是美国佬的家伙啊！"小刘庄的刘歪嘴第一个提问。

"这是唱柳琴戏的刘歪嘴。"云林向李指导员介绍道。

回答问题之前，李指导员先进行了纠正，意思是说国民党部队里才叫"长官"，共产党不兴这个，叫他老李就可以了。

"老刘虽然嘴歪，但提的问题一点不歪！"

李指导员开题的一句话，引得在场的人大笑不止。

"俺今天不给大伙讲大道理了，就和大家一起掏掏心窝子。大伙都知道，前些年打日本鬼子的时候，国民党的部队是政府军，比共产党的部队多了去了，吃得好，穿得好，武器也好，但他们想的不是怎样和共产党一道把鬼子赶走，倒天天惦记着要剿灭共产党。结果呢？剿灭了吗？大家也都看到了，咱们共产党的队伍不但没有被剿灭，反而越来越壮大了！日本鬼子被赶走后，国民党邀请共产党去重庆，和咱们签订了不打内战的协议……"

刘歪嘴举了下手，"长官，哦，老李！啥叫协议呢？"

杨云林在旁边忍不住纠正了一下："叫李指导员！"

李指导员向杨云林摆了摆手，回答道：

"协议嘛，就跟我们村里面文化人写的文书差不多，简单来说就是双方商量后的约定。"

刘歪嘴眨巴了几下眼睛，似懂非懂，李指导员继续他的解答。

"全国人民都认为，有了这个协议，这下老百姓该过上安稳的日子了。哪里想到，刚过半年，蒋介石就翻了脸，一心想把共产党赶尽杀绝。解放军聪明着呢，那时人少，不和老蒋的部队正面打，而是牵着他们的鼻子在陕北大山里绕圈子，活活拖垮了他们。没打几个月呢，咱们军队的人数越发展越多，国民党部队呢，时间久了越拖越没精气神，后来两支军队的实力也就变得差不多了。到了今年下半年，咱们解放军的实力越来越强，各个地方的游击队、民兵数量也一增再增，就在刚刚过去的9月，解放军在东北打了大胜仗，吃掉了老蒋的四十七万军队，接着，咱们华野的部队又在济南开战，不到十天的功夫，国民党美式装备的王耀武的十万人马就被打得落花流水……现在啊，老蒋部队里的官兵个个都被吓破了胆，不要说打仗了，一提华野的名字就会尿裤子，大家说说，粟司令打得过打不过徐州城的刘峙？"

"打得过！"李指导员说完，下面喊声震天。

"俺来之前去给娶新媳妇的一户人家杀猪，听一个穿着体面的人说，济南之所以被攻下，主要是吴化文起义了。他还说，俘虏打枪准，所以才能那么快胜利呢？"

"李指导员，他是十里铺的杀猪匠薛仁贵。"云林照例介绍提问者的身份。

"啊，薛仁贵怎么当小刀手杀起猪来了，这不明摆着是大材小用吗？"李指导员说完，场下再一次哄笑起来。

"老薛，不，不，左骁卫薛大将军，你想过一个问题没有，'俘虏是从哪里来的'？也就是说'吴化文为什么会起义'？说得再明白点，咱们华野没打济南时他为什么不起义？针对这几个问题，俺老李认为，他吴化文只是觉得继续跟着国民党蒋介石没前途，顽固抵抗只有死路一条才起义的。从唐朝河东道的那个薛仁贵到现在咱们宿北县你这个薛仁贵，时间过去了一千三百多年，俺敢说，所有的俘虏都是因为打了败仗或者走投无路才当的俘虏，没有一个心甘情愿主动送上门当俘虏的。就比如你老薛杀猪，猪虽然没人聪明，但看见你手里拿着明晃晃的尖刀，腰里缠着麻绳，一定明白来者不善，但猪会主动趴在你面前一动不动，等你捆好四蹄，然后抬到门板上先朝脖子上一刀放血，再在蹄子边一刀后吹气，接着用滚烫的开水一浇，最后褪毛之后抬到案板上开膛破肚吗？不会！猪再笨也一定会拼了命四处逃窜躲过一死的，只不过你这个小刀手太厉害了，到最后实在躲不过去，才乖乖成为你的'俘虏'的。"

"说得好，说得太好了，俺这回是真的相信了。不过，俺还有一个问题——"

一看薛仁贵站起来还要再提问题，这下急坏了云林，他急忙朝"小刀手"使眼色。

"不！让他问，能回答薛大将军的问题，可是俺老李的荣幸。"李指导员朝云林摆了摆手。

"李、李指导员，您和俺一样当过小刀手吗？要不你咋那么懂杀猪呢？"薛仁贵满脸疑惑。

众人一听原来是这个问题，云林和大伙笑得东倒西歪，就连李指导员也忍不住哈哈笑出声来。

"想当，但没有机会啊，俺家在南京夫子庙秦淮河边上，那里没有人家养猪……"

后来，云林打听到，李指导员李宏是个刚毕业的大学生，父母在南京城一家英国银行就职，一个月能拿一大沓花花绿绿英国人的钱，叫什么"英镑"。

支前的任务很快来了。

这是运输队第一次接受任务，要运送三万五千斤米面到前线。由于是第一次运粮，各个中队都抢着报名。最后通过抓阄，杨云林的五中队得到了这次机会。这也是宿北县的支前队伍首次接受如此重要的任务，高忠全大队长要随队摸底督战。

出发前，宿北城北粮库的一个平房院子里，高忠全队长、李宏指导员召集第五中队所有人员开会布置任务，再一次做思想动员工作，并且把路途中的注意事项交代一遍，特别强调一切行动要听指挥。

按照规定，原则上一人一车，推两百斤粮食，体质弱一点的人可以两个人一车，最少推三百斤，每天要走不少于五十里的路。云林一遍遍叮嘱，要求大家要运得快运得多，一路上要做到不抛洒滴漏，说公粮就是前线作战将士的生命保障。

11月初的苏北平原，天气从早到晚冷飕飕的。第五中队的队员们都穿上了棉袄棉裤和棉鞋，由于要出远门，有的还另备了一两双鞋。出发之前，对于运粮的费用，云林特别给大家做了交代，公家每天每人发给红粮六斤，自带给养，鞋子衣被自己带好，路途当中不能向沿线村里要钱要衣。

第五中队从宿北县城出发了，队伍浩浩荡荡，前前后后绵延了一里多地。杨云林一个人推着一辆装满二百六十来斤粮食的车子走在队伍的最前面。刚出发时天还不错，路也平坦比较好走。因为沿途各乡村都接到指示，运粮的土路要修好，平高填洼，让支前的民工运粮省力气走得快，能够把粮食早日送到前方。可是刚刚过去一天，老天就变了脸，刮起了西北风，还淅淅沥沥下起了小雨，走到邳县境内时又突然下起了雪，土路一下子变得泥泞不堪。

走着走着，杨全英的车轮被泥坨黏住了，寸步难行。杨全英本来就没干过啥重活，身子骨也弱，累得直喘粗气，在泥窝子里打转转。文华看到了，赶快过去帮助。

"哎，这老天爷，专和咱们过不去啊！你看这天气这路，早知……"杨全英蹲在车边，神情沮丧，唉声叹气。

文华说："全英哥，话可不能这么说，困难只是暂时的，国民党蒋介石不会因为天气不好就不打仗了。咱们的部队正等着粮食，不吃饱怎么去打仗呢？老天爷这是有意要考验咱们呀,假如刚遇到这点小困难咱们就打退堂鼓,那和战场上的逃兵又有什么区别呢?"

在出发前的支前分队长会议上,高队长和李指导员就预见到在行军途中可能会遇到各种各样的困难,队员们思想肯定会有波动,甚至产生动摇,所以两人要求各位分队长不但要自己走在前面,发现问题还要及时解决,要不厌其烦地进行思想巩固教育。

文华帮着杨全英把车子拉出泥泞地,来到平路上。

他抓住这个机会,边走边对杨全英说:"人不能只看一时,要看长远,现在苦一点是为了今后不苦。在家种地苦不苦?土改以前苦不苦?"

杨全英没有说话,但杨全英身后一位浑身上下溅满泥水的民工却接口说:"在家苦是为自己,苦死也能挨,出来做民工,这么苦不知道值不值得?"

话传到了云林耳朵里,走在最前面的云林把车子放在路边,扭头走过来帮助这位民工推车,让他缓口气。云林边走边说:"咱们出来支前了,家里有人互助,家里的辛苦别人帮咱们吃。咱们要是在家,家里的辛苦吃不吃?"

听了云林的话,这位民工没有出声,虽然认识到出来支前和在家做工一样要吃苦,但心里的疙瘩还是没有完全解开。

"你再想想,解放军打仗是为的哪个?如果每个人都缩在家里,不去当兵打仗,谁去把国民党反动派赶走?不消灭反动派,你能安心种地,让家里人过上太平日子吗?咱们就是再苦,总不至于丢掉性命吧,而前线的部队不但受苦,还有可能随时流血牺牲,人家也有父母,也有兄弟姊妹,是个人都得有良心,咱们不过是累一点,苦一点,总归比冲锋陷阵轻松多了吧!"

经云林这么一说,那位民工红了脸,说:"队长,俺明白了。"说完,从云林手里抢过车把,踏着泥泞一步步向前走去。

支前队伍到底不是军队,而是临时组织起来的没有受过严格训练的民工。且不说第一天装车的时候,一个个乱哄哄抢着装,好像要比一比看谁装得快一样,两个人甚至因为争抢一袋粮食吵起架来,就是上了路也不省心,刚出发头两天,就状况不断。

在运粮行进的路上,首先遇到的是吃饭问题。虽然规定每天发给每人红粮六斤,但一个人不能做饭,大家只能凑在一起搭伙烧饭。所以,一到吃饭的时候,大家都围到锅边抢。手快的人一次抢到两三个馒头,晚来一会儿的则一个也抢不到。云林看在眼里,急在心里,赶快走过去把自己手里的馒头递给晚到的人。云林想,这样下去可不行,便下令要求各个分队吃饭时要排队,不能挤成一团争抢。文华的小分队更是想出了一个妙招,实行配给制,米饭、馒头、咸菜先均分一份。

如果哪个人个子大吃不饱，另外再添补一点。果然，实行配给制后没有人再去争抢。文华发明的配给制不但在第五中队推广开来，还在整个宿北县支前队伍中广泛推广，为此文华受到了县支前大队的通令嘉奖。云林兴奋地拍着文华的肩膀说："你小子聪明，粮食还没送到前线，就记了一功。"

支前队遇到的第二个问题是住宿。运粮队车上装满粮食，每辆粮车最多只能带一床铺盖卷，褥子和草席不可能随车拉着。每到晚上，寒气逼人，队员们基本上只能到沿途附近村庄借宿。解放区各地接到上级的指令，各村要随时准备接待路过的解放军队伍，部队的后方机关以及支前的送粮队、担架队等，要积极主动做好看房子、弄蒲草、洗衣服、烧茶水、磨面带路、慰问欢迎等各种工作。尽管村里有所准备，但村里的人家条件简陋，能提供的空房极为有限。云林运输队头一天住宿就遇到了争抢铺位的事情。村里准备的几间铺着稻草的空房年久失修，到处灌风，大家都抢着往里面背风的地方睡，都不愿意睡在靠门靠窗的地方。云林和几个分队长商量后规定，睡觉选铺顺序按年龄大小排，年长者先挑，群众先挑，党员干部最后。实行之后，大伙也就不好意思争抢了。睡觉时，因为每人只有一床被子，只能两个人合铺，宿北叫"通腿儿"。两天下来，没有一个人愿意和大杨庄的铁匠"石磙"一道"通腿儿"。云林找人了解，个个叫苦连天。一个说"石磙"膀大腰圆力大无比，半夜里不知不觉就把被子都卷到了自己身上，拉都拉不动，冻得自己直打哆嗦。另外一个说，"石磙"睡觉时上下出气，上边鼾声如雷，下面响屁连天，整个晚上睡不了半个钟头的囫囵觉。云林没办法，只得自己和"石磙"在一起"通腿儿"。两天之后，文华见云林眼眶发黑，走起路来双腿打摽，知道云林也受不了，就主动提出来和云林轮换与"石磙""通腿儿"，这才解决了矛盾。后来，很多支前队员报名要加入和"石磙""通腿儿"的行列，文华不得不排了个日期表。"石磙"对此很是自豪，说："每天夜里都有人争着和俺睡觉，估计蒋介石和刘峙都比不上！"

冬天的晚上，天黑得早，支前队员的晚饭也就吃得早。车马劳顿了一天，大伙儿饭后吸袋烟再聊会天，便早早躺下呼呼大睡了。云林和文华几个分队长除了检查住宿、车辆安置情况，还得布置好夜哨，要一直忙到后半夜才能躺下。

"失火了！失火了！"不知道才眯多大一会儿，突然一阵喊叫声把云林惊醒了，他一个激灵跳起来就向外冲去。云林来到隔壁的房子外边，见已经有人跑出来了，屋内正在冒着滚滚黑烟。云林用湿毛巾捂上嘴和鼻子，带领一帮人端着水盆冲了进去，把燃烧的明火扑灭了，草房和大伙的被褥得救了。

火灾发生后，云林先安排其他人回屋睡觉，再把失火房间的人召集起来开会，查找失火的原因。火是一个叫兴旺的人先发现的，他半夜起来撒尿，正巧看到墙角燃起了一团火。经过排查，一个叫老蔫的人承认睡之前吸了两袋烟，可能是烟灰落在蒲草下面没有灭，才慢慢地一点点烧起来的。

云林狠狠地把老鸢批评了一顿："老鸢，你也太不负责任了！你在有蒲草的屋子里吸烟，难道不知道柴草遇火就着吗？今天幸运的是，刚好被兴旺及时发现了。如果没人及时发现，火烧了起来，你想到过后果吗？烧了三间房子，你赔不赔得起不说，把人烧坏了咋办？"

老鸢想想也很后怕，如果不是兴旺及时发现，火最先烧到的就是他。认识到自己的错误后，老鸢后悔不已，当场狠狠扇了自己几个耳光，发誓再也不抽烟了。

第二天，云林按照随队的高队长的指示，召集所有人开会进行了整顿。从这场火灾入手，让老鸢当众进行检讨，记过一次，扣粮六斤。云林队长和几个小队长商量后，制定了几条规矩："一、注意防火安全。以后在住宿的屋里不能吸烟，要吸烟必须到屋外吸；二、注意防破坏。住宿时要把自己运的粮食看管好，各中队晚间安排三班倒巡逻，防阶级敌人放火或盗窃；三、要遵守纪律。自己把自己的东西保管好，不能私拿别人的东西。经过村庄时尽量不打扰老百姓，露营时以组为单位，要服从队里安排，在村庄里吃住时，要像解放军一样不拿群众一针一线……"

第五中队的面貌正在悄悄发生着改变。

一次，第五中队路过一个集镇，天正下着大雨，云林随高队长去和老百姓商量借宿营地，全中队的人列队就顺着街道站着，等房子的事商量好，已经过去半个钟头，但在这一段时间内，没有一个支前队员往老百姓家里钻，宁可自己被淋成落汤鸡……不但纪律性大为增强，第五中队每个队员的军事常识也与日俱增，行军中也不像以前那样每当走上宽阔的路就挤成一团，让天上敌人的飞机几十里地外都能看到。在龙王镇过沙河桥时，遇到飞机轰炸，没等中队长云林喊"快隐蔽，不要动！"大家便有秩序地趴在了路边的沟壑里，没有一个人惊慌乱跑。第二天又遇到飞机，不但小推车上多了伪装的树枝和枯草，每个支前队员头上也多了一顶自编的大草帽，当大家趴在地上时，与地上野草的颜色一模一样，不要说从空中，就是在平地上不走到跟前，也很难发现这两百多号人马。

12

时间回到1948年6月，刘峙来到徐州，就任徐州"剿总"总司令。

虽然众多将领私下里对刘峙颇有微词，但白纸黑字任命书一到，无人再敢妄加议论，唯恐触犯上峰而引火烧身，于是纷纷摆出热忱欢迎的姿态。

刘峙抵达后，立即召开了一个军事扩大会议，徐州"剿总"各路将领齐聚徐州，共商徐州防御事宜。司令部会议室里刘峙神情肃然，国民党将领则一个接一个地表态，誓言"服从刘总司令指挥，听从刘总司令调遣！"

当晚，徐州"剿总"在驻地徐海道台衙门大院内举办了一场盛大的欢迎舞会，美酒佳肴齐备，绅士名流云集。刘峙手端红酒杯，在礼堂内踱来踱去，接受各级军政要员和当地名门显仕的祝贺。

春风得意的刘峙已经醉意蒙眬，记不清多少张堆满仰慕和媚笑的脸庞从眼前闪过了，他只是机械地点着头。

"刘总司令，刘叔叔，欢迎您来徐州！"随着一声甜甜的问候，一个身穿旗袍，烫着时髦卷发，脚踩高跟鞋的漂亮女子扭动着婀娜的身姿飘到了刘峙的面前。

"你是？"看着眼前的时髦女子，刘峙使劲眨了眨眼，一时间没有认得出来。

"哦，刘叔叔，看您整天忙的，怎么把我给忘了，我是婉丽啊。"时髦女子娇嗔地说。

刘峙又努力睁大眼睛看了一番，脸上这才现出了恍然大悟的神情："啊哦，真的是婉丽啊。好长时间不见了，以前见你都是穿的制服，这次模样大变，我一时半会还真不敢认了。都说女大十八变，婉丽真是越变越漂亮了。"

"谢谢刘叔叔夸奖。叔叔也是越来越威武了。"李婉丽嘴巴很甜。

"上次见你父亲和你，我记得还是在南京。"刘峙好像想起了什么，接着说道。

"刘叔，您知道的，我家在徐州，这几年家父身体大不如从前，为多陪陪他，我年初申请调到徐州这边工作了，现在就在我们'剿总'大院内，以后还靠刘叔多多关照呀！"

对独生女儿李婉丽，"回春堂"李堂主心里有自己的小算盘，经常私下对朋友说："我就这么一个宝贝女儿，她不愿跟着我号脉听诊，倒喜欢穿笔挺的军装，整天吵闹着去当兵。既然管不了，不如随了她的性子，如果将来能混个一官半职，也好光宗耀祖。另一方面，在政府里接触的都是有勇有谋的人物，希望她觅得一个乘龙快婿。那样，我的腰杆子也直起来了，社会上不三不四之人再不敢随便找'回春堂'的茬，生意也能够做得更加红火。"

就这样，李婉丽毕业后在药店帮了几天忙就去了南京，进入了南京国民党政府机关。1937年12月，南京沦陷后，她跟随国民党政府机关到了重庆。国民党当中许多人知道李婉丽家与李宗仁的渊源，不但高看一眼，甚至为结识桂系李宗仁和白崇禧，纷纷向她示好，送钱送物者大有人在。

经过李宗仁、徐祖诒以及后来国民党部队里的抗日名将何基沣的介绍，"回春堂"的李堂主认识了刘峙。

"好好干，要是谁敢欺负你，就来找本司令。还有，你父亲还好吧？"

见刘峙问候父亲，李婉丽赶忙说："谢谢刘叔，家父很好。前几天听说您要来徐州主政，他还说只要您一声令下，他的'回春堂'愿意为徐州'剿总'尽绵薄之力。"

"李堂主用偏方治好了我多年的胃病，先代我谢谢他，一有余暇，我即登门拜访。"

欢快的乐声响起，舞会开始了。

刘峙走到李婉丽面前，请她共舞一曲，李婉丽欣然接受。当两人走进舞池中央，众人纷纷停下舞步，围在四周欣赏这一老一少的优雅舞姿。不知是前面多喝了几杯酒，还是美人在怀，刘峙似乎有些失神，好几次踩到李婉丽的脚，但李婉丽脸上一直挂着浅浅的微笑，好像什么都没有发生。

一曲结束，大厅内响起热烈的掌声。

喧嚣声中，在宴会大厅的别处，有不少人露出不屑一顾的神色，他们打心眼里看不起这样的"交际花"，暗暗骂道："真是一个狐狸精，刘总司令一来，就立马贴上去了。"

大厅内有一个人一直在注视李婉丽。看到别人的脸色，听着别人的非议，他心里很难受。"小时候多纯洁的一个姑娘啊，现在整日周旋于军政要人之间，丝毫不顾忌自己和家族的名誉！"

这个人就是何基沣。他和李婉丽父亲是多年的朋友，一直把李婉丽当成自己的女儿一样看待。

"何叔，想什么呢？这么入神！"李婉丽端着一杯红酒走到了何基沣面前。

"哦，婉丽，你舞跳得很好，何叔和大家一样都着迷了！"

这里说说何基沣。在徐州，他算得上是个有头有脸的人物。

何基沣原是宋哲元部二十九军的一名团级军官，名不见经传。"九一八"事变后，日本关东军将魔爪逐渐从东北伸向华北，最后逼近了河北和热河两地交界的长城隘口喜峰口。1933年3月，何基沣率部赶到喜峰口，与援军一道针对日军不善近战与夜战的短处，拟定了出其不意的迂回战术，于深夜趁日军熟睡之机，手持大刀突入关东军营房一阵猛砍勇杀，歼敌大半，接着又将日军的火炮辎重和粮秣放火烧尽。喜峰口战役是日军侵华以来中国军队抗击日军取得的首次胜利，何基沣也因作战勇猛，晋升为一一〇旅旅长。

何基沣还有一个壮举在抗战期间广为流传。1936年6月6日，在冀察政务委员会举行的招待日军驻北平部队连长以上军官的宴会上，气焰嚣张的日本军官始而跳舞、唱歌，继而舞刀炫耀"武士道"精神。应邀出席的二十九军在北平的团以上军官个个义愤填膺，争相出场与日军一决高下。最后，满腔怒火的何基沣做出了一个令在场日军瞠目结舌的动作，只见他纵身跳上一张桌子，挺胸抬头，引吭高唱起《黄族歌》来，在场的二十九军军官随即集体跟唱，现场声震云天，同仇敌忾之情溢于言表。

"卢沟桥事变"爆发的第二天，何基沣率部来到北平前沿阵地，亲率突击队与日军展开白刃战，击退了敌人的数次进攻。当狡猾的日军诡称和谈以待援军时，何基沣受命与日军谈判。会上，日方代表樱井等公然提出要中方撤出宛平县城、撤换有关军政指挥官并向日方赔礼道歉的无理要求。何基沣听了拍案而起，拔出手枪往桌上一拍，大骂一声："王八蛋，要老子道歉，要先问问这个家伙同意不同意?!"樱井等人听后吓出一身冷汗，再也不敢提出无理要求。1937年8月，何基沣升任师长，率部沿津浦线边打边撤，延滞了日军的推进。三个月后，何基沣率部退守河北大名府，与大举围攻的日军展开殊死搏斗，三天两夜血战之后，终因弹尽援绝而失守。悲愤至极的何基沣自感有负国家与民族，拔枪自戕，幸得部属及时抢救方得脱险。

何基沣离军养伤期间，阅读了斯诺的《西行漫记》，萌生了到"共区"去看看的念头。他在八路军办事处见到了周恩来，然后秘密到达延安。在延安，何基沣得到毛泽东、刘少奇、朱德的接见，并彻夜长谈。延安的所见所闻彻底改变了何基沣，离开延安前夕他对毛泽东说："到现在我这个旧军人才懂得，没有共产党中国无望，恳求收下我这个新战士。"自此，何基沣被批准为中国共产党的秘密党员。

1948年，何基沣被蒋介石任命为国民党军第三"绥靖区"副司令官，和另外一名副司令张克侠一起率部驻扎在徐州东北一带的贾汪地区。

何基沣中共秘密党员的身份，只有中共几个高层知道，李婉丽自然被蒙在鼓里。

李婉丽在徐州"剿总"办公厅内是个名不见经传的文书，负责会议通知和会场准备，大家了解其家族与李宗仁以及新来的刘总司令之间的渊源后，就更没人敢向她发号施令。李婉丽大部分时间不是在办公室喝咖啡，就是四处走走逛逛。由于和刘峙司令的办公室在同一幢楼内，李婉丽还时不时走进刘峙办公室为这位司令叔叔端茶倒水，送去几盒托人从上海带来的西式点心。

过了一段时间，李婉丽好像在这个位置上待烦了。别人每天都在忙忙碌碌，而她整天无事可做，便萌生了换个岗位的想法。

这天，李婉丽像往常一样花枝招展地走进了刘峙的办公室。她没有带西式点心，而是带了一幅老画，说是让刘峙帮她掌掌眼。这幅画看似普通，展开之后却让刘峙大吃一惊，原来是郑板桥的《峰石图》。刘峙对字画收藏颇有研究，他戴上老花镜，仔仔细细研究了半天，也没找出什么破绽，于是强压住内心的兴奋，问画是从哪里来的，李婉丽答说是祖上传下来的。李婉丽家几代行医，家境非同一般，刘峙再清楚不过。

"好东西！好东西！"刘峙连说两遍。

李婉丽说:"刘叔,我们家里人都不懂画,画就先放在这吧,您慢慢欣赏。我今天呀,过来想和叔叔汇报一下我工作的事情。"

刘峙将画卷小心翼翼地收起,放到了一边。

"你有什么想法啊,说给刘叔听听?"刘峙关心地问道。

李婉丽说:"我在这工作的时间已经不短了,可整天没事可做,真是无聊死了。我想换个能帮叔叔干点事的工作!"

刘峙一听,甚是高兴:"婉丽,你的想法很好,年轻人闲着闲着就荒废了,要多吃苦多锻炼!要不你就在办公厅挂个副主任,帮助叔叔张罗张罗?"

李婉丽先是一番谦让,说怕干不好。又旋即表态感谢刘叔厚爱,表示自己一定会尽心尽力干好工作,跟着刘叔一道为剿灭"共匪"做点事。

徐蚌大战之前,徐州"剿总"曾经开会制定了两套作战方案:一是以攻为守,向北发起攻击,阻止中共部队南下,伺机收复济南;二是放弃徐州,南撤蚌埠,据淮河而守,加强南京外围防御。刘峙和副手杜聿明主张实施第一方案,正着手准备组织部队向北推进收复济南,突遇东北战事告急,蒋介石急忙将杜聿明从徐州调往北平。杜聿明一走,刘峙顿时失去了主心骨,不知道该如何是好,急得拍着桌子大喊:"这时候把光亭调走,徐州一大堆人马该怎么办?还有谁能帮我?"

李婉丽不敢多嘴,赶快沏了一杯茶端到刘峙跟前。

"刘叔叔,不要着急,办法总会有的。"

刘峙只好命令各部队暂缓行动。远在东北的杜聿明也没料到自己一走,计划就停了下来。原计划不能实施,又不愿执行另外一套作战方案,徐州"剿总"处在一种骑虎难下的困境中。

1948年10月初的一天,徐州"剿总"情报处来了一位不速之客。来者自报家门是南京汉府巷洋蜡商行的掌柜涂俊泰,路过徐州希望拜见顾一炅处长。情报处门前的卫兵说,顾处长可是个大忙人,不要说像他这样的人,就是部队的旅长师长来,不提前预约也休想见到。涂俊泰不但不走,还破口大骂起卫兵来。楼下的大声吵闹惊动了顾一炅,问清事由后,他匆忙离开办公室,毕恭毕敬将涂俊泰接到了办公室,又是赔礼道歉,又是端茶倒水。

涂俊泰是个化名,来人真名叫周其正。

周其正可不是一般人物。此人既是黄埔军校武汉分校毕业生,又是戴笠领导的军统前身复兴社的成员,在国民党特务系统算是大名鼎鼎的资深元老。作为戴笠最得力的"八大金刚"之一,周其正在抗战期间的表现被编成教材,资历较浅的顾一炅在重庆特训班当学员时就专门研习过其实战案例。顾一炅记得,学习中间,周其正还来到重庆上了一堂实战辅导课,戴笠亲自到场做点评:"要是党国有十个周其正,不但日本人在中国长久不了,'共匪'毛泽东在延安也长久不了!"

抗战后期的1942年,大汉奸周佛海为给自己留条后路,暗地里与戴笠的军统联络,戴笠派去潜入汪伪内部的接头人就是周其正。为联络方便,周佛海将他安插在汪伪中央军事委员会军事处,职务是第六科少将科长。周其正走马上任后,立即重组了被日本谍报机关破坏的军统南京站。周其正重新建立的南京站下设八个组,成为沦陷区的大站。"双面间谍"周其正一方面担负周佛海与重庆的情报联络工作,搜集汪伪政府军事、政治、经济情报,另外一方面利用自己在汪伪中央军事委员会里的少将身份,与伪军中的实力派高级将领孙良诚、张岚峰、吴化文、郝鹏举、刘夷、张海帆、洪侠、崔象山等建立了密切的私人关系,奉蒋介石和戴笠之命争取他们。因情报工作成绩突出,后来周其正被戴笠擢升为军统少将,成为军统内的高级特务之一。周其正最得意的成就是在日本投降前夕,与周佛海联手秘密制定了对南京、上海的接收方案,架空了伪政权的代理主席陈公博。

日本宣布投降后的当月,蒋介石为争夺抗战胜利果实,一方面电令延安就地驻防待命,另一方面却命令伪军"负责维护治安,保护人民"。居功自傲的周其正对蒋介石名不正言不顺的这一套不予理会,公开宣布成立了国民政府军事委员会京沪行动总队南京指挥部,先是接管汪伪《中央日报》和由周佛海控制的《中报》这两家南京的大报,封存汪伪中央储备银行金库,然后又派人分别控制了中山东路上的汪伪财政部、宪兵队、汪伪中央电台等重要机关,最后逮捕了一大串汉奸,包括伪中央常务委员梅思平、缪斌,伪司法行政部长吴颂皋,伪陆军部长肖叔宣,伪南京市长周学昌,伪中央陆军军官学校校长鲍文沛等。

沦陷区人民终于盼到了扬眉吐气的这一天。正当南京市民看到大批汉奸被抓而欢欣鼓舞庆祝之时,周其正因触动蒋介石与日本和汪伪暗地里达成的秘密协议中涉及的利益,被戴笠关进了监狱,罪名是接管南京日伪政权时犯有"贪污罪"。

戴笠飞机失事后,军统中的一帮好友纷纷替周其正鸣不平,从而使他得以获释。闲居在家的周其正虽没再担任实职,军统内部一帮后生仰慕他这位元老级的人物,遇有棘手问题,都会登门拜访,请他指点迷津,顾一炅就是其中一位。后来顾一炅转到徐州"剿总"任情报处长,上任之前和周其正立下君子协议,关键的时候请周其正化名"涂俊泰"亲临徐州,帮他出谋划策,助其仕途升迁。

在徐州"剿总"内部,除了顾一炅,参谋长李树正和军统徐州站站长陈楚文也都和周其正熟识。顾一炅本想请陈楚文一道来商谈防范"共匪"入城刺探情报之事,被周其正婉言谢绝:"老陈和我共过事,此人为人不地道,有功就揽,有责就推,你年轻,防着他点!"这番话让顾一炅觉得周其正作为老前辈不仅识人能力高超,对后生也非常关照。就这样,顾一炅在办公室和周其正闭门谢客嘀咕半天,无话不谈。最后,顾一炅说:"周老师,听您一席话,胜读十年书啊!"到了吃饭的时候，顾一炅将周其正到来的消息告诉了李树正。李树正一听故交周其正来徐，立马安排李婉丽在徐州最好的花园饭店订了包厢，通知陈楚文一道来隆重接待这位为党国出生入死的有功之臣。在花园饭店门口，李树正见到周其正，先是表达热忱欢迎之意，然后解释道："不巧，不巧，刘总司令在徐州西的商丘、砀山第二兵团邱清泉部视察，副总司令官杜聿明在徐州东的新安镇、大榆树镇第七兵团黄百韬部视察，我代他们二位宴请其正兄。"

陈楚文见到周其正，假惺惺地伴作热情，握住周其正的双手不放，不停致歉："其正兄从首都来，愚弟有失远迎。失礼，失礼啊！"抗战期间，周其正和陈楚文分别担任军统南京和北平两个大站的站长，不论对付日本人还是对付中共地下党，前者都更胜一筹，戴笠经常用周其正的例子教育训斥陈楚文。因此，陈楚文打心眼里不欢迎这个昔日的对手来徐州，恐其指手画脚抢了自己的风头。

席间觥筹交错，周其正不停地向李树正谈及自己对即将到来的"徐蚌会战"的想法，很多观点与李树正领导的参谋部的看法不谋而合。李树正说："其正兄真是位高人，我们参谋部同仁花了很长时间拟定出来的作战方略，在您这里一语破的，愚弟佩服！佩服！"

午饭后，意兴不减的李树正邀请几个人到他办公室继续深聊。为听取周其正的高见，他详细介绍了徐州"剿总"所辖绥区、兵团驻防情况，还把国防部计划将华中"剿总"第八十五军编入黄维第十二兵团序列，尾随刘邓北移的情况，所辖人马参加徐蚌决战的行动日期和行动路线、驻徐部队空运状况以及蒋纬国指挥装甲部队援助徐州的前期准备和李弥兵团的突围计划等都做了详细说明。周其正边听边看，其间不时插话询问部队将官的姓名，部队的成分和士气。最后，周其正给出了一些建议，说得李树正频频点头，并让旁边的参谋详细记录下来。周其正提醒李树正："粟裕这人是个老狐狸，我们党国吃了他不少亏，一定要想出万全之策对付他。"

李树正信心满满地点头认可。

对陈楚文和顾一炅，周其正更是反复叮嘱："徐蚌之战将至，'共匪'一定会想方设法入城打探我方情报，我周某人现在可谓是明日黄花，既不中看也不中用，还得仰仗两位精诚合作，提前防范，该抓的就抓，该杀的就杀，不要手软。否则，他们一旦成事，我们这些人将死无葬身之地！"

陈楚文和顾一炅点头称是。

对几个大男人的谈话，在一旁端茶倒水的李婉丽表现得一点也不感兴趣，不是整理头发，就是照照镜子，直到谈话结束，也没正眼瞧过他们。

当天晚上，尽管李树正、陈楚文和顾一炅再三挽留，周其正还是坚持连夜赶回南京，说现在自己担任保密局参议一职，说不定啥时候毛局长就会一个电话将他召去。临走时，周其正无不感慨地说道："我现在是个闲人，承蒙三位兄弟盛情招待，内心已感激不尽，再耽误你们的时间，其正就担待不起了。"

周其正刚走，刘峙就从前沿阵地回到了徐州"剿总"司令部，听参谋长李树正说周其正来过，内心极为不悦："周其正这个人有本事不假，为党国做过大贡献也不假，但委员长一直对他心存芥蒂，今后再不要和他来往了。"

五天之后，一份详细的《徐州剿总情况》转到了中央军委和毛泽东手里。

毛泽东看着《徐州剿总情况》，连声说了三个"好"字。这份周详的秘密情报很快转到了华野和中野首长处，为两支部队后来制定战略方针和战术指导起到了重要参考作用。至于这份材料从哪里来，是从南京、从上海或者是从徐州得到的，因为没有署名，无人知道。

13

"凡用兵之法，全国为上，破国次之；全军为上，破军次之；全旅为上，破旅次之；全卒为上，破卒次之；全伍为上，破伍次之。是故百战百胜，非善之善者也；不战而屈人之兵，善之善者也。"这是《孙子兵法》中对"谋攻"的精辟诠释。

早在9月粟裕提出筹备淮海战役的建议后，中央军委和毛泽东就开始谋篇布局，商议以什么样的"谋攻"战略打好淮海战役这场硬仗。熟谙兵法的毛泽东自然对"不战而屈人之兵"的兵法精髓有深刻领悟，在济南战役中，他就出神入化地应用了这一招，"屈"了王耀武的重将吴化文，不但使济南守城部队的兵力短缺、顾此失彼，更是极大地动摇了其他守军的抵抗意志，仅用八个昼夜就拿下了号称"固若金汤"的济南城，消灭了王耀武的十万守城部队。对即将进行的淮海战役，中央军委和毛泽东首先想到了"善之善者也"的计谋，但这一次，怎样"屈"和"屈"谁呢？

在中原黄淮地区尤其是徐蚌一带，国民党部署的绝大部分都是蒋介石直属的中央军，其中刘峙、杜聿明、邱清泉、李延年、李弥、胡琏、黄维等众多手握重兵的将领不是黄埔的教官，就是黄埔的学生。这些人个个对蒋介石忠心耿耿，且都有"剿共"作战的经历和"可圈可点"的"战绩"，所辖各部多骄纵狂傲，不可能被"屈"或者说"屈"的成本过大。经过反复磋商，中央军委和毛泽东确定了所"屈"对象——驻徐州东北贾汪的国民党第三"绥靖区"。毛泽东选取这个目标有两种考量，一方面起到宣传鼓动和震慑作用，在舆论上占取优势，给徐州"剿总"刘峙施加巨大的压力，使其不战自乱。另一方面也能给华野、中野进攻部队开辟一条通道，使部队能够迅速插到敌人的后方，阻断徐州与新安、海州、淮阴以及山东的联络，可谓釜底抽薪。

一封绝密电报从西北飞向了华野司令部。

粟裕收到中央来电，立即和华东军区政治部主任舒新一道叫来敌工部部长杨云枫，给他布置了一项事关重大的绝密任务。

"云枫，你暂且把外出联络和情报收集工作交给其他同志进行，现在交给你一项新任务。"一听司令员亲自给自己布置任务，杨云枫知道有活儿干了，脸上立即露出欣喜之色。

"严肃点，听好司令员的话。"舒新板着脸训斥杨云枫。在两位首长面前，二十九岁的杨云枫一贯机灵活泼，经常在他们面前窜来窜去，嬉皮笑脸，时常搞得两人也拿他没有办法。

"是！"杨云枫一个标准的敬礼，神情严肃起来。

"这次交给你的任务事关重大，是中央军委亲自部署的，就是要深入到国民党第三'绥靖区'部队中去，以华野代表的身份，与国民党第三'绥靖区'副司令官何基沣、张克侠将军秘密见面，传达陈毅司令员的指示，了解我党近年来在该部工作的情况，摸清该部高级将领的态度，争取该部或更多的部队起义。"粟裕郑重地对杨云枫说道。

"何基沣、张克侠是我们的人？"杨云枫不敢相信自己的耳朵。

"这个事是我党的最高机密，之前就连我也不知道。"舒新说。

"不仅你们不知道，何基沣、张克侠两个人彼此也不知道对方的中共身份。"粟裕在一旁补充道。

"以前和两位将军联系的我党同志呢？"杨云枫问。

舒新神色黯然，话语里难掩悲伤："毕竟他们都在国民党部队中，国民党保密局的特务监控得十分严密。为了两位将军的安全，以前中央仅派人与他们有过两次接触，但不幸的是，联系过的两位同志都先后在战斗中牺牲了。"

杨云枫觉得自己的话有些唐突了，赶快转换话题："我去没有问题，请两位首长放心，保证完成任务！"

舒新接着介绍说："国民党第三'绥靖区'的前身属于冯玉祥领导的西北军。1930年改编为国民革命军第二十九军。'九一八'事变后，在著名的喜峰口战役中，二十九军一举歼灭日军一千三百余人，备受国人瞩目。'七七'事变中，又是二十九军在卢沟桥打响了全国抗战第一枪。此后，二十九军扩编成第一集团军，1938年11月，改番号为第三十三集团军，张自忠任总司令兼第五十九军军长。1940年5月，张自忠率部在湖北枣阳截击日军，因敌众我寡，以身殉国。张阵亡后，乃由冯治安继任。"

杨云枫静静地听着舒新的介绍，感觉到这次的任务非同一般，他把每个字都记在了心里。

"作为蒋介石收编的非嫡系部队,第三十三集团军一直受到歧视,不断被缩减编制。到1946年该部改编为第三'绥靖区'驻守徐州一带时,其所辖的正规部队只有十二个团的兵力,不足三万人了。徐州的防务原来一直由第三'绥靖区'的部队担当,可在济南战役之后,国民党内很多人公开表示对这支部队的不信任。甚至有人在报纸上发表文章直截了当地说,对第三'绥靖区'守备徐州不放心,担心他们在关键时候会像吴化文一样倒戈,要求将他们换防到徐州城外。前不久,徐州'剿总'司令刘峙还真把第三'绥靖区'的城防部队给调了出去,改由李弥的第八军守备徐州。"

舒新介绍完后,粟裕用指关节敲了敲桌面,显得异常严肃地说:"云枫同志,对国民党第三'绥靖区'的详细情况一定要做到心中有数,这样工作起来才有针对性,更有效。"

粟裕端起茶杯喝了一口,看着杨云枫的眼睛说:

"云枫,有一点你一定要注意,第三'绥靖区'调防之后,据说官兵情绪波动很大,大都对国民党上层严重不满。据我们了解,他们内部分为激进与保守两派,前者积极求变,后者则主张维持现状,两派斗争极为激烈。何基沣、张克侠他们代表激进派,长期受何、张二人影响,部分官兵有亲共倾向;冯治安、刘振三他们代表保守派,对蒋介石存有幻想,仍有反共倾向。抗日战争期间,保守派占优势,但是现在,随着我们力量的日益壮大,激进派逐渐占了优势。部队中反腐化、反歧视、厌恶内战情绪高涨。总之,第三'绥靖区'内部的情况非常复杂。你去之后,一定要深入下去,根据实际情况多做思想工作。陈毅司令员要求力争动员'绥靖区'司令官冯治安能亲率部队全员起义,以便扩大政治影响。"

听完粟裕和舒新的介绍,杨云枫郑重地点点头。此时的杨云枫,心里百感交集,倍感压力,尽管自己担任敌工部部长两三年时间了,但还是第一次接受这么一项关系重大、将影响淮海战役全局的策反任务。

粟裕站起身来,拍了拍杨云枫的肩头:"敌人内部各股势力斗争复杂激烈,各种苗头都有。你一定要制定好详细方案,晓以利害,千万不能激化矛盾,否则后果不堪设想,多年的心血也将付之一炬。"

"云枫同志,此次前去,你不但要完成任务,还要特别注意自身的安全,有什么困难都可以提出来。"舒新关切地叮嘱着。

"困难肯定有,但办法总比困难多,请两位首长放心!我会及时向首长汇报进展情况,一定按时完成任务。"杨云枫又是一个标准的军礼。

粟裕和舒新看着眼前干练的杨云枫,欣赏中夹带着一丝担忧。

几天前，何基沣在"剿总"司令部开完会后，抽空见了一次李婉丽。

自从刘峙来后，李婉丽不知用什么手段搞定了刘峙，谋取了一个副主任的职务，现在，她在整个司令部里算是个八面玲珑的大红人，到处指手画脚，不可一世。何基沣看在眼里，急在心里。这时的他对徐蚌大战有着清醒的认识，济南解放后，形势已经逐渐明朗，解放军从山东向南推进，在徐州与刘峙进行决战并取得战役的胜利只是时间问题。作为长辈，也出于对老友女儿的关心，他有责任多劝涉世不深的李婉丽几句。在李婉丽办公室，何基沣以长者口吻说了一番推心置腹的话。出乎何基沣的意料，李婉丽似乎并不领情，不但整个过程一言不发，还一直不停地摆弄着从国外买来的一支蝴蝶式样的发卡，一副不耐烦的样子。

见话不投机，何基沣不愿再白费唇舌劝说对方，于是将话题转到了自己身上。他故意谈到目前第三"绥靖区"不受上级信任，受夹板气，各级军官士兵怨气很大，还谈到当前国共两党的关系以及双方的力量对比，话语之间流露出消极懈怠之情。何基沣的目的很明确，想让李婉丽明白当前的形势，早做打算。

何基沣这次又想错了。

"何叔，刘总司令现在正亲自带领大家全力部署，积极备战，誓将'共匪'围剿铲除在徐蚌一带，但您却说出这样的话，实在不应该！看在您和家父多年交往的情分上，这些话说到我这里为止，千万不能再说，否则对何叔和党国都会极为不利。"李婉丽竟然反过来劝说何基沣，言语里还带着几分犀利。

"婉丽，你不会去刘总司令那里告发叔叔吧？"何基沣虽然脸上挂着笑容，但心里却是防备有加。

"现在不会，但今后不一定，那要看何叔叔今后如何做了！"李婉丽放下手中的发卡，也变得严肃起来。

"这些话是因为叔叔信任你才说给你听的！"

"这一点，婉丽知道，但我还是要劝何叔以党国大局为重，不要再过多考虑个人得失和儿女情长之事，应与冯将军和张将军一道，率领第三'绥靖区'官兵把好徐州北面门户，为刘总司令分忧排难，把'剿总'徐蚌之战的计划落到实处。"

何基沣怎么也没有想到，打小看着长大的李婉丽反倒教育起自己来了。至此，何基沣彻底明白，昔日那个单纯可爱的女孩不见了。站在自己面前的这个妖里妖气，貌似无所事事的女人，已经蜕变成一个心机重重、笑里藏刀的职业女军人。

"那好吧，向令尊问好，再见！"

"谢谢何叔！望您珍重！"

何基沣的心凉透了，就这样，两人不欢而散。

两天后，杨云枫扮作从南京前来的上校高参，带着化装成随从秘书的燕刚，经第三"绥靖区"七十七军防地,秘密进入徐州。他们两人此行的目的地是徐州南郊热电厂旁边的"都天庙",国民党第三"绥靖区"司令部就设在这里。

走在不太平坦的道路上,杨云枫和燕刚边走边琢磨着今天将要见面的人——担任第三"绥靖区"副司令的张克侠。

张克侠头上的光环,在整个徐州国民党驻军将领中鲜有人能与之媲美。作为西北军阀冯玉祥的连襟,他1923年毕业于保定陆军军官学校,1930年就担任了国民党军第二十九军第三十八师的参谋长,该师师长就是后来大名鼎鼎的抗日名将张自忠。凭着与冯玉祥的特殊关系,在派系林立的国民党部队中,长袖善舞的他建立了广泛的人脉资源,"保定系""西北系""黄埔系"他样样沾边。无论走到哪里,他皆能碰上同窗、同僚、门生、老上司、老部下,加上他自己深谙军事理论,长于战术谋划,无人不对他敬重三分。抗战胜利后,蒋介石为了拉拢一批将领为其发动内战卖命,颁发了一批佩剑"中正剑",张克侠就获颁一柄。

实际上,张克侠早在二十世纪二十年代在莫斯科中山大学学习时就接触了共产党,回国后于1929年秘密加入共产党,被周恩来批准为"特别党员",任务是深度潜伏在国民党队伍中,不到关键时刻不能唤醒启用。

临出发前,听舒新主任介绍,几年前中央曾经唤醒过张克侠一次。

那是抗战胜利以后,担任第三"绥靖区"中将副司令的张克侠已在敌营卧底将近二十年了。1945年12月,陈毅派出的密使几经周折与张克侠接上了头,确认他仍然对党赤胆忠诚后,立即派津浦前线野战军参谋长宋时轮和鲁南区党委城工部部长王少庸去与其秘密会面,不但从他那里得到了徐州国民党军队的不少秘密材料,还交给他一项特殊任务,促成陈毅和国民党淮海绥靖公署长官、第六路军总司令郝鹏举见面。张克侠利用与郝鹏举的"挚友"关系果真办成了此事。在陈毅的劝说下,郝鹏举在台儿庄起义了。不过,"墙头草"郝鹏举一年后又再次变节,重新归顺了蒋介石。尽管如此,张克侠仍然没被郝鹏举和国民党特务识破真实身份,可见其机智多谋和神通广大。

杨云枫和燕刚一路走一路小声讨论着,很快就到达了"都天庙"。这里有许多营房,但却没有驻扎部队,都是留守的司令部各机关人员。很显然,这是第三"绥靖区"司令冯治安对张克侠存有戒心,刻意将他和部队隔离开来。

见到组织派来联系自己的同志,张克侠很激动。此时的他预料到,自己回到革命队伍的时刻快要到了,二十多年的地下工作终于可以结束了。在他的住处,杨云枫传达了陈毅、粟裕的指示:"解放军将于11月8日发起总攻,应争取所属五十九军和七十七军同时起义。"

令杨云枫没有料到的是,张克侠说自己在1946年的夏天就在南京见过周恩来同志了。在谈到他今后的卧底工作时,周恩来当时就指示他:"要多向国民党官兵,特别是那些高级将领和带兵的人说明我们党的政策，指明他们的出路；蒋介石一定要打内战，我们就奉陪，我们不但在战场上狠狠回击他们，也要从他们内部打击顽固派，争取策划高级将领和大部队起义。这样，可以造成更大心理震慑，瓦解敌人的士气。"从那时开始，张克侠就在谋划这项工作了。

"如果要促成五十九军和七十七军同时起义，我们还必须啃下一个硬骨头，这个人就是何基沣副司令。我与他是多年的好友，可从来没有向他挑明我中共党员的身份，虽然何将军也同情革命，但真要是临阵倒戈起义，不知他愿意不愿意？如果他不同意，事情可就麻烦了。"接到指示的张克侠首先提出了一个非常棘手的问题。

"您放心，何将军那里不成问题。"杨云枫说道。

"什么？他没有问题，怎么回事？"张克侠听到杨云枫如此斩钉截铁的回答，惊讶地问道。

"何基沣将军也是我们自己人。"杨云枫望着张克侠，微笑着回答。

"啊？！"张克侠怔住了。

他的思绪快速飞转，过了好大一阵儿，才平静下来。

"老何啊老何，你这个家伙可真是老奸巨猾啊，二十多年我一直在观察你，但竟没有看出你一点破绽。"张克侠感慨万千。

"前几天，我已经见过何将军了，传达中央的决定，通知他11月8日与你联手起义。那时的他也是大惊失色，半天没有缓过神来。"杨云枫说。

"当时，老何说了什么？"

"他当时说，'老张啊老张，想不到你这个老狐狸，二十多年了我竟没有发现你身上掉过一根毫毛'。"

杨云枫转述完何基沣的原话，屋内三人发出一阵爽朗的笑声。

张克侠所在的第三"绥靖区"司令部内，人员往来频繁，生人长时间久留，很容易引起别人的注意。何基沣是贾汪前线指挥所的负责人，家眷也住在那里，容易隐藏，同解放军联系也比较方便。张克侠联系了何基沣，很快把杨云枫和燕刚送往贾汪，对外以南京派来的"高参"的名义在何基沣处住下。

贾汪，地处徐州铜山县东北的一个古镇，距离徐州城约四十公里，那里是有名的煤矿区。路面上、房顶上还有枯树的枝干上，均覆盖着一层厚厚的煤灰，在阳光照射下便能看到空气中许多半透明颗粒粉尘随风飘动，四处散发着一股煤炭特有的刺鼻味道。此时贾汪的道路被频繁往返的运煤车辆和大量备战的军车碾压得坑坑洼洼，低洼的地方因雨水形成了水坑，车轮一过，漆黑的污水能外溅四五米远。贾汪来来往往的人群中，除了矿工，就是穿着国民党军装的军人。国民党第三"绥靖区"的前线指挥所和其所属五十九军军部以及七十七军的一八〇师都驻扎在这里,何基沣是第三"绥靖区"副司令官兼前线指挥所主任。

在贾汪这个指挥所里,风尘仆仆的杨云枫和燕刚见到了何基沣。当晚,杨云枫、燕刚与何基沣就行动方案进行了彻夜长谈。

杨云枫问道:"何将军,如果起义,你觉得哪些人比较可靠?"

"想必张副司令也清楚,五十九军孟副军长诚朴热情,人很老实,缓急均可以相依。至于七十七军,我原来在那里任军长,升任第三'绥靖区'副司令官后,遗缺由一三二师的过师长擢补,过是中共党员,可以依靠。还有我那些旧部下,我去做做工作。"之后何基沣和张克侠分头行动,每天寻找各种机会与第七十七军、第五十九军旧部下以及早年在西北军教育机关的旧同事分别进行谈话,这些人当中的绝大多数不满当下处境,积怨已久,渴望寻找光明的出路。

第二天,杨云枫首先秘密约见了五十九军孟副军长和七十七军过军长,查探他们的思想状况,鼓励他们要对共产党充满信心,对解放军最终在淮海战场取得胜利充满信心。两人表明同意起义的立场后,杨云枫随即向他们交代了起义的细节,希望他们在稳定好自己队伍的前提下,动员并且争取更多的人共同起义。

起义的组织工作在紧锣密鼓地秘密进行,到了接触总司令冯治安的关键时候了。杨云枫与张何二人商量后,决定采用试探性的口气接触冯治安。一连几次旁敲侧击的谈话之后,效果不是很明显,杨云枫当机立断,放弃劝说冯治安起义的计划。

但狡猾的冯治安却嗅出了部队中异样的气息。

11月6日一大早,冯治安给张克侠打去电话,请他到办公室谈事情。张克侠到了冯的办公室,冯就开始东拉西扯地聊天,尽管没有什么重要的事,就是不让张克侠离开。张克侠知道这是冯的计谋,拖住他不让他走出司令部。如果出不了司令部,张克侠就不可能赶到贾汪,因此也就参加不了起义。张克侠无奈之下,以战事紧急需要到贾汪指挥作战为由坚持要求出城,可老奸巨猾诡计多端的冯治安根本不予理睬,并想出个馊主意,把各军长都请到徐州,让张克侠主持讨论作战计划,企图把他困死于徐州。

临时会议开了一天,五十九军和七十七军军长都不在,副军长代会。所以,五十九军孟副军长也被困在了这里。两人都急得冒火,但还要强忍着不能有所表现,以免事情败露。

到了7日晚上,冯治安外出赴宴,张克侠等来了何基沣和杨云枫催促的电话。电话里传来了何基沣紧张的声音:"张副司令,出意外了,前方五十九军的阵地上有不明共军部队进攻我们防区,客人杨先生也不知道发生了什么情况,请尽早赶回磋商应变。"

张克侠大吃一惊,强压紧张之情,故意大声说:"你们先注意观察情况,让前方的兄弟一定要顶住。现在正在开会，会后争取早点赶回去。"

历史上，不少重大事件的发生往往伴随着意想不到的戏剧性成分。这次也一样，杨云枫精心谋划的起义遇到了意外情况。

7日，中共地下党员王世江任营长的七十七军三十四师的一个营驻扎在运河以北的韩庄一带。当晚，华野十纵宋时轮司令员乘吉普车在韩庄附近误入这支部队的防区，警卫员只身下车探查情况时被俘，后被几名士兵押送到王世江所在的营部。王世江见到后大吃一惊，立即把这位警卫员释放，并同他一起找到宋时轮。宋时轮并不掌握华野总部策反起义的计划，当即指示王世江组织部队起义。

王世江的起义保证了宋时轮十纵顺利地跨过运河，却给杨云枫的总体计划带来了不可预测的变数。

王世江起义后，为防范贾汪再生事变，刘峙派出了两批人马赶往贾汪监控第三"绥靖区"的动态。一帮是情报处长顾一炅率领的十几位精干特工，负责盯梢何基沣；一帮是他的亲信、中将刘自珍率领的一支两千人的警备部队，负责监视中高层军官。根据线报，顾一炅得知贾汪出现了陌生人的面孔，私下里经常与何基沣见面，手下人建议立即报告冯治安并把陌生人抓起来。正当顾一炅准备下令动手抓人的时候，突然接到了一个南京打来的电话。

"一炅，现在在贾汪一定很忙吧？"电话里的声音顾一炅十分熟悉，是南京周其正。

"周将军，您怎么知道我现在在贾汪？"

"昨天晚上，树正参谋长和我通电话谈件事，告诉我的。"

"确实很忙，作为晚辈，没有老师您八面来风的本事，正有一件事不知如何处理，还望您指点迷津呢！"顾一炅把发现何基沣与陌生人接触的事说了一遍，征求周其正的意见，到底报告不报告冯治安。

"一炅啊，我这次打电话正是想告诉你一件事，昨天树正参谋长在电话里说漏了嘴，说本来派到贾汪去的人不是你而是陈楚文。老陈知道贾汪水太浑，便找了一堆理由推掉了。你还年轻，做事雷厉风行是好事，但也会误事，甚至误大事，我周其正不就是个活生生的反面典型嘛，要不是当初急于在南京出风头，会落到今天如此地步？！你说发现陌生人与何基沣接触，我的意见是，在没有搞清其身份之前，不但不能告诉冯司令，更不能贸然抓人。现在，委员长对何副司令不放心，对冯司令也不放心。据我所知，毛局长向他俩身边都派了人，表面上假装套近乎，实则是暗中监视。你搞不清情况就汇报或抓人，万一对方是毛局长的人，你怎么收场？！"

顾一炅听了周其正一番话，不禁脊背发凉，暗自庆幸还没有动手，他赶紧指示部下取消行动。

"如今这世道，多一事不如少一事，我可不能替陈楚文做冤大头！"顾一焱自言自语道。

为了组织好这次起义，杨云枫和何基沣已事先安排人员赶赴江南，秘密安置和转移了一些军官的家属。尽管如此，何基沣他们11月6日夜开始在上层军官中进行起义动员时，大多数人的态度还是很暧昧，这让何基沣他们很焦虑。这时，已悄悄逼近第三"绥靖区"防线的华野方面同样十分着急，不知下一步如何行动。杨云枫和何基沣商量后，决定来一个敲山震虎，打消一部分人的观望心态。11月7日，得到通知的华野七纵开始在部分区域实施攻击，五十九军的前沿部队被打得落花流水。一看这阵势，五十九军的两位师长和一些举棋不定者才终于做出最后的选择。

7日深夜十二点多，临时会议仍在举行，从外边回来的冯治安来到会场询问有什么情况，孟副军长抢着说："我们讨论中间，前方何副司令来电，说有不明共军部队向我们五十九军防区进攻，情况比较紧急，想让张副司令早点回去。"

冯治安不理会孟副军长的话，无论怎么说就是不放张克侠出徐州。张克侠看这样耗下去不是办法，就说："前方紧急，指挥官都在这里很不利。要不这样吧，我就不去了，让孟副军长他们几个回去看看什么情况。要是前方平安，明天再回来继续开会。"冯治安见张克侠说得有理，勉强同意了。

明天就是定好的在贾汪起义的日期。张克侠人还在徐州，心里是火烧火燎。躺在床上，翻来覆去睡不着，最后他下定了决心。8日凌晨，张克侠要了一辆吉普车，只带一名随从，准备冒死闯出徐州。到了城门口他才知道，徐州城已经戒严，出入都要严查证件。天蒙蒙亮，排队出入城的车辆和人群都拥挤在哨卡上。张克侠让司机横冲直撞开到哨兵跟前，心里盘算着先礼后兵，实在说不通就只能硬闯了。幸运的是，哨兵一看是第三"绥靖区"的吉普车，车上坐着一位身穿高级将领服的长官，简单盘问几句就放行了。

不过，张克侠刚走，就被人发现了。原来一个姓陈的参谋一直偷偷派人在监视他。张克侠的吉普车离开院子后，陈参谋立即报告了冯治安。冯治安本来要去报告"剿总"司令刘峙，陈参谋建议还是落实以后再报告，万一张克侠不是去贾汪，而是临时出去办点不愿让别人知道的私事，那样的话，司令和副司令之间的关系就不好处了。等陈参谋从城门哨卡处得到准确消息，再次禀报冯治安时，张克侠已经快到贾汪了。

为了稳住冯治安，一到贾汪，杨云枫建议张克侠马上给冯去电话："冯司令，前方情况确实很紧张，为了维护防区的安全，也为了给党国尽忠，我真的在徐州一刻也待不下去，就擅自做主到前沿阵地来了，希望您也能过来亲自指挥。"

狡猾的冯治安此时自然不敢再去贾汪。贾汪的水到底有多深，他冯治安已经无力试探了。冯治安见木已成舟，多说也无益，无可奈何地说："好吧，你在那里好好指挥，那边的防务就交给你和基沣了，我就不过去了。"

昨天孟副军长回来后，立即在五十九军军部召开了师团级军官会议，杨云枫参加会议并宣布了起义计划。有两个思想顽固的军官一看来真的了，立即拔出手枪准备反抗，而赞成起义的同志和燕刚也拔枪针锋相对。会场充满了火药味，火拼一触即发，十几双眼睛此时全部聚焦到了杨云枫身上。

杨云枫不慌不忙，突然发出一阵哈哈大笑。

众人皆惊，从未见过在危急关头如此镇定之人。

"五十九军、七十七军的各位弟兄，现在到了打开天窗说亮话的时候了。我是华野司令部敌工部部长杨云枫，奉陈毅和粟裕两位将军之令前来贾汪，请允许我说几句话，你们认为不在理，就立即动手杀了我。如果认为在理，愿意者跟我干，不愿意者可以退出，我不想看到你们这些朝夕相处的弟兄相互残杀。"杨云枫说罢，从腰中拔出手枪，"啪"的一下扔在桌子上。

"燕刚，还愣着干啥，把枪给我放下！"听完杨云枫的命令，燕刚也将左右手里的两把手枪插回了枪套。

"各位弟兄，你们想过没有，最近一段时间，蒋介石丢了河南，丢了东北，丢了济南，这些地方与解放军交手的部队支支都是蒋介石嫡系王牌，少则十几万，多则五十万，结果呢？你们和我一样清楚，场场一败涂地！你们五十九军顶多一万多人马，而现在华野打下济南、活捉王耀武的几个纵队的五万人马已经包围了贾汪，昨天小试了一下牛刀，你们的一个营就没了。各位弟兄都是久经沙场的老将，文韬武略个个比我杨云枫强，你们掂量过没有，这仗还能打下去吗？你们不怕死我理解，但你们手下成千上万的弟兄们在毫无胜算的战场上白白丢掉性命，你们对得起他们吗？！"

杨云枫站在会议室中央，语气不紧不慢、神色不慌不忙，气宇轩昂的气势镇住了在场的所有人。

"兄弟们，大家想过没有，造成现在贵党贵军节节败退的原因是什么？从小处说，两军马上开战，你们的司令冯治安在哪里？他为什么不敢到贾汪一线来，而是躲在几十里外的地方遥控指挥。而解放军呢？据我所知，华野七纵司令员成钧和十纵司令员宋时轮现在就在贾汪，在距你们这里不到二十里的地方临阵指挥。当兵的都不是瞎子和聋子，两军对垒勇者胜，枪炮一响，你们说说，哪边的士兵作战更勇敢？"

杨云枫说完这番话，有意瞟了一眼那两个不愿参加起义的师长，两人低下了头，不敢直视杨云枫。

"从大处讲，虽然现在贵军和解放军双方力量相当，但是，解放军部队士气高昂，万众一心，华野和中野一听说要攻打徐州，便联合组成了指挥机构，下面部队的军长、师长和旅长都争着抢着要冲在前面，你们说说这样意志坚定、气势如虹的部队谁能阻挡得了？而贵党贵军呢，据我所知，你们的蒋委员长一连选了好几个人来当徐州'剿总'的司令，但个个都找理由推辞了，最后无奈才强行指派刘峙来徐州的。刘总司令的水平和能力想必不用我多说，大家心里亮堂得很，一个无能的将军领着一帮人心涣散、犹豫不决的队伍，能打赢众志成城、英勇顽强的强大对手吗？"

听完杨云枫入情入理的这番分析，所有愿意参加起义的人员把手枪握得更紧，举得更高，对峙一会儿之后，那两位师长放下了手中的枪，表态愿意参加起义。

随后，杨云枫与张克侠在何基沣处碰面，再次梳理了起义计划，为防止万一，决定提前行动，规定口令为"贾汪云枫"。当三人谈完，准备离开时，何基沣的副官匆匆忙忙跑到办公室说："不好了，不好了，刘自珍带人乘坐几辆吉普车朝这边来了。"

何基沣听后大吃一惊，他们开会都是秘密进行的，难道被刘自珍发现了不成？时间已经来不及了，他让杨云枫和燕刚躲到隔壁并让卫兵准备好家伙，自己和张克侠出面应付。

几辆军用吉普车戛然停在了办公楼前，刘自珍带着三个人走进了办公室。

"刘将军，有事吗？"何基沣不冷不热地问。

"你们这几天很活跃啊，大会小会不断。你就不怕我向冯司令和刘总司令报告吗？"自恃军中有人，刘自珍说话向来单刀直入。

何基沣说："我们开会是研究作战方案，你没看到共军都打到家门口了吗？"

刘自珍听后，哈哈笑了起来："算了，算了，咱们都不要再演戏了。何副司令，张副司令，明人不说暗话，你们这些天干的什么我一清二楚。不过呢，我刘自珍也不是糊涂之人，这样下去给蒋介石卖命也没有什么好果子吃。我考虑清楚了，我想带队伍跟你们一起起义，你们说行还是不行？"

刘自珍说完，身后的三个人也都表明了同样的态度。

"诈降之计？"面对刘自珍四人的异口同声，何基沣和张克侠首先想到的是这四个字。

"起义？啥起义？"何基沣和张克侠假装糊涂。

"看来你们是不见棺材不掉泪啊，那好，带人来！"刘自珍朝楼下一声吆喝。

几个持枪卫兵带着一个军官走进了办公室。

"两位，这个人你们应该不陌生吧？"卫兵带进来的是一位副师长，前几天秘密集会时，表态坚定支持起义的军官。

"把你知道的事再重复一遍!"刘自珍朝那位副师长呵斥道。

副师长把起义的计划原原本本地重复了一遍。

起义计划已经暴露,张克侠、何基沣大吃一惊。

"两位,还有什么可说的吗?"刘自珍掏出手枪,"啪"的一声拍在了桌子上。

办公室的空气瞬间凝固了。张克侠、何基沣快速转动着脑筋,如不尽快想出对策,两人都知道后果是什么。

可没等两位将军理出一点头绪,刘自珍突然抓起桌子上的手枪,朝那位副师长胸口"啪啪"就是两枪。副师长倒地毙命。

"两位将军,如果我刘自珍没有跟你们一块干的意思,不仅不会杀他,他给我报告你们的事后,我早就一个电话报给刘峙了。"刘自珍说。

"你真的是这么想的?"何基沣问。

"起义这件事,弄不好要掉脑袋的,你可要想清楚了?"张克侠同样问道。

"这么大的事我不想清楚怎么敢来找你们呢,你们就相信我吧!"刘自珍说完,把手枪再次放到了桌子上,身后的几个随从也卸下腰中的枪,放在了地上。

"两位司令,军中无戏言,家伙已经交给你们了。如果我刘自珍有半句谎言,你们现在就可以朝我脑袋开枪。"

杨云枫从隔壁走了进来,他听清了几个人的对话。

"刘将军,对您深明大义之举,我代表陈毅和粟裕两位首长表示欢迎!"

刘自珍仔细瞧了杨云枫好大一会后,惊愕不已:"您,您是杨,杨云枫?"

"怎么,刘将军认识我?"

"我在陈楚文那里见到过您的照片,现在徐州满城的特务都在到处找您,您竟轻车简从自送虎口,佩服,佩服,真心佩服啊!杨同志,您今后不要再叫我刘将军,从现在开始,我刘自珍与刘峙一刀两断。如不嫌弃,我愿意成为陈粟两位将军的一名新兵。"

杨云枫和刘自珍的手紧紧握在了一起。

最终,在张克侠、何基沣的带领和杨云枫的策划下,五十九军和七十七军的大部分人员如期举行了起义。起义部队按照预定的行军路线于当晚顺利到达了台儿庄附近。

起义的事情也是一波三折。有不少下级军官及士兵不知道此次行军的目的,一路上看到自己的部队顺利地通过解放军防地,觉得不太对头,等到了台儿庄,才知道要起义了。个别顽固分子自觉上当受骗,心中愤愤不平,耿耿于怀。

鉴于这种情况,张克侠和孟副军长两人一起到了部队驻地,准备做通大家的思想工作。两人边走边说,走进了一八〇师的驻地,丝毫没有留意四周潜伏的危险。

一个大个子士兵跟在他们后面走过来了，由于手中没拿任何东西，警卫也都没在意。此人走到只有一米远的时候，猛地扑向张克侠，左手搂住他的脖子，同时右手从腰中抽出一把匕首抵在了他的咽喉处。在场的人愣住了，等回过神来，其中一人大声喊道："常有力，你不要冲动，快放下匕首！"

动手者名叫常有力，人如其名，长得五大三粗，平时喜欢耍刀弄棒，脑子一根筋，常和人抬杠打赌，大家开玩笑称他"常有理"。

起义前没人专门和他通报，只想着这么个粗人，别人做什么他跟着就是了，没想到现在他倒闹了这么一出。

孟副军长站了出来，说："常有力，你先把刀子拿开，我们好好谈谈！你有什么想法都可以跟我说，能答应的我都答应你。"

常有力大声吼道："我不想跟你们走，我要回去，你们放我回去。"

"好！你想好了，如果你想回去，我就让解放军给你写个路条，保准他们一路不为难你，让你回徐州去。"

"你保证说话算数？"

"这么多军官和士兵都在这里，我作为副军长，怎么能说话不算数？！"

"那你们先写好路条，装到我口袋里，我就把张副司令放了。"

何基沣和杨云枫听说了这事，匆忙赶了过来。杨云枫当即找出本子，"唰唰"几下写好了路条并签上名字递给常有力，说："我是解放军委派的负责人，一路上解放军的部队都知道我，拿我的条子就行了。"

常有力得到路条后松开了手。一八〇师师长气得要把他抓起来，张克侠摆摆手，说："他既然想不通要走，让他走好了，你们谁也不要为难他。不仅是他，别的人如果想走，也可以走。"

9日早上，仍时不时有下层官兵开小差。张克侠、何基沣、孟副师长等就到部队反复做工作，方使部队思想稳定了下来。杨云枫把情况向华野司令部做了汇报，粟裕代司令员下令对开小差的人一律放行，任何人不得为难他们。很多开小差的人看到解放军如此仁义大度，就又折返了回来，这里面就包括闹出前面一出的常有力……

杨云枫回到华野司令部，向粟裕代司令员报到。

粟裕拉着杨云枫的手高兴地说："云枫，你这次立了一个大功，我要给你倒杯水，以水代酒，好好犒劳犒劳你。"

"光有酒没肉，司令员您也太小气了吧！"杨云枫做了个鬼脸。

"你这小子，不但贪嘴还贪吃！"粟裕说完，自己哈哈笑了起来。

国民党第三"绥靖区"五十九军两个师、七十七军一个半师共二万三千余名官兵在徐州贾汪、山东台儿庄驻地成功起义，打开了台儿庄一带运河的通道，使徐州东北面的大门豁然敞开，解放军不费吹灰之力就以最快的速度直插徐州，切断了新安镇一带黄百韬兵团的退路。正在会议室主持会议的蒋介石听到消息，气得将手中的水杯摔个粉碎，骂了几声"娘希匹"，一屁股坐在椅子上愣是半天没有回过神来。

毛泽东、朱德、周恩来等中央军委领导于11月9日接到华野发来的关于第三"绥靖区"起义成功的电报，立即回了电报："……你们在徐州前线率部起义，加入人民解放军，极有助于革命战争的发展。希望你们团结一致，加强部队的政治工作，改进官兵关系与军民关系，以便早日与人民解放军并肩作战，为完成全国革命任务而奋斗。"

14

南京，总统府。

蒋介石身着戎装，握着手杖站在地图前沉思。

参谋总长顾祝同走进蒋介石办公室。

两人在沙发上坐定，蒋介石先是长叹一声，然后说道："'共匪'兵临城下，咄咄逼人，关键时刻，健生坚决不肯到徐州去，而经扶又没有能力指挥这么大规模的徐蚌会战，真是令人头疼啊！"

稍做停顿，蒋介石接着又说："今天都11月3号了，我本来打算4号亲自去趟徐州，见见部队的主要将领，希望大家在关键时期能够齐心协力。但是，4号又临时有事，走不开了。这样吧，墨三，你代我去趟徐州，与他们见见面，把作战计划部署一下，同时也给他们鼓鼓劲。"

委员长说话看似商量的口吻，顾祝同知道，越是这样的口气越不能拒绝。他站起身来，打了个立正，"卑职即刻飞赴徐州部署'徐蚌会战'事宜！"

4日一大早，顾祝同带着作战厅厅长郭如桂乘专机飞往徐州。

顾祝同和郭如桂虽然第一次来到位于文亭街上的徐州"剿总"司令部——徐州道台衙门，但两人都知道，这个地方过去曾是抗战时期第五战区长官司令部的旧址，李宗仁将军在这里组织了规模空前的徐州会战，取得了名扬中外的台儿庄大捷。两人于道台衙门前伫立许久，抬头仰望三十米宽、六米高的巨大照壁，感慨万千，恍如隔世。院子是同一个院子，照壁还是同一块照壁，但风云变幻，物是人非，主人变了，历史还会重演吗？刘峙能重续李宗仁昔日的辉煌，统领八十万大军取得扭转乾坤的大捷吗？

想到这些，两人心里空落落的，同时叹了一口气，走进了办公楼。

当日上午，在徐州"剿总"司令部办公楼里，正在召开一次重要的战前军事部署会议。顾祝同坐在首位，一边是"剿总"司令部高官刘峙、李树正、李延年、冯治安、刘汝明，还有郭如桂，副司令杜聿明被蒋介石派到东北"救火"还没有回来；另一边依次坐着邱清泉、黄百韬、李弥、孙元良等兵团司令，一批军师长们齐刷刷地坐在后排。除了这些高官，李婉丽也在会场内，一边做着会议记录，一边调度勤务兵端茶倒水。

会议开始后，顾祝同先让郭如桂把全国的形势以及东北战场作战的情况向大家做了通报，接着介绍了几天前国防部会议上确定的以"守江必先守淮"为主旨的作战计划。

大家听完国防部制定的作战计划，个个丈二和尚摸不着头脑。但鉴于是委员长蒋介石亲自审定的方案，谁也不敢站出来说三道四。当顾祝同让大家发表意见时，各兵团司令才纷纷大倒苦水，似乎四面八方都能感受到来自共军的压力。

第二兵团司令邱清泉，性格特立独行，性情暴躁狂妄，打起仗来不要命，人称"邱疯子"。他一如既往地率先发言，说："共军华东野战军第三、八、十、十一纵队及两广纵队都在鲁西南，先头部队已经到了曹县、成武，离我部所在的商丘路程不远，第二兵团的压力不轻啊！"

第七兵团司令黄百韬不是黄埔嫡系，也没有过硬后台，说话做事向来谨慎，外加患疟疾尚未痊愈，身体虚弱，此时苦着一张憔悴的脸说："郯城以北地区发现大规模共军主力，七、十、十三纵、鲁中南纵队等都有集结的迹象，恐怕不日就将攻击我七兵团。"

第十三兵团司令、黄埔四期生李弥，向来以避重就轻、明哲保身出名，当时他的部队固守在碾庄圩、曹八集等区域；黄埔一期生孙元良虽资历深厚，仪表堂堂，但一遇硬仗就开溜，亦有"飞将军"之名，当时他的部队驻扎在宿州一带。在会上，李弥和孙元良两人如事先商量好似的，如出一辙地报告所部周边发现大量共军部队集结的情况，令会场的气氛更加紧张压抑。

第三"绥靖区"司令冯治安常年带兵作战，在抗战中更是有不俗表现，遇有战事向来不退却，但碍于自己是冯玉祥西北军出身，并非国民党中央军嫡系，在这样的会议上不敢直白说出自己的想法，只能拿杜聿明的观点说话："杜副司令还是希望以攻为守，向北进发夺回济南，我也认为切实可行，可现在……"

大家各自发表见解，讨论异常激烈，绝大部分人觉得不论华东野战军的主力在哪，徐州"剿总"各兵团在徐蚌之间一字排开，非常不利。

到了顾祝同说话的时候了。只见他沉下面孔，一字一句地说道："各位说的都有道理，但从长远看，我们还是要收缩兵力，固守徐州，将部队集结于津浦路两侧地区，以便加强徐蚌之间的防御，阻止共匪继续南下，祸及首都南京。我看，在必要的时候可以把徐州'剿总'司令部移到蚌埠去……"

刘峙本来就对坚守徐州毫无信心，近来所虑的更是如何能在大战爆发之际抽身而去。一听总参谋长表态，正中下怀，赶忙说："这个方案很稳妥。光亭在指挥打仗方面头脑机敏，能力超群，等他从东北回来，可以把'前进指挥部'留在徐州由他负责指挥，我带部分'剿总'司令部的人马转移到蚌埠去。"

各兵团司令见顶头上司刘峙这么说，也都不敢再表示异议。

一个由国防部制定，各兵团司令并不认可的作战方案就这么确定了下来。

顾祝同明知这个作战部署并不高明，而且将领们也大都不认同，但所幸自己总算不负使命，可以向委员长交差了。他咳嗽了两声，清了清嗓子：

"诸位，本来委员长要亲临徐州与大家共商在徐蚌剿灭'共匪'之大计，但由于要主持一个重要会议脱不开身，就委托我来徐州看望大家并传达他的指示。"众人听到顾祝同说出这话，齐刷刷地站了起来，会场顿时庄严肃穆。

"希望各位以大局为重，以党国利益为重，在刘峙司令的领导下，戮力同心、不折不扣地贯彻执行好委员长批准的作战计划，把穷凶极恶的'共匪'华野和中野两支部队阻于徐蚌地区并全力消灭之。到那时候，诸位都是党国之功臣，社稷之栋梁，委员长将会让你们承担更为重要的党国使命。"

这种大战前的安抚显得苍白无力，会议室内诸将领神情木然，顾祝同环视一圈，加重语气说：

"但我在这里也把丑话说在前面，如果有人懈怠或阳奉阴违，贻误战机，畏缩不前，甚至有反水不忠之贼心，将军法处置，严惩不贷。"顾祝同恩威并施，算是做了会议总结。

会议结束，参会者没有像从前一样留下来闲聊相叙，而是个个沉默不语，神色凝重地走出会议室。

此次会议之后，徐州"剿总"司令部决定：邱清泉第二兵团集结于砀山、黄口、永城地域；孙元良第十六兵团集结于涡阳、蒙城附近地域；黄百韬第七兵团撤退至运河西岸至徐州之间的地域；李弥第十三兵团集结于泗县、灵璧间地域；李延年第九"绥靖区"放弃海州并由海上撤退；济南战役后重新组建的周志道的第一〇〇军划归第七兵团建制；刘汝明第四"绥靖区"移驻临淮关……

当日下午晚些时候，顾祝同带郭如桂等回到南京，向蒋介石汇报说"徐州'剿总'完全同意国防部作战方案"。多日压抑的蒋介石闻后大喜，第二天就下发了正式命令。

在下发的正式命令中，有一项做了改动。原来李延年回到海州后反馈，所部船舰太少，这么多人和辎重由海上撤退太困难，请求刘峙向顾祝同反映修改原计划。顾祝同考虑再三，告知刘峙同意李延年兵团从陆路撤退，第四十四军到达新安镇后转由黄百韬指挥，其余人员转移至徐州。黄百韬是个贪心之人，本来按计划他的第七兵团应立即撤退到运河西岸至徐州之间地域,但听到李延年的第四十四军不日就将划归到自己麾下,便下令原地等待。

这一等,两天的大好时光就白白浪费了,黄百韬没有料到,他没能等来兵力充实,却等来了灭顶之灾。这是后话。

海州。李延年司令部。

11月5日中午,天气晴朗,风和日丽。冬日的阳光晒在人身上暖暖的,海边吹来的风带着丝丝的咸味,并没有刺骨的感觉。"心宽体胖"的李延年吃过午饭,端着一杯茶,舒舒服服地坐在门口晒太阳,准备定定神喘上几口气,等接到刘峙的命令后就立即开拔离开这个海边之城。突然,卫兵报告说司令部门口有客人求见。李延年甚是奇怪,这个时候怎么还会有人登门拜访。

等卫兵将来人领进来,李延年仔细看了半天并不认识,疑惑地问道:"你是谁?干什么的?"

来人头戴礼帽,上衣口袋里挂着怀表,双手抱拳打躬作揖之后,彬彬有礼地说道:"长官,我姓唐,海州人都称我唐老板,是徐州'剿总'刘峙司令的朋友。"

"请问你来我这里有什么事?"李延年有点不解。

唐老板先是环顾四周,然后压低嗓门说:"长官,实不相瞒,我是江西人,与刘峙司令是老表,常年在这里做盐务生意,开有海州最大的盐号,与刘总司令也有多年的合作了。这不你们马上就要从陆路撤退了,刘总司令让我来找您,让我和你们一起走。"

李延年一听,心里"咯噔"了一下,眉头顿时皱了起来,自己还不知道上边的最后决定,一个盐号老板倒先知道了。"刘经扶把钱财看得比党国的事还大,真是岂有此理!如此泄漏军事机密,不败何待!"李延年心里这么想,嘴里可不敢说出来。

"啊!你什么时候知道的?"

唐老板回答:"刘总司令刚刚打电话告诉我的,让我赶紧准备。我给长官带了一点礼物,请笑纳。"

唐老板知道李延年抽大烟,便将一包包装精美的烟土放在了李延年的桌子上。

按照计划,李延年本来要从海上撤退,临时改走陆路,车辆自然不宽余,现在又要夹带其他人,内心有说不出的苦衷,但刘峙是自己的顶头上司,得罪不起,只得答应下来:"那你赶快回去准备吧,等我接到正式撤退的命令就通知你,但这件事务必不要向外讲。"

满脸堆笑的唐老板再次打躬作揖后,爽快地应答:"不说,不说。"李延年想不到的是,这位唐老板接到刘峙的电话后,已经和十几个做生意的朋友悄悄说过了,恐怕这会儿大半个海州都快传遍了。

当天晚上，李延年接到刘峙从徐州打来的电话，刘峙在电话中正式通知第九"绥靖区"第二天由陆路撤退。

5日下午，在从徐州通往海州的公路上，一辆军用吉普车风驰电掣地行驶着。车上前排是司机和一位年轻的军官，后排坐着的也是一位年轻的军官，只不过后面这位是个曼妙女子——她，就是徐州"剿总"司令部办公室副主任李婉丽。

李延年即将撤退之际，李婉丽奉刘峙命令赶赴海州。

原来，徐州"剿总"司令刘峙虽然身在军中，却一直没有放过任何挣钱的门道。海州临海，盐业发达，他在唐老板处投了不少钱，当然也赚了不少钱。眼看大军撤退，如果不抓紧时间抢运一些还没有卖出去的海盐，恐怕今后打起仗来这些物资就要打水漂了。刘峙先是给唐老板透露了部队即将撤退的消息，但又怕他搞不好，所以才派自己信任的李婉丽去，帮忙把贵重物品抢运出来。

李婉丽接到任务，毫不迟疑一口答应了下来，当即调了一台军用吉普车就出发了。为了赶路，李婉丽让司机和另一个军官轮流开车，路上一刻也没有耽搁，晚上八点钟就赶到了海州。

李延年这么晚见到李婉丽，同样大吃一惊。心想，今天怎么见到的尽是些稀奇人物。

李延年问："婉丽主任，今天这么匆忙赶来，有急事吗？"

李婉丽莞尔一笑说："当然有，不然也不会赶这么急。"说着，拿出盖有徐州"剿总"大红印章的介绍信，李延年一看，上面写着："兹介绍徐州'剿总'办公厅副主任李婉丽赴你处督察紧急撤退事宜，请接洽。"随后，李婉丽又拿出一份上午"剿总"司令部开会的会议纪要，递给了李延年。

看完会议纪要，李延年说："请婉丽主任放心，我们已经在准备。你好好休息，明天上午就可以安排先头部队开拔。"

安顿好李婉丽，李延年立即召集各军师长，"绥靖区"各处处长，海州地区的行政专员、县长、盐务署长、法院院长等相关负责人开会，宣布放弃海州撤往徐州的命令，并提出三条要求："部队及党政机关人员一律步行至徐州；财政、盐务、司法、商业、学校人员一律乘坐盐船撤退到上海；6日拂晓开始撤退，7日撤离完毕，陆行的由四十四军掩护，海运的由税警团掩护。"

当天夜里，李婉丽看到外面到处是惊慌失措的人群，猜想撤退的消息已经传出去了，立即打电话联系唐老板。

李婉丽问："唐老板，你准备得怎么样了？我已经在海州了。"刘峙事先已经告知唐老板李婉丽来的事。

唐老板说:"你可来了！我已经准备好了，随时可以装车出发。"

"那你把地址告诉我，我明早八点半到你那里去。"

第二天早饭时，李延年向李婉丽汇报了他们的撤退计划。李婉丽一个劲地赞扬他行动敏捷，说得李延年很是高兴。随后，李婉丽说自己吃过早饭到各处转转，好回去向刘总司令交差。

李婉丽他们开着吉普车准时赶到了唐老板那里。李延年派来的几辆卡车已经先期到达。李婉丽与唐老板嘀咕一阵后，便将金银细软等贵重物品搬进了吉普车后备箱内。办完这件事后，李婉丽对同车来的那位年轻军官说:"你安排士兵们把所有的海盐统统装上卡车，这些都是军需物资，一袋都不能漏。我在附近逛逛，检查一下撤退的情况。"

李婉丽边走边看，直到看不到吉普车了，一闪身拐进了一个药店，向店主借用一下电话。手捂听筒，低声说:"嗨，刘师长，我到你的地盘了，你不接见我一下?"

接电话的不是别人，正是李婉丽昕昕中学的老同学刘占理。听到话筒里的声音，师长刘占理的声音打战了:"啊，是李婉丽，怎么，你来海州了？是专门来看我吗?"不等李婉丽答话，接着问道，"你在哪里？告诉我地址，我马上开车过去。"

十多分钟后，一辆军用吉普车停在了李婉丽所在的药店门前。李婉丽拉开后车门刚坐进去，车子"嗖"一声就开动了，追风逐电般向海边方向开去。

"刘占理，你发什么疯啊？快停下来。"李婉丽喊了几次停下来他只装没听见，仍是一路狂奔。车子在海边停下后，刘占理转过身来一把抓住李婉丽的手，激动地说:"婉丽，你终于肯来见我了，我死都瞑目了。"

李婉丽甩开他的手，使劲瞪他一眼:"你说什么啊，什么死不死的，多不吉利。"

刘占理傻头傻脑地说:"我不管，你能来看我，打死我也没有想到。"

"只要是我们昕昕中学的同学，我出差都要顺道看一眼，你也一样。"

"别的同学来看我，我不激动，但你这个校花来看我，我真的没想到，现在怀里像揣个兔子似的跳动不停，不信你摸摸!"

"去，去，去，别胡扯了!"

窈窕淑女，君子好逑。在昕昕中学读书时，当时校内有模有样的男生包括刘占理、杨云枫、蔡云邈都对李婉丽心生恋慕，但那时尚属少年情窦初开的懵懂之情。现如今，长大后的校花出落得更是亭亭玉立，再加穿上一身笔挺的军装，更加英姿飒爽，妩媚迷人。刘占理倾心李婉丽，昕昕中学的老同学都知道。但大家心里清楚的是，李婉丽对刘占理一直不热不冷。

十年前从昕昕中学毕业后，李婉丽到南京工作，刘占理则随国民党部队四处调防，因此刘占理只能经常给李婉丽写信倾诉，但写上三五次还不一定能收到一封回信。刘占理每逢到南京开会或参加培训，都会带上很多礼物去见李婉丽，希望和李婉丽一起喝喝咖啡看看电影。但李婉丽次次都叫来在南京工作的昕昕中学的其他校友作陪，从来不给刘占理单独相处的机会。

性格开朗的李婉丽在南京时，不但见过刘占理，还见过蔡云邈，就是没有见过杨云枫。刘占理在王泽浚的四十四军任师长，蔡云邈在胡琏十八军中任师长。李婉丽和他们见面时，都会打听杨云枫的音讯，但两人和昕昕中学的其他老同学都没有杨云枫的准信儿，有人说他在中共部队里，但具体在哪支部队，无人能说得清。

"婉丽，你现在可是刘总司令的大红人啊，这次急匆匆来海州，肯定不光是来看我这个老同学的，一定有其他要紧的事吧？"刘占理兴奋劲一过，收敛住嬉皮笑脸，问起了李婉丽来海州的真实意图。

"刘总司令对海州的撤退不放心，让我来督察一下撤退情况。我上午各处转了转，你们的李司令指挥调度有方，一大早就开始行动了，你们师情况怎么样？"

刘占理说："我们已经接到命令，正在准备，很快就可以出发。这一次我们师还要护卫陆路撤退的各政府机关人员。"

"看目前的情况，'徐蚌会战'一触即发。我们的部队都在向徐州收缩，你们动作要快一点，如果碰到共军，不要死打硬拼，一定要保护好自己。"李婉丽说。

刘占理禁不住嬉皮笑脸地说："你这是在关心我心疼我吗？"

李婉丽瞪大眼睛说："别胡扯！我是考虑你带那么多的人马，还要护卫同行的大批地方人员，责任一定不轻。如果在路上与共军硬拼久战，船大难掉头，对你们非常不利！"

刘占理收敛起笑容，说："这个我知道，枪一响那是要死人的，我也希望大家都好好活着，我都好几年没见家里人了。你放心，我会带好他们的。"

停了一下，刘占理突然前言不搭后语地问道："婉丽，你说我要碰到一班那个杨云枫怎么办？"

李婉丽没有想到他突然问这么个问题，愣了一下，然后说："抛开现在的身份，我多么希望我们每个昕昕中学的老同学都好好的，昔日的同窗不要成为战场上的对手。但现实是残酷的，我希望你刘占理能打败任何一支中共的部队，但唯独不希望你们两个交手。你们两个交手，不论谁赢谁输，作为老同学，我心里都不好受。"

李婉丽的一番话说得刘占理良久无言，神色黯然。

海州是古老的东海县府所在地，素有"东海名郡"和"淮海东来第一城"之美名。这里物产丰富，人文荟萃，孔子曾两次率领众弟子来此讲学论道并登山望海，苏轼、辛弃疾、李清照也在此留下了大量诗篇。更令后人传颂的是，李汝珍依据当地风土人情创作了名扬天下的《镜花缘》。

国民党在此驻防三年,海州变了模样。在海州附近,北自赣榆,南至灌云,东至连岛,西至白塔埠均建有密密麻麻的碉堡工事,仅在锦屏山一带就构筑大小数十个军事据点。为构筑工事,连云山上的树木几乎砍伐殆尽。不仅如此,因为海州地区粮食不足,军粮接济不上,守军即纵兵四处搜抢。更令当地百姓谈虎色变的是,中统和军统特务心狠手辣,仅过去的一年中,就将一百多名所谓的"私通共匪者"活埋于锦屏山下。

6日清晨,海州高等法院院长和检察长突然找到李延年,请示尚未判决的八十余名政治犯如何处置。狡猾的李延年为给自己留条后路,就把处置事宜交给了刘占理,因为关押政治犯的监狱位于刘占理的辖区内。刘占理突然想起了这件事,便询问李婉丽怎么办。李婉丽想了一下,说:"政治犯个个罪大恶极,如果经过了审判,最好就地解决,一个不留。但现在没有审判就处决,会给当地百姓留下话柄,同时由陆路押解又非常困难,我看放了算了,以体现委员长和刘总司令严格遵守法律程序,爱民如子的气度风范!还有——"

"还有什么?"刘占理追问。

"你想一想啊,此事本该李司令亲自处理,他自己不办交给你一个师长,难道仅仅是因为关押犯人的监狱在你的防区内?我看不全是,他这是把烫手山芋扔给你啊,李司令老谋深算啊!占理,你是我的老同学,你也得替自己考虑考虑!"

刘占理觉得李婉丽说的话颇有道理。他最后听从李婉丽的劝告,偷偷放了八十名政治犯。

"宁为太平犬,不做离乱人。"从11月6日开始,海州失去往日的宁静,全城陷入一片恐慌,犹如世界末日的到来。

海州到徐州的公路上,军车、牛马车、手推车和不计其数的军人与学生、商民混杂在一起,密密麻麻,肩摩毂击绵延几十公里。由于缺少食宿,昼夜行军,外加一路上流传着共军部队追赶过来的消息,因受伤和累饿倒在路旁者不计其数……

逃亡人群中的每个人都盼望着尽早抵达徐州,可是在战乱的时候,两百多公里外的徐州竟是如此遥远,遥远得仿佛他们终其一生也无法抵达。

15

徐州文亭街,"剿总"大院。

5日下午,刘峙坐在办公桌前,手里拿着一份国防部的正式文件,正在凝眉静思。昨天顾祝同代表蒋委员长亲临徐州布置作战计划并做战前动员，时间仅仅过了一天，徐州"剿总"就收到了正式命令，速度之快，是他没有预料到的。更令他没有想到的是，昨天会上本来确定第九"绥靖区"放弃海州，从海上撤退，仅仅因为李延年的一个建议，今天就变成了大部分从陆路撤退，参谋部做事如此迅捷，看来委员长和顾祝同真是认识到了形势的严峻。看完文件，刘峙站了起来，在办公室内来回踱起步来，走着走着，他止不住暗自笑出声来："多亏我昨天及早做了准备，一面让唐老板带着礼物去找李延年，一面派李婉丽赶赴海州，不然的话，海路换陆路，车辆肯定不够，唐老板处的存货只能白白留给共军了。现在，想必李婉丽和唐老板他们已经在回来的路上了……"刘峙虽然指挥打仗无能，但自己的小算盘却一直打得啪啪响。正当他舒展眉头，端起茶杯得意扬扬地自我陶醉时，突然响起了"咚咚咚"的敲门声。

进来的人是保密局徐州站站长陈楚文。

"刘总司令，我来向您报告一个紧急情况。"

"说！"

"南京毛局长今天上午给我打来电话，说昨天参谋总部制定了'徐蚌会战'的作战计划，从截获的'共匪'密电中获悉，中共徐州地下组织接到指令，正千方百计想搞到这份绝密情报，指示隐藏在你们'剿总'内部一个化名'黄蜂'的匪谍来完成这项任务。"

"你说什么？我刘峙身边隐藏着共谍，怎么可能？！"

"刘总司令，我也不相信这是真的。但毛局长做事您是知道的，没有十分的把握，他不会让我来找您。"

"等顾一焱从贾汪回来，我让他来查。"此时徐州"剿总"司令部的情报处长顾一焱正在贾汪监视张克侠和何基沣。

"不行啊，毛局长让我到您这里帮帮忙，过问过问此事。"

国民党军队与保密局素有矛盾，刘峙同样反感毛人凤的人插手自己管辖的区域，心想你毛人凤咸吃萝卜淡操心，管的也太宽了，因此想方设法要打发走陈楚文。

"不用了，你回去告诉毛局长，区区一个'共匪'毛贼，我'剿总'对付得了。"

刘峙说完，不再看陈楚文，转身走到办公桌前，端起茶杯自顾自喝起水来。

陈楚文却站着一动不动。

"怎么，陈大站长还有事？"刘峙板下脸，心中不悦。

"不行啊，刘总司令，毛局长给我下了死命令，这一段时间让我留在您这里帮忙，还请刘总司令海涵！"

"帮个屁忙！他毛人凤给徐州站下命令你陈楚文必须执行，难道我刘峙也必须听他指挥？"

"不，不，毛局长的命令——"

"毛人凤的命令怎么啦？"

"毛，毛局长的命令得到了委员长的批准！"

端着茶杯的刘峙愣在了原地。

"好，你去查吧！"刘峙无奈地摆摆手。陈楚文这才敬个军礼，退出了办公室。

陈楚文走后，刘峙喊来了机要秘书："电讯处送来的这份电报看过了，马上交军务处佟处长，让他找人再抄写一份，下班前交还司令部档案室。记住，一定注意好保密，毛人凤说咱们'剿总'内部有卧底，如果泄了密，我要枪毙人的！"

军务处这时只有一个姓钱的秘书在，佟处长亲自把电报交给他，反复叮嘱说："立即把这份电报誊写一份，千万不能向外边泄露一个字，否则，刘总司令要枪毙人的。"钱秘书抖抖乎乎地接过电报，看到上面标着"绝密"二字，不敢怠慢，赶忙拿过来进行抄写。

钱秘书是个二十多岁的年轻人，身形瘦削，戴一副眼镜，文质彬彬的模样，平常话语不多，却写得一手好字。据说他父亲是国民党中央党部的文员，他本人大学毕业后，托曾任徐州"绥署"主任的薛岳的关系进的徐州"剿总"，刚来不久。

或许是太过紧张，钱秘书抄写时心慌不已，手一抖，一团墨水就滴在了稿子上。

佟处长说："怎么搞的？怎么这么不小心！"

钱秘书面露难色："处长说这份电报是绝密，出了问题要枪毙人。您又站在这里盯着我抄，我，我太紧张了，您还是找其他人来抄写吧。"

"这会儿哪里还有人？只有你干了！"

不敢有丝毫疏忽的佟处长把滴有墨水的抄写稿点燃销毁了。

钱秘书开始重新抄写电报。

佟处长说："我先回办公室，你抄完立即给我送过来，记住，这会儿不准任何人到办公室来！"

一听处长要走，钱秘书急忙站了起来，紧张地恳求道："处长，您还是在场好，您一走，万一这份电报泄露了出去，就有可能说是我干的，我的小命就没了。"

佟处长无奈，只得留下来，坐在邻座看起报纸来。钱秘书换了新纸重新誊写，一笔一画写得十分工整，直到下班才抄完。佟处长把电报和抄写的文件一并取走，立即交还给了司令部档案室。佟处长走后，钱秘书收拾好办公桌上的东西，下班回了宿舍。

夕阳的余晖洒在道台衙门的屋脊上，整个院落显得有些昏暗，几只麻雀在檐下飞来飞去，叫个不停……

"慢点，慢点，把搬进去的米袋都给码整齐了！"

"剿总"司令部后院的伙房门前，一位军官模样的人正在指挥一帮士兵搬运粮食。这位军官是军需处采购部主任，名叫孔汉文。在司令部内，采购部主任虽然官职不大，可是个肥缺，每天米面菜肉好几车进货，人人都瞪大眼睛盯着，如果不把上上下下的关系打点好，随便哪个人告上一状，次数多了，就得卷起铺盖卷儿滚蛋。孔汉文是个活络人，采购部主任已经干了三年，还没有人找过他的茬。

孔汉文整天一副笑脸，见到司令部里的大小军官，左一个"长官"右一个"长官"叫个不停，见到一般的卫兵皆称兄道弟，人未到烟已经递出去了，所以人人都和他很熟，个个都对他客气。由于人缘好，他成了"剿总"大院内的自由人，随意进出，没有人管他。

同是昕昕中学学生的孔汉文，比杨云枫晚一年毕业。他快毕业的时候，徐州会战即将开始。在昕昕中学，孔汉文一直和宋老师走得最近，在宋老师的引导下，他参加了郭子化和郭影秋组织的抗日救国培训班。在这个班里，他秘密加入了中共组织。后受中共徐州特委之命赶赴临沂，加入到张自忠、庞炳勋的部队，参加了抗击日军板垣第五师团的台儿庄战役。日本投降之后，受中共徐州特委委派，继续卧底国民党军队内部，从最初的徐州绥靖公署到陆军总司令部徐州司令部，再到后来的徐州"剿总"司令部，他利用自己是徐州人关系熟的优势，进入了司令部军需处并当上了采购办的主任，代号"黄蜂"，主要从事情报收集和联络工作。

淮海战役马上打响，正是"黄蜂"出动、四处活动的时候。孔汉文经常兜里装着烟，一头扎到军官堆里去，以询问食堂伙食状况为由，借机打听有用的情报。

11月4日上午，顾祝同组织徐州"剿总"各路人马开了半天的会，将近十二点会议才结束，刘峙和几位"剿总"副司令在花园饭店安排了午宴，盛情招待顾祝同和郭如桂。这天中午，"剿总"司令部的餐厅里照例是熙熙攘攘，大家端着饭盆，一边排着队一边闲聊。

采购部主任孔汉文本来可以不用排队，直接去后厨自己打饭，想吃什么就吃什么，但他向来注意自己的形象，每天都端着饭盒规规矩矩排队打饭。为此，刘峙在一次会上还表扬过他，说他这个人不像其他军官"靠山吃山靠水吃水，就差把党国给吃没了！"

在熙熙攘攘的队列里，孔汉文看到了同样在排队打饭的军务处长、军需处长、警卫营长、档案室主任等一大帮熟人，除他们之外，还有李婉丽。司令部有很多女军官和女兵，唯独这个女人，孔汉文印象深刻。在昕昕中学上学的时候，她是表哥杨云枫那一届的名人，好多男生都围着她转，就连在自己面前一向表现稳重的表哥，每次提到她，脸上的表情也特别不自在。他孔汉文心里透亮，只不过当时作为弟弟，不便过多追问，免得让表哥难堪。孔汉文认识李婉丽，李婉丽却不认识孔汉文。在孔汉文眼里，他觉得那时候的李婉丽不但漂亮，而且清纯、可爱，难怪杨云枫、蔡云邈还有那个刘占理都争着给她献殷勤。李婉丽从昕昕中学毕业后，转眼间十多年过去了，孔汉文不但再没见过表哥杨云枫，同样也没见过李婉丽。谁知今年刚过罢年，李婉丽突然出现在徐州"剿总"司令部里，在长官办公室上班了。重新见到李婉丽，孔汉文觉得这个女人变化巨大，他几乎都快认不出来了。在他看来，李婉丽仍旧那么漂亮，但不再清纯，她还是那么迷人，但不再可爱。舞会上李婉丽会抽烟也能喝酒，可以和不同的舞伴疯狂跳舞，高兴起来还会和那些军官们划拳，时常还会向人抛媚眼。所有这一切，孔汉文都非常看不惯，他觉得这个女人彻底变了，媚俗了，堕落了。他常常想，如果表哥杨云枫看到现在的李婉丽，他还会喜欢吗？对现在的李婉丽，孔汉文从心眼儿里看不起她，鄙视她，更不愿意让她知道，自己是杨云枫的表弟，是她的学弟，他们曾经在一个学校里读书，那时他就认识她。所以每次见面，孔汉文只是出于礼貌皮笑肉不笑地和李婉丽打打招呼而已。

正当孔汉文默想的时候，身后的两个人吵了起来。

一个人说："咋搞的，你没长眼睛啊，连碗汤也端不好，洒老子一身。"

端汤的人也骂："你这人，开口就骂人，老子又不是故意的，不知哪个人碰到老子的胳膊肘了。"

"混账东西……"

"你他妈的再说一遍……"

互骂一阵之后，两人竟然动起手来。四周之人赶紧放下碗筷，拉起架来，饭厅里顿时乱成一团。几分钟后，打架的两人的长官到了，分别将两人带走，场面才算平静下来。

吃完午饭，孔汉文在食堂外边的水池边洗过饭盒，打算从口袋里拿出手绢擦干手，然后和旁边的几位烟友叼上一支过过瘾，当会儿饭后活神仙。当他将手插入口袋里，不但摸到了手绢，还摸到一个纸团。孔汉文马上意识到，纸团是刚才餐厅一片混乱时有人偷偷塞给自己的。为了掩饰自己的惊诧，机警的孔汉文赶紧又摸了摸其他几个口袋，一边摸一边说："唉，我的烟呢，怎么忘带了？"

另外几个军官笑着说："老孔，是故意没带的吧，怕我们抽你的洋烟。"

孔汉文也笑了起来："唉，几位老兄，真是忘了，明天补，明天补！"他自然而然地去接递过来的香烟，和他们一起云山雾罩地神吹起来。

烟友尽兴散去，孔汉文急忙回到办公室，关上门并从口袋里掏出纸团。纸团的内容是七兵团即将撤往徐州，李延年的四十四军接命令准备放弃海州地区撤往徐州，四十四军并入第七兵团。落款是"无名氏"。孔汉文意识到这个情报至关重要，同时也非常疑惑，纸团上的笔迹非常陌生，以前给自己传递情报的人代号为"林木"，从来没有和这个"无名氏"打过交道。虽然不知道"无名氏"是何人，但孔汉文知道肯定是自己的同志，况且这个情报定是刚刚获得的，一定非常紧急，所以"无名氏"或者交通员才采取这种冒险的方式。

孔汉文的分析是正确的。"无名氏"的交通员知道孔汉文的身份，他自己不能脱身送出情报，就把情报转给了孔汉文。

"十万火急，我必须马上传递出去。"孔汉文知道情报的价值，心中立即有了主意。

孔汉文顾不上午休，立马动身向外走去。在大门口，他刚好碰到自己的顶头上司军需处处长龚方令，对方随口问道："汉文主任，出去啊，中午也不休息一会？"

孔汉文笑着回答："报告龚处长，炒菜用的辣椒不多了，我去看看哪家店里的好，买几斤回来。"

到常去的几家商铺转了一圈，孔汉文买了五六斤干辣椒，顺道又看了几家碱面店，在其中一家店里，把情报送了出去。

回到宿舍，孔汉文疑惑重重。"无名氏"到底是谁呢？餐厅里当时有许多人，他把每个人都在脑子里过了一遍，是那两个打架的人，是五六个拉架的人，甚或是那个故意引起两人打架、制造混乱局面的人？两杯茶下肚，孔汉文也没能理出个头绪。

11月6日，按照和"林木"秘密约定的联络方式，孔汉文早上八点和晚上八点各去了一次男厕所，因为在男厕所脏兮兮的小便池砖缝里，能找到他需要的东西。

早上八点孔汉文去的时候，掏出活动的砖头后，砖缝里什么都没有。晚上八点，孔汉文提着裤子又去了一趟，砖缝里仍然什么都没有。

7日早上八点，孔汉文终于在厕所砖缝里掏出了他想要的东西，是一份抄写下来的标准格式的文件——国防部下达的兵力调动的正式命令，即5日那天顾祝同召集会议的决议。

"谢谢你，'林木'同志！"孔汉文从心底里赞叹了一声。情报终于到手，在宿舍内，孔汉文拿着文件的手激动得发抖。如果说昨天的情报只是提前提个醒，今天这个十分详尽的文件对华野来说则意义非凡。

送走了这份重要的情报，孔汉文晚上躺在床上，不禁想起了近年间和"林木"打交道的一幕幕来。

自从到军需处工作后，孔汉文在这里的上线就是一个代号叫"林木"的人。孔汉文知道，"林木"和自己一样就在这个大院里工作。但此人是谁，他不能问。他一直在心里猜测，"林木"肯定是司令部重要部门的人，要不怎么能接触到这么核心的秘密。

他记得经"林木"之手搞到的文件有七八份了，均为机密文件，有一次搞到了徐州和郑州两个司令部所属整编师的部署，属于"绝密"文件，另外还有顾祝同签发的《剿匪手册》等。由于送出去的情报准确及时，而且特别重要，两人曾受到中央军委的嘉奖。令孔汉文记忆深刻的是，当时的嘉奖信十分特别，为了保密，就使用了已经贬值的国统区的关金券，用米汁在上面写了一行字作为嘉奖信。孔汉文还记得，后来组织上又通过特别形式向"林木"颁发了五美元的奖励金。

尚未搞清"林木"到底是谁，现在又突然冒出来一个"无名氏"，这更让孔汉文丈二和尚摸不着头脑。孔汉文躺在床上辗转反侧，时刻不停地揣摩着这两个神秘人物，夜已经很深了，却毫无睡意。

快天亮的时候，周公终于把孔汉文带入梦乡。在梦里，孔汉文终于见到了他们——两个人都穿着军装，在孔汉文四周时隐时现，忽前忽后，但无论怎样穿梭，就是不让外人看清他们的面孔，就连是男是女也影影绰绰，分辨不清……

7日傍晚，徐州"剿总"司令部突然发生了一件令所有人惶惶不安的事情。

准备下班回家的二十多个军官突然被陈楚文和手下一帮人"请"进了保密局徐州站，其中包括司令部档案室主任、军务处长、军需处长、钱秘书和孔汉文。刘峙听说之后，火冒三丈，抓起电话就打给了陈楚文。陈楚文心平气和地回答："刘总司令您放心，我不是抓你们的人，而是向他们问询一下情况，排查清这两天我们发现的几个疑点之后，就立即把人送回去，我以自己的项上人头向您保证不会让他们少一根汗毛，询问完即刻请他们回归本职工作。"

在徐州站，陈楚文对"请"进来的二十几个人，说话就没有像对刘峙那般客气了。

"今天把大家找来，是奉委员长之命调查，而且都是有证据的，请你们好好掂量掂量。我陈楚文和人谈话，喜欢竹筒倒豆子，直来直去，若是谁藏着掖着，别怪我不客气。"

二十几个人清楚，落到陈楚文手里，算是摊上麻烦事了。

过堂开始了，每个人都由陈楚文亲自审问。

第一个被审的是档案室主任。

"你这两天下班后没有直接回家,而是每天都去一趟基督医院,干什么去了?"陈楚文开口就问。

档案室主任一愣,立即明白自己被跟踪了。

"去那里看病人。"

"据我们掌握的情报,你老婆和两个孩子好好的,没有住院,去那里看谁?"陈楚文穷追不舍。

"我舅老爷是山东曲阜人,得肺气肿多年了,知道我在徐州做事,还大小是个官,就跑来让我帮找有名的大夫瞧病。"

"曲阜?那可是'共匪'华野的总部所在地,不用说,你这个舅老爷一定姓'共'吧?"陈楚文突然拉下脸来。

"陈站长,您可不能随便联想,我舅老爷姓魏,叫魏井泉,在曲阜城里开纸张店的,不信您可以马上派人去医院和曲阜打听打听。"

"去医院打听,他明明姓'共',却说姓'魏',姓氏又没写在脸上,咋个验证法?去曲阜打听?曲阜已经成了'共匪'粟裕的天下,我派人去那里的纸张店打听,不是给杨云枫送大餐是什么?!王八蛋,我越看你越像杨云枫的同伙!"陈楚文站起来指着档案室主任的鼻子一通大骂。

"陈,陈站长,谁是杨,杨云枫?"档案室主任一下子懵了。

"王八蛋,我看你是揣着明白装糊涂!"

"我真的不知道姓杨的是谁呀。"档案室主任苦苦哀求。

"双簧戏,精彩,精彩!告诉你,你舅老爷现在就在这个院子里,他和你一样是个好戏子,一问三不知,把我陈楚文当傻子!"

档案室主任知道,祸从天降。

"怪不得我们最近接连失利,原来是你这个管档案的把党国的绝密情报都给泄露出去了!"陈楚文"咣当"一声把"通匪"的帽子扣在了档案室主任头上。

"陈,陈站长,冤枉,天大的冤枉啊!"

"拉到地下室,让他清醒清醒,说不定能说出舅老爷到底姓啥!"徐州站地下室内,有一排刑房,十八般刑具样样俱备,是专门让抓来的人"清醒"的地方。

吓得腿软的档案室主任被拖了出去。

"把军务处长叫进来!"陈楚文一声大喊。

佟处长进来后,陈楚文先礼后兵,不到两分钟就将话题扯到正题上。

"佟处长,6日上午,你从刘总司令处拿到了'徐蚌会战'的作战计划,应该十分清楚计划的内容吧?"陈楚文笑眯眯地问道。

"计划我扫了一眼,因为时间紧迫,就立即交给处里的钱秘书抄写了。"

"扫了一眼?扫一眼是多长时间,没有人在场,三五秒钟可能,半个小时也有可能，怎么解释?"陈楚文奸笑一声。

"陈站长什么意思?"军务处在"剿总"司令部是个重要部门，部门的头儿佟处长显然不是个瓤茬，他瞪眼打量着陈楚文。

"什么意思你自己心里清楚。"

佟处长这才明白了陈楚文的意思，"啪"的一声拍案而起，怒气冲冲地说道："姓陈的，你竟敢怀疑老子！我要是共谋，不但早把刘总司令的一切给卖了，也早就让共产党把你个王八蛋给宰了！"佟处长敢在陈楚文面前如此放肆是有原因的。这个原因徐州"剿总"司令部的人都知道，陈楚文自然也清楚——不是因为佟处长有中将军衔，而是他老婆神通广大。佟处长老婆信奉基督教，说一口地道的英语，是徐州城基督教协会的头儿，每次宋美龄陪同蒋介石来徐州，逢周日去教堂做礼拜，都由他老婆陪同。后来宋美龄在南京接待外国访华基督教代表团，还经常请他老婆到南京帮助接待，两个女人之间的关系非同一般。

看到佟处长这个态度，老奸巨猾的陈楚文软了下来，但并没有被对方吓倒。

"佟处长你别急，我是在例行公务。司令部规定这两天任何人无正当理由不得离开大院，你为什么昨天晚上私自回家?"

"你们跟踪我?"

"这一段时间，我们可以跟踪任何人，这是南京毛局长的命令！"

见陈楚文搬出毛人凤，佟处长也不便再大发雷霆。

"为什么回家，不能告诉你。"

"今天你必须说！"

两人对峙一会儿后，佟处长还是说出了实情。

"蒋夫人6日下午打来电话，要夫人8日去南京。家里的事一大堆，我回家和夫人商量了一下。不信的话，你可以请毛局长去找蒋夫人询问。"

佟处长又把难题出给了陈楚文，一句话就堵住了陈楚文的嘴。

陈楚文找不到佟处长的任何疑点，只好息事宁人。他站起来拍拍佟处长的肩头说：

"佟老弟，兄弟也是公事公办，并没有针对你个人的意思，既然误会澄清了，请老弟尽快回去公干，我们兄弟俩下次再聊。"

佟处长哼了一声，站起来摔门而去。

"把那个姓钱的带进来！"

战战兢兢的钱秘书被带了进来。

"6日下午你抄了一份绝密电报，对吧?"陈楚文劈头盖脸就问。

"6号下午，对，对，佟处长拿来一份电报让我抄的。"钱秘书想了一下，如实交代。

"据我们所知，这份文件第二天就泄密了!"陈楚文说。其实，这份文件有没有泄密，陈楚文根本不知道。他说这话，是保密局的一贯伎俩，先给别人扣帽子，而且越重越好，特别是碰到涉世未深的年轻人。

"啊!"听到陈楚文的话，年轻的钱秘书一声惊叫。

"据我们掌握，这份绝密文件6号当天只有四个人看过，除了刘总司令，刘总司令的机要秘书和佟处长外，第四个就是你。前三个泄密的可能性已经排除，文件没有长翅膀，不能自己飞出去。你小子说说，不是你干的还能是谁?"

钱秘书的身子摇晃了一下，"哗啦"一声从板凳上滑倒在地。

两个特务把钱秘书重新架到了板凳上。

"姓钱的，以前应该听说过我陈楚文吧!看你细皮嫩肉的，如果直接说出实情，我陈楚文也就不让你受罪了。如果敢在我这里耍滑头，我让你一夜之间变个模样，连你自己也认不出你是谁!"陈楚文声色俱厉地说道。

"陈、陈站长，您问啥我说啥!若有半句谎言，您就枪毙我!"

"怎么抄的文件?"

"佟处长拿来电报后，我就用空白文件纸一页一页地抄写。"

"佟处长说你中间故意把抄好的文件稿弄脏了，又重抄了一遍。这样做，肯定是有意的吧?"陈楚文把审讯佟处长时提到的问题改头换面后又提了出来。

"陈、陈站长，您千万不能这样说啊，佟处长一进屋就告诉我，谁向外泄密一个字刘总司令就枪毙谁。我一紧张手就抖，墨汁洒在了纸上，哪里是有意的啊!"

"洒了墨汁的稿子最后偷偷装进口袋带走了吧?"陈楚文突然站了起来。

"没有，没有，佟处长当场就烧了，不信你们可以问佟处长。"钱秘书吓得站了起来，结结巴巴地回答。

"你抄写电报时，趁佟处长不注意，每次拿两张空白文件纸叠在一起，上面的抄电报，下边那纸一定浸有上面的墨汁，等佟处长一走，你就可以根据浸迹还原出整个电报的内容，是不是这样?"陈楚文面暴青筋，手指钱秘书厉声质问。

"陈、陈站长，没、没有啊，我们军务处抄写电报，不要说绝密级的东西，就是一般的电报，也绝对不允许把两张纸叠在一起。佟处长就坐在我旁边，我如果那样做，不是找死吗?!"

"佟处长在旁边看报纸，你一定是趁他不注意就这样干了!"陈楚文不分青红皂白，就将屎盆子往钱秘书头上扣。

钱秘书"扑通"一声跪在了地上。

"陈、陈站长，您、您可千万不能这样说啊，您这样一说，我的小命就没了!"

"不承认是吧?"

"陈站长，我，我，啥都没做咋能承认呢!"

"好！看来你是顽抗到底了！拉下去，让他清醒清醒！"

陈楚文说完，手下两个人不由分说就拖走了哭喊不停的钱秘书。

一连审讯十几个人后，时间已经到了半夜。下面轮到了孔汉文。

孔汉文一进门，就殷勤地给陈楚文递上一支烟。

陈楚文一把将烟打掉到了地上。

"孔主任，咱们打开窗户说亮话，前面几个人都举报你是'共匪'的卧底！"陈楚文见到孔汉文，直截了当甩过来一句狠话。

"陈站长，别人说我是'共匪'，我就是'共匪'了?!好吧，哪个王八蛋说我是'共匪'，就请他站出来和我对质。您在旁边候着，如果我有半点不对劲的地方，您也不用多费口舌了，马上把我拉出去毙了！"

陈楚文见恫吓不成，只好转换话题。

"7日中午，你为什么违犯军令走出司令部的大门？"

"那天中午，伙房的干辣椒没了，我就出去买几斤，菜没有辣椒不出味啊！出去前，我想和军需处长说一声，可他当时不在家。"孔汉文的前半句话是真的，后半句话是假的。因为事先不知道有人在大门口监视，根本没想过和处长请假。后来在大门口见到了处长，他灵机一动就说找不到处长。

"处长不在家，怎么不到司令部去说上一声？"

"这，这是我的不对，我想自己是采购部主任，出去买东西很正常。因为几斤辣椒还去报告，太麻烦了。"

"我看不是怕麻烦，你是故意这样做的！"陈楚文恶狠狠地说。

"陈站长，话可不能这样说，没有请假是我的疏忽，您可以就此处罚我，但天地良心，我绝对不是故意的。"

主动承认自己有错的还真不多，陈楚文知道，自己遇到对手了。

"你出去买干辣椒，身上除了带着钱，还一定带着其他东西吧？"

"啥东西？"孔汉文知道陈楚文话中有话，但故意装糊涂。

"你孔汉文把我当傻子？"陈楚文顿时火冒三丈。

"陈站长，我真不知道您说啥。我上街买几斤干辣椒，除了钱，确实没带其他东西啊！"

"你身上藏着徐州'剿总'的作战方案！"陈楚文直截了当。

孔汉文预料到陈楚文要说这句话，故意装作惊恐万分的样子，"呼啦"一下从板凳上站了起来。

"陈、陈站长，我犯了没有请示报告的错误，您可以处罚我，甚至可以枪毙我。但您这句话，我孔汉文可是承受不起啊！我一个管伙房的，从哪里能得到作战计划啊?!"

"是司令部内部的共谍把情报交给你,你利用职务上可以外出的便利送走情报,你除了管伙房的身份外,还有另外一个身份,是'共匪'的情报员,代号叫'黄蜂'!"

孔汉文内心一惊,陈楚文不但完全说对了自己的身份,甚至说对了自己的代号。他立刻压住了内心的惊慌。因为他知道,陈楚文的徐州站一定是获得了相关情报,知道有"黄蜂"这个人存在。但"黄蜂"到底是谁,他还不知道,否则早就用不着费如此周折了。

"陈站长,您可千万别把共谍的帽子往我头上戴。您这一戴,我可就没命了!您要是发现了谁把情报传给我,随您千刀万剐!"

陈楚文根本不听孔汉文的话,大声喊道:"快说,你把情报传给谁了?"

"我去了几家卖辣椒的铺子,另外顺道看看卖碱面的店,您可以马上派人去查,把所有的人都抓来,问问我给他们送情报没有。"孔汉文知道有人跟踪自己,就把自己的行踪说得清清楚楚,没有任何隐瞒。

对孔汉文的行踪,陈楚文同样掌握得清清楚楚。如果孔汉文只说辣椒铺子,不说顺道去看了碱面店,他就死到临头了。

可孔汉文全部说了出来。

在审讯孔汉文之前,陈楚文已经派行动队马树奎等人,把几家辣椒铺和碱面店中的人全部抓了起来,个个打得皮开肉绽,但没有一个人交代说自己是孔汉文的下线。因为被抓之人个个知道,这些话不能讲,讲了之后只有一个结果,店毁人亡。

就这样审讯了一个小时后,陈楚文一无所获。

"拉下去,让孔主任也清醒清醒……"

地下室内,不时传来撕心裂肺的惨叫。

直到第二天清晨,陈楚文才审完抓来的二十几个人。

天亮后,佟处长给刘峙汇报了情况。刘峙听后马上给陈楚文打来电话:"陈站长,你把我的人抓去了一大堆,挖出'共匪'卧底没有?"

"没,没有!"

"混蛋!大战将至,你们保密局却搅扰不休,把忠心耿耿为党国效力卖命的人都抓去打个半死,我看你倒是'共匪'一个!限你半个小时之内把人统统给我放了。不然的话,我派一个炮兵团去,轰平你这个王八蛋的老窝!"刘峙破口大骂。

"刘、刘总司令,没有抓住共谍,是我陈楚文无能失职,我向刘总司令谢罪!但这一晚上我们也没有白忙,我挖出了您身边的几个蛀虫,军需处长就是一个,他大白天去徐州黑市上倒卖军用物资,换了两条'小黄鱼'!还有一个副主任,夜里偷偷跑出去到二马路上逛窑子……"

"你他妈的保密局的手伸得也太长了,这些鸡毛蒜皮的事也要管?耽误了'徐蚌会战'的大事,你吃罪得起吗?"

"刘总司令,我也是公事公办,不得已而为之!请刘总司令体恤卑职……"

"啪"的一声,电话挂断了。陈楚文摸摸汗涔涔的额头,耳朵旁仍然回响着刘峙气急败坏的咆哮声。

16

1948年10月底,考虑到即将到来的淮海战役规模庞大,需要华野和中野协同配合,粟裕遂向中央军委建议,请已经到达前线的陈毅、邓小平同志负责指挥这场大战。中央军委和毛泽东审时度势,随即做出决定:"整个战役统一受陈邓指挥。"

11月4日,华东野战军司令部正式下达了《淮海战役攻击命令》。

5日,华野接连收到来自各方的情报,得知了国民党军队向徐州集结的作战计划。如果让他们收缩到徐州周边,然后合抱死守,再实施围歼就要困难得多。所以,必须抢占先机,迅速围追堵截黄百韬兵团,实现歼灭黄百韬第七兵团的第一阶段目标。华野司令部当机立断,随即将原定于11月8日打响的淮海战役提前至11月6日。

6日,华野各路大军以雷霆万钧之势挺进淮海地区,兵锋直指驻扎在新安镇的黄百韬兵团。

早在济南战役时,华东地区的战场态势就已经发生变化。从1948年9月开始,蒋介石就指示国民党徐州"剿总"有意识地收缩兵力,黄百韬第七兵团、李弥第十三兵团集结在徐州以东,邱清泉第二兵团集结在徐州以西地区,李延年第九"绥靖区"部署在苏北海州一线。10月份济南战役结束后,国民党军失去了徐州北面的屏障。因此,在长江以北的中原淮海一带,国共双方各自集中重兵,形成了近距离对垒的局面——华东和中原两大野战军总兵力达六十万以上,而国民党军七个机动兵团、两个"绥靖区"的正规军和地方部队总兵力更是将近八十万。

一百多万大军在这自古兵家必争之地再次逐鹿厮杀,一场生死对决即将上演。

黄百韬第七兵团驻扎在宿北县新安镇及其周边地区。新安镇是座历史悠久的古城,东周时期是钟吾子封地,曰"钟吾国"。清道光、咸丰年间,新安镇更是鼎盛一时,城郭沿河而筑,主街长约四华里,店铺林立,商贾云集,仅仅来自山东青州、济宁、聊城一带的商人就在此开办了一百多家店铺,宛如苏北"小江南"。

新安镇自然条件优越,为苏北门户,距徐州、海州、临沂、淮阴四地均约一百公里,襟黄海而带运河、依中原而临江淮,以其优越的地理位置成为千秋干戈之地,是兵家必争的战略要隘。驻扎于此地的黄百韬十万大军,倚仗东陇海线,成为苏北鲁南的巨大军事屏障。

考虑到新安镇易守难攻的地理位置,中央军委和毛泽东在制订淮海战役作战方针时就强调:"本战役第一阶段的重心,是集中兵力歼灭黄百韬兵团,完成中间突破,占领新安镇……"为实现这个目标,解放军部署了十个强有力的主力纵队,对新安镇守敌实施分割、包围、监视、阻援等,就此揭开了淮海战役的宏大序幕。

华野司令部按照原定作战计划,率领数十万大军,向鲁南地区敌军阵地进发。战役首先在山东郯城打响。华野命令鲁中南纵队、滨海军分区及地方武装联合攻打郯城县城。而就在郯城之战如火如荼地进行时,七纵、九纵、十纵、十二纵、十三纵等其他部队则从赣榆、临沂、单县地区出发,以新安镇为主要目标,一边向南推进一边完成阻援的任务,尽量牵制周边的国民党部队,防止他们向郯城增援。

"做戏要做全套",为了迷惑徐州之敌,解放军在徐州周边也实施了佯攻。同时为了支援华野围歼黄百韬兵团,中央军委指示其他部队紧急调动布防,牵制徐州以南、以西向徐州方向增援的国民党军队。

三纵和驻守在鲁西南的两广纵队向驻扎在徐州以西的邱清泉兵团发起了"猛攻"。

六纵向马头及沂河南北两岸的敌人发起了"大规模"进攻。

七纵向枣庄、峄县地区进发。

十纵于11月6日沿津浦路急行军南下,以二十九师作为前锋,在徐州北向临城、韩庄地区的守敌发起攻击。

在获悉海州李延年部将由陆路向徐州撤退的绝密情报后,华野立即命令淮海军分区部队迅速向新浦、海州挺进,待敌人一撤,立即入城,控制海州并布置好海上警戒。

7日,中野在张公店地区向国民党军第一八一师发起攻击。

8日,在徐州贾汪一带的国民党第三"绥靖区"五十九军和七十七军两万多人起义,北撤至临城,打开了徐州东北部的重要门户。七纵、十纵和十三纵顺利占领临城、韩庄、沙沟、利国驿、贾汪、柳泉、茅村等主要城镇,接着横渡运河,形成了兵临城下、虎视徐州的有利态势。

从11月6日开始,徐州"剿总"司令部内就显出一派"繁忙"景象,刘峙办公室的电话响个不停。

"刘总司令,我是邱清泉,我防区受到共军攻击。"

"刘总司令,我是李弥,辖区遭到共军的突袭。"

"刘总司令，我是黄百韬，郯城从傍晚起受到共军猛烈攻击。"

……

防守各地的国民党部队在解放军出其不意的攻势面前，纷纷向徐州"剿总"报告，都说遭到共军主力攻击，请求救援。刘峙惊得满头大汗，自言自语道："我分析得没错吧，杀猪进城，杀猪进城，他们果然冲着徐州来了。"

解放军制造的假象是全力围攻徐州，蠢笨的刘峙果然中计，笃信华野和中野两大主力必然会联合攻击他的老窝，因此在部下面前常常自诩前期对情报把握准确，分析到位。其实解放军分路进攻的消息都是真的，但打仗虚实结合，真真假假，郯城之战是真打，为了清除挺进徐州地区的障碍，解放军对郯城是志在必得，而其他方面的进攻其实是佯攻。就像人在遭受攻击之时，最自然的反应是收缩两臂，护头防胸，部队打仗也一样。为加强徐州护卫，刘峙一方面向南京国防部报告，声称"徐州告急"，一面急令离徐州最近、集结于曹八集地区的李弥兵团迅速向徐州收缩，已向蒙城地区开拔的孙元良兵团中途折返，其余各兵团也都根据命令尽快向徐州靠拢。

蒋介石和国防参谋部作战厅面对共军"全面开花"的攻势，不能确定共军主力到底指向何方，因此在部队调度上迟疑不决，这为华野和中野实现作战意图提供了机会。

中计上当的不仅仅是刘峙，蒋介石、何应钦、顾祝同等发现华野、中野重兵"围攻"徐州的企图时，同样决定放弃徐州以西防区，紧缩防线，把邱清泉二兵团、刘汝明第四"绥靖区"和孙元良的十六兵团东调，巩固徐蚌防线以确保徐州安全。

面对解放军的突然大规模进攻，国民党部队各兵团也是洋相百出。邱清泉第二兵团原来驻防在徐州以西，山东河南交界的菏泽、开封、商丘一带。邱清泉此人身为兵团司令，却守旧迷信，从心里一直不愿在那一带驻防，因为商丘的"丘"与他的姓"邱"谐音，商丘就是"伤邱"，弄不好还会"丧邱"，为此曾多次找理由要求换防别地，终没能如愿。这次解放军采取佯攻策略，邱清泉正好找到了借口，他立即命令部队向徐州收缩。

抗战结束后，邱清泉为博得蒋介石宠信，不但对蒋言听计从，打起仗来更是像个"疯子"一样不要命，对解放区疯狂噬咬，解放军对其深恶痛绝、恨之入骨。这次终于等来了机会，中野岂能善罢甘休，誓言要好好教训一下不可一世的"邱疯子"。在撤退的队伍里，邱清泉第二兵团第五十五军的一八一师落在了后面，11月6日，当他们逃到马牧集、牛王岗之东南十余里张公店时，被中野一纵和华野三纵从西北两面追了上来。杨勇一纵和孙继先三纵实行迂回穿插战术，截断了他们逃跑的路线，7日拂晓前将一八一师部及五四一团、五四三团围在了张公店、张阁庄一带。

一八一师师长米文和被围后,率部龟缩在张公店及以东的胡楼、东北的马庄、寺前头、东魏庄,南边及东南的张阁、时庄、小张庄、胡庄等方圆几公里的八九个村庄里。米文和把他的指挥所临时安置在张公店小学,随即命令就地深挖战壕,构筑工事,意图负隅顽抗。7日上午当米文和发现被解放军重重包围突围无望后,立即发电报向邱清泉求救。发出去的两封电报均泥牛入海,米文和恼羞成怒,气急败坏地边骂边对发报员吼道:"继续发,直到'邱疯子'回复为止!"又连发两封加急电报后,终于盼来了邱清泉的回复。但他怎么都没有想到,电报只有四个字——"固守待援!"看到置一八一师于死地而不顾的四字电报,米文和绝望地拍桌子摔茶杯,破口大骂邱清泉不但是个"疯子",更是个"骗子"。

米文和骂邱清泉是"骗子",绝非空穴来风,里面还有故事。一八一师原属于刘汝明第四"绥靖区"序列,因刘汝明与第三"绥靖区"司令官冯治安暗中勾结,想据守徐州保存实力,此事被保密局特务暗中获悉,立即上报南京保密局和国防部,蒋介石知道后大发雷霆,立即将刘汝明部调离徐州,前往蚌埠一带待命。为了削弱刘汝明兵团的兵力,蒋介石还暗地里指示邱清泉拉拢贿赂一八一师师长米文和,让他"自愿"留在商丘一带驻防,归邱清泉节制。倒霉的一八一师,在寡头大佬们手中无非就是一颗可以随意摆布的棋子。

米文和事先不清楚的是,一八一师之所以陷入困境,完全是中了邱清泉的圈套。在作战会议上,邱清泉再三赞许一八一师"作战勇猛,善于防卫",实际上是有意让他们殿后掩护自己的直属部队撤退。等到米文和明白了这一点,为时已晚,他也只能捶胸顿足,狂骂"邱疯子"阴险狡诈,让一八一师做了冤大头。其实邱清泉有一点说的还是实情,即一八一师的确是支战斗力较强的部队,尤其善于阵地防御,长于在平原地带构筑工事,凭借阵地火力防守并实施反冲锋。以前,米文和带领一八一师曾经两次与解放军遭遇过,虽被重创,但他都在关键时刻得以侥幸逃脱。

陷入中共部队包围圈中的米文和依然相信自己吉人天相,能逢凶化吉。他在动员会上用《孙子兵法》中的"投之亡地而后存,陷之死地然后生"的名句鼓励部下,决心利用村庄围挡优势与共军决一死战。

两军对垒,相对来说解放军方面处于劣势。张公店一带是平原,除了村庄,村外都是大片的庄稼地,连个山丘土堆样的掩体都没有。指挥战斗的中原野战军一纵司令员杨勇经过考虑,命令部队白天挖战壕,围而不打,养精蓄锐。7日晚九点半,杨勇一声令下,一纵从东、南、西三面向一八一师发起了攻击。

战斗打响后,一纵一旅在张公店西北方向,旅长李志平下令一团向小李庄攻击,二团向付堂村攻击,三团在南面进行阻援,防止张阁村之敌前来增援。一团组织了几次冲锋，一八一师凭借战壕优势，进行了顽强的抵抗，几次进攻都不见成效。于是李志平调集火力，朝着一个方向猛轰，趁硝烟弥漫之际突破了几米宽的壕沟，终于打开了一个缺口，半夜时分一团率先突破小李庄，歼灭敌人一个连的兵力，突击到张公店附近。

李志平和刘占理是昕昕中学三班的同班同学，也是杨云枫篮球场上的对手。当年毕业之后，回到老家萧县不久，昕昕中学的宋老师就把他的材料通过地下组织传给了萧县中共组织，把他作为进步青年列为中共地下党争取的对象。通过一段时间的接触和培养，李志平被吸收入党，并逐步成长为当地地下组织领导的抗日武装的领导人。抗日战争结束后，李志平率领的地方武装被编入正规部队，经过几年出生入死的磨炼，他本人成长为晋冀鲁豫野战军的一名旅长。

一团团长把两个看起来像军官模样的俘虏拉到了李志平的跟前，经过突审，两个俘虏交代了一八一师师部、炮兵营和五四一团驻扎在张公店，五四三团驻扎张阁庄、时庄。李志平如获至宝，立即将此消息报告给司令员杨勇。擒贼先擒王，杨勇下令集中精锐兵力进攻张公店，拿下一八一师师部。

一旅主力攻击张公店西门至北门之敌，以一部分兵力监视张阁庄之敌，防止他们前来增援；以二旅主力攻击张公店南门至东门之敌，以一部分兵力包围时庄、小张庄之敌。在华野孙继先三纵、中野陈锡联三纵等配合下，一旅一团从西寨门北侧，二团从西寨门南侧，二旅四团从北寨门同时发起了攻击。

一、二旅奋勇突进，在付出极大伤亡后，攻入了寨墙。米文和指挥部队一次次进行反扑，企图把突入的解放军赶出去，一纵战士誓与阵地共存亡，接连打退了敌人的四五次反扑，战斗进入白热化状态。8日晨，增援部队抵达后，终于把敌人压缩到了村子的东南角。

8日上午十一时，司令员杨勇下令发起总攻。米文和孤军死守，部队伤亡惨重，自知无法坚持，决定采用过去的一贯伎俩，趁最后防线没有被对手攻破之前，悄悄逃离。米文和化装成拾粪的老农，左胳膊挎个筐子，右手拿把铁锹，和两个同样装扮的人一道不慌不忙地向村外田野里走去。他们刚出村没走多远，被守点的一纵士兵们发现。巧合的是，这几位士兵都是从农村出来的，看到眼前的景象感到很是奇怪，农村老汉外出拾粪，为了多抢一泡屎，一般都是一个人悄悄出村，不可能几个人一道去找活。况且附近几个村庄都在打仗，枪炮声不绝于耳，老百姓早都躲起来了，哪有这个时候还冒死去拾粪的。

"站住！"一旅阵地上，战士们大声喊道。

米文和随从装作若无其事的样子，企图蒙混过关："长官，俺老汉出来拾粪也不行啊？"

"行是行，但是我们要例行检查一下。"几名战士提枪一起围了过来。

"把你们的右手伸出来给我们看看!"

无奈之下,米文和与两个随从极不情愿地伸出了手。其他两人伸出的是右手,只有米文和伸出的是左手。一旅战士挨个检查,轮到米文和时,见他伸出的是左手,一下把他的左手打了回去,大声说道:"你分不清左右手啊?"检查完米文和的右手,一名战士看出了端倪。

"你们三个不是拾粪的,统统给我举起手来!"一名战士大喊一声,几支枪同时对准了米文和三人。

"共军兄弟,行个方便吧,放我们一条生路!"见伪装被识破,其中一个"老汉"从粪筐中掏出三条"小黄鱼"递了过来。

"收起来,解放军不吃这一套!"

几个人被带到临时指挥所后,李志平挨个看了看三人的手,然后笑着对米文和的两个随从说:"你俩知道为啥会暴露吗?听我给你们唠叨两句,咱们都是抱枪打仗的,军人的手和老百姓的手不一样。你们两个右手食指上有老茧,这是长期扣扳机磨出来的,说明你们过去当过兵,但你们手上的老茧现在不硬了,说明你们好几年没再摸过枪了!不摸枪干啥去了?当官了啊!"

李志平说完,两个人耷拉下了脑袋。

走到米文和面前,李志平同样笑着说:"你这个人更特殊,你的手和他们两个不一样!"

米文和听到这句话,浑身打了个冷战。

"第一,你的左右手不一样,左手绵软,几乎没什么茧子,但右手粗糙,老茧密布,庄户人干活不可能只用右手,所以你不是农民;第二,你的右手和别人又有不同,你不光食指有茧,手掌上也有茧。有经验的人一看,这是长期使用手枪,准确地说是使用勃朗宁手枪留下的印迹。在部队里能用上这种手枪的可不是一般人,最起码也是旅长以上的官,不知我说的对不对?"

听完李志平的话,久经沙场的米文和满脸虚汗,杵在原地一句话也说不出来。

见纸里包不住火,三人只得交代了各自的身份——一八一师中将师长米文和、少将师参谋长董汝桂和少将参议张述文。

上午十一时,总攻开始后,一旅李志平指挥一团主力由西向东,二团主力迂回到小学南侧,由南向北,七团三营在一、二团之间的东南侧攻入,先集中炮火向敌师部轰炸,枪炮声震天,喊杀声不断;二团用炸药包炸开院墙,首先突入院内,接着一团、七团等也陆续突入,手榴弹的爆炸声、枪声吓得敌人不知所措,他们大喊着"不要开枪,我们投降"。在"缴枪不杀""解放军优待俘虏"的呐喊声中,一八一师残余人员高举双手从墙角、从掩体中慢慢地走了出来。其余向张阁庄逃窜的残敌在一旅三团、二旅四团等截击下,于张公店与张阁庄之间的野地里悉数被歼。

国军一八一师部与五四一团被歼后,驻守在张阁庄的五四三团也预感到了末日即将来临,惶惶不可终日。一旅二团已经把他们围了个结结实实。打也打不过,逃也逃不走,只有投降一条路,可又不甘心,五四三团便提出有条件投降。

五四三团团长胡树基派老乡送出一封信来,说:"我们准备投降,望贵军停止攻击……请求保证官兵生命安全,不侮辱人格,掩埋死者,医治伤员。"李志平看过后答复:"命令你们迅速缴枪,不得拖延时间。""必须保证不破坏任何武器。"

下午四点多,胡树基又派两个传令兵向李志平提出想法:把枪放在村内,队伍成两路纵队,高举双手走到村外集合。并要求中共部队后撤五十米。李志平同意了他们的投降方式,但对部队后撤五十米的要求严词拒绝。

时间过去一个多小时,村口仍然没有动静。

李志平见五四三团迟迟不肯投降,估计还有拖延待援的幻想,于是立即报告了司令员杨勇。杨勇立即找到米文和,说明我党的政策,让他给胡树基写信,敦促五四三团立即投降,否则,将就地歼灭。

到了这个时候,米文和知道五四三团继续抵抗无异于以卵击石,所以乖乖地写好信让自己的副官送过去,李志平派团长晋士林陪同前往。晋士林进入五四三团阵地后,向他们阐明解放军部队政策,一贯优待俘虏,尊重人格,不打不骂,希望他们尽快放下武器,不要再与人民为敌。同时,严正声明,解放军已经把这里重重包围,攻陷张阁庄是易如反掌,劝诫他们不要自取灭亡。

心存一丝幻想的胡树基仍然犹豫不定。

"我说胡兄,你是团长,我也是团长,团长干啥的?带兵打仗的。打仗靠个啥?一要有上峰指挥,二要有友军帮衬支援,可你们现在呢?上面指挥的米文和、董汝桂和张述文被我们抓住了,左右帮衬支援的五十一团被一个不留地歼灭了,这仗还能打吗?识时务者为俊杰,你不能榆木脑袋一个呀!"

晋士林入情入理的劝说终于起了作用。当天下午五点,五四三团全体官兵在团长胡树基带领下缴械投降。

新华社11月11日发布了"淮海地区战役开始,全歼商丘逃敌一个师"的消息,公布全歼敌五千六百余人,其中毙敌一千六百余人,俘敌师长米文和及部下四千余人,缴轻重机枪一百六十挺,炮三十七门,长短枪一千八百七十余支,子弹三十余万发及其他大批军用物资。

看到这些消息,刘峙气得拍着桌子大骂了十几分钟,司令部内的大小军官个个吓得魂不附体。骂完之后,刘峙一屁股坐在椅子上一言不发——不祥之兆啊,"徐蚌会战"刚刚开始几天,何基沣、张克侠临阵倒戈不说,北面黄百韬兵团就损失了王洪九部,西面邱清泉兵团损失了一八一师,这仗怎么打啊!此时,他唯一期盼的就是杜聿明赶快从东北回来,把担子一交,就没他刘峙什么事了。

杨勇一纵取得胜利的消息传到了华野司令部,得知自己的老同学李志平在这场战斗中拔得头筹,智捕米文和后,杨云枫兴奋不已。他告诉粟裕代司令员说:"我这位老同学李志平虽然篮球打得不怎么样,但现在看来,这家伙擅长识手掌看面相,等今后淮海战役胜利了,说不定戴个'二饼',举个白旗,到大同街或者二马路去当半仙挣大钱呢!"

粟裕说:"我去算卦,你这位老同学一定收全价,你杨云枫去,可就要收半价了!"

杨云枫回答:"这家伙,毕业时他们班最后一场篮球赛输给了我们,脑子里都记着账呢!他给我算卦,不但不会半价,一准翻倍。"

"原来是这样,君子报仇,十年不晚。你找个老仇人给自己算卦,双倍不多!"粟裕幽默地说。

说完,两人一起哈哈大笑起来。

17

入秋以后的苏北平原,一天凉过一天。

不知是受凉还是饮食不适,抑或大战来临前过于殚精竭虑,第七兵团司令黄百韬一直身体不好,疟疾始终未愈。饭吃不下,外加闹肚子,人逐渐消瘦下去,谁见了都说黄司令憔悴。

作为华野粟裕的老对手,黄百韬早在济南战役之前就对国共双方的兵力非常清楚。当时济南守军有十万四千人,依仗济南城坚固的城防,黄百韬本以为中共部队啃不下这块硬骨头,退一步讲,就是不计血本能拿下来,也一定是一两个月之后的事。可他万万没有料到,中共只用区区八天的时间,就以摧枯拉朽之势拿下了整座济南城。稍微有点头脑的人都能看出,当前中共部队的战斗力比国军高出不止一点两点,沙场悍将黄百韬历经百战,自然比一般人更清楚这一点。济南失守后,他在收音机里收听中共中央发给华野的贺电,当听到济南的攻克"证明人民解放军强大的攻击能力,已经是国民党军队无法抵御的了,任何一个国民党城市都无法抵御人民解放军的攻击了"这句话时,黄百韬的心怦怦直跳,几乎要窒息,急忙关掉了收音机。

济南战役之后,驻扎在新安镇远离徐州的黄百韬一直惴惴不安。他有种强烈的预感,中共华野攻下济南后,不会裹足不前,肯定要乘胜追击,下一个目标很可能就会冲他而来。黄百韬这样想，绝非是凭空妄断，而是做过详细的研究分析的。明眼人一看便知，徐州城和周边集结着重兵，攻打徐州绝非易事，而第七兵团驻守的新安镇离徐州较远，站在对手角度上，打新安要比打徐州容易得多。一旦华野真要集中兵力攻打新安，他黄百韬第七兵团孤军迎战，必然一败涂地，甚至有可能全军覆没。因此，黄百韬最早向徐州"剿总"提出了向徐州收缩的请求，可是国防部和徐州"剿总"一直犹疑不决，没有明确表态，内心忐忑不安的他也只能在等待中煎熬。3日，黄百韬再次向刘峙申述自己的意见，主张"以徐州为中心，集结各兵团在东、西、南、北方向备战，挖筑深沟高垒，各兵团相互衔接，不露出任何破绽，并在固守的基础上，寻机实施攻击"的"乌龟战法"。两天后，顾祝同总参谋长亲临徐州召开会议，决定兵力向徐州收缩，黄百韬心中大喜，终于等来了救命稻草。

5日徐州会议结束后，黄百韬立即赶回新安镇开始部署西撤事宜，恨不得一夜之间就把全部人马搬到徐州去。

在这危急存亡之秋，新安俨然是狂风暴雨中的一叶孤舟，说不定一阵狂风吹来就船覆人亡了。黄百韬不由得暗自感叹：总算可以脱离这是非之地了。

"叮铃……"6日上午，黄百韬办公桌上的红色电话机骤然响起。这是上级来电的专用电话机。

"喂，我是黄百韬，请刘总司令指示。"

"焕然，我是刘峙，撤退徐州事宜准备得怎么样了?"

"报告刘总司令，万事俱备，就等您的命令了!"

"焕然，好事多磨啊，刚接到顾总长指示，要你们掩护第九'绥靖区'李延年部撤退。四十四军原定从海上撤退的，由于船只不够，大部分人马现在改为从陆路向徐州撤退，告诉你个好消息，经过我争取，顾总长同意回到徐州后四十四军就划归你七兵团来指挥。"

"啊!"黄百韬电话里惊叫了一声，他没有料到制定好的计划说变就变。

"四十四军从海州到新安，估计最多一天时间就足够了，你现在正好抽空想想，等他们入列以后，怎样发挥他们的作用!"

"是! 卑职一定妥善部署!"黄百韬回答。

黄百韬是个精明之人，放下电话，脑瓜立马转个不停。等待四十四军过来，好处是自己的队伍壮大了，第七兵团原本已有六十三军、六十四军、二十五军和一〇〇军这四个军在列，如果再加上四十四军，就有五个军约十二万人马了，这和中央军嫡系重兵兵团的规模相差无几，"韩信将兵，多多益善"，兵强马壮对任何一个指挥官来说都是好事。不利之处是为了这个四十四军，他黄百韬需要调整自己已经计划好的部署,不能立即撤往徐州,还要在新安等上一段时间。

权衡利弊之后,喜忧参半的黄百韬还是选择了乐观。用一两天的时间等来一个军的兵力是桩划算的买卖,说不定这也是上苍对他这么多天提心吊胆的一个回报啊!

精明的黄百韬这次失算了。

用兵之道讲究"兵贵神速",既然决定撤退,况且自己也预见到了威胁,那就要争分夺秒,不惜一切代价迅速行动。可是贪心的黄百韬却抱着侥幸心理,觉得华野部队不会快速赶到,还有充裕的时间实施撤退。谁知这一等,风云突变,纵有十二万大军,黄百韬却再也无力扭转局面了。

黄百韬是广东梅县人,却舍近求远投靠奉系,错过了大名鼎鼎的黄埔军校。因此一直不属于蒋介石的嫡系人马。黄百韬自知没有靠山日子艰难,只有靠战功才能谋取信任站稳脚跟,所以在行伍生涯中,战则争先,退亦谨慎,拼死搏杀,逐渐以显赫战功取得顾祝同乃至蒋介石的信任。在"皖南事变"中,他帮助顾祝同出谋划策,积极围剿新四军主力,立下了汗马功劳。抗战结束后,他对苏北解放区发动猛烈的进攻,先后攻占泰县、高邮、宝应、盐城和阜宁,充当了蒋介石灭共剿共的急先锋。在国共双方大决战中他更是"一马当先",在胶东扫荡、孟良崮战役中都有不俗表现,尤其是豫东会战中从华野重兵包围中救出整编七十二师,因此役获得青天白日勋章,并被蒋介石破格提拔为陆军第七兵团中将司令官。

由此看来,黄百韬在国军中还算得上是个能征善战的将官。按常理,对他本人早就盼望的撤退应该运筹帷幄,积极准备才对。可大战中往往夹杂着偶然与巧合,不知什么缘故,在坐等四十四军到来的两天时间内,他竟无所用心,没有为接下来的大规模撤退做好充分的准备。最令人费解的是,运河上只有一座老旧的铁路桥,五个军加上各直属部队十二万人马,如此庞大的兵团都要经此迅速安全撤退,久经战阵的黄百韬居然没有想到让工兵在运河上架座临时浮桥。

由于车辆不足和道路拥挤不堪,四十四军从海州到新安的撤退举步维艰,行进极为缓慢。

11月7日凌晨,四十四军抵达之后,黄百韬才下令第七兵团按六十四军、兵团部、四十四军、二十五军和一〇〇军的顺序向运河西岸撤退。由于人众车多,又没有浮桥,十多万人马外加逃避战乱的大批百姓都只能借助唯一的铁路桥向西撤退,排队等候过桥的人马绵延十几公里,场面混乱不堪。

黄百韬来到现场一看,方知大事不妙。这个时候他才意识到前两天没有抓紧时间让工兵部队搭建浮桥是个致命的错误,可这时显然已经来不及了。在万般无奈的情况下,黄百韬只能下令让六十三军在新安镇掩护李延年兵团通过后就近赶往几十里外的窑湾镇,自行寻机渡河西撤。

这又是一个让黄百韬追悔莫及的决定。

黄百韬哪里想到，中共部队正在从北向南以猛虎下山之势包抄过来，巴不得黄百韬的部队分散行动，以便实施各个击破。黄百韬此时让六十三军孤军行动，无异于把一块肥肉送到解放军嘴边。

六十三军军长陈章，曾任该军第一五二师师长、副军长，在淮海战役之前的10月下旬才经粤军首领余汉谋推荐代替原军长林湛履职。林湛因身体有恙、性格优柔寡断等诸多原因不被信任，但临阵换将，六十三军上上下下都认为不是什么好兆头，就连黄百韬自己对此也不看好，说："战前换将，兵家所忌。"新任军长陈章上任后，一直忙于安插亲信，急于笼络各级军官，根本就没把心思放在考虑作战计划以及训练部队上头。另一方面，六十三军一直承担的是后方护卫任务，很少在战场上和对手硬碰硬直接作战，战斗力在第七兵团各军之中当属末流。

少谋寡断的陈章接到黄百韬的命令，没有做任何掂量盘算，只是盲目执行上峰命令，"让从窑湾过河就从窑湾过吧，不就是过条百米宽的运河嘛！"陈章此时根本没有料到，善打硬仗的华野部队离他只有几小时的路程了。

关于怎样渡过运河，颟顸无能的陈章根本没有与部下一起仔细研究窑湾镇的情况，便草率决定让一五二师四五五团先赴窑湾镇征集船只。如果船只不够就改为征集木料，搭建浮桥过河。可令他没有想到的是，四五五团到达窑湾镇前，当地老百姓早就闻风而逃了，寻遍整个镇子，只找到几只小木舟。而这时华野先头部队胡炳云十一纵的三十三师已经占领了运河西岸，构筑好了坚固的防御工事，正埋伏在河岸边的战壕里摩拳擦掌，守株待兔。四五五团团长是个比军长陈章更为草率鲁莽的人，决定派一个营强行渡河，可船只刚过运河一半就遭到华野部队的猛烈射击，狼狈涉水上岸的一部分人马立足未稳，就在强大火力下全部葬身河岸。随后，对岸的华野部队用重火力封锁河面，在缺少船只的情况下，六十三军强渡运河成了登天难事。

事态发展到如此地步，军长陈章仍然没有意识到六十三军即将面临灭顶之灾。按照计划，掩护李延年部安全撤退后，六十三军本来应于8日凌晨实施西撤。但不知什么原因，一直磨蹭到8日下午方才缓慢动身。此时的六十三军宛如一头盲象，既没有任何战前准备，也没有发布命令开到哪里宿营，只是闷头向窑湾方向进发。就这样，混乱不堪的六十三军抵达堰头村时，天已经黑了下来，只得就地宿营。这时，一五二师师长看到从窑湾强行渡河比较困难，建议部队向窑湾南急行军，避开窑湾镇，到达宿迁后再寻找合适机会强行快速渡河，但陈章不以为然，不假思索地拒绝了他的建议。

令陈章没有料到的是，他带领六十三军刚撤离两小时，华野部队就追到了新安镇。

按照中央军委原定的计划，华野攻击新安、阿湖、邳县、官湖、郯城、韩庄、台儿庄之敌的作战计划，与此同时，做好促使国民党第三"绥靖区"冯治安部起义，然后直插陇海路，切断国民党黄百韬兵团与徐州联系，阻击由徐州东援之敌的准备。

5日上午徐州"剿总"会议一结束，下午"黄蜂"就得到了情报并及时送了出去。淮海战役的第一目标就是消灭黄百韬兵团，现在他要撤离新安，情况发生了突变。于是，中央军委命令华野各部加快向南推进的进程。特别是7日收到"林木"获取的徐州"剿总"最新部署情报后，即命令所有南下部队日夜兼程，务必准时到达攻击位置。

接到中央军委命令的解放军各部迅速行动了起来。七纵、十纵、十三纵迅速南下，切断陇海路的东段，十一纵从宿迁北上，与江淮军区的两个旅一起，阻止邱清泉兵团向东驰援黄百韬。

经过马不停蹄的急行军，8日下午当华野先头部队以及杨云震火炮团到达新安镇的时候，却大失所望——新安镇是座空城，黄百韬兵团不见了。华野敌工部杨云枫在宿北县各集镇都派有侦察员，这些侦察员已获悉六十三军撤向窑湾，便迅速报告了杨云枫。杨云枫将获悉的情报向代司令粟裕汇报后，粟裕当即下令："追！"

华野先头部队在新安镇没有片刻休整，继续急行军，向窑湾疾速追进。饿了，啃一口干粮，渴了，喝口河水，鞋子破了，用绳子捆扎一下，很多士兵脚上磨出了血泡，用针挑破后用布条一裹继续前行。11月的苏北天气，冷风飕飕，但战士们个个嘴里冒着热气，额头都是汗津津的。路边的宣传员们打着竹板，给急行军的战士们鼓劲。

竹板一打震天响，
我们战士追击忙。
不怕苦来不怕累，
一气走上十多里。
黄百韬是真狡猾，
脚底抹油就想溜。
同志们，答应吗？
（——不答应！）
对，我们坚决不答应。
同志们，加把油，
追上黄百韬，
照腚一刺刀……

跨越百里的急行军,是华野部队的长项,任务紧急时每天可以走一百二甚至一百五十里。听说对手陈章的部队才离开两个小时,华野官兵个个信心百倍,铆足了劲要用最短的时间追上对手。果不其然,8日午夜追至堰头村时,先头部队就发现了六十三军的踪迹。

六十三军在堰头村及周边宿营,各团之间住得七零八落,一没有什么相互掩护的措施,二没有严密的警戒。华野部队夜里逼近的时候,疲于奔命的六十三军官兵们都在呼呼大睡,根本没有想到自己的末日已悄然临近。

华野九纵二十七师师长命令下属几个团从几个方向向六十三军包围过去,杨云震带领迫击炮营随行。寂静的冬夜,气温陡降,但二十七师的战士们感觉不到丁点寒意,急行军冒出的满头热气甚至能融化落在军帽上的一层厚厚寒霜。此时的堰头村,一片寂静。华野战士们黑夜中的悄悄移动声令村中狗儿感到了不安,警觉地"汪、汪、汪"大叫起来。

深夜村中的犬吠引起了陈章的警觉。他下令让参谋立刻核实四周警戒的情况,这一看方知大难已经临头,华野部队已经将整个村庄三面包围了。

慌乱之中,陈章下令东、南、北方向的部队就地展开并阻挡解放军的进攻,掩护主力向窑湾镇撤退。由于事发突然,又是在漆黑一团的半夜,遭受华野奇袭后,六十三军的抵挡和撤退毫无章法,且打且退,落荒而逃,殿后的部队损失惨重。

华野二十七师有备而来,挟雷霆之势,愈战愈勇,紧紧咬住六十三军不放。正在追击的时候,七十九团被一条七八米宽的河汊拦住了去路。连长命令赶快架设临时浮桥,一排三班抢到了这个任务,很快找来两架梯子和一些木板,把它们捆绑在一起放入水中。由于没有桥桩支撑极不稳定,班长马选云上去试了试,身子一晃就翻到了河里。怎么办?前方敌人已经占领了渡口,正在组织火力,如果他们站稳脚跟,下一步渡河将更加困难。面对幽幽河水,副排长范学福和马选云毫不犹豫纵身跳进冰冷的河中,大喊一声:"来啊,没有桥墩我们当桥墩!"说完两人就用肩膀扛起了梯子。随后,彭启榜、宋协国、杨玉艾、潘福全、杨学志、孙克潘、孙学赞、孙书贤等八人同样不顾河水冰冷刺骨,纷纷跳入河中。瞬间,一座用十个铁汉的腰身支起的浮桥稳稳地铺在了河面上,追击部队迅速从桥上通过……十个人站在冰冷的河水中,冻得直打战,他们唱起了军歌,呼起了口号。杨云震带领的迫击炮营携带的炮管、炮架、炮弹等都是重武器,怕他们经受不住,正犹豫时,范学福冲着杨云震高喊:"没问题,快过,抓紧时间,追击敌人要紧。"就这样,十名钢铁战士硬是咬牙坚持让一个营全副武装渡过了河。11月26日,新华社随军记者黎明在《大众日报》上刊登了一篇题为《十人桥》的通讯,"十人桥"

的感人故事迅速传播开来。

由于渡河及时，二十七师粉碎了六十三军利用河流屏障在河对岸坚守的图谋，重挫了敌人的后卫营。9日拂晓，堰头战斗结束，歼敌二千余人，俘获敌人一千三百余人。之后，华野一纵继续追击到窑湾，把六十三军主力团团包围在了窑湾镇。

陈章率众退到窑湾镇后，立即向黄百韬报告，黄百韬指示他们穷尽一切办法过河，尽快向徐州撤退。如果实在不行，只有固守待援。对陈章来说，他何尝不想尽快过河，可是河对岸已经被共军占领，后面又有追兵，如坐针毡的他恨不得插翅飞过去。一向自以为是且毫无谋略的陈章这下才真正着急了。

几次尝试渡河突围均以失败告终后，眼见无计可施，陈章只有选择固守待援，命令部队不分昼夜地加修工事。窑湾是西邻运河北靠沂河的一个古镇，地理位置比较独特，南、西、北三面被运河包围，东面有一道三四米高的围墙，墙外有断续外濠和水塘相连，早些年间，日、伪曾在这里修筑工事，如果人员和弹粮充足的话，外面的人要想攻进来着实不易。

对陈章来讲不幸的是，窑湾镇的百姓基本上跑光了。六十三军没有提前做好行军粮草的准备工作，本想一路走一路征集，他们逃到窑湾镇后，绝粮断炊，饥寒交迫，使这个以广东人为主的部队士气更加低落。

杨云枫派出的侦察员早把六十三军的境况摸得一清二楚。杨云枫把情况汇报给了粟裕代司令员。粟裕告知华野一纵，此时的六十三军虽然士气低落，军心动摇，但受反动宣传毒害较深，不了解我军俘虏政策，有可能负隅顽抗，所以要灵活地把军事打击和政治争取结合起来，不给敌人任何喘息的机会。

10日拂晓，华野一纵在炮火配合下一点点突破，逐渐肃清外围，把包围圈慢慢向内压缩。敌人惧怕被歼，只能龟缩在镇内，不敢妄动。华野一纵首长命令轮番喊话，宣传俘虏政策，敦促他们投降。他们还给陈章写了一封信，派侦察员化装成当地的老百姓送进镇内。

"陈军长：我部已完全包围窑湾镇，将军绝无突围可能。黄百韬所部亦被我军牵制，自身难保，无力施以援手。另卫立煌的四十七万部队已被我东北野战军全歼，而华北傅作义集团六十万人亦在我东北、华北野战军的夹击下，困守孤城，一筹莫展。刘峙据守徐州，虽拥兵十余万，但将帅无能，各自为战，毫无斗志，在华野、中野的联手攻击下必然土崩瓦解。望将军认清形势，放下武器，勿与人民为敌，做无谓之抵抗。"

陈章看过信后，良久不语，最终还是不甘心被俘，决定负隅顽抗，等待救援。其间，刘峙派来三架飞机数次向六十三军阵地空投粮食和弹药，饥寒交迫的六十三军士兵不顾危险，拼死争抢。因为敌人的阵地逐渐缩小，很多物资投到华野阵地上，一纵战士们高兴地说："刘总司令真讲究，感谢感谢，多多益善！"

时间到了11日下午四点半,按照作战部署,华野一纵集中炮火向六十三军主阵地及军指挥所实施炮火打击。一时间,窑湾镇硝烟弥漫,弹片横飞。担任主攻的二团二连迅猛异常,趁着敌人被火力压制的当口,快速突破,炸开两道鹿寨和围墙,从小东门打开了突破口。陈章火急火燎地组织力量猖狂反扑,企图堵上缺口,但半个小时内三次反冲锋接连被打退。缺口成了进攻的通道,华野一纵经由这个突破口向纵深攻击,二团二连的官兵们率先冲了进去,二连也成了"窑湾战斗第一大功连"。

　　与此同时,华野一纵北面和南面的两个师也与六十三军展开了殊死搏斗,但因地形复杂,敌人据险阻击,几次突入并未成功。小东门被打开后,部队改由小东门进入,再向北向南突破。一时间,整个窑湾镇杀声震天,在火炮和炸药包的隆隆爆炸声中,华野一纵和国民党六十三军展开了巷战,逐巷逐院逐屋争夺拼杀。

　　双方酣战至午夜,六十三军军长陈章躲藏在一个高墙大院内,由远及近的喊杀声已经传到了耳中,他预计要不了多久,解放军就会逼近这里。陈章见等待救援无望,便带着警卫向运河边逃跑,准备伺机偷渡运河。谁知刚逃到河边,就被发现。两名一纵战士大喊:"缴枪不杀!缴枪不杀!"走投无路的陈章佯装投降,伺机拔枪还击,被解放军识破后连开数枪,当场毙命。

　　刚当一个多月军长的陈章就这样魂断窑湾。杨云枫得到陈章被击毙的消息后,感慨地对手下人讲:"'祸兮福所倚,福兮祸所伏',不知道刚被换掉的林湛听到这个消息该作何感想啊!"

　　12日拂晓,窑湾战斗胜利结束。

　　此时的窑湾古镇,尸横遍野,血流成河。黄百韬部六十三军全军覆没,华野共歼敌两个师五个团一万三千多人,给予了敌第七兵团沉重一击。窑湾之战是继歼灭一八一师后的又一个大胜利,为华野完成淮海战役第一阶段的作战任务创造了极其有利的条件。

18

　　"人是铁,饭是钢,一顿不吃饿得慌,三天不吃见阎王!"

　　"倾家荡产,支援前线!"

　　"小推车,吱吱响,先送粮,再运伤,来来回回支前忙!"

　　"小推车,可不轻,一头搁白面,一头撂炮弹,白面送给解放军,炮弹用来打坏蛋!"

　　淮海战役打响后,随着作战规模持续扩大,民工支前队伍的任务也在不断加码,由最初的运粮食到后来运弹药、运伤员等。民工们来来往往穿梭于前线,每一项任务都要冒一定的危险，所以杨云林经常教育大家要学会自我保护，他一心想着把大家齐齐整整地带出来，也要把他们平平安安地带回家，把儿子还给父母，把丈夫还给妻子。

在作战部队急行军时，民工支前队伍也跟随部队一同前进。小推车上装的是小米、高粱等粗粮和小麦面、大米等细粮。这是作战部队的口粮，所以要随军前行，就像流动的"粮仓"，便于随时随地埋锅做饭。一旦部队进入阵地开始打仗，支前队就赶快把粮食卸下来，小推车、担架等立马就变成了运送伤员的工具。

为了阻止解放军南下的步伐，敌人出动了不少侦察机和轰炸机。一旦侦察到地面有成群结队的人马在移动，不管是军队还是平民，马上实施狂轰滥炸。

为了保密和安全，支前队伍经常昼伏夜出，抄小道，走夜路。独轮车装上三到四麻袋粮食，行军时就会发出"吱吱"声，几十辆乃至上百辆独轮车走在一起，"吱吱"声形成了合奏，几里外都能听得见。高队长发现这个问题后，命令所有的队员都要在车轴上滴上豆油，尽量保证支前队伍行进途中悄无声息。

云林带领的队员们最喜干硬的道路，最愁雨天路滑泥泞。在晴朗的月明之夜，行走在平坦的小路上，第五中队的老少爷儿们撒开双腿一溜烟地奔跑，上百人的队列没有一点喧哗之声，只有沙沙作响的脚步声。第五中队的独轮车一辆跟着一辆，宛如蜿蜒前行的长龙，一夜之间就能走上百十里。如果碰到阴雨连绵的天气，队员们可就要吃苦头了。小车每前行一步，队员们都要弯腰蹬腿，使出吃奶的力气。脚上的鞋子浸在泥水里，经常拔不出来。有时急着赶路，竟不知道鞋子啥时不见了，走出几丈远后才发现，只得转身回去在一个个泥窝里扒着找鞋子。大部分队员只带一双布鞋，穿着布鞋在泥水里走不上十里八里路，布鞋就会开线。棉线缝制的布鞋一旦脱帮，再想缝上就相当困难。为让布鞋能穿久一点，云林发明了一个方法：晴天时，就用麻绳捆住鞋子，这样走起路来连"沙沙"的脚步声也没有了，大家都称之为"安全草鞋"；遇到雨天，走在最前头的云林干脆就脱掉布鞋，插在裤腰带左右两侧，赤脚赶路，同样没有了"沙沙"声，大家纷纷效仿，戏称为"安全皮鞋"。雨天行军，队员们怕泥泞的道路，更怕的是遇到大坎深沟。一次队伍过一道四十多米长的深沟，一个叫龚三的队员下坡时不慎滑倒在地，脱把的独轮车像脱缰的野马一样哧溜到了沟底，把前面正在弓腰推车的文华撞飞出去五六米，昏迷快半个钟头才苏醒过来，把高队长和云林吓了个半死。独轮车下坡还算容易，上坡就难了，非得三五个人合力将小车抬过去，一辆车折腾半个钟头是常事。过了沟，每个队员顾不上片刻喘息，必须撒丫子奔跑，否则就会掉队，跟不上前面的队伍。

第五中队支前队员们就这样克服千难万险，把成千上万斤的给养运上前线，又把成百上千的伤员运回后方，虽然疲惫不堪，但还算顺利和太平，直到一天出了大事。

这天,高队长领着云林的第五中队正随部队急行军,追赶从新安镇逃往窑湾的敌人。五十多岁的他和大家一样单独推着一辆独轮车,两顿饭没顾上吃了,走在路上摇摇晃晃。他实在太饿了,便拿出随身携带的煎饼准备啃上一口,可体力透支的他手抖动得厉害,送到嘴边的煎饼掉在了地上,沾满了黑乎乎的泥巴。云林看到后,主动掏出自己的煎饼递上去,高队长却笑着说:"你的不好吃,我的蘸了盐豆酱,好吃!"说完,捡起地上的煎饼,用手掸了掸,两三口吞了下去。

云林望着年长的高队长,心里有说不出的滋味。

下午,天忽然阴沉下来,黑云密布,北风呼号。高队长眼看天要下雨,急忙叫来云林、文华几个人,让他们下到队伍中通知大家采取措施把运送的粮食保护好。

云林从队伍前头走到队尾,一个个招呼大家:"天快要下雨了,赶快把防雨的家伙拿出来,把粮食盖上,不要淋了,战士们还指望吃了这些粮食打胜仗呢。"

云林说完,队员们把准备好的雨布、蓑衣等拿了出来,把车上的粮食捆扎盖严。当看到杨全英盖粮食的东西不够用时,云林毅然脱下身上的蓑衣和棉袄帮他盖好,自己穿着单衣顶风冒雨继续推车前进。

支前队伍刚出发的时候,队伍里只有高队长等几个共产党员,他们通过谈心、开会和座谈等方式经常给大家宣传革命思想,云林、文华、栓柱等一批人提出了入党申请,被支前大队列为重点培养对象。经过半个多月的考察,杨云林经过批准火线入党,成了队伍的领头羊。

走在凛冽的寒风中,云林推着装满粮食的独轮车一直不停地奔跑,奔跑过程中,身上热气腾腾,可一旦停下来,身上便立即冻出一层鸡皮疙瘩,通红的皮肤变成了紫褐色。队伍里像云林这样的人不止一个,他们也都把身上的棉袄和蓑衣脱下盖在了粮食上。虽然小伙子们身强力壮,毕竟穿得太单薄了,三五里地后,个个脸冻成了紫茄子。高队长看在眼里疼在心上,一琢磨,便想出了个法子为他们驱寒。

"我给大家讲个故事好不好?"高队长说。

一听说有故事听,大家都非常兴奋,齐声答道:"好!"

高队长说:"就讲个《西游记》里西天取经过火焰山的故事吧。"

"话说唐僧带着三个徒弟和白龙马去西天取经,有一天来到了火焰山边,到处都是火,太热了,燎得人不敢靠近。孙悟空一个筋斗翻上云端,搭眼一看,乖乖,这山大得不得了,整整方圆八百里,心想,八戒要是走进去,一会儿不就变成烤香猪了?"

"哈哈",大家一起笑了起来。听着故事,想象着那方圆八百里的火焰山,队员们心里仿佛暖和了许多。

"孙悟空使劲去吹，谁知越吹火越旺，一不小心把身上的猴毛燎去了一片。没办法，他用金箍棒使劲捣捣地，大声喊道：'土地老儿，赶快滚出来。'土地公公战战兢兢一溜烟到了他跟前，悟空问：'对付这个火焰山有什么好办法？'土地公公赶忙说：'有是有，就是比较难。要去牛魔王那里借出芭蕉扇，这把扇子很神奇，一扇生风火灭掉，二扇生云乌云卷，三扇生雨润万物'……"

高队长刚讲到这里，忽然听到远处一阵"嗡嗡嗡"的响声传来。大家很奇怪，队长刚讲到芭蕉扇，难道老天爷就生雨打雷了？

经验丰富的高队长反应快，急忙朝大家喊道："快，敌机，赶快隐蔽！"大家一听，顾不上抬头望天，马上就行动起来。

"赶快把车推到低洼的地方放倒，把树枝插上去，人员分散开卧倒！"高队长一边喊一边和云林指挥大家隐蔽。

敌机越来越近了，高队长突然听到杨全英站在原地嚎叫不停："不好了，俺的车轮卡住了。"原来杨全英一急，把拉车的绳子绞进了车轮里。

高队长和杨云林急忙跑过去，高队长一把推开杨全英，说："全英，你快走，找地方隐蔽，车子交给我们了。"

杨全英跑开了，高队长把左车轮抬起来，让云林趴下把绳子绕出来。绳子绞进了车轴，费了很大劲才弄出来。高队长和杨云林正把车子朝安全的地方推，这时敌机已飞临上空，一枚炸弹从天上落了下来。

空中传来了刺耳的"咻咻"呼啸声，那是炸弹飞落而下的声音，高队长大喊一声："云林，快卧倒！"喊声刚出口，就把云林扑倒并压到了自己身下。

"轰隆"一声巨响之后，方圆百米内土石横飞，硝烟弥漫。飞机飞走了，高队长仍然扑在云林身上一动不动。灰头土脸的云林推推高队长，说："高队长，起来吧，飞机走了。"但是没动静，他使劲一推，把高队长推在一边，高队长仍不吭声，身子软塌塌地瘫在地上。云林赶紧俯身查看，只见高队长头上被弹片掀开了一道口子，鲜血正汩汩地往外冒。慌乱的云林赶快用手去捂，可哪里捂得住，鲜血仍然从指缝间涌出。云林从没有见过这种场面，吓得哭喊起来："高队长，高队长，你醒醒，醒醒啊！"这时的高队长动了动嘴唇，已经说不出话来，他费力地抬起手，向前方指了指，手臂忽然垂下，闭上了眼睛。队里其他人一起聚拢了过来，兼职卫生员过来摸了一下高队长的胸口，哭着对大家说："高队长不行了。"

杨云林像疯了一样，拉着高队长的手不放，嘴里喊叫不停："你胡说，你胡说，刚才他还和我说话呢。"杨云林不能接受这个事实，刚刚还在给大家讲《西游记》唐僧师徒过火焰山故事的高队长，怎么一眨眼就会没了呢？

抱住高队长的头，云林号啕大哭。此时的他后悔万分，要是自己机灵点，高队长就不会为了救他而牺牲。杨云林抬头望天，歇斯底里地喊道："王八蛋，有种就炸死我呀，怎么偏偏炸死了最不能死的人！"哭天嚎地的不只是杨云林，还有杨全英。他恨自己为什么总是关键时候掉链子，要不是他的推车拖后腿，高队长可能就不会牺牲了。当着大家的面，杨全英脸色苍白，使劲揪着自己的头发，啪啪啪不停地扇自己嘴巴，然后扑通一下跪在地上捣蒜般磕起头来："高队长，是俺杨全英害死您的，俺杨全英不是人，是孬种，您就枪毙俺吧！"

选了一处高地，埋葬了高队长。云林带领第五中队的全体队员齐刷刷跪在坟前，他们都是第一次看到一个活生生的人在自己眼前死去。双眼猩红的杨云林，头发被自己抓得支棱着，他好像一瞬间苍老了十多岁。

这次遭受突然袭击，高队长牺牲，两名队员受轻伤，惨重的代价让第五中队士气低落，队员们个个垂头丧气。

当天夜里，李指导员闻讯赶来了。他把第五中队的所有队员叫到了一起，眼含热泪地说："同志们，高队长为了人民的解放事业牺牲了，他在天上看着我们呢，从现在开始，他的位子由我顶上，他的独轮车由我来推！高队长倒下了，我们不能气馁，相反，要更加鼓起斗志，勇往直前，配合大部队早日把蒋介石这帮反动派消灭干净，为高队长报仇，为千千万万牺牲的将士们报仇。大家说，好不好？"

"为高队长报仇！为高队长报仇！"第五支前中队队员们的呼声响彻云霄。

"高队长的牺牲是蒋介石欠下的又一笔血债，我们每个人都要把这笔血债记在心里，让国民党反动派用血来偿还！我们每个人都有牺牲的可能。所以，我们随时都要做好牺牲的准备，为革命事业流血牺牲是无上光荣的事情！"李指导员看着泪眼未干的云林，鼓励道。

第五支前中队的所有队员在李指导员带领下，恭恭敬敬地在高队长坟前磕了三个响头，人人咬紧牙关，发誓要为高队长报仇。之后，大家默默地收拾好行囊，排好队伍继续前进。

杨云林的第五中队紧追慢赶，等他们抵达堰头村时，仗已经打响了。杨云林赶快组织大家把粮食卸下来集中堆放好，迅速带领大家推起小车、拿上担架投身到救护伤员的行动中。

华野二十七师赶到堰头村时还是午夜，六十三军发现后不敢恋战，且战且退。战斗发生在夜间，看不太清也瞄不太准，双方伤亡不是很严重。偶尔有解放军战士被流弹击中，他们会坐到比较容易被发现的地方等待救援，因为他们知道后面跟随着支前的民工队伍。

支前队员们手拎配备的马灯，一步步向前搜索受伤的战士。忽然，前方一道土沟里传出了不断的"哼哼"声，还有微弱的"救命"的喊叫声。他们赶忙跑过去，用灯一照，不像是自己人，仔细看才认出是两个身穿国民党士兵服的人，不用问就知道肯定是六十三军的。一个人腿上中了一枪，一个人肩胛骨中了一枪，浑身是血的两人把枪扔在了沟坎上，摆明了要投降的架势。

两个伤兵见有支前的民工到来，赶忙说："老乡，求求你，救救我们！我们缴枪投降，赶快送我们去医院吧。"

站在两人身边的杨全英说："王八蛋，别做美梦了，疼死你们才好呢，向解放军开枪的时候，有没有想到自己也有这一天？！"

疼得直哆嗦的两个国军士兵磕头如捣蒜，跪地乞求："我们该死，我们该死，可我们也是身不由己啊，我俩都是穷苦人出身，被抓壮丁才来到国民党部队的，求求你们，救救我俩吧！"

民工们争执不下，有人同意救有人不同意救。同意救的人认为大家都是来自穷苦家庭，被抓壮丁本来就挺可怜，现在又受了伤，救人要紧。不同意救的人认为他们是国民党士兵，刚刚还拿着枪对准解放军战士开枪，如果不是负伤说不定还在负隅顽抗呢，这样的人就该一枪毙了。

正当众人争执不下的时候，杨云林陪着李指导员走了过来。民工们把争执的原因说给李指导员听，让他决断。可没等李指导员说话，杨云林先嚷嚷开了："这帮王八蛋，刚刚炸死了高队长，现在又让我们救他们，天理不容，不弄死就不错了。走，不理他们，让他们自作自受！"

见杨云林转脸要走，李指导员一把拉住他，说道："云林，你的想法我理解，但这是两码事。我们解放军优待俘虏，既然他们投降了，就一定要救！"

杨云林站在原地，噘着嘴一动不动。

"云林，不要说是国民党的兵，就是在前几年的抗战中，日本鬼子受伤投降，我们八路军照样救，高队长过去就救过一个日本兵，他亲口告诉我的。"

一提起高队长，云林低下了头。李指导员的一番话平息了杨云林的怒火。

"那还等什么呢，把他们的枪缴了，先给他们包扎一下，然后把人送战地医院去。"杨云林冲杨全英喊道。

"谢谢老乡！谢谢老乡！"两个国民党士兵忙着又是作揖又是磕头。

随着战事进展，伤病员越来越多。杨云林的第五中队很快收拢了一批伤员，有的伤员伤势较重，虽然进行了应急处理，还是必须尽快实施手术，否则就有生命危险，上级命令支前队伍火速将他们转运到战地医院去。最近的战地医院设在窑湾镇与运河铁路桥之间的村子里，足有二十里地远。由于伤员较多，担架不够，杨云林只得组织一部分独轮车，连夜行动了起来。

这时候，天还没亮，窑湾附近的道路被国民党部队的飞机轰炸得坑洼不平，支前队员抬着担架、推着车子小心翼翼地前行，一边努力保持平衡，一边还得注意脚下大大小小的坑坑洼洼，气得大家边走边骂："王八蛋蒋介石，不敢和解放军较量，尽拿土地爷出气!"用担架抬着的伤员还好些，那些用独轮车推着的伤病员就不太好受了，但解放军战士一般都咬牙坚持着，没人哼上一声。可那两个国民党士兵，坐在小推车上一边哼哼一边嘟囔："奶奶的，不让我俩躺担架，坐在这种破车上，都快给颠散架了。"

推着两人的杨全英大口喘着粗气，浑身衣服已被汗水浸透，能拧出半盆水来，听到两人埋怨，立即将独轮车停了下来："你奶奶的，俺过去进城赶集，都是爹娘和四个姐姐轮流推俺，现在老子推你们，你们还不知足，难道良心都被狗吃了？该死的蒋介石用飞机扔炸弹把路炸成这样，怪老子吗？你们敢再啰唆一句，俺就把你们两个王八蛋掀到沟底去。"杨全英参加支前队伍以来，性格慢慢变了，说话不再如过去那样像小媳妇般扭扭捏捏，不但嗓门粗了许多，而且牛气冲天，脏话也张嘴就来。

两个国民党士兵害怕了，消停了好大一阵。过了一会，两人长期在部队养成的兵痞习气又发作了，刚出口一声"奶奶的"，就被杨全英"轰"的一下掀进了路边的河沟里。

两个士兵捂着伤口，大声哭闹着嚷了起来："共产党部队欺负人，虐待俘虏，我们不活了，你们杀了我们吧！"

杨全英身边的几个民工怕队长杨云林看到后挨批评，急忙上前劝说并拉两人起来，可两人就是赖着不动。无奈之下，只得把走在队列前头的杨云林叫过来。杨云林问清情况后，一改过去温和的态度，大声吼道："狗娘养的，我们本来就不是来救你们的，是来救解放军的，可没想到善心被你们当成了驴肝肺。好，你们怕颠就躺在这里吧，看看有没有人来救你们！"说完，杨云林大手一挥，朝周围的队员喊道："走，赶路去！"

两个国民党士兵见状，知道癞皮狗耍不下去了，急忙央求道："我们走我们走，别丢下我们！"

后来，两名腿部受伤的解放军战士心软了，主动把担架让出来，和他们进行了调换。

杨全英用小车推着两个自己人，虽然大汗淋漓，但心里舒坦多了，一路上和两名战士聊个不停。

"两位老总，俺这小车不比担架舒服，可把你俩的屁股颠坏了吧！"

"老乡，叫同志，别叫老总！这算个啥，要是我们能走，真不能让你受这罪！"

"这算什么罪呀，俺杨全英在村里啥活都能干，里里外外一把手，推两个人对俺来说不算活儿！"

走在杨全英前后的支前队员听到这话,刚笑出声,旋即意识到不对,急忙闭上了嘴。

杨全英又满脸骄傲地说:"两位同志若是不信,可以问问俺大杨庄的人,俺说的是不是实话?"

"实话!全是实话!"前后两个支前队员一齐说道。

天蒙蒙亮的时候,杨云林带领一行人终于到达了战地医院。说是医院,其实都是临时搭建的帐篷,用砖头堆砌的台子上面铺上门板就成了手术台。战地医院里里外外一片繁忙,医生在忙着做手术,护士们则穿梭不停地忙着换药。在医院人员的指挥下,杨云林和他的队员们分别将伤员抬进帐篷。杨云林一掀门帘,刚好和一个人走了个碰头,两个人不约而同喊了起来:"云林哥!""英子!"

分别二十多天后,杨云林和英子都没想到在这里碰上了。

"英子,我们刚从窑湾转运伤员到这里,你也在这里啊!"

"看你全身都湿透了,一定累坏了吧!"

"不累,比你们轻松多了!"

医生看着两个年轻人,脸上露出了微笑。

"英子,我先帮忙把其他伤员安置好,你也先忙着,等会我来找你啊!"杨云林说。

说不清是不好意思还是激动,英子的脸红扑扑的,扭捏着说:"人家正忙着呢,等会再说。"

一直忙到十点,杨云林才有空来到英子所在的帐篷前,但他在门口徘徊,就是不敢进去,便在外面故意咳嗽起来。

一连咳了几遍,始终没见英子出来。

最后,帐篷内的医生微笑着说:"外边的人一个劲地咳嗽,但听他的声音好像又没病,是和人约好的暗号吧?"

一句话说得英子的脸更红了。

"去见见吧,要不小伙子真咳出病来,我这个当医生的罪过就大了!"

英子这才走出了帐篷。

帐篷外,一对青年男女四目相对,却讲不出半句话来。

"英子,有东西吃吗?俺饿了!"杨云林终于打破沉默,说出了第一句话。他忙了整整一夜,连一口饭也没吃,这时候肚子"咕咕"乱叫。

"你等着,我去去就来。"英子说完,一溜烟地跑走了。

独自坐着的杨云林,不知是触景生情还是咋的,忽然想起了高队长。高队长牺牲已经三天了,这三天里,他一直吃不香睡不好,两眼通红,眉头紧锁,没有一点笑容,除了协调布置任务,很少和别人说话。他一闭上眼睛,高队长的音容笑貌就会出现在眼前,自从他带领大杨庄人到县里参加支前队,最先接触的领导就是高队长。高队长一直对他格外关心爱护,手把手教他怎么带队伍,经常给他讲革命道理,帮助他不断进步,使他迅速由进步青年成长为一名共产党员。跟着高队长的这段日子,他终生难忘。更是因为高队长的掩护,他才得以活下来,才有机会和自己日夜思念的英子见面。

不一会,英子回来了,一只手里拿着一个馒头,一只手里端着半茶缸热水。她递给云林,说:"云林哥,趁热,赶紧吃吧!"

这时的杨云林还没有回过神来。

英子看着云林闷闷不乐的样子,说:"咋了?见到俺不高兴了?"

英子不问还好,这一问,云林低头捂住脸,"哇"的一声哭了起来。

英子吓了一跳,赶忙问:"咋了?咋了?云林哥,到底咋了?"

云林尽情地哭着,他终于找到了一个宣泄口,把几天来的悲伤、压抑和后悔通通发泄了出来。

英子看他哭得伤心,也不再追问,轻拍着他的脊背,任由他发泄,任由他哭。英子知道,云林一定是遇到了特别伤心的事情。

哭了好大一阵,云林觉得心里敞亮了许多,这才停下了哭泣,抬头看看英子,觉得有点不好意思。

英子说:"赶快吃吧,馒头和水都快凉了。"

郁积在心里的悲伤发泄完了,云林平静了许多,也觉得真的饿了,拿起馒头就狼吞虎咽起来。英子说:"慢点,别噎着了。"说话间云林真就噎到了,喝口水也不管用,堵在喉咙口咽不下去。英子赶紧一边用拳头捶着他的后背,一边伸手在他胸口往下抹,好大一阵子才慢慢顺了下去。

等云林吃完,两个人并排坐在一个石凳上,英子才敢慢慢问起缘由。于是云林一五一十把高队长对自己的恩德说给英子听,说高队长怎么对他好,怎么教育他,怎么关心爱护大家,最后又怎么为救他而牺牲了。

英子听着,泪水不停地滑落。

就这样,杨云林一直说,一直说,说着说着声音越来越小,最后倚着石凳边晾晒绷带的木桩子坐着睡着了。

英子心疼云林,因为她知道云林已经疲惫到了极点。她多想让云林就这样美美地睡上几个钟头啊,可她没有时间了,过了五六分钟,英子不得不摇醒云林。

"云林哥,你醒醒,醒醒!"

"对不起啊,英子,是俺不好,怎么说着说着就睡过去了呢。"

英子莞尔一笑,说:"没事的,你太困了。不过云林哥,俺得进帐篷帮忙去了,医生一个人忙不过来!"

"好，队员们也该吃完东西了，俺走了。"

两个年轻人都说要走，却都傻傻地站在原地一动不动，四目对视，就这样又足足待了两三分钟……

19

6日，海州至徐州的公路上。

这天上午，李婉丽装好车，见过老同学刘占理后即刻返回徐州。唐老板死乞白赖着要跟车同行，李婉丽以车子满载超重、路上遇到军法处检查不方便等诸多理由拒绝了他，气得唐老板咬牙切齿，在心里骂娘不止，可又拿她一点办法也没有。

不让唐老板随车同行，不是李婉丽自作主张，是来之前刘峙特意交代过的。

一路上，李婉丽乘坐的吉普车不能再像来时那样任意穿插疾驶，只能缓慢前行。海州至徐州的公路本来就狭窄，路面因战乱年久失修，外加冒着黑烟的大小辎重车辆来回碾压，更加泥泞不堪。大批步行的官兵和逃难的民众拥挤在撤退的路上。李婉丽的车每前进一公里，都要耗上十来分钟时间，急得她在心里直后悔接了这趟苦差事。

由于准备草率，此时李延年的部队在撤退时已经完全乱了建制，行军也毫无秩序，一片混乱，官兵个个军容不整，敞胸露怀，谁累谁就自顾自地歇一会，路边长吁短叹和枕枪睡觉者随处可见。除了杂乱无章的部队，更多的是逃离海州、连云一带的民众。难民中有大人，有孩子，有各式各样的推车拖车，上面绑着花色各异的家私，更有一些人赶着猪马牛羊，一路嘶鸣狂叫声此起彼伏，伴随着摩肩接踵的人流蹒跚前行……

用了将近五个钟头，李婉丽的吉普车才来到邳县境内的运河边。运河上一百多米长的铁路桥高高地矗立，桥两头卫兵持枪警戒，检查着来往通行的车马行人。李婉丽乘坐吉普车跑得快，把杂乱的撤退队伍甩在了身后。此时桥上的交通还算顺畅，丝毫看不出大撤退的迹象。吉普车接受检查时，李婉丽下了车，点上一支美国摩尔牌香烟，站在桥面上仔细观察起四周来——运河上仅有这一座桥，因是铁路桥，路面铺着铁轨和路基，坑洼不平，通过极为困难。同时，铁路桥附近河面上没有大型船只，只有几只破旧的木船泊在岸边摇晃不定……

瞭望一阵之后，李婉丽不禁暗自吃惊，此处的京杭运河河面宽阔，河水冰冷，难以泅渡，可第七兵团黄百韬司令怎么一点动静也没有呢？等到夜里或者明天一早，从海州和新安来的十几万的人马赶到这里，如此狭窄的桥面必成咽喉阻梗，但凡出点什么事，不要说大型辎重车辆，就连行人也难以通过啊！

"不可能，黄司令已经得知上峰要他等待李延年兵团并掩护他们过河的消息，作为身经百战的兵团司令，他不会如此大意的，一定早已派部下勘察好了地形，想出了让十几万大军快速并安全渡过运河的万全之策！"李婉丽想到这里，觉得自己是杞人忧天，纯属瞎操心自寻烦恼，猛吸一口烟后，把烟蒂弹进了运河里，跳上吉普车，快速通过了铁路桥。

7日拂晓，黄百韬才下令撤退。此时的铁路桥上拥堵不堪，人仰马翻，哭声喊声响成一片。个别军官和士兵见难民队伍阻挡部队行进，竟开枪示警。枪响之后，后面的人群不知发生了什么情况，更是惊恐万分地涌向铁路桥，一时间桥上和运河两岸都陷入无法控制的混乱局面中……

此时的黄百韬还未意识到大难临头而无所事事，那么他的对手粟裕呢？

淮海战役开始的时间原定于11月8日，李延年及黄百韬的撤退行动打乱了华野的计划。粟裕及时捕捉战机，经请示并得到批准后果断把行动提前到11月6日，各纵队以雷霆万钧之势南下追击，根据华野司令部"不怕打乱建制，不怕伤亡，不怕困难，不怕疲劳，不怕饥寒"的指示，在山东南部至徐州东部一线全力追堵，在运动中不断消灭敌人的有生力量。在6日至10日的追击中，相继发生了郯城攻克战，堰头村战斗，八杨、官湖等大小战斗十多次。

11月8日，华野指挥部又从"黄蜂"处得到一个情报，说徐州"剿总"最近几天把一些辎重武器通过火车和汽车向南转移，许多军人眷属也都纷纷南下。如果让黄百韬兵团逃到徐州，与其他部队集结后继续南撤，即使华野和中野全力围堵，也很难将其合围并吃掉。

"决不能让黄百韬逃到徐州！"粟裕下定了决心。

几乎同时，国民党第十三兵团司令李弥也下定了撤退的决心。

李弥第十三兵团原来驻守在曹八集地区，就在华野、中野两支大军释放烟幕弹让徐州"剿总"误以为要进攻徐州的时候，刘峙就下令李弥兵团向徐州收缩。

得知十三兵团即将西撤徐州的消息后，火急火燎的黄百韬立即致电李弥："炳仁兄，我的人马就要渡过运河了，恳请兄台等上一天，等我部过河后一起走，以便首尾有个照应。"

李弥向来是个老滑头，他分明已经嗅到了危险的气息，自知早一天撤退就多一分安全。所以，接到黄百韬电话，打起了哈哈："焕然兄，你的想法我理解，但老弟我也没办法啊，军令如山啊！我先走一步，给你探探道路，打打前站，强将手下无弱兵，七兵团的弟兄们打仗做事向来雷厉风行，不但会很快赶上我们十三兵团，说不定还会提前到达徐州呢！"听罢此言，黄百韬知道李弥找托词急于溜之大吉，尽管气得七窍生烟，也拿他毫无办法。

万分焦虑的黄百韬清楚，一切只能靠自己了。

粟裕很清楚，中央军委反复谋划敲定的淮海战役规模之大前所未有，而且环环相扣，容不得一点闪失。如果再多耽搁四五个钟头，不能截断黄百韬兵团的退路，之前所有的努力将会前功尽弃。因此，他一方面命令各部全力追击，一方面通知派到第三"绥靖区"做起义工作的杨云枫加快进度，务必按原计划举行起义，同时命令华野前线部队向敌五十九军阵地发起攻击，给他们施压。11月8日夜，第三"绥靖区"五十九军及七十七军成功起义，为华野打开了徐州东北的通道，解放军迅速由枣庄、贾汪南下，楔入徐州以东至碾庄圩间的曹八集附近，先后占领宿羊山、曹八集、大许家、大庙山、苑山等后，沿纵深展开建立阻击阵地，彻底截断了黄百韬第七兵团西撤徐州的退路。

11月8日，在四十四军的护卫下，从海州、连云撤退的国民党党政官员、商贾、学生疲惫不堪地到达运河岸边，正赶上二十五军在组织过铁路桥。从海州、连云一路紧赶慢赶而来的这些人此时已经精疲力竭，都希望早一点到达徐州。他们对二十五军的警戒线视而不见，如滚滚洪流般涌上了铁路桥。由于糟糕的路况，二十五军的武器装备还在桥上蠕动，眨眼间涌入数以万计慌乱的逃难者外加牲畜和各种小推车，桥面被彻底堵死。二十五军官兵骂骂咧咧地阻拦喝止，一心只想过桥逃命的人根本不予理睬。情急之下，他们开始持枪动手强力驱赶，这时一个学生站了出来，大声喊道："神气什么啊？有能耐不要跑，和共军干一仗呀！"二十五军的一个大个子连长听到此话，顿时火冒三丈，抓起那个学生的衣领吼叫道："你他妈的再说一遍！"那个学生不依不饶，又是一声喊叫："本来就是嘛！"话一出口，大个子连长举起枪托，狠命地朝对方脸上砸去，打得那个学生满脸是血，嗷嗷惨叫。大个子本以为自己这么一打，周围的民众都会因惧怕而后退，可他没料到的是，后面的人不但没有后退，反而不顾一切地继续朝前拥挤，想尽快逃离这个是非之地。见局面就要失控，恼羞成怒的大个子抬起手中的卡宾枪，"哗啦"一下拉响枪栓，朝那个学生的胸口就是一枪，无辜的学生摇晃了一下身体，一头栽倒在桥面上。

枪声一响，桥上大乱。上万人马不知发生了什么，推推搡搡，个个拼了命疯狂地抢着向前挤。这时，不知谁喊了一声"不好了，共军追上来了！"这一喊，就像在滚烫的油锅里倒入了一瓢冷水，瞬间炸了，国民党军队如惊弓之鸟，立刻作鸟兽散，自顾自地夺路而逃。本已水泄不通的桥面彻底乱了套，汽车鸣骡马叫，大人喊小孩哭，所有的人不顾一切拼命朝前挤。妇女、老人和孩子跌倒了，身边的人想去扶，又被后边的人踩在了脚下，发出声嘶力竭的惨叫。桥面上护栏比较稀疏残破的地方，有不少人被推挤出去，"扑通""扑通"掉下了河……一时间，哭声、叫声、枪声混杂在一起，被踩死挤伤、掉下河淹死者不计其数。

其实，有人喊"共军追上来了"也不是空穴来风。8日下午两点左右，华野的一支小分队和邳县中共地下组织，悄悄出现在运河边。由于敌强我弱，他们一方面进行偷袭惊扰，打乱对方撤军的计划，另一方面赶快把侦察到的情报及时报告后面的纵队主力。因此，虽然没有华野大部队的出现，但是运河边却时不时响起枪声，给过河的国民党部队造成了极大的心理恐慌。

国民党的后卫部队是一〇〇军的四十四师，配备了全套美式武器装备。所以，他们有恃无恐，甚至还准备8日晚驻留在运河东较远的炮车镇。后来军长周志道看情况紧急，立马命令他们继续前进，务必于当日傍晚赶到运河铁路桥附近。接到命令的四十四师按时抵达运河后，迅速把下属的三个团分别部署在铁路桥周边的八杨村、赵村等，摆出一副以逸待劳，随时阻击来犯之敌的架势。

为阻止华野部队过河，刚渡过运河的二十五军准备用炸药将桥炸毁。四十四师师长刘声鹤闻讯后大惊失色，他知道，铁路桥一炸，就剩自己一个师滞留在运河东，等后面华野大部队追上，必是死路一条。"他妈的混蛋，我的三个团为掩护你们而殿后，你们自己过了河就要炸桥，这不是'过河拆桥'是什么？！"在刘声鹤以及军长周志道拼命阻止下，桥才没有被炸掉。

逃跑者心急如焚，追击者疾如流星。

昼夜急行军的华野张仁初八纵9日上午接到命令，司令部要求他们火速赶到运河铁路桥，歼灭运河车站守敌并抢占运河铁路桥。此时的八纵已经强行军二十几个小时，甚至没有时间埋锅造饭。尽管如此，最前面的六十九团离运河车站仍有八十多里路，最快也需要七八个小时才能赶到。纵队领导经过研究，把先遣任务交给六十九团所在二十三师，以六十九团为先锋团，排除干扰，继续火速向铁路桥前进。

为了鼓舞士气，纵队领导分头下到部队进行动员，和战士们一道饿了啃一口干粮，渴了喝一口凉水，和宣传员一起编词、打快板、喊口号，沿途做好宣传鼓动工作。

六十九团不一般，
过沟涉水跨平原。
担任先遣做模范，
真金不怕火来炼。
行军为了赶时间，
追上匪兵把敌歼。
攻占运河铁路桥，

> 后续部队向前赶。
> 黄百韬如丧家犬,
> 夹着尾巴向前窜。
> 行军为了打胜仗,
> 猛追猛插把敌歼!

团长于步而、政委孙方圃边走边传达上级号召,战士们本来饿得前心贴后背,疲惫不堪。可一听说上级把自己团列为先遣团,顿时来了精神,一个个把裤带紧了又紧,有的战士还俏皮地说:"肚子空空行军方便,免得拉屎撒尿耽误时间。"就这样,六十九团的官兵硬是咬牙坚持着,行军途中,除了宣传员鼓动人心的竹板声,就是将士们大步流星赶路的声音。

沙沙沙的脚步声激起了文工团韦明股长的创作灵感,他抑制不住激动的心情,一幕幕战士们奋勇杀敌的场景在眼前闪过,他立即奋笔疾书写出了《乘胜追击》的歌词,交给亚威团长谱曲。亚威团长以他对部队生活的独特洞察力和艺术想象力,以夜行军急促有力的脚步作为节奏,很快为这首行军歌谱好了曲,呈现的节奏由弱到强、从低到高、由远而近,之后发展转化为齐唱、合唱和多声部轮唱,制造出千百万人呐喊、千军万马排山倒海的音响效果——

> 追上去!追上去!
> 不让敌人喘气!
> 追上去!追上去!
> 不让敌人跑掉!
> 看!敌人混乱了!
> 敌人溃退了!
> 敌人逃跑了!
> 同志们!快追上去!
> 快追上去!
> 不怕困难,不怕饥寒,
> 逢山过山,逢水过水,
> 乘胜追击,迅速赶上,
> 包围它,歼灭它!
> 包围它,歼灭它!歼灭它!

六十九团的战士们唱着歌曲,群情激昂,脚步更加有力。经过八九个小时的急行军,晚上九点钟左右,终于逼近了驻扎在八杨村及周边的国民党四十四师后卫部队。六十九团没有片刻休整,乘敌不备,突然袭击了正在扎堆吃饭的四十四师一三〇团的一个营，解除了二百多人的武装。六十九团从俘虏口中得知，国民党部队除六十三军企图在窑湾镇抢渡运河外，黄百韬的六十四军、兵团部、二十五军等主力部队下午已经全部渡过了河，河东只剩下殿后的四十四师的三个团和运河车站的守备部队。

八杨村此起彼伏的喊杀声惊动了四十四师其他部队，他们一边拼命地组织反击，一边集结人马向铁路桥撤退。四十四师师部就在八杨村，师长刘声鹤命令各团使用重火力对冲过来的解放军先遣队进行压制。此时的四十四师刚由原来的四十四旅改制，装备非常强大，不算步枪、冲锋枪，仅机枪就有二百余挺，在这方圆几公里的村庄里，密集的机枪火力确实显示出了巨大的威力。

作为先锋团的华野六十九团好似一匹"孤狼"，他们没有火炮等重武器，机枪数量也极为有限，况且村庄外田野上没有防御工事，没有隐蔽场所，所以，一开始采取硬打强攻的办法造成了严重伤亡。面对敌人强火力压制顽强固守的打法，一向作战灵活的华野六十九团迅速改变战术，他们一边牵制敌人，监视敌人的动向，一边呼叫后续主力部队火速增援。

四十四师眼看在八杨村的一三〇团吃紧，就让其他两个团各派一个营前去支援。恰在这时，华野后续部队的迫击炮连上来了，对准八杨村敌人的火力点一阵猛轰，顿时让十几挺机枪集体哑火。在解放军夜战、近战凌厉的军事压力和政治攻势下，敌人一个步兵连和一个机枪连缴械投降，其余的敌人退到了铁路桥两侧坚固的堡垒里。

运河桥头堡不仅墙壁很厚，而且还装有探照灯，不但如此，桥头堡附近地形开阔，很难藏身，就这样，敌人凭着地形优势和强大火力，顽强据守。华野连续组织了几次强攻，都无功而返。炮楼上的机枪还在突突作响，每一分钟都有战士倒下。

情况危急，一连连长张希春命令用炸药包炸掉炮楼。在全连火力掩护下，一个战士抱着炸药包上去后，爬行到半道被敌人探照灯发现，不幸牺牲了。第二个战士接着冲了上去，他选好角度，趁着探照灯射向别处的机会，一阵猛跑冲到炮楼下，终于炸开了一个突破口，但是后续人员突进去几次，都被炮楼里的敌人反扑了出来。张希春急中生智，把五六个手榴弹捆在一起，一连向炮楼里扔了三捆手榴弹，随着几声巨响，里面的敌人被一窝端掉了。

直到10日上午九点，华野才完全占领铁路桥东端，肃清了八杨村、赵村及东桥头堡里的敌人。

运河桥附近硝烟弥漫，血肉横飞，运河水被染成了红色。

桥东枪声、炮声不断，铁路桥西侧的敌人知道华野部队已经追上来了，但仍然幻想留守的四十四师能够固守阵地，将华野阻于桥东。可他们眼睁睁地看着四十四师两个团的守军被全歼，终于丧失了最后一点信心。为阻止华野部队过桥，桥西的国民党军在桥面上浇上汽油，准备把桥面上被遗弃的汽车、坦克，还有受伤伏在桥面上哀号的伤兵，连同桥面上横七竖八的尸体全部付之一炬。

敌人的企图立刻被华野战士识破，他们马上组织大批人员不惜一切代价灭火。汽油用水扑灭不了，又没有其他设备，华野战士只能先把燃烧的木桥板、枕木全部推下水去，然后再用木板把桥面重新铺好。

假如桥西桥头堡里的国民党士兵坚持抵抗，仍能居高临下，将渡桥的华野部队困于狭窄的桥面之上，这将会大大增加华野突破的难度！但历史没有假如，此时的桥西岸，黄百韬的部队早已闻风丧胆，一个不剩地跑光了。

运河铁路桥被占领后，华野部队以排山倒海之势向西挺进。

黄百韬第七兵团撤退过程中，首尾不接，各自为战，加上华野部队行动迅速，作战勇猛，第七兵团的殿后部队很快被打得落花流水，溃不成军。黄百韬指挥部队且战且退，损失惨重，双方还没有进行大规模正面作战，由于指挥失策和行动混乱，第七兵团就已经损失了近万人。

就在黄百韬兵团仓皇渡河之时，华野七纵、十纵、十三纵迅速南下，直插陇海线之苑山、大许家、曹八集一段，然后向单集、房村、双沟方向前进，会同向西北急进的十一纵和江淮军区两个旅，力求截歼李弥正在向徐州方向撤退的兵团。如果错过机会，则另择战机，务求切断黄百韬兵团西撤的道路，以保障和协同华野主力围歼黄百韬兵团于运河以西、徐州东南地区。

苏北兵团二纵、十二纵及中原野战军十一纵队沿宿迁、大王集向徐州东南进逼，威胁徐州，迂回拦击黄百韬兵团。

华野一纵、六纵、四纵、八纵、九纵从新安镇及其以西沿陇海路两侧向西追击。

按照部署，华野九纵以二十七师为前卫，向南越陇海铁路，折向西过沭河，一直向西猛追。在沂河东岸追歼了敌六十三军后卫警戒分队之后，又在堰头村歼敌六十三军一五二师二千余人，并把六十三军主力包围在了窑湾镇。后按照华野司令部指令，由随后赶至的一纵承担歼灭敌六十三军的任务，九纵迅速渡过运河，继续向碾庄圩方向追击。由于船只少，渡河困难，耽误了行程，部队直到11日下午才赶到碾庄圩以南的高桥，会同友邻纵队，完成了在既定区域对黄百韬兵团的包围。

六纵则昼夜兼程，迅速越过陇海线，进至碾庄圩、曹八集以南以西地区，会同沿陇海线两侧向西追击的兄弟纵队，完成了对黄百韬第七兵团的合围。

八纵以六十九团为先遣团，于9日追上了断后的敌一〇〇军的四十四师，在铁路桥东头展开了攻击战，并于10日攻占了铁路桥，封死了黄百韬兵团向东逃跑的路线。

"终于渡过运河了！"惊恐数日的黄百韬不觉稍稍松了一口气，把司令部暂且安置在了碾庄。

碾庄，是邳县大榆树镇西边的一个村庄，距离西面的徐州城仅五十公里。如此近的距离，如果黄百韬抓紧时间以解放军急行军的速度撤退，一天的时间足够抵达徐州。

过河之后，黄百韬立即召集兵团各军师长开了个作战会议，商量下一步的行动计划。会上，军官们的意见基本统一，大都主张趁华野部队主力未至，日夜兼程，赶快向徐州靠拢，以免被围。

轮到一〇〇军军长周志道发言，他说："四十四师在掩护主力部队撤退渡过运河的过程中，损失了两个多团的兵力，仅剩师部直属队和不足一个团的兵力，刘声鹤师长认为所部兵力太弱了，不足以进行防御及参加战斗，提出先退到徐州进行休整。他们驻扎在碾庄西侧，我已经同意他们撤往徐州进行整顿了。"

兵团整体作战方案还未确定，就有部队擅自行动，这是军中大忌，黄百韬为此大为不悦。但考虑到周志道所说是实情，他自己的本意也是越早靠近徐州越好，也就睁只眼闭只眼，没再追究责任。

与绝大多数军官不同，六十四军军长刘镇湘却坚决反对撤退。他站起来铿锵有力地说道："我们离徐州城已经不远了，想退随时可以退过去，我们兵强马壮，武器装备远远强于共军，怕他什么？况且我们不是'老头子'的嫡系，临阵脱逃可是要被那些小人抓住把柄的，我看不如就地与来犯之敌进行决战，到时候还不知鹿死谁手呢！"

刘镇湘说完，会场立时就炸了锅。二十五军军长陈士章与周志道咬起了耳朵："真是个大滑头，说的比唱的好听！其实他真正不想走的原因是黄司令分配他们的阵地是土山一带，据传三国时关羽被曹操围着不得不降的地点就是这个土山，这家伙非常迷信，嫌其不吉利，所以不愿意去。"

大家你一言我一语争论不休，但大多数人不同意刘镇湘的提议。众人的想法是刘镇湘所带的六十四军在这次撤退中走在前面，几乎没有什么损失。虽然他们全套的美式装备确实比中共部队强，但就整个第七兵团而言，六十三军没了，一〇〇军也受到重创，还没有正式开战已经损失了一万多人马，现在人心不稳，士气低落，无论如何不宜再与粟裕华野主力纠缠决斗。

黄百韬一时没了主意。

正在纷乱吵嚷之际，机要秘书走了进来，把一封电文递给黄百韬。黄百韬一看,是封南京国防部急电,大意是第七兵团渡河指挥失当,行动迟缓,如继续西进,恐为共军尾追,极有可能陷于溃散。故应果断做出决策,在碾庄略加休整,迅速稳定军心,如能击破尾追之敌,再走亦可。

读完电文,黄百韬心里一惊,国防部!又是国防部!上边有个徐州"剿总"刘峙瞎指挥,关键时候把李弥兵团调走,让第七兵团独木难支,才导致如此涣散的局面。现在,国防部又不问青红皂白直接下达命令,黄百韬气不打一处来,想一把将电报撕碎,但掂量了一下,当着众多部下的面还是没敢那样做。过去,黄百韬听杜聿明私下里说怀疑国防部里有共产党的卧底,他还不以为然,劝杜聿明不要瞎猜测,以免得罪上层。但近观徐州"剿总"好几支部队节节败退的情势,今天又在如此关键时候下达暂停撤退的命令,好像故意配合共军部队似的。

想到这,黄百韬心里止不住打了一个寒战。

随后,黄百韬又收到一封急电,内容令参会人员惊恐万分——前往徐州的四十四师及其他残部被华野全部歼灭,少将师长刘声鹤"壮烈殉国"。听到这个"噩耗",私自同意四十四师提前西撤的周志道面色惨白,一言不发。

黄百韬心里清楚,通往徐州的退路完全被截断了。

这时的黄百韬,突然想起自己又犯了一个致命的错误。他明知李弥不配合,执意西撤,就应该让先过河的六十四军赶快去把李弥留下的空档补上,可是他没有这样做,现在终被"狡猾"的粟裕乘虚而入,以迅雷不及掩耳之势截断了自己的退路。

通往徐州的路被彻底截断,想撤也撤不走了。黄百韬知道,一场大战在所难免。

一切皆成定局之后,黄百韬反而释然了许多。尽管对国防部的命令非常不满,但自己的第七兵团损失惨重,给养不足,军心涣散倒也是事实。如果继续撤退,中途再被共军围堵,切割分段,然后各个击破,局面就更难收拾了,还不如就地驻守整顿,能打就打,不能打就固守待援。

"碾庄离徐州城如此之近,不相信没有其他办法。"像是给自己打气似的,沉默了许久的黄百韬从牙缝里挤出了这一句。

黄百韬终于下定了决心,一拍桌子,对众将领说:"就这么定了,不走了!各部就地驻扎,整顿军务,加强工事,准备迎敌。这次会战关系党国生死存亡,委员长不会丢下我们不管的。"

黄百韬是带着悲壮的心情说这番话的。他既是给部下鼓劲,也是在给自己信心。其实,对于接下来的这场硬仗有无胜算,他心里一直打着鼓。

随后,黄百韬对第七兵团各支部队的防守位置做了部署,决定以碾庄圩为中心组织防御。兵团司令部本来就在碾庄圩,依旧不变,二十五军副军长杨廷宴任碾庄圩警备司令，负责兵团部安全；二十五军进驻碾庄以北之小牙庄、尤家湖一带，向北防御；六十四军占据碾庄圩以东之大院上、吴庄，向东防御；四十四军据守碾庄圩车站及车站以南之各村庄，对南防御；一〇〇军占据彭庄、贺台子等村，对西防御；此外，他还命令将各军炮兵集中起来，放在中心有利地形上，以便东西南北均可以炮火覆盖。

会议结束之后，黄百韬把自己关在房间里，将第二封电报仔细阅读了一遍，眼前仿佛浮现出四十四师被歼灭的全部过程。

一〇〇军过河后驻扎在碾庄圩的西面，得到军长周志道的默许后，10日下午，四十四师残部一路西行到达了曹八集，同时到达的还有从官湖一带突围出来的李弥的第九军三师八团残部，两队人马汇合后，一起分两路向徐州撤退。

11月8日晚第三"绥靖区"五十九军和七十七军起义后，徐州东大门被打开，9日和10日华野七纵、十三纵部分人马已经由北向南穿插到曹八集地区，正好与这两支队伍遭遇，不由分说就交上了火。

李弥的第九军三师八团残部走在前面，已经到了曹八集西大耿庄一带，华野两支纵队为防其逃跑，先对他们动了手。李弥这部分刚从官湖一带逃出来的部队已成惊弓之鸟，战斗力已被大大削弱，且弹药在前面的战斗中几乎消耗殆尽，这次没支持多久就被华野吃掉了。

相对来说，四十四师残部的作战倒是十分"顽强"。四十四师虽说遭受损失，但士兵都是经验丰富的老兵，武器装备比较精良，师长刘声鹤一看前面打起来了，立马指挥部队退守曹八集。曹八集原来是李弥兵团的防区，构筑了不少坚固的防御工事，刘声鹤命令部队迅速进入防御工事抵抗。

华野十三纵的先头部队见此情况，觉得不能再等，万一周志道从碾庄圩派援兵过来，再消灭四十四师就会困难得多。于是，在10日晚上，由一一四团率先向曹八集发起进攻。进攻采用重点突破的办法，集中火力对准一点猛打猛冲，经过突击，终于撕开了一个口子，但是冲进去的部队急于向纵深推进，没有控制住突破口，后续部队也没能及时跟进，四十四师很快把口子又封上了。突入的十几名战士全部壮烈牺牲。

后来，十三纵又组织了几次进攻，均没能成功。第二天拂晓时十三纵又一次撕开一个突破口，但还是因后续部队人员不足，敌我兵力悬殊较大，突破口再一次被封上了。到了上午，十三纵主力上来了，突破口被越撕越大，四十四师再也无力封堵。下午，总攻开始，冲锋号响过之后，漫山遍野的华野战士冲入曹八集，炸毁了巷道和堡垒，无处藏身的四十四师官兵不是投降就是被剿灭。师长刘声鹤一看大势已去，唯恐被俘后被共产党清算，在走投无路的情况下，饮弹自尽。

20

无独有偶。

就在黄百韬第七兵团由东向西撤退举步维艰之时，驻守在睢宁的一〇七军军长孙良诚也接到了南京国防部让其向徐州靠拢集结的命令。

孙良诚是西北军的一员悍将，早年追随冯玉祥驰骋疆场，深得信任，号称冯的"五虎将"之一。冯玉祥兵败之后，孙良诚投靠蒋介石，被任命为军事参议院上将参议。阅尽军阀之间尔虞我诈和彼此倾轧的孙良诚逐渐将忠义放在一旁，时时处处打起了自己的小算盘，成为一个"有奶便是娘"的主。抗战时期通电叛投日伪，竟无耻地说自己是"曲线救国"。

抗战刚结束时，考虑到孙良诚的"墙头草"性格，八路军曾秘密派人前去做工作，希望其率部向八路军投诚。孙良诚却趁机狮子大开口，要八路军向其提供五百支枪和一千五百块大洋的所谓军官家属"安抚费"，这对当时的八路军来说可谓天文数目。八路军代表动之以情，晓之以理，可孙良诚就是不松口，最后八路军还是同意先给五百块大洋，不足部分以棉花等物资相抵，孙良诚这才同意投诚，但行动上一直拖延"观望"。后来，为拉拢孙良诚卖力反共，蒋介石花重金对其进行收买，背信弃义的孙良诚又倒向了蒋介石，被任命为先遣军司令，率部驻守在阜宁、高邮、扬州、泰州一带。

1946年初，蒋介石认为拉拢稳定孙良诚部的目的已经达到，其利用价值越来越小，遂着手对其分化吞并，先是派一〇八军到扬州接防，令孙良诚部移驻滁州听候整编，这时孙部仅余总部直属部队和王清瀚的第五军余部。到达滁州后，孙部被缩编为第五纵队，一年之后又被调驻寿州，缩编为第一保安纵队，后又被调驻宿迁、睢宁，被改编为暂编第二十五师。几经缩编裁减之后，孙良诚部兵员大减，实力大不如前。然而时过境迁，1948年10月，国民党在济南和东北战场上接连失利，蒋介石感到人手不够用，便想起了被冷落一边的孙良诚，任命其为第一"绥靖区"副司令兼一〇七军军长。

"临危受命"的孙良诚遂率部向徐州靠拢，为所谓的"徐蚌会战"做准备。

南京国防部下给一〇七军收缩的命令其实是在黄百韬第七兵团撤退之前，但孙良诚就是拖着不办。"他们也太不拿我当回事了，利用完我就把我扔到一边，需要我的时候，再来拍一拍哄一哄，我孙良诚不是三岁毛孩，这次老子不走，看你们拿我怎么样！"孙良诚对几个心腹说。

就这样，尽管国防部一连多封急电敦促，孙良诚就是不挪窝。这次李婉丽前往海州，除了帮刘峙运东西外，刘峙还交代她一个任务，就是顺便拐到睢宁那里，看看孙良诚到底在干啥,除给他送一份撤退命令外,还要做做孙部的工作。

李婉丽回程途中特意去了趟睢宁,孙良诚客气地接待了她。

人还未到门口,浓烈妖冶的法国巴黎香水味已经飘到孙良诚的鼻子里。"哦,是什么风把李大主任吹到这里来了?未曾远迎,失敬失敬!"孙良诚满脸堆着笑说。对于李婉丽为什么来,孙良诚心知肚明,但老练的他仍是明知故问。

李婉丽露出她招牌式的笑容说:"我去南京国防部开会,途中路过睢宁,闻香下马,知味停车,想在孙大司令这里蹭顿饭,不知肯不肯招待?"

老于世故的孙良诚知道李婉丽别有他图,便顺水推舟打起了太极:"如果不是路过,李大主任请都请不来,这次屈尊莅临睢宁小县,是给我们一〇七军天大的面子啊!不过睢宁倒是个让人大饱口福的地方,有老豆腐、绿豆饼、水粉皮,还有卷煎、香肠和羊肉,每道菜都堪称一绝,我今天就请李大主任好好尝尝。"

在睢宁城最好的酒家"下邳上品",孙良诚置备了一桌丰盛菜肴招待李婉丽。菜上六道,酒过三巡,李婉丽清楚到了该说来意的时候了。

李婉丽痛快地喝干一杯陈年老酒,放下杯子后望着孙良诚:"孙司令,我虽是女流,但还是有些贪杯,趁还没有喝醉,先给您看样东西,别等会误了事。"说罢,拿出一封信递给了孙良诚,孙良诚展开一看,是刘峙签发的要他立即撤退的命令。

"孙司令,我这次去南京开会,刘总司令让我顺道把这封信的内容向顾总长做了汇报,顾总长完全同意'剿总'的意见,令我不要回徐州,先到睢宁将信转交给您!"

明明是从海州回来转道睢宁,但经过几年"剿总"历练且心眼颇多的李婉丽却故意说成了南京,这样既能抬高自己,也为了不暴露自己的真实行踪。

孙良诚早就猜到了李婉丽此行的目的,于是放下筷子,一本正经地说道:"好啊好啊。我们正在收拾,等收拾好了就立即开拔。"

觥筹交错之间,二人距离似乎拉近了不少,孙良诚看着脸蛋上泛着红晕的李婉丽,不由得有些走神。

"来,我敬大美人李主任一杯,祝愿你永远年轻漂亮!"孙良诚又一次举起酒杯。

"好,为我们党国事业的一帆风顺干杯!"李婉丽十分痛快,端起酒杯一饮而尽。

半个钟头后,半醒半醉的李婉丽脸色酡红,话也慢慢地多了起来,不再称孙良诚为"孙司令",而是不无暧昧地一口一个孙兄。

"孙兄,婉丽作为小妹能理解,您也不容易啊!"

"妹妹你能理解我,我打心眼里高兴,来,再干一杯!"

两人举杯,一饮而尽。

一连又是十几杯，孙良诚似乎也有些不胜酒力。他哭丧着脸半真半假地向李婉丽吐露衷肠。

"唉，妹妹，我孙良诚的命苦啊！这么多年来，人家觉得我有用的时候，又给钱又给物；觉得我没用的时候，就把我一脚踢得远远的。这不，现在要打仗了，忽然又想起我来了……"

李婉丽说："还不是因为孙兄您能干嘛！"

"能干有个屁用！再能干不是亲儿子也白搭。我们这些后娘养的，再卖力到头来也不会落到好。"

"小，小妹今天喝，喝多了！今天到您地头上，能和您一起喝酒就是缘分。孙兄是爽快人，和您说句知心话啊，您说的都对，除了刘总司令，平时与那帮中央嫡系的将军们聊天，他们话里话外说的也是对您的不信任。这次要您向徐州收缩，确实是需要有人冲锋陷阵往前顶，孙兄您可要有所防备啊！"

李婉丽此时已酩酊大醉，说出了自己不该说的话。孙良诚听到这话，知道李婉丽真是喝多了，他假装异常感动的样子，一把拉住了李婉丽的手。

"是啊，是啊，妹妹，你说得太对了！所以我才慢慢地收拾，实在敷衍不过去再动身。妹妹啊，你是刘总司令身边的红人，回去一定要替我在刘总司令面前多美言几句，我这样做不是针对他，是为手下的上万名弟兄考虑啊。"

李婉丽嘿嘿一笑，笑得很诡异，接过孙良诚的话头，说："不光是这个原因吧，我听说共军那边已经找过您好多次了，您不会是不想再跟着委员长，另有打算了吧？"

李婉丽的话立即使孙良诚眉头紧锁，酒醒三分。

"大妹子啊，这话可不敢瞎说，真要让委员长产生了怀疑，那是要掉脑袋的啊。来来来，喝酒，喝酒，我敬你一杯。"

李婉丽端起酒杯，和孙良诚碰了一下："好，喝酒，喝酒，一醉方休。"

孙良诚喝过这杯酒后，忽然对眼前这个醉眼迷离的女人产生了极大的戒心，不知道她到底是真醉还是假醉，也不知道她哪句话是真，哪句话是假，于是不再像几分钟前那么放肆，也不敢再多话。

"其实啊，孙老兄，就目前这局势，东北丢了，济南、郑州也都丢了，马上就要进行徐蚌会战，照这样下去，我觉得结果也好不到哪里去。继续打下去，您的弟兄们也只有当炮灰的命。站在您的角度来看，您为弟兄们留条活路也是可以理解的。"

"哎！"孙良诚一声叹息。

从孙良诚的一声长叹中，敏感的李婉丽捕捉到了一个她需要的信息。

此时的孙良诚不知道李婉丽的话是醉语还是清醒话，怕是刘峙让她套自己的心底话,所以不敢接她的任何话茬,只是一个劲地说:"大妹子,不说了,不说了,喝,喝酒!"

李婉丽被士兵扶上车离开后,孙良诚一连两天没睡好觉。

两天过后,孙良诚见刘峙并没有来电督促,也没有斥责之意,方对李婉丽之行放下心来,继续他按兵不动的拖延战术。

国防部将孙良诚的消极懈怠禀告了蒋介石。蒋介石听后心里直犯嘀咕,几天前何基沣、张克侠带领部队临阵倒戈,他孙良诚难道也想步他们的后尘?"娘希匹!这个'墙头草'又要造反不成!立即派人前去督察,如不遵命,就地处置!"

此时的国防部保密局人马几乎全部出动,分赴各地巡视,已经抽不出人来,正当毛人凤坐在办公室为之愁肠百结之际,忽然接到了赋闲在家的周其正的电话。

"毛局,见您和保密局的弟兄们日夜忙碌,与'共匪'厮杀搏斗,其正也曾与'共匪'较量多年,不共戴天,但现在却成了闲棋冷子,空占一个位子,白拿一份薪水,内心煎熬至极。思来想去,我决定向您提出申请,批准我离开保密局,自己在南京开家小店,自谋生路吧!这样,您就可以另请高明,拯救党国于危难之中了!"

周其正是军统"八大金刚"之一,资历与毛人凤不分伯仲。在戴笠执掌军统期间,毛人凤为达个人升迁目的,一直拉拢军统内部的实力派人物,因此与周其正走得很近。周其正虎落平阳,并非能力不强,也不是"通共"所致,主要是爱出风头把事情做得"过了线"。周其正被闲置后,保密局内部绝大多数人都为他鸣不平,毛人凤几次想重新起用他,给他安排一个实职,但又怕惹怒"老头子"蒋介石,故而迟迟没有兑现。虽然没有实职,但督察巡视之类的闲差,毛人凤还是经常派给周其正。现在,正缺人手之际,周其正打来电话要辞职回家做生意,毛人凤自然不会同意。刚才还在愁着让谁去睢宁一〇七军督察,眼前这个不正是再合适不过的人选吗?想到这里,毛人凤顿时转忧为喜。

"其正兄,气话!气话呀!气话跟我这个老弟说说可以,千万不要跟别人抱怨啦!凭你的能力,不要说开一家小店,就是把南京城最大的百货公司给你,你根本用不着两只手,用一只手,不,用两根手指扒拉扒拉就足够了!看在咱俩多年情同手足的份上,就答应再帮老弟我一段时间,等把'共匪'消灭干净,咱们一起去开店,你当掌柜,我当店小二,保准门庭若市,吃喝不愁!"毛人凤之所以在戴笠之后接连打败几个后台过硬的对手,稳坐军统第一把交椅,三寸不烂之舌帮了他的大忙。

周其正要的就是毛人凤这个态度。

"其正兄,委员长交给我一件棘手之事,想来想去,还是你比较合适,我需要你马上去趟睢宁。如果能办好这件事，或许委员长能重新对仁兄委以重任呢！"

毛人凤把孙良诚的事说了一通。

"好吧！看在咱俩多年的情分上，我去帮毛局督促督促！"

"好，其正兄你就以国防部巡视员的身份到他们部队去，监督孙良诚，他不移师徐州，你就不要回来，要与他们部队一起行动。如果孙有二心，委员长交代，可以先斩后奏！"

当天，周其正手持国防部公函，乘车奔赴徐州睢宁。

周其正到达睢宁后，工于心计的孙良诚交代手下好吃好喝地款待，自己则以下部队视察准备情况为由，迟迟不与周其正见面。周其正是个明白人，早就看出了孙良诚的诡计，他不动声色地天天到孙良诚的军部坐等，还特别交代军部人员，"不要影响孙军长的要务，不必让他专程回来！反正我也没事，就坐在这里喝茶看书，他什么时候回来，我就什么时候见他！"周其正的这一招果然奏效，孙良诚知道躲得了初一躲不过十五，只好与周其正见面。

见到孙良诚，周其正开起了玩笑："孙军长，见您比见委员长都难啊。"

孙良诚哈哈一笑："哪里哪里，周特派员说笑了，鄙人这几天军务繁忙，不能亲自陪同，万望见谅。"

两人握过手后，周其正说："孙军长现在有时间了，我就开门见山说说这次的公务吧！"

"请！"

"孙军长，这次其正作为国防部的特派员抵睢，主要是向您传达国防部的命令，这是公文，内容是命令贵部赶快向徐州靠拢，即日启程，您已经耽搁一天半时间了！"

孙良诚看过公文，说："知道了，我这两天下去就是为此事做准备，保证明天就能动身，请周特派员放心！走，去睢宁城最好的'下邳上品'为您接风洗尘！"

"孙军长，这两天见不到您，无事可做，我就把一位徐州城的老友叫了过来，聊天打发时间，不知他能否一起前去？"

"周特派员的朋友就是我的朋友，走，一道去！"待人接物方面孙良诚向来爽气。

周其正的好友，一位身穿长衫、戴着圆眼镜、商人模样的男人，也一同上了吉普车。

"下邳上品"饭店四周已戒严，偌大的饭庄仅开设一桌饭局，所有睢宁的特色菜品一应俱全。周其正说自己只喝白兰地，孙良诚让部下从徐州花园饭店调来了一箱白兰地。

在座的只有六个人，除了周其正和他的朋友，还有孙良诚与他的三名心腹。

六瓶白兰地下肚，除了周其正的那位朋友，其他五人说话已经不太利索。

"周、周特派员，你，你的这位朋友好酒量，我们五个人都摇摇晃晃，就他一个人还能坐得稳，不，不简单！"孙良诚说。

"孙军长，他姓孙，叫英仕，还是您的本家呢，他父亲早年和我一道在上海做事，在静安寺门口击毙四名日本军官后，为掩护我牺牲了。从那以后，我们就一直保持联系，他去南京时一定要去看我。我来徐州时也一定去拜访他母亲，我大嫂。"

"周特派员真是个情义之人，佩服！佩服！这位宗亲在徐州做啥大生意啊？"

"宗亲长官客气了，没有做什么大生意，在大同街上开了家小饭馆，饿不死，撑不着，勉强过得去，尚能让家中老母安度晚年！"名叫孙英仕的年轻人先是起身鞠躬，然后毕恭毕敬地答话。

"会说话！会说话！"见眼前眉目清秀的年轻人做事说话有板有眼，孙良诚赞赏有加。

"英仕，客气了，在徐州城，除了花园饭店、老顺昌和泰康清，就数你们'孙家菜馆'了，可是地道的徐州风味啊！"周其正接过话头。

"愚侄无能，全靠周叔照应，全靠周叔照应！"孙英仕边说边起身向周其正鞠躬。

"啊，我们老孙家还有如此杰出后生，不错，不错，下次去徐州，一定前去品尝！"孙良诚说。

"宗亲长官能屈尊前去，鄙小店定会蓬荜生辉，万分荣幸！"

"会说话！会说话！"

就这样，六个人喝干八瓶"白兰地"，准备起身离店。

"请问宗亲长官，在下尚有一句话，憋了整整一个晚上，不知当讲不当讲？"孙英仕突然起身鞠躬，嘴里冒出一句话来。

"讲，讲，你姓孙，我也姓孙，天下孙姓是一家，有啥客套的！"孙良诚说。

"来睢宁前，我告诉店里的账房老先生说是去见周叔，没想到他把我拉进屋内，悄悄给我讲了一番话，想让我单独讲给孙长官听。"

周其正这时插话说："孙军长，估计我这位贤侄想打你的主意，等你到徐州后，想在你地盘上开家饭馆！你们谈，你们谈！我们其他人出去抽支烟！"

孙英仕傻笑着说："看来什么事都瞒不过周叔啊！"

周其正和其他人知趣地离开了包间。

"什么话？说吧！"孙良诚坐了下来，慢慢收起了笑容。

"宗亲长官，他让我转告您，说大战将至，识时务者方为俊杰，蒋介石对你们这支西北军一直并无好感，只是需要的时候利用一下而已，况且内战以来国民党败仗连连，根本长久不了，希望您能考虑手下万名弟兄的性命，争取早日——"

"早日什么？"孙良诚大惊失色。

"早日与中共方面接触，为自己留条后路。"

孙良诚愣在了座位上，一动不动。

"你，你，你是谁？"孙良诚回过神后，突然站了起来。

"要我说实话吗？"

"请一定说实话！"

"孙英仕确有其人，但不是我，而是我的一位同学。我是中共华东野战军敌工部部长杨云枫，此次受陈毅和粟裕将军之命，前来拜见孙将军。"

杨云枫的话一出口，孙良诚一屁股坐在了椅子上。

"你，你，你这个'共匪'胆大包天，竟敢主动送上门来，还想要命吗？"孙良诚用力拍了一下桌子，碗碟一阵咣当乱响。

"孙将军，我能有办法来，就有办法回去，不信您现在就可以喊卫兵来！"杨云枫"唰"的一下站了起来，双眼炯炯地逼视着孙良诚。

孙良诚摆了摆手，示意杨云枫坐下。

"孙将军，您说这两天到下面视察军务，可人根本不在睢宁，而是去了别的地方。"

"什么地方？"

"徐州城的'沧浪池'！您在那里洗浴、搓背、采耳和按摩一样不落，逍遥自在了整整一天一夜。大战将至，您视你们国防部军令于不顾，擅离职守，就这件事，如果传出去，您还能继续担任一〇七军的军长？！"

"你，你，血口喷人！"

"如果孙将军需要，两天以后就把照片寄给您。"

孙良诚耷拉下了头，一声不吭。

"孙将军，我这次来绝不是以此来要挟，您与我们打了那么多年的交道，我们从没有威逼或胁迫您一次吧？我杨云枫这次与您见面，只为说出我们的想法，您愿意就做，不愿意也无妨，我保证绝不会做刚才所说的事。但您也得保证我们四个人特别是周将军能平安离开睢宁！"杨云枫所说的四人，除了自己和周其正外，还有南京来的司机以及陪同自己前来的"店小二"燕刚。

"周，周特派员是什么人？"孙良诚惊恐地问道。

"周将军是你们国防部的特派员啊！"杨云枫笑着说。

"他，他，他不可能是……"孙良诚语无伦次。

"那好！我就告诉你，周将军确实是国防部的特派员，但他同时还有一个身份，中共特别党员。"根据事先安排，也为了更好地争取孙良诚，杨云枫说出了周其正的真实身份。

"啊!"孙良诚一声惊呼,不敢相信自己的耳朵。

这里有必要补充交代一下周其正的身份。戴笠手下"八大金刚"之一的周其正,虽入军统之门,但为人正直,一心抗日,抗战胜利后受到排挤打压,渐渐对国民党失去信心。中共南京地下党看准时机,反复进行说服教育,终使其接受共产主义,成为一名中共"特别党员"。赋闲在家的他,一直利用机会为中共地下组织工作,上次亲赴徐州拜访徐州"剿总"参谋长李树正以及关键时刻给贾汪的顾一炅打去电话,就是其不动声色的"杰作"。这次再受组织委派,及时给毛人凤打去电话,获得了来睢宁的机会。华野敌工部部长杨云枫带领燕刚,协助他完成此次重大而危险的任务。

听完杨云枫的话,孙良诚低头说不出半句话来。

"让,让,让周特派员过来吧!"过了好大一阵,孙良诚终于开口说话。

周其正走了进来,望了一眼杨云枫,他明白了刚才这里发生的一切。

"孙军长,既然杨部长把话都挑明了。我也说几句吧!我个人原来对委员长和党国忠心耿耿,但追随党国这么多年,政府都到重庆去了,我单枪匹马潜伏在南京为党国兢兢业业苦干这么多年,不光要对付日本人和汪伪汉奸,有时还要奉上峰的命令捕杀共产党,可以说一直过的是刀尖舔血的日子,结果怎样呢?还不是被逮捕和关押了好长时间,说他们忘恩负义、过河拆桥一点都不为过。我现在终于找到了能拯救我们这个国家的组织,终于有机会能为我们中华民族做点想做的事!"

孙良诚一动不动地坐在椅子上,面无表情,可额头上却渗出一层密密的汗珠。

停了一会,周其正继续说道:"再说说你,前两年,他们把你的队伍调来调去,一缩再缩,不是对你设防,削弱你的力量是什么?!现在要打大仗了,想起了你,随便给你个军长的头衔,到时候还不是要你顶在最前面,充当炮灰吗?"

周其正的一番话说得孙良诚哑口无言。

这时候,杨云枫插话说道:"不瞒孙军长,我前天刚刚和何基沣、张克侠将军会过面。"

孙良诚惊讶地望着杨云枫,问:"他们刚刚叛投共产党,难道也是您——"

"是的,是我前去和两位将军商谈的。不过,我要纠正孙将军一句话,他们不是叛投共产党,是战前起义。"

"这有什么不同吗?"

"当然有区别!战前起义是我们共产党的说法,是一个褒义词。起义是当事人自己主动自觉的行为,表达了一种主观的意愿,说明他们是真心跟着共产党走的。而'叛投共产党'是国民党的说法,是一个贬义词,有自愿的也有可能是被迫所致,并不能完全表明当事人的主观意愿。"杨云枫缓了一口气,继续说,"不仅战前起义和叛投意义不同,而且被迫放下武器投诚与起义的意义也不同,享受的待遇也不一样。"寥寥几句,杨云枫已经把中共对国民党军起义与投诚的政策阐释到位。

孙良诚听后,不再言语,陷入了沉思。

过了好大一会儿,杨云枫说:"何基沣、张克侠他们两万多人的队伍战前起义了,我们非常欢迎,并给予他们和解放军部队一样的对待。他们现在到了后方进行整顿,我们征求官兵的意见,愿意参加解放军的就留下来,如果不愿意也不勉强,发给他们路费自己回家。何基沣、张克侠等一批思想进步的军官仍然可以得到重用,队伍整顿完毕就给予他们相应的职务。"

杨云枫侃侃而谈,丝毫没有显现出身在敌营的那种紧张和顾虑。他一边讲一边观察孙良诚的神态,觉得孙良诚正如周其正之前讲的那样,属于那种左右逢源、摇摆不定的"墙头草",在两军对峙的关键时刻,不会放弃任何利于自己选择站队的机会,因此也绝不会翻脸不认人。

就这样,杨云枫和周其正苦口婆心地讲了一个多小时,从国际形势讲到国内形势,从国民党强势讲到国共力量的变化,从国民党对共产党的围剿讲到如今国民党的节节败退,孙良诚一直沉默不语。最后,孙良诚说:"你们讲的我都听懂了,容我仔细考虑考虑。"

杨云枫说:"好。希望你认清形势,不要再犹豫不决,错过好时机。如果你想通了,我们可以约定好,明天就通电起义。你再仔细想想,想好了通知我们,我明天还在睢宁。"

说完,杨云枫头也不回地走了。这一天是11月11日,解放军已经把黄百韬兵团包围在了碾庄圩一带。

第二天上午九点,杨云枫和周其正没有等到孙良诚通电起义的答复,却等到孙良诚让部队向西开拔,尽快向徐州靠拢的消息。也就是说,孙良诚考虑了一晚上,还是反悔了。周其正执意要跟着他走,说还要再劝劝他,希望他能幡然醒悟。

为防止意外发生,华野总部立即电告杨云枫和燕刚离开睢宁,但两人不愿看到周其正孤身一人冒如此大的风险,坚决要求留下来。华野司令部最终批准了他们的请求。

原来,就在孙良诚犹豫不决的当晚,他接到了国防部和徐州"剿总"的严厉指令,命其紧急出动配合解黄百韬之围,刘峙还准备派十几辆卡车来接他。孙良诚思前想后,还是觉得战前起义风险太大,以后命运如何也很难说,跟着老蒋干最不济也还是个军长。心存一丝幻想的孙良诚不相信黄百韬偌大的第七兵团能够被困死,于是命令二六一师经双沟迅速向房村方向行进。

杨云枫见孙良诚毫无战前起义的诚意，撤离睢宁前报告了华野司令部，建议为了阻止孙良诚支援黄百韬，有必要对其进行截击。

根据命令，苏北兵团迅疾向大王庄附近靠拢，二纵四师、五师、六师则向房村追击，终于在双沟西追上了孙良诚的二六一师，并歼灭了它的两个连。当天下午，二纵、十二纵和中野十一纵渡过运河，鲁纵主力向古邳前进，江淮部队进至徐山村地区，很快将他们包围在睢宁西高集、潘塘南观音堂等区域。为了减少伤亡，纵队领导指示，还是要尽量说服、争取一〇七军放下武器投诚。

等到自己的部队被团团包围，孙良诚才意识到，自己真的是在拿鸡蛋碰石头。13日，他无奈地找到杨云枫和周其正，说："杨先生，周特派员，你们要救救我们啊，请通知共产党，我想现在起义。"

杨云枫严肃地说："可惜晚了，现在不是起义，是投诚。"

"共产党不能说话不算话，明明讲好的是起义，怎么言而无信？"孙良诚急了。

周其正义正言辞地说："到底是谁言而无信？你自己反反复复失信于人。如果你遵守原来的约定，在谈好的时间、地点，集中放下武器，接受整顿，可以算你起义，现在所有人员被包围，已经无路可走。如果解放军动起手来，马上就可以歼灭你们，你们现在只有放下武器去投诚一条路了。"

孙良诚还不死心，眼望杨云枫，苦苦哀求道："杨，杨先生，你能不能再找你们长官说说，帮我们争取争取。"

杨云枫斩钉截铁地回答："我们共产党也是有规矩的，不是再争取一下就能改变。希望你快做决定，再这样拖延下去，只能是自取灭亡。"

刚说完这些，孙良诚手下的副军长王立青慌慌张张跑进来，对孙良诚说："报告军长，我们的警卫团已被共军缴械了。"

听到这话，孙良诚大吃一惊，"啊！完了，完了。"

一〇七军警卫团一直是孙良诚的心腹，他自己认为是军中最有战斗力的队伍。现在连警卫团都缴械了，自己还有什么指望呢？其实之前周其正已经做通了王立青的工作，王立青同意配合，秘密召开了临时会议，把来参会的军部参谋及师、团长们都暂时软禁了起来。

副军长王立青进来传递的消息彻底击垮了孙良诚。

13日下午，杨云枫、周其正陪同华野二纵五师师长来到一〇七军军部，接受孙良诚部的缴械投诚。至此，徐州东南面的门户洞开，负责阻援的部队迅速插入，为阻击邱清泉兵团、李弥兵团，阻止其解救黄百韬兵团赢得了时间、创造了条件。

虽然孙部不算起义，但华野还是给予孙良诚礼遇，苏北兵团首长亲自在宿迁接见了孙良诚。在与杨云枫、周其正的接触中，孙良诚提到他与刘汝明、冯治安等都是从西北军出来的，关系一直不错，主动说愿意给刘汝明写信，帮助促成他们起义。

周其正自信地对杨云枫说:"孙良诚和刘汝明既是同乡平日里又称兄道弟,如果由他出面去劝说刘汝明起义,成功几率一定很大。"

虽然接连取得何基沣、张克侠起义和孙良诚投诚的策反战果,但杨云枫却非常冷静和清醒,他对下一步行动持谨慎态度:"孙良诚是个摇摆分子,属被迫投诚,思想没有彻底转变,投诚后是否会再动摇,现在很难说,我觉得由他出面策反刘汝明并不可靠。"

两个人意见相左,商量后把情况反映给了华野司令部,得到的答复是同意对刘汝明实施策反,这次以周其正为主,杨云枫和燕刚应迅速赶赴徐州,有十万火急的任务去完成。

杨云枫与周其正就此作别。

这里做个后续交代。刘汝明的八兵团驻守在安徽蚌埠一带,11月下旬,碾庄战斗结束后,周其正觉得已经具备策反刘汝明的条件,便让孙良诚给刘汝明写了一封信并派人送了过去。12月初,周其正、孙良诚、王立青一行出发了,在凛冽的寒风中,经过几天的长途跋涉,进入了安徽境内,在解放军占领的宿县住了下来。

此时,黄维兵团正在向宿县方向移动,准备把宿县夺回来,但是却被中野几个纵队包围在了双堆集一带,面临着最后覆灭的命运。周其正非常兴奋,他认为当前形势极为有利,如果黄维兵团一灭亡,成功策反刘汝明只是时间早晚的问题。

孙良诚给刘汝明写好信后,不知是周其正粗心还是欠思量,便让孙良诚原来的副官小冯去取,然后给刘汝明送过去。孙良诚一见到小冯,就悄悄塞给他五根金条,说:"小冯,以往你跟着我,我待你不薄,这次你一定要帮我的忙啊!到了这一步,我写这封信也实属无奈,你给刘总司令说这不是我的真实意愿,让他假意答应这边派代表过去谈判,但得让他们一定把我带上。"

果不其然,没过多久,刘汝明就让小冯带来了回信。信的大意是鉴于目前的形势,他们也正有起义的打算,请中共方面尽早派代表过来谈判,但务必要带孙良诚一起过来,自己要亲自听听他怎么说。

看到这封信,周其正大喜过望,恨不得立刻实施行动。杨云枫得到消息后,反复提醒周其正说:"孙良诚刚投诚,我们不能完全相信他,要防止其中有诈,最好不要让孙良诚同时过去。"

周其正怕错失良机,在电话里对杨云枫说:"自古用人不疑,刘汝明他要听孙良诚亲自说,如果不让他过去,刘汝明不和我们谈怎么办?这个事情你不用太担心,我会处理好的。"之后周其正亲自给华野首长打电话,让他们做好接收蚌埠的准备,好像他们一去,蚌埠就唾手可得。

华野首长在肯定周其正工作热情的同时，也指示他一定不要操之过急，要谨慎行事，不必带孙良诚、王立青一起前往，但周其正热情高涨，反复主动请缨，要求一定批准他亲自带队携孙良诚前往。

华野首长最后批准了周其正的要求，同意他带领孙良诚、王立青等进入刘汝明的防区。

初冬时节，万物凋零，苍凉阴冷。不知有诈的周其正信心满满地来到蚌埠刘汝明司令部。

刘汝明获悉一行人到达后，让人将孙良诚、王立青带到司令部单独谈话。待二人到司令部后，刘汝明立即扣留了他们并向蒋介石和徐州"剿总"报告周其正带孙良诚、王立青过来对他进行策反的事情。

蒋介石获悉后，指令刘汝明立即将一行人押解至南京。

一行人被押解到南京后，周其正被关进了保密局重监犯监狱，任何人不得说情。蒋介石对周其正恨之入骨，在毛人凤呈上来的批文上，他重重地用红笔写了四个字——"就地处决。"

1949年1月，周其正被秘密枪杀于南京雨花台。杨云枫得知消息，泪流满面，口中喃喃地不停自责："是我害了老周，要是我能够再耐心多劝几次，他也许就不会白白地牺牲了！"

投机分子孙良诚，在中华人民共和国成立后乔装改扮过着东躲西藏的日子，后由群众检举揭发被捕，没几年就病死于狱中，应了那句老话"善有善报，恶有恶报"。

21

"用兵之法，十则围之，五则攻之，倍则战之，敌则能分之，少则能守之，不若则能避之……"

淮海战役中，中央军委和毛泽东把《孙子兵法》中的这句名言发挥得淋漓尽致。整个战役进程中，国民党陆续投入八十万大军，较之以解放军的六十万略占上风。但整体上不存在压倒性优势，尚属于"势均力敌"的范畴。"敌则能分之"——中央军委和毛泽东调动华野和中野两支大军，对徐州"剿总"采取了先分割，然后各个击破的战略。

在命令华野粟裕包围黄百韬兵团的同时，中央军委也于大战开始前的10月22日明确指示中野："举行徐州、蚌埠作战，相机攻取宿县、蚌埠，坚决彻底干净全部地破毁津浦路，使敌交通断绝，陷刘峙全军于孤立地位。"当时已在前线指挥部的陈毅、邓小平当天就回电给中央军委，完全遵从中野直出徐蚌、牵制孙刘、协同华野作战的意见。

淮海战役开始后，为保卫徐州安全，刘峙赶忙把驻扎蒙城的孙元良部调回宿县徐州一带，巩固徐蚌防线。中央军委和毛泽东于11月9日、10日电告陈、邓，提出："你们务必不顾一切，集中四个纵队全力攻取宿县，歼灭孙元良等部，切断徐蚌路……至要至盼。""你们应集全力（包括三广两纵）攻取宿县，歼灭孙元良，控制徐蚌段，断敌退路，愈快愈好，至要至盼。"并指出"此战胜利，即完成了包围徐州的战略任务"。

为什么中央军委和毛泽东如此看重夺取宿县，且每次都强调"至要至盼"呢？

宿县是一座古城，地处徐州以南，蚌埠以北，扼南北交通要道，是安徽的北大门。此县离蚌埠不到一百公里，距徐州则更近，仅有七十多公里，素有"南徐州"之称。因宿县距离两地都比较近，交通运输便利，蒋介石一直把其作为徐州重兵集团的后方补给基地，囤积了大量的武器、弹药、被服等战略物资。如果拿下宿县，就等于扼住了徐州的咽喉。国民党如果失去这个重要的后勤补给基地和战略要冲之地，徐州必将陷于孤立无援的境地。

正因如此，蒋介石与徐州"剿总"非常重视宿县的防守。虽然宿县县城已有津浦路护路司令部中将副司令官张绩武亲自坐镇，为使宿县万无一失，仍于11月9日又命孙元良十六兵团即刻开拔宿县，确保徐州大后方的安全。

孙元良十六兵团除九十九军继续守备蚌埠外，其余部分于10日向宿县进发，傍晚到达宿县。孙元良视察一番后，甚为满意——宿县历来为战略要地，墙高沟深，加之国民党部队新建了坚固的防御体系，使得整个防区碉堡、地堡星罗棋布，战壕、鹿寨纵横交错。"这里弹粮充足，防御个十天半月根本不成问题。"孙元良给刘峙回电说。

孙元良在宿县屁股还没有坐热，兵团就接到徐州"剿总"的命令，说第七兵团在徐州东碾庄圩被共军包围，"剿总"决定派作战能力突出的部队解黄百韬之围，令十六兵团迅速集结徐州以南三堡地区待命。刘峙的朝令夕改让孙元良窝了一肚子火，但军令又不得不执行。十六兵团无奈撤出宿县后，当地只剩原守城的部队，其中一四八师兵力薄弱，刘峙特意要求孙元良留下一个师支援他们，但精明的孙元良并没有按照他的命令去做，随便找个借口搪塞了过去。

早在11月3日，在徐州"剿总"卧底的"黄蜂"孔汉文就得到"无名氏"转达的重要情报，内容是"徐州'剿总'命十六兵团向蒙城集结，可能向蚌埠、宿县移动"。到了11月10日，"黄蜂"又得到一个新情报："孙元良兵团已从宿县全部撤离向徐州靠拢，目前宿县守卫力量薄弱，守军有交警第十六总队、第二总队三大队、第二十五军一四八师、装甲第七营及后方留守机关共一万三千多人。"孔汉文知道情报十万火急，马不停蹄就传递了出去。中央军委得知这一情报，结合在此之前刘伯承曾提出津浦线是国民党重要补给线,中野主力应在适当时机截断徐、宿间铁路线的建议,立即做出决定,指示中野迅速攻取宿县。

接到中央指令后,中野刘伯承司令员率野战军司令部从豫西赶到永城以北,与陈毅、邓小平会合。

10日晚,中野立即召开由刘伯承、邓小平、陈毅及各纵队首长参加的作战会议。会议开始前,陈毅双手叉腰,略显激动地说:"告诉大家一个好消息,在我们中野的协助下,华野成功地将黄百韬兵团包围在了碾庄圩,下一步就是要一点点把他吃掉。我们佯攻徐州也是成功的,我们这一迷魂术,让敌军确信我们要攻打徐州,已经把兵力向徐州靠拢。现在,孙元良兵团撤离了宿县,根据中央军委指示,下一步,我们中野的任务就是要攻取宿县,控制徐蚌铁路,切断国民党南北交通运输线,截断其粮弹供应链,与华野兄弟们一起来一场痛快的关门打狗!""哗!哗!哗!"会议室内响起了热烈的掌声。

中野司令员刘伯承看到大家情绪高涨,心里也十分高兴,他扶了扶眼镜,接着陈毅的话说道:"中央军委和毛主席一再强调本次攻取宿县'至要至盼',说明本次战役非常重要,只能成功,不许失败。国民党的作战计划是把他们的部队像一字长蛇摆在津浦路的两边,以求能够首尾相顾。俗话说'射人先射马,打蛇打七寸',宿县离南京、徐州、蚌埠都很近,是国民党的重要粮弹基地,如果我们拿下宿县,就等于卡住了他们的脖子,打在了他们的'七寸'上。打仗时粮弹供应不上,不仅人腹内空空,枪炮膛内也没一个子儿,大家应该知道是个什么后果!"略带书卷气的刘伯承把道理讲得很透彻,说话不紧不慢,听他说完,大家都会心地笑了起来。

最后,邓小平站了起来,带着浓重的四川口音鼓励大家:"同志们可不要认为我们只是打配合啊,实际上任务很关键啊!这次我们几个纵队全力攻取宿县,就是为了控制津浦铁路徐蚌线,切断敌人运输线,防止徐州之敌向南逃窜,同时也能有效阻止黄维兵团前来援助,保障华野在徐州以东彻底干净地消灭黄百韬兵团。为此,希望大家高度重视,不惜一切代价,全力以赴打好这场歼灭战。"

会议确定了各纵队的具体作战任务:中野陈赓四纵、华野孙继先三纵、曾生两广纵队沿津浦线宿县、徐州段向北攻击,牵制邱清泉、李弥、孙良诚兵团东援,中野三纵和九纵一部攻击宿县城,九纵主力及豫皖苏军区独立旅沿津浦线蚌埠段向南推进,阻击李延年、刘汝明兵团北援,一纵一旅协助攻击宿县城,其余部队作为预备队,驻扎宿县西北。

此后,刘伯承、陈毅、邓小平根据战场形势的变化,多次就各纵队攻打宿县和切断徐蚌线的作战进行研究和部署。

孙元良十六兵团11日晨开始行动,下午其四十七军集团总部到达徐州,集结在南关都天庙附近，当四十一军还在等徐州"剿总"派汽车来接应时，解放军部队已于当晚到达宿县以西六十里的青瞳集、百善集、三堂等地……

10日下午四时，蒋介石在南京黄浦路官邸主持召开军事汇报会，参会者有顾祝同、杜聿明、刘为章、郭如桂、侯铭磊等人。

杜聿明在葫芦岛指挥国军撤退，前一天才从东北抵达南京，满脸倦容的他今天刚好赶上开会。会场上先到的几个人正在交头接耳、嘀嘀咕咕，对当前战场上的形势议论纷纷，感叹共军的动作之快出人意料。

四点一到，顾祝同、蒋介石先后来到，汇报开始。国防部第二厅厅长侯铭磊首先汇报近期战况——黄百韬兵团主力已经渡过运河，掩护撤退的四十四师被共军火力封锁，损失伤亡严重；六十三军受到共军追击，目前到达窑湾镇，尚未渡过运河；黄百韬兵团主力在碾庄圩附近被围后，共军华野主力已经占领贾汪，一部分已经进到曹八集、薛家湖附近，截住了黄百韬兵团的退路；邱清泉兵团在向徐州转进途中遭遇共军中野攻击，刘汝明兵团已到固镇附近，正在向蚌埠前进，孙元良兵团昨日已到宿县附近……

一番极为详尽的报告后，侯铭磊最后分析道："可能的情况是，共军用一部分兵力牵制我军，用大部分兵力围堵第七兵团，看来有包围歼灭黄百韬兵团的企图。"

滔滔不绝的侯铭磊没有就此打住，他画蛇添足地说："徐州战况逐渐吃紧，大后方也不太平。据报，南京也出现了恐慌情绪，街头出现了抢粮、抢日用品的混乱局面，也不见警察出来维持秩序，吓得粮店都不敢开门营业。"

刚说到这里，只听"啪"的一声，蒋介石一掌拍在桌子上，震得茶杯盖滚到了地上，参会者个个心惊肉跳。

"胡说！造谣！怎么会有这种事情？有人说国防部里有'共匪'卧底，我看你就是！"气急败坏的蒋介石手指侯铭磊大声骂道。侯铭磊被吓得满头冷汗，脸色苍白地坐在位子上一动不动。其实，参会者心里都明白，侯铭磊说的话句句属实，只是其他人装糊涂，不愿意说出来激怒蒋介石，自己找骂。

参会者噤若寒蝉，会议室里一片死寂。

自感失态的蒋介石盯着顾祝同和杜聿明两人看了看，两人明白他的意思，不约而同地点了点头，暗示确有此事。蒋介石这才端起茶杯喝了一口，强压怒气，说："郭如桂继续。"

郭如桂赶快站起来，汇报后期的作战计划："从当前形势看，共军有包围黄百韬兵团而歼之的企图，目前主要的任务应该是集中我军炮兵和空军的绝对优势，各兵团协同作战，以期能够解第七兵团之围。具体做法如下：一、黄兵团死守碾庄圩，第六十三军死守窑湾镇，待援；二、李弥兵团辅第七十二军守备徐州；三、邱兵团和孙兵团向徐州东进军，击破徐州和碾庄圩之间的共军；四、孙良诚的一〇七军从睢宁方向配合攻击……"

郭如桂的话正合蒋介石之意，蒋介石一直紧锁的眉头舒展了许多。听完报告，蒋介石环顾一下四周，问道："你们觉得怎么样？有什么建议？一定要想尽一切办法解焕然之围。"

顾祝同点点头，回答："我觉得可以，目前关键是行动要快，等到共军布好阵，再攻就难了。"

刘为章向来是鸡蛋里挑骨头之人，不急不慢地说："解黄百韬之围没有错，但也不是那么容易，没有足够的兵力还真不行。如果将孙元良的部队调过来，那宿县城防力量是不是就显得薄弱了？万一共军要攻宿县怎么办？依我看，我们还是要慎重行事，以防再被共军捡了漏。"一如既往，凡是郭如桂提的议案，素来与其不睦的刘为章总是万般挑剔。

顾祝同知道两人不和，急忙插话打起了圆场："宿县是我们重点防卫地区，城防向来坚固，守卫也不弱，况且有张绩武亲自坐镇，想来不会有大的问题。如果共军要攻宿县，肯定要抽调部队，那样包围焕然的力量就削弱了，刚好有利于我们去解第七兵团之围。"

会场上争论不休，杜聿明刚回来就参加这样的会议，心里着实不情愿。杜聿明清楚，自己去葫芦岛之前所提的计划一点没有实施，成为一纸空文，完全是委员长和善于和稀泥的顾祝同听信郭如桂，对作战计划一变再变造成的。"如果按这个计划执行，宿县真的难保了！"杜聿明心里这样想，但没敢说出来，原因很简单，自己刚回来，怕不太了解情况说错话，惹蒋介石再次发火。原来，杜聿明前一天回到南京后，以为蒋介石会亲自召见他，但却没有，只派何应钦、顾祝同做他的工作，让他务必不能再有其他想法，一定尽快去徐州履职。这让杜聿明倍感失落。

"光亭，你怎么想的？"正在杜聿明胡思乱想之时，蒋介石点了他的将，把走神的杜聿明惊得一哆嗦。

杜聿明赶忙说："我刚回来，还不太了解情况。等到了徐州与刘总司令碰头后，再看如何抽调部队尽最大努力解黄百韬之围。"

蒋介石虽不动声色，内心却大大松了一口气，有杜聿明这句话，说明何应钦、顾祝同做的工作起了作用，他同意去徐州指挥了。蒋介石脸上露出了难得的笑容，说："当前正是党国用人之际！光亭能有这个态度很好！你到了徐州，一定要想办法帮帮焕然。飞机已经给你准备好了，你今晚就去！"

会议最终确定了郭如桂制定的方案。

会议结束时，刘为章来到郭如桂身边，冷笑一声，说："老郭，这回该心满意足了吧?"

"刘次长,我满意不满意不重要,关键是顾总长和委座满意不满意!"

"他们满意,你老郭更满意!"刘为章似笑非笑地说。

"刘次长,此话怎讲?"郭如桂问。

"不要问我这话怎么讲,你老郭心里清楚得很!"刘为章说完,扭头就走。

郭如桂十分生气,拎起公文包就冲进了顾祝同的办公室,说:"顾总长,我看老刘这个人有问题,您和委座说东,他偏要讲西,刚才又怀疑这怀疑那,不知用意何在?"

"好了,好了,都啥时候了,你俩还斗来斗去,会前刘为章找过我,会后你又来了。今后你俩有话不要再给我讲,我不愿听,也管不了,有本事就到委员长那里说去!"此时的顾祝同已经没有耐心去调解两位下属的关系。

郭如桂悻悻地离开了顾祝同的办公室。

当晚,杜聿明就乘飞机去了徐州。这一次,杜聿明没有想到的是,他这个堂堂徐州"剿总"副司令差一点未正式履职就先当了俘虏。

南京到徐州仅有三百公里的距离,按说飞机不用一个小时就能到达,可杜聿明乘坐的专机飞了两个小时还没到。一觉睡醒的机长感觉不对劲,探头向下看了好一会,突然回身,掏出手枪对准了驾驶飞机的陆姓飞行员。

"快,掉头回去。"机长命令道。

原计划劫持飞机到郑州机场的飞行员知道计划被识破,只得调转方向。

"怎么还没到啊?"杜聿明发问了。

"报告杜司令,我们迷路了,找不到徐州。"机长回答。

"啊!"杜聿明苦笑了一声,"真是天不助我啊!"

驾驶员被逼调头后,不知道是故意还是惊慌,一直飞到十二点还没找到徐州,再有一个小时飞机就没油了。机舱内的每个人惊恐万分,纷纷站起来往下看,突然有个人喊了一声:"看,左下方有灯光。"大家顺着他手指的方向果然看到一片灯光,于是飞机赶忙朝着那个方向飞去,巧合的是,那个方向竟然就是徐州。抵达徐州机场后,杜聿明才知道刚经历了惊险的一幕。

"看来徐州之行凶多吉少啊!"杜聿明心里暗暗嘀咕。

11月11日,抵达徐州的杜聿明立即着手成立徐州"剿总"前进指挥部。早就心不在焉的徐州"剿总"司令刘峙顺势把总部搬到了蚌埠,把指挥作战的兵权全部交给了副司令杜聿明。

杜聿明没有把"前进指挥部"设在徐州"剿总"司令部所在的道台衙门内,而是设在了城内一所学校。这所学校原是抗战期间徐州沦陷后日本人建的一所小学。抗战后,颠沛流离的江苏学院迁此办学,这个地点与徐州城内的其他地方相比更为隐蔽安全，各项设施也比较齐全。

受命攻击宿县的中野部队日夜兼程。

三纵是攻打宿县的主力，三纵九旅走在最前面。11月12日中午，九旅二十五团前卫营到达宿县以西的张仙庙地区时，遭遇了敌人一个步兵连和四辆装甲车，当即开战，歼敌后迅速攻占了县城西关；同时，九旅的一个团在城南展开战斗，迫使敌人纷纷逃入城内。这时，从城东关又窜出一队敌军，趁二十六团攻击南关时从后面进行袭扰。该团毫不手软，连续打退了敌军四次进攻，并且炸毁了一辆装甲车。

三纵八旅一个团向着东关而去，另一个团的部分主力在北关佯攻，主力奔向宿县外围连接徐州的九孔铁路桥，埋好炸药，炸毁了桥梁，一列由徐州开来的满载国民党军队辎重的火车被击毁，一辆由宿县开出的装甲列车也被迫掉头逃窜。

至13日拂晓，八旅已经从东、北两面，九旅从西、南两面对宿县完成了包围。一纵李志平一旅在张公店刚参加完战斗，短暂休整后，随即于14日拂晓也赶到了宿县，加入了攻城之战。

14日晚，中野发起了对宿县县城的进攻。八旅、一旅在炮火支援下，向东关发起了攻击，敌人步兵在坦克和大炮的掩护下，与解放军发生了激烈的攻防战。

战斗进入了白热化阶段。

李志平旅长命令一团将一处高大围墙炸毁，准备向纵深切入。突然，空中传来一阵阵划破空气的嘶鸣声，一个战士连忙一声大喊："快卧倒！"只听"轰隆""轰隆"几声巨响，周围的民房和商店都烧了起来，一团的许多战士瞬间被火海吞没。原来敌人为阻止中野部队的进攻，竟丧心病狂地发射了多枚燃烧弹。为保护百姓的财产，李志平命令两个营的兵力迅速组织灭火，其余部队则奋勇追击歹毒之敌。

宿县县城筑有高大的城墙，周围是宽五六米深两三米的护城河，每座城门都有一座桥与外面相连。桥头地堡里，守城部队架设机枪进行疯狂扫射，强大的火力控制了大街小巷的路口。桥面上横着两辆装甲车，也不停地喷射出火舌，形成密集的火力交叉网，敌人的负隅顽抗使攻击一时处于停滞状态。

"怎么办？"

大家心急如焚，一时没了主意。

突然，爆破英雄马小顺和兰小元说："我们有办法了。"原来，两个人水性好，私下一嘀咕决定泅渡过河。11月的天气，河水冰冷刺骨，马小顺二话不说就跳进了水里，双手举枪，两脚踩水游到对岸，找到黑暗的地方使劲爬上了岸，兰小元头顶炸药包也泅渡过了河。在二人的配合下，东关桥头的地堡被炸毁了。停在桥面上的装甲车见配合的火力网没了，慌忙驾车逃往城内。

中野将士勇猛追击，打退了敌人一次又一次的反扑，保住了桥梁，为后续部队攻城创造了有利条件。

李志平旅二团的任务是攻克火车站。

宿县火车站是重要的交通枢纽，因此守卫兵力、武器弹药非常充足，四周不仅有炮楼，还有用沙袋垒成的又宽又高的防护工事，密集坚固，易守难攻。进攻开始后，一营连续组织了两次冲锋，都被炮楼上的机枪封锁住，所有冲锋的战士全部牺牲。一营长急得满头大汗，把情况报告给了李志平。

李志平思索片刻，突然一把抓下军帽捏在手里，咬牙蹦出几个字："用迫击炮轰！"

随后，李志平把缴获的几门迫击炮全部调了过来——有太原兵工厂的82毫米迫击炮，有金陵兵工厂的三一式120毫米迫击炮等。别小看这些迫击炮，它们结构轻巧，可以拆分，携带方便，射击曲线呈抛物状以打击隐蔽在工事后面的火力点，是攻城略地的利器，此刻，正是需要它们发挥威力的时候。

几门迫击炮排成一排，"咣、咣、咣"对着炮楼就是一阵猛轰，令李志平没有料到的是，炮楼壁厚坚固，迫击炮仅能伤其皮毛。李志平灵机一动，改为对准守护车站的防御工事实施攻击。这下奏效了，一阵猛烈的轰击后，车站掩体里的机枪哑了，一营趁机向前推进，二营则借着炮火硝烟的掩护绕到敌人防守较弱的区域，用老虎钳剪开铁丝网向敌人迂回包抄。

敌人炮楼里的机枪还在哒哒哒地响个不停。机枪多响一秒，就意味着更多的战士倒下去。

危急时刻，三纵八旅一名叫张明亮的战士语气坚决地说："我上！"

只见张明亮两眼猩红，像头发怒的雄狮。他们班的战士刚才冲锋时全部倒下了，只剩他一个，他要替他们报仇。

战友们替他把两个炸药包捆在一起，让他戴上钢盔，不知从哪里找到一块薄钢板让他顶在头上，在火力的掩护下，张明亮慢慢地向炮楼爬去。

敌人见又来了个不怕死的，集中所有火力向张明亮拼命地扫射。开始时，张明亮爬得还比较快，可是，敌人的火力太猛了，他逐渐慢了下来。当他爬到距炮楼还有一半距离时，突然不动了。大家的心都揪了起来，以为张明亮牺牲了。正当大家万分沮丧时，只见张明亮又慢慢挪动起来，一点点向炮楼靠近，他爬过的地方留下了一长串鲜红的血迹。

爬到炮楼下的一个射击死角，他吃力地抱起炸药包，一瘸一拐地绕着炮楼转了两圈，但没有找到能放炸药包的地方。时间一分一秒地过去，不能再等了，只见他点燃炸药包，用手把它抵在墙上，对着远处的战友大喊一声："同志们，一定要为我们班报仇啊！"

战友们都呆住了。

"轰隆"一声，炮楼瞬间灰飞烟灭。

营长大喊一声："冲啊，为张明亮报仇！"战士们眼含热泪不顾一切冲了上去。

宿县车站被攻陷了。

年仅二十一岁的张明亮，用他年轻的生命为胜利开辟了道路。事后打扫战场时，三纵八旅旅长命令寻找他被炸碎的身体，可惜没有找到，只能含着热泪，带领战士们向他牺牲的地方鞠躬致敬。

中野各部密切配合，终于在15日早上占领了宿县火车站、桥梁等要隘，使守城之敌全部处于解放军严密包围之下。中野三纵领导把指挥所放到了前沿阵地，带领各旅负责同志实地勘察，研究作战计划。

经过勘察研究，三纵决定从东关实施重点突破。东关民房比较靠近城墙，稍加改造就可作为防御阵地，便于掩护和隐蔽。部队准备了火炮、迫击炮、炸药包等，以便必要时针对东门及城墙实施爆破。

15日晚十七时，总攻开始。南北关提前十分钟实施佯攻，给敌人制造错觉。然后，对东关集中火力开始主攻，一条条火龙飞向城墙、城门，打得砖石纷飞，硝烟弥漫，地动山摇。

工兵连把五十公斤的炸药放在东门，一下子炸开了一道一丈多宽的口子。敌人立即组织几辆装甲车和步兵进行反扑，几位中野战士率先登上缺口，占据有利地形进行射击，掩护后面的战士前进。

敌人的坦克还在一步步逼近，步枪、机枪打过去，对它来说就像挠痒一般，但坦克的火炮却给攻城战士造成了很大的伤亡。

连长急了，大喊："马小顺，炸药包！"

只见马小顺夹着炸药包，在火力掩护下，几个翻滚就到了坦克前面，拉开导火索，把炸药包塞到了坦克下面。"轰隆"一声，这个巨大的铁家伙顷刻间浓烟滚滚，动弹不得，跟在坦克后的步兵无心恋战，掉头就跑。但哪里还能跑得掉，很快就被全歼。城门打开后，中野部队像潮水一样涌入，很快席卷了县城的大街小巷。

仅仅过去四十多分钟，县城东、西、南、北关都已被攻破，宿县城防司令张绩武和司令部的几百号人马退守到城西南角福音堂里，妄想凭借这里的高墙大院及坚固的工事负隅顽抗、拼死一搏。张绩武在福音堂墙外还布置了四辆装甲车，形成交叉火力，封锁住中野部队进攻的道路。

为减少伤亡及房屋损坏，中野纵队首长下令暂时休战，采取宣传攻势。李志平的一旅刚好在这附近，就把任务交给了他们。

"先准备宣传弹！"李志平喊道。

宣传弹是一种特种弹，可以用火炮、飞机等多种途径发射，是用来散发宣传品的炮弹或炸弹。当弹体到达目标上空时，就会裂开，散发出宣传品。

不到一个小时，一排宣传弹就准备好了，里面是紧急赶制的宣传标语。

李志平调集几门火炮，"咣、咣、咣"一阵发射，炮弹炸裂后宣传单飘飘忽忽就落到了福音堂院里。

同时，纵队还调集了两台高音喇叭，轮流喊话。

"张绩武，你们已经被包围了，赶快投降吧，缴枪不杀！"

"国军兄弟们，不要再抱幻想，没有人来救你们，放下武器，停止抵抗是你们的唯一出路！"

"打倒蒋介石，解放全中国！"

……

宣传攻势一直进行到16日下午两点，张绩武仍然没有投降的意思。纵队领导决定不再等下去了。

攻击开始后，城头阵地上的火炮连续击中福音堂的钟楼，击毁装甲车一辆，其余三辆一看情况不妙，想掉头逃窜，由于紧张慌乱全部掉到沟里，成为解放军的战利品。

躲在教堂里的张绩武恐慌到了极点，但他仍不死心。他一方面不断向刘峙求救，一方面还在表忠心："请速来救。吾当竭尽力量，坚守核心据点到底！决心与宿县共存亡，不成功，便成仁！"张绩武说一套做一套，电报刚发走，他就无心恋战，带着两个中队向南门逃窜，还没跑出多远就被中野部队迎头拦截，他们不得已拐进了旁边的两个院子，继续负隅顽抗，死不投降。

李志平见状，对手下命令道："用手榴弹给我炸！"战士们抡起手榴弹，死命地往院子内甩，直炸得里面鬼哭狼嚎，直到里面的人大声求饶："别打了，别打了，我们投降。"

里面的人举着手陆续从院子里走出来，一个个灰头土脸，狼狈不堪。

在核查俘虏时，一个满脸锅灰、穿着普通士兵制服的人自称是商丘兵营管理所的中尉书记官，叫方晓号，他紧张地问道："你们喊'缴枪不杀'，是真不杀还是假不杀？"

一个战士回答："废话，如果真要杀，你还能站在这里和我说话？"

"那对待当官的呢？"

"一视同仁。看表现，坦白从宽，抗拒从严。你有什么要坦白的吗？"

"没有，没有，我只是随便问问。"方晓号支支吾吾地回答。

方晓号和战士的对话被站在一边的李志平听到了，他一声不响地走了过去。

"伸出你的右手，让我看看你的手相！"李志平朝方晓号说道。

方晓号伸出还算白净的手，李志平仔细瞧了一会儿。

"我这个人不光会打仗，还会看手相，你说自己是个中尉，但用的手枪却是将官才有的勃朗宁枪。说，你到底是谁？胆敢说一句谎话，我就把你捆起来扔到浍河里去！"

浑身筛糠般颤抖的方晓号回答："我，我，我是驻宿县城防司令兼津浦路护路司令部中将副司令官张绩武。"

"好家伙，果真是条大鱼，我找的就是你！"李志平霸气地说。

宿县战斗结束后不久，杨云枫看到中野印发的战地通报，再次与粟裕开起了玩笑："我那位老同学虽然篮球打得不怎么样，但手相看得还是挺准的，上次抓了米文和，这次故伎重施，又逮了张绩武！"

粟裕说："要我看呀，你们昕昕中学的学生都没有安心学习，不是把心思用在玩篮球上，就是用在看手相上了！"

一句话说得在场的所有人捧腹大笑。

22

11月11日黄百韬第七兵团被华野团团包围后，国民党国防部一帮大员们心急如焚，蒋介石更是寝食难安，他们立即召开会议研究救援方案，准备派兵增援以解黄百韬之围。

杜聿明到达徐州后，蒋介石命令他务必尽全力救援黄百韬，以最快的速度解七兵团之围。于是，11日当晚，徐州"剿总"便迅速集结邱清泉的第二兵团和李弥的第十三兵团共十二个师的兵力，借助坦克、飞机的掩护，沿陇海铁路向徐州东面的碾庄圩地区运动。

12日，杜聿明增援部队在徐州东正式集结完毕的同时，华野发动的阻击战也正式打响。

其实，在10日国防部会议结束之后的当天晚上，杨云枫就接到了一份经南京转来的密电："据'孤雁'透露，蒋要不惜一切代价解救黄兵团，二和十三兵团东进。"杨云枫立即将此情报报告给了华野司令部，华野在围困黄百韬第七兵团的同时，只得腾出一只手来，着手进行阻击和打援工作的战略部署。

黄百韬的第七兵团约有十二万人，战斗力较强，要消灭黄百韬兵团并非易事，这可以说是一场大仗、硬仗。为了让华野集中精力打好这一仗，就必须拖住邱、李两兵团，不能让他们有机会与黄兵团会合。

中央军委研究后，决定由华野八个纵队担任阻击打援任务，将其中的华野十纵、七纵、十一纵等三个纵队在十余公里长的前沿主阵地上从北到南依次摆开。因徐州通往碾庄圩的公路和铁路都在防线北段，所以北段的阻击任务最重，经反复研究后，由最擅长阻击打援的号称"排炮不动，必是十纵"的第十纵队负责防御，参与此次阻援的三个纵队由十纵司令员宋时轮、政委刘培善统一指挥。

　　与此同时，邱清泉和其下属也在研究进攻方略，最终提出两种打法：一是经潘塘镇、房村，攻击大许家、曹八集，另外也可以考虑先占领邓家楼、林佟山，分两路沿山向东攻击。方案一可以避开强敌，行动也比较迅速，但由于兵力不足，实施不好有被包饺子的危险；方案二呢，由于山地路况不好，行动比较迟缓，但是可以稳扎稳打，便于隐蔽，危险性小。邱清泉认为中共部队善打"野战"，擅长速战速决，不善于打持久战。所以，经过算计，邱清泉决定采取第二种方案，他觉得这是两全之计，因为拖着对手慢慢打，既可给南京总部和徐州"剿总"做个样子，有个交代，也可保全自己的实力，不致遭到毁灭性打击，万一共军撤退了，自己也就算大功告成了。

　　13日，国民党军队第二、十三兵团于上午九时开始发动攻击，增援与阻击之战正式打响。第二兵团的第五军、第七十军、第七十四军前进到了潘塘镇、二陈集、张集、林佟山一带，华野二纵、十一纵、十二纵和鲁中南纵队在此开始阻击。十二纵的两个团首先向潘塘镇、三堡之线的敌人下手，结果由于敌情判断错误，被国民党部队击退，伤亡惨重，被迫退守到潘塘镇以东三四公里的党庄。得到初战获胜的消息后，邱清泉信心大增，急令部队持续前往增援，企图一举吃下解放军的这两个团。

　　党庄是一个小村庄，总共十几户人家。房屋本来就不多，经前期的战斗后，只剩下断壁残垣，村庄外的小河水已经结了一层暗红色的薄冰，周边堆积着变硬发臭的尸体，似乎在无言诉说着之前战斗的惨烈。赶到此地的解放军战士们顾不上多想，紧急在村庄外围构筑防御工事。北风呼呼地刮着，刷得人脸疼痛难忍，战士们低着头拼命地挖着战壕，嘴里呼出的热气在眉毛和帽檐上都结成了白霜。渴了，就喝一口水壶里冰得人牙疼的水，饿了，就胡乱啃几口干粮饼子，累了，只敢闭上眼休息十来分钟……战士们清楚，战前多十分钟的准备，战斗中就会少牺牲几个战友的生命。

　　14日，邱清泉又接到蒋介石的电报："党国存亡，在此一举，吾弟应发扬黄埔精神，为国家尽忠，为民族尽孝，不惜一切牺牲，将当面之敌击溃，以解黄兵团之围。"邱清泉虽有怨言，但也不得不听从蒋介石的指挥。与此同时，刘峙、杜聿明也指示邱清泉的第七十四军经潘塘镇、双沟向大许家迂回包抄。

　　早上八点，邱清泉下令集中炮兵火力，对解放军阵地进行猛烈轰击，目的是待解放军阵地被摧毁后，步兵再进行攻击。猛烈的炮击过后，解放军阵地一片火海，硝烟弥漫，死伤惨重。面对敌人的疯狂轰炸，上级也对坚守阵地的将士下达了死命令，据守屋角墙头地堡，坚决狙击，不得后退。整个白天，火光冲天，枪声、炮声、嘶喊声等混合在一起，嗓子喊哑了，耳朵震聋了，身体麻木了。解放军战士抱定人在阵地在的决心，誓死坚守阵地，硬是没让邱清泉的部队前进一步。

　　本次增援与阻击之战，双方目的都很明确。国民党军队一方要为黄百韬解围，中共部队一方则是要全力拖住他们，以便为华野集中兵力消灭黄百韬兵团创造条件。不同的是，国民党军队屡遭围堵，一直处在狼奔豕突的惶恐状态中，增援目的只有上层军官知晓，普通士兵光知道要解黄百韬兵团之围，对于此次战役对国军的重要性及意义并不了解，更没有人给他们做广泛的宣传动员，"上峰让打就跟着打"。所以，思想不坚定、军心涣散的他们大多抱着打得赢就打、打不赢就跑的思想。而华野部队就不同了，所有的干部都下到了连队，战前做了充分的思想动员，使每个战士都知道了阻援之战的利害关系，个个铆足了劲要把敌人拖住并吃掉。

　　在战前动员会上，很多战士问："为什么让我们阻援而不是直接去参加消灭黄百韬兵团的战斗？""如果黄百韬兵团被消灭了，我们岂不是一点功劳也捞不到？"

　　华野各级指导员、教导员和政委耐心地做起了思想工作，消除大家的疑问。

　　"我们这次的主要目的是要消灭黄百韬兵团。阻援成功，与黄百韬兵团直接作战的纵队才能不受影响，才能专心完成任务。没有我们的阻援战斗，我们的兄弟纵队就不可能消灭黄百韬兵团。所以说，阻援是这次大战的前提和重要组成部分！另外，大家都要明确，任务的完成不是某一个纵队的功劳，而是整个华野的功劳，缺了哪一块都不行！退一万步讲，如果不阻援，邱、李兵团过来与黄兵团内外夹击，我军两面受敌，不是有被包饺子的危险吗？"

　　战士们想通了，知道为什么而战，为谁而战。大家纷纷表态：一定不怕牺牲，全力拖住敌人的增援部队。

　　敌人的坦克出动了，十几辆排成一排，后面跟着步兵，气势汹汹地冲向华野阵地。危急时刻，缺乏重型武器的华野官兵急中生智，一边集中火力打击敌人步兵，一边释放烟幕弹，点燃堆放在阵地前方的柴火垛，火烧坦克。不大一会儿，阵地上烟雾弥漫，火光冲天。敌人坦克看不清方向，晕头转向开了回去，跟在后面的步兵见坦克折返，也只得随着往回跑。华野士兵抓住机会，机枪、手榴弹齐出动，把成群成群的敌人撂倒在阵地上。

　　惨烈战斗同样造成华野部队的巨大伤亡。四连三排排长刘奋进瘸着腿、满脸是血，他含着泪向营长老曹报告："我们爆破班的炸药包在敌人火炮轰击时被击中，炸药包全部爆炸了，爆破班全体以及连排长都牺牲了。"

　　老曹听闻，顿感心中滴血，他忍着悲痛问："你们连还有多少人？"

刘奋进答:"还有三四十人。"

老曹看着满脸鲜血的刘奋进问:"你还能坚持战斗吗?"

刘奋进把胸脯一挺,响亮地回答:"能。"

"好,那你就任代理连长,回去指挥大家继续战斗。"

趁敌人炮击的间隙,教导员吴志宏说:"老曹,太饿了,咱们先吃口东西吧。"于是喊来通讯员,一人拿了一个馒头,不知从哪弄来一壶酒,三个人轮流,一口馒头就一口酒。

吴教导员说:"香!喝口酒暖和多了。等打赢了这仗,我们来个一醉方休。"

老曹说:"好!一言为定,到时候俺来整几盘硬菜。"

草草填饱肚子,吴教导员说:"老曹,你在这守着,我到前面看看。"于是和通讯员一起走了出去。

两人刚来到四连的阵地上,敌人的炮击又开始了。这次的炮火更猛烈,每次齐射过来的炮弹都有数十发,吴教导员清楚,敌人这是集中了几十门炮一起轰击。十几分钟地动山摇般的爆炸后,浑身泥土的吴教导员向四周看了看,四连的阵地上只剩下自己的通讯员、代理连长刘奋进和一名战士。他们四人一边躲避着炮火一边弯腰收集散落的手榴弹、枪支,准备与炮击之后冲上来的敌人决一死战。

突然,吴教导员脸朝西边怔了一下,向着三人大声呼叫:"快隐蔽!"话音未落,他使劲把离自己最近的通讯员推了出去。一眨眼工夫,一枚炮弹落下来爆炸了。轰隆一声过后,通讯员和刘奋进三人抖抖身上的泥土从地上爬了起来,看到刚才他们站的地方已经成了一个大坑,吴教导员不在了。三人找遍了四周,再也没有见到吴教导员。三人这才明白,吴教导员被炸飞了,刚才吴教导员突然的一怔,是他凭经验听出了炮弹的着落点,所以才呼喊让他们躲避的。

小通讯员失魂落魄地跑去报告营长老曹。坚强的老曹从十九岁当兵打日本鬼子起,到现在经历了上百场大小战斗,从没有流过一滴泪,听到吴教导员牺牲的消息后,他号啕大哭,悲痛欲绝,发疯似的吼叫道:"老吴,咱俩搭班子唱戏十年了,没想到你个混球是个骗子,明明说好打赢了这场仗,我们来个一醉方休的,你竟撂下我们自己先走了!"

11月15日,受蒋介石委派,顾祝同、郭如桂等到徐州督战。徐州"剿总"前进指挥部内一片忙乱景象,杜聿明桌上的电话不时地响起,一会儿是邱清泉的,一会儿是李弥的,都在急促汇报部队进展情况。杜聿明看到他们来了,赶快满脸堆笑地迎出去与顾祝同握手寒暄:"总长,您来了,快请坐。"与对待顾祝同的态度截然相反,杜聿明看看郭如桂,只是冷淡地点点头,拒绝与他握手。

杜聿明向顾祝同一行汇报了近几日调集部队援救黄百韬兵团的情况,说:"邱、李兵团12日就已经奉命出发了，可想不到共军华野调集了好几个纵队进行打援、阻击，致使邱、李兵团推进极其缓慢，每日只能前进一二公里，照这样下去，救援很难成功啊！"

顾祝同毫不迟疑地说："再难也要救。这是委员长的命令。给邱、李两人下死命令，务必要按期到达预定目的地，否则军法处置。"

收到杜聿明的电报，本就不愿前往的邱清泉和李弥，此刻更是一肚子怨气。收到电报后，邱清泉"啪"的一声把电报拍在桌子上，破口大骂："妈的！今天来个'军法处置'，明天来个'军法处置'，只会拿这个来压人，我们难道不想尽快到达吗？！要不然你们自个来试试，真是站着说话不腰疼！"

顾祝同传达完蒋介石的指令，又与杜聿明研究下一步徐州"剿总"的部署和战法，趁郭如桂上厕所的间隙，杜聿明终于逮到了与总长独处的机会，他愤愤地说："总长，您怎么把'小鬼'带到我这里来了，我一直怀疑其人有共党嫌疑，反正有他在场讨论的计划部署我是不会执行的。"

顾祝同顿时把脸拉了下来说："光亭，想不到你也说这些不着边际的话！都啥时候了，你这个副司令还是全力以赴指挥战斗，赶快救黄百韬第七兵团的命吧！"

杜聿明嘟囔道："越是这个时候越要防备共谍，小心方能行得万年船。"

顾祝同板着脸没有搭话，杜聿明就不敢再唠叨。

杜聿明在"剿总"和顾祝同"运筹帷幄"之时，并没有意识到一场不期而遇的战斗正在悄悄拉开帷幕。当日晚，为切断邱、李兵团的退路，粟裕命令华野几个纵队自徐州东南的房村一带出发，经由潘塘镇向北楔入，打算把邱、李兵团进攻部队也给"包个饺子"。巧合的是，打起仗来不要命，一贯骄横狂躁人称"邱疯子"的邱清泉并不完全是草包一个，也就是在当天下午，他派出七十四军从徐州向东南潜行，意图迂回至双沟一带，然后向北转进，侧击碾庄圩以西的华野部队。16日凌晨，这两支有着近乎同样意图的部队在潘塘东南的周楼意外"邂逅"。伸手不见五指的夜幕中，衔枚疾行的双方几乎同时意识到了对方的存在。一阵枪炮声响过，七十四军才意识到对方绝不是小股袭扰的"土八路"，华野各纵队也发现对手并非是一口就能吃掉的杂牌军，双方激战至天亮，相互才确认对方是大有来头的。就这样，一场事先谁都没有充分准备的遭遇战生生打成了双方主力部队硬碰硬的交锋对垒。一天激战过后，双方都没有占到太大的便宜。17日上午，华野研判到此次战斗的原定意图已无继续的必要，于是及时调整部署，主动将部队后撤。

可笑的是，随着华野的主动后撤，一场被国民党军上上下下浓墨重彩渲染而成的"徐东大捷"的好戏却轰轰烈烈地鸣锣开演了。

11月17日，国民党东援部队还在继续攻击，九时，空中侦察发现华野有若干个纵队后撤，刘峙、杜聿明、邱清泉等均判断中共部队全线退却，遂下令全力追击。上午,第三十二师九十五团袁团长打电话给龚师长,汇报重大战果:"报告师座,昨天晚上有一支中共部队大概四五百人没有跑掉,约一个营的兵力,被我们反包围把他们统统给俘虏了。"

龚师长一听,一下从椅子上蹦了起来,抑制不住兴奋地喊道:"好!好!还是你老袁有办法。说准确点,一共俘了多少人,缴了多少枪?"

袁团长兴奋地说:"我们还在清点。缴获的不但有步枪、机枪,还有不少迫击炮呢。"

这是开战以来国民党部队听到的绝无仅有的好消息。龚师长不假思索,立即抓起电话报告了邱清泉,邱清泉听后兴奋异常,立即指示:"让他们好好清点一下,回头通知记者去拍些照片,要大力宣传,以此鼓舞我部全体官兵的士气。"

放下电话,邱清泉一边踱步一边自言自语:"我邱清泉的部队就是能打胜仗,打硬仗!"

于是,邱清泉抓起电话,向刘峙报告:"刘总司令,共军全线撤退了!徐东大捷!徐东大捷了!"然后把情况仔细汇报了一下。

之后,龚师长又给袁团长打去电话:"你马上派人把俘虏和缴获的枪炮统统送到师部来!"

令龚师长没有料到的是,电话那头的袁团长却吞吞吐吐地说:"报告师座,本来已把共军部队包围了,但是他们反抗实在是太顽强,给他们突围跑掉了大部分,只抓到二十几个俘虏,缴获的枪支也不多,不到三十支。"

"你个混蛋,怎么搞的,你可害苦我了!"似被当头一棒打懵了的龚师长气得把电话"咣当"一声摔在了地上。

无奈之下,龚师长只得硬着头皮给邱清泉打电话更正。邱清泉一听,也是一个头两个大。自己刚汇报完,马上又出尔反尔,这脸面往哪搁啊?略一思索,邱清泉说:"晚了,我已经报告给刘总司令了,现在只能将错就错了!"

龚师长说:"如果记者来采访拍照,我们没有那么多俘虏也没有那么多枪怎么办?"

恼羞成怒的邱清泉答:"你真是个笨蛋,活人还能让尿憋死?!让九十五团的那个袁团长赶快去到九十六团借些人和枪!"

18日一大早,徐州"剿总"司令部门口就燃放起了鞭炮,挂起了横幅"热烈祝贺第二兵团取得徐东大捷",还举行了一个阵势宏大的"祝捷大会",报纸上更是连篇累牍地报道"胜利"的消息并刊发第三十二师师长、团长们站在那些"缴获"武器后面的照片。徐州城当天的报纸被抢购一空,徐州"剿总"司令部大院内一扫往日的阴霾气氛,呈现出一派从未有过的"振奋"景象。

消息传到南京,国民政府同样一片欢腾,即刻决定组织慰问团到徐州前线劳军。邱清泉部相关人员得到了晋升，九十五团的一个副营长升为营长，其中一个冒着枪林弹雨把电话线接通的士兵被授予"青天白日勋章"。让人哭笑不得的是，这个士兵是个冒牌货，那个真正冒着枪林弹雨把战场上电话线接通的士兵，在被授励之前，因抱怨被围期间粮弹不济，被九十五团袁团长一怒之下下令枪决了……为了表彰邱清泉部的"赫赫战功"，国民政府还奖励了二十万大洋，军官和士兵每人两块。军官们的倒是都如数兑现了，到士兵们那儿却只有每人一块，另外的一块估计都"激励"各位长官大员了。

南京政府和徐州"剿总"怎么也不会想到，他们不惜血本、煞费苦心宣传和嘉奖的竟是这样一场彻头彻尾的乌龙事件。

上百个充当俘虏的国军士兵拿到大洋，相互之间开起玩笑："哎，打了一辈子仗，胜利了连半个子儿的铜板都没有，这次往脸上抹点猪血，斜眼歪头在照相机前站上一会儿竟能挣来一块大洋，不知道今后还有没有这样的好事？"

"徐东大捷"的余波延续很久，直到黄百韬第七兵团兵败后，国民党仍在宣传徐州"大捷"。曾有一位记者以怀疑的口气问杜聿明："这样的大捷，黄百韬到哪里去了？"杜聿明只好尴尬地说："黄百韬回家休息去了。"

华野七纵在敌第三"绥靖区"何基沣、张克侠带兵起义的配合下，从万年闸强渡运河，很快实现中间突破，随后又渡过不老河，11月9日抢占了大许家车站，切断了陇海铁路，拦截住黄百韬兵团向徐州撤退的道路。邱、李二兵团东援，邱兵团从陇海线以南推进，李兵团从陇海线以北行军，大许家车站是他们东援的必经之地。

在大许家车站附近，有个叫刘鲁家的村庄，处在陇海铁路和公路之间。相较于周边空荡荡的田野，在这里设阻击阵地十分合适。七纵的一个营负责此地，他们疏散了村里的村民，开始构筑防御阵地。他们一共设置了三道防线，村西、村中和村东各一道，每道防线相隔两公里。部队在三道防线间挖上壕沟，深一米五，呈蛛网状分布，人在里面可以直立跑动。另外，七纵战士们还拆卸铁路上的钢轨、枕木，搭建起了坚固的地堡，能经得起炮火的轰击。为了防坦克，他们还在村外挖了一道深坑，有的用树枝树干做成狩猎陷阱，有的做成鹿寨。在刘鲁家，副营长在最西边前沿，营长和教导员在村中间，这样便于和四面八方联系，便于指挥，也便于掌握全营的作战情况。

一切布置停当，只等邱、李兵团入瓮了。

由于华野七纵的顽强打援，邱、李兵团进展缓慢，直到11月18日才推进到大许家附近。这次是蒋介石的"王牌"新五军打头阵。新五军不是一般的部队，号称国军能攻善守的"五大主力"之一。由于增援心切，新五军抵达后，一刻不停就发动了攻击。华野三营首当其冲，面对新五军飞机、大炮和坦克轮番上阵，三营拼命扼守，顶住了敌人的"三板斧"。敌人攻击受挫，只得暂停下来，开始构筑工事，准备对峙作战。新五军同样也挖堑壕、挖交通壕，最后挖到了距华野部队鹿寨、交通壕近十米的位置，对垒双方彼此听得到对方谈话的声音。双方僵持着，三营接到上级命令，作战目的只有一个字——"阻"，只要对方不发起进攻，就不要主动挑起战斗。

这下就把新五军给困住了，他们知道每耽搁一天，碾庄圩的包围圈就缩小一圈。刘鲁家距碾庄圩只有四十里的路程，隆隆的炮声依稀听得到，硝烟似乎也能看得到，他们妄言救不出来黄百韬誓不收兵。于是，第二天一大早，新五军就开始组织攻击，在坦克的引领下攻上来，甚至占领了华野的几个阵地。到了夜晚，华野组织反攻，把白天丢掉的阵地又夺了回来。就这样，双方形成拉锯战，激战了两天两夜，新五军始终未能向前推进半里路。

22日中午，传来了黄百韬兵团溃败的消息。华野部队为此欢欣鼓舞，指战员们欣喜若狂，想着这下敌军要撤退了。到了下午三点，敌军忽然又向华野阵地开始发起猛烈的炮击。许多人认为这可能是撤退前放的烟幕弹，甚至有的同志打趣说："敌人就像海里的乌贼鱼，逃跑的时候都要放一阵黑水作为掩护。"

三营营长赵新华不这么认为，他根据种种迹象和以往的经验判断，这不像是撤退前的掩护，更像是一场更大规模的报复。果然，猛烈的炮火过后，空中出现了"嗡嗡嗡"的响声。"不好，是敌机！"赵新华的话音刚落，二十几架飞机已经对着华野刘鲁家的阵地俯冲下来，又是扫射，又是轰炸，一直持续了二十多分钟。飞机消失后，铺天盖地的炮弹呼啸着从空中飞来，雨点般砸在阵地上。阵地上到处是火光，到处是飞溅的弹片，就算是用钢轨、枕木构筑的防御工事也经不起这三番五次的轰炸，很多战士被压在了倒塌的工事里，还有不少人直接被炸飞了。三营的教导员牺牲了，副营长负伤了，赵营长的双耳已经震聋了。这时，三营指挥员就只剩他一个了，赵新华坚持在前沿指挥部队阻击敌人，冒着枪林弹雨，与冲上来的敌人展开惊心动魄的血战……在万分危急的时刻，华野派三个团赶来增援，从几个方向形成钳势向敌人攻击，终于消灭了冲入村中的所有敌人，夺回了阵地。新五军一看形势不妙，夹起尾巴逃回了徐州。

为争夺刘鲁家阵地，国共双方都付出了惨痛的代价。国民党出动了二十几架飞机、二十几辆坦克、二百多门大炮，还有一个多师的兵力，最终以失败告终，没能越过刘鲁家一步。华野先后投入一个纵队的兵力，牺牲千余人，完成了阻援任务，为最终歼灭黄百韬兵团争取了宝贵的时间。

激战过后的刘鲁家阵地一片死寂，当增援部队的战士从炸翻的虚土中将一息尚存、血肉模糊的赵营长扒出抬上担架时，还没走上几步，他猛然挥动手臂，嘴里急促地叫嚷起来："快，快，快放我下来！"抬他的战士把他放在了地上，只见他费力地撑起半个身子，拧身朝向阵地，缓缓举起手臂敬了个军礼，久久没有放下。突然，一声嘶哑的哭腔从他干裂的唇间飘向硝烟和血腥味弥漫的天地间："三营的弟兄们，一路走好啊！"

看到这一幕的战士无不为之动容，潸然泪下……

23

蜿蜒起伏、状似神龙的云龙山在瑟瑟秋风中披着斑驳的秋装。

在这座名山的东麓，松柏中掩映着一座闻名遐迩的古刹——兴化寺，这是苏北地区第一大佛教丛林。该寺依北魏大石佛修建而成，灯燃千载，香客不绝。

11月中旬的一天傍晚，一位法号道修的和尚领着两位挑夫来到了云龙山下戒备森严的岗哨前。

"哪里人，叫什么名字？"一个持枪卫兵扯着嗓门大声吆喝，叫住个头高大的挑夫。

"报告长官，俺姓高，叫满仓，吕梁山单林村的。"自称高满仓的汉子放下肩上的扁担，点头哈腰地回答。士兵进行了搜身，还检查了一遍箩筐，没有发现任何可疑之物。

"你呢？"士兵走到另一位挑夫面前。

"俺，俺叫'黑毛'，和满仓哥是一个村的。"个头偏矮的挑夫答道。

"什么黑毛白毛的，大名叫什么？"

"俺姓石，小名叫'黑毛'，大名也叫'黑毛'，就一个名。"

"土包子！"士兵嬉笑一声后，同样对石黑毛检查了一遍，除了满箩筐的山芋干，身上连片纸都没有。

"你从吕梁挑到这里来，几十里的路，路上肯定要去茅房，用什么擦屁股？"站在一旁叼着烟卷的老兵顿起疑惑，瞪大眼睛问道。

"俺，俺，俺拉屎后从来不用纸，用土坷垃，不花一分钱。"石黑毛红着脸说。

"真他妈抠搜，快滚，快滚！"叼着烟卷的老兵吼道。

与两位战战兢兢的挑夫相比，道修和尚与两位值班士兵十分熟悉，盘查中有说有笑，临走时还送给他们两人几斤核桃。

"我说'光葫芦'，下次再去乡下，弄几斤红枣来，烟抽多了嘴苦，缺点甜味！"老兵接过核桃，笑嘻嘻地对道修和尚说道。

"一定！一定！"道修和尚双手合十，笑着回答。

道修领着两人进了兴化寺。

道修和尚何许人也？兴化寺佛谱中有如下记载——1934年，兴化寺第十一代主持第二次受戒二百六十四人，其中第一〇八位，俗名孟宪军，庚年二十岁，萧县人，父母双亡，早年念过两年私塾，后在萧县竹林寺出家，赐法名安志，法号道修。来到兴化寺后，道修心诚事勤，1937年入事牵头和尚，掌管寺院庙产和寄庄子（外地的庙产），定期到乡下收庙租。收到粮食、豆腐、蔬菜等庙租后，他就雇用当地劳力跟随自己将东西挑到兴化寺来。

当天夜里，高满仓和石黑毛留宿在兴化寺。道修和尚对主持说，两个憨厚的挑夫为给寺里送东西，一个不小心崴了脚，脚踝肿得明晃晃的，像发面馒头，另一个挑夫双脚也磨出了豆粒大的水泡，他们称得上庙里的衣食父母，说他们等脚好了再回去，慈悲善良的主持自然同意。

第二天，在兴化寺客栈呆到半晌午的满仓和黑毛实在无聊，便一瘸一拐地在寺内溜达，瞧瞧在单林村里从来没有见过的稀罕景物。

幽静肃穆的兴化寺由大佛殿、三圣殿、藏经楼、祖堂、法堂、方丈室、客堂、斋堂、库房和僧舍组成，气势恢宏，巍然屹立，是徐州城的风水宝地。以往每日前来烧香拜佛的善男信女络绎不绝，这些日子徐州城风声鹤唳，人心惶惶，上香许愿的人少了许多。满仓和黑毛瞧过大雄宝殿和大佛殿后，便来到院内一棵百年松柏下休息。

松柏树下的石凳上已经坐着一位用黑色头巾围着脸的中年妇女。

"两位大兄弟，也来烧香？"中年妇女低声问道。

"对，是来烧香的。"黑毛回答。

"无事不烧香，有事求菩萨。大兄弟，你们烧香求个啥？是求子求福，还是避灾避祸？"中年妇女没有看两人，低着头自顾问道。

"俺，俺是求媳妇的，他呀，一连生了三个女娃，是来求个带把的。"黑毛扭捏地说。

"大嫂，那你呢？"一直没有说话的满仓这时插话问道。

"俺个妇道人家没有大本事，但托菩萨的福儿女双全，不求女不求男，但家里最近出了事，是来这里拜菩萨求贵人相助的！"

"大嫂，你来求什么样的贵人啊，说说让俺听听！"黑毛脸上露出好奇的神色。

"俺求的这个贵人啊，要有三头六臂之身。"中年妇女说。

"三头六臂之身？兴化寺内的石菩萨都是这样子的，但他们不会走不会动啊，帮不了大嫂你的忙，俺看光身强力壮还不行，还得有七平八稳之神！"黑毛说。

"小兄弟，让你说着了，俺找的就是这样的人！"

中年妇女说完，黑毛知道暗号对上了，悄悄起身离去，留下满仓和中年妇女。他没有走远，而是在附近警戒，观察着来往的香客。

"同志，你就是侯五嫂吧？"

"对的，对的，那您一定是'五号首长'了！"

"是的！"高满仓回答。

"高满仓"不是别人，正是受命从睢宁赶到徐州城的华野敌工部部长杨云枫，望风的"石黑毛"则是他的手下燕刚。把两人带进兴化寺的道修和尚也并非一般的出家人，而是1943年入党的中共徐州地下组织的成员。

从看到侯五嫂的第一眼起，杨云枫的内心就激动不已。时间如白驹过隙，转眼十年过去了，杨云枫经常想起自己从昕昕中学毕业后跟着侯师傅当学徒的那一段难忘的时光。对杨云枫来说，侯师傅的修理铺是他走上革命道路的第一站。从侯师傅和侯五嫂身上，他不但学到了地下工作的基本经验和方法，还掌握了武器使用和维修的娴熟技术，这对他现在的工作帮助很大。那时，侯师傅和侯五嫂称他为"小杨"，杨云枫多么期望侯五嫂认出自己，再亲切地叫上一句"小杨"啊，但侯五嫂眼神里闪出一丝迟疑后，还是没有认出自己面前的"五号首长"就是昔日的"小杨"。

"首长，您稍等，徐州工委的负责人老段马上就到，俺先走了。"说完，侯五嫂离开了。

两分钟之后，一位身着长衫的中年男子走过来，坐在了杨云枫的身边。

"同志，我是徐州工委的老段，有一个紧急情况向您报告，请您立刻做出指示。"

"请说！"

"现在徐州国民党'剿总'内部潜伏的'林木''无名氏'和'黄蜂'三位同志处境十分险恶。保密局徐州站站长陈楚文像条疯狗，在司令部内实施了严密的监控和盯防。他们三人不但行动不便，向外边传递不了情报，而且随时都有暴露的危险，必须尽快想办法以防不测。"

"你们难道没有想办法对付陈楚文吗？"

"几天之前，我们中共淮北徐州工委内部的两名同志被陈楚文抓去了，其中一名叫庞茂盛的叛变了，工委的几个秘密联络点暴露了，好在事先我们做了准备，及时废掉了这几个点，否则肯定被陈楚文手下的行动队长马树奎给一网打尽了。现在，我们特委还未能建立起新的联络站，因此也就没有精力和能力对付他们，只能向您汇报此事，请求华野驻徐州办事处帮助。"

听完老段的汇报，杨云枫焦虑万分。自从淮海战役打响后，潜伏于徐州"剿总"司令部的三位同志多次为华野及时提供了关键的绝密情报，为淮海战役的实施和扩大战果做出了重要贡献，称得上是真正的幕后英雄。现在他们的处境十分凶险，他这个敌工部部长心里有说不出来的滋味。

中共在徐州的地下组织有多条线，淮海战役开始前，为了确保安全，线和线之间没有横向交叉，各条线独自将情报汇报给西柏坡的中央情报机关，之后由中央情报机关再转到华野敌工部。淮海战役拉开帷幕后，为不贻误战机，西柏坡将其他几条线负责人的联系方式告知了华野敌工部。按照保密工作的要求，对这些组织的组成人员，只告知了代号，其真实姓名和详细档案材料并没有转交。杨云枫对"林木""无名氏"和"黄蜂"几个化名耳熟能详，但他们三人的面容和实际身份，他这位部长并不清楚。虽然不知道他们的真实身份，但杨云枫早就把三人当成了自己的火线兄弟，自己的同事面临生命危险，杨云枫不会袖手旁观。

"当前你们务必要保护好自己，他们三人面临的危险由我华野驻徐州办事处负责处理。"杨云枫对老段说。

老段咬着牙说："我们计划这两天除掉陈楚文的行动队长马树奎，这个家伙拿着画像在徐州城到处搜捕我们。"

"先不要杀他！且不说杀成杀不成，就是能杀了他，陈楚文马上会派新人顶替他继续搜捕。你们毕竟都还认识马树奎，此人一出动，你们好有个防备。如果换个陌生人，你们就防备不了啦，那样的话危险更大。"杨云枫说。

老段点了点头，认为杨云枫说得很有道理。

"马树奎这个叛徒，杀害了我们的钟扬春同志，现在又到处捕杀你们，可谓罪行累累，我让华野驻徐州办事处主任邵晓平来对付他，你们就放心吧！另外，明天让侯五嫂到同样的地点和我派去的一位同志联系，他会及时告知你们这边的进展情况。老段，我再说一遍，你们工委这几天的任务就是做好隐蔽，不能让陈楚文和马树奎发现任何蛛丝马迹，只有保全了你们自己，才能保全组织。"

互道"珍重"后，老段默默离去。

一个钟头后，杨云枫在兴化寺钟楼附近，见到了前来接头的民盟徐州支部的负责人姜辰效。姜辰效带来的消息同样令杨云枫感到棘手。他们派遣打入徐州"剿总"军用电台的潜伏人员车正元收集了重要的情报，但现在却怎么也送不出来，因为顾一炅派出的人死盯紧防，围得跟铁桶似的，不准任何人迈出电台大院一步。

徐州"剿总"下辖一个军用专线电台，负责南京和徐州间的通讯联络，这个专线电台又分为"重要军话台"和"次要军话台"。车正元就在"重要军话台"担任技术员，之前他以检修线路为名，多次窃听南京来电，然后将获取的情报秘密传送出来，最后到了华野杨云枫的手中。现在，双方战事正酣，正是急需军事情报的关头，自从顾一炅增派了大量宪兵加强警戒后，他就再也送不出一张纸条了。

"姜先生，请您放心，我们会立即采取行动，派人前去接应车先生。"杨云枫思考片刻，做出了答复。他与姜辰效约定好下次见面的时间和地点后，二人先后离去。

中午时分，杨云枫、燕刚和化装后赶来的邵晓平在道修和尚房间内碰头，商讨处理中共淮北工委和民盟徐州支部汇报的紧急情况。

"同志们，几天前华野首长通知我立即由睢宁赶往徐州城，当时我还没有意识到事态的严重性，现在看来我们真是遇到大麻烦了。如果不能迅速解决这些问题，不但我们身处虎穴的同志命悬一线，而且这几条关键而急需的情报渠道也将被掐断。"杨云枫说完，把两个组织反映的紧急情况给大家叙述了一遍。

对如何解决这些问题，大家快速转动脑筋，纷纷发表意见。

"陈楚文日夜监视着徐州'剿总'大院，顾一炅严密把守着军用专线电台大院。如果要想彻底解除我们的人在这两个部门的危险，我认为必须从这两个人身上动手，正是所谓的'擒贼先擒王'。"邵晓平第一个讲话。

"从他们两个人身上考虑是对的，但关键是如何来'擒'？"杨云枫眼望邵晓平问道。

"徐州办事处有十几位同志，个个身手不凡。我想能不能分成两组，日夜监视陈楚文和顾一炅，遇到合适的时机，就实施狙击射杀。"邵晓平自告奋勇地说，他的语气十分坚定。

听完邵晓平的话，杨云枫低头陷入了深思。

几分钟之后，杨云枫抬起了头。

"我理解晓平的想法，为保护我们潜伏的同志，冒险实施狙杀，就是做出一定的牺牲也是值得的。但问题是，一旦我们这样行动，就等于明明白白告诉对手，这两个部门内确实有我们的人。那样的话，无论刺杀成功与否，徐州'剿总'杜聿明和保密局毛人凤就会立即行动，派更多的人去监控和深挖，这明显是'此地无银三百两'，反而会给我们的同志带来更大的危险。因此，我们的计划必须稳妥周全，万万不可操之过急。"

邵晓平望着杨云枫，一时说不出话来。

"在目前情况下，陈楚文和顾一炅一定会想到对手对自己的威胁，他们肯定会实施严密的防范，所以硬来的胜算不是很大。能不能派人打入这两个部门，设法与他们联络上，将秘密情报带出来？"道修和尚说。

考虑片刻之后，杨云枫接了道修和尚的话：

"你的思路乍一听是对的，但仔细想想也不可行！根据我的了解，陈楚文和顾一炅两人都不是省油的灯，老奸巨猾，一个比一个鬼。既然他们不让这两个部门的人随便出来，就会更加严密防范进入这两个部门的外人。这个时候再派人打入，实在太危险，弄不好会'赔了夫人又折兵'。"

听完杨云枫的分析，道修点头认可。

"燕刚，你的意见呢？"杨云枫转向一直沉默不言的燕刚。

"硬攻不行，派人进入也不行，能不能换个思路，既不冒险硬攻，也不着急进人，而是设计在徐州城制造两起事件，来个调虎离山，将陈楚文和顾一昃的注意力吸引到其他地方呢？"

燕刚提出了一个崭新的思路，邵晓平和道修和尚都认为可以考虑。

杨云枫没有说话，而是站起来，在屋内踱起步来。燕刚了解自己上级的习惯，每逢遇到难以决断的问题，杨云枫都会站起来走动着思考问题。

五六分钟之后，杨云枫坐了下来。

"燕刚提出了一个好思路，但我琢磨了一番，认为还是不可行。我们在思考问题的时候，一定要知己知彼，不能高看自己而低估对手。我们想到的，狡猾阴险的陈楚文和顾一昃也一定会想到。如果这个时候我们制造事件，还必须是两起以上的较大事件，制造成功与否和效果如何暂且不说，陈楚文和顾一昃会不会亲自去也暂且不讲，他们两人都非等闲之辈，一定会分析我们制造事端的目的，也会猜测我们是不是故意在徐州城制造紧张气氛，想调虎离山。我相信，一旦他们发觉了我们的真实意图，事态将要比我们想象的更加严峻。到那个时候，我们再采取其他措施，也无济于事了！"

杨云枫的分析滴水不漏，鞭辟入里，一席话说得三人心服口服。

这时的杨云枫再次站起，在屋内走动起来……

大约过了十来分钟后，杨云枫突然停住了脚步，三个人的目光齐刷刷落在了杨云枫脸上。杨云枫双手"啪"的一声击掌后，一屁股坐在了凳子上，嘴里同时喊出一句："就这样！"

坐定之后的杨云枫详详细细地道出了自己的想法，三人听后似乎豁然开朗，一直紧绷的眉宇顿时舒展开来。

"好！好！好！"三人异口同声地回答。

最后，杨云枫看着邵晓平和燕刚两人，斩钉截铁地说道："时间紧迫，你们两人下午就开始分头行动！按照华野首长的指示，我最多在这里再待两天。这两天我仍以脚脖子没好为由待在兴化寺内，你们遇有紧急情况在山下与道修联络，他会告诉我外边的情况，同时也会把我的意见转告你们。"

邵晓平和燕刚听完，各自朝杨云枫敬了一个标准的军礼，先后离去。

当天下午，潜伏在百里之外海州的保密局特务突然给陈楚文打来电话，报告说海州共产党军管会下午抓到了一个过去给姓唐的大盐商当伙计的人。此人交代，唐老板是个神通广大的人，和徐州城里的刘总司令关系密切，国军临撤退前，刘总司令还专门派了位女军官来过一趟，不但安排运走了两军车存货，还用吉普车带走了几口木箱子，至于木箱子内装了什么，无人知晓。

接到电话，陈楚文迅速调查了11月上旬一段时间内徐州"剿总"派去海州的车辆及人员，发现李婉丽的名字赫然在列，理由是受命前去督察部队撤退情况。得到信息的陈楚文喜出望外，之前他一连数天在"剿总"内日夜排查，不但毫无进展，还经常忍受刘峙和其手下的白眼与刁难，现在终于挖出了一点线索，他决定以牙还牙，让徐州"剿总"的人知道他陈楚文不是吃干饭的。狡猾的陈楚文清楚刘峙牵涉其中，自己势单力薄，不敢贸然行动，只得给南京的毛人凤打去电话，添油加醋地说李婉丽神不知鬼不觉地前去海州，除了督察撤退情况，一定内有隐情。毛人凤也不敢贸然触动刘峙，便向委员长蒋介石汇报，得到答复：陈楚文可以突击审查李婉丽，但不得独自询问刘峙。如果他从李婉丽嘴里得到重大隐情，也不能触动刘峙，须立即上报，由国防部介入调查处理。

得到"尚方宝剑"的陈楚文立即行动，傍晚时分，陈楚文以到花园饭店请吃德式牛排为名，将酷爱西餐的李婉丽骗到了保密局徐州站。

24

猎物到手，陈楚文立即展开了审讯。

"李大主任，我们先在这里喝杯咖啡聊聊天，等会再去花园饭店吃牛排。"陈楚文笑着对李婉丽说。

"按照西餐的习惯，都是先吃牛排，餐后再来一杯咖啡，今天陈站长颠倒过来安排，估计我今天晚上是吃不上牛排了。"面对陈楚文的伎俩，李婉丽心里亮堂得很。有刘峙做靠山的她根本无所顾忌，直接就把话摆在台面上。

"李大主任果然聪明过人，那我就打开窗户说亮话，直奔主题了。"陈楚文收敛起笑容，一下子板起了长脸。

"陈站长请便！"李婉丽坦然应答。

"李主任，你11月5日不辞劳顿驱车去海州，不知有何公干？"陈楚文开口问道。

"呦，陈站长，你们保密局管得也太宽了吧！我是徐州'剿总'的人，在工作上与你们保密局没有任何隶属关系，有何公干，需要向你陈站长报告吗?!"李婉丽语气十分强硬。

"今天你必须说！"陈楚文同样强硬。

"陈站长，你不要用这种口气和我说话，我去海州的公务是刘总司令亲自下达的，属于军事机密。不要说是你，就是毛局长亲自来，没有刘总司令的命令，我也不会说。顾总长来徐时讲过，在徐州'剿总'内部，党国军事机密相互之间不得打听，以防共谍乘虚而入。你这样问我，不是公然违背顾总长的命令是什么?!"李婉丽说完，双眼直盯陈楚文。

一席话说得陈楚文竟无言以对。他没有想到，面前的这个女流之辈不但嘴硬，竟还会用如此冠冕堂皇的理由堵住自己的嘴。

"好说！好说！"陈楚文知道对这个背景深厚的女子不能轻易用刑，决定以退为进，口气软了下来。

"我都问过了，说是让你去督察海州部队撤退情况。"陈楚文说。

"陈站长，这点我必须声明，婉丽受命前去督察属'剿总'军事机密，你现在知道了，说明有人透露给了你，今后上峰就此事怪罪下来，谁告诉你的谁负责，与我无关。"李婉丽说完，陈楚文心里一惊，他想不到平常说话不拘小节的李婉丽，应对起来竟是如此滴水不漏。

"李主任，你少给我兜圈子，实话告诉你，我是奉蒋委员长之命与你谈话，你去海州督察情况我不再过问，也不感兴趣。但据我所知，在海州，你还做了与部队督察毫不相干的事。"陈楚文单刀直入。

"我到海州，就是去完成刘总司令交代的部队撤退督察任务，没做一件其他毫不相干的事。"李婉丽面不改色。

"李主任，你也知道我陈楚文是干什么的，瞒报实情是要负责任的，而有些责任你一个小小的上校副主任是负不起的。"陈楚文开始了惯用的恫吓。

"陈站长，你在保密局履职是为党国服务，我在徐州'剿总'吃饭也是为党国服务，都是在为党国服务，请您不要用这种口气说话！我再说一遍，我做过的事我会如实说，没有做的事我不会胡乱说，这是对刘总司令负责，对委员长负责，对党国负责。"

陈楚文知道，面前的这位女子不好对付，骂也骂不得，打也打不得，是个不见棺材不掉泪的主，只有把掌握的情报都摆出来，逼其就范了。

"李主任，我保密局在海州的人今天报告，你在海州与一唐姓盐商秘密接触，用你乘坐的吉普车为他带回了几口木箱子，可有此事？"陈楚文说这番话，是经过慎重考虑的，他并没有把刘峙动用军车运载私盐的事抖搂出来。因为动用军车，必是刘峙下的命令，其他人不可能办到。而这时，他区区一个徐州站站长在国共大战的紧要关头绝对不能惹怒位高权重的徐州"剿总"司令刘峙。

李婉丽听到陈楚文的话，心中不禁一惊，方知自己去海州的行踪已被陈楚文掌握得一清二楚，再隐瞒下去已经毫无意义。

"陈站长，看来什么都瞒不过您的一双火眼金睛啊！尽管您已经知道了，但我还是不能说。"李婉丽先是轻描淡写地承认，接着斩钉截铁地拒绝。

"李主任，你去海州执行部队督察之事的内容我不便过问，但这件事你必须说。"陈楚文双眼瞪得滚圆。

"我要是不说呢？"

"说不说就由不得你了，我得执行毛局长——不，是委员长的命令，用你不喜欢的方式撬开你的嘴巴！"陈楚文手中握有尚方宝剑，自然有了底气，说话的嗓门大了几分。

李婉丽怔住了，她没有想到陈楚文竟然连刘峙的虎须也敢捋。

房间里陷入长时间的沉默……

陈楚文没有说话，他知道，对面的女人正在心里权衡利弊。

几分钟过后，李婉丽软了下来。

"好吧，既然陈站长执行的是委员长的命令，那我就说给您听。"

"李主任，请说！"

"我去海州，除了督察部队撤离任务外，还有一项任务，就是按照刘总司令的交代拉回了几车食盐，还为刘总司令带回了几只木箱子。"知道无法隐瞒的李婉丽和盘托出了自己在海州所做的全部事情。

陈楚文心中大喜，他知道这次自己抓住了刘峙的把柄，可以据此出一口恶气了。

"拉回几车食盐干什么？"陈楚文决定先攻破李婉丽说出的第一个堡垒。

"去之前，刘总司令特别嘱咐我，此事是影响重大的军事机密，绝不能让外人知道，我还是不说为好！"李婉丽面呈为难之色。

"李主任，不是我让你说的，而是毛局长和委员长让你说的！"陈楚文不耐烦地说道。

"好吧！那您绝对不能对外讲。临出发前，刘总司令说，现在徐州城的奸商囤积居奇，恣意哄抬食盐价格，徐州'剿总'几十万部队要长期与共军作战，食盐是不可或缺的军需物资。到海州后，转告李延年，要抢运出来几车食盐，以备急用。但这事无论如何不能对外讲，消息倘若泄露，徐州城里的老百姓定会疯狂抢购，必将引起民心混乱，我军也将不战自败。"

陈楚文知道，刘峙用军车偷运食盐，定是与唐姓奸商串通，趁党国危难之际大发横财。本想抓刘峙个现行，却没有料到在李婉丽嘴里，他刘峙倒成了为党国分忧、运筹帷幄和高瞻远瞩之人。

陈楚文当然不相信李婉丽之言，他要刨根问底。

"在海州购买食盐，肯定会比当时的价格贵上几倍吧？"

"不但不贵，还比往常的价格砍掉了三成，刘总司令特别指示李延年司令，趁机赚盐商一把，为'剿总'节省军费。"李婉丽回答。

"买入低廉，到徐州后记账时就不是按原价了吧？"

"据我所知，这批食盐运抵徐州后，是按实际购价核入军账的。要是不信，您陈站长可以直接找刘总司令询问！"

陈楚文不再说话，他知道，"笑面虎"刘峙肯定早已把事情抹得一干二净，再继续询查，也只能自讨没趣。

陈楚文决定开始进攻第二个堡垒。

"几口木箱子里装了什么？"

"箱子里装了什么，我没有打开查验，不知道！"

"是真不知道还是假不知道，瞒报的话，你自己吃不了兜着走！"

"那个姓唐的老板感谢国军购买他的食盐，说虽然价格低了一点，但总比共产党来了充公要好一些，作为感谢，送给刘总司令一点东西，声称说不定对党国还能派点用场。"

"箱子运回来后交给刘总司令了？"

"我报告了刘总司令，刘总司令说，最好是金子或者银子，'剿总'正缺钱呢，统统拉到军需处仓库里去，请他们核验吧！"

"那你怎么办的？"

"我让司机直接将车开到了仓库，军需处的人卸下箱子后，开箱进行了检验，哪是什么金子银子，全是些《海州志》《连云一瞥》之类的破书。现在东西还在仓库里，您陈站长马上可以派人去核实！"

李婉丽的话说得陈楚文目瞪口呆，这是出乎陈楚文意料之外的。

陈楚文一万个不相信，但事到如今，他才知道刘峙这个老狐狸绝非他能对付得了的。事实确如陈楚文的判断，当李婉丽到达徐州城郊区时，刘峙派心腹乘坐吉普车与李婉丽接上了头，打开木箱，把里面所有的金条和珠宝全部换成了早已搜集到的旧书，封好后拉回了军需处的仓库。至于几车食盐，刘峙确实没有提高价格，但他将数量翻了两倍计入了军账，整个过程做得鬼神不知，天衣无缝。

夜里十二点，毫无收获的陈楚文无奈地放走了李婉丽。

李婉丽前脚刚离开徐州站，陈楚文就收到密报："报告站长，司令部军务处佟处长家夜里十点半接了一个可疑电话，我们对录音进行了分析，确定打电话的不是别人，正是中共驻徐州办事处主任邵晓平！"

正沮丧万分的陈楚文立刻来了精神，大声说道："抓！把佟处长和他老婆立即抓到站里来。"

一个小时后，佟处长和他老婆被带到了保密局徐州站。

一连两个钟头的软硬兼施，佟处长夫妻俩始终只承认家里接了个莫名其妙的电话，但不承认认识什么邵晓平，更不承认自己"通共"或是"共谍"。佟处长老婆更是大哭大闹，声称天亮后马上打电话去南京告诉蒋夫人，说陈楚文骂她整天神神道道，除了到教堂里呜呜哇哇讲一通不咸不淡的屁话外，一点正事不干。

审讯佟处长两口子的时候，陈楚文派人到他们家里进行了搜查，满屋子除了基督教书籍和画像外，没有发现任何有"通共"嫌疑的证据。

陈楚文不肯罢休，对两人上了酷刑，折磨得他们号哭不止……

第二天上午十点，南京毛人凤火急火燎地给陈楚文打来了电话，听到陈楚文说两人死活不承认自己"通共"时，忍不住破口大骂："你个笨蛋，没有证据怎么就抓人？委座刚才让顾总长给我打了电话，说夫人在他面前哭哭啼啼，说你亵渎神圣的教义，让我马上枪毙你这个蠢货，你让我怎么收场？赶快放人，立即给佟夫人赔礼道歉，让她给蒋夫人亲自打个电话，说看在上帝的面子上，饶你这个愚民一条狗命……"

原来，李婉丽回去后，立即将自己被抓的情况报告了刘峙。刘峙没有想到陈楚文竟然暗地里查起了自己，气得浑身发抖。于是他就在心里琢磨起如何将陈楚文赶出"剿总"司令部，以防夜长梦多，坏了自己的好事。正在他唤来几位心腹商讨对策之际，忽然接到电话，说陈楚文又把佟处长连同他老婆抓去了。刘峙知道，这次自己抓到话柄了，便不顾此时正是半夜，立即给顾祝同打去了电话，大嚷自己这个司令没法干了，手下的人三天两头被抓，根本没有精力去指挥几十万部队对付共军，全部精力都用在从陈楚文那里捞人了。刘峙最后还添油加醋地说，陈楚文抓他的人也就算了，还把蒋夫人最好的女教友抓去，辱骂毒打，他这是对蒋夫人的不恭，是不是认为蒋夫人也有"通共"的嫌疑啊……

第二天，杜聿明接到蚌埠刘峙的电话："为稳定'剿总'全体将士军心，以便集中全力对付共党，速将陈楚文保密局驻防人员撤离，司令部防谍重任由'剿总'情报处全权负责，防谍事务不能削弱，只能加强。"

陈楚文当天就带人灰溜溜地撤出了徐州"剿总"大院。

陈楚文无奈放走佟处长夫妇的当天下午，徐州"剿总"军用专线电台大院内来了三位身穿白色大褂、肩背药箱的医生，亮明通行证并经过严格检查后进入院内。三人是奉"剿总"命令，为近期以来从未走出大院的官兵们检查身体的，带队人是国民党徐州陆军总医院上尉主任邹铎。一进院门，邹铎就嘟嘟囔囔地对顾一炅派来的值守宪兵连长蒯大生抱怨，本来说好几天之后等医院空闲时才来的，不知司令部里的人中了什么邪，非要今天就来，害得他们丢下医院一大堆伤病员，但回去后活儿一样不少，只得夜里加班干了。

五大三粗的蒯大生听完邹铎的抱怨，也气不打一处来，扯起嗓门吼道："啥？你们医院还算忙?!和我们这里相比，算个屁！我们这里几十台电话机白天黑夜响个不停，人人像机器一般手忙脚乱地接话传话，连打盹的工夫都没有，一帮人累得东倒西歪，病恹恹的没个熊人样！我们必须随时守着，万一有个差错闪失可是要掉脑袋的!"

"不说了,不说了,我们三个赶快检查吧!"邹铎望着蒯大生无奈地摇了摇头。

蒯大生事先已接到通知,他将电台人员分成四组,轮流到临时腾空的一间办公室检查身体。

邹铎带领两个医生开始号脉、测体温、量血压……蒯大生带领两个卫兵形影不离,一直守在三人旁边竖起耳朵听他们与电台人员间的每一句对话。蒯大生这么做,是因为顾一灵的特别吩咐:体检时对每个人都要严加防范,现在"剿总"内部处处蛰伏着共军的谍报人员,稍一大意,就有可能被他们钻空子。

一名姓王的士兵体检完,离开前怯生生地从口袋里拿出一包东西,交给了邹铎。

"邹大夫,俺哥在二马路上的'鸿达'车行拉黄包车,大冬天的连双袜子也没有,俺节省下的这双袜子,您行行好,帮我找个人捎给他吧!"

邹铎刚要伸手去接袜子,却被蒯大生抢了先。蒯大生打开纸包仔细检查了几遍,确实是一双部队下发的普通绿色线袜。

"不行!任何东西都不能带出去,这是上峰的命令!况且这是军需物资,怎么能给一个拉黄包车的穿!"

王姓士兵苦苦哀求:"蒯连长,这是按规定发给俺的,平常俺鞋袜都节省着穿,才攒下这双袜子的。"说完,"哗啦"一下脱掉鞋子,露出脚上千疮百孔的线袜。

"说不行就不行!你要是不穿,就交给门口站岗的弟兄了。大冬天站岗,穿两双袜子暖和!"

王姓士兵无奈,哭丧着脸走了。

后面,还有几位军官要给家里捎带书信和节省下来的罐头,都被蒯大生扣留,理由是这些东西内万一藏有暗号或者暗语,蒋委员长的秘密就会很快被毛泽东知道了。

下午快下班的时候,才轮到徐州民盟支部的车正元。

"车上尉,你以往得过什么病吗?"在每次检查前,邹铎都要问上一句对方的既往病史。

"没什么大病,就是胃不好,老是隐隐作痛。"

"都吃些什么药?"

"不怕大夫笑话,为治疗我的胃病,可以说试遍了天下的偏方,黑矾、黑枣、核桃仁、栀子、当归、铁胆粉一个不落,可就是不见效。"车正元苦酸着脸一口气说出了六种治胃病的偏方用料。

"你试过砂仁、厚朴、穿山甲、蜂蜡、麦芽、海南沉没有?"邹铎接过车正元的话头,流利地报出了另外六种东西。

"还没有。"车正元回答。

"你平常在哪里抓的中药?"邹铎紧接着问道。

"惠民中药铺!"车正元不假思索地答道。

"别去那里了,去九里山下的'华佗医圣堂'吧!"

联络暗号对上了。

邹铎并非普通的大夫。1946年10月,民盟总部委派邹铎来徐州开展地下工作。经宋庆龄介绍,邹铎顺利地进入国民党徐州陆军总医院并以"主任"身份作为掩护,与中共地下党组织密切配合,在隐蔽战线上开展情报搜集工作。

淮海战役打响前夕,邹铎观察到很多国民党军官住院后情绪消沉,于是他经常主动找他们"谈心",为他们进行"心理咨询",还颇为关心地为他们多开些药。这些国民党伤病员见邹铎善解人意,在倾诉完满腹牢骚后,什么都和他聊。虽然多是琐事,但邹铎经过分析,还是从中提炼出大量有价值的情报。

邹铎最成功的一次情报工作,当属不动声色地获取徐州城防布置的绝密信息。一次偶然的机会,他和一位国民党新五军的军官聊起防御工事。那名军官无意中透露,徐州城守军构筑的碉堡射击孔突然由平直射击改为向下倾斜角度射击。邹铎"随口"询问什么原因,大大咧咧的军官说新五军内新兵多,个个对打仗充满恐惧,所以参谋部为了不让他们直接看到不怕死的共军士兵,把射击孔改为向下倾斜,这样可以使新兵的视野看不到百米以外。事物皆有两面,此举虽然"解除"了新兵们的恐惧心理,但也带来了可怕的后果,新兵们的射击有效距离局限在了百米之内。邹铎迅速将这个情报报告给了上级,华野参谋部据此判断出国民党徐州防御工事比济南城防脆弱的结论。得到这个重要情报后,粟裕派杨云枫与邹铎秘密见面,责成他再次确认情报的可靠性。邹铎接到任务后,以看望归队伤兵的名义,对徐州城内国民党军的各个据点、工事进行了详尽的排查,证实了此前关于国民党军的确没有依托徐州城进行顽抗企图的判断。邹铎的情报对后来华野和中野进行兵力部署起到了重大作用。粟裕因此对杨云枫说:"邹大夫不但能看人的病,还能看防御工事的病,是个万能大夫!"杨云枫把此话传给了邹铎,邹铎听后激动地说:"主要是我这个看病的郎中寻了个好东家,才能有机会悬壶济世……"

接上头后,邹铎边给车正元体检身体,边和他聊些中药的配方和疗效,两人说得天花乱坠,甚为投机。坐在一旁监视的蒯大生听得实在无聊,不屑地瞟了他们一眼,就走到门外去抽烟。屋内还有两位宪兵负责监视其他两位大夫,趁他们倦怠走神,车正元眼疾手快,立即把用信封装好的一沓钱塞给了邹铎。邹铎知道,此时车正元交付的任何东西都非常重要,迅速藏进了口袋。

蒯大生抽完烟回到屋内,邹铎已给车正元体检完了身体。当着蒯大生的面,车正元又从自己口袋里掏出同样的一个信封。

"邹大夫，我想托您件事。"车正元说。

"什么事？"没等邹铎反应过来，蒯大生抢先开了口。

"我老婆这几天该生了，她身体瘦弱，还一直贫血，身边陪着的只有我不识字的老娘，我在这里又回不去，快把我急疯了！这是一点钱，如果她遇到紧急情况，恳请你们陆军总医院帮帮忙吧！"

"车中尉，你们都是党国的栋梁，陆军总医院应该为你们服务，我答应你！你夫人就不用去私人诊所接生了，就到我们医院吧。这些钱我先拿着，用不完一定还你！"邹铎说完就去接信封。

蒯大生一把夺过了钱，大声说道："顾处长有令，里面的人一概不许向外带东西！"

当车正元苦苦哀求的时候，邹铎一直在分析，对方已经偷偷塞给了自己一沓钱，为什么当着蒯大生的面，又拿出同样厚度的钱呢？邹铎虽然没有搞明白，但他知道，长期潜伏敌营的车正元这样做一定有他的道理。尽管不知他的用意，邹铎心里想，自己必须全力配合好，演好这出戏。

"蒯连长，我是外人，请允许我说句公道话。车中尉在这里没日没夜地加班，身体已经非常虚弱，你们一定要把他家里的事照顾好。否则，一边劳累一边担心，人不是铁也不是钢，会垮掉的！他要是垮了，损失可就大了！"邹铎走到蒯大生面前好言劝说。

"不行！"蒯大生语气蛮横。

"我不干了！要抓要杀，随你们的便吧！"车正元也不是软茬儿，他一脚踢开了身边的椅子，大声吼道。

体检室内乱作一团，外边正在等着体检身体的几位军官也都冲了进来，替车正元说话。

"蒯连长，这事别闹大了，你还是请示一下顾处长吧？"邹铎再次劝说蒯大生。

此时的蒯大生也怕出乱子，抓起房间的电话打给了顾一炅。

顾一炅回了电话，说考虑情况特殊，此次作为特例，其他人不得效仿，否则军法处置。但那一沓钱必须用碘酒检验，看上面是否密写了东西，确认没有任何问题后方可带出。

蒯大生叫来一个宪兵，让他拿到值班室检验。

半个钟头后，宪兵送回了检验过的那一沓钱，说是没有问题。

蒯大生将信封递给了车正元，皮笑肉不笑地对他拱了拱手："对不住了，兄弟也是奉命行事。"

车正元把信封交到邹铎手上，充满感激地说道："邹大夫，拜托您了！我老婆要是在私人诊所接生，不但安全得不到保证，还得花比这多一倍的钱。那样的话，一半的钱就是废钱了!"

邹铎听到车正元的话,恍然大悟——聪明的车正元刚交给自己的钱是掩饰,事先偷偷塞给自己的那一沓钱才是有用的,他唱了一出"狸猫换太子"的大戏,便于掩护自己离开时躲避门卫的严格搜身盘查。

中间休息的时候,邹铎去了一趟卫生间,把车正元最后给自己的一沓钱连同信封撕得粉碎,扔进便池,用水冲走了。

离开军用专线电台大院时,宪兵从邹铎身上搜出了一个装钱的信封。站在一旁的蒯大生说:"查过了,让他带走吧……"

第三天下午,杨云枫完成了在徐州城的所有任务,与道修和尚告别后,挑着空箩筐走出了兴化寺。

在过去的两天时间内,杨云枫一刻也没有闲着,他先是让燕刚给海州军管会发去电报,让他们将早已发现的唐老板店里的伙计抓了起来,然后向外透露风声,说伙计交代了刘峙和唐老板的关系以及一个女军官来过海州的事,故意让陈楚文派出的一名卧底听到,诱使陈楚文带走李婉丽,使陈楚文和刘峙之间的矛盾陡然升级。

在燕刚布设海州之局的同时,杨云枫又让邵晓平用提前获悉的电话号码给佟处长家打去电话,"通知"他们凶多吉少,赶快撤退。佟处长老婆听不明白什么意思,生气地"咣当"一下挂断了电话。尽管双方通话时间很短,但还是被陈楚文的手下窃听了。

在城门外,"黑毛"燕刚一见到杨云枫,就说陆军总医院的一名大夫通过民盟徐州支部转交给他一个信封,里面装有一沓钱。

杨云枫说:"表面上是钱,回去后用碘酒处理一下,我们需要的情报应该都在上面。"

"啊!"燕刚一声惊叫。

"不过,这一沓钱得由我拿着,你这个'黑毛'整天用土坷垃擦屁股,会弄脏信封的!"

杨云枫的一句话把手下爱将燕刚说得哈哈大笑,窘迫得直挠头……

25

碾庄圩歼灭战的大幕正式拉开。

11日至12日,华野以四纵在北、十三纵在西、六纵在西南、九纵在南、八纵在东南的布阵,将黄百韬的五个军,除六十三军和一〇〇军的四十四师已被歼灭的部分，全部围困在碾庄圩及周边的太平庄、秦家娄、大牙庄、彭庄、王集、王家庄、大院上等不到十八平方公里的狭长地带。

战斗打响后，华野采取边追击、边合围、边攻击的蚕食战术，外围的国民党部队逐渐被清理干净，套在黄百韬兵团头上的紧箍咒越收越紧。最后，黄百韬的部队只能龟缩到几个主要村庄。为了尽快扩大战果，加快歼灭黄兵团的进程，14日，华野司令部召开围歼黄百韬兵团的各纵队主要领导会议。会上，对近几天的工作进行了总结，分析了我军进攻态势和敌人防御特点，及时调整了部署，提出"先打弱敌，后打强敌，攻其首脑，乱其部署"的作战方针，明确了各纵队进攻的重点，研究确定了一系列攻坚战的指导思想。其中重要的一项就是要将运动战的思维调整为阵地战的思维，将游击战的打法调整为攻坚战的打法，要迫近攻击，善于利用交通壕沟，最好把堑沟、交通壕沟挖到距敌人阵地五十米甚至三十米的地方，逐个据点、逐个火力点和逐个村庄地与黄百韬兵团进行争夺。

在具体分工方面，粟裕做了详细的部署，华野六纵的主要任务是从西南发起攻击，首先攻击王集、彭庄、前后黄滩之敌；十三纵主要攻击秦家娄、太平庄；四纵负责义儿庄、太平庄、大兴庄；八纵攻击唐家娄、大院上；九纵主要针对碾庄圩周边地区实施攻击，特种纵队配合各纵队作战。

战斗首先从彭庄打响。

彭庄距碾庄圩大约有三公里，守敌有黄百韬一〇〇军军部、特务营、工兵营、直属炮兵营，六十三师师部及三个步兵团。村子被大大小小的水塘分成几部分，敌人在村内外都设置了地堡和防御设施，地堡四面贯通，纵横交错，形成了密密麻麻的地下通道，便于弹药运输与人员转移。

为了减少伤亡，六纵吸取经验教训，摒弃了前几天猛打猛冲的打法，集中纵队的火炮，又向华野司令部申请火炮支援，特种纵队杨云震团长又调了几门加农炮和榴弹炮，构建了六纵的火炮阵地。

14日晚接近八点，火炮准备到位。杨云震一声号令，炮弹呼啸着射向敌人阵地，十分钟炮击之后，彭庄内敌人的火炮被我军完全压制，防御工事大多被摧毁。

此时，六纵各师按照部署统一发起攻击。十六师由东及东南，十八师由西南及西北，十七师在彭庄和黄滩之间，一方面截击由彭庄逃窜的敌人，另一方面防止黄滩过来的敌人增援。敌人也竭力抵抗，利用有利的地形和防御工事，趁攻击的六纵立足未稳，用火炮和机枪疯狂地进行轰击与扫射，妄图阻止六纵进攻的步伐。六纵充分发挥善于夜战、近战的特长，近距离袭击敌人，巧妙周旋，与敌人展开逐户、逐院、逐村争夺。

战斗进行到二十二时，进展非常缓慢。如果一直这样胶着下去，不仅影响歼敌速度，而且还会增加伤亡。六纵首长决定调整进攻策略，采取"攻其首脑，乱其部署"的战法，集中优势兵力在敌人的阵地上撕开一道突破口，然后快速穿插，楔入心脏，直捣黄龙。

六纵首长与杨云震再次一起研究了炮击目标、时间和次序后，约定第二天凌晨二点首先炮击十分钟，再以两个团的兵力实行突击。

已经是夜里一点多了，战场上的枪炮声渐渐稀少。杨云震抬头望天，虽然是个晴天，却看不到星星和月亮，战场上的硝烟还没有散去，到处一片灰蒙蒙的。不知怎的，他突然想到了爹和娘。这么晚了，他们可能都已经睡着了吧？还是娘又惊醒了，拥着被子整夜坐在床上担心儿子的安危？几年前那次回家，当爹娘拽着他死活不让走时，血气方刚的自己情急之下朝天鸣枪才得以脱身。现在想想，真是有些懊悔，他理解爹娘和姐姐们对自己的挂念担忧之心……现在离家这么近，却不能回家看看，他向着家的方向，在心里默默地说："爹，娘，仗总有打完的一天，到那时候，我就回家孝敬你们。"

和杨云震一样，战士们都没有睡觉，而是悄无声息地准备着炮弹，短暂的静默往往酝酿着更激烈的战斗。

二点整，所有的火炮同时怒吼，炮弹雨点般落在了敌人阵地上。这次的炮击先是一片，然后呈一条线向纵深延长，直达彭庄中央。炮火延伸后，六纵十七师的两个团冒着枪林弹雨迅速向里突进，像两把锋利的尖刀刺向敌人的心脏。

第七兵团的防守阵地被猛烈的炮火淹没，等他们反应过来组织反击的时候，六纵的战士们已经穿插进来，割裂了敌人的防御阵地，打乱了他们的部署。一时间，敌人惊慌失措，不知道是要继续抵抗还是撤退。趁敌人犹豫不决之际，华野六纵十七师的战士们一鼓作气，勇猛出击，把敌人分片包围，以火力突击与爆破相结合的方法，各个击破。眨眼间，敌人被消灭殆尽。

就在炮轰刚刚结束时，一〇〇军军长周志道意识到情况不妙——之前几乎听不到枪声了，忽然集中进行炮轰，他很快悟出对方改变了攻击的策略。于是，他一方面督促部队进行抵抗，一方面带领军部向黄滩方向突围，跟随他的还有少将副军长杨诗云和少将参谋长崔广森。

见人太多，突围目标太大，狡猾的周志道说："这样挤在一起不行，我们分头突围，一来目标小，二来可以分散敌人的兵力。"

众人感觉有道理，于是分头行动。周志道先让杨诗云和崔广森带人另寻方向突围，自己蛰伏不动。等看到解放军追向杨、崔所在方向，他方才带着一群人往另一个空档突围。结果还真给他钻了空子，待解放军发现后派人去追时，已经错过最佳时机。最终，周志道负伤逃到黄滩，龟缩到碾庄圩，杨诗云和崔广森则成了俘虏。

杨诗云是个戴眼镜的大胖子，企图蒙混过关，刚被抓时跪在地上磕头求饶，后来又想办法逃走未遂。

六纵一个战士审问时问他:"你是干啥的?"

他说:"我是营部的一个小文书。"

那个战士在他口袋里搜了搜,掏出一份文件,问他:"这是什么?"

他一看,傻眼了。

原来,战士手里拿着的是一份"呈杨军长"的文件。"营文书"不得不承认自己就是一〇〇军副军长杨诗云。

就这样,盘踞在彭庄的一〇〇军被歼灭了。随后,六纵立即转入对彭庄以东前、后黄滩等地的攻击。据守在这里的是四十四军军部和一五〇师、一六二师两个师部、两个步兵团,还有从彭庄逃窜过来的人员。这里距碾庄圩很近,只有不到两公里的距离。

六纵准备一鼓作气将其攻下,然后协同兄弟纵队总攻碾庄圩。

四十四军就是那个让黄百韬撤退时多耽搁一天一夜的部队。渡过运河铁路桥后,一六二师师长刘占理率领全师随同军部一起到了蒋家湖宿营。此时蒋家湖东南时不时传来断断续续的枪声,刘占理并未理睬,因为部队经过长途跋涉已经疲惫不堪,他命令部队安营扎寨,就地休息。

就在刘占理的人马呼呼大睡的时候,华野部队正在日夜兼程进行追击。9日一大早,蒋家湖附近突然枪声大作,把刘占理从梦中惊醒。一问才知道,华野部队拂晓时攻入了他们的宿营地,已经与四八四团接上火了。因为知道黄百韬兵团总部以及渡过运河的部队基本都集中在碾庄圩周围。于是,刘占理命令四八四团拼死抵抗,以便掩护主力向西边碾庄圩方向撤退。

9日上午,黄百韬派人与四十四军中将军长王泽浚取得了联系,指令他们于碾庄圩车站以南占领阵地,把解放军阻止在铁路以南。王泽浚随即划分了阵地,把军部、一五〇师放在前、后黄滩,而把一六二师部署在了大新庄的位置。

华野的战略部署一直是"先打弱敌,再打强敌"。17日,解决了一〇〇军之后,他们就盯上了四十四军。特纵杨云震团长调来了几辆坦克,用以配合步兵作战,准备摧毁敌人的地堡。

六纵十七师虽然有坦克配合作战,但由于对黄滩复杂的地形不太了解就仓促发起攻击,同时也缺乏与坦克协同作战的经验,出现了步兵和坦克脱节的现象,攻击频频受阻,伤亡十分严重。

硬攻不行,必须想出新的作战方式。

一番挠头琢磨后,杨云震兴奋地说:"有办法了!"

杨云震是特纵团长,对坦克也比较熟悉,他换上了国军军官服,亲自坐上坦克,化装成国民党坦克兵,趁敌人躲在战壕里休整的空隙,悄悄绕到主战场背后,然后大摇大摆地开到前沿阵地上去了。

到了敌军阵地前沿,杨云震直接钻出坦克,大声喊道:"我们是第二兵团派来的,需要与黄司令取得联系,你们兵团总部设在哪里?我们怎么过去找他们?"

国民党士兵一听,面露喜色,以为援军到了,有些人爬出战壕,准备欢迎他们。但几个军官看到只有三辆坦克,有点吃不准,便不准手下出去,也不准与他们搭话,以免上当受骗。

杨云震看敌人迟迟不敢出来,估计对方产生了怀疑,便临时改变主意,取消用坦克上的机枪消灭敌人的计划。他趁机细致地观察敌人阵地的布防情况以及防御工事、兵力配备情况,还有敌指挥所的位置,然后很镇定地退了回来。临走时,杨云震没有忘记在敌人阵地前打上几炮,摧毁了两个碉堡。这下敌人彻底明白了,心想刚才幸好没有出去,不然真就上了共军的当了。

回去后经过仔细研究,决定夜里进行攻击。杨云震根据侦察到的情况,指挥大小火炮一起开火,进行猛烈、密集、精准的炮火袭击,炮弹呼啸着落在指挥所、防御工事上,炸得敌人鬼哭狼嚎。二十分钟后,敌人的阵地基本上成了一片废墟。这时,我军步兵迅速组织冲锋,以迅雷不及掩耳之势,插入到敌人的核心区域,在坦克的掩护下,攻击到其指挥所。在坍塌的指挥所里,军长王泽浚几乎被活埋在破棚子下面。当他满脸炭黑挣扎着从废墟里爬出来时,华野战士已经逼近了,他想趁乱逃走,但是为时已晚。

在华野战士清查俘虏人数时,一位连长问他:"你是干什么的?"

王泽浚说:"我是一个排长。"

连长笑着说道:"长官,你的戏演得太差了。你外边穿着一件普通士兵的军大衣,但里面衣服上的领徽还在呢!一看领徽,官就小不了!"于是,连长命令一个士兵专门看守王泽浚,让其躲在掩体里以免受伤。战斗完全结束后,那个连长又过来,一把扯下王泽浚身上的大衣,用手摸了摸他用料考究的军装,然后指着他肩膀上的军衔,笑着问道:"嘀,两个金豆豆!说吧,你究竟是干什么的?"

王泽浚见已瞒不住,只得老老实实地交代:"我是四十四军军长王泽浚。"

"王军长,谢谢你!谢谢你给了我这次立功受奖的机会,看来今天我得个三等功是丝毫没有问题了!"那位连长握住王泽浚的手摇动不停,羞愧难当的王泽浚哭笑不得。

随后,四十四军所属一五○师师长赵璧光率残部投诚。

再说一六二师。刘占理带领部队守在大新庄,其实大新庄离前、后黄滩不远,本来王泽浚把部队分散开,就是想如果打起来前后左右都能有个照应。没想到这次共军没有按常理出牌,一上来就集中几十门大炮进行地毯式轰炸。半小时的时间几乎把前、后黄滩的防御工事、地堡、壕沟掀了个底朝天,而附近的大新庄也一并遭了殃，虽说没有像前、后黄滩那样被炸得七零八落，但大部分防御工事也都丧失了作用。刘占理带领部队拼命抵抗，好在华野的主要目标是前、后黄滩，所以他的压力相对小些。后来看到前、后黄滩被攻陷，又听说军长被俘以及一五〇师投降，情急之下，刘占理忽然想起了奶奶一直告诫他的话"好汉不吃眼前亏"，于是就放弃抵抗，带着残部，急速向碾庄圩撤退。正因为他们跑得快，才成了华野枪炮下少有的漏网之鱼。

至此，前后用了不到四个小时，四十四军大部分被歼。彭庄、前后黄滩一带尸横遍野，血流成河，震耳欲聋的枪炮声让龟缩在碾庄圩的黄兵团不寒而栗，他们感觉到危险距碾庄圩只有一步之遥了。

9日，黄百韬第七兵团本来要继续向徐州收缩，物资、设施都装车了，突然一架飞机飞临上空，送来了老蒋的亲笔手谕："着该兵团在碾庄圩地区准备决战，已命黄维兵团经宿县、宿迁渡过运河，挺进运河东岸进行外线反包围；又已令杜副总司令率邱、李两兵团东援。"在接连受挫、一败涂地的情况下，蒋介石还幻想着来个内外开花，在碾庄圩地区一举消灭华野主力。

自从被包围后，黄百韬就有一种不好的预感，加上身体不好，他整天愁眉不展。虽然自己不是一个宿命论者，但难道这次真要葬身于此吗？他不相信，也不甘心，这里离徐州不远，委座和杜聿明他们不可能坐视不管，毕竟自己的部队有十二万人马。

"看来一场生死决战是避免不了了！"黄百韬暗自说。

外面的枪声不时传来，两天以来就没有消停过。黄百韬知道，在外围，双方的对峙一直在进行。

12日，又一架飞机来到了碾庄圩上空，进行低空盘旋。

"喂，焕然老弟，我是顾祝同。"话筒里传来的的确是顾祝同的声音。

黄百韬拿起话筒，强打起精神喊道："顾总长，您好！"

"焕然，这边的情况委座都知道了。你就地坚守，杜聿明已经到了徐州，马上调二兵团和十三兵团来支援你。"

"好的。只要委座还想着我们就行。我们一定坚守阵地，做好最坏的打算，不成功，便成仁。"

"没有你说的那么严重，你要充满信心，毕竟你这里有十二万人马呢。这里离徐州也不远，邱清泉和李弥兵团很快就能过来与你会合。"

"那样最好。请委座和顾总长放心，我们一定尽力。"

顾祝同给黄百韬许了一个天大的承诺，而事实却是被围困的黄百韬所不知道的。徐州"剿总"司令刘峙指挥不得力，而副总司令杜聿明11日才到徐州，等杜聿明把徐州"剿总"的全部情况搞明白,东进的援军13日才由徐州迟迟出发。这时候,邱清泉二兵团和李弥的十三兵团沿陇海铁路两侧向前推进,他们没有料到华野三纵、十纵等都赶来打援,所以进军速度非常缓慢,最初几天还能前进几里路,到后来则变得寸步难行。

各自为政是国民党军多年的"传统",这不仅因为国军内部派系林立,更因为在国军中谁拥有了人马和实力才能腰杆硬。因此他们都不太愿意为了支援兄弟部队而拼死卖命。而这次解救黄兵团,邱、李二人倒还算是积极。但黄百韬误以为别人不肯来援,在15日的电话会议上,他还"义愤填膺"地要求手下的军长们:"你们必须进一步加强工事,准备独立作战,以尽军人天职。有些人眼睛中只看到我黄百韬是青天白日勋章的获得者,他们是不会全力支援的。我们也绝不会给别人看笑话。"从那时开始,第七兵团流传开了一句话:"只听万炮响,不见一兵来。"

碾庄圩在方圆十里之内算得上一个大村庄,住有两百多户人家。圩四周构筑着两道又宽又深的水壕和两道坚固的用来挡水的土墙。水壕宽约六至十米,水深一米有余。土墙不是太高,人可以攀爬上去,称为外圩和内圩,两圩之间有近百米的开阔地。两条壕沟和两道土墙相互配合,形成了天然的屏障。碾庄圩曾是李弥兵团的防区,他们在这里构筑了大量的半永久既设工事,壕内仿效日军的防御据点构筑了坚固的地堡群,火力网交叉密布。所以碾庄圩虽是一个村庄,事实上可以算是一个巨大的防御工事。

经过前几日的攻击,碾庄圩外围的几个村庄已经被华野悉数拿下,黄百韬第七兵团总部盘踞的中心区域——碾庄圩已经完全暴露出来,华野部队似乎看到胜利的曙光。

但是,接下来碾庄圩一带的战斗却打得异常艰苦。

当看到碾庄圩近在咫尺,华野的许多官兵犯了轻敌和急功近利的毛病,心想前面那么多敌人的师部、军部都给收拾了,根本没有把黄百韬的残兵败将放在眼里,准备工作还没做好,重型武器没到位就贸然开始了强攻。

作为沙场老将和杂牌军中杀出的悍将,黄百韬并非浪得虚名。他一开始就没有把外围阵地得失看得至为重要,因而仗一开打就抱定了凭借碾庄圩坚固工事死拼到底的念头。

17日第一轮总攻开始,华野以聂凤智九纵为主力从几个方向同时对碾庄圩发起进攻。黄百韬依仗着地形和完善的工事,打得非常坚决和沉稳,再加上武器装备方面的优势,华野几个方向都没有获得什么大的突破,进攻部队伤亡比较严重。

如何突破六至十米的水壕就是一个巨大的考验。华野战士计划在水壕上架设一种事先做好的专用折叠木桥，壕对面土墙后的工事里集结有大量的国民党兵，机枪不停地"哒哒哒"响着，架桥的战士前仆后继，一组伤亡又上一组，付出巨大的牺牲后才把桥架好。这种临时搭建的桥比较软，走在上面一点也不稳，不少战士掉进了壕沟里，而且上面铺的木板也被敌人发射的火焰喷射器点燃，没过多久桥就被烧毁了，第一轮攻击以失败告终。

17日这天，为了鼓舞黄兵团的斗志，顾祝同代表蒋介石又一次乘飞机飞临碾庄圩上空，送来了蒋介石的亲笔手谕。

焕然司令弟勋鉴：

　　此次徐淮会战，实为我革命成败、国家存亡最大之关键，务希严督所部，切实训导，同心一德，团结苦斗，期在必胜，完成重大之使命，是为至要。

顺颂戎祉

中正手书

各军师长均此

呈送完蒋介石的手谕，顾祝同又使用空地联络电台与黄百韬通话，给黄百韬打气："你们再坚持坚持，援军已经到达了大许家地区，只要你们坚守阵地，顽强抵抗，很快就可以与二兵团会师的。"黄百韬不知道的是，顾祝同撒了个弥天大谎。国民党援军根本没有到达大许家，他这样说只是为了稳定第七兵团军心而已。不但如此，顾祝同还从飞机上向黄百韬投掷了不少钞票和勋章。就这样忙活一阵之后，当顾祝同得知黄百韬已经获悉援军受阻的消息时，老奸巨猾的他不得不改口说："焕然啊，邱、李两个兵团在来援的路上被中共华野阻截，前行缓慢，他们离这里大约四十里地，你们如果能想办法突围出去，就能与邱、李兵团会合了。"

皮球又被踢了回来。黄百韬从顾祝同嘴里确认援军泡汤后，对蒋介石忠心耿耿的他仍然坚定地表示说："我们会尽力的，我们会对得起总长，对得起委座的，实在突围不了，就与共军搏杀至最后一人。"他心知肚明，自己戎马征战一辈子，现在年纪大了，如果输掉此仗，即使能回去也是让邱清泉等人看笑话，活着不如战死，还能落个为党国尽忠的名声。

至此，黄百韬已经抱了必死的决心。

经过商定，第二轮总攻定在19日晚二十一时。华野这次吸取了第一轮攻击失败的教训，严令各部队必须进行充分的准备。首先就是准备好武器装备，避免再吃没有火炮支援的亏，一定要补充足够的炮弹、枪弹和手榴弹；二是决定不在水壕上架桥，因第一次架桥时基本能确定水深大约一米五左右，人是能蹚过去的，架桥伤亡太大，但进攻时务必研究好怎么过水壕突入土墙的办法；三是立即挖交通壕沟，大约两米宽一米深，尽量向前延伸，越靠近敌人的阵地越好，同时，每个战士再挖一个掩体，用木头、树枝等做好支撑，便于隐蔽；四是对战士们进行思想动员，力求在战前激起同志们同仇敌忾、杀敌报仇的决心。经过充分的准备和战前动员，华野战士们个个士气高昂，信心倍增，决心打好消灭黄百韬兵团的攻坚之仗，尽快拿下碾庄圩。

在距敌人阵地只有六十多米的交通壕里，华野战士们做好了涉水的准备。他们把鞋子用鞋带绑得紧紧的，裤腰和棉袄都用皮带扎紧，有的战士还细心地把棉衣里的棉花掏出来，有的还准备了工兵锹，防止上岸时打滑。总之，万事俱备，只待上级一声令下。

19日晚，三发红色信号弹腾空而起，第二次总攻打响。

华野九纵、六纵、八纵、四纵等从四个方向同时向碾庄圩里的敌人发起了攻击。

火炮覆盖开始了。迫击炮、榴弹炮、加农炮，所有的火炮怒吼着，不停地吐出火舌，"嗖、嗖、嗖"，炮弹以排山倒海之势倾泻到第七兵团的阵地上。炮兵不愧有着"战争之神"的称号，一时间炮弹打得敌人晕头转向，碾庄圩一片火海，脚下的大地不停地颤抖着。看到这种场景，华野战士们被这震撼的场景惊呆了，过去老是挨国民党军飞机大炮的轰炸，这次也让他们尝尝万炮轰炸的滋味。

一支步兵部队里，不知谁喊了一声："炮兵万岁！杨云震，加油！狠狠地打！"大家都跟着喊起来，声浪一浪高过一浪，与隆隆的炮声形成二重奏。估计这支队伍里有人认识杨云震，也可能之前他们和杨云震的炮兵合作过。

火炮的轰炸一直持续了四十五分钟，近五千发炮弹在黄百韬第七兵团的阵地上开了花。碾庄圩顿时陷入一片火海，黄百韬构筑的防御工事被大量摧毁，仅存的有生力量也受到了沉重的打击。

同时，华野准备涉水的部队在火炮向纵深打击的时候，已经从多处下水，呈齐头并进式前进。11月的夜晚寒风袭人，战士们的帽檐和衣领上都结了一层白霜，跳进冰冷刺骨的河水中，战士们冻得浑身发抖，但必胜的信念却让他们内心火热，他们咬牙坚持着向前冲，没有一个人停滞，更没有一个人后退。

不一会儿，被炸蒙了的敌人反应过来了，组织残存的火力点开始反击。步枪、机枪、手榴弹和火焰喷射器等一起压向涉水的华野战士，子弹叽叽乱飞，手榴弹轰轰炸响，壕沟的水变成了血红之色……前面冲锋的战士倒下了，后面的人没有停下脚步，继续向前，他们边射击边奋力前进，带头的营连长高喊着口号给大家鼓劲："同志们，坚持就是胜利，冲过去，打进碾庄圩，活捉黄百韬！"

就这样，华野战士们个个像猛虎般怒吼着涉过水壕，倒下的战友不能去救，甚至不得不从他们的遗体上踏过去。愤怒的情绪已经让战士们暂时忘却内心的疼痛，只想尽快翻过围墙，冲进敌阵。

十分钟之后，华野战士们终于冲破了第一道围墙，天空立刻升起了三颗红色信号弹。后续部队持续跟进，与敌人展开激烈的争夺战。

黄百韬第七兵团在各村的防御工事修得相当隐蔽，有的工事修成地道式，还筑成夹墙式，难以被发现和摧毁。华野和他们的对峙成了躲猫猫式的攻击和反攻击。当一个防御工事被突破后，第七兵团的守军又从别的地方钻出来进行射击，村落或阵地一旦被华野占领，他们就立即组织火力实施反击。

第二天天亮后，增援第七兵团的飞机赶到了。

关键时刻黄百韬之所以能与空军频频联系，寻求支援，完全是一场意外导致的。

12日上午，为了联系方便，国民党空军一架飞机到了碾庄圩上空，指派一名叫唐仕群的通讯科长给黄百韬送来一台地对空联络电台，谁知飞机在碾庄圩上空出了故障，唐仕群只好选择跳伞逃生。在这个节骨眼上被迫空降，唐仕群懊恼不已。黄百韬却很高兴地接见了他，说："你从天而降，真是天助我也！"至此，唐仕群就留在了碾庄圩，频频联系空军为黄兵团提供空中支援。

就在前方的争夺战正激烈进行时，一阵"嗡嗡嗡"的轰鸣声传了过来，从远处飞过来好几架国民党空军的轰炸机。突如其来的敌机打乱了炮兵团的阵脚，此时炮兵阵地还没有来得及转移，杨云震大叫一声："不好，赶快隐蔽！"战士们把能移动的炮往掩体里推，不能移动的火炮就拿罩布或者草帘子往上盖，可还是来不及了，飞机已经发现了他们的阵地，像老鹰看到了地上的小鸡一样从空中往下俯冲，一边扔炸弹一边用机枪扫射。杨云震和几个战士正在伪装一门大炮，千钧一发之际，他急忙对战士大叫："赶快走，隐蔽！隐蔽！"他自己则坚持把炮盖好，正当他要往掩体里躲藏时，一枚炸弹在他不远处爆炸了，强烈的气浪将他掀翻在地。

飞机飞远了，躲避的战士从掩体里爬出来检查阵地毁坏情况时，才看到团长伏在地上一动不动。他们赶快把杨云震扶起来，看到他嘴里不停地向外冒血，一块弹片深深地嵌入他的背部。战士们吓坏了，有两个战士立马哭了起来。一营长宋时俊摇醒昏迷的杨云震，然后将他背起，说："我送你去治疗。"杨云震忍着巨痛，说："胡闹，这里还需要你指挥呢！"

临走，杨云震再次叮嘱营长宋时俊："我能回来就一定会回来，如果我实在回不来了，你们要好好地活着，保护好我们的大炮，为我报仇。"宋时俊和战士们眼含热泪，郑重地点了点头。

"你们赶快把团长送到战地医院，团长要是出一点差错，我枪毙你们！"宋时俊朝两个战士吼道。

两名战士轮流背着杨云震向战地医院狂奔，他们打仗时也都负了伤，正当精疲力竭跑不动的当口，遇到了前来抢救伤员的支前民工，刚好是杨云林他们的队伍。两名战士哭喊道:"老乡,帮帮我们,救救我们团长吧!"杨云震的伤在背上,不能用担架抬,杨云林二话没说,把人接过来,背上就跑起来。杨云震的伤势很重,鲜血不停地从他嘴里涌出来,流在云林的衣服上,然后顺着他的腿流到了地上……救人心切的云林心急如焚,一刻都不敢耽搁,等他们气喘吁吁跑到战地医院,医生检查后发现伤者脸色煞白,已经奄奄一息了。两个战士看到自己的团长这个样子,一把鼻涕一把泪地哭着恳求:"大夫,求求您了,救救我们团长吧,我们不能没有他啊!"几个医生手忙脚乱抢救一阵后,摇摇头说:"不行了,他的内脏全被弹片震碎了。"

两名战士听完医生的话,"扑通"一声跪在大夫面前:"大夫,求求你们,一定要把我们团长救活,不然的话,我们也不愿意回去了,都死在这里!"

杨云林望着两个失声痛哭的战士,急忙蹲下身去,抚着他们的肩膀,劝他们不要再哭了。劝慰之后,杨云林找来一块毛巾,替牺牲者擦拭沾满泥土和血迹的面部,擦到一半的时候,杨云林突然心里咯噔一下,他发现死者有点面熟。等杨云林颤颤巍巍地清理完死者的面容,他骤然后退了两步,脸上现出惊愕的表情。

云林用颤抖的声音问两位同来的战士:"你,你们团长姓啥?"

"姓杨。"战士哽咽着说。

云林"扑通"一声跪倒在地,放声大哭起来。

那两个正流泪不止的战士感到奇怪,面前的小伙子刚才还劝他们节哀顺变,怎么突然哭得比他们还伤心呢?杨云林一边大哭一边喊:"云震哥,怎么会是你呢?你怎么就走了啊,大爷大娘还在家等着你呀!"

杨云林边哭边朝着身边的大夫捣蒜似的磕起头来。

"大夫,你们救救俺哥哥吧,他要是不在了,俺怎么给大爷大娘交代啊!"

两位战士走到杨云林身边,三人抱在一起号啕大哭……看到身背云震时的那件血衣,云林悲痛欲绝。多年没见云震哥,哪知今日相见连一句话都没有留下就成了永别,想到这里,云林泣不成声。

第二天,每日"战地通报"送到了刚从徐州城返回华野司令部的杨云枫手上。当他看到阵亡名单中"特纵炮兵团长杨云震"的名字时,手中的茶杯"咣当"一声落在了地上……

26

碾庄圩激战不分昼夜地进行着。

19日二十二时,华野部队已经突破了碾庄圩的外圩,黄百韬守军继续利用内圩水壕和土墙做屏障,依据星罗棋布的地堡和掩体,以及纵横交错的交通壕拼死抵抗。远处传来的隆隆炮声，让他们仍残存着援军即将到达的幻想，并不相信末日正在逼近。

攻坚争夺战几乎是逐街、逐院、逐屋地推进，枪炮轰鸣不断，拖曳着一道道火光的炮弹划过夜空，织成密密麻麻的弹幕，现在虽是夜晚，却亮如白昼……华野援兵一波又一波地投入战斗，黄百韬兵团的防守阵地不断被压缩。

午夜时分，粟裕命令华野部队发起对内圩的总进攻。此时的黄百韬同样命令第七兵团做最后一搏，对进攻内圩的华野部队实施最密集的火力反击。

华野炮兵正憋着一股气，杨云震团长牺牲了，特纵上下都异常悲痛。他们收拢现有的百余门火炮，于20日进到碾庄圩南面的一个村庄，对准碾庄圩的工事倾泻出满腔怒火，誓死要为团长报仇。

就这样，小小的碾庄圩不到五平方公里的土地上，一夜倾泻了大大小小的炮弹近两万发。所有的房屋都成了残垣断壁，所有树木都成了火炬，继而化为灰烬，此时的碾庄圩是一片火场，是一片血海，更是一架绞肉机。碾庄圩除了黄百韬的兵团部，还抽调了二十五军一个团，六十四军一个团，加上警卫营、工兵营等，这里聚集了第七兵团的上万人马。炮弹爆炸处，人仰马翻，血肉横飞。

一轮炮火停歇的间隙，战场突然陷入了死寂。死寂比喧嚣更为可怕，因它孕育着更大一轮的爆发。爆炸制造的耳鸣声还在脑颅中萦绕，华野九纵的战士们已悄无声息地跃出战壕，弓身冲锋。没有交谈，没有对视，睁得滚圆的双眼全部直盯前方，上千人隆隆的奔跑声汇成了一轮轮撞击人心的低音鼓点，由疏而密，由轻而重，由近而远，如密密麻麻的飞皂哨箭向着前方铺排而去。枪在响，炮在鸣，硝烟弥漫之中，一排排冒死冲锋的华野战士更像是滔滔巨浪，一波接着一波，呼啸着向着敌军阵地汹涌而去。

二百米！一百八十米！一百五十米！每突进一米就能减少身后战友的伤亡，此时九纵的战士们争分夺秒与时间竞赛，更是与生命在赛跑。

敌人立体的防御工事里，上层的火力点率先发现华野战士的进攻，一挺机枪扫射起来，打破了暂时的宁静，子弹在夜色中拉起一条耀眼的直线。很快，中层和下层的火力点也反应过来，冲在前面的战士甚至能听见工事中敌人的嚎叫声。一些紧贴地面的暗堡也被激活了，一张密不透风的交叉的火力巨网横亘在华野九纵进攻的部队面前。

"突！突！突！"金属子弹倾泻在人身上的声音竟是如此刺耳，进攻的人潮巨浪翻腾起一片血雾，浪头瞬间被染成红色。九纵冲锋的战士一片一片地倒了下去。如此近的距离，重机枪像是一口吞噬生命的狂暴恶魔，直接能将人的四肢打断，穿膛而过，会形成一个个碗口大的窟窿，子弹甚至毫无阻碍地穿透后面二三个战士的身体。

振聋发聩的爆炸声，弹片划破空气的呼啸声，战士们呼喊口号和尖叫的声音充斥碾庄圩内圩。十几分钟的时间，开阔的内圩空地到处是炮弹和地雷形成的大坑，到处是横飞的血肉和燃烧的残骸，到处是横七竖八的尸体和倒地呻吟的伤兵，伤口正汩汩地冒涌着鲜血和血泡。

后面又是一波勇敢冲锋的人潮。

在又一轮火炮轰炸和集中火力的打击过后，敌人高处的机枪终于哑火，九纵战士趁机突进内圩水壕。壕沟里满是敌人提前布置的钢钉、铁蒺藜、尖角石，战士们的布鞋一下子被刺穿，有的踩进淤泥，拔出来已是赤脚，双手双脚被刺割得鲜血淋漓。

两军交锋勇者胜。这时候，九纵的一位营长急中生智，直接脱掉身上的棉袄，铺在沟底。11月的深夜里，忽明忽暗的爆炸火光映照在他古铜色的脸上，赤膊的身体正冒出腾腾热气，宛若战神。旁边的战士也纷纷效仿，齐刷刷全部脱掉了棉袄，一条三米多宽的通道眨眼间铺成，爆破连几个战士在火力掩护下抱着炸药包踩过通道冲到了内圩墙下。

一声巨响，内圩被撕开一个角……

黄百韬眼看增援无望，阵地很快就要被突破，即命令二十五军军长陈士章率残部从碾庄圩东转为向南突围，又写了一封信给第六十四军军长刘镇湘，命其率部向碾庄圩西北部突围。陈士章接到命令倒是十分痛快，化装逃出去了，但刘镇湘却不同意突围，语气坚定地说："就是突围出去了，部队都打没了，重武器也丢光了，作为一个军人，一无人二无枪，还有什么用啊！"就这样，他一直顽固抵抗到21日早上。趁炮火停歇的间隙，刘镇湘出乎所有人意料，从柜子里取出皮箱，拿出配备给他的国民党军将官大礼服，让卫兵协助他穿戴整齐，挂上他得到的所有的勋章，最后穿上了皮鞋，正了正军帽，照了照镜子，坐在太师椅上紧闭双目，准备体面地"成仁"。

正当刘镇湘准备举枪自戕之时，黄百韬带领一帮人气喘吁吁地跑了进来。昔日威风八面的黄百韬这会儿已是面如死灰。他闹痢疾已经很长时间了，小脸皱成一团，干巴巴的毫无血色，如果换上一件粗布衣服，与老农并无差别。碾庄圩丢了，黄百韬如丧家之犬跑到了这里。

"镇湘，我年老了，而且病入膏肓，做俘虏我走不动，而且难为情，我死之后，让别人知道还有忠心耿耿的党国军人，或可使那些醉生梦死的人醒悟过来，党国或许还有希望。但你就不一样了，你年龄还轻，尚有可为，不要做傻事，希望你能突围出去，再为党国做点事。"黄百韬及时劝阻了刘镇湘。

刘镇湘企图率领部队继续负隅顽抗，但弹尽粮绝的他最终被华野包围。11月

22日被俘时他长叹一声:"我刘镇湘到最后不但兵败山倒,而且众叛亲离,落得如此下场,真是上天对我的惩罚啊!"

刘镇湘说这话是有背景的。

1946年初,国民党派遣整编第一五六旅少将旅长刘镇湘率兵对中共广西十万大山游击根据地进行大规模"清剿"。广西防城县地下党在进行正面反击的同时,通过各种渠道组织一批地下党打入刘镇湘部队,其中就包括其六弟刘镇夏。刘镇夏利用亲情关系做掩护获取了许多重要情报,使其三哥的军事行动屡遭挫败。刘镇湘在家中藏匿有四挺机枪和一批手榴弹,刘镇夏发现后,也将这些东西悄悄取出交给了游击队。

四弟刘镇原表面上是刘镇湘的军需官,可实际上一直在用刘镇湘的钱款为共产党筹集经费。妹妹刘素贞也与其兄决裂,奔赴延安。

更令刘镇湘想不到的是,自己的儿子刘培贤受叔叔和姑姑影响,从小同情共产党。他在广州上学期间,为支持六叔发动起义,多次以缴学费为名向其父要钱,为起义发起人员筹集路费和购买药品。

1947年11月的一天,小儿子刘镇夏为老母设宴庆寿,一位宾客与老太太开起了玩笑:"老人家,你希望老三所在的国民党胜呢,还是希望老六所在的共产党胜呢?"

满桌嘉宾谁都没有想到,老太太的回答语惊四座:"两头胜!"

一家人立场迥异,以至于兵戎相见,实属罕见。

历史是残酷无情的,可怜的老人没有如愿,也不可能如愿。

第七兵团的阵地一个个被华野突破,包围圈越来越小。匆忙离开刘镇湘驻地后,黄百韬又逃到六十四军另一个阵地吴庄。

黄百韬一到吴庄,阵地守军军官即向他报告:"昨晚共军已经派人来劝降了。"

黄百韬略作考虑,回答说:"你派人去告诉他们,今晚准备和他们接洽。"其实,黄百韬根本就没有投降的打算,只是想借机拖延时间,以寻找办法突围。

22日下午,华野发现吴庄守军并没有投降的诚意,随即发起进攻。吴庄守军根本无力应对,被华野部队如秋风扫落叶一般打得七零八落。

傍晚时分,黄百韬亲自指挥残部向吴庄西北方向突围,他对部下说,四十里外的塔山就是李弥的援军,到那里就安全了。这仅是黄百韬绝境下的幻想,此时的他已经陷入华野部队的十面埋伏之中,别说四十里,就是四里也休想跨过,可以说,黄百韬兵团覆亡的命运已经不可避免了。溃逃两里多地抵达尤湖村时,黄百韬再也跑不动了,身边的守护人员也都跑散了,只有二十五军的副军长杨廷宴还跟着他,此时,附近已经可以看到华野战士追击的身影了。最后,黄百韬靠在一个柴垛边,对杨廷宴说:"你走吧,你好自为之吧。我实在跑不动了,横竖是个死,就让我为蒋委员长尽忠吧!"

杨廷宴还想上前劝说,被黄百韬举手制止。

"唉!事到如今,我黄百韬有三不解:一是我为什么那样傻,要在新安镇等待两天;二是我在新安等了两天,为什么不在运河上架设军桥;三是李弥兵团既然现在要东进援救我,为什么当初过早撤离曹八集,不在曹八集附近等我啊!"黄百韬自言自语地说道。

气喘吁吁的黄百韬说完,没等身边的杨廷宴反应过来,就从腰中拔出手枪,对准自己的脑袋,缓缓闭上眼睛后毫不犹豫地扣动了扳机。"砰"的一声枪响后,第七兵团司令黄百韬一头栽倒在地。

黄百韬自杀了。

守在黄百韬尸体旁,杨廷宴如丧考妣,失声痛哭。这时,一个华野战士看到了,急忙过来询问怎么回事,由于黄百韬和杨廷宴两个人穿的都是士兵的服装,杨廷宴说:"我是火夫,死者是火夫头,是我的哥哥。他中弹死了,我回家怎么给老娘交代啊!"没有经验的年轻战士一看是这个情况,就劝慰他几句并告诫他赶快去投降,就没再多管,急着去追赶溃逃的国民党士兵了。等华野士兵走远后,杨廷宴哭着找了个附近村庄的老汉帮忙,把黄百韬埋葬了,并做了个记号便于日后寻找,然后换上一件老汉的衣服偷偷溜掉了。

至此,空前惨烈的碾庄圩围歼战彻底结束。从11月11日夜至22日夜,华野投入六个纵队与黄百韬第七兵团的四个军交锋,在碾庄圩南北宽三公里,东西长六公里的狭小地带,双方汇聚了总计二十多万的兵力整整厮杀了十一个昼夜……碾庄圩之战的结果是,国民党军第七兵团近十二万人在碾庄圩及周边地区被歼。同样,华野也付出了伤亡五万七千三百多人的巨大代价。

大战之后的碾庄圩,空中弥散着一股浓重的血腥味,呛人的硝烟已将天空染成死寂的灰色。满目焦土中,几只乌鸦在上空盘旋,留下声声苍凉的哀鸣,似乎在安抚眷恋家园的殇魂。

黄百韬第七兵团在碾庄圩被歼灭后,杨云林率领的支前队伍投入到战场的清理工作中。首先接到的命令是配合华野战士仔细搜索战场的每一个角落,因为"大人物"黄百韬不见了,粟裕下令要求"活要见人,死要见尸"。

杨云林带领队员们开始搜索时,杨全英向随队的李指导员提出自己的疑惑:"怎么个'活要见人,死要见尸'?我们不认识黄百韬啊!"李指导员认为杨全英说得有道理,马上向华野汇报此事。不久,黄百韬的照片发下来,一个支队一张,大家轮番查看。李指导员指着照片说:"大家要记清楚黄百韬这个人的特点,冬瓜脸,眼睛不大,前头顶头发少,比较光,个子不大。大家不要只盯着当官的穿的衣服,他这个时候要想逃跑也许早就换上了普通士兵的服装。"

每个人都睁大两眼,希望自己能是第一个发现黄百韬的人。杨全英对另一个民工杨老四说:"你说俺要是先找到那个姓黄的,李指导员会不会给俺记个一等功?"杨老四说:"肯定会。那么大个官在战场上不见了,不知是跑了还是死了,解放军肯定特想找到他。"

支前民工与华野战士整整找了一天,没有发现一点蛛丝马迹。立功心切的杨全英连饭也顾不上吃,这个在参加支前以前连只鸡都不敢杀的"男子汉",先后在尸体堆里扒拉找出了十几个体貌相近者,但经过比对,均不是黄百韬本人。最后,气得他跺起脚来:"王八蛋黄百韬,没死时老子见不到你,死了咋也不让老子见一面!"

黄百韬的尸体到底在哪里?

杨廷宴后来辗转逃回南京后,立即找到黄百韬的夫人柳碧云,哭诉黄百韬自杀身亡的事情,柳碧云哭着向蒋介石要人。蒋介石有感于黄百韬的忠诚,便派其副官带人身着便衣,按照杨廷宴的描述找到村里的老汉,循着记号挖出了黄百韬的尸体。他们想感谢那位帮助寻人的老汉,让他到南京去享福,但老汉死活不肯,只同意让自己的儿子跟着出去转转。黄百韬的副官用担架抬着尸体,昼伏夜行,抵达蚌埠。在蚌埠,老汉的儿子看到国民党士兵见到尸体纷纷让道,心里嘀咕死者肯定不是一般人。1948年12月8日,运载黄百韬尸体的火车抵达浦口,场面更令老汉的儿子震惊不已,月台上站满了国民党高级将领。经过打听,老汉儿子方才知道死者原来就是鼎鼎大名的国民党将军、兵团司令黄百韬。后来,黄百韬夫人柳碧云想让他留在南京,要么上学要么工作,小伙说什么也不同意,执意要回徐州。最后,柳碧云只得塞给他一百大洋,派人把他送回村子才算了事。

出于安抚军心和激励士气的需要,蒋介石对黄百韬这位"党国忠臣"追赠二级上将,并将他的尸体下葬于南京玄武湖畔,上书"黄焕然之墓"。

如果仅以军人标准来衡量的话,称黄百韬为职业军人的典范也许并不为过,可是作为抗战中屡建功勋的将领,抗战结束后却死心塌地充当内战马前卒,最终成为蒋介石独裁统治的牺牲品,不能不令人扼腕叹息。

或许是考虑到黄百韬在抗日战争中的功绩,"黄焕然之墓"被保留至今。

黄百韬的故事到这里本该结束,却仍有下篇。1949年,柳碧云带着一双儿女迁往台湾。八年之后,黄百韬之子黄效先在台湾犯下杀人焚尸的重罪。按照当时台湾的有关规定,其罪当斩。柳碧云无奈拿出蒋介石授予黄百韬的那枚青天白日勋章求情,蒋介石"念其先父,勋绩彪炳,承其嗣续,援予减刑",由死刑改判无期徒刑,但作为惩罚,收回了那枚青天白日勋章。

碾庄圩歼灭战打响以来，华野指挥部里一片繁忙。几位首长一直守在电话机旁，除了上厕所，谁也不愿意离开。就这样坚守了几天几夜后，他们个个熬得两眼通红，警卫员劝他们去休息，但没有一个人离开作战室。无奈之下，警卫员只得搬进两张床，让他们轮流睡上一会。

作为碾庄圩歼灭战的最高指挥官，粟裕一天也没有离开过指挥部。渴了，他就泡上一杯浓茶，既解渴又提神，困了，用冷水洗把脸。粟裕一直在作战地图前走来走去，紧张地思考、研究、判断，然后不停地接电话和打电话。他就像一台机器一样，虽然长时间的疲劳运转使其滚烫发红，但只要有电就一直不停地转动着。

现在，碾庄圩战斗结束了，粟裕有了片刻闲暇，此时的他却毫无睡意，浮想联翩。

淮海战役最初是他向中央军委建议的，中央军委也认为时机已经成熟，并决定采取"围点打援"战术，集中力量先解决掉黄百韬兵团。碾庄圩的战斗主要由他指挥，中央军委和毛泽东发来的电报中屡屡有这样的话："与战斗有关的一切事宜需根据实际情况见机行事，不必事事请示。"这就给了粟裕最大限度的指挥权，就是凭借"将在外军令有所不受"的指示，粟裕才能根据战局实际，数次调整计划，保证整个战斗取得了预定的效果。

随着碾庄圩歼灭战的推进，双方投入的部队越来越多，战斗范围也越来越大。由于中央军委远在西柏坡，认为有必要成立一个前线指挥的最高领导机构。令他欣喜的是，16日他收到中央军委的电报，决定成立总前委，统筹领导淮海战役的作战和支前工作。由刘伯承、陈毅、邓小平、粟裕、谭震林组成，刘、陈、邓三人为常委，邓小平任书记。

中央军委的决定让他感觉有了主心骨，有总前委的统一领导，自己对在碾庄圩歼灭黄百韬兵团充满了必胜的信心。

19日，华野攻入了碾庄圩外圩。第二天，攻入黄百韬兵团指挥部，21日，激烈的碾庄圩战斗接近尾声。

22日这一天，华野司令部安静得出奇，大家都把眼睛盯着电话机，静静地等待前方的消息。一直等到下午三四点钟，电话终于响了："报告司令员，敌人已经全线溃败，我们正在逐屋逐院搜索黄百韬本人。"

"太好了，打得漂亮！你们继续搜索，一定要找到黄百韬本人，活要见人，死要见尸。"粟裕说完，长舒了一口气，像是搬掉了压在心头上的一座大山，然后只见他双手抱头，痛苦地呻吟起来，不大一会儿就失去了知觉。

粟裕头疼的老毛病又犯了。

指挥部的所有人都被这突然发生的情况吓坏了。有的赶快上去掐粟裕的人中，有的去摸他的脉象，有人跑得飞快赶去请医生。突发情况报告给淮海战役总前委后，刘伯承、陈毅、邓小平等人立即做出指示，不惜一切代价治好粟裕的头疼病。

医生带着急救箱飞快赶到了，其他人自觉散开留下施救的空间。医生先把把脉，然后用听诊器听听他的心跳。片刻之后，医生说："大家别着急，他的头疼病又犯了，我先给他打个止疼针，让他好好睡一觉就没事了。"众人把粟裕抬到床上，打过针后，医生让大家都出去，叮嘱警卫员守在这里，看着他睡觉，中间谁也不要打扰他。

粟裕的头疼病，别人不知道，可医生是很清楚的，他已经不止一次见过粟裕发病了。以前发病没有这么严重，估计这次是太疲劳、太焦虑，他已经几天几夜完全没有休息。粟裕之前曾经六次受伤，最早可追溯到南昌起义的时候。他的头部受过两次伤，有一次在激烈的战斗中，敌人的迫击炮弹打过来，炮弹在他的身边爆炸，他觉得头部被猛地一击，随后就倒下来昏了过去。战士们发现他满脸是血都吓坏了，急忙给他包扎并要抬他下战场，可他苏醒后还坚持不下火线，让战士们去追击敌人不要管他。之后被转到后方医院，治疗了几个月才痊愈。那时粟裕还是政治主任，有人曾开玩笑说："粟主任爆头都不会死，可见他的命有多硬啊！"当时的粟裕也笑着回答："我这个人命大，谁也别想夺走我这条小命！"但多次受伤给粟裕的身体造成了很大的伤害，一到阴雨天气他的伤口就会又痒又疼，落下了头疼的毛病，一旦战事紧张、压力过大，休息不好，头疼病就会复发，严重时甚至会出现晕死休克现象。

苏醒后的粟裕记忆还停留在头天晕倒的时候，他喊来警卫员，第一句话就问："黄百韬抓到没有？"警卫员摇了摇头说："没有。没找到人，也没找到尸体。"闻听此言，粟裕一骨碌爬了起来，对警卫员说："给我个馒头，我饿了！吃饱了好继续寻找我这位老对手！"

27

惊天动地的枪炮声终于停了下来。

昏黄的夕阳下，战后的碾庄圩陷入死一般的寂静中，满目疮痍的村庄硝烟仍未散尽，躲避战乱的村民已经拖家带口回来了。眼前的碾庄圩到处残垣断壁，百孔千疮，他们再也找不到自己的房屋，找不到院中的老树，也找不到门前的石磨，个个蹲在堆积如山的废墟中抱头大哭，号啕不已。

"这不是碾庄圩，不是俺们的家，俺们家在哪里啊？"一位老汉歇斯底里地哭喊着。

杨云林没有离开碾庄圩，他正带着他的支前队伍清扫战场，首要任务就是在死人堆里翻找仍然还活着的人。李指导员特别指示杨云林，仗打完了，胜负已经揭晓，不论是自己人还是国民党士兵，只要还有一口气，就一定要救。

支前以来，杨云林接受过多次清扫战场的任务，但他从来没有见过如此惨烈血腥的景象。碾庄圩里尸体横七竖八，有国民党的兵也有解放军的人，死状各不相同，被枪打死的还有个全尸，那些被炮弹炸死的，不是断胳膊少腿，就是掉脑袋瞎眼睛，很多尸体的五脏六腑流到了外面……支前民工们以前从没见过这种阵势，进入碾庄圩后没走上几步，很多人就浑身颤抖，捂着眼睛不敢再看，接着翻江倒海般地呕吐起来。杨云林也一样，一路走一路吐，就差没把胆汁倒出来，心里甚至打起了退堂鼓。这念头一生，杨云林又从心里鄙视起自己来：人家解放军战士在战场上拼杀，死都不怕，还有云震哥，奋勇杀敌，自己亲眼看着他死去……自己太怂包了，清理个战场就胆怯了起来！想到这里，他咬牙坚持着，半个钟头后，慢慢习惯了，后面再碰到血腥的场面也就没这么大的反应了。

在碾庄圩稍微平整一点的地方，和支前民工一道清理战场的华野战士们搭起帆布帐篷，作为临时战地医院，为那些情况严重的伤病员进行紧急处置。22日下午战斗一结束，杨云林就率领大家开始寻找和运送伤员，到天黑下来的时候，他已经记不清自己抬了多少人。天色昏暗之后，疲惫不堪的队员们说："天这么黑，看不见，坑坑洼洼的，还是等明天天亮再找吧。"已经两天两夜没有合眼的杨云林何尝不想坐下来歇歇脚，但他认为不能停下来，他耐心地开导队友们："大家必须争分夺秒呀，那些受伤的人这会儿正盼着咱们去解救他们呢，我们早一点发现他们，他们活下来的可能就增大几分。你们说咱们这算不算在积德啊？老话说，救人一命胜造七级浮屠，咱们现在救的人越多，积的德就越大，将来咱们的子孙后代都能得到庇护都能享福哩。"

支前队伍里大多是世居乡村的农民，讲大道理他们不爱听也听不懂。云林这么一说，人人都觉得有理。于是大家打起精神，点起马灯，三五人一组又开始继续寻找伤员。一直到深夜十点钟的时候，看到大部分人走起路来摇摇晃晃，实在撑不住了，云林才让大家找地方睡上一会儿。

支前民工们困到了极点，杨云林命令一下，他们就随便找个背风的地方坐下，不到半分钟就打起呼噜。第二天，天刚蒙蒙亮，杨云林就被一阵喊叫声吵醒。他不知发生了什么事，急忙跑过去看，杨老四指着正在酣睡的杨全英说："大伙快过来看看，杨全英是怎么睡觉的！"原来，杨全英头枕在一个国民党士兵尸体的脖颈处，头挨着头睡得正香呢。杨云林赶忙将人喊醒，杨全英迷迷糊糊地转脸一看，自己也吓了一跳，说夜里看不清，倒下就睡了，还说怪不得半夜做了个噩梦，原来枕着死尸睡了一晚。在后来的好多年里这事成了杨全英一再吹嘘的传奇故事。

好歹休息了一晚，民工们的体力总算恢复了一点。早上草草吃了煎饼喝了点水,大伙儿又投入到抢救伤病员的工作中。杨云林反复对大家说,碾庄圩的房屋都是草房,被压在里面的人生还的几率还是比较大的,希望大伙儿多点耐心,仔仔细细地进行清理,不要放过任何一个地方。

所有的民工都按照队长杨云林的要求去做。一名民工在清理一处倒塌的房子时,忽然听到里面传来微弱的声音:"水!水!"那个民工把情况报告给杨云林后,杨云林赶快组织大家把废墟上的东西一点点搬走,等看到只剩檩条和大梁的时候,果然露出两个人来,一个人的头被大梁砸到了,已经气绝身亡。另外一个人的腿被檩条和大梁压着抽不出来,此人满脸苍白,气息奄奄,生命垂危,刚才的声音就是他发出的。

"快去拿水壶!"杨云林大喊一声,之后,他指挥大家把檩条和大梁抬起来,把这个人的腿慢慢抽了出来,打眼一看,小腿都是紫黑色的,膝盖以上肿得如水桶,已经动弹不得。听到云林他们的声音,伤员露出激动的表情,两眼含泪低不可闻地挤出了一句话:"宿—北—老—乡。"

杨云林凑在伤员嘴边,听了半天才弄明白他是自己的同乡,急忙用担架抬起他往医院跑。杨云林心想,一定要救活这个人,还有好多话要问他呢。

几天后,这个人的命是救活了,可是那条腿却没能保住。巧的是,他不仅是宿北老乡,而且是杨云林他们村附近小刘庄的人,和刘占理同一个村。伤员说,他原来是个连长,一直跟着刘占理的,在四十四军的阵地上听说王泽浚军长被俘了,一五〇师投降了,刘占理就带他们跑到了碾庄圩。来到碾庄圩后,战况十分混乱,见没有人管他们,刘占理随即交代不要抵抗了,保命要紧,大家分散开,瞅准机会各自逃命。还说如果能逃出去,以后到徐州云龙山下集合。总攻开始之前,这个伤员还和刘占理在一起的,后来炮弹袭来,他就被埋在了这房子里。至于刘占理去了哪里,他也不知道。

杨云林问:"你见过一个叫杨云枫的吗?"

伤员回答:"没有。我只听刘占理提起过他,说他们是同学,还讲过他们之间的很多趣事。至于他在哪个部队,不知道。"

杨云震牺牲后,云林经常做噩梦,梦见自己的亲哥哥杨云枫总是喊着一句话:"快救救我!快救救我!"噩梦几次把云林从睡梦中惊醒。梦醒之后,云林双手合十,对天祈祷:"老天爷,保佑俺哥吧!保佑他能够平安回家!"

战场清理工作由于缺乏必要的工具,基本是徒手进行,进展十分缓慢,华野又调来一大批战士与支前民工们一起工作。逃难回来的碾庄圩的村民们也擦干眼泪,投入到清理工作中。由于天气寒冷,清理战场的人员穿的衣服也是五花八门,原华野战士穿的是部队发的军服。从国民党部队投诚过来的士兵由于新军服供应不上,穿的还是原来国军的士兵服,支前民工和当地村民穿的则是自己缝制的衣服。在清理现场,着装各异的人来回穿梭,互相配合,构成了一个十分奇特的场景。

杨云林支前队的人由于在一起时间久了,大家基本上互相认识,但和清理战场的其他人则不一定认识了。这天,杨全英正和杨老四几个人一起喊着号子竭尽全力地往外抬一门陷入壕沟里的120毫米的野炮,有两个陌生的面孔加入了他们的工作,当时也没在意,想着多一个人就多一分力量。等野炮抬出来了,杨云林才注意到他们。

休息的时候,这两个支前民工模样的人主动和杨全英他们攀谈起来:"你们是哪个地方的?"

杨全英不假思索地说道:"俺们是宿北县大杨庄的。你们是哪里的?"

那人说:"俺们两个是邳县铁佛的,也是支前队的,和俺们的队伍走散了,找不到他们了。"

见同是支前的伙伴,杨全英劝慰道:"慢慢找,不要急,碾庄不大,只要他们没有离开,总能找到的。"

两人中一个年长者叹了一口长气,说:"就是怕他们离开了。你们下一步准备往哪里去啊?"

杨全英回答:"具体还不知道,但听李指导员说过要往徐州方向去,国民党部队都退到徐州和蚌埠一带,下一步肯定要打那里了。"

"真希望咱们的部队赶快把国民党军全部打垮,这样咱们这些人就可以回家了。"两人中的年轻人说。

"是的,是的,把他们打败后,俺就可以回家见老婆和孩子啦!"杨全英接着小伙子的话说。

"俺们听说黄百韬到现在还没有找到,谁找到还可能立功呢。你们这里有什么消息没有?"老者将话题扯到了黄百韬身上。

老者的话说到了杨全英和杨老四的心坎里,他们做梦都想自己能第一个找到黄百韬。

"俺也想俘虏个当官的或者找到个大官的尸首立功呢,这几天俺找人时,第一眼先看的就是死人的脑门光亮不光亮,可就是没见着黄百韬。昨天俺们救出一个四十四军的老乡,可惜啊不是师长军长,只是个芝麻大的小连长,他说他们的师长刘占理跑了,要是不跑被俺抓住那该多好啊!"杨老四这个人快言快语,见有人提起这个话题,他一股脑地把几天前遇到的事抖落了出来。

"小连长有什么屁用,现在只有找到黄百韬才能立功。你们有没有听说,黄百韬最后跑到哪里了?"老者继续围绕黄百韬的下落询问不停,显得非常好奇。

"这话俺也问过别人,如果知道黄百韬最后逃到了哪里,俺一定到那里去找,但到现在,还没人知道他这个秃子到底在哪。"杨全英说。

"那你们有消息一定给俺们说一声,咱们结伴一起去找,人多力量大,等立了功得了钱,大伙儿平分。"老者笑着说道。

"管!管!那你们有消息也要给俺们说一声,大伙谁都不能蒙头放屁——独自享受。"杨老四说。

两人与杨全英几个人说话的时候,看到面前正好有碾庄圩的村民路过,就急忙与杨全英等人告别,又向村民打听起黄百韬的下落来。

两个钟头后,杨全英和杨老四在碾庄圩村中央再次遇到了这两个人。

"你们打听到黄百韬的下落了吗?"杨全英问道。

"没有,没有。"两人回答。

杨全英的话被旁边的杨云林听到了,机警的他急忙问起杨全英和杨老四。

"这两个人你们认识?"

"不认识,他们是邳县铁佛人,也和咱们一样是支前的,与队伍走散了,在这里帮忙呢!"杨全英回答。

"这一老一少两个人,见人就打听黄百韬的下落,还让俺们几个多留心,说有消息就告诉他们,他们和俺们一道去找,说是能立功受奖呢!"杨老四接着杨全英的话头,把知道的事儿全部抖了出来。

杨全英和杨老四的话引起了杨云林的警觉。

在碾庄圩清理战场的过程中,杨云林也几次碰到过这两个人,但当时只顾埋头干活的他并没有在意。杨全英和杨老四说完之后,他在心里盘算起来:"这两个人怎么让人觉得怪怪的啊,一般人和自己的支前队伍走散后,都会急着去寻找队伍,而他们却不急不躁,竟然还有闲工夫在这里东打听西打听,尤其令人生疑的是他们不打听自己的亲人和同乡,反倒到处打探第七兵团司令黄百韬的下落。"

思索一番之后,杨云林没有声张,而是悄悄跑去把自己的想法报告给了李指导员。李指导员从远处观察了两人一会儿,也觉得有问题,就对杨云林说:"他们两个是一心想着发现黄百韬的下落,也许是想立功受奖,也可能还有什么别的目的,现在很难说。我的意见是,先不要打草惊蛇,等他们去别的地方寻找时,云林和栓柱你们俩悄悄跟着,看看他们到底想干什么。"

一老一少两个人离开杨全英和杨老四后,又溜到碾庄圩其他地方四处打听。两人行动鬼鬼祟祟,一边走一边四下张望看是否有人跟踪,这更引起了杨云林的怀疑,云林和栓柱远远地跟在后面观察。等两人和一群当地村民聊完天离开后,他们才上去询问村民,村民说,刚才的两人别的没问,只问了知道不知道黄百韬的下落。

至此，杨云林确信这两个人不是一般的支前民工。

　　杨云林让栓柱回去叫来杨全英和杨老四，和他们低声嘀咕一阵后，立即行动，将正在打探消息的两个人堵在了一间破屋内。

　　"老乡，俺们有黄百韬的消息了！"杨全英对两个人说。

　　"真的吗？快说说什么个情况！"老者急不可耐地询问。

　　"黄百韬是不是个秃头的小矮个？他们俩在碾庄圩西南边河沟里找到了一具小个子秃头顶的尸体。"杨老四说完，用手指了指杨云林和栓柱。

　　杨云林和栓柱点了点头。

　　"太好了！那咱们一起去看看，立功受奖了咱们大伙一块分！"老者急忙说道。

　　在往碾庄圩西南方走的过程中，杨云林主动和两人攀谈起来。

　　"老乡，你们铁佛俺们几个没去过，是个啥样子啊？"

　　"俺们铁佛东边是沂河，西边是艾山，有山有水，是个好地方。"老者不假思索地回答。

　　"俺们大杨庄一圈都是河，大河小河有好几条，你们铁佛就一条沂河？"

　　"不，还有，还有另外两条河，黄泥沟和沙沟。"

　　"才三条河呀？"栓柱问道。

　　"俺们铁佛不大，三条河还少吗？"年轻的小伙子有点急，显得心不在焉。

　　杨云林至此确定，一老一少两个人不是地道的铁佛人。

　　原来，在支前动员时，李指导员给宿北县的支前队长做过一场报告，他把徐州几个县的主要河流都详细画在一张图上，让每个支前队长都要记在心里，以便运送粮食和伤员时不走弯路。杨云林不但把每条河流的名字记在了心里，还把它们流经的县城和较大的集镇记在了心里——铁佛这个地方，大大小小一共有五条河，除了沂河、黄泥沟、沙沟，还有武河和燕子河。

　　杨云林想，地地道道的铁佛人不可能不知道并不算太小的武河和燕子河。

　　杨云林不动声色，一直和两个人聊着天。最后，他没把两个人带到碾庄圩西南的河沟旁，而是将他们带到了附近华野一个团的团部。

　　两人一见情况不妙，企图撒腿逃跑，被早已做好准备的杨云林四人按倒在地。团部两位执勤的哨兵看到后，立马持枪赶了过来。

　　经过审问，一老一少两个人果真不是邳县铁佛来的支前民工，而是徐州"剿总"情报处顾一叟处长派出的特务，化装后混入民工队伍里，伺机打探黄百韬的下落以及华野下一步的动向。

　　由于在抓捕这两个特务的事情上表现出色，杨云林荣立了三等功。

　　"等拿到奖励，俺和你们几个人一起平分，但你们三个不要期望太高，钱肯定没有找到黄百韬的多！"杨云林一句话说得栓柱、杨全英和杨老四哈哈大笑。

支前民工们跟着杨云林出来已经一个多月，期间发生了大大小小不知多少事情。最初的时候，他们承担转运粮食的任务，大家表现得还都可以。仗开打以后，他们要跟着部队抬运和救治伤员，虽然没有让他们抱枪打仗，但战场上子弹可不长眼睛，随时都有死亡和负伤的危险。尤其是高队长在敌机轰炸中牺牲以后，杨老四几个被吓破了胆，思想就有了动摇。这次承担碾庄圩战场清理的任务，各种瘆人的惨状更是让他们几个胆小的人感到毛骨悚然，几个人休息的时候坐在一起闲聊，悄悄盘算起什么时候趁杨云林队长不注意偷偷开溜的事。

见周边无人，杨老四压低嗓门说："现在咱们和那些当兵的也差不多，都把脑袋别在了裤腰带上，不知啥时间炮击枪响，随时都有可能掉脑袋啊。"

身体瘦弱的冯槐树附和道："当兵的是吃军饷的，死了算烈士，家里人也会成为军烈属；咱们呢，说是死了也按烈士算，但能办到吗?! 况且俺今年才二十二，还没有娶媳妇，更没有见过女人的光身子，死了也太亏了。"

杨老四对冯槐树说："咱们再动员两三个人一起走吧，就咱们两个人太少了，回去后抹不开面子。"

冯槐树觉得杨老四说得有道理，满口答应下来："咱俩分头去找，看看有谁想走，到时候好结个伴。"

随后的几天里，他们两人分头行动，在干活休息间隙或者晚上睡觉前观察哪些人有懈怠情绪或者想撂挑子不干的，就靠过去悄悄劝说。

这天，杨老四和杨全英在一组做事，就趁机问杨全英："全英，想家不？"

杨全英老老实实地回答："想，咋能不想哩！"

"那你就没有想过找机会回家去？现在天天在战场上，不定啥时候炮弹打过来，如果也像高队长一样命都丢了，你就再也见不着老婆和孩子了。"杨老四撺掇他。

杨全英奇怪地问："回家？仗还没打完，怎么回？"

杨老四悄悄地说："如果真想回，就有办法。咱们几个趁云林队长不注意不声不响地逃走就是了。"

杨全英吃了一惊，睁大双眼盯着杨老四说："老四，你不会想当逃兵吧？这可不行啊。出来这么多天了，虽然天天做梦都想家里的事。可老婆前两天托人给俺带信了，说她和孩子在家都挺好的，杨村长和王主任对俺家照顾得特别周到。让俺好好支前，不要挂念家里。"

杨老四一听这话，非常诧异，他们想不到原来到处躲藏不想支前的杨全英，思想上的变化居然这么大，他顿时泄了劲，再没有讲下去的勇气。

自从支前队成立后，当时高队长和李指导员就选定了有些文化的人当中队长，重要任务之一就是要求他们带领大家学文化。因为经常要出任务，没有整块的时间，他们就利用休息的时间学，或者在执行任务行进途中学习。杨云林想了一个方法教大家认字，李指导员总结为"联想扩展法"。比如，一个"口"，中间加一横变成"日"，中间再加一竖变成"田，"上边出头变成"由"，下面出头变成"甲"，上下都出头就是"申"等等。脑瓜活络的杨云林还把这些字写在纸上并贴在每个人后背上，走在路上时大家可以边走边记。一个月下来成效非常明显，大家都能认识两三百个字了。

对杨全英，杨云林特别重视，经常辅导他认字，在他偷懒不想学习的时候，常劝说他："全英哥，你识字不光为你自己，今后还能教家里的三个孩子，他们不能再和你一样，连自己的名字也不会写呀。"

杨全英特别感谢杨云林，学习起来比任何人都刻苦。

教支前民工识字的过程中还闹出了不少笑话。一次行军途中，杨云林教完杨全英"比较"一词，鼓励他用这个词造个句子作为练习。当时，天空中飘着不大不小的雨点，杨全英想了一会儿，造出了一个句子。

"今天天气比较下雨！"杨全英大声喊道。

"比较"这个词用进去了，杨云林听后觉得别扭，但又不知道问题出在哪里，哈哈大笑一阵后说："全英，这句不管，再造一句。"

杨全英自己嘿嘿笑过几声后，扭头看了看路边高高低低的行道树，接着又造了一句。

"大树比较小树高！"

这次杨全英又把"比较"这个词用进去了，但杨云林听后还是觉得别扭，抓耳挠腮想纠正他，还是想不出到底问题出在哪里。

"全英，还是不管！让俺咋给你说呢！"

正当两人纠结于"比较"一词的用法且无计可施时，李指导员走了过来。

"'比较'这个词是副词，用来比较两个东西性状和程度的差别，后面不能跟动词和名词，只能跟形容词。"李指导员说。

李指导员的话不但把杨全英说蒙了，也把杨云林说蒙了。

"哎，我又犯了教条主义的错误。"见两人满脸迷茫，李指导员赶快自我检讨。

"这样说吧，'比较'后面只能跟'大''小''高''低''快''慢'这样的字，比如，你们两个之间，云林的个头比较高，挑着东西走得比较快。"李指导员想出了一个两人都能明白的方法。

"全英，你按李指导员的方法把前面的两句话再造一遍！"杨云林鼓励杨全英。

"今天和过去下的雨相比，不大也不小！"杨全英说。

这次杨全英造句中根本没用"比较"，只用了一个"比"字。

"你没有用'比较'!"杨云林笑着对杨全英喊道。

"'比'和'比较'不是一回事吗!"杨全英振振有词。

这次,连李指导员也被整迷糊了,愣在原地半天说不出一句话来……

为稳定支前民工的思想和情绪,待大家认识不少字之后,李指导员让杨云林组织大家给家人写信,把在外面支前的情况以及得到的奖励告诉家人,让他们为所做的支前工作感到光荣和自豪。十天前,杨全英给他媳妇写了一封信,经过李指导员修改后,托人带了回去。

玉花吾妻:

你好!代问父母大人和孩子们好。俺出来已经一个多月了,不知家里怎么样,俺天天惦挂着你们,就连做梦也惦挂。俺在这里很好,干活从来不像在家里一样偷懒,饭量也大了很多,刚来时每顿吃五张煎饼,现在一顿能吃八张,云林、栓柱他们顿顿都给俺几张煎饼。还有,刚来时还怕石磙、铁柱几个人夜里打呼噜,现在俺一躺下就打呼噜,石磙、铁柱他们都不和俺靠在一起睡觉了,不知道俺回去后,你受不受得了。俺给你提一个要求,就是你要照顾好老人和孩子,不要让爹娘生气,要好好干活,照看好地里的庄稼和家里的那只老母猪。俺今后一定不怕吃苦,干起活来也一定更勤快,俺要和村里来的其他人比一比。

  祝

安好!

杨全英

七八天之后,杨全英收到媳妇的来信。

杨同志全英夫台鉴:

信函收到,甚感欣慰。你们在外面支前都挺好吧,生活得也挺好吧?在家里俺照顾你,出门只能自己照顾自己了。俺在家都挺好,父母大人和三个孩子也很好,杨村长和王主任经常来家里帮忙,五天前还给家里送来了几十斤柴火、三斤大米和半斤红糖,感激得俺不知说什么是好。村里这样照顾咱们,你就放心在外面好好干吧。咱爹老说,树活一张皮,人活一张脸,你要争气,和你同去的黑毛、满仓他们几个写信回来都说立功了,他们家里人在村里谝得很。你也赶快立功吧,也让俺到处谝谝。

  顺颂

时祺!

妻玉花

杨全英老婆玉花不识字，信是村里的私塾先生代写的，看到信开头的"同志"二字，全英心里更是乐开了花，真正地感受到参加支前的无上光荣。李指导员给杨全英解释过看不懂的地方后，笑着说："想不到你家媳妇比你的文化水平还高！"

看过好几遍媳妇的来信后，杨全英小心翼翼地把信夹在帽缝里，一有空就拿出来读几句，心里一直盘算着下一步如何表现，也像黑毛、满仓一样争取立功受奖。

正当杨全英老婆来信千叮咛万嘱咐之际，杨老四却动员他逃跑回家，杨全英气不打一处来，劈头盖脸就把杨老四骂了一顿。杨老四自知理亏，也不敢还嘴。过后，杨全英想想不对头，杨老四能来拖自己的后腿，说不定也会拖别人的后腿。一定要制止他的行为！于是，他找到队长杨云林，把事情一五一十说了一遍。

杨云林意识到这不是小事，如果任其发展，必然影响到支前队伍的稳定。他找到李指导员请教事情该如何处理。两人商量后决定先找杨老四、冯槐树等人谈话，然后召开全体支前人员会议，以此事为反面典型，对大家进行一次现场教育。

会上，受李指导员的指派，杨全英给大家读了他老婆的来信，现场给大家说了自己的感受，表态从今往后一定要好好表现，争取立功受奖，为家人争光，为大杨庄人争光。杨老四和冯槐树等人当场受到了批评，羞愧难当，认识到自己的行为很可耻，不仅自己丢脸，也给家里人脸上抹了黑，表示一定要痛改前非，还说要以杨全英为榜样，向他看齐，争取早日立功抵罪。

最后，李指导员宣布，鉴于杨全英这次表现出色，不仅没有听从杨老四的鼓动，还及时汇报并协助组织上端正大家的思想，稳定支前队伍，决定给予记三等功一次的奖励。领取嘉奖令时，杨全英在衣襟上擦了好几次手，才郑重地从李指导员手里接过奖状。拿到奖状后，杨全英激动得热泪盈眶，先是把奖状贴在心窝上，然后又高高举过头顶，大声喊道："媳妇，你看见了吗，俺也立功了，你现在可以在大杨庄老少爷们面前好好谝谝了！"

28

22日晚，南京，总统府内灯火通明。

当天下午，徐州"剿总"发来的急电不啻晴天霹雳，十二万人马的黄百韬第七兵团被共军全部歼灭，黄百韬本人下落不明。

读完电报之后，一连几个小时，蒋介石坐在办公室的椅子上，低垂着头，双目紧闭，沉默不语，显得无比沮丧。坐在沙发上的何应钦、顾祝同也一言不发，如坐针毡。此时此地，他们不知道说什么，唯恐哪句话说错惹怒老头子，再把火引到自己身上。天色逐渐昏暗下来，侍从人员打开办公室的灯后，蒋介石才疲惫地睁开双眼，有气无力地说了一句："今天先这样，通知明天到这里开会吧。"

黄百韬第七兵团折戟沉沙的消息在南京传开后，所有人都隐约意识到大事不妙，淮海大战的形势发生了逆转，他们无不笼罩在极度悲观失望的情绪之中。国民党高官们人人明白，中共部队集结于碾庄圩附近，离徐州只有区区几十公里，下一步进攻的目标必是徐州城无疑。看似固若金汤、坚不可摧的济南都被共军拿下，而徐州城是个易攻难守的"四战之地"，能否固守，所有人都没有把握。

徐州"剿总"司令部内更是一片忙碌，人人意乱如麻。几乎同一时间，杜聿明和刘峙正紧张地商议着下一步的计划。惊魂不定的刘峙打算放弃徐州，向南撤退，把徐州"剿总"搬到蚌埠去。杜聿明坚决反对，说目前还没到要放弃徐州的地步。刘峙是司令，杜聿明是副司令，杜聿明为了执行自己的作战计划，只得反复劝说刘峙，试图改变他的观点："司令，您不要太灰心，下一步还是有两种方案可以选择的。第一，我们再向委员长申请，如果能给李延年增调五个军，与黄维兵团南北呼应实施攻击，必能打通津浦路，确保徐州和蚌埠的安全，这是上策；第二，如果将徐州的三十万兵力与黄维的十二兵团一起，安全撤离到淮河两岸，也不失为一种可行的方案。"杜聿明停顿了一下，看着犹豫不决的刘峙，加重语气说，"刘总司令，如果现在仓促撤出徐州，显然是下下之策，当前敌我双方的态势已经发生了巨大变化，共军兵力部署基本到位，万一撤退组织不力，被中共部队包围，反而不如固守于徐州稳妥，固守至少还可以牵制他们，使其不再继续向南推进。"

杜聿明说完，见刘峙既不赞成也不反对，木然地坐在椅子上，没有任何反应，急忙又补了一句："现在，我们的一切决策，不管是进退或是战守，都和党国前途密切相关，我们不能自己轻率地做出决定，这些都要看委员长怎么想的，一切要以他的决策为准。"

刘峙沉默良久，最后从嘴里挤出一句话来："好吧，一切还是请委员长决断吧。"

23日上午，蒋介石主持紧急作战会议。参加会议的有何应钦、顾祝同、刘为章，第二厅厅长侯铭磊，第三厅厅长郭如桂，副厅长许正春和保密局局长毛人凤，刘峙与杜聿明也连夜乘飞机从徐州赶来参会。

蒋介石见参会人员到齐，清了清嗓子，沉着脸说："十二万人马说没就没了，黄百韬也下落不明，仗打成现在这个样子，你们先各自说说自己的看法吧。"

会议室内一帮人面面相觑，低头沉思，没有人说话，因为谁也不知道该如何开口。

片刻寂静之后，杜聿明首先发言，毕竟他是"徐蚌会战"的一线指挥官。

"碾庄圩之战没有打好，首先我负有责任，既没有做到知己知彼，也没有从全局上调动布置好兵力，相互之间协同作战不力，造成第七兵团损失殆尽。我要说的是，这次的仗打得非常顽强，虽然我们部队损失巨大，但也给共军造成了重大伤亡。具体来说，整场战役存在三个问题。第一，最初一直估计共军要进攻徐州，这个判断是错误的，他们采取了声东击西的策略，真正的目的是要围攻黄百韬第七兵团，待我们发现他们的真正意图时为时已晚；第二，第三"绥靖区"五十九军和七十七军部分官兵临战叛逃，致使徐州东北门户大开，共军迅速突破万年闸、贾汪等地，占领了曹八集，截断了黄百韬第七兵团的退路；第三，对共军的兵力估计不足，出动第二兵团和第十三兵团救援第七兵团，本来考虑没什么问题，不料中共派华野和中野多个纵队拼死阻援，致使两个兵团推进困难，未能有效实施救援计划。"

　　杜聿明分析问题，总喜欢说出个一二三，显得还是颇有思路和章法。待他说完，刘峙急忙帮腔，为徐州"剿总"极力开脱指挥失误之嫌疑。

　　"仗打成这样，我很心痛。昨天这一夜我一直都在反思，我们的问题出在哪里？我认为是没有做到知彼知己，我这个徐州'剿总'司令确实有责任，但不能说我们完全没有预案。当时的情况在座的各位也都知道，各方面得到的情报都显示，共军要进攻徐州。这一点，毛局长也应该是清楚的。"

　　讲完这句话，刘峙稍作停顿，环顾四周之后，见没有人插话，也没有人看他，又接着说道："对张克侠、何基沣等人我也是早有防备，一直叮嘱冯治安把张克侠控制在身边，谁知张克侠此人十分狡猾，趁那晚冯治安出去执行公务时偷偷溜出了徐州。当时为了确保不出意外，冯治安还安排他的亲信刘自珍带着两千多人的警卫队驻扎在贾汪，专门监视他们。实在没有想到，这个刘自珍也跟着他们一起反水了。"

　　与会的各位大员吃不准蒋介石的态度，杜聿明和刘峙发言后，谁也不愿意接着发言。蒋介石见无人讲话，将目光落在了郭如桂身上。

　　见委员长示意自己发言，郭如桂挺了挺腰板，开口说话。

　　"我两次随顾总长乘飞机到徐州东至碾庄圩一带上空巡视，看到第二兵团和第十三兵团确实尽心尽力地救援第七兵团，但共军调集大量部队不惜一切代价阻击我们的援军，致使救援行动受阻，酿成今日之败局，实属无奈啊。"

　　杜聿明对郭如桂向无好感，每次与他见面，都会把目光移开。但这次他主动为自己开脱，便忍不住扭头看了看他。厅长郭如桂发言后，副厅长许正春赶忙接着说："碾庄圩之战造成了党国较大的损失不假，但从整体上看，我军仍处于优势地位，亡羊补牢，未为晚矣。自从16日宿县被共军攻克后，我们的后勤补给出现了问题，但目前的形势正在趋向好转。17日，第六、第八兵团沿津浦路向宿县攻击前进，希望能尽快夺回宿县。第十二兵团到达阜阳，第十八军强渡涡河成功，在到达蒙城时与共军发生全面战斗。这几日，十二兵团也在向宿县方面前进，先头部队到达了浍河南岸地区，昨天，十二兵团已到达南坪集并向浍河前进。"

许正春讲完之后，会议室里一片静寂，仍然没有人接着发言。

"碾庄圩之战已经结束，黄百韬的第七兵团血本全无，此时正是士气可鼓不可泄的时候，再如此纠缠下去，必将人人自危，失去担当之血性，贻误更多的战机。"想到这些，蒋介石也不愿将会议开成无休无止的相互抱怨和自我开脱的会。恰逢听到许正春转变话题谈到当前形势，便顺水推舟，决定不再纠结于黄百韬兵团被歼原因的分析，而把话题转到后续战略部署上来。

"碾庄圩之战，我们后面会总结。现在，要集中精力制定以后的作战计划，再发生类似的事，军法从事。"蒋介石顺势改变了会议沉闷尴尬的气氛。

蒋介石让顾祝同汇报下一步的作战计划，顾祝同给郭如桂使了个眼神。

郭如桂"啪"地站起来，捧着作战笔记本语气坚定地说："众所周知，宿县位于南京和徐州之间，又处于津浦铁路线上，是我们的重要物资储存和补给基地。失去它，今后徐州、蚌埠等地的后勤补给难以保证，必须想尽一切办法，尽快将其从共军手中夺回来。"

与会者都认为郭如桂讲到了关键点上，连一贯对郭如桂百般挑剔的刘为章也破天荒地点了点头。

郭如桂并没有在意大家的表情，而是不紧不慢地接着说道："接下来我们要想尽一切办法打通津浦路徐蚌段，建议暂时不能放弃徐州。不放弃徐州绝不是守在徐州原地不动，无所作为，徐州方面应该出动兵力向符离集方向进攻，第六兵团和第十二兵团亦应出动向宿县进攻，两部形成南北夹击之势，完全有可能消灭立足未稳的共军，从而打通徐蚌段的交通。"

这时候，负责情报的二厅厅长侯铭磊插话说："根据有关情报，共军中野几个纵队正在向十二兵团靠近，有可能包围十二兵团。我们分析共军下一步的计划很可能是要针对十二兵团。"

一直沉默不语的刘为章这时开口说话，不过他首先转达的是白崇禧的意见："白崇禧将军的意见我认为是正确的。他说不应该把重兵屯在徐州，那个地方四通八达，城防也没有济南那么坚固，易攻难守。前人曰'守江必守淮'是有一定道理的，还是应该把兵力撤到蚌埠去，这样离南京近，对后面的部署调动有好处。"

刘为章说完白崇禧的观点，开始陈述自己的意见："既然知道徐州不是久留之地，不如及早行动，将部队向蚌埠转移，北可策应徐州，南可拱卫首都。"刘为章虽然同意郭如桂打通津浦路徐蚌段的意见，但坚持放弃徐州，将部队撤到蚌埠。

刘峙一直坚持放弃徐州，将部队转移至蚌埠，听到白崇禧和刘为章持同样的观点,此时的他忍不住站起来随声附和:"徐州城确实是个不易固守的地方,如果不及时调整部队部署,向蚌埠方向转进,必然会陷入首鼠两端的困境,一定会影响后面与共军的决战。"

与会者对打通徐蚌线,夺回宿县观点一致,但对是否放弃徐州仍持不同意见,会议室里一时众说纷纭,莫衷一是。

听到会议室内出现两种不同意见,蒋介石将目光移到了顾祝同脸上。顾祝同是参谋总长,郭如桂事先已将自己的计划向他做了汇报,顾祝同表示同意。

"三厅提出的方案事先做了大量的调研,我看是稳妥的!"顾祝同说。

蒋介石静静地听着,他一直在思考判断。等大家都发了言,他才摆摆手示意大家安静。

"中正虽为首脑,但一直视诸位将军为手足,如今焕然下落不明,估计凶多吉少,我心情非常悲痛。但是,战争是残酷无情的,是你死我活的争斗,不是你死就是我亡。事已至此,我们不能一味陷入痛苦之中不能自拔,要以党国利益为重,坚定地走下去。"

说完这番话,蒋介石停顿下来,垂下眼角,脸上闪过一丝悲伤的神情。

参会将领全都一脸肃穆,不免生出兔死狐悲的感慨。

清了清嗓子,蒋介石继续说道:"大家刚才说的我都听到了,徐州暂时还是不能放弃的,但要想长期维持我们对徐州和蚌埠的掌控,必须打通徐蚌线,必须夺回宿县,这个思路是对的。徐州那边有第二、第十三、第十六兵团,如果第十二兵团再调过去,下一步夺取宿县和守卫徐、蚌应该没有问题。你们要密切注意共军中野各纵队的动向,督促十二兵团快速行动,务求避免陷入共军的包围圈。"

讨论了半天,蒋介石还是决定采用郭如桂负责制定的计划,以第十三兵团固守徐州,以第六、第八兵团沿津浦线向宿县进攻,第二、第十六兵团担任攻击任务在外围接应十二兵团,然后共同夺取宿县。这就是所谓的"三路会师,打通徐蚌"的计划。

蒋介石拍板之后,参会者也都不再说话。

最后,蒋介石对刘峙和杜聿明说:"就这么定吧!你们赶快回去准备,马上部署实施。"

原本这个计划与杜聿明早先想的方案基本吻合,他认为如果按照这一决策实施,可能还会有扭转战局的机会。杜聿明考虑问题非常仔细,对这一方案仍有一点顾虑,于是说道:"我坚决拥护委员长的英明决策。如按照这个打法,我们目前的兵力明显不足。如果能从别的地方给我们调五个军过来,来个重拳出击,共军是招架不住的。不然的话,我们的兵力太少,万一打不通,会让黄维第十二兵团陷入重围,那样我们就太被动了,很可能会遭受更大损失。"

蒋介石低头想了想说:"五个军太多了,一时半会不可能调来那么多的人马。但是两三个军还是可以的,我来想想办法,你和经扶先回去吧,尽快部署为好。"

随着形势的不断变化,中共一方也在不断地酝酿和调整第二阶段的作战部署。

粟裕提出淮海战役的最初方案后,中央在他提议的基础上,决定先打黄百韬兵团。战斗打响后,国民党派出第二兵团、第十三兵团拼命救援黄百韬兵团,甚至不惜把远在豫南的第十二兵团调过来援助和保卫徐州,说明战役规模已经像滚雪球般越打越大,已经比最初的设想要大得多,也复杂得多,正如中央军委所称"此战役为我南线空前大战役"。

黄百韬第七兵团在徐州以东碾庄圩被围歼,徐州以南的宿县同样被攻占。至此,对解放军一方来说,华东、中原战场连成一片,华东、中原两大野战军联合作战的新的战斗局面已经形成。大战打响之后,徐州地区一下子集结了国民党七个兵团两个绥靖区和解放军二十三个纵队,双方如此大规模投入重兵并集结于一个城市周围,剑拔弩张、临军对阵,实属罕见。解放军下一步怎么打,先打哪里后打哪里,急需有一个全盘的计划,否则,一招失误,可能造成全盘皆输。

面对规模如此空前的大决战,协调指挥华野、中野及各地方武装的淮海战役总前委成立了,并获得了中央军委"临机处置一切"的授权。

《孙子兵法》中非常重要的一个用兵策略就是"任势"。所谓"任势",即根据战场形势,机动地运用兵力,因势施谋,借势成事。与国民党所有军事指挥大权集中于远在首都南京的蒋介石和国防部,大小战事均要请示汇报相比,共产党在决策机制上有着机动灵活的巨大优势。

淮海战役总前委的主要任务是协调华野和中野两个野战军之间的行动,使两支大军形成一双强有力的铁拳。不但如此,中央军委和毛泽东还高屋建瓴地考虑到了另外一个问题:华野和中野在未来三至五个月内吃饭的人数连同俘虏在内,将近八十万人左右,远在千里之外的中央调度起来将十分困难。于是果断授权总前委,战略物资的筹集可直接会同华东局、苏北工委、中原局、豫皖苏分局、冀鲁豫区党委统筹解决,这样,不但节省时间,缩短中间流程,还可以大大减轻中央的负担。

"将在外,君命有所不受。"在与国民党军队对峙与血战之际,中央赋予了总前委最大的信任与权限。

黄百韬兵团被围歼后,下一步怎么办?

淮海战役伊始,根据当时的复杂局势,中央军委曾考虑在歼灭黄百韬兵团后,歼灭邱、李兵团,夺取徐州。

11月15日,碾庄圩之战正在激烈进行之时,中央军委指示,下一步作战方针为待黄百韬兵团被歼灭后，依据邱清泉、李弥、黄维三部的情况最后确定，唯目前华野仍应争取在歼灭黄百韬后再打邱、李。

华野和中野根据中央军委的指示，在阻援打援的时候做了相应考量。部署部队在阻击邱、李兵团实施东援的时候，有意识地先分割包围吃掉一些，削弱他们的力量，后视情况再定战略战术。

邱清泉和李弥久经沙场，亦非等闲之辈，他们很快意识到了对手边阻援边蚕食的目的，东援之战打得十分谨慎，为避免陷入对手重围，即使解放军有时后退让出一些阵地，也一直不肯深入冒进。特别是到了21日、22日，看到救援解围的希望越来越渺茫时，他们随即调整部署，将主力收缩到大许家以西的地方，修筑坚实的工事，与徐州之守军保持首尾呼应，意图确保自身安全。

11月8日，徐州战局危急之时，蒋介石密令黄维第十二兵团从河南确山、驻马店向东开拔，实施东援徐州的计划。关键时刻，杨云枫受命紧急赶往南京，与"孤雁"接头后获取了这一重要情报。中野因势而动，及时调遣二纵、六纵和部分地方武装一路上进行阻击和袭扰，一定程度上阻滞了第十二兵团的推进速度。

19日，总前委刘伯承、陈毅、邓小平又仔细地研究了敌我双方的态势，认为华野大多数纵队从8日起一连十余天围歼黄百韬兵团，部队已经相当疲劳，如果不经过休整继续追击并攻打邱、李兵团，可能难以达到预期效果，相反还可能使战役陷入缠斗之中。另一方面，刘汝明、李延年兵力强大且背靠蚌埠，进可攻退可守，是一块难啃的骨头，完全依靠中野力量对付他们，由于实力上的悬殊，恐怕力不从心。同时，徐州国民党守军较为集中，不易割裂，而黄维第十二兵团孤军冒进，经过长途跋涉，已经相当疲惫，另外他们在行军过程中屡遭二、六纵队和地方武装的阻击袭扰，军心斗志以及战斗力均有所下降。23日，总前委致电中央军委，提出以中野为主，集中力量围歼黄维兵团，华野在休整的同时，一部分主力用来钳制徐州之敌，另一部分主力协助中野歼灭黄维兵团并担任阻击李延年、刘汝明兵团的任务。

一天之后，中央军委回电表示同意。

粟裕等华野领导也非常赞同刘、陈、邓的意见，立即回电表示华野可以抽出四至五个纵队配合中野歼击黄维兵团，必要时还可以再增加三个纵队。不但如此，粟裕对华野的原部署进行调整，把原来负责歼击邱清泉、李弥的北线部队调过来，主要用来包围徐州，有力钳制住徐州之敌，阻止杜聿明集团西援或南撤；并派出一支部队阻止李延年、刘汝明兵团北援。另外，粟裕还提出，如果徐州、蚌埠、蒙城之敌意欲以宿县为中间点进行对接的话，也由华野负责阻击，总之不惜一切代价全力支持中野对黄维的歼灭战。

至此，如果说淮海战役第一阶段是以华野为主中野为辅全力围歼黄百韬第七兵团的话，那么即将到来的第二阶段就是以中野为主华野为辅全力围歼黄维第十二兵团。

遵照中央军委的指示，总前委进一步细化了方案。

29

国共双方于徐州东碾庄圩酣战之时，淮海大地上其他地方的战斗片刻也没有停止。

11月16日，宿县被攻克之后，国民党津浦路南段护路副司令兼宿县城防司令张绩武被俘。同时，中野指示豫皖苏独立旅、军分区部队和豫西两个团，攻占了蚌埠以北的固镇，破击了曹村至固镇间一百多公里的铁路。

铁路是国民党在南京、蚌埠、徐州等地间调配物资的主要运输通道。铁路遭到破坏，意味着国民党部队的后勤补给线被掐断了。兵马未动，粮草先行。宿县的丢失，对国民党来说，可谓釜底抽薪，不仅损失了大批的军用物资，而且也失去物资的中转储备基地。此后国民党部队的后勤补给要么靠汽车运输要么靠飞机投送，所运物资数量受到极大限制，况且汽车运输还随时有遭受伏击的危险。

对宿县失守，国防部作战厅厅长郭如桂等人一直颇有微词，在蒋介石面前喋喋不休地抱怨。蒋介石同样深知到宿县的重要性，决心不惜一切代价重新夺回宿县。为达这一目的同时也为解黄百韬之围，他下令东进途中的第十二兵团火速驰援。

第十二兵团系国民党主力兵团之一，下辖第十八军、第十军、第十四军、第八十五军等。该兵团是1948年9月才刚刚编成的。当时国民党军节节败退，在接连遭受失败的情形下，蒋介石决定对现有的部队进行调整，企图集中主要兵力形成大兵团，占据和固守战略要点，以此对抗中共部队的"蚕食"，以期扭转和挽救国民党部队的颓势，第十二兵团就是在这样的背景下仓促组建而成的。

第十二兵团的中坚力量第十八军、第十军、第十四军都和胡琏有着千丝万缕的联系，更愿意听从胡琏的指挥。按照常理，这样的一个兵团理应由胡琏任司令官，下级军官也普遍这么认为，甚至已为胡琏的莅任准备好了庆祝宴。最终十二兵团司令的任命下来后，却令大大小小的军官们目瞪口呆。他们心里盘算，就算不让胡琏来当兵团司令，也应该由比胡琏早当六个月第十八军军长的罗广文出任，但最终的人选却是大家都没有想到的黄维。

关于第十二兵团司令一职的任命，蒋介石也是费尽了心思。

首先，兵团司令之所以由黄维来担任，这是陈诚对付何应钦、白崇禧百般刁难的不得已之策。因为蒋介石在考虑司令人选时，曾特意派林蔚去征询在上海养病的陈诚的意见。陈诚一番琢磨之后，提议让嫡系爱将胡琏出任，但林蔚从中斡旋说，如果胡琏当司令，下面的罗广文肯定不服，上面的白崇禧也不乐意，到时候胡琏两头受气，肯定指挥不好部队。陈诚觉得林蔚的话不无道理，遂举荐了另一嫡系黄维。

其次，"小诸葛"白崇禧在第十二兵团司令任命上同样有自己的小算盘。白崇禧对陈诚及其嫡系第十八军向来有成见，对胡琏亦屡有微词，内心不想让胡琏担任兵团司令，但因为第十八军一直在自己华中"剿总"指挥之下，该军是他手中的主力部队之一，他又想拉拢颇具军事指挥才能的胡琏。

正当白崇禧左右为难之际，国防部长何应钦找上门来。何应钦与陈诚是老对头，自然不愿看到陈诚嫡系胡琏获得重用，便联合白崇禧准备共同保举自己的嫡系罗广文出任第十二兵团司令。

为一个兵团司令人选，国民党内的三位大佬小算盘拨得啪啪响，他们轮番上阵，你争我夺，打得不亦乐乎。这种看似不正常的状态，在彼时国民党军内部却算得上是常态。

陈诚、白崇禧和何应钦三人都寄希望于在蒋介石面前分量很重的顾祝同能在关键时刻替自己一方说话，但三人都没有想到，顾祝同给他们兜头浇了一盆凉水。

"老头子都亲自找黄维谈过话了，你们还争什么！"

第十二兵团司令职位之争，以顾祝同草草一句话作罢。

黄维被任命为第十二兵团司令，胡琏为副司令。

黄维是陈诚"土木"系骨干，从1932年至1943年期间在第十八军内历任旅长、师长、军长等职，后来调到新制军官学校任校长兼任陆军第三训练处处长职务。黄埔一期出身的黄维，与陈赓、徐向前、宋希濂、杜聿明、郑洞国等都是同学和好友，深受国民党"正统思想"的熏陶，认为孙中山先生的三民主义才是真正救国救民之主义，概舍三民主义外，更无其他真正之主义。同时，黄维也深受"君臣之道""忠臣良将"等儒家思想影响，对蒋介石忠心耿耿，深得蒋介石信任。

陈诚推荐黄维的时候，黄维暗地里已经知道了这个消息。在去与不去的问题上他也反复权衡。去吧，以当前战场形势而言，必将承担很大的风险，成者英雄败者寇；不去吧，自己一向以"忠臣良将"自居，临阵退缩，自己的忠心何在？黄维犹豫之时，忽然想起了国防部里同是"土木系"的好友郭汝桂，便打去电话，听听他的意见。郭汝桂身为作战厅厅长，阅人无数，对国民党各部队将官的性格知根知底，深知黄维书生气比较重，性格固执，指挥重大战役的能力远不及胡琏，如果任用他作为司令官，第十二兵团前景堪忧。但他稍加思索之后，极力鼓励黄维前去履职，他说："现在党国急需勇担重任的栋梁之材，你以前有带兵打仗的经验,这次是千载难逢的展示才华的机会,不是去不去的问题,是怎样干好的问题!凭你的能力和经验,再加上第十二兵团的好底子,我相信,只要运筹得当,胜算还是很大的,到那时候你就是党国的大功臣了。"

十二兵团司令之职的任命没能遂自己的意愿,白崇禧大为不悦。本来整编第二十八师要并入第十二兵团,但被白崇禧扣住不放。国防部无可奈何,于是计划改以整编第八十五师(因是整编师,亦称八十五军)吴绍周部编入第十二兵团,并获得蒋介石的核准。可是,白崇禧依然不买国防部的账,我行我素,把第八十五军牢牢抓在自己手中,说自己早就定好,将第八十五军编入第三兵团。为防止夜长梦多,精明的白崇禧干脆一不做二不休,直接把第八十五军派到了湖北广水、应山一带,企图令国防部鞭长莫及。

"书呆子气"十足的黄维一向有君子之风,但性格固执的他,一旦被惹怒,也有着一股六亲不认的倔脾气。当好友郭如桂将选拔第十二兵团司令以及抽调第八十五军的曲折过程第一时间透露给他之后,黄维清楚原来是白崇禧从中作梗,十分恼火,心想:"这个也不让,那个也不给,你白崇禧也太霸道了,我这次偏偏要把第八十五军拿到手。"于是他据理力争,并放出狠话,如果不把第八十五军编入十二兵团,司令官我也不要当了,救援黄百韬和徐州我也不去了,谁爱去谁去!好不容易了却的一件心事,又闹出这么多风波,蒋介石不禁大发雷霆。与此同时,郭如桂把黄维"撂挑子"的事情及时报告了顾祝同。顾祝同是黄维的支持者,自然也在蒋介石面前为黄维说话撑腰。最后,在国防部的坚持下,白崇禧不得不把第八十五军吐了出来。直到大约11月20日,第十二兵团到达蒙城已经与解放军对垒作战了,第八十五军才从湖北一带姗姗而来,赶至蒙城归入兵团建制。

一波未平一波又起。

对于任命自己为十二兵团副司令,胡琏大为不满。但是,对手是黄埔军校一期毕业生,自己则是四期的,且在十八军黄维曾是胡琏的上级,论资历论声望都比他高,胡琏表面不得不恭顺,背后则满腹牢骚,不安于位。在大战将至之际,10月底,胡琏终于找到发泄不满的机会,以父亲病重为由,请假离开部队独自跑到武汉去了。胡琏一走,其追随者懒散松懈,黄维见局面难以收拾,只得强压心中怒火,亲赴武汉劝慰,屈尊对"学弟"胡琏说:"伯玉老弟,我是什么样的人,你又不是不知道。我对这个司令不感兴趣,纯属赶鸭上架不得已而为之。我打算最多只干六个月,等战局一有好转,我立马回军校教书。"黄维的话最终算是解开了胡琏心中的疙瘩,他这才同意过段时间就回部队。

国民党波谲云诡的战局布阵和人事安排,对共产党则是可资利用的重大战机。中共自然不会置若罔闻,除了正面战场的拼杀血战之外,隐蔽战线角力的大戏也一直在上演。

南京"孤雁"将这一切及时通报给了前去接头的杨云枫。

淮海战役总前委在获悉国民党的绝密情报后,决定起用长期潜伏于国民党军队的地下党员"玫瑰"。

"玫瑰"不是别人,正是杨云枫昕昕中学的同学兼好友蔡云邀。此时的蔡云邀担任八十五军一一〇师师长。在昕昕中学期间,蔡云邀与杨云枫一样属于进步青年,中学毕业后,在邻居张叔叔的引荐下考入国民党中央陆军军官学校,随后在同学的影响下秘密加入共产党,奉命一直潜伏在国民党军队内部。蔡云邀是位仪表堂堂的青年才俊,平时表现得非常积极,始终以"党国忠臣"的面目示人,和师长吴绍周的关系非同一般,得到其赏识和偏爱。待吴升为军长后,他自然而然接替吴绍周担任了一一〇师的师长。八十五军每到一处,蔡云邀都一直通过中共北方局与地方党组织取得联系,为党组织及时提供有价值的情报。

抗日战争胜利后,随着内战形势的变化,蔡云邀好几次打算带领部队起义,第一次是因为时机不成熟而被迫中止。后两次组织上没有同意,认为他在国民党内部收集情报较为便利,在隐蔽战线往往能够出奇制胜,比起义更能发挥较大的作用。1947年底,考虑到蔡云邀与杨云枫的同学关系,上级党组织指派杨云枫与他直接联系,同意他把组织关系转到中共华东局,并指示他利用担任一一〇师师长的有利条件在其内部秘密成立中共地下党组织,有意培养一批骨干力量,以确保关键时刻能够发挥作用,保证起义成功。

十二兵团成立后,蔡云邀认为八十五军如果能划入其中,跟随黄维东进徐州,可能对情报收集及下一步战场起义更为有利。但令他没有想到的是,八十五军一直被白崇禧牢牢控制,这个军的军长吴绍周也是白崇禧最信任的人,白崇禧想让八十五军防守汉口的大门。如被调走,指挥大权就被蒋介石夺了,不会再听他这个华中"剿总"司令的指挥。吴绍周有白崇禧罩着,当然也不想让自己的人马脱离华中"剿总"序列。在这种情况下,蔡云邀非常着急,他给杨云枫发去密电:"须竭力促成八十五军并入第十二兵团,这样方有转圜余地。"

杨云枫来到华野指挥部,把电报呈递给了粟裕:"报告,'玫瑰'来电。"

粟裕认真看了看电报,考虑了一会,说:"'玫瑰'的来电很及时很重要啊!马上把"玫瑰"的意见传达给南京的'孤雁',让'孤雁'想想办法。"

为完成上级下达的任务,"孤雁"在南京使尽浑身解数……

天遂人愿。八十五军最终并入了十二兵团。接到国防部命令后,吴绍周依然消极待命。蔡云邀只得好言相劝:"吴军长,说心里话,我们和您一样都不愿意并入什么狗屁十二兵团,但上峰三番五次地催促,如果您一直按兵不动,一定会惹怒委员长,要是真的那样,咱们八十五军可就倒霉了。我们这些师团长都无所谓,但您千万不能出事。您出一点闪失，我们可就没有主心骨了！"蔡云翱"推心置腹"的话感动了吴绍周，他拍着蔡云翱的肩膀说："云翱老弟不但替我分忧，还替咱们八十五军的前途着想，我没看错人，就按你的意见办。"就这样，吴绍周带着八十五军磨磨蹭蹭地动身了。

在蔡云翱的一一〇师内部，绝大多数官兵对向东开拔意见也很大，公开骂蒋介石是催命鬼，从心底里不愿离开湖北。但是，对使命在身的蔡云翱来说，部队拉不出去，起义行动就不能进行。蔡云翱把中共党小组成员秘密召集到一起，开了一次紧急会议，告知大家，说这次是一一〇师起义的最佳时机，意义重大，不容错过，一定要把官兵带过去。做通大家的思想工作后，蔡云翱要求所有党员全部行动起来，多结交一些朋友，把他们拉到我们战线上来。同时，考虑周详的蔡云翱采取了一个笼络人心的办法，对官兵和家属进行安抚，不但让官兵回家探次亲，还给军官家属发放三个月的大米和薪金。这项措施实施后，一一〇师官兵的情绪逐渐稳定了下来，蔡云翱顺利地把他们从湖北带向了淮海大地。

一天，八十五军即将赶到安徽阜阳时，突然接到白崇禧的电报："绍周接电暂停待命。"蔡云翱的一一〇师是全军的后卫，电台收发组归他们护卫，按照惯例，应由收报员收到电报交蔡云翱然后才呈送军长吴绍周。蔡云翱一看，这封电报如果到了吴绍周手里，他非得变卦不可。于是，他冒着危险不声不响地把电报扣了下来。

八十五军行动非常缓慢，一路上走走停停。原因之一是行军线路河道纵横，河上桥少又非常窄，必须架桥。本来前面部队通过时架设了简易桥梁，八十五军出发得晚，游击队已经把桥破坏了，他们不得不重新架桥。还有一个原因，八十五军随身携带的粮食消耗很快，计划在路过的地方征粮，但当地政府人员都躲起来了。这两点还不是导致八十五军行动迟缓的最主要原因，最主要原因是，行军途中，当八十五军通过收音机获悉黄百韬兵团被围和宿县张绩武被俘的消息，官兵们人人自危，士气低落，个个心想能拖一天是一天。就这样，在黄维的严令督促下，八十五军直到11月20日才抵达蒙城，与十二兵团会合。

11月5日，第十二兵团集结在河南驻马店地区。在之前的10月下旬，白崇禧让第十二兵团在第三兵团的协助下，从驻马店附近地区出发，对泌阳、南阳、唐河一带进行扫荡。中野部队遵照中央军委指示，抢先一步实施战略转移，因此让敌人扑了个空。

根据徐州"剿总"总司令刘峙的预判，中共部队即将进攻徐州。为了保卫徐州，11月8日，蒋介石命令第十二兵团"不得以任何借口迟延行动"，即刻沿指定路线经正阳、新蔡、阜阳、蒙城、宿县向徐州方向进发。

与此同时，来自"孤雁"的一份情报已经送到了杨云枫手里，上写："第十二兵团将于11月8日由驻马店开拔，向徐进发。"粟裕看过，立即给杨云枫交代，马上向刘伯承司令员和陈毅司令员汇报。

11月8日，围歼黄百韬兵团的战役刚刚开始，张克侠、何基沣带领部队于当日起义后，七纵和十三纵才刚刚从万年闸插过来，华野正在想方设法包围黄百韬兵团，对付黄维兵团的任务只得交给中野。为减轻中野压力，中央军委要求沿途地方武装佯作解放军主力部队进行袭扰和阻击，最大程度地迟滞十二兵团的行动。

虽然蒋介石严令敦促，第十二兵团向东推进得仍十分缓慢。第十二兵团机械化程度比较高，有战车营、榴弹炮营等重武器营，还有汽车营及大量的胶轮大车。如果在路况较好的情况下，他们的确很有优势，但是通往阜阳的公路没有一条是完整的。更让十二兵团头疼不已的是，天公不作美，出发伊始就下起了小雨，导致路上非常泥泞。一路上他们要渡过南汝河、洪河、颍河、西淝河、涡河、北淝河、浍河等，每一条河流都成了中共部队的防御屏障，致使行动非常缓慢。

行动缓慢的另一个原因是沿途不断受到解放军的拦截和追踪。在开进阜阳的途中，解放军部队还不算多，渡过沙河后情况突变，沿途不停地遭遇解放军小股部队及地方武装的袭扰。十二兵团费尽周折渡过南汝河、洪河、颍河、西淝河之后，18日，先头部队终于到达安徽蒙城。

16日，十二兵团司令黄维收到国防部的电报："宿县已被突破，黄百韬仍被围于碾庄圩。着你部迅速行动，向宿县和徐州攻击前进，收复宿县，以解黄百韬之围。"黄维一看，万分焦急，作为徐州和南京之间唯一补给线的宿县被共军攻陷，他当然知道意味着什么。雄心勃勃立功心切的他恨不得一步跨到宿县。

同日，十二兵团情报部将一封截获的电报送到了黄维手里，电报内容是中共刘邓部队向涡河北岸调动的情况。实地侦察人员也同时报告：中共部队在涡河东北频繁调动，发现他们正在构筑工事，还有大量的民夫帮助运送军需品。

显然，十二兵团于18日到达蒙城时，解放军已经扼守在涡河北岸了，这也证实了情报的准确性。十二兵团十八军一直是中野的老对手，如今正所谓仇人相见分外眼红，十八军即刻与解放军阻援部队在蒙城展开了正面交锋。经过激烈战斗，十八军的一个师击破了扼守涡河的解放军部队的防线，强行突破渡过了涡河，然后掩护后续部队过河。

解放军阻援部队暂时退守到北淝河北岸，与此同时涡阳方面的解放军从西北包抄过来，对十二兵团的左翼形成威胁之势。解放军意图非常明显，就是要拖住十二兵团，阻止他们从正面渡过北淝河后攻击宿县。

十二兵团的行动再次受阻，黄维不得不发电报给国防部："中共主力正面阻击使我陷于不利。现拟利用涡河作掩护，把主力由蒙城转到怀远附近渡河，与铁路正面的友军取得联系，再一起向宿县进攻，也许会出乎共军的意料之外，使行动变得顺利。"

当天国防部接到黄维的这封电报，立即报告了顾祝同和蒋介石。蒋介石看到电报，眼睛一瞪："不行，那样又要拖延几天。立即电令黄维照原计划攻击前进，击破当面之敌，不惜一切代价迅速向徐州方向靠拢。"

在解放军部队的顽强阻击下，直到21日，十二兵团才开始由蒙城附近陆续渡过涡河，与据守在北淝河的解放军展开正面战斗。此时，八十五军也从后面赶过来了，经过激烈交锋，攻占了板桥、乌集等地。解放军为保存实力，减少伤亡，采用边打边退的战术，逐步撤退到蕲县集、孙疃集以及浍河南岸一带，据守阵地继续顽强阻击。

十二兵团急于向前突进，集中兵力猛打猛攻，渡过北淝河后，继续向前攻击，在浍河南岸南坪集遭到解放军一部的阻击，打了一整天，才攻占南坪集，渡过了浍河。渡过浍河后，十二兵团再次与浍河北岸的解放军部队在南坪集以北的朱口一带接上了火……

就这样，解放军故意边打边退，逐渐把十二兵团引到了已经布好的口袋阵之中。

黄维万万没有想到的是，十二兵团且行且战，一路浴血拼杀，却不知不觉地陷入了解放军的十面埋伏。

30

23日会议一结束，按照蒋介石的命令，刘峙和杜聿明立即返回徐州进行部署。

当飞机经过第十二兵团上空时，杜聿明打电话给黄维，还没等杜聿明开口说话，黄维就抢先抱怨道："在这边阻击我们的共军非常难缠，这样硬冲硬打根本不是办法，应想别的策略。"杜聿明安慰他说："老头子今天已经制定了总体计划，马上就会给你部下达指示，你遵照命令执行就是了。"

杜聿明和刘峙回到徐州，立即着手部署李弥第十三兵团守卫徐州，邱清泉第二兵团和孙元良第十六兵团做好沿津浦路两侧向宿县方向进攻的准备，争取与北上的李延年第六兵团、黄维第十二兵团会师，打通津浦路。布防在铁路东西两侧的第二兵团和第十六兵团当天接到命令后，就并肩向宿县方向发动攻击，趁解放军不备一举攻占了笔架山。

此时，对解放军方面来说，面临着两种选择：是将重点放在追击歼灭邱清泉、李弥兵团还是对付黄维、李延年兵团？转机出现在24日，接到了南京"孤雁"的情报——"蒋准备三路会师，打通徐蚌"，同日又接到徐州"黄蜂"传出的情报——"十三兵团守徐，二、十六兵团攻宿县"。摸清国民党军队动向后，淮海战役总前委立即调整部署，调派华野几个纵队到达指定地点，为中原野战军的侧翼提供安全保障；同时，命令华野另外几个纵队密切监视徐州近郊邱清泉、李弥、孙元良兵团，坚决阻其南窜，以保障南线战场解放军行动的顺利开展。

至此，国共双方高层都清晰地制定出淮海大战第二阶段的战斗任务。

蒋介石为显示收复宿县、消灭对手的决心，25日特意请来美方记者团到前线观战。在空军、炮兵、步兵战车和坦克的协同配合下，国民党第二和第十六兵团集中火力发动进攻。一时间战场上火光冲天，炮声隆隆，两兵团企图快速推进，迅速夺回宿县。但是，解放军早就做好了准备，在武器火力相对弱势的情况下进行了顽强的抵抗，战士们的弹药打完了，就冲上去与敌人进行肉搏战。近距离混战的结果是国民党飞机大炮忌惮误伤自己部队不敢实施轰炸，失去了用武之地。当天在美记者观察团的见证下，十六兵团仅攻占了纱帽山、孤山集和白虎山，第二兵团仅仅前进五华里，国民党军收效甚微。

一连几日，在解放军的顽强阻击下，国民党部队屡战屡挫，进展缓慢。27日，国民党第二和第十六兵团意识到强攻不是办法，便提出加大空中轰炸和火炮轰击力度，给对方以致命打击，待削弱对方战斗力后再进攻。杜聿明虽然赞同这种观点，但徐州"剿总"的军火储备极为有限，后方补给又不畅，经过前几天的轰炸，库存弹药已基本上消耗殆尽。此时的杜聿明得在指挥部内来回踱步，头疼万分，他始终不明白，为什么自己的部队有飞机大炮坦克的协助，武器装备明显优于解放军，推进速度却是如此之慢？高高在上的杜聿明不知道的是，自己的士兵在飞机和火炮轰击之后，一到冲锋占领解放军阵地时，就乱作一团。如果没有督战队的鸣枪警告，谁都不愿意向前冲。杜聿明更不知道的是，他的部队弹药运输困难，而数以百万计的支前民工不分昼夜地在为解放军运粮运弹……

就在杜聿明为进攻不力伤透脑筋的时候，蒋介石电召其28日速回南京。

蒋介石和国防部在南京紧张地排兵布阵之时，远在西柏坡的中央军委和毛泽东也在时刻关注着淮海战役的进展。

中央军委在汇集多方情报的基础上，经过慎重研究，认为在歼灭黄百韬兵团之后如果再拿下黄维兵团，将对整个战役起到承前启后的作用，对解放整个淮海地区意义重大，可谓上上之策。围歼黄维十二兵团对中野来说是个相当艰巨的任务，中野当时约有十二万人，虽然与黄维十二兵团在兵力旗鼓相当，但是在武器装备上却相差甚远。十二兵团是蒋介石嫡系兵团之一，其中的十八军更是蒋军"五大主力"之一。与黄维十二兵团装备精良，飞机、火炮、坦克、战车样样俱全且大都是美械相比,中野装备较差,尤其炮兵火力较弱。

中野部队与十二兵团的真正接触,开始于蒙城。针对火力强大、势头正劲的黄维,在作战指挥上,中野采取避其锋芒、拖其入瓮的策略——首先将一部分兵力置于敌人的正面,边打边退,阻击、迟滞和消耗敌人,主力则隐蔽于敌之侧翼,待他们到达设伏区域后,从后方和翼侧实施夹击,出其不意,攻其不备,依据有利地形将其歼灭。

黄埔一期生黄维不是个酒囊饭袋,毕竟多年来熟读兵书,深谙"暗度陈仓"之道。21日,当他的部队来到浍河时,狡猾的黄维一面命令正面部队强攻,一面派主力绕道从隐蔽处偷偷过河,然后杀了个回马枪,从背后向中野杨勇一纵的司令部所在地板桥集进行攻击,一纵两面受敌,猝不及防,只好撤退。

渡过浍河之后,再往前走,就是宿县南最后一道天然屏障浍河。过了浍河,夺回宿县的希望就在眼前了。交锋得手之后,黄维雄心勃勃,指挥十二兵团马不停蹄,企图一路披荆斩棘,直捣浍河南岸南坪集。

"螳螂捕蝉,黄雀在后。"黄维依仗强大火力在涡河、浍河、浍河之间推进得十分顺利,深为自己指挥得当而沾沾自喜。但是,他高兴得太早了。实际上,中野已经事先反复观察了地形,认为涡河、浍河之间地区狭小,打起仗来铺展不开,不便于围歼作战,报告总前委后,总前委也认为大战不能计较一时一地之得失,应该边打边退,把敌人诱至浍河与浍河之间进行歼灭更为有利。

位于黄维进攻正对面的是中野陈赓四纵。中野四纵与其他纵队相比,可谓兵强马壮,在总前委召开的扩大会上,陈赓率先表示四纵愿意破釜沉舟,不惜牺牲一切承担起最为艰巨的任务。在这次会议上,总前委明确了中野的任务,就是要设法把黄维兵团在双堆集、南坪集等一带包围起来,然后分割歼灭。要实现这个目标,最关键的一步就是要有效地控制宿蒙公路,扼守住南坪集不让黄维兵团继续推进。经过权衡,总前委最终把扼守南坪集的任务交给了陈赓率领的四纵,并把四纵、九纵和豫皖苏独立旅交给陈赓统一指挥,利用浍河作为屏障进行阻击。

接受任务后,陈赓一方面给大家敲警钟,说自己黄埔的老同学黄维熟读兵法,思维审慎,对他千万不可大意。另外,他特别指出,黄维兵团自出发以来,还没有遭遇过严重打击,打了几个小胜仗的他此时必定自信满满,以为依靠数量可观的飞机、大炮就可以横冲直撞、无往不胜。我们这一次要力争坚守三天,为后续部队争取时间,好好教训他一顿,让他知道我陈赓虽然没有坚车利炮,照样打得他满地找牙。在做好思想动员工作的同时,陈赓当即带领各部队负责人到浍河南岸南坪集一带进行侦察,仔细勘察地形,以便排兵布阵。

陈赓出身将门,1924年入黄埔军校一期学习,在校期间,深得校长蒋介石欣赏,故毕业后被留校任副队长、连长。在参加平定商团叛乱和讨伐陈炯明的东征中，陈赓曾救过蒋介石一命，蒋介石对他更是器重有加。从此之后，出入校长办公室，其他学员要喊"报告"，唯独陈赓可以长驱直入。国共两党分裂后，陈赓化名王庸，在上海中央特科工作，同国民党进行隐蔽斗争。1933年，陈赓在南昌被捕，此时的蒋介石内心非常矛盾，虽然感激陈赓救命之恩，但为了党国利益也不可放虎归山，便决定亲自出面见见陈赓，希望能以校长身份感化他。"陈赓，你瘦多了。"见面后，蒋介石问候道。陈赓冷笑着说："瘦吾身而肥天下，这是校长您教导我们的呀。我看校长也瘦多了，身为一党一国领袖，您瘦了，而天下更瘦，不知这是为何？"见陈赓态度坚决，双方交谈无果，蒋介石便决定杀掉陈赓。后来经宋庆龄等人斡旋，以及陈赓在国民党内有影响的黄埔同窗熊绶春、黄维、胡宗南、宋希濂、胡琏等联名上书，陈赓才得以释放。陈赓历经北伐、南昌起义、长征、抗日战争的磨练洗礼，成为了一名文武双全、智勇善战的骁将。

曾经的同学和熟人，多年后又在战场上兵戎相见，这次鹿死谁手，犹未可知。

来到涡河南岸，经验丰富的陈赓带领一帮部下仔细勘察起了地形——涡河河水较深不能涉水过河，可以作为阻隔国民党军队的天然屏障；公路两侧的地形比较突出，可以设伏并从高处瞰视公路对敌人进行有效打击；南坪集以南的地区，地势比较开阔平坦，南高北低，没有障碍物，对敌人机动化的部队非常有利，易攻难守；而那些小的村庄，由于大多是土坯墙的低矮房屋，根本经不起敌人火炮的轰击，一旦开战极易被夷为平地，根本无险可守。

勘察完地形，陈赓当即决定重点利用田野开阔地带，构筑壕沟、地堡等。他把这一主要防御作战任务交给了十一旅。刘丰旅长、胡荣贵政委立即指挥部队在杨庄、南湖庄一线构筑以班排为单位，既能独立作战又能相互支援正面、大纵深的集团工事。壕沟有一人深，两米多宽，纵横交错，在估计有敌军坦克经过的地方挖出反坦克壕，并严密监视宿蒙公路，坚决阻击强渡涡河的敌人。

陈赓用十一旅两个团固守南坪集及其东西两侧小陈家至三官庙一线，左侧东坪集至沈集一线是九纵及豫皖苏独立旅，把十旅布防在右侧朱口、伍家湖至大王庙一带，十三旅的一个团仍留在罗集、赵集一带阻击。陈赓还派出一个步兵连和侦察分队，向前靠近敌人，担任战斗警戒任务，及时了解敌人的动向，一旦敌人靠近，立马做好战斗准备。

21日开始，黄维兵团突破浍河后，即以最强的十八军摆在中间作为中路先锋，十军和十四军放在左右两侧，八十五军紧紧跟进，在飞机、大炮以及快速纵队的掩护下，向南坪集实施猛攻。当他们第二天进攻至罗集、赵集一带时，遭到了十三旅留守团的激烈抵抗，激战一天之后，该团撤回到南坪集。

23日是战斗最激烈的一天。早上八点，黄维手下的十八军出动了三个团的兵力，在八架飞机和二十几辆坦克的掩护下气势汹汹向南坪集扑来，轮番不停地发起冲锋。中野十一旅集中所有火炮进行反击，但因缺少反坦克火炮，很难压制住敌人坦克的横冲直撞。危急关头，反坦克小组组长张金生说："我们上！"张金生聪明又机灵，以前在战场上多次立功，好几次死里逃生。说罢，作战经验丰富的张金生抓起炸药包，在机枪掩护下第一个冲了上去。只见他弯腰开始蛇形快跑，坦克上的机枪"突突"喷出火舌，可怎么也打不中他。冲到坦克旁边后，张金生飞身而起，一个跨步跳到了坦克上，眨眼间将炸药包上的铁钩挂在了炮塔扶手上，随即就拉掉了导火索。从坦克上跳下的张金生一个就地翻滚，刚刚滚离坦克七八米后，身后就传来了"轰隆"一声巨响……在炸药包、集束手榴弹等轮番攻击下，几辆坦克哑火了。不幸的是，张金生在冲出去炸毁第三辆坦克时，被机枪击中头部，壮烈牺牲。

经过几个小时的艰苦激战，敌人的进攻终于被击退。

十八军见解放军正面阻击部队抵抗顽强，不得不改变战术，集中兵力向左侧胡庄西南坟地一个连的阵地攻击，可一连攻了十几次，均被打了回来。解放军这边在敌十八军的疯狂进攻下也伤亡惨重，该连一排的阵地几乎被炸平，排长受重伤，三个班长都牺牲了，卫生员魏树荣挺身而出，指挥剩余人员继续战斗。正在战斗激烈进行的时候，团部通讯员小高跑了过来，送来了纵队对坚守阵地的八连的嘉奖令，消息立即传遍了阵地，战士们群情振奋，坚守阵地，奋勇杀敌，终于完成了阻击的任务。

下午，敌人又以两个团的兵力向南坪集以东阵地进攻，想从那里渡过浍河，迂回到南坪集后面去。在那里据守的中野部队虽然不多，但是他们打得同样顽强，在战斗中，绝大多数官兵牺牲了，机枪手邵大海被打断了胳膊，他用布条把胳膊紧紧扎起，随即又投入了战斗，大家以顽强的斗志坚守着阵地，没有后退一步，击退了敌人的多次冲锋。

面对国民党部队火力强大的飞机、大炮，硬拼不是好办法。为了减少伤亡，中野首长及时改变策略，暂时放弃南坪集，引诱十八军渡至浍河北岸，然后集中几个纵队从正面牵制十八军，同时，让另外几个纵队从东西两侧向里突击，以便能够歼灭位于浍河南岸战斗力较弱的黄维十军、十四军和八十五军的一些有生力量。

中野这一招成功了，十八军误以为解放军部队因胆怯而撤退，迅即在24日上午强行渡过浍河并到达浍河北岸。等他们进入到预设的袋形阵地后，才猛然发现，原来自己要背对浍河作战，意识到已经中了共军的诱敌深入之计。下午，十八军急忙向后收缩，企图转向津浦路与李延年、刘汝明兵团会合。

机不可失，时不再来。中野抓住这一有利战机，于晚间发起了进攻，实施全线出击。七个纵队从几个方向如猛虎下山般扑来，形成合围之势，迫使十八军由进攻转为防御。至 25 日晨，终于把黄维兵团合围在双堆集、马家楼、忠义集、王朱庄等区域。

蔡云邈率领一一〇师跟随八十五军一起前进。在心里，他实在不想打这个仗，把枪口对准自己的同志，万一发生伤亡，他会无比难受。但现在的他身不由己，党组织不同意他及早起义，他只好强忍着内心的煎熬，走一步看一步。

行进途中，蔡云邈把自己部队目前的情况写了个说明，派人送给了总前委。总前委指示他不要冲在前面，尽量保护好自己的队伍，实在没办法要开打时，可以采取将枪口上扬等方法来减少各自的伤亡。针对蔡云邈急躁的心情，总前委指示他一定要有耐心，并告之已经把他的同学杨云枫从华野借调过来，专门负责与他对接和联系。

24 日，解放军主动撤出南坪集后，十八军占领了那里，随即八十五军也随大部队由蒙城到达了赵集附近，黄维把兵团司令部放在了南坪集。黄维安顿好之后，命令十八军全部进入浍河北岸，十四军集结在南坪集东南部，十军布置在孙疃集附近。正当黄维惊魂甫定，暗自庆幸之时，十一师报告：浍河以北共军构筑了鳞次式纵深阵地，兵力极为雄厚；十军报告：后卫察觉共军大部队向东南运动；八十五军蔡云邈部发现西北方向有大批共军向南移动，身后的蒙城已被占领，自己的后方补给线已被截断。

原来，当前方战斗如火如荼进行时，中野一部已经悄悄绕道而过，以迅雷不及掩耳之势占领了蒙城。蒙城的失守，意味着十二兵团已经孤处涡河、浉河、浍河三条大河之间，失去了后方。这时候，只有东南方向没有发现中共部队的踪影，东南四十公里外的固镇有李延年的第六兵团，刘汝明的第八兵团，黄维觉得中野有可能是虚张声势，集中主力打黄百韬去了。他不知道的是，困守碾庄圩多日的黄百韬兵团前一天已经全军覆没了。

战局虽然已对我有利，但总前委担心，狡猾的黄维一旦发现被装进口袋，他极有可能会改变原来的进攻路线，拼死突破中野、华野的包围圈。

果不其然。这天深夜，八十五军军长吴绍周从兵团司令部开会回来，脸色很不好看，神态焦急，遇到蔡云邈便说："形势对我们很不利，敌人有纵深的布置，已经从两侧向我们合围，我们必须向固镇转移、靠拢。这样的话委员长肯定不同意，但是不转移的话就可能被歼灭，黄维已经下了决心了。"停了一下，他指着地图又说，"司令部打算把八十五军放在南坪集附近占领阵地，掩护十八军和十军转移，然后八十五军再经罗集向固镇以西方向集结。十四军占领浍河南岸的阵地，进行警戒，掩护兵团转移。十八军脱离敌人后经双堆集向固镇西北湖沟集方向集结,十军脱离敌人后到浍河南岸,在十四军和八十五军的掩护下向固镇以西前进。"

说者无意,听者有心。蔡云翱把这些布置一一记在心里,他在心里盘算着一定要尽快想办法把情报送出去。解放军的作战意图已经被黄维察觉了,他们要向南逃跑,如果解放军不能及时出击合围,黄维兵团再行动迅速一些的话就有可能跑掉。蔡云翱想到这些,恨不得自己立刻脱队前去报告,但一想到总前委的指示,他又不得不放弃了这一想法。正在蔡云翱思考着如何应对时,吴绍周对他说:"你们一一〇师暂时归黄维直接指挥,明日跟随黄维向湖沟集方向搜索前进。"蔡云翱听完此话,不禁一惊,但他迅速稳定心神,假装很气愤地对吴绍周说:"为什么要把我们割裂开来?为什么要把我们划给黄维指挥?为什么要我们掩护十八军、十军撤退,他们自己互相掩护不行吗?我们八十五军直接开到固镇与友军取得联系不是更好吗!"

吴绍周思考了一番,认为自己部下蔡云翱这一连串的质问确属情理之中,换作他也可能会大发牢骚。但吴绍周万万没有料到,这是蔡云翱使的一条缓兵之计,是想趁此机会挑拨一下他和黄维的关系。

蔡云翱的话,吴绍周显然是听进去了,好一阵子没有说话。咂摸了一番,吴绍周才说:"你们是搜索前进,任务不是很重,那你把三二八团给我留下吧,我作为机动部队。"

"好,反正我带两个团就够了。"蔡云翱爽快地答应了。蔡云翱如此爽快地答应,有着自己的考量。三二八团的团长是吴绍周的亲戚,这个团思想比较顽固,蔡云翱一直担心起义时他们会从中捣乱,这下正好,吴绍周把他们调走了,正合他的心意。

夜里回到一一〇师师部后,蔡云翱立即向地下党小组成员李俊峰、张生锐、贾桂明通报了情况,并派张生锐把情报送出去。

黄淮平原的后半夜,寒风刺骨,除了巡逻值勤的人外,其他人都躲到了帐篷里。

张生锐从师部出来,摸黑向四纵十一旅所在的方向跑去。一路上危险重重,他尽量躲过岗哨不被发现,但在通过一个团的防区时还是出了状况。这里的岗哨比较狡猾,他们把吃完的罐头盒子穿个孔,用绳子连起来,然后放到布防的地方,如果人或动物不注意,踢到绳子,就会带动罐头盒子响。张生锐只顾看四周的情况,没注意脚下有东西,结果就中招了。

罐头盒子一响,哨兵立马警觉,端起枪问:"谁?口令。"

"萝卜!"当天晚上吃的是炖萝卜,师长就以"萝卜"作为口令的。

"干什么的!"哨兵知道是自己人,紧接着问道。

张生锐赶忙捂着肚子,说:"晚上受凉了,肚子老是咕咕噜噜的,出来解个手。"

那个哨兵嫌弃地说:"去去去,离这远一点,别等会不注意让我们踩到了。"

"好的。"张生锐捂着肚子向远处跑去。

绕过另外一个团的防区时,张生锐更加小心翼翼,弯腰贴着地面快跑,不巧的是,一队巡逻的队伍迎面过来了,他赶快跳到一个沟里缩成一团。巡逻队的一个士兵看到一团黑影后立马要举枪射击,被队长制止:"不要随便开枪,深更半夜的,不是野狗就是野兔,让共军听到就麻烦了!"张生锐就这样侥幸逃过一劫。

不知跑了多远,张生锐来到了一片解放军的前沿阵地。阵地上光秃秃的,一些树木在前几次的火炮轰击中被连根拔起了。深夜时分,解放军战士都蹲在壕沟里暂避寒风。为避免被误伤,张生锐不敢正常行走,只能慢慢匍匐前进。一百多米后,张生锐停了下来,他从腰中摸出手电筒,一明一灭,重复了三次。一连发了两次信号,张生锐都没有得到任何回应。此时的张生锐紧张得大汗淋漓,举手电筒的手颤抖不停。张生锐没有放弃,继续往前爬去,爬过五十多米后,他第三次打开了手电筒。巧合的是,解放军的一名战士在战壕外解手,忽然看到了手电光,不知道内情的他跳进战壕举枪就要射击,被身边的连长一把拉住。连长一明一灭重复了三次手电光。

看到信号,张生锐从地上爬起,机警地向四周望了望后朝战壕跑去。

张生锐点名要见杨云枫,连长迅速把他带到纵队指挥部,杨云枫已经在指挥部等着了。碾庄圩战役即将结束之时,总前委决定要围歼黄维兵团以后,杨云枫就到了中野这边,为了和蔡云邀联系方便,他要求到最前沿的阵地指挥部来。

张生锐把蔡云邀交给他的部队撤退计划交给了杨云枫。当天夜里,张生锐返回一一〇师驻地,临行前,杨云枫与他约定好紧急情况下的联系方式,并请他转告蔡云邀做好随时起义的准备工作。

"告诉你们蔡师长,请他一定要保护好自己。我们在昕昕中学时有过约定,等打完仗,我们还要一起和另外一个班进行一场篮球比赛,他是我们班最好的后卫,缺他不行。"

"我们蔡师长还能打一手好篮球?这是我第一次听说,请长官,不,请首长放心,我保证完成任务!"

31

此时的中国,有着一座远离徐州,远离炮火的城市,暂时还是一片歌舞升平、河清海晏的景象,这就是繁华之都上海。与千里之外的淮海平原相比,黄浦江畔上海的冬天少了些寒意，多了一丝温暖。

愚园路一栋花园别墅内，张灯结彩，到处洋溢着喜庆的气氛。用人在屋内忙前忙后，孩子们则在院子里四处奔跑玩耍，这里就是杜聿明在上海的宅院。

客厅里，一个白发老太太坐在太师椅上，身着锦绣华服，头发梳得纹丝不乱，皮肤保养得很好，一看就是多年享受清福之人。她，就是杜聿明的母亲高太夫人。

在淮海战场上焦头烂额的杜聿明已经好几个月没有回家看望老母了，虽说母亲要过寿，但他重任在肩，忠孝两难之时，孰重孰轻他还是分得清的。

杜聿明不能拨冗回来，但是有人替他惦记着母亲祝寿之事。这天，愚园路上开过来一辆轿车，车停在了杜公馆门前。一个侍从从副驾驶座位上下来，急急忙忙跑到后面拉开车门，同时用另一只手挡在车门框上，车里的人才缓缓地伸出脚来。一个穿长袍戴礼帽的男人在警卫护卫下迈步走向杜公馆的大门。杜公馆的人得到通报后，早已敞开大门，用人们在门前站成一排列队迎接。

杜聿明夫人曹秀清站在别墅门口，毕恭毕敬地等待。待来人出现，赶快上前一步，鞠躬致礼："经国先生好！"蒋经国也紧走几步来到曹秀清跟前，笑眯眯地伸出手与她握了握，说："杜夫人好！"

一行几人进到屋里，高太夫人也赶忙站起来迎接。蒋经国几步跨到老夫人跟前，拉着老夫人的手，亲切地说道："老夫人，祝您福如东海，寿比南山啊！"后又接着说，"光亭兄在前线很忙，一时回不来，委员长派我过来给您祝寿，代他祝您身体健康！万事如意！您看——"蒋经国挥了挥手，侍从急忙递上一个画轴，蒋经国缓缓展开后说："老夫人高寿，委员长亲手给您写了一幅字，以表祝愿！"

曹秀清接过寿轴，举在老夫人面前让她过目，老夫人仔仔细细地看了一遍，面带感激之情，说："甚好，甚好，谢谢！谢谢！烦劳委员长挂念了，代我谢谢委员长，代我们杜家谢谢委员长。"

两天之后，在杜聿明母亲生日当天，蒋介石又派人送来了十万元金圆券，委员长出手如此大方，着实让杜聿明一家受宠若惊，感激涕零。

一位军官母亲过生日，蒋介石前所未有地重视，明眼人都非常清楚，杜聿明在前线与共军搏杀，委员长不惜重金为其母祝寿，显然意在收买人心，希望他忠心耿耿地为党国效力。前一段时间，国民党内吴化文、张克侠、何基沣、刘自珍等人先后反水，令蒋介石恼羞成怒，忧心忡忡。为防止再有军官叛变"投敌"，在淮海大战开始之前，他便将这些军官的家属接到上海或者南京，好吃好喝地供养起来，一方面让他们对自己感恩戴德，另一方面，还给他们派驻了专门的服务人员，名义上照顾他们的生活，实际上是对他们实施监视和软禁。

针对蒋介石实施的怀柔手段，中共在获悉后的第一时间即采取相应措施。中原局和华东局派出各路人马，寻找那些潜伏在国民党军内部的共产党员或者思想进步、有起义可能的高级将官的亲属，事先把他们保护起来，进行妥善安置，这样就大大解除了国民党一些将领对于起义的后顾之忧。

黄维兵团决定东进参与救援之后，蔡云邀与上级组织联系，决定寻找合适的机会起义，杨云枫立即就想到了其家属问题。他把这个情况向中原局领导进行了汇报，邓小平书记非常重视，立即指示武汉地下党尽快前往接洽解决。

那是武汉汉正街一条巷内一个不大的院子，院内有三间正屋，还有一个厨房，这就是蔡云邀给夫人和孩子租住的地方。

地下党派人找到这个地方，敲了好几次门，里面的人就是不开门。原来，蔡云邀临走时反复告诫家里人，不要轻易给陌生人开门。

隔着门，蔡夫人疑惑地问："你们是干什么的？"

来人回答："我们是蔡师长派来的，请您开下门，我们详细给您说。"

"我凭什么相信你们？你们有什么信件和物品吗？"

"没有，但请您相信我们，我们真的是蔡师长派来帮助你们的。"

无论怎么劝说，蔡夫人就是不开门，两位同志只好无功而返。

武汉地下党将情况及时反馈给了杨云枫。经过反复酝酿和周密安排，杨云枫决定派燕刚去见自己的老同学蔡云邀。在当地地下党配合下，燕刚化装后潜入蔡云邀驻地附近的村庄，设法与蔡云邀取得了联系。见组织上考虑得如此周到，蔡云邀十分感动。蔡云邀派人捎给燕刚一个纸条，上面画了一粒红豆。来人说："蔡师长说了，你们只要拿这个给他夫人看，她就会相信你们，跟接头的同志走。"

杨云枫拿着纸条，一遍遍端详，心中默念："红豆生南国，春来发几枝，愿君多采撷，此物最相思。"念完了，杨云枫扑哧一笑，说，"哎呀，红豆相思，真没想到人高马大的云邀同学还是个情种呢！"

燕刚怀揣纸条，星夜兼程赶赴武汉。抵达武汉后，和地下党的同志一道来到汉正街，再次敲响了蔡云邀家的院门。蔡夫人从门缝里接过纸条一看，一句话没说就默默地打开了大门。原来，为了家人安全，蔡云邀和夫人有个约定，不能轻易相信任何人，更不能轻易跟别人走，除非来人能拿出信物。他们约定的信物就是一粒红豆，如今看到红豆图案，她才敢相信是丈夫派来的人。于是迅速收拾好行李，带着孩子离开武汉，跟随燕刚一起安全转移到了郑州。

11月25日黄维兵团被围后，解放军采取"蚕食"的策略，逐一打掉黄兵团外围兵力，不断缩小包围圈。至28日，敌二兵团和十六兵团困兽犹斗，组织强大火力，拼命突击，但仍停滞于孤山集、四堡、褚兰一线。当天夜里，十六兵团在孤山集一带又遭到解放军的激烈反攻，抵抗无力后不得不向后溃退。蒋介石开始时答应的调两三个军过来支援的承诺没有兑现，一个军都没有调来。

28日，蒋介石再次电令杜聿明回南京开会。上午，杜聿明匆忙飞往南京，飞机甫一落地就直接去了蒋黄埔路的官邸，没多久，顾总长也来了。

顾祝同先把杜聿明带到一个小会议室，说两人先讨论一下接下来的计划。杜聿明刚从战场下来，满腔激愤，情绪比较激动，直接诘问顾祝同："原来委员长答应增加三个军的，为什么至今一个军也没看见？现在徐州战局已成骑虎难下之势，这个责任究竟谁来负！"顾祝同见状，急忙打起圆场："光亭，来来来，先喝杯茶再说。你也知道，各处形势都很紧张，实在是无兵可调啊。"

生性耿直的杜聿明生气地说："既然知道无兵可用，就不应决定开打。现在把黄维兵团从豫南调过来，却使他们陷入重围，又调不出部队去解围，无端陷同侪于危难，实为不义！我认为，现在挽救危机的唯一办法，就是集中一切兵力与共军决战，否则，十二兵团完了，徐州也会完蛋，恐怕连南京也危险了。"

听完杜聿明的一番牢骚，顾祝同无奈地说道："光亭老弟，委员长也很作难啊。当前是特殊时期，他所有的办法都想了，可就是调不出一个军。现在决定放弃徐州，出来后再打，你觉得有没有把握安全撤出！"

杜聿明一听，不禁大惊失色。

"什么？委员长又要改变作战计划！"杜聿明不敢相信自己的耳朵，一下子站了起来，瞪大双眼望着顾祝同。

"光亭，不着急，坐下说，坐下说！"顾祝同和颜悦色地劝道。

在杜聿明看来，徐州的防御工事虽然算不上固若金汤，但经营多年还是形成了一定的防御体系，中共部队就算攻城，也没有那么容易就能拿下。委员长这么一改变计划，黄维的兵团保不住，徐州守军也可能全军覆没。作为学生的杜聿明终究对蒋介石怀着一颗君臣之心，顾祝同不厌其烦地一阵劝说之后，他不敢有任何的拂逆。沉思一会儿之后，他对顾祝同说："我能理解委员长的难处，既然形势这样，从徐州撤出也是没有问题的。要打就不要撤出徐州，要撤出徐州就不要恋战，委员长和国防部必须尽早做出决断。您刚才说放弃徐州，出来再打，根本是行不通的，这样徐州的三个兵团非送掉不可。我认为，唯一可行的办法是让黄维固守，牵制共军，然后命刘汝明第八兵团与第六兵团统归李延年指挥，并派蒋纬国率战车第二团配属六兵团，进入淮河以北军王集、阚疃集一线，策应黄维兵团作战，把徐州的人马经过永城拉到蒙城、涡阳、阜阳一带，重新部署并搅乱共军计划，以淮河作为依托再进行决战，也许还有一线生机。"

两人正在讨论的时候，何应钦慌慌张张进来问道："怎么样？有什么好的办法没有？"原来，蒋介石怕杜聿明在他开会时突然宣布新的作战计划一下子接受不了，先派顾祝同与杜聿明"谈谈心"，先给他交个底，何应钦是来确认两人"谈心"效果的。

杜聿明把他和顾祝同商量的结果给他说了一遍，何应钦点了点头说："看来只能这样了，走，去开会！"

在前往会议室开会的途中，杜聿明对何应钦和顾祝同说："刚才我们说的千万不能在会上说。你知道的，有某个人在，我不放心。"

顾祝同知道他指的是"小鬼"郭如桂，于是说："这个你放心，我同委座说，会后你单独向他汇报。"

会议室里，蒋介石端坐于桌前，之前承诺调拨支援的几个军丝毫没有兑现，更何况又要再次变动作战计划，纵使作为最高领袖的他也有几分愧意，因此眼光一直不愿与杜聿明对视。会议照例由作战厅厅长郭如桂在敌我态势图前介绍作战计划，他说："徐州兵团开战以来进展缓慢，共军在南北均部署了纵深工事，兵力强劲，再这样旷日持久地对抗下去，恐军心涣散，丧失斗志，最终难解黄维兵团之围。经过充分论证，现准备将徐州兵团撤出徐州，经双沟、五河与李延年兵团会师然后西进，才可以解黄维兵团之围。"

郭如桂接着详细分析了作战厅所提方案的好处，其他人默默地听着，没有人吭声。正当郭如桂滔滔不绝汇报时，杜聿明实在憋不住了，打断郭如桂说："兵贵神速！双沟、五河一带河流纵横交错，你觉得带有辎重武器的部队能够快速得了吗？"

大家你看看我，我看看你，然后是交头接耳，窃窃私语，会议室里立刻升腾起一种不安的情绪。

郭如桂的副手许正春也是个有背景的人物，见杜聿明态度蛮横，受不了这口气，"哗啦"一下站了起来，朝杜聿明说："你说左翼打不得，那右翼攻击可不可以？"

杜聿明说："那也要看情况。"

一直与郭如桂和许正春不和的刘为章在旁边帮杜聿明说话："我看能打的！"

郭如桂眼盯刘为章，问道："请问怎么打？"

杜聿明笑笑："这个嘛，天机不可泄露！"

听到杜聿明的话，会场内一片哄笑。众人瞥见委员长铁青着脸毫无表情，旋即收住了笑容。

见会议进行不下去，顾祝同悄悄对蒋介石说："光亭要到小会议室单独给委员长汇报。"

蒋介石清咳两声，宣布会议结束。

郭如桂和许正春悻悻而去。

在小会议室里，杜聿明向蒋介石汇报了自己的计划，蒋介石马上同意了，同时急忙追问侍从："命令黄维兵团今天下午突围的信送出去没有！"获悉还没有送出时，蒋介石说："不要送了。"最后对杜聿明说道："光亭，就按照你的计划执行，回去做好准备，定于30日撤离徐州。"

临走时，杜聿明考虑到蒋介石一日三变的性格，对着蒋介石和顾祝同再次强调道："此计划请一定要暂时保密，千万不能让其他任何人知道，还有计划执行过程中千万不能犹豫不决、临阵改变，否则我们危矣。"

"光亭，国防部的每一个厅长都跟了我多年，都是可靠的，你们之间观点不同是难免的，但遇事不能管窥蠡测，影响大局。希望你今后不要对如桂和正春抱有成见，同僚倾轧，兄弟阋于墙，党国的事业最终会毁于一旦！"蒋介石说。

后来，蒋介石又请顾祝同对郭如桂和许正春进行安抚。

"顾总长，我们的方案是您批准的，会上您怎么不说句话！"郭如桂的气仍然没有消去。

顾祝同苦笑一声，没有搭话。

"刘次长在我们总参谋部的会上一句话不说，可在委员长面前却帮杜聿明说话，明显是要我们难堪，不知道他安的什么心！"许正春说。

"不说了，不说了，总长也有难处啊……"

机智的张生锐将情报送给杨云枫后，连夜摸回了一一〇师驻地。

25日早上，部队就要紧急集合向湖沟集方向转移了，突然吴绍周派人来找蔡云邀，让他立即赶到八十五军指挥部。

吴绍周说："不好了，作战处郑处长乘吉普车过来送作战命令，中途突然连人带车一起失踪了。"

事情报给了黄维，惊慌失措的黄维知道事关重大，立即指示："让部队暂停前进，原地待命，迅速派人寻找，必须等查清郑处长失踪的真正原因后才能进行下一步的行动。"

于是，郑处长所经之路附近的部队都派出人员四处搜索，把方圆几公里的沟沟坎坎都搜个遍，也没找到车和人。对郑处长的失踪，蔡云邀在心里进行了分析，解放军已经把四周严严实实地围住了，现在车和人无声无息地消失，只有两种可能，要么是自己主动带车投靠了解放军，要么是连人带车一起被解放军缴获了。想到这些，蔡云邀悄悄对另一个同志说："本来我还担心张生锐能不能顺利把情报送到，而郑处长要送来的是同样的情报，说不定解放军从郑处长那里得到情报比从张生锐手里得到的还早呢！"知情的同志都会心地笑了。

十二兵团停滞不前，直到中午人和车依然杳无音讯。黄维一向自诩深谙《孙子兵法》之道，可这次却忘了"兵贵神速"的道理，白白浪费了六七个小时的时间。黄维绝没有想到的是，这六七个小时竟然决定了十二兵团的命运。中午，在寻找无果的情况下，吴绍周才部署八十五军赶至南坪集附近占领阵地，掩护其他部队转移。一直到晚上，黄维要转移的部队也没有调整好，而解放军从同时接到情报后就开始部署了，待夜幕降临，便发动了全面攻击，彻底打乱了黄维的计划。十二兵团各部自顾不暇，没有一支部队按照计划到达目的地，接受黄维直接指挥的一一〇师更是乱了套，一会儿向东南搜索，一会儿向东北掩护，面对吴绍周不停的呼叫，蔡云遴佯作愤懑地对部下说："一个是兵团司令，一个是顶头上司，我不知道听谁的好。什么叫瞎指挥？这就是！"

由于时间延误，十二兵团司令部26日才推进至双堆集以北的小马庄，进展速度之慢，急得黄维七窍生烟。但此时的黄维仍然非常自信，不愿知难而退，经过仔细盘算，有了下一步的计划。

下午五点多，黄维把蔡云遴叫了过来，说道："刚才空军把侦察到的情况报了一下，下午三点的时候共军已经基本上完成了对我兵团的包围，目前正在构筑工事，我们不能坐以待毙，必须立即行动。"蔡云遴见他说话干脆，神情十分坚决，于是立马说："请司令指示，需要我们做什么，一一〇师保证完成任务。"

黄维欣慰地说："好！我考虑还是趁共军立足未稳，从每个军抽调一个师作为开路先锋，四个师齐头并进，说不定能杀开一条通道。"

蔡云遴一听，心头先是一喜，他首先想到的是，如果黄维从八十五军抽调一个师的话，必定是自己的一一〇师，因为目前一一〇师归他直管。这样的话，率部起义的机会就来了。但再一深想，问题出来了：解放军此时还没有完全构筑好工事，如果四个师都朝一个方向齐头并进的话，以国军在武器装备上的优势，很有可能冲出去，更何况几个师混杂在一起，会给自己的行动带来更多的麻烦和变数。

蔡云遴快速转动头脑，想着对策。

片刻之后，蔡云遴神情镇定地回话说："这个方法好，司令官决策英明。我们师愿意打头阵，再给我们多配备一些重武器，我们一定能够突破敌人的防线。"

黄维一看蔡云遴支持自己的决定并且表达了决心，欣慰地说道："云遴，党国要是多几个像你这样智勇双全的骁将，我们何至于到今天这个地步！有机会我一定向上面举荐你。"

"感谢黄司令栽培！"蔡云遴敬了一个标准的军礼。

回到部队后，蔡云遴立即召集地下党成员开会商量，他说："黄维的兵力虽然这几天有所折损，但是，他们武器装备强，官兵们目前尚有士气和战斗力，解放军现在是立足未稳，如果四个师集中攻一处，还真是有突围跑出去的可能。"

贾桂明焦急地说："那怎么办！"

蔡云遴说："解放军首长一直指示我们要在最关键的时候发挥最大的作用，我觉得这是一个很好的时机,我们如果举行战场起义,必能彻底打乱黄维的整个部署。"

大家听后,一致赞同蔡云邈的想法。经过商议,大家认为一一○师一定要尽量争取作为前锋,让解放军部队开一个口子,等一一○师过去以后再迅速封上,这样既便于起义行动,解放军阵地又不至于有被突破的危险。意见统一后,蔡云邈决定还是派张生锐过去联系,如果可能,让他们派一个人过来指导,这样更能保证起义的成功。

时间紧迫,十万火急。天黑以后,张生锐悄悄出发了。由于事发突然,张生锐也不知道外围是解放军的哪个纵队,就朝离得较近的阵地跑去。果不其然,张生锐刚一到阵地前沿就被当作奸细抓住了。防守阵地的是中野六纵的部队,他们审问了一会,张生锐什么也不说,只说:"我有重要情况,我要见司令员,我要见杨云枫。"

此时的杨云枫还在四纵,但路程不远,接到电话很快赶了过来,和王司令员一起去见张生锐。张生锐被关在一处临时深挖并用树干搭建成的地堡里,身体被绑了个结结实实。杨云枫一看,赶忙上去把绳子解开,他抓住张生锐的双手:"误会,误会,生锐同志,让你受苦了。"知道了张生锐的身份,大家纷纷向他道歉。

张生锐憨厚地笑笑:"没什么,没什么,大敌当前,不知者不为过!"

喝几口水润过嗓子,张生锐急忙把黄维的计划以及蔡师长想趁这次突围的时机把一一○师拉出来的想法和具体的打算做了详细汇报,并说:"一一○师的全体党员迫切要求起义,希望得到组织上的明确指示。"

事情重大,王司令员和杨云枫做不了主,立即向总前委刘、陈、邓做了汇报。三人进一步询问情况后,考虑到起义的影响及意义,立即做了肯定的答复,并要求他们好好筹划,严密组织,排除一切障碍,确保一一○师起义成功。

王司令员召集几个人一起商量研究。商定张生锐回去后协助蔡师长等周密组织起义工作,怎么动员、行动、撤离和联络等,一定要详细考虑,不能出任何纰漏。王司令员还给他们规定了联络信号和标记,要他们赶快准备,尽早行动。

张生锐走之前向党组织提出了请求:"我们这方面经验不足,为了起义能顺利成功,能不能给我们派位同志过去指导!"

王司令员想了想说:"好的,你先回去,选好人立马让他想办法过去。"

事关淮海战役大局,六纵对一一○师起义持非常谨慎的态度,要求参谋部尽快绘制一张起义的行军路线图以及集结地域图。纵队领导对一一○师起义的事情还有不太一致的认识,又进行了一番商榷。

王司令员说:"总前委都知道蔡云邈这个人,对他们起义我持完全信任的态度。"

杨云枫也说:"蔡云邀几年前就是党员了,三年前一一〇师还成立了地下党组织,要求起义也不是一次两次了,不会有什么问题。"

但是杜政委不赞同,他分析说:"我们不能完全相信,还是要留一手。一一〇师毕竟是国民党的嫡系部队,就算党内的同志想起义,可万一有人走漏了风声,部队被反动势力控制了怎么办?还有,假如这四个师齐头并进的计划是黄维打的幌子,他们已经提前获悉我们的计划,故意设置圈套,而党内的同志不能识别而上当了怎么办?假如我们开个口子,他们一拥而上,我们控制不住咋办?战场上什么可能性都会有啊!"

杜政委一连串的问号,问得大家心里也直犯嘀咕。大家都理解他这是从最坏的角度考虑问题。

为此,纵队召开了旅长以上的干部会议,讨论队伍部署情况,怎么样才能够做到把这个口子既打得开也能及时收得拢。最后,经过充分的讨论,大家形成了共识,六纵两位首长明确:一是起义官兵从六纵十六旅及第十二旅阵地之间预设的道路上通过,开向罗集附近大王庄、西张庄,派部队将起义官兵行军路线用高粱秆标明;二是起义官兵都要在左臂上扎上白毛巾或者白布条;三是两军接触时要打三颗红色信号弹作为联络信号;四是为防万一,在确认一一〇师真正起义之前,不能让他们进入配备火力据点的村庄。

如何接纳一一〇师起义的事情解决了,紧接着的就是选派一个人过去指导他们的起义。派谁去呢?在这个问题上,六纵内部也引起了争议。一般的同志没有接触到这个事情,对事情的前因后果一点不了解,况且也不熟悉对方的人,显然不合适。因此一定要找一个既熟悉情况又和对方有过接触且有这方面工作经验的人。

选来选去,六纵还是没有选到很合适的人。

杨云枫说:"王司令员、杜政委,还是我去吧。一一〇师蔡师长我熟悉,还有这件事前前后后一直是我在联系,我去责无旁贷。"

王司令员和杜政委有点犹豫,杨云枫是华野粟裕代司令员手下的得力干将,为了一一〇师起义事前来协助工作,万一出事他们可担当不起。

杨云枫看两位首长有点为难,坚定地说:"两位首长请放心,我不会有事的!上次张克侠和何基沣起义时就是我过去的,还算有点经验。"

两位首长坚持要向总前委汇报,被杨云枫劝止:"事不宜迟,就不要再请示了!"

最后,王司令握着杨云枫的手说:"云枫部长,您和燕刚同志到中野是来帮助和指导我们工作的,燕刚去了武汉,这次又要您亲自出马,真是难为你们了!"

杜政委同样握住杨云枫的手,激动地说:"事情如果顺利还好,如果不顺利,就有可能成为人质甚至有牺牲的危险,您要做好充分的思想准备。在带领队伍出来的过程中也可能会出现各种变故,您要和蔡师长商量随机应变。这次起义意义重大,要尽最大努力确保起义成功。同时,您一定要平安回来,不然的话,陈司令员和粟代司令员问我们六纵要人,我和老王无论如何也无法向两位首长交待啊!"

杨云枫坚定地说:"我现在就是中野六纵的普通士兵,请两位首长放心,保证完成任务!"

"云枫部长,您可不能这样说,更不能这样叫我们!"王司令和杜政委齐声说道。

化装后的杨云枫在前沿阵地静等张生锐他们来接,可是等了一个多小时就是不见来人。大家都非常着急,焦虑的神色挂在脸上,互相探询的眼神好像在问:"不会出什么问题吧?"

"不会有事的,再耐心等等!"杨云枫安慰大家。

时间一分一秒地过去,又是一个小时,还是没有动静。杨云枫决定不能再这样等下去了,不管怎样一定要过去看看。可问题是,怎样过去呢?

正在大家苦思冥想之际,杨云枫说话了。

"你们就把我欢送过去吧!"杨云枫说完诡异地笑了一下,开始大家还不太明白,可转念一想,顿时豁然开朗。

突然,阵地上响起了密如炒豆般的枪声,还伴随着"抓奸细啊!抓奸细啊!"的喊声,在寂静的冬夜里异常刺耳。声音传到对面一一○师的阵地上,引起一阵骚乱,哨兵相互间不解地问道:"怎么回事?怎么回事?"正在这时,阵地后方一个军官模样的人上气不接下气地跑了过来,骂骂咧咧地说:"我是师部的,师长说黄司令布置要突围,让我们搞侦察。他妈的,派去的人真是个笨蛋,到现在还没有回来。"待杨云枫浑身泥土跑来后,警惕性很高的哨兵仍然怀疑有诈,坚持和军官一起将杨云枫押到一一○师师部。

到了师部门口,张生锐一看来人是杨云枫,强压心中的兴奋之情,赶忙说:"老杨,你咋搞的,侦察个敌情费这么长时间,亏你还是个老兵!快进来,师长都快急死了!"张生锐打发走哨兵后,将身穿国民党士兵服装的杨云枫带到了蔡云邈面前。

"师长,您看谁来了!"张生锐激动地喊道。

蔡云邈定睛看了好大一会儿,才认出杨云枫。

"杨云枫!"蔡云邈大声喊道。

"蔡云邈!"杨云枫也几乎同时喊出了对方的名字。

两个人的手紧紧地握在了一起，激动得热泪盈眶。相隔十余年，两人的相貌都有了很大的变化，但举手投足的感觉还是没变，因此他们一下子认出了对方。

情况紧急，顾不上叙旧，杨云枫赶紧询问蔡云邈遇到了什么情况。

张生锐抢先说了话："军长吴绍周把三二八团调过去了，师长正在为带不走三二八团而为难呢，都愁得几顿茶饭不思了。"

杨云枫安慰蔡云邈道："不能影响大局，实在带不走就算了，强扭的瓜不甜。"

根据杨云枫的意见，蔡云邈把党组织成员召集到一起，然后向同志们介绍了起义前各项准备工作，交换了有关起义工作的实施意见并进行了分工。会议商定，由党内的同志分头去做团以上进步军官的思想工作。行动时，杨云枫和张生锐带领三二九团打头阵，师机关和直属部队走中间，三三〇团断后，并派两个加强连随后收容掉队的士兵。为了不引起黄维警觉，按照突围时的序列，部队分四路纵队并以急行军的速度前进。

会后，在戒备森严的情况下，蔡云邈主持召开了营以上军官会议。会上，蔡云邈正式宣布了起义决定。由于事先做了较为深入的思想工作，与会者大都十分平静。蔡云邈给大家分析了目前的形势，说一一〇师被解放军四面包围，顽抗到底只有死路一条，因此趁突围之机，带领大家起义，给大家一条光明的出路。随后，蔡云邈宣布了同解放军前期联系的情况，起义时行军路线、标识、纪律等。

蔡云邈又向大家介绍了解放军的全权代表杨云枫。杨云枫在讲话中说："大家好，我是中野六纵的全权代表，诚心欢迎大家起义！现在全国形势越来越向着有利于解放军胜利的方向发展，这是大势所趋，民心所向，绝非吴绍周、黄维和蒋介石所能左右。一一〇师选择起义的道路是正确的，是一次壮举！请大家放心，起义之后经过整顿，将重新编入解放军序列，不但不会受歧视，反而还会因你们的义举受到重视和嘉奖。"

"你说话算数吗？"一位对起义尚有顾虑的营长发问。

"我想大家都应该知道张克侠、何基沣将军吧，他们起义时是我前去联系的。当时有个师长问了同样的问题，我告诉他我是陈毅和粟裕两位将军商定后派来的。而这次，我要说的是，我是刘伯承、陈毅、邓小平和粟裕几位将军商定后派来的，部队作战和起义皆为军中特别重大之事，他们会派一个说话不算数的人来吗？！张将军和何将军起义后，他们本人和所有部队官兵都加入了解放军的战斗序列，回到了人民当中，心情自然比过去更愉快，斗志比过去更坚定……还有，我和你们师长是同班同学。同窗之谊，情同手足，我怎么会坑自己的同窗兄弟呢！"

"杨云枫部长是我中学时期的老班长，我是了解他的，请大家绝对信任他的诚意和承诺！"蔡云邈接话说道。

杨云枫入情入理的一席话，说得大家热血沸腾，那个营长和其他军官一道纷纷表态愿意跟着蔡师长起义。杨云枫再次强调了纪律，要求大家一定在左臂上扎上白布条或白毛巾，按照地上的标识走，出现特殊情况时要听从指挥，保持镇定，不能自作主张，以免偏离行军路线发生意外。

天蒙蒙亮，起义部队集合完毕。寒冷的清晨，大地蒙上了一层浓重的雾霾，几十米远已经是人影绰绰了。部队悄悄向着解放军的阵地开进，杨云枫和张生锐带队走在前面，蔡云邀走在中间。为防万一，蔡云邀的警卫员小金左挎二十响手枪，腰间插着一把左轮手枪，手里还抓着一挺卡宾枪，寸步不离左右，行前师部开会研究过，从现在开始，不许任何人靠近蔡云邀，如果强行靠近，立即开枪击毙。

行进中，气氛格外紧张，队伍中没有一个人说话，只有脚步的沙沙声。不巧的是，当天出现的大雾致使双方互相之间不能确认，当起义队伍接近六纵阵地时，突然响起了断断续续的机枪声和手榴弹的爆炸声，部队出现一阵骚乱，有的人开始发牢骚："不是说不打的嘛，怎么还打啊！"

杨云枫当机立断，对大家喊道："立即卧倒！大家不要慌也不要讲话，更不能开枪。"并立即对空打了三颗信号弹。雾实在太大了，六纵战士根本看不清楚。正在这时，只听"咣当"一声，一颗冒着青烟的手榴弹落在队伍中，千钧一发之际，杨云枫飞起一脚将手榴弹踢进了路边的河沟里，随即就是一声冲天巨响。

"再这样打下去，恐怕天亮前还不能把队伍带出去！"杨云枫让大家隐蔽，独自一人边喊边跑向六纵阵地。几分钟后，解放军战士认出了胳膊上扎着白毛巾的杨云枫，才知道打错了，急忙停火。

口子打开了，一一〇师还是按照四路纵队向外走，透过浓雾，大家依稀能看到路两侧伸出的黑洞洞的机枪枪口。开会时还犹豫的那位营长对身边的人说："看来起义这步棋走对了，看人家的兵力部署，要想突围，无论如何是不可能的。"一一〇师顺着地上摆放的高粱秆快速地行进时，再次遇到了突发情况。从东南方飞来三四架飞机，在他们上方盘旋侦察，因此时太阳没有出来外加有雾，飞行员判断认为行进中的是解放军的部队，想要俯冲下来扫射。慌乱中几名战士举枪就要射击，被蔡云邀及时制止。他随即命令通讯排用陆空联络布板展出联络信号，飞行员看到后马上由射击姿势改为掩护行动，一直把他们护送到集结地大吴庄。

一一〇师通过后，六纵迅速关上了打开的口子。

直到听到后方再次传来密集的枪声和手榴弹的爆炸声，一一〇师的官兵才知道已经走出了包围圈，后面循着他们路线突围的十八军的一个师被解放军强大的火力阻挡，伤亡惨重，缩了回去。

按照总前委的指示，一一〇师起义的消息暂且保密，蔡云邀和杨云枫商量后仍给黄维发了电报："突围一切顺利，因后续部队迟缓，已被解放军截断联络，我部攻击也因之停顿。"之后，他就命令关闭了与黄维兵团的一切联络，改为向总前委汇报。对一一〇师起义，刘邓首长来电表示热烈祝贺，指示他们尽快整顿，改编加入解放军队伍。黄维为突围给一一〇师配备的美式装备派上了用场，解放军火炮力量薄弱，蔡云邀立即命令炮兵营进行支援，及时帮助解放军扎上了口袋。

一一〇师起义的消息三天后才被黄维兵团确认，黄维气得呆坐在椅子上，半天回不过神来。起义的消息不胫而走，以前士气高涨、战斗力顽强的八十五军顿时变得意志消沉，战斗力大大削弱。

起义的影响还在扩大，十二兵团的其他部队得知消息，军师长们一下子变成泄气的皮球，惶惶不可终日。随后不久，十二兵团二十三师即在阵地上向解放军投诚……

32

淮海大地风云激荡，战况瞬息万变。

28日，杜聿明参加完蒋介石主持的会议，旋即赶回徐州，向刘峙、邱清泉、李弥等传达了蒋介石和国防部关于放弃徐州，向涡阳、蒙城一带转进，以解十二兵团被困之急的指令。

徐州"剿总"几位高官磋商讨论之后，认为事关重大，处理不当必将引起战局混乱，决定对外严格保密，先让总部部分重点人员悄悄撤退，用飞机运移至蚌埠，然后视情况再定后策。在杜聿明看来，徐州"剿总"撤离徐州的计划可以说是密不透风，甚至在南京军事会议上碍于郭如桂在场，他也不肯多说一句。令他意想不到的是，他返回徐州的当天，南京即有人通知徐州党务、经济等部门先行撤退，所谓的军事秘密一下子成了公开的秘密。杜聿明得知情况，气得脸色铁青，仰天长叹："现在哪还有什么秘密可言，我费尽心思防住了'小鬼'，没想到委员长身边还有'大鬼'，党国腐朽破败至此，我杜聿明纵有三头六臂，也无力回天啊！"

消息传得比什么都快。徐州机场和火车站顿时人山人海，拥挤不堪，各色人等拼命往飞机和火车上挤……

外界躁动纷乱的同时，徐州"剿总"大院内也不再安宁。刘峙把杜聿明叫到自己办公室，用半是商量半是命令的口吻说："光亭，没有想到事态变成这个样子，我们两个不能同时待在徐州，我先一步到蚌埠去，把那里的事情打理一下！"

杜聿明知道自己顶头上司的小算盘，刘峙既然已经提出，自己也不好反驳，心想随他去吧，于是顺水推舟说道："这样也好，您先过去，有事时联系。"

刘峙也觉得自己这种安排不免会让人有临阵脱逃的联想，他皮笑肉不笑地拍拍杜聿明的肩膀："光亭，你放心，我到蚌埠安排好一切，如战局有变我会再到这里来。"

杜聿明露出一丝苦笑,打了一个立正:"刘总司令,一路走好!"

29日清晨,刘峙登上了去蚌埠的飞机。这一次,李婉丽却不在刘峙的身边,她遵照刘峙的命令留在了徐州。

原来,徐州"剿总"长官办公室里积存了大量军用地图、文件及档案有待处理,必须找一个信得过且办事稳妥的人负责,刘峙考虑来考虑去想到了李婉丽,让她和军务处佟处长一道办理此事。李婉丽没有拒绝,一口答应下来,并且信誓旦旦地说:"刘总司令,交给我您就放心吧,我一定亲眼看着这些东西全部打包装车,一件不少地都给您运过去。"

从28日深夜开始,李婉丽、佟处长调来一帮士兵对各种档案分类打包,然后贴上标签。整个过程中,细心的李婉丽和佟处长一刻也没有离开现场,与大家一道忙活个不停。

"李主任,佟处长,我帮忙盯着,你们两位去休息一会吧!"凌晨一点的时候,军务处书记员小钱看到李婉丽和佟处长疲惫不堪,好心相劝。

佟处长婉言谢绝。

李婉丽看了他一眼,说:"不用了,我不困!"

到了凌晨三点,小钱再一次劝说困得几乎睁不开眼的佟处长和李婉丽回办公室休息会,两人才勉强答应。

佟处长和李婉丽在各自办公室草草休息至凌晨五点,又回到了档案室……

军务处佟处长因太太有通天关系,"剿总"司令部内的中下层军官都对他敬重三分,李婉丽也一样。与其他军官相比,佟处长与外界交往极少,稍有空暇不是回家陪伴太太和孩子,就是坐在办公室内读基督教方面的书籍。或许是这类书籍看多了,佟处长为人谦和,从不与人发生争执,在同事中间成了另类,让人琢磨不透他的水到底有多深。陈楚文因得罪刘峙被撵走之时,特意对接替他的顾一炅说过一句话:"一定要盯紧那个姓佟的,我两次都没撬开他的嘴。此人决非寻常之辈,直觉告知我这人肯定有问题,与潜伏中统的钱壮飞和军统的周其正两人的行事风格极其相似……"

对文质彬彬的普通文书小钱,李婉丽开始时并没有留心,时间长了才渐渐注意到他,打听到小钱是薛岳接任顾祝同来到徐州那一年进来的。当时薛岳刚好需要文书人员,小钱通过父辈朋友帮忙,经过招录考试,进入了当时的徐州绥靖公署,到现在已经干了两年多时间。

根据李婉丽的观察,这个小伙子平时不爱说话,比较老实本分,交待他的事情总能办得妥妥帖帖。更为难得的是,小钱写得一手好字,平时誊写文件总是干干净净,看起来赏心悦目。因此,李婉丽对他的印象慢慢加深,人心惶惶之时,年纪轻轻的他还能安心工作且体贴上司，不禁让李婉丽对汗流浃背的他多看了一眼。

29日中午，档案整理完毕，李婉丽本想与佟处长商量运输档案的事，但他说家里有急事就匆匆离开了。离开之前，佟处长还特意对李婉丽说："装箱时，要让搬运的人员看清标签，先装重要的。还有，不要让他们把标签弄掉了，那样的话，后面的人就不好归类整理了！"李婉丽无奈，只得自己到后勤处找处长龚方令。两人正说着话，孔汉文从外面晃晃悠悠地过来了。此时的龚方令忙得焦头烂额，从心底不愿接受李婉丽交办的任务，看到孔汉文就像看到了救命稻草，大声喊道："汉文，你过来。"

孔汉文赶忙跑了过来，说："什么事？请两位长官指示！"

原来，29日一大早，孔汉文利用到菜场采购东西的时机，与侯五嫂接上了头。侯五嫂说党组织已经知道国民党要撤出徐州的消息，指示孔汉文利用这一时机收集有用的资料，同时要尽量保护和抢救"剿总"大院里面的财产以便日后为我所用。

龚方令说："汉文，李主任按照刘总司令的命令负责整理并运送档案，档案都整理打包了，我这里忙得拉不开栓，你来落实车辆和运输的事，今天夜里十二点要把档案运到机场，还要帮忙抬上飞往蚌埠的飞机。"

孔汉文一听，心中暗喜，但迅速平静下来，面露难色地回答："食堂很多灶具要拆卸搬运，我正忙这事，不过既然李主任和龚处长交代了，请放心，保证完成任务。"

孔汉文不但知道李婉丽是表哥杨云枫的同学，而且还是表哥当年暗恋的对象。但李婉丽却不知道孔汉文与杨云枫的关系，平常在司令部内碰面，仅是点头之交，对孔汉文表现得是不冷也不热。

"孔主任，这是刘总司令亲自交办的任务，我们必须完成好！"李婉丽说。

"李主任，您代表刘总司令，凡是您的吩咐，就是上刀山下火海，我孔汉文也义不容辞。"

嘴上抹了蜜的孔汉文一阵奉承话把李婉丽说笑了。

"别贫嘴了，说正事！"

随即，李婉丽向孔汉文简单交待了档案的情况，临走时还特别强调一句："刘总司令的这些资料十分重要，你必须严格按命令完成运送任务，出了问题你要负责的。"

"请李主任放心，我孔汉文做事，绝不会出半点差错。"

李婉丽走后，孔汉文立即去了趟厕所，看看那个砖缝里有没有情报，因为早上去的时候什么也没有。这一次没有让他失望，当从砖缝里抠出那个小纸团时，他激动得心怦怦直跳。孔汉文展开纸团，看到上面写着一句话："拟运档案已装箱，军事地图五箱，各类文件十箱，来往电报存档十箱及各级军官档案等，箱上贴有说明，可按需截留。林木。"纸条上的内容和李婉丽所说一致，孔汉文心里明白，自己的上线"林木"也在现场。事情紧急，孔汉文来不及多想，必须尽快和侯五嫂联系上，转告组织，设法截留这批重要的档案。

傍晚时分，孔汉文找个理由出了司令部的大门。此时徐州已经乱作一团，政府机构关门，门面店铺歇业，街上的行人神色紧张地东奔西走，宛如世界末日即将要到来。不仅如此，惊慌失措的徐州民众还听到了更为可怕的流言："国军队伍正在撤退，共产党马上就要来了，'共匪'一来，不仅所有的私产都要充公'共产'，甚至连老婆也要'共妻'，能走的还是赶快走吧！"受谣言蛊惑，徐州城里的很多人家纷纷挂出了"住宅廉价急售""店铺折半租赁"的牌子。

事发突然，孔汉文等不及到接头时间与侯五嫂见面，便直接去了她家所在的店铺。见到侯五嫂后，孔汉文告知李婉丽要他运档案的事情，最后交代说："这些档案十分重要，特别是那些军事地图和国民党高层往来的电报，一定要想办法将其中最有用的截留下来，请赶快通知组织上采取行动。我先回去准备车辆，今天晚上八点整请组织上派四个人假装搬运工到大门口，我把大家领进去，到时再见机行事。"

孔汉文回去后见到了正在办公室收拾自己东西的李婉丽，说："车子已经备齐了，我先来看看有多少箱档案，好知道怎么个装法。"

李婉丽说："佟处长他们都撤离了，我这边忙，让小钱带你去吧。"

孔汉文跟随小钱走进各个房间，核对纸箱的数量。小钱说："你看，二十多个箱子都分门别类地装好了，还用标签注明了每个箱子中档案的类别。"看过几个箱子上的标签后，孔汉文心里一惊，作为后勤人员，他之前从没有机会进出过长官秘书室及档案室，但此时看到的标签上的字正是自己的上线"林木"的字。孔汉文知道，整理档案时，李婉丽、佟处长和小钱都在场，"林木"肯定是他们三人中的一个。此时的孔汉文只要问一句小钱，标签是谁写的就可以知晓一切，但他没有问也不能问，因为组织纪律不允许。

想到在敌人的心脏中枢有这样一个生死与共的战友一直与自己并肩作战，孔汉文内心不由得有些激动。

"孔主任，我马上去亲戚家打个招呼，就要随部队撤退了，档案的事就拜托你们了，再有什么事就去向李主任汇报吧！"小钱说。

"钱秘书多保重！"孔汉文说。

"不知道今后还有没有见面的机会，您也多保重！"斯文的小钱说话很有礼貌。

孔汉文和小钱握手告别。握手时，孔汉文忽然很想握紧对方的手，然后再使劲摇几下，但他不敢，他不知道对方到底是敌人，还是自己的上线。

"再见！"

"再见！"

此时的徐州"剿总"司令部大院内漆黑一片，人去楼空，物品废纸散落一地，剩下的极少数人也都忙得自顾不暇，慌乱地收拾着自己的东西，这为孔汉文接下来的行动提供了方便。

核查完装档案的二十多个箱子，孔汉文赶忙回到自己的办公室，按计划准备下一步的行动。原来，李婉丽他们装档案的纸箱、封箱带和标签都是负责总务的孔汉文提供的，回去后，他赶快取出同样的标签，模仿"林木"字样，按照刚才记在心中的各类档案箱数量，重写了一遍。之后，孔汉文在早已准备好的纸箱里装进报纸、旧衣服和砖块，用封箱带封好后贴上了标签。

晚上八点，侯师傅带领三个"搬运工"到了。

孔汉文与侯师傅他们一番商量后，决定在把八九个装着最有价值档案的箱子从办公室抬出时进行调换。具体分工是，孔汉文负责打发卡车驾驶员临时去做别的事，侯师傅四个人分成两组，各自先从档案室和孔汉文办公室抬出箱子，将假箱子装上车，真档案抬回孔汉文的办公室。

卡车开到档案室楼下后，孔汉文突然说自己的头眩晕得厉害，派司机到外边的西药房去买药。

半个小时后，箱子全部抬上了卡车。派去买药的卡车司机也回来了，低着头说："对不起孔主任，我一连去了两家药店，人全跑完了，没有买到。"

"算了，我就忍忍吧！"孔汉文安慰司机道。

孔汉文走进李婉丽的办公室："李主任，二十多个箱子都装好了，您看什么时候出发？"

李婉丽没有说话，从抽屉里取出一把手电筒，跟随孔汉文就下了楼。来到卡车跟前，李婉丽先是往敞篷车厢里照了照，然后抓住车帮麻利地跳上了车。

孔汉文的心一下子提到了嗓子眼："糟了，由于时间短，标签上刷的浆糊还没有干透，要被李婉丽发现可就全完了！"

在车厢里，李婉丽点过箱子数后，没有下车，而是用电筒照着标签，还用手摸了摸。

孔汉文不禁浑身一惊，额头渗出细密的汗珠，右手不自觉地插进了腰间。

"很好，都贴结实了，在运输过程中不会脱落。"李婉丽说。

李婉丽跳下车，对孔汉文说："半小时后，接我的吉普车就到了，你们的车跟在后面直接去机场。"

将二十多个箱子装上飞机后，李婉丽站在飞机舷梯上与孔汉文挥手告别。

"孔主任,这次任务完成得不错,放心,上峰一定会嘉奖你的。"李婉丽说。

"要嘉奖还得嘉奖李主任,主要是您指挥有方,我们只是打打下手罢了。"孔汉文回答。

"那就再见了,希望我们后会有期。"李婉丽露出了她招牌式的微笑。

"后会有期!"孔汉文嘴里这么说,心里想的却是,"等着瞧吧李大主任,等飞机到达蚌埠,刘峙打开箱子后,就有你的好果子吃了!"

按照计划,29日国民党二、十六兵团要先发动佯攻,释放"烟幕弹",等到30日晚才能撤离徐州。但十三兵团和十六兵团有些部队等不及了,提前十二小时就开始了行动。29日晚,很多部队慌慌张张地销毁文件并将军事装备陆续先行撤走。没有不透风的墙,徐州很多百姓见部队果然像传闻的一样要撤离徐州,便不顾一切收拾好家当准备跟随部队一道离开。

30日,徐州城内的国民党部队开始大规模撤退。由于徐州至南京的陆路交通早被切断,徐州以东也全部被华野占领,国民党三个兵团只能向徐州西南方向转移。

徐州"剿总"下令宣布,撤退计划由杜聿明亲自部署和指挥。杜聿明将"剿总"直辖部队临时编成两个纵队,一个纵队由徐州"剿总"前进指挥部副参谋长文强兼任指挥官,所辖总部特务团、宪兵团、工兵团、通讯兵团、两个炮兵团和一个装甲兵团。另一个纵队让徐州警备部司令谭辅烈担任指挥官,辖地方武装部队、警察、交通兵,两个纵队都跟随总部转移。

就这样,徐州国民党部队及"剿总"机关、民众等约三十万人毫无章法地裹在一起,浩浩荡荡拥出西门,经萧县向河南永城方向转移。

部队撤退时,"剿总"开始要求分成三路行进。撤退路上炮声不断,很多没有作战经验的行政人员惊慌失措,很快秩序大乱,撤退变成了争先恐后的大逃亡,一路丢盔卸甲,狼奔豕突,溃不成军。

拖家带口的民众和大小牛马车辆拥挤于途,车轮滚滚,尘土飞扬,严重阻碍了国民党部队的行军速度,就连文强乘坐的车子都无法通行,他也只好下车步行。

在乌烟瘴气的撤退人潮中,已经无法分清哪些是部队,哪些是百姓。士兵找不到长官,军官也找不到自己的士兵,部队乱作一团,指挥体系丧失殆尽。文强在人流中好不容易看到了十三兵团的李姓参谋长,问他:"你知道李弥司令官在哪里吗?"

参谋长回答:"不知道"。

文强又问:"你们兵团殿后的主力师现在到了哪里?"

参谋长再次回答:"不知道"。

正在这时，李参谋长看到了自己兵团第九军军长黄淑，像是看到了救星，急忙对文强说："您不是问我们兵团殿后的主力师吗？呶，殿后的第九军的军长来了。"

文强向黄淑询问情况，同样也是一问三不知。文强虽然气得咬牙切齿，但也无可奈何。跟随在他身边的人员相互间唉声叹气地低声嘀咕："说什么都晚了，命该如此！"

在拥挤不堪的队伍里，一位姓宋的团长指着队伍中一个十四五岁的半大小子对另一个人说："刘占理，我把福贵交给你了，你给我照看着点，不许有任何差错。"

刘占理回答："是，团长，您就放心吧。"

叫福贵的小伙子是宋团长的侄子，非要跟着叔叔撤退，宋团长实在没办法，就把他拜托给了团副刘占理照顾。这个刘占理并非与原来四十四军的师长刘占理同名同姓的另一个人，而确确实实是同一个人。四十四军从海州方向向徐州撤退时划归第七兵团，跟着黄百韬一起被围在了碾庄圩，后来四十四军被歼灭，军长王泽浚被俘，刘占理听奶奶的话"打得过就打，打不过就跑"，化装成士兵偷偷地跑了出来，在徐州附近收罗了一批从战场上逃出来的残兵败将，经过整训后被编入十三兵团，无奈职位已满，只好去了老朋友宋劲道的团里，屈尊弄了个团副的位子。

刘占理没办法，既然答应了团长，就要尽责。在出西城门的时候，有的人被挤倒了，其他人就直接从身上踩了过去。刘占理怕福贵被挤丢了，就紧紧地拉着他。不过这小子也不老实，见路边丢有一个包袱，就挣脱刘占理的手上前去捡，说是看看有没有金银财宝，气得刘占理忙喊："赶快扔掉，赶路要紧。"不一会，这小子又捡到一支手枪，高兴地说："刘叔，你看，王八盒子。"刘占理一看，说："空的，没有子弹，要它干啥，赶紧扔了。"撤退的队伍缓慢向前移动，虽然是漆黑之夜，天空中有时却亮如白昼，那是部队撤退中打向空中的照明弹。

顽皮的福贵不死心，不一会儿又看到一头受惊的小毛驴从后面跑来，他上去就扭住了毛驴的双耳。无论刘占理如何劝说他死活不松手，说自己走不动了，要骑驴走。刘占理拗不过他，只得同意。福贵骑在毛驴上，不一会就趴在毛驴背上睡着了。走着走着，毛驴两只蹄子踏进了一个凹坑里，"扑通"一声摔倒在地，福贵被甩出两三米远，摔破了头，两颗门牙也丢了，哭闹不止。

之后，刘占理不敢再大意，一路上拉着福贵不撒手……就这样走了三天，总算赶到了目标宿营地孟集。孟集距萧县四十华里，是个不大的村庄，撤退部队一到，村民们被全部赶了出去。刘占理找到一间磨坊，让福贵靠在自己身旁睡，福贵倒下没两分钟就睡着了。在骚臭味熏天的磨道里，刘占理满脑门子的心事，他怎么也没有想到自己竟然沦落到这步田地，荣归故里、光宗耀祖看来只能是一场黄粱美梦了，就这样想着心事，直到半夜也没能合眼。等他好不容易睡着了，突然外面闹哄哄地喊了起来："不好了，不好了，共军来了！"听到喊声，刘占理背起福贵就朝门外冲。村中心的机枪营看到村庄内乱窜的黑影，更是慌张至极，不分青红皂白就开始乱枪扫射，扫了好一阵子，也不见有人反击，便派人过去查，一查方知是场乌龙。原来村头两个距离百十米远的通讯兵查电话线，一个问："信号来了没有！"另一个大声吆喝回话："来了！来了！"恰逢一个半夜睡得迷迷糊糊的士兵起来拉屎，误听成了"共军来了"。

逃亡的路上，人人都成了惊弓之鸟。孟集的这场意外造成十几人被乱枪打死，其中一个就是刘占理背上的福贵。

"福贵，你咋就这样死了呢，你可让我怎么向宋团长交差啊！"刘占理蹲在福贵尸体前痛哭流涕。

国民党部队弃城撤离徐州，大部分民众是受到谣言蛊惑，才跟随部队一起撤离的。侯师傅和侯五嫂接到党组织指令，要组织一部分人夹杂到撤离的队伍中去，悄悄地进行劝返工作，一是稳定民心，二是防止双方发生交战时误伤无辜群众。

侯师傅推着一辆独轮车，两边各绑着一只包袱，他们怕小儿子走丢，就铺了床被子让他坐在车上，侯五嫂站在一旁扶着。一家人夹在队伍中，随着熙熙攘攘的人流往城外走。

开始往外走时，还不是太拥挤，大家一边走还能一边聊天，互相问问情况，感慨时运不济。和他们一起走着的是周姓一大家子，除了老头老太，还有大儿子一家四口，小儿子一家三口。他们推着两辆平板车，车上装满了包袱。

侯师傅故意和他们走在一起，不大一会儿相互间就混熟了。侯师傅问他们："大爷大娘这么大年纪了，为啥也要走啊？"

大爷大娘没有说话，大儿子接过了话茬："我们是做生意的，刚过两年好日子，现在当兵的和当官的都跑了，老爷子听到有人说共产党来了要把我们这些生意人抓起来，就闹着一定要走，说不能等死，我们都拿他没有办法啊。"

侯师傅说："你们是不是都不愿意走啊？"

周家大儿子说："我和弟弟一家都不想走，可老爷子坚持要走。你说这天寒地冻的，老人和孩子多遭罪啊。"

侯师傅说："不瞒你们说，我是一个货郎，以前挑着担子到处走，共产党的地界我去过，根本不像你爹听说的那样。恰恰相反，那里的老百姓都欢天喜地的，有田种有衣穿。像你们这些在城里做小生意的，不会有什么问题。你想啊，就是共产党来了，城里人也要吃饭穿衣，柴米油盐酱醋茶这些小生意不是还得有人做吗？！共产党打仗是要推翻国民党政府和那些当官的，和咱们老百姓又没有关系，你们何必跟着跑呢！"

周家老大不解地问："既然这样，你们为啥还跑出来呢？"

"我们只是跟着出来看看情况过两天就回去。我劝你们还是回去吧，你们这么一大家子，天又这么冷，还不知道怎么遭罪呢！"侯师傅一边走一边劝他们。

周家老大瞪着眼看了他一会，似乎咂出了一丝味来，点点头，说："你说的也是啊，我给老人再好好说道说道。"

趁着路边休息的空当，侯师傅大声地谝着自己在解放区的所见所闻，旁边的几家人也凑了上来……

越往前走越拥挤，有些孩子已经被挤得哭了起来。这时，一个人脚上的鞋子被踩掉了，他弯腰去提鞋子，不料一下子被人从后面挤倒了，人们拥挤着从他身上踩过去。侯师傅趁机大喊："别挤了，别挤了，挤死人了，我们回去，我们不走了！"

旁边也有几个人跟着喊："不走了，不走了！走，回去！"

说着，几个人开始掉转车头往回走，后面不明真相的人都在问："前面怎么了？怎么了？"

"听说挤死人了，不能再往前走了。"侯五嫂趁机喊道。

"与其挤死、冻死、饿死，还不如就在家守着呢。"

"共产党也是人，咱们都是普普通通的老百姓，没啥怕的！"侯师傅大声吆喝。

经侯师傅和侯五嫂一鼓动，成百上千的老百姓纷纷掉头，不再跟随国民党部队往外跑了。

这样一来，路上的秩序更乱了，有向前走的，也有向后撤的，部队裹挟在混乱的人流中，行进的速度更加缓慢。

为达到及时撤退的目的，国民党第二兵团、第十三兵团两个王牌兵团受命担任护卫。第十三兵团第九军的四个团本来依令作为先遣队计划于29日晚占领萧县地区，掩护主力退却，由于行动缓慢，直到30日早上才出发，错失时间的他们便用武力清理道路。就这样，炮火连天的行军一下子就暴露了他们的企图，致使解放军及时掌握了他们的动向。

按照计划，十六兵团30日要对解放军进行佯攻，不知什么原因没有进行，反而退守到孤山集、白虎山、笔架山一线，解放军当晚就攻占了孤山集。更令人不解的是，30日晚，国民党主力部队撤退时拆电话线，误将杜聿明指挥部的联络电话线也拆了，使得杜聿明与各兵团无法联系，更让局面混乱不堪。

12月1日一大早，"剿总"指挥部最后一批人开始撤离。院内纸张纷飞，焚毁档案的余烬未熄,空中烟雾缭绕,每间办公室的门窗一律洞开,湖蓝色的窗帘在风中摇曳飘荡,昭示着人去楼空后的凄凉景象。总部所有尚未撤走的军官齐集在中山路文亭街口上,每个处室分到两部卡车,车上早就塞满了人。

杜聿明问:"和各兵团联系上没有?情况怎么样?"

身边的参谋回答:"电话接不通,联系不上,前方情况不明。"

杜聿明十分着急:"情况不明也要赶快走,命令指挥部人员立即从西门出城。"

于是,指挥部人员在杜聿明率领下向西门而去。此时的徐州城,路上行人寥寥,城内一片萧条。从徐州西门至萧县的路上,车马和人流拥挤不堪,行进非常困难。途中,杜聿明得到消息,昨天出发的大部队走走停停,一天走了不过五十里路。

杜聿明派人去调查,反馈结果是:先头部队将行进的路线搞错了,本来应是沿铁路附近行进却弄成了沿萧永公路前进。各个部队都在路上,想要改变已不可能,杜聿明命令参谋指挥车队绕道铁路附近撤退,而他自己则带领随从从南门出了城,绕道凤凰山抵达了萧县附近。

离开南门时杜聿明回首望去,感慨万千:"别了,徐州!"徐州城,这个自古兵家必争之地,他来来往往不知多少次的地方,没想到一枪一炮都没放,就这样轻易地放弃了。

身后的徐州城突然升腾起一股股浓烟,别人不知道发生了什么,杜聿明心里却十分清楚,因为撤退之前他下了命令,能带走的东西全部带走,实在带不走的就地焚烧。另外,保密局方面也有指令,对电厂、水厂、军火库、机场等重要场所实行爆破。看过一阵之后,杜聿明闭上眼睛摇了摇头,思绪万千:"多么残酷的战争啊,不是我活就是你死,作为一个普通人,我杜聿明不想涂炭生灵,给老百姓带来灾难,但作为一个军人,我又不得不履行自己的天职啊!"

战场形势急转直下,作为指挥官的杜聿明比任何人都清楚,自己的对手中共部队决不会善罢甘休让自己一走了之,肯定会以最快的速度追赶上来,不出几天一场恶战就会打响。

杜聿明的估计是敏锐的,只是这场恶战的到来不像他所想象的那样需要几天时间。第二天,解放军追击部队就逼近了萧县,徐州"剿总"负责殿后的人马就成了第一批俘虏。

淮海大地上的最后决战即将拉开大幕。

11月30日,在国民党驻军撤离的同时,徐州城内也展开一场惊心动魄的暗战。

接到华野司令部急电，杨云枫匆匆告别刚刚起义的一一〇师，星夜兼程赶到徐州。在郑州的燕刚迅速安顿好蔡夫人和孩子之后，也奉命东进抵徐。

杨云枫第三次秘密潜入徐州，对手不是别人，正是自己的"老冤家"——国民党保密局徐州站站长陈楚文。

老奸巨猾的陈楚文被刘峙排挤出徐州"剿总"大院后，并没有偃旗息鼓，而是暗地里对他怀疑的"共谍"对象实施着人不知鬼不觉的严密监控。11月28日深夜，陈楚文接到毛人凤从南京打来的电话，获悉国军即将撤离徐州的消息。当陈楚文向毛人凤询问他们徐州站人员是随军向西撤离，还是自行向南前往蚌埠时，得到的回答却是："既不向西，也不向南，而是留在徐州执行一项特殊任务。任务完成，方可撤离。"

在毛人凤看来，国军撤退之际，潜伏徐州"剿总"内的"共谍"和共产党在徐地下组织极有可能浑水摸鱼并浮出水面。他据此下达给陈楚文一项特殊任务，如发现此类人员，只要掌握证据，可不经上报，直接就地处置。同时，毛人凤还指示徐州站要分别派人到徐州重要军政部门、要害机构以及重要设施实施爆破，不给即将入城的共军留下一处可用之地。

陈楚文对手下几十号人马发布了命令："弟兄们，党国现在处于危难之中，'猪将军'刘峙无能，撒手徐州，一逃了之，但我们不能，我们应急领袖之所急，想领袖之所想，义不容辞地挺身而出，在徐州大干一场。他刘峙不是老说徐州'剿总'没有内鬼吗？我从来都不信，正好趁这时候挖他个底朝天，我倒要看看他们的屁股到底干不干净。"

保密局徐州站的人马分成了两组，陈楚文带着马树奎率领人员最多的一组实施对重点区域的爆破，从中共淮北徐州工委叛变的庞茂盛则负责带队抓捕"共谍"和中共地下组织负责人。在分头行动之前，陈楚文特别交代庞茂盛，在保密局徐州站人员12月1日夜撤离徐州前，不但要一举端掉共产党徐州地下组织，还要寸步不离地监视徐州"剿总"的李婉丽、佟处长、小钱和孔汉文四人。他们四人如不遵令随部队撤离，而是擅自遁逃，必为"内鬼"无疑，应立即抓捕并押进"青年招待所"。如审讯后不能说出可信理由排除疑点，可按上峰指示一律就地处决。位于徐州河清路八号的"青年招待所"是一处秘密监狱，狱卒全是从臭名昭著的上饶集中营调集过来的骨干。

看到国民党徐州驻军混乱不堪地撤离徐州城，一直潜伏在徐州的几路中共地下组织的人员放松了警惕，纷纷从地下状态转为半公开状态。他们没有料到的是，危险正一步步向他们逼近。

29日深夜，中共淮北徐州工委负责人老段和四名骨干被捕。

30 日凌晨时分，民盟徐州支部的邹铎和另外两人失踪。

事情还远远没有结束。30 日上午，换上便装准备乘火车离开徐州的佟处长一家和藏身于朋友家中的小钱分别被一帮黑衣人带走。

与此同时，庞茂盛也派人一直监视着李婉丽和孔汉文，但两人不仅没有任何逃跑的迹象，反而是为完成刘峙交代的任务日夜忙碌不停。最后，李婉丽押着档案乘军机去了蚌埠，而孔汉文守在办公室等待跟随"剿总"最后一批人马离开。

庞茂盛把抓到的所有人秘密押至"青年招待所"，百般拷问，企图撬开他们的口，将徐州地下党骨干成员一网打尽。老段等人见到庞茂盛，除了连声怒骂，其他的话一句不说。民盟徐州支部的邹铎和另外两人只承认情感上偏向共产党，坚决否认与中共地下组织有任何关联。严刑拷问无果，陈楚文见时间紧迫，便下令停止审讯，将人关入死牢，待令枪决。

庞茂盛将审讯重点放在了佟处长一家和小钱身上，一连审了三四个小时，两人拒不承认。最后，陈楚文匆匆赶来了。

"佟处长，咱们是第三次见面了，你这次再不说实话，估计没有第四次机会了。"陈楚文单刀直入。

"有没有第四次机会，我说了不算，你陈楚文说了也不算。"佟处长毫不相让。

"那谁说了算！"陈楚文冷笑着问。

"南京蒋夫人说了算。"佟处长有恃无恐地回答。

佟处长以为他搬出蒋夫人，能镇住蛮横无理的陈楚文。

"哈！哈！哈！"陈楚文一阵狂笑。

佟处长不明就里。

"佟处长，我早就料到你今天定会抬出南京蒋夫人，看来你果然又故伎重演。以前两次，是因为大家都知道是保密局徐州站抓了你，你让老婆给南京打电话搬救兵，我不得不放人。但这一次，你们一家人化装潜逃，半道失踪，谁能知道是我陈楚文干的，说不定认为是被共产党地下组织捕了去……"狡猾的陈楚文早就想好了借刀杀人之计。

"你想干什么！"佟处长开始有点惊慌了。

"佟处长，咱们是多年的朋友了，明人不说暗话，你面前有两条路可走。一是如实交代潜伏徐州'剿总'经过和承认自己是'林木''无名氏'或'黄蜂'中的一个，这样的话，我就把你一家四口押送到南京，你自己的命保住保不住看你的造化，但你老婆和两个孩子的命肯定能保住；第二，死不交代，抗拒到底，那我也就不浪费时间了，最迟到明天夜里，你们一家四口将从人间悄无声息地消失，你们是死是活，鬼才知道。"陈楚文提出的两条路，路路阴险。第一条道不但可以借机挖出徐州"剿总"内部的"共谍"，从而得到上峰嘉奖，还可以报刘峙整治自己的一箭之仇；第二条道更为狠毒，他以夫人和两个孩子的性命作胁迫，正是这一招彻底摧垮了佟处长的心理防线。

"陈站长，我夫人确实是接到了蒋夫人的电话，让我们一家人提前乘火车赶到南京去的。不信的话，你可以现在就给蒋夫人打电话。"佟处长据理力争。

"佟处长，我再说一遍，你们一家四口是被共产党徐州地下组织的人抓去的，我陈楚文根本不知道你们一家现在在哪里，怎么会给南京打电话?!"阴险的陈楚文向佟处长摊了牌。

要么自己死，要么全家亡，佟处长面对的只有这两种选择。

"我与共党毫无瓜葛，怎么能承认自己是卧底呢?"佟处长无奈地长叹一声。

"我抓过几十个共党分子，刚开始时都说过你这句话，但后来不少人都乖乖承认了。你还有一天时间，下去好好想想吧!"陈楚文说完，朝旁边的狱卒努努嘴，两人明白陈楚文的意思，将人拖走，开始实施惨无人道的酷刑。

小钱被带了进来。

此时的小钱已经被吓得魂不附体，汗如雨下，双腿颤抖不停。

"小兔崽子，你装，继续装，我看你装到何时!"陈楚文一见小钱，劈头盖脸厉声质问。

"陈，陈站长，我错了，我错了，我不该私自逃跑，背叛党国。"脸色苍白的小钱哭喊着说。

"说，为啥逃跑?"陈楚文面露狰狞，瞪大眼睛问。

"我，我害怕，过去在军务处我就天天提心吊胆，生怕哪天出了差错被枪毙，现在部队要撤退，我更害怕，所以就藏在了朋友家里。"小钱泣不成声地说。

陈楚文从腰中拔出手枪，"啪"的一声拍在了桌子上。

"小王八蛋，过去你用这一招骗过我一回，看来你今天还想再演一场'窦娥冤'了?! 快说，你的代号到底是哪一个，'林木''无名氏'还是'黄蜂'?"

"陈，陈站长，我确实不是共产党，根本不知道您说的这三个人啊!"

陈楚文失去了耐心，大喊一声："拉下去，给我好好伺候这个不识抬举的东西。"

离开"青年招待所"之前，陈楚文恶狠狠地对庞茂盛说："我还有其他事，先走了。你接着审，不说就照死里打，直到他们交代为止。"

一连几个钟头的酷刑后，佟处长交代说自己是"无名氏"，而小钱不知是打昏的还是吓昏的，始终神志不清，说不出一句完整的话来。

获悉佟处长自首的消息，陈楚文立即给毛人凤打去了电话。片刻之后，毛人凤说道："你这个陈楚文真是个不会办事的蠢货，佟交代了，对付他一个人好办，但他老婆孩子怎样处理? 处理不好，蒋夫人能饶了你? 你想过没有!"

陈楚文手握电话，不知所措。

"刚才你陈楚文不是说你们徐州站根本不知道佟一家到底去了哪里吗，知道该如何办了吧?!"沉寂了几秒后，话筒里传来了毛人凤阴森森的一句话。

毛人凤的意思是将佟处长一家悄无声息地处理掉。

"明白!"陈楚文干脆地回答。

陈楚文立即给庞茂盛打去电话，悄悄地下达了命令："将所有人看押好，明天晚上撤退之前在监狱内秘密处决!"

与此同时，狡猾的陈楚文预计中共地下党可能前来营救，在"青年招待所"四周布置了几挺机枪，下令如有武力劫狱者格杀勿论。

30日一大早，位于户部山的马家大院紧闭的大门外突然响起了一阵急促的敲门声，管家丁士麟站在门后怔了半天不敢开门。昨天夜里，马家老爷带领全家急匆匆逃离了徐州，临走时特别嘱咐丁士麟："俺家树奎与共产党作对，一旦共产党打进来，恐怕大院就凶多吉少了。俺们走了，留下你一人看家，真是难为你了，俺从心里感谢你，但人命比啥都重要，你自己一定要见机行事，千万不要硬顶，不管出现什么结果，俺都不会怪你!"

"俺在马家待了三十多年，老爷对俺恩重如山，请老爷放心，人在大院在，俺一定会替马家看好院子。"丁士麟含泪说道。

丁士麟比任何人都清楚，马家祖上三代厚道经商，勤俭持家，才建成这么一座大院。马家不但与官府关系融洽，对同行和邻居也坦诚相待，所以才能一直过着殷实祥和的生活，但这一切全都毁在了大公子马树奎手里。自从他回到徐州与共产党对着干之后，大院内好几次半夜三更从外边扔进信来，信上所写都是警告马树奎不要再作恶多端，否则就取他项上人头之类内容，闹得马家大院一天到晚大门紧闭，人人惶惶不可终日。马树奎自己也一样，怕中了共产党埋伏，回徐后从来没敢回过一次家。

敲门声更紧了。

"舅姥爷，是我，大车呀!"丁士麟听出来了，敲门的确实是自己姐姐的大孙子。三十多岁的冯大车在徐州盐务局里当职员，马家大院吃的盐都是丁士麟托他买的白花花的精盐。

"大车，你咋还没走呢?"丁士麟问道。

"舅姥爷，俺有急事，开门说话呀!"

丁士麟开了门，但进到院内的不是冯大车一个人，后面还跟着一个穿长衫的。

"哎，哎，大车，他是谁呀?"丁士麟边说边要把来人往外推。

"舅姥爷，关上门说话。"冯大车把同行者让了进来，随手关上了大门。

两人进了院子，冯大车开始解释："舅姥爷，这是盐务局顾处长，是俺的顶头上司，这几年马家吃的精盐都是他批的条子。俺们本来也想离开徐州，但想尽办法也没挤上火车。现在外边乱哄哄的，徐州城外都响枪了，俺俩一琢磨，不走了，就到您这里暂时躲两天。"

"大车，不行啊，共产党打徐州，肯定会用大炮将城里的所有房子轰平，你们藏在这里不安全啊！"丁士麟好言相劝。

"舅姥爷，俺正是想到了这一点，才到马家大院来的。俺过去听您说过，马家大院有个三米多深的地窖，能装好多东西呢。地窖是个啥，平常藏东西，打起仗来不就是个防空洞吗？！"

"我给你说过马家地窖的事？！"丁士麟似乎有点摸不着头脑。

"舅姥爷，您说过的事怎么就忘了！"冯大车笑嘻嘻地说完，将一沓钱塞到了丁士麟手里。丁士麟连连摆手："跟舅老爷还这么见外，自家人还能拿这个钱？"

最后，丁士麟领着两人进了屋子，边走边说："大车，你们躲两天就走吧，还是离开徐州最安全。"

"放心，俺听舅姥爷的！"冯大车说。

冯大车是华野徐州办事处新近发展的一名地下党员，和他在一起的"顾处长"不是别人，正是华野敌工部部长杨云枫。

此时，在西北方向的徐州电厂也正进行着一场较量。

电厂是徐州城用电的来源，如果电厂发生事故，整个徐州就会停止运转，陷入瘫痪。因此，这里是重点守卫之处。对于这样一个重要部门，中共徐州地下党也早已渗透进来。厂里成立了秘密工会，工会主席李天佑就是中共地下党员，以前领导工人与厂方进行过多次斗争。热电厂厂长在这次大撤退行动中，早已整理好自己的细软于29日带着家眷撤到了蚌埠。

燕刚和侯师傅30日一大早赶到了热电厂，任务就是组织工人们保护好机器设备，确保电厂正常运转。

在一处工棚内，李天佑主持召开工会代表紧急会议。

"这是华野派来的燕刚同志，还有徐州地委的侯师傅，他们两人现在到我们厂来，主要是指导我们如何保护电厂，现在请燕同志讲话。"李天佑说。

"大家都知道，国民党部队昨天已经开始撤离徐州，据可靠消息，杜聿明指挥部的最后一批人明早也要撤离。国民党保密局已经制定计划，对全市重点部位实施破坏，热电厂首当其冲，面临被炸掉的危险。大伙都知道热电厂对徐州百姓的重要意义，所以，在解放军控制徐州之前，我们一定要主动行动起来，保护好热电厂，这也是华野首长交给我们的重要任务。"燕刚语气严肃地说道。

"我们组成几支护厂队，日夜守护在工厂大门口，遇到保密局特务来就和他们拼了！"一个工人说道。

"据可靠消息，保密局不会明着派人来实施爆破。"燕刚说。

"不派人来咋炸厂子？"

"大家可能还不知道，我们厂内就藏有保密局的特务，他们已经开始了行动。"燕刚说。

会场内顿时一片哗然。

"大家不要紧张，我们和老李已经制订了应对计划，请他宣布一下。"燕刚的话音一落，会场内迅速安静下来。

随即，李天佑宣布了方案，工厂所有的职工不得外出，要分成三班坚持生产，同时在厂内外加强巡逻警戒，发现异常情况立即报告给工会。

30日的白天平安无事。

上半夜，工人巡逻队提着马灯，手握棍棒，打起精神在厂内四处察看。

半夜十二点，到了交接班的时候，厂区内一下子热闹起来，交接班的工人们不但与巡逻队员们打起招呼，还给他们递上香烟，巡逻队员放松了警惕。

此时，在热电厂西南角的围墙外，一个肩背布包的黑影蹑手蹑脚地出现了。黑影先是一个飞身翻上围墙，然后又纵身跳入院内，进入了热电厂厂区……不大一会儿，厂区内小路上多了一位穿工装的人。此人混杂在交接班人流之中，慢慢靠近热电厂的心脏——发电机组所在的工房。

在发电机组工房内，几名值班人员正守护在机器设备旁，不停地走走看看，检查机器运转是否正常。由于工会开过会，他们今天百倍警惕，没有一个人敢像往常一样打瞌睡。忙碌了八个小时的他们虽然已经身心疲惫，但都咬牙坚持着，等待两班交接过后，才敢放心地离开工房。

接班的工人们陆续到来，胡宝国就是其中一个。胡宝国上班前都要先去一趟厕所，今天也一样，麻溜地走进了黑洞洞的厕所。

厕所内已经蹲着一个人。

胡宝国一到，假装不经意地哼了两声，蹲着的人同样哼了两声。

"东西带来了吗？"胡宝国小声问道。

"带来了。"来人回答。

保密局徐州站卧底胡宝国虽是热电厂工人，但最近形势紧迫，进出厂门同样必须接受严格的检查。陈楚文想了个办法，派了一个接头人趁午夜交接班时将爆炸装置偷运进来交给他。

接头人告诉胡宝国，布包里的四个定时炸弹已经设定在五点钟爆炸。至于胡宝国怎么脱身，接头人说，四点半时上峰会派人给热电厂值班室打电话，说胡宝国老娘突然发病快不行了，让他赶快回家。

接头人将布包交给胡宝国后偷偷溜走了。胡宝国随即把布包带进更衣室，放在自己的柜子里。换工作服的时候，胡宝国闭上眼睛，又仔细地把整个机组设备在脑子里过了一遍，盘算着四个炸弹安装的位置。

胡宝国取出一个定时炸弹塞进怀里，冬天穿着棉袄，本来就鼓鼓囊囊的，揣进一个定时炸弹根本看不出来什么。走进工房的胡宝国与同事打过招呼，便埋头认真工作起来。他走到第一个机组那里，假装弯腰检查设备运转情况，趁同事不注意，把定时炸弹黏在了设备的隐蔽处，并立即启动了定时装置。

接下来，胡宝国把第二、第三颗炸弹也悄无声息地装好了。

但胡宝国在安装第四颗炸弹的时候却出了意外。

为安装前面三颗炸弹，胡宝国在更衣室和工作间来来回回跑了两趟。这引起同组一位姓汤的老工人的注意，问他为什么老往外跑，胡宝国说肚子不好。细心的汤师傅还是看出了破绽，胡宝国每次去厕所时都要绕道先回一趟更衣室。汤师傅认为胡宝国的"多余之举"不符合常理："急着拉稀的人都会径直去厕所，不会多跑一步冤枉路！"此时的汤师傅忽然想起工会开会时提醒过：遇到不正常的人和事都要留个心眼，因此在胡宝国跑第三趟厕所的时候，汤师傅不动声色地盯住了他。

汤师傅发现，胡宝国在更衣室待的时间比后面在厕所里要长得多。

"不对，这个胡宝国心里一定有鬼！"

汤师傅趁胡宝国不在的时候，给守在厂办公室的工会主席李天佑打去了电话，把自己对胡宝国的怀疑一五一十地说了出来。

李天佑说："你暂时不要惊动他，继续留心观察，我们马上赶去看看什么情况。"

燕刚、李天佑和侯师傅一起赶到机组工房外，透过窗户暗地里监视起胡宝国来。

时间到了四点四十分，离炸弹爆炸时间只有二十分钟时，厂门口一个值班的人跑过来喊道："胡宝国，刚才有人打来电话，说你母亲病情加重了，让你赶快回去。"听到喊声，胡宝国没有半点迟疑，似乎等待这个消息已经很久，放下手中的工具拔腿就往外跑。胡宝国的这个动作被燕刚看得清清楚楚，至此，他确定胡宝国有重大嫌疑。

燕刚和李天佑一番耳语后从隐蔽处走了出来，将胡宝国堵在了门口。

"胡师傅，你这是要到哪里去啊？"李天佑问。

"俺娘病重了，俺得回去看看。"胡宝国答道。

"胡师傅，今晚情况特殊，谁也不能走，这是厂工会的决定。"

听到工会主席的话，胡宝国不干了："不行，俺管不了那么多，俺得回去，俺娘要是坚持不住，死了咋办啊？那俺可连最后一面都见不上了。"说着，假模假样地哭了起来："俺可怜的娘啊，你咋这时候发病啊……"无论胡宝国怎么闹，李天佑就是坚持不让他走。闹了一阵子，胡宝国突然不闹了，说："俺拉肚子，要去一下茅房。"

胡宝国从厕所出来后，见四周漆黑无人，便撒腿就向最近的围墙边跑，企图翻越围墙逃走。可当他刚跑到围墙边，就被燕刚部署的两个人死死按在了地上。

胡宝国被提溜回了工房。

李天佑眼瞪胡宝国问："为什么要跑？"

胡宝国狡辩道："俺娘犯病了，你们不让走，俺只能偷跑了。"

燕刚说："胡宝国，我们在外面一直监视着你，在来人说你母亲病重之前，短短十几分钟内你就抬头看了四次表，应该在等某个时间的到来，或者在等这个电话，我说的不错吧？"

虽然是冬天，可胡宝国满头是汗，墙上滴答滴答的钟表声不是响在他的耳边而是响在他的心里。只有十分钟了，胡宝国意识到，再不走就来不及了。

胡宝国下意识地往放炸弹的地方瞟了一眼，说："咱们到厂办公室说吧，我全交代。"

这一眼，被细心的燕刚敏锐地捕捉到了，斩钉截铁地说道："我们哪也不去，就在这说，说清楚再走。"

被围在众人当中的胡宝国见没有办法逃脱，终于扛不住了，"扑通"一声跪倒在地："我交代，我交代，我在这里安置了炸弹，五点钟爆炸，赶快拆，不然就来不及了。"

燕刚等人押着胡宝国一一找到四个炸弹，胡宝国自己把炸弹上的连线剪断了。

等全部处理完四颗炸弹，燕刚长舒了一口气，望了望墙上的钟表："四点五十九分十一秒！"

看着地上剪断连线的四颗定时炸弹，燕刚感到脊背一阵阵发凉，霎时生出了一身的白毛汗。

11月30日晚八点，保密局徐州站人员撤离的计划得到毛人凤批准。具体方案是当晚九点、十一点和十二点，由陈楚文、庞茂盛和马树奎分别带领三批人员撤离徐州。在十二点最后一批人撤离前，陈楚文必须完成毛人凤交代的在徐州的最后一项任务：将"青年路招待所"关押的十五名地下党骨干以及与共产党有瓜葛的所有人员秘密处决。

按照陈楚文的命令，处决将于夜里十一点由庞茂盛带领人员完成。

晚上九点，陈楚文率保密局第一批人马撤离徐州，前往蚌埠。撤离前，他对其他两批人员说："从现在到十二点全部撤离的这段时间，树奎代我负责处理所有事务。"

时间到了夜里十点半，关押在"青年招待所"的老段、邹铎、小钱、佟处长等十五人在经受一个整天的非人折磨后，迷迷糊糊地睡着了。他们不知道，死神正一步步向他们逼近。

庞茂盛带领四个人正在一间办公室向手枪弹匣里压子弹，马树奎带着两个士兵乘一辆卡车匆匆赶来了。

"老庞，还有半小时就要动手了，都准备好了吗？"马树奎问。

"都准备好了，他们十五个人关在三间死牢内，我们五人已经分好工，时间一到，就到牢房门口向内开枪，送他们一起上西天。"庞茂盛恶狠狠地说。

"老庞，打死他们就像踩死蚂蚁一样容易。但我突然想到一个问题，共军先头部队明后两天就有可能攻进来，如果发现这么多尸体，肯定会大肆造谣说我们撤离之前滥杀无辜。这些流言蜚语要是闹得沸沸扬扬，局面就不好收拾了。"马树奎忧心忡忡地说道。

"杀了这些人之后，我们马上就要离开徐州，还管那些进城的共军干什么！"庞茂盛不解地问道。

"你以为我是害怕共军啊？！老庞，我告诉你，不是共军找我们的事，而是委员长和毛局长找我们的事！共军假如把这里男女老少尸体的照片发布出去，舆论肯定一片哗然，委员长迫于舆论压力肯定要找替罪羊。谁是替罪羊？毛局长高高在上肯定追究不到，陈站长已经走了，留在徐州的只有你和我，我们两个谁也脱不了干系。"精明的马树奎把话说开了。

庞茂盛和手下几个人被马树奎的话吓得怔住了，个个认为马树奎的话有道理。

"老马，有什么好法子吗？"庞茂盛望着马树奎问。

"最好的法子就是不杀人，这样也就不会有把柄落在别人手里，但可能吗？我们好不容易抓住这些'共谍'，怎么能放虎归山呢！所以，这十五个人一定要杀，但要杀得万无一失，杀得踪影全无。"马树奎神秘地说道。

"怎么才能做到万无一失，踪影全无？"庞茂盛瞪大眼睛追问着。

"炸！"马树奎瞪大眼睛恶狠狠地吐出一个字来。

"啥？"庞茂盛一脸惊愕。

"今天下午，陈站长带着我们炸了徐州的几座仓库，本来要去炸邮政所、电话局大楼，但工人们不知从哪里得到了消息，看管防护得太严，计划实施不成了。卡车里还剩下五六箱炸药，反正留着也没用，不如用在这里。这几箱炸药一响，不要说十几个人，就连这几栋房子也片瓦不留。"马树奎道出了一个狠毒的方案。

"老马，这个法子好。轰隆轰隆几声响，不要说尸体，就连一个指甲盖也别想发现。"庞茂盛刚才一直紧绷着的脸舒展开来。

"我马上让他们两个在牢房四周布好炸药，等十二点我们最后一批撤离前就引爆。"马树奎说话的时候，瞧了一眼两个同来的爆破工兵，工兵马上点头认可。

"那我们能帮你们做些什么？"庞茂盛问。

"你们的撤离时间到了，马上就走，待在这里危险。"马树奎说。

"谢谢老马，你们千万注意安全，咱们蚌埠见。"庞茂盛说。

"路上小心，蚌埠见！"马树奎说完，与庞茂盛几个人告别。

在马树奎指挥下，两个工兵从停在院内的卡车上搬下六箱炸药，放置在了"青年招待所"内的几处牢房的墙根处……

十二点整的时候，"青年招待所"方向传来几声震天巨响，火光冲天，将半个徐州城映得通红。

凌晨一点的时候，马家大院门外突然传来一阵汽车的响动声。

丁士麟把地窖打扫干净，安顿好杨云枫和冯大车两人，又手握电筒在马家大院内检查了一遍。他刚躺下不久，就听到"啪啪啪"的敲门声。

惊恐万分的丁士麟一下子从床上坐了起来，心里嘀咕不停："今天是遇鬼还是咋了？刚安顿好一帮，现在又来了一帮。"

"丁叔，开门！"外边有人喊。

"谁呀？"一路小跑的丁士麟觉得声音是如此熟悉。

"丁叔，是我呀，树奎！"马树奎在门外喊边解释。

"真是树奎吗，你怎么这个时候回来了？"

"丁叔，快开门，我们进来说话。"马树奎显然有些急了。

丁士麟打开了大门，门外站着的不仅是马树奎一个人，而是一帮人。

"树奎，你咋带这么多人啊，等会要是共军打枪打炮，藏在家里不安全啊！"丁士麟担心地劝说。

"丁叔，这些都是我的同伴，刚才在撤离半道上与共产党地下组织遭遇了，好几个人都受了重伤，实在走不动了，没有办法，我就把他们领回来暂时躲躲。"马树奎解释说。

"这么多人，藏在家里什么地方啊？"

"家里不是有个老地窖吗？藏个十几个人没有问题。"马树奎说。

"你说什么，什么地方？"丁士麟紧张地问道。

"丁叔，你今天怎么了，我说的地方是家里的地窖啊。"

"这可怎么办啊，已经有两个人藏在了地窖里，现在来的这帮人又要去地窖。"

听清马树奎的话,丁士麟差点急得晕了过去。

马树奎带领一帮人进了马家大院。

待全部人员进入大院后,马树奎从丁士麟手中要过电筒,说是先到地窖内看一眼。

"树奎,还是我先下去一趟吧!"丁士麟欲劝阻马树奎,打算下去提前和冯大车两人打个招呼。

"丁叔,不麻烦您了,我自己下去看!"马树奎不容分说地走进了地窖口。

马树奎将电筒装进口袋,手扶木梯慢慢走向窖底。他的双脚刚踩到窖底,漆黑一片的窖底角落里突然射出一束手电光,照在了马树奎的脸上。

"是谁?"角落里传来压低嗓音的问话。

"大院本是马家盖,树奎进屋何须再报家门。"马树奎不慌不忙地回答。

"原来是马家大公子。我在此已经等候你很久了,不知公子想知道我是谁否?"

"当然想知道。"

窖底传来两句诗:"岐王宅里寻常见,崔九堂前几度闻。"

马树奎随即说道:"正是彭城好风景,马家宅内又逢君。"

"杨部长,终于见到您了!"

"树奎同志,这一段时间让你辛苦了!你可是做了大贡献啊!"

杨云枫和马树奎的手紧紧地握在了一起。

其实,马树奎根本没有叛变,是杨云枫精心设计的打入保密局徐州站计划的执行人。他几天前就设法把陈楚文撤退前炸毁徐州城重要目标和杀害中共骨干的情报及时上报给了华野司令部。为阻止敌人的破坏活动和营救被捕同志,杨云枫奉命赶到徐州,通过邵晓平与马树奎秘密取得了联系。在杨云枫统一指挥下,燕刚、邵晓平、侯师傅等人带领工人与陈楚文展开了针锋相对的斗争,保住了发电厂、水厂、邮电所、粮油厂等一大批重要设施和场所。同时,马树奎也滴水不漏地执行了杨云枫设计的用炸药"除掉"中共地下骨干的计划,取得了庞茂盛的信任。等庞一行人撤离后,马树奎在邵晓平派去的两位华野敌工部人员的配合下,将老段、邹铎等十几个人扶上卡车,上面用帆布盖好,然后驶离了"青年招待所",向与杨云枫的会合地马家大院开去,保护同志们度过了这黎明前最黑暗最危险的一夜……

12月1日,杜聿明率部撤离后不久,华野先头部队抵达徐州,徐州获得解放。

12月2日,在解放军占领徐州的"内情通报"上刊登了一则消息:"近日来,国民党军队和特务机构在撤退徐州前冒天下之大不韪,实施了丧心病狂的系列爆炸和暗杀活动……11月30日夜,我党化名'黄蜂'的卧底、原国民党保密局徐州站行动队长马树奎同志成功营救出关押在'青年招待所'里的一批地下工作者,其中包括中共淮北徐州工委书记、潜伏于敌人心脏里的无名英雄'林木'和'无名氏'等。"

34

蔡云逸——〇师的起义致使黄维策划的突围攻击计划中途夭折，十二兵团被解放军四面包围在双堆集附近地区。无奈之下，黄维只好临时改变策略，收拢整顿部队，稳定战线，仓促进行固守防卫。

双堆集位于安徽省濉溪县东南部，是江淮平原上一个不起眼的小村庄。双堆集附近地区的纵深十分有限，导致十二兵团几个军部署在方圆仅有五公里的范围内，蚁附蜂屯一般，搅和在一起——黄维兵团司令部位于双堆集北端马庄，十八军驻守在双堆集，其四十九师虽不在伏击圈内，却被中野六纵十八旅和豫皖苏军区部队歼灭在大营集、方店子地区。十军位于双堆集西北大小王村附近地区，由于伤亡很大，部队已经元气大伤，士气低落；八十五军除一一〇师趁突围之际起义外，其他部队伤亡不大，建制比较完整。十四军就没有那么幸运了，因为伤亡、被俘和溃散，此时已经溃不成军，只剩一副残破不全的空架子了。

被国民党军队占领的双堆集地区，村庄里尽是用泥巴垒砌的土墙、茅草或者是稻草苫起的房屋，在摧枯拉朽般的强大炮火面前可谓不堪一击。冬季的淮北平原一马平川，一望无际，利用这样的地形防守无异于送死。十二兵团在这样的地形条件下，唯一能做的就是深挖交通壕作为栖身之地。交通壕差不多一人深，人可以在里面来回跑动，能够躲避远方平射的子弹，但对天空飞来的炮弹，这种工事的防御作用甚微。

十二兵团抢占的村庄里，老百姓早已跑光了，破败的房子里外空空荡荡，几乎找不到任何有用的东西。不仅找不到粮食、冬衣和被褥，甚至连马吃的草料及人畜饮用的水都极难寻到。在这样的条件下，官兵士气极其低落，抱怨不迭。

兵团司令部里，收发报机组的工作人员忙得满头大汗，却始终与徐州和南京联系不上，黄维急得在屋内不停地踱来踱去，一筹莫展。

11月28日下午，嗡嗡一阵轰鸣过后，一架飞机飞临双堆集上空，机身上隐约可见的青天白日徽章给国民党官兵们带来了一丝希望。接通了空地联络设备，十二兵团司令部才知道是顾祝同总长亲自前来视察战场。

没等顾祝同开口发话，黄维便毫不掩饰地大叹苦经："顾总长，您总算来了，您也看到了，我们四周都被共军结结实实围上了，实在是突围不出去，您一定要向委员长转达我们的请求，赶快派兵前来救援！"

飞机上的顾祝同把地面上的一切俯瞰得清清楚楚，自然知道战局的严峻性。

他故作镇定,语气平缓地安慰黄维道:"不要急,第二和第十六兵团正从徐州向这边集结包抄,已经不远了,很快就能打过来。你们要做的就是站稳脚跟,就地固守,在可能的情况下把所占领的区域扩大,等待他们过来救援。"

听完顾祝同的话,黄维不但没有镇定下来,反而更加激动,他几乎是喊着说:"顾总长,我心里急啊!您看我们被困在这些破落的村庄里,吃没吃的喝没喝的,连马吃的草料都没有了,要是这样下去,军心不稳,根本坚持不了几天!"

顾祝同的语调依然不紧不慢,他想通过自己的态度尽量稳定黄维的情绪:"悟我贤弟,委员长一直挂念你,他绝对不会丢下你和十几万兄弟不管的。你放心,回去我就向委员长报告,尽快派飞机给你们空投粮弹补给,这个你们不用担心,只管坚守阵地就行了。另外,你们赶快开辟一块小的飞机降落用地,委员长准备让你的副司令官胡琏乘飞机赶过来,多一个人商量就会多一份主意。"

顾祝同的一番话算是给黄维吃了颗定心丸。只要有粮食有弹药,凭借十二兵团的强大实力,他黄维不怕与任何一支共产党的军队作战,加之胡琏也来了,尽管十二兵团被团团围住,但受到蛊惑的黄维认为自己还是有放手一搏的本钱,中原逐鹿,鹿死谁手还不一定呢!

此后的几天,黄维命令部队逐步向外围解放军阵地实施攻击。每天派出一至三个团配以战车和炮兵的火力,试图扩大控制区域,主要目的是抢掠粮草之类的物资,借以提振士气。八十五军向双堆集以东、十八军向双堆集以南区域进攻,白天交火非常激烈,一度夺回几个村庄。但是各个部队的军、师长们不敢把兵力撒得太开,只是把兵力集中限制于一个比较狭小的区域。因此,白天夺得的村庄不敢派重兵驻守,有的主动放弃了,有的在晚上又被解放军夺回,以致形成了来来回回的拉锯战。

利用这几天时间,解放军也在拼命地构筑工事,不光挖通了交叉纵横的交通壕,还修建了阻挡敌人坦克和战车的陷阱及鹿寨,为国民党军布下了天罗地网。如果说刚开始被包围时十二兵团尚有可能凭装备精良和匹夫蛮力冲出包围圈,那么这几天解放军经过强化工事,把包围圈箍得更牢更紧,黄维部队再也不敢轻举妄动。

接到顾祝同的指示,工兵部队迅速行动,很快修好了一个小型飞机场。12月1日副司令官胡琏等人乘飞机从南京飞到了双堆集。胡琏由于之前对十二兵团的人事任命不满,10月底时借口父亲病危干脆请假躲起来了。十二兵团被围后,胡琏坐卧不安,毕竟十八军是他多年苦心经营的资本,相当于自己的命根子,他不能眼看着自己的心血付之东流,便主动跑到南京,以忧心党国存亡的借口请求蒋介石派飞机送他到战场上去。

临走之前,蒋介石语重心长地对胡琏说:"要固守下去,死斗必生,已叫联勤总部尽量空投补给，并正在抽调部队实施救援，你们好好坚持打下去。"

抵达双堆集的胡琏不但带来了委员长的口谕，给如困兽般的十二兵团的官兵们带来了极大的希望。但现实是残酷的，只靠精神鼓励和口头承诺已经不能抵挡饥寒交迫所带来的死亡威胁。

蒋介石和顾祝同兑现了他们的承诺，每天不遗余力地派飞机向十二兵团的阵地空投粮弹等军需物资。但由于飞机为确保安全不敢低空投放，双堆集被围区域又十分狭小，加上大风等气象因素，故每次投放很难准确地投到指定地点，甚至经常会投到解放军的阵地上。此外用飞机运输投放军需物资毕竟数量有限，再加上分配不均，十军和十四军的官兵都认为十八军分到的多，顿生怨气，对兵团总部十分不满。

他们骂骂咧咧："狗日的，王八蛋！大家都是两个肩膀扛着一个脑袋，都在为老蒋卖命，为什么老是偏向十八军！"

有人回应："骂也没用，谁让人家是嫡系部队呢。我们这些都是后娘养的，当然不受待见。"

有些人更气了："他娘的，惹急了老子直接去抢！"

12月5日这天，天气晴朗，万里无云，几架飞机嗡嗡而至，扔下几个降落伞包后盘旋而去，十二兵团的官兵们知道又一轮的投放开始了。几拨儿胆大的好像听到号令，想着先下手为强。在投放场上，兵站工作人员已经准备好要拾取投放的物资。忽然，不知从哪里冒出黑压压一群人，他们跑到空投物资旁，几个人一伙抬起东西就跑，根本不听兵站人员招呼。

场面顿时混乱，兵站的人急了，他们鸣枪示警："不准抢，快放下！"可是没有人听他们的，老虎狮子决不会把到嘴的肉吐出来，长期忍受歧视的十军、十四军的官兵几近疯狂。

其后的几天，疯抢一直在继续。刚开始是十军、十四军的官兵，到后来十八军、八十五军也都加入到了争抢的队伍，空投场上你争我夺，秩序大乱。

这天，十四军和十八军的人同时抢到了一个大包裹，大家像拔河一样你拉过来我拉过去，互不相让。

十四军的人喊："我们先抢到的，你们撒手。"

十八军的人也不示弱："该你们松手，我们先看到的。"

"包裹从天上飘下来，你们看到了，难道我们就没有看到？你们他妈的太霸道了！"十四军的人气愤地骂道。

"老子就是不讲理，再不松手老子就开枪了！"十八军历来不把十四军放在眼里。

十四军的人不信这一套，仍然死拽着不松手。

"叭！叭！叭！"枪响了，十四军几个拽着包裹的士兵应声倒地……

黄维日子不好过，杜聿明的日子也不好过。

12月2日下午，撤离徐州的部队到达孟集附近，因连续昼夜行军，人人疲惫不堪。各部队搅和在一起，建制完全被打乱，局面达到了难以控制的地步。杜聿明目睹部队陷入到一片混乱之中，再加上负责侦察的空军报告，说有共军部队经濉溪口南北地区向永城方向进军，深恐夜间行军与解放军大部队遭遇，于是命令部队当晚在孟集、李石林、袁圩、洪河集附近宿营休息一晚，对部队进行整顿，待3日白天再向永城前进，这些纷乱危急的军情让杜聿明如坐针毡，焦虑万分。

下午三点多钟的时候，二兵团司令官邱清泉坐下来刚要休息一会，忽然收到无线电紧急报告："我是郭吉谦，现在在襄山庙地区，遭到共军的追击，三面遭遇攻击，战斗非常激烈。"

郭吉谦是二兵团五军四十五师师长，这次在后面作为掩护部队，负责阻击解放军围追，掩护主力部队撤退。此人多年跟随邱清泉在苏北、鲁西和豫东一带一起出生入死，彼此情同手足，宛如兄弟。

邱清泉一听，心急如焚，深恐郭吉谦部被歼，顾不上与其他人商量，马上拿起电话："喂，七十军吗，我是邱清泉，郭吉谦师遭到共军猛烈攻击，你们立即让一三九师派一个团火速过去增援。"

到了晚上，杜聿明决定到位于李石林、袁圩的邱、李两兵团的司令部去视察。白天部队行动迟缓，拒不执行上级命令的现象屡屡出现，杜聿明早窝了一肚子火。在十三兵团驻地，杜聿明一见到李弥就开始责问："你为什么昨晚不到指定位置联系？"

李弥也是莫名其妙："到哪里联系？没有人通知我啊！"

杜聿明说："命令下到你们部队的，你怎会不知道！"

李弥也很生气，立即召集参谋部的人过来询问，最后弄清楚了是他的参谋长拿到了命令，没有及时交给他。

杜聿明和李弥两人终于找到了一个出气筒，对这个参谋长轮番指责，把撤出徐州以来这两天憋的一口气全撒在了他身上。这个参谋长被骂得是灰头土脸，满头大汗，战战兢兢，不知所措。

在二兵团驻地，杜聿明看到了同样急得浑身冒火的邱清泉。他坚持发兵去救郭吉谦，其他几个人有不同意见，发生了争执。这天晚上，双方战事非常激烈，解放军步步紧逼，郭吉谦据守的阵地逐渐缩小，形势危急。

3日早上，大部队休息了一夜，本该尽早开拔的，可邱清泉又指示七十二军派一个师去增援。此话一出，参谋长李汉萍和几个军长几乎异口同声地表示反对。

参谋长李汉萍第一个站出来,他忿忿不平地说:"郭吉谦他们师是掩护部队,主要任务就是要与敌人进行接触,尽力阻止敌人追击,掩护主力部队安全撤退。在这个过程中,遭受一些损失也是必然的,这叫舍卒保车。从来没有听说因为掩护部队遭到攻击就派兵去救,那还叫什么掩护啊?到底是他们掩护主力部队还是主力部队掩护他们啊!"

七十军高军长是个急性子,扯着嗓门高喊道:"为什么十几万主力部队停止不前,难道就这样等共军来追吗?四十五师的任务就是阻击敌人和掩护部队,我们正应该趁此机会加速撤离,等过了永城再说。"

五军熊军长一直对郭吉谦有意见,这时的他说起话来更是火上浇油:"本来撤出的人数就多而杂,行动非常缓慢,如果再不抓紧时间走,万一被共军追上来再像黄维兵团一样被围,那就糟糕透了。"

七十二军余军长老实本分,他苦心相劝道:"邱司令,您可要三思啊,我们大部队再不走,可就来不及啦!"

固执的邱清泉听不进部下的话,对他们的这些反对意见,大发雷霆:"你们说够了没有?人要讲良心,如果被追打的是你们,我不派兵去救,你们怎么想?郭吉谦是我的战将,是跟着我出生入死的兄弟,连这样的人我邱清泉都见死不救,你们说将士们会不会寒心?!将来在战场上谁还会与我邱清泉一同赴死!"

邱清泉一番动情的慷慨陈词令所有人哑口无言,就连杜聿明一时也不好表示反对,可几十万大军就这样无奈地等待终究也不是办法。后来,杜聿明想想还是觉得不妥,于是命令邱清泉兵团派一部去增援,其余人员继续前进。

上午十时左右,各兵团部队分头向永城进发。先头部队出发后,各兵团司令部正准备动身的时候,就看到天空飞来一架飞机并空投下一个箱子,里面装有蒋介石给杜聿明的亲笔信。

"据侦察报告,濉溪口之敌大部向永城集结,弟部本日仍向永城前进,如此行动,坐视黄兵团被消灭,我们将要亡国灭种,望弟迅速令各兵团停止向永城前进,转向濉溪口攻击前进,协同由蚌埠北进之李延年兵团南北夹攻,以解黄维兵团之围……"

读完蒋介石的亲笔信,杜聿明再次陷入了两难的境地,思想斗争非常激烈。

说实话,杜聿明不想去。身为徐州"剿总"的实际总指挥,他看得比所有人都清楚——中共部队已经下定决心实施决战,他们四处围追堵截,如果按照蒋介石的命令转向濉溪口方向去解黄维兵团之围,就目前的形势而言,不但解救不了,而且自己还要送死。此时的杜聿明真想像古书上所说的那样"将在外君命有所不受",自己带领部队快速经过永城,向南撤退到淮河附近,从后面夹击共军主力,来个反包围,这样,既跳出了包围圈也解了黄维之围。

杜聿明认为这是上上之策，但想是这样想，一旦落实在行动上，却犹豫不决起来。杜聿明顾虑最多的是，如果自己违背委员长的意愿擅自做主，而最后又没有成功，那以后怎么面对老头子？老头子势必把"徐蚌会战"失败的责任全部都推到他一个人身上，而自己必将受到军事法庭的严厉裁决。

怎么办？杜聿明没有了决断的勇气，急得如热锅上的蚂蚁。

考虑再三，杜聿明最后还是决定各部队暂且停止前进，他要把有关人员召集在一起征求意见。

十六兵团孙元良很快就到了，十三兵团李弥没来，派了两个副司令官陈冰和赵季平来了。二兵团邱清泉由于担心后卫部队郭吉谦的安危，以及要传达部队暂停待命的事项，直至下午两点才到会场。杜聿明把蒋介石的手令给大家一一过目，由于参会人员都没有预料到蒋介石在这个时候又再一次改变计划，因此个个非常惊讶，不知所措。

见众人不愿讲话，杜聿明就把自己之前的考虑给大家说了一遍，意思是敢于负责的话就照原计划进行，如果不敢担责，就按照蒋介石的命令办，至于后果怎样，只能走一步看一步了。

邱清泉因为后卫部队郭吉谦还在与中共部队进行缠斗，不忍放弃郭吉谦，一心要去救援。如果大部队停下来协助攻击，郭吉谦的围就解了，此刻的命令可谓正中邱清泉下怀，所以他毫不犹豫地说："我看可以照命令从濉溪口打下去。"

见十三兵团司令李弥没来，邱清泉还对陈冰和赵季平发起飙来："就怪你们十三兵团，在萧县时掩护不力，致使部队白白丢失了那么多的兵器装备。你们就是胆小怕死，不敢打硬仗。当初你们驻守曹八集，不等黄百韬过来就提前开溜了，才让共军窃抄了黄百韬的后路。"

陈冰一听，当然不服气了："这次担任后卫部队的又不是我们，就说当初撤离曹八集也不是我们急着撤，是刘总司令命令我们撤回来保卫徐州的，您不能把什么错都安在我们头上吧。"

两人吵了好大一阵，还没有要停止的意思，杜聿明不耐烦地大吼一声："好了好了，别吵了！"

会议室里一片肃然，各个将领都噤口不言。

之后，杜聿明又征求孙元良的意见，孙元良见邱清泉脾气如此暴烈，也不敢说要退的话，只得讷讷地说："这次决策关系重大，我不好说什么，无论怎么决定，我服从命令听指挥就是了。"

邱清泉见杜聿明还在犹豫，怕他再变卦，就一个劲地劝说打气："不要再犹豫了，就照委座的命令执行吧。今天晚上就开始调整部署，明天起我们二兵团担任攻击任务，十三兵团、十六兵团在东、西、北三面进行掩护，各位看看如何，我就不信攻不下来。"

见自己的想法得不到众人的赞同，杜聿明万般无奈地说："大家再仔细看看并琢磨琢磨信的内容，看到底要何去何从。这可是关系着二三十万官兵生死存亡的大事，一定要慎重考虑清楚。我还是那句话，觉得能担责就照原计划执行，觉得负不了这个责就执行委员长的命令。"

话题再次回到委员长的来信上。一帮人坐下来仔细研究了蒋介石的信，信中措词严厉，如果不服从命令真要出了问题，责任太重谁也担负不起。于是大家一番讨论后统一了思想，不管结果如何，服从命令是军人天职，还是遵照委员长的命令去做。

当晚，在杜聿明主持下，对撤退方案进行了重新部署与调整。为了避免被解放军各个击破，各兵团基本形成一个首尾相接的环，滚动式向前推进。指挥部和二兵团都在孟集，因邱清泉积极求战，故该兵团被确定为进攻的主力，从青龙集东西地区向濉溪口方向前进，左翼是十三兵团，右翼与十六兵团相接。

3日晚，各兵团即迅速到位。由于二兵团要增援郭吉谦，部队在原地停顿了两天，这就给解放军提供了两天的宝贵时间。解放军一部从北面直接绕过永城，向东南包抄过来，截断了杜聿明所率部队向西逃窜的退路。

孔汉文所在的徐州"剿总"后勤部人员中有一部分随刘峙提前去了蚌埠，还有一部分留了下来，这部分人在徐州大撤退时并入杜聿明的"前进指挥部"后勤部里。

撤退之前，杜聿明的"前进指挥部"里一片忙乱景象。孔汉文和同事一直在整理要装到汽车上的备用物资，累得都快直不起腰了，他抽了个空子，直起腰大声吆喝道："大家休息一会儿，喝口水抽根烟！"说完就将手伸进口袋掏烟，摸出的却是一个空烟盒。孔汉文把空烟盒揉了揉扔了，说："你们先歇歇，我出去买包烟。"

"剿总"大门外不远处，有位中年妇女推着小车在沿街叫卖东西，虽然在叫卖，但她不时环顾四周，似乎不想漏掉一个客户。孔汉文看见她，大声喊："唉，卖东西的，买包烟！"

卖东西的妇女把车子停住，等待孔汉文走过来。

"有骆驼牌香烟吗？"

"有。老总，听说你们要走了，什么时候开拔呀？"

"少啰嗦，来两盒香烟。你说你一个卖烟的，管那么多干吗！"孔汉文呵斥道。他把钱递给妇女时，故意捏了捏。

卖东西的妇女说："老总，不是俺多管闲事，俺是担心自己的生意。你们这些财神要是走了,俺们也就收摊不干了!"

孔汉文买好烟吹着口哨往回走,边走边与门口站岗的士兵招呼着,随手掏出两根烟递了上去。

卖东西的妇女推着车子走远了,待走到一处无人的地方赶紧停下车子,拿出刚才孔汉文给的钱,展开以后看到一张纸条,上面写着:"请转告党组织,我决定随杜聿明指挥部撤退,中途可以随时掌握情况,如有重要情报我会想办法送出。黄蜂"。

徐州城这两天乱了套,负责后勤的孔汉文更是忙得快要四脚朝天了,根本没有时间走出"剿总"大院与组织联系。下一步,孔汉文可以走也可以留,但是他最终决定跟随部队撤离,只有这样才能及时了解杜聿明部队的行动踪迹。盘算好之后,孔汉文一直想办法尽快与组织取得联系,以期得到组织上的批准,所以他无时无刻不在关注着门口的动静。

当看到侯五嫂推着小车出现在门口的时候,他立刻明白组织上也正设法与他取得联系。

侯五嫂回到家后,把孔汉文的消息报告给了侯师傅。

组织上不仅批准了孔汉文的申请,还专门派出一位同志扮成逃难的农民,跟随他所在的部队以便保持联络。

从徐州出发后,杜聿明率领部队走走停停,撤退非常缓慢。部队里小道消息一个接着一个。一会儿说在青龙集东北襄山庙附近担任警戒任务的五军四十五师被共军包围了,正打得激烈;一会儿说十六兵团接防的一个旅因辨别不清方向被共军骗入包围圈消灭了,等等,各种坏消息在士兵中传来传去,人心惶惶不安。

12月3日这天,部队本来要开拔的,东西都已收拾停当,突然又停下来了。孔汉文也很疑惑,悄悄地问自己的顶头上司军需处处长龚方令,正窝着一肚子火的龚方令说:"现在是一天三变,不知谁说了算,我也不知道原因,待命吧!"

看到二兵团的邱清泉司令、十六兵团的孙元良司令以及十三兵团的几位长官都坐着吉普车风尘仆仆地赶来了,孔汉文猜想一定有大事发生,他打算凑过去探听探听,但又怕被察觉,只好焦急地等待局势的变化。

一直到了晚上,孔汉文才接到新的命令,龚方令宣布:"上面命令,不再向永城走了,改向南往濉溪口方向攻击,大家马上做好后勤准备工作。"

黄维兵团在双堆集被围一事孔汉文是知道的。经过分析,他认为杜聿明临时改变行军路线肯定是去解黄维之困的。过去的几天,孔汉文一直担心如果国民党部队跑得太快,解放军可能追击不上而让他们跑掉。这下好了,杜聿明自己不跑了,向濉溪口方向进军就相当于自投罗网。想到这些,孔汉文内心不禁一阵欣喜:"这个情报太重要了,一定要尽快送出去!"

白天，孔汉文没有找到机会，只有等待黑夜的到来。

一整天的急行军后，杜聿明将司令部安扎在孟集。杜聿明在哪里，大家都觉得哪里是安全的，不少部队以及跟逃出来的百姓全都聚集到了孟集周边。入夜的孟集并不安静，远处不时传来零星的枪声。孔汉文把武装带束好，对龚方令说："处长，这都深更半夜了，外边还是乱糟糟的，不会出什么乱子吧，我出去看看！咱们这些管后勤的，都他娘的像老妈子一样操不完的心。"

此时的龚方令正就着一盘花生米喝酒，一瓶酒刚喝下一半，满脸通红，酒兴正浓，便朝孔汉文摆摆手："你代我出去看看吧，我就不去了。"说完又把一颗花生米扔进嘴里，咯嘣咯嘣嚼得脆响。

孔汉文刚一走出门，一股冷风迎面扑来，他禁不住缩了缩脖子。此时的孟集，除夜间巡逻队和每隔一段距离的岗哨才有星星点点的灯光外，其余地方是漆黑一片，伸手不见五指。本地老百姓逃走后留下的空房几乎都被军队占领了，跟随部队从徐州逃出的难民根本抢不到房子，只好在村中的背风处或者大树下搭个帐篷暂且安顿下来，时不时传来孩童的哭啼声和老人的咳嗽声。看到眼前的一切，走在村中的孔汉文心里有说不出的难过，他多么希望战争早点结束，让逃难百姓能够平安返回徐州，过上平静祥和、远离炮火的生活。

孔汉文与随队配合自己的那位同志将见面地点定在孟集村中央一口饮水井旁。当孔汉文悄悄来到水井旁，正准备将口袋内写有关于杜聿明临时改变行军路线情报的纸条交给睡在井沿边的伙伴时，意外情况发生了。

"干什么的？"一队巡逻兵打着手电突然从水井后面的墙角处走了出来。

孔汉文急忙回答："来看看水井！"

"口令！"

由于夜间口令只传达给了作战部队，负责后勤的孔汉文答不上来。

"半夜三更在村内乱窜，又答不上口令，先捆起来，搜完身再说！"巡逻队长命令道。

五六个士兵将枪口对准孔汉文，两个士兵扑上来，不由分说就扭住了他的胳膊。

与孔汉文接头的那位同志看到这种情况，也不敢轻举妄动，只能继续躺在地上假装睡觉，等待时机。

"慢，你们没看清我身上的军装吗?!"孔汉文急中生智地喊道。

士兵们停下了手，眼望巡逻队长。

"共军派来的奸细岂有穿自己军装的，肯定是穿咱们的衣服了。捆起来，给我搜！"巡逻队长气势汹汹地吆喝道。

一个巡逻兵走到孔汉文面前，准备搜身。纸条就装在孔汉文上衣内侧的口袋里，如果搜出，后果不堪设想。

"你们这群王八蛋，良心都他妈让狗吃了，老子不分白天黑夜为你们忙活，你们竟这样对我！"一直语气温和的孔汉文突然翻脸，变得声色俱厉。

正准备搜身的士兵被骂得愣在了孔汉文面前。

巡逻队长从腰中拔出手枪，一只手抓住孔汉文的衣领，另一只手将枪口顶在了孔汉文的额头上，恶狠狠地说："混账东西，你再骂一遍老子听听，信不信老子一枪崩了你！"

"我是指挥部后勤处的，老子不知道什么口令，老子管的是你们每天的吃喝拉撒，难道还管出罪过了吗?!"孔汉文脸上没有丝毫紧张，而是平静得出奇。

孔汉文的话一下子镇住了巡逻队长。

"你们今天晚上的伙食除了每人两块红薯，是不是多加了一个花卷，还有一碗小米粥和油炸花生米？"孔汉文不紧不慢地说道。

这一次，孔汉文的话不但镇住了巡逻队长，也镇住了所有的士兵。因为孔汉文说出的话分毫不差。

士兵们松开了孔汉文的胳膊。

"那你半夜三更到这里干什么？"巡逻队长仍然将信将疑。

"到这里来，还不是为你们！"

"咋回事？"

"孟集一下子集中这么多人，明天一大早个个都要吃饭，我来看看井里的水够不够！"孔汉文说。

"井水够不够，你身上既没带竹竿也没带绳子，咋能确定？"巡逻队长继续追问。

"我干了半辈子后勤，这点事能难住老子？"

"你到底咋测？"

"往水井里扔块石头，听一下响儿老子就知道这水有几米深……"

"领教！领教！兄弟也是职责所在，多有得罪，见谅！见谅！"巡逻队长点头哈腰一番道歉。

一场虚惊化解了。巡逻队走后，满头冷汗的孔汉文终于有机会将情报交给了来接头的同志。

35

11月11日清早，一支马队风尘仆仆到达了临涣镇。队伍前面的三个人正是刘伯承、陈毅和邓小平。

淮海战役于11月初正式打响后,刘伯承、陈毅、邓小平等指挥员再也坐不住了,他们执意要到离战场最近的地方去指挥,负责安全保卫的同志多方劝阻无效,只好四处寻找合适的落脚点。

一个叫"临涣"的地方出现在他们的视野里。临涣是江淮地区一个远近闻名、历史悠久的古茶镇,位于安徽省淮北地区濉溪县中南部,镇上开设的多家茶馆吸引着众多南来北往的茶商和当地口有同嗜的茶客。

临涣有一座文昌宫,据说建于唐代。当时是用于供奉文昌星的,供求取功名的学子们朝拜祈求神灵保佑。二十世纪二十年代,临涣人朱务平带领进步青年组织反帝反封建活动,在这里建立了淮北第一个共产主义党小组,后发展成为淮北第一个党支部,因此文昌宫曾被誉为临涣的"莫斯科"。

文昌宫整座院子的地基是用土筑起的一座高台,一眼望去,尽显敦厚庄重。大门坐西朝东,上有出厦翘角、筒瓦铺面的马鞍式顶脊,像一只振翅欲飞的雄鹰,木质花格窗棂衬在高大的墙体上,坚固伟岸中呈现出一股灵性和通透。雕花大门外左右各有一只石狮子,虎视眈眈地护卫在大门两侧。进入大门,转过影壁,即可看到一排房舍,就是文昌宫了。文昌宫院内有高大的堂屋、舒适的厢房和规整的耳房,错落有致地分布在大院内。

由于文昌宫院墙高大,便于守卫,警卫连选定这里作为中野临时指挥部,几个领导看过之后都很满意。文昌宫后院的藏书阁僻静雅致,作为办公的地方。大殿宽阔敞亮,则作为指挥部会议室。刘伯承用的是文昌宫西侧的房间,邓小平用的是东侧的房间,其他则是陈毅张茜夫妇以及秘书处人员的住房。东跨院为伙房和后勤处,南院是参谋处、作战处、机要处和通讯处。

警卫连对这里进行了简单的布置,添置了必备的桌子和椅子,等收拾停当,把军用地图一摊开,领导们就投入到紧张的工作中。几位领导除了吃饭睡觉,其他时间不是待在办公室里,就是集聚在会议室里,有时战事紧张根本顾不上吃饭和睡觉。

有一天,几个人在会议室开会,会议从下午一直持续到深夜。邓小平说:"你们继续,我出去一下。"不一会,外面一个墙角处传来哗啦哗啦的撩水声。陈毅听到后,出去一看,吓了一跳,赶紧喊:"刘老总,不得了,赶快来看啊!"原来他看到邓小平正在墙边用冷水洗头。

刘伯承却见怪不怪笑眯眯地说道:"陈老总,这你就不晓得喽,这个法子是小平同志保持清醒的绝招,从我们共事起就知道他在冬天坚持洗冷水澡,好多年喽。"

邓小平笑着对陈毅说:"陈老总,没得事,我已经习惯了。刚才太困了,我清醒一下。"

中野攻击宿县的战斗正在准备中，部分纵队已经投入徐东阻击战，黄维兵团已经向宿县和徐州开拔……此时的战场形势千头万绪、瞬息万变，他们虽然身在后方，但心系战场，彻夜难眠。

徐东阻击战到了最为紧要的关头，此时的华野指挥部也已经西移到了睢宁的双沟附近，一方面继续指挥阻援部队的行动，另一方面密切关注碾庄圩攻坚战的形势发展。粟裕计划消灭黄百韬兵团后，继而诱歼邱清泉、李弥兵团，于是在13日致电刘、陈、邓"……六纵、十三纵及九纵之一部于歼灭碾庄西南、西北地区之二十五、四十四军及一百军之六十三师等残部后，即可转用于攻击邱、李兵团……全军进入淮北，粮草运输均感困难，因此请军委、华东局能多给我们几个基数的炮弹及炸药……"

刘、邓、陈旋即回电，同意粟裕的计划。

中央军委经过估算，认为在今后三至五个月内，淮海战场上连同俘虏在内需吃饭的人数将达到八十万人左右，战争组织协调的任务很重，于是16日做出了成立总前委的决定，由刘、陈、邓三人为常委，小平同志为总前委书记，他们三人感到肩上的担子更重了。

临涣镇上的集市还是一如既往地热闹和繁华，虽然这里住着共产党的几位"大官"，但从没有实施过封街、清场等保卫措施，担任警卫的部队所能做的只有提高警惕，换上便衣在文昌宫附近来回巡逻。

20日这天，临涣街上和平常一样人来人往，挑担子的、推小车的、剃头的、补锅的穿梭不断。众人当中，一个卖热豆腐的中年人挑着担子在沿街吆喝："豆腐，热豆腐，新出锅的热豆腐，现买现吃啦！"

热豆腐在淮河流域一带是一种地方特色小吃，新出锅的热豆腐颜色雪白，鲜嫩光洁，翻而不散，搅而不碎，盛入碗中浇上蒜泥或者辣椒汁，微辣清香，爽滑利口，香味扑鼻。中年人将热豆腐担子落在文昌宫门前，立即就有几个人围拢上来。

刚开始，在文昌宫前面站岗的两个士兵也没觉得不妥，他们想围着豆腐摊吃豆腐是街上常有的事，吃完他们自然会走的。可是，一拨人吃完后又来了几个人，卖豆腐的中年人和他们有说有笑持续有半个时辰了，还没有走的意思。

"俺经常来临涣卖豆腐，啥时候开始文昌宫有站岗的了？"卖豆腐的中年男人好奇地问。

"有八九天了吧，听说里面住着好几个大人物呢！"一个吃豆腐的临涣当地人神神秘秘地回答。

"是吗？什么样的大人物啊？"中年男人继续打探追问。

"是什么大人物俺也讲不清，他们一天到晚不出院门……"另一个捧碗吃豆腐的人说。

恰在这时，警卫连郭连长出来巡查，发现文昌宫门前摆着一个豆腐摊。这是前几天没有的，而且卖豆腐和吃豆腐的人还时不时朝院内打望，他立即感觉情形不对，带人把卖豆腐的和吃豆腐的人都给劝走了。

22日夜里十二点，夜空中突然传来隐隐约约的飞机轰鸣声。郭连长是个经验丰富的老兵，听到轰鸣声后，立即判断出飞机是朝文昌宫这个重要目标而来，"不好，飞机来轰炸了！"机智的郭连长随即吩咐："一排长，赶快备马，到后院后门等！二排长，带人外围警戒。"

首长们都在后院会议室里开会，郭连长一头扎了进来："首长，赶快撤离，敌机来轰炸了！"情况紧急，首长们二话不说站起来就跟着警卫连长往后门走。门口已经备好了马，郭连长对一排长说："你们一排护送首长们到镇子外的空地上，一定要确保首长们安全。"

此时，距文昌宫南边和西边五十多米的地方，各有一个人点燃了地上的柴火，然后撒腿就跑。飞机循着这两处亮光俯冲着就把炸弹投了下来，一颗、两颗、三颗……

原来寂静的临涣，"轰隆""轰隆"的爆炸声顿时此起彼伏，顷刻间，镇上火光冲天，硝烟弥漫。警卫连和集上的百姓一边救火，一边救治伤者，整整折腾了一个晚上，才算平息下来。最后经过清点，被炸的地方在文昌宫的南侧和西侧，文昌宫前院的部分房屋也被炸毁了，后院还好，没有被直接炸到。估计是飞机误认为点火的地方就是要轰炸的地方，所以偏离了文昌宫这个主要的轰炸点。

柴火堆所在的位置被炸出了深坑，郭连长带人进行了搜查，但没有抓到任何可疑人员，也没有发现什么蛛丝马迹。第二天，首长们和警卫部门一起开了个会，认真分析这次被炸的原因。

一排长说："这镇子太热闹，人流量也大，不进行隔离和清场，难分敌我，安保难度实在太大了。"

二排长说："我们在明处，敌人在暗处，我们看不见他们，而我们的一举一动却暴露得清清楚楚，这样的话我们就处处被动。"

郭连长说："虽然不清场不封街，但我们要站岗放哨，目标仍旧太明显，不可能不被发现。至于这次轰炸，我觉得前天那个卖热豆腐的就很可疑，鬼鬼祟祟的，而且他走后就有飞机过来轰炸了，我怀疑他是国民党方面的密探。"

讨论最终认为，这是国民党奸细里应外合有组织有预谋开展的一次突然袭击，目标就是针对我方指挥系统。警卫部门最后提出建议，要求在临涣镇进行清场和封街。

刘、陈、邓三位首长坚决不同意，他们不愿搅乱临涣镇老百姓的正常生活，影响他们的生计。

经过讨论，总前委最后决定放弃此地，另外寻找一个比较偏僻、不太引人注意的地方落脚。选来选去，就选定了一个叫"小李家"的村庄。

三位首长在临涣镇从11号一直待到23号，之后秘密迁往小李家。

小李家位于临涣镇东面大约七八公里的地方。村子比较小，只有几十户人家，非常不起眼，国民党怎么也不会想到指挥千军万马的共产党的淮海战役总前委指挥部会放在这么一个简陋的地方。

李前明家坐落在村子的南头，为坐北朝南的一座两进的院子，总共有十多间草房，是较为合适的指挥部用房。村长悄悄找到李前明，问："前明，能不能先暂借你的房子用上一段时间？"

李前明回答得很干脆："房子是祖祖辈辈传下来的，不租不借！"

"前明，我还没说做什么用的，你就把话说死了？！"

"那干啥用呢？"

村长说："南边不是正在打仗嘛，是我们解放军的首长过来，在这里指挥战斗。你放心，用你家的房子不但会完完整整地还给你，还会补贴你家一定的费用和粮食……"

李前明没有想到自己家的房子被解放军的大首长看上了，兴奋极了，他一点没有迟疑，立即回答："原来是这样！钱和粮俺不要，俺马上回去打扫，给首长腾地方！"

"前明，你可要向我保证，首长住在你家的事，你不能向外说，就连小孩外婆和舅舅都不能说，做得到吗？"村长严肃地说道。

"老村长你就放心吧！俺做得到！不要说他们，对老婆和孩子俺也不说住的人是谁……"李前明坚定地回答。

李前明一家人很快就搬到前院一间草房里，并且把其他的房子打扫得干干净净。当天指挥部就搬到了小李家，从11月23日到12月30日，淮海战役总前委在此度过了关键的三十八天时间，李前明家不起眼的几间草房由于特殊时期发挥的重要作用，也被永久记录在了辉煌的革命史册中。

对被包围的黄维十二兵团，解放军一方面采取军事打击的手段，逐步歼灭外围顽抗之敌，不断缩小包围圈。另一方面，开展了各式各样、声势浩大的政治攻势。12月2日，杨云枫接到上级命令，即刻离开徐州马家大院，再次前往安徽濉溪双堆集地区。原来，总前委要求华野和中野对敌工作部联合行动，全力开展对被包围的十二兵团相关部队的策反和起义动员工作，力求彻底瓦解分散十二兵团的军心。华野司令部考虑到华野部分纵队在双堆集战场上，主力纵队正在追击杜聿明的几个兵团，便指示杨云枫处理好徐州相关事务后，重返双堆集，与中野敌工部一道完成总前委交给的特殊任务。

抵达双堆集地区后，杨云枫首先来到了蔡云邈部队的驻扎地。此时蔡云邈率领的一一〇师正在紧锣密鼓地进行起义后的整顿及思想教育工作。

"云邈，我这次回来准备和你一起携手再大干一场。"杨云枫说完，把自己此次前来执行的任务详细介绍了一遍。

"太好了，咱们老同学一起再同台演一出好戏。"蔡云邈兴奋地说。

"一一〇师的行动算是给那些有意起义或投诚的国民党军队的官兵起到了示范作用，据你看，十二兵团中哪一支部队还有可能？"

蔡云邈对十二兵团的情况非常熟悉，他想了想说："十二兵团中各军的情况不一样，十八军一直由出身于黄埔军校四期的胡琏管理，属于陈诚土木系，从上到下对蒋介石是死心塌地，劝说他们投诚一时难度较大。八十五军因内部派系纷争严重，并非铁板一块，可以有选择地争取，十军和十四军由于不是嫡系部队，屡受排挤，在忠诚度方面则大打折扣。"

杨云枫说："那我们就根据这些部队的情况分批去做工作。"

蔡云邈低头思考了一会儿说："综合分析，我觉得可以从八十五军二十三师、十军以及十四军下手试一试。我们一一〇师起义后，二十三师内部军心不稳，存在可以利用的空间。十和十四军经过这一段时间大小战斗已经受损不少，编制也不全了，有的队伍勉强拼凑在一起，官兵普遍存在厌战心理，劝他们投诚，可能性还是有的。"

"对怎样开展劝降工作，你有什么建议？"杨云枫问道。

蔡云邈回答："人是铁饭是钢，现在不是缺粮吗？找几个起义过来的士兵，让他们带上些吃的，再带上些宣传材料。通过他们现身说法，效果可能会比较好。国民党官兵中普遍存在着顾虑，他们对解放军的起义、投诚、俘虏等政策不了解，有着强烈的惧怕心理，关键是要想方设法让他们知道我们的政策。"

杨云枫觉得蔡云邈说得在理，于是向首长汇报之后，决定采取派部分一一〇师官兵"逃跑"回去"现身说法"的方式进行劝降。在商量派什么样的人前去执行任务时，蔡云邈主动提出让一一〇师中的中共党员前往。

杨云枫问明这些中共党员目前在部队里的任职情况后，对蔡云邈说："派他们过去可以是可以，但存在一定的风险。这些同志大都是队伍里的营、连长之类的骨干，十二兵团总部或有些部队的人可能认识他们，会怀疑他们加入共产党并和你一道合谋了起义，容易引起敌人怀疑，碰到一些顽固分子，很有可能对他们痛下杀手。我们还是找一些生面孔的普通士兵，让他们假装什么都不知情，完全是被动地跟着过来的。对方会以为他们也是受蒙蔽者，不会对他们过多怀疑，这样危险性会小一些。"

蔡云邈仔细想了想,认为杨云枫考虑得比自己周全,表示完全同意他的观点。两人一番商量后,便一起来到正在整训的下面两个团的驻地。其中一个团的团长是中共党员,叫曲振东,蔡云邈让他在团里挑出十个人分头派出去。曲振东明白杨云枫和蔡云邈的用意后,在整训中表现比较好的一营里做了摸底,可是许多人都有顾虑,没有人主动报名。

大家议论纷纷,其中一个姓祁的士兵说:"我们已经起义了,再返回去很危险,他们会说我们是叛徒,要是把我们枪毙了,那家里的人怎么办?"

另外一个外号叫"骆驼"的士兵说:"我们过来的时候就已经快断炊了,现在虽然空投了一些粮食,但人多粥少,连塞牙缝都不够,我们如果回不来不是又要在那里挨饿吗?"

针对战士们提出的诸多顾虑,曲振东都记下来,然后向杨云枫和蔡云邈做了汇报。三个人在一起进行了仔细研究,最后决定由杨云枫前去解答大家的疑惑。

在正式动员会上,杨云枫恳切地说:"我很能理解大家的顾虑,你们所想的我们也都想到了。我觉得,大家完全可以放心。经过我们研究决定,凡是主动报名去,完成任务后平安回来,都给大家记功并且将给予一定的物质奖励。万一去后有什么不测,家里老小今后的生活将由我们管起来。如果大家不信,待选好人后我们可以一起签字画押。"

杨云枫的一番话就像一块大石投入了平静的池塘,下面坐着的人立马嗡嗡嗡议论了起来,过了一会,一个人突然站了起来,说:"我报名,我去。"大家循着声音望去,是一连三班的班长倪永福,这个人是安徽金寨山区的,家里特别穷,当初是被抓壮丁抓过来的,在国民党部队里受尽了兵痞子的欺压,这次跟着部队起义到了解放军这边,切身感受到这里与在国民党部队里不一样的氛围,他从心里感到高兴。听到杨云枫的一番话,心里暗暗琢磨了一阵,最后下定决心第一个报了名。

"说说你为啥愿意去?"杨云枫望着倪永福期待地问道。

"我能说实话吗?"倪永福问。

"在咱们共产党的队伍里不兴说假话,心里想啥就说啥!"杨云枫回答。

"我愿意去,因为我觉得这件事划算。"

倪永福的一句话引起大家的一阵哄笑。

"咋个划算法?"蔡云邈笑着问道。

"我自己主动报名去,如果能全须全尾回来,也算为解放军做了一件好事,还能得到奖励,多好的事啊!"倪永福说。

"要是回不来呢?"杨云枫追问。

"咱们都是当兵的,当兵打仗总是有风险!退一万步讲,就是我自己被打死了,爹娘和兄弟姐妹还有共产党照顾着,我还有什么顾虑呢?!这些还不是我想得最多的,我有三个老乡在十四军,之前听他们说,部队里人心早就散了,如果这样的部队与解放军硬碰硬地交手,说不定我那几个老乡的命可就没了。我要能趁早去劝说他们投诚,说不定还能救他们,都说救人一命胜造七级浮屠,我去一趟不知能造多少级浮屠啊,大家说划算不划算?!"

倪永福的一席话让还在犹豫当中的一些人豁然开朗,他一带头报名,很快十个名额就报满了。杨云枫、蔡云邈称他们为"十大壮士",一番肯定后,立马与他们签订了协议。

把十个人单独集中起来后,杨云枫对他们进行了培训。内容涉及怎么样过去,带什么东西,过去后怎么说,遇到被抓被审怎么办等等。除了反复训练,杨云枫和蔡云邈一起还对他们进行了现场情景模拟,觉得差不多了才让他们分头行动,在夜色掩护下悄悄潜入了双堆集二十三师、十军以及十四军的阵地。

十个人自称是被俘后又释放回来的士兵,把带的食物分给了一帮饥寒交迫的士兵,同时也把携带的传单悄悄地散发出去,把解放军优待俘虏的情况也绘声绘色地描绘了一番,说在那边能吃得饱,能穿得暖,不想打仗还可以领到粮食盘缠回家,当官的不打人,官兵平等……不少十四军的士兵听了非常羡慕,起了向往之心。当然他们也无一例外地被审查,因为事先经过了培训,对付起来大多得心应手。

但倪永福遇到了麻烦,对方对其进行了超出常规的审讯,刚开始他还能对付,后来问急了,缺乏经验的他说了一句:"我要见长官。"

审问的人问他:"你要见哪位长官啊?"

"我要见熊逢秋长官。"

"熊长官是你说见就见的?!"一个审问的人抬手就要打。另一个人说:"我们还是报告一下吧,也许他真有什么事。"

当即他们向上面报告了,来了一个当官的,众人都叫他李参谋。李参谋说:"我是熊军长派来的,你有什么事尽管给我讲,我保证转达给他。"

完成任务心切的倪永福信以为真,他从裤子夹缝里掏出一封信,交给李参谋,说:"这是放我回来的时候,有个姓杨的部长交给我的,让我无论如何要交给熊长官,说是非常重要。"

李参谋问:"还有别的话说吗?"

倪永福说:"没有了。"

"没有就滚吧。在队伍里不要乱说乱讲。"李参谋拿着信回到十四军的军部,把这封信交给了谷副军长。谷副军长打开一看,竟是刚刚起义的一一〇师师长蔡云邀写给熊军长的亲笔信。

谷副军长认真看了这封信,蔡云邀的来信可谓情真意切,先是叙说了多年的情谊,又讲到在国民党内部这么多年来所见所闻的腐败丑陋之事。他在信中明确指出国民党必然覆亡的命运是不可避免的,希望熊军长能幡然醒悟,投奔光明。现在十二兵团被围双堆集,部队缺粮少弹,再战下去只能致使更多的人死亡等等。谷副军长越看越生气,认为此信如果落到对党国已露不忠端倪的熊军长手里,必将后患无穷,于是"唰唰唰"几下就把信撕得粉碎。

顽固的谷副军长对共产党这一套十分惧怕又无可奈何。在这样的情势之下,解放军的政治攻势比机枪大炮更能瓦解军心。在对面的解放军阵地上,竖着不少门板,上面贴满了"解放军优待投诚之人""放下武器才是最好的出路""共产党为人民打天下"等标语,国民党的阵地上也时常飞来"劝降"宣传单,他曾下令阻止官兵捡拾并严禁看这些东西,尽管三令五申,仍然屡禁不止。更可怕的是对面阵地上的解放军的广播,从早到晚播放着黄百韬兵团被歼灭、八十五军一一〇师起义、杜聿明集团撤出徐州城等消息,听得战壕里的国民党士兵惶恐不安,战战兢兢。

倪永福被谷副军长下令残忍地枪杀了。虽然倪永福送出的信没有起到效果,但其他人送出的信却发挥了意想不到的作用。

一位姓李的士兵潜回到八十五军二十三师后,把解放军的政策悄悄转告了几位师长和副师长。二十三师原是湖南湘军旧部,并非蒋介石嫡系,一直在八十五军受窝囊气,解放军的政策对他们触动极大。12月9日,解放军猛攻该师据守的小王庄,师长黄子华要求补充弹药和派坦克来增援,均未得到满足。黄子华认为这样打下去,弹尽粮绝的二十三师必定全军覆没。正在他犹豫不决之际,对面解放军在阵地前放置了大量食物和药品,并表明赠送给二十三师官兵。在强大的政治攻心面前,黄子华当即决定放弃抵抗。派手下人和那位李姓士兵一道越过防线与华野七纵接洽,商谈具体事宜。最后于12月10日晚率二十三师师部及所属两个团和二一六师余部共三千余人投诚。

36

12月4日开始,杜聿明指挥部队向濉溪口方向推进。

行进途中,杜聿明严令邱清泉二兵团不惜一切代价攻击前进,李弥十三兵团和孙元良十六兵团在左右两翼担任掩护。总前委一看杜聿明这阵势,立刻明白了他的企图,即通过一侧突破达成快速向双堆集黄维兵团靠拢的目的。总前委将计就计,迅速制定出对策,命令华野在南侧部署优势兵力对杜聿明部队进行坚决阻击。在阻击过程中，华野采取了灵活机动的策略，在东、北、西三面适度阻击，零敲碎打，南侧则步步为营，寸土不让，意图十分明显，杜聿明可以向东、北、西三面适当扩展，但要向南侧前进一步，犹如登天。

双方针锋相对，连续激战了两天。虽然邱清泉二兵团推进到了萧县青龙集、永城陈官庄以西和以南地区，可是西北方面担任掩护任务的十六兵团在萧县赵破楼、朱大楼等处的阵地先后被解放军攻破。在东北方面担任掩护任务的十三兵团阵地也遭到了解放军的猛烈进攻，十三兵团被困在萧县崔庄附近，与解放军形成了拉锯战。值得一提的还有"剿总"的特务团，撤退途中划归十六兵团指挥，5日也被解放军"搂草打兔子"一同攻击。没想到的是，大名鼎鼎的特务团竟然不堪一击，枪声还没响上一支烟的工夫，就被完全击溃。

从徐州出发四五天后，杜聿明指挥的三个兵团所带的给养已经所剩无几。前期全体官兵根本没有意识到此次战斗的艰巨性和不确定性，对给养的消耗没有节制，很快粮弹就出现了严重的短缺。杜聿明发现问题后，惊出一身冷汗，急忙发电报给蒋介石请求支援。蒋介石回电倒十分迅速干脆："无粮弹可投，着迅速督率各兵团向濉溪口攻击前进。"该回电不但给杜聿明、邱清泉、李弥和孙元良等几位兵团司令当头浇了一盆冷水，也使三十万官兵的心凉到了极点。邱清泉脾气暴戾，看到老蒋的电文随即暴跳如雷，大声咒骂："国防部这帮龟儿子个个是混蛋，老头子也是糊涂，几十万人的部队没有粮食没有弹药，都喝西北风啊?!这个仗叫我们还怎么打?!"

战场总指挥的杜聿明在一片抱怨声中强压怒气，耐着性子再次打电报给蒋介石，言辞恳切地陈述利害关系，请求南京火速救急。此时的蒋介石也不愿惹犯众怒，回电说："6日开始空投粮弹。"总算是暂时给杜聿明吃了颗定心丸。

蒋介石没有食言，从6号开始用飞机向阵地空投粮食和弹药。这让杜聿明认为自己在委员长心目中还是有一定分量的。他为报答蒋介石，又抖擞精神指挥部队继续向双堆集方向攻击，但由于解放军顽强阻击，他们始终进展缓慢。更令杜聿明焦躁不安的是，解放军部队不再像过去几天那样选择不同的进攻点实施阻击，而是波涛汹涌地向国民党军阵地发起全面进攻，由点到面，慢慢地挤压他们的阵地，逐渐将自己的三个兵团包围在陈官庄周边地区。

陈官庄地处河南永城东北，位于河南、安徽、江苏三省之间，有"鸡鸣三省"之称。这里距离徐州约一百五十华里，住有四百户人家，在豫东平原上算得上是个较大的村庄了。也是机缘巧合，这个原来名不见经传的村庄在解放战争的历史上却留下了深深的印记。

6日中午，杜聿明率领大部队由孟集向夏砦移动，路过萧县李石林村时，已经疲惫至极，便停下来休息。

孔汉文是做后勤保障的，这时候派上了用场。别人埋锅做饭的时候，头脑灵活、办事利索的他在村子里四处寻觅，很快就找到了一处地方。杜聿明刚想在此闭眼小憩一会，邱清泉和孙元良就大踏步地闯了进来。

"杜主任在哪里？"邱清泉一进门就大呼小叫。从徐州撤出后，指挥几个兵团的机构是"前进指挥部"，杜聿明担任主任，孙元良任副主任。

面色蜡黄的杜聿明只得强打精神坐起来，疲惫不堪地问："怎么了？"

邱清泉说："孙副主任认为目前的情况对我们很不利，我也觉得他说得有道理。这不，我拉他一起过来了，我们一起研究研究看下面到底该怎么办。"

杜聿明想了想说："既然都来了，我们干脆一起到李弥那里去碰个头，有主意大家一起拿。"

于是三人一起赶往李弥的兵团司令部。

孔汉文看到邱清泉、孙元良一起来了，知道他们要商量重要的事情，本来还想趁机打探一番，可看到他们不一会就一起走了出来，也只得作罢，待另寻机会打探。

孙元良的口才很好，在李弥那里，他站起来侃侃而谈："就目前的形势看，我觉得我们现在突围出去还有一线生机，如再迟疑不决恐怕就没有机会了。据悉，中共东北林彪的部队已经开始南下了，形势对我们极为不利，我们向濉溪双堆集方向的攻击进展缓慢，而两翼的掩护阵地逐渐被突破，与黄维兵团会合的希望已经非常渺茫，一味打下去，弄不好要落个全军覆没的下场。常言道，将在外君命有所不受，还请主任能够当机立断，拯救数十万大军于水火之中！"

邱清泉一改往日的态度，极力附和："说得对！说得对！"几天前，邱清泉还是信心满满，坚决主张执行蒋介石的命令向濉溪口方向攻击作战，现在竟然来了个一百八十度的大转弯，极力鼓动起突围来。

邱清泉的话让杜聿明心生怒火，心想："你前几天不是喊打喊得最凶吗？现在打不过又想开溜，滑头！"他回过头来看着李弥，"炳仁兄，你的意见呢？"

蒋委员长和国防部朝令夕改的指挥，已经使十三兵团司令李弥无所适从，再加上邱清泉、孙元良二人竭力鼓动其一道突围。李弥被逼得没办法了，只得卖乖地说："服从命令是军人的天职，还是让主任说话吧。只要主任发命令了，我没有任何意见，遵照执行就是了。"

一番争执后，皮球又踢给了杜聿明。杜聿明环视一周，最后还是把目光落在了邱清泉身上，不无沉痛地说道："你们说得轻巧，将在外君命有所不受，晚了！一切都晚了！这话如果几天前说，大家齐心协力还有可能把部队完整地带出去，对老头子也算有个交待。可现在的形势已经不是原来的样子了，共军已从四面八方把我们重重包围。如果齐心协力能杀出一条血路还有希望，分头突围，既违抗命令，又不能保证全部成功，即便是一部分人出去了，又怎么向老头子交待啊！"

此时的杜聿明，仍然没有放弃对蒋介石尽忠的念头。作为前线指挥官，不能根据瞬息万变的态势进行决断，不是一味盲目地听从上级的命令，就是被手下人的意见所左右，最后造成了如今这种左支右绌、顾此失彼的局面，杜聿明自然是哑巴吃黄连，有苦难言。

"能溜的都溜了，所有的压力都在我一个人身上！"杜聿明长叹一声，紧闭双眼，长久不语。

邱清泉不由得面红耳赤，他知道杜聿明这话主要是说给自己听的。但一贯狂妄自大的邱清泉秉性难改，仍然没有警觉到问题的严重性。他大言不惭地对杜聿明说："请主任放心，亡羊补牢，犹未为晚！我们还有几十万人马，只要能集中主力攻破一方，还是大有希望的！"

望着不可一世的邱清泉，杜聿明心中再次升起一团莫名的怒火，似乎无法容忍他多说一句。杜聿明本想打开心底的闸门，让压抑多日的怨气像洪水般奔腾而泄，但他还是强压了下来。平复好自己的情绪，杜聿明接着邱清泉的话说："如果能集中力量攻破一方，大家都能突围出去固然是好事，但是，如果不能达到这一目的，还真不如就照老头子的命令去打，能与黄维兵团会合最好，万一不能会合，委员长也不会见死不救，肯定会调动其他部队前来援救我们的。我也考虑了，最差的结果无非就是为党国尽忠，不成功则成仁，留得一世英名！"

杜聿明慷慨激昂地讲完，自以为能说动其他三人，可是他错了。邱清泉、孙元良和李弥三个人你看看我，我望望你，面无表情，没有一个人附和他的意见。更令杜聿明没有想到的是，会场沉默一会儿后，三人相互之间的话题突然改变了，讨论起怎么组织突围出去的方法来，其中以孙元良最为积极，邱清泉、李弥二人跟着附和。杜聿明一看这架势，知道胳膊拗不过大腿，虽说自己是个主任，但他们三人是兵团的司令，实际手握兵权，统领部队的还是他们三人，不论进攻还是突围都要仰仗他们，与他们三个闹翻，自己必定会被架空。

杜聿明是个明白人，见无人响应，只得就坡下驴，说："大家再看看，如果你们觉得突围能成功，那我就下命令，但是各兵团必须侦察和选择好突围地点，不到万不得已的时候，手中的重兵器、车辆等都不能丢弃。"

邱清泉、李弥和孙元良三人已经铁了心要突围，见杜聿明的态度松动了，都频频点头。实施突围并非杜聿明心之所愿，当他违心表明自己的态度后，脸上无奈和失落的表情怎么也掩饰不住。邱清泉看到了这一点，急忙安慰杜聿明说："主任，您放心，我们一定保护您安全突围！"

听到邱清泉的话，杜聿明苦笑一声，说："我没关系，已经做好了为党国效忠的准备，只要你们齐心协力成功实现突围就可以了。"

此时，指挥部所在的李石林村，后勤已经做好了午饭，还没见杜聿明回来，孔汉文主动请缨，对处长龚方令说："杜主任和几位司令可能正在开会呢，要不我带两个人给送过去吧。"龚方令想了想，觉得这样也好，不管他们吃过没吃过，送过去总没有错。

于是孔汉文装好几个食盒，带着两个人一起到了李弥的司令部所在地。杜聿明几个人来到十三兵团司令部的时候已经十二点多了，李弥以为他们已经吃过了，就没有问他们吃饭的事。几个人说着说着就把吃饭的事情给忘了，幸好孔汉文给送来了，一帮人对着孔汉文就是一通交口称赞，说还是杜主任手下的兵贴心。孔汉文和杜聿明的警卫员很熟，他们一起把食盒摆在桌子上，请几位长官赶快就餐。

孔汉文为长官准备午餐的时候，他的耳朵却是高高地支着，屋子里每个人说的任何一句话都没漏过。虽然他们说得不多且断断续续，但是聪明的孔汉文从这些只言片语中还是捕捉到了不少他需要的重要信息。

会议一直持续到午后三点，大家讨论了半天，最后一致决定分头行动，实施突围，成功后到阜阳一带集合。

会议结束后，邱清泉返回陈官庄，孙元良去了他在高楼的司令部，杜聿明则赶往夏砦。由于是分头突围，相互之间缺乏策应掩护，能否快速冲出对手的包围圈成了成败的关键，所以重型武器就成了突围的累赘。杜聿明一改初衷，咬着牙对参谋长说："传我命令，准备突围，把笨重带不走的物资先破坏掉！"

孔汉文第一时间获悉了杜聿明的命令，暗暗在心里琢磨起来："果然不出所料，他们这是要逃跑啊！"此时的孔汉文在心里盘算着一定要把这消息尽快传给外围的华野部队，让他们早做准备，决不能让杜聿明的人马突出重围。好不容易等到傍晚时分，到了与交通员接头的时刻，孔汉文独自一人来到李石林村南头的水井旁，将这份十万火急的情报顺利转交了出去。传递出情报后，孔汉文心里明白，自己的任务只完成了一半，还有一半等待他去执行。这项任务就是想方设法阻止士兵破坏重型武器。"如果这些东西能落到解放军手中，必定在后面的交锋中发挥重要作用。"在回去的路上，孔汉文心里反复琢磨着这件事。

孔汉文先找到处长龚方令，装着不经意的样子说："处座，您说这还没有突围，就先把重武器和一些较重的物资都破坏了。万一突围不成，真要再打起来，没有重武器怎么办呢？"

处长说："上峰这样做肯定有他们的道理。再说了，破坏就破坏吧，咱们也不是作战部队，瞎操那么多闲心干吗？！"

孔汉文说："处座，不是我瞎操心，咱们是搞后勤供应的，您也知道做后勤保障的苦衷，这可都是些宝贝，是我们的命根子啊！现在毁坏这些物资容易，再想弄到这些物资却比登天还难啊！"

龚方令是搞后勤供应出身的老手,自然知道难处。听罢孔汉文的话,似有同感地叹了一口气:"你小子说得没错,毁了这些重武器确实是可惜,但现在缺粮少弹的,留着这些重武器,没有炮弹也派不上用场啊!"

"一定要千方百计留下这批重型武器!"机智的孔汉文快速转动脑筋,思考着对策,"缺粮少弹的,蒋委员长可以派飞机空投啊,但大炮、汽车毁了,一点法子可就都没了!不行,我要出去看看,尽量让他们不要破坏掉,看着这么好的东西被白白毁掉,我心疼!"说完扭头就走。

望着孔汉文远去的身影,龚方令无奈地摇了摇头,对旁边的几个士兵说:"你们看看,搞物资的就是这个熊样子,咸吃萝卜淡操心,吃力不讨好的命!"说完这句话,龚方令又朝走远的孔汉文使劲喊了一嗓:"汉文,悠着点啊,人家不听就别说了,违抗命令可不是闹着玩的!"

孔汉文首先来到指挥部护卫团,一眼就看到一群士兵正将一些笨重物资推进一个深沟里,准备先砸坏关键部件然后放火烧毁。孔汉文日常积累的良好的人际关系这时候派上了用场,他悄悄找到护卫团长,劝说不要破坏这些重武器。护卫团长耸了耸肩,无可奈何地说:"汉文老弟,我们也舍不得呀,但上面都下命令了,总得执行吧!"孙汉文说:"老兄,这是我们的家底子啊,好东西毁掉容易,要想恢复原样可就难了!你可以装装样子,破坏一点,不要破坏得那么彻底,然后用土把深沟填上,谁能看得出来呢?!万一突围不出去,还可以挖出来再用,到那个时候,你可就是功臣了!"

护卫团长认为孔汉文的话有道理,听从了他的建议,砸毁了一批无关轻重的东西,就让士兵用土把深沟填平了……

在李弥的指挥部里,电话刚刚架通,杜聿明的电话就打过来了。杜聿明开口第一句话就是:"炳仁兄,你部侦察的情况怎么样?"

李弥慌慌张张地回答:"杜主任,我正准备给您报告呢,您的电话就来了。大事不好,共军好像发觉了我们的行动似的,他们在东北这一块频繁调动,原来的几个缺口都给补上了,看来突围难度很大!"向杜聿明报告情况之后,李弥反问道,"二兵团和十六兵团那边的情况怎么样?"

杜聿明回话:"他们那边的电话还没有接通,等接通问清楚了再告诉你。"放下电话,杜聿明再次催促电话班联系一直杳无音信的邱清泉和孙元良,可电话就是接不通。

正当杜聿明守在电话机旁如坐针毡之时,邱清泉突然跑来了。没等气喘吁吁的邱清泉平静下来,杜聿明开口便问:"你们那边情况怎么样?"

满头大汗的邱清泉回答:"情况,情况不妙!不知什么原因,南面、西面的共军突然补充了力量并加强了防备,现在看来,要想突围非常困难!"

杜聿明的心一下凉了半截，说："我和李弥联系上了，他们东北方向共军的兵力也很多，估计突围出去难度很大。孙副主任那边电话接不通，不知道什么情况。"

杜聿明心想，这共军真是神了，几个人刚刚研究的突围计划，还没来得及实施就被扼杀在摇篮里了，这个仗真是没法打了。反复无常的邱清泉这时又打起了退堂鼓，慌张地对杜聿明说："我又仔细考虑了孙司令的主意，觉得不妥，面对这样重重包围的共军，要想突围出去简直就是自取灭亡，不如就地坚守，等委员长调兵来给我们解围。"

气得浑身发抖的杜聿明双眼直直盯着出尔反尔的邱清泉，眼神中充满了怒火。自知理亏的邱清泉不敢与杜聿明对视，垂下了头。

事情到了如此地步，杜聿明知道，抱怨和发火已经毫无作用了，既然突不出去，那就守吧。稳定住自己的情绪，杜聿明长叹一声："哎！战场局势瞬息万变，现在也只能赶快与李弥和孙元良联系再研究一下，更改命令还来得及。"

杜聿明和邱清泉统一认识后，赶快给另两个人打电话。李弥接到电话后，也同意只坚守不突围。但给孙元良的电话，无论如何就是打不通。事态紧急，杜聿明、邱清泉和李弥三人商定，无论遇到什么情况，二兵团和十三兵团不突围，至于十六兵团，就随他们去吧。

这时候的孔汉文还在队伍里口干舌燥地劝说不要破坏重武器，当暂不突围、就地坚守的命令重新下达的时候，他一下子神气起来，说："看吧，我说的对不对，这才多长时间啊，上峰又改变决定了，所以，咱们大家都悠着点，不能听风就是雨。命令传下来慢点执行没有错，咱们这里朝令夕改又不是一次两次了。如果这次你们不听我劝，急着把重武器都破坏了，接下来到哪里再去找这么好的武器？没有了这些武器，我们靠什么固守啊?!"

孔汉文回到后勤处，龚方令这次也表扬了他："你小子行，料事如神，算是做了一件大好事。"

坦然一笑之后，孔汉文谦虚地说："哪里哪里，还是处长教导得好。您以前不是一直告诉我们战备物资来之不易，要格外珍惜吗？我正是按照您的指示去做的。"

天算不如人算。孔汉文表面上装作欢喜，心里却是忧心忡忡。他原来认为杜聿明几个人要率领部队突围，他才费尽心思地左右周旋，想尽量多保护些大型辎重不被毁坏而留给解放军部队。但他没有想到的是，杜聿明变化太快，又突然决定不突围了，自己弄巧成拙了。"不突围的话，这些重型武器再次回到了国民党部队手里，必将给围攻的华野战士们造成大量伤亡，必须设法阻止！"孔汉文在心里反复思考着对策……

不久，从孙元良兵团所在的高楼方向传来了激烈的枪炮声，杜聿明知道，一直联系不上的孙元良定是在指挥部队实施突围。作为总指挥，杜聿明想的要比其他人周到得多，他问邱清泉："孙元良十六兵团突围后，留下的缺口怎么办？"

邱清泉略加思考，回答说："我们二兵团有预备队，可以把他们调过来补防。"于是杜聿明和邱清泉两人商定，立即把预备队调过来堵上这个窟窿。当杜聿明准备离开时，邱清泉又突然说了一句话："如果孙元良部队能打开一条缺口，我们也可以跟着冲出去。"杜聿明听后，心里咯噔了一下。他知道，邱清泉心里已经不再关心战场全局了，只要有渔翁得利之机，他一定会随时改变作战计划溜之大吉的。

隆隆的枪炮声一直持续到晚上八点，到九点钟的时候，杜聿明从二兵团五军那里得到报告："孙兵团从西北方向突围的仅有少数部队，大部队从西南方面五军防区正面向外突围，但遭到了共军华野八纵、九纵等部队的猛烈阻击，激战半日，已损失殆尽。"

第二天，十六兵团的一位副参谋长徐来富不知从哪里冒了出来，神色狼狈地逃到了杜聿明这里。杜聿明这才有机会把他们兵团突围的情况问个清楚。

徐来富哭丧着脸说："突围时间是定在昨天黄昏五六点钟，在这之前，孙副主任为了防止你们变卦，三点多开完会一回来就下令把电话线扯断了，不让任何人与外界联系。突围的时候让大部队从西南方向五军防区正面冲击，希望能从那里打开突破口。但是共军火力很猛，我和孙副主任几个人乘吉普车刚到那里，就遭到共军枪炮的猛烈攻击，大家一起跳下了车，然后就各自分开了，再也没有见到他。"

喘过几口粗气，徐来富又说："我过来的时候看到在五军的后方还有不少官兵，像无头苍蝇似的乱窜，请示该怎么办？"

听完徐来富的报告，杜聿明气不打一处来，高声斥责道："你还有脸请示该怎么办！你们兵团的兵，你们自己不管让谁来管？我命令你立刻回去，牵头组织和收容一下，能收多少算多少，马上给我重新组建一支队伍来！"

徐来富挨了一顿臭骂，硬着头皮回去收容了一万多残兵，临时编成了一个师，归七十二军指挥。

原来早在头天晚上，孙元良、徐来富等人乘车到了五军的前沿阵地，严阵以待的解放军一看阵地上出现了一辆吉普车，判断出一定来头不小，组织火力就是一阵猛打，把吉普车打瘫痪了，车子上的人连滚带爬地逃了出来。其中一个外穿军大衣、内穿军官服的人正是孙元良。

孙元良看到解放军早有准备且火力很猛，意识到硬打硬冲肯定是出不去了，便带着几个随从向后方逃去。不知跑了多远，来到一个较为隐蔽的地方。孙元良对一个身高和自己差不多的士兵说："把你外面的衣服脱下来！"士兵搞不清楚状况，只得服从命令脱掉了棉衣棉裤。孙元良脱掉了自己的衣服并递给了那个士兵,命令道:"穿上!"孙元良和士兵迅速交换了服装。

孙元良穿上士兵服后,又把帽徽和衣服上的标牌都扯了。他又让人找了绷带过来,把头裹上假装受伤,然后叮嘱身边的几个人:"从现在开始,谁也不准称呼我孙司令,要喊就喊我连长。碰到有人问,能不说就不说,非要说的话,就说我是连长。"之后指着和他换过衣服的士兵说:"你,也不要跟着我们了,那边还有部队,你去找他们吧。"说完,孙元良领着几个人向西北防区跑去。

虽然突围之前没有经过仔细侦察,但孙元良知道十六兵团所属的四十七军一二五师在这边防守。现在西南方向打得激烈,部队都被吸引过去了,这边的枪声反而不如那边猛,他们一行人就朝着枪声稀落的地方跑。逃跑途中,孙元良还对同行的几个人传授经验:"我们尽量往人少的地方跑,如果碰不到共军,我们就往外跑。如果碰到了,我们就把枪口掉转和他们一致,制造正在打仗防守的假象。"

久经沙场的孙元良"逃跑"经验的确丰富,这一招果真救了他。经过几个小时的激战,一二五师败下阵来,其残部向河南夏邑方向逃窜,遭到冀鲁豫军区部队的追击,师长、副师长等不少人被俘虏。化装后的孙元良随着少量散兵在安徽亳县附近侥幸突围,冒充农夫逃到河南信阳,经过流离转徙,最后回到南京,算是捡了条活命。

孙元良的这次孤军突围,致使十六兵团主力一万多人在混乱中被解放军歼灭,群龙无首的残部突围不成,乱作一团,只得狼狈逃回包围圈。

这里补说几句黄埔一期生孙元良。

在漫长的行伍生涯中,孙元良曾多次被人讥讽为"飞将军"。除了这次淮海战场上的化装逃跑外,还有一次较为出名的逃跑是在抗战时期。当时日本侵略军攻破首都南京时,任南京守军七十二军军长兼八十八师师长的孙元良竟然丢下自己的部队,独自逃跑,躲入南京的外国使馆中避难。一时间舆论大哗,群情激愤,众人皆曰可杀。此次战败,虽然蒋介石又一次宽宥了这位心腹,然其行为实为天下人所讥笑和不齿。

1949年底,背着战败丧师之责的孙元良去了台湾,从此极少露面,直到最后选择了退役从商。晚年的孙元良对自己经历的风风雨雨缄口不语,其子孙祥钟,即台湾影视明星秦汉,曾回忆说:"即便是对自己的儿女,他也很少说起过去参与的战事。"

37

11月29日晚,李婉丽护送二十多箱徐州"剿总"绝密档案乘飞机抵达蚌埠。　　311

第二天上午，意气风发的李婉丽精心打扮了一番，匆匆赶到蚌埠"剿总"司令部向刘峙报告。刘峙得知所有档案全部打包一件不落地运来了，非常高兴，直夸李婉丽是位干练、果断、能办事的巾帼女将，晚上还请她一起用了餐。

由于当天蚌埠"剿总"内所有的人都在忙着联络徐州撤退之事。按照刘峙的命令，运过来的绝密档案并没有开箱归类放置在档案架上，而是找个临时库房暂存了起来。

此时的蚌埠与风雨飘摇中的徐州相比，要安全和平静许多。远离了战场，部队由副司令杜聿明指挥着，刘峙这个时候比"剿总"里的任何一个人都要清闲。神闲气定的刘峙给自己找了一个打发时间的活儿——练字！

刘峙从小家世坎坷，备受欺凌，这些经历一方面养成了他忍辱负重的性格，另一方面也激发起他发奋读书以图光宗耀祖的心志。所以，他书读得多，毛笔字练得也不错，在国民党众多将领中，尚属笔下有功夫之人。位居要职之后，刘峙又爱上了收藏，从四面八方得到了不少名人大家的字画，稍得余暇就取出一幅临摹一番。字练得有模有样之后，刘峙为此沾沾自喜，一有机会就要逞工炫巧。那些想要巴结刘峙的部下，往往先向他求字，然后以润笔的名义向他进贡献媚，刘峙对此心知肚明，也就一一笑纳。

这天，刘峙练字正在兴头上，电话骤响，他很不耐烦地瞅了一眼，示意李婉丽去接。李婉丽刚抓起听筒，对方声音就传了过来："经扶啊，你那边情况如何？"李婉丽一听是蒋介石的声音，惊得立马吐了吐舌头，直接把话筒递给刘峙，示意是委员长的电话。刘峙吓了一跳，立即把毛笔直接往纸上一撂，伸手抢过了话筒。刘峙万万没料到，他的这次慌张，白白损坏了一幅明朝书法大家的墨宝。

"你在干什么呢？"蒋介石见半天没人回话，责怪起来。

"我，我刚喝水呛着了。咳！咳！咳！"对付此类问题，狡猾的刘峙轻车熟路。

"徐州那边情况怎么样？我这里联系不上杜聿明。"蒋介石的嗓门有点嘶哑。

"看来不好，我也一直在想尽办法联系他，但到现在也没有联系上。"刘峙回答得干净利落。

"你作为总司令，与自己的副司令和数十万人马都联系不上，你这个司令是怎么当的？！"蒋介石训斥道。

"我，我……"

"经扶，你一定要及时了解全局动态，要继续联系他，有消息要在第一时间告诉我……"蒋介石的语气虽如平日一样低缓，但已难掩心中的急躁，诚惶诚恐的刘峙硬是把辩白之词咽了回去。

电话挂断后，刘峙仍然毕恭毕敬，笔直地站立着，但宽大明亮的脑门上已经明显沁出了一层细密的汗珠。

刘峙和蒋介石对话的时候，李婉丽早躲到门外面去了。李婉丽是个深谙世事的精明女人，她明白一件事理——上峰遇到更大的上峰时，绝不愿意让部下看到自己的窘态。

蒋介石亲自致电督促，刘峙再没有心思练字，每隔半小时就到电讯室询问一番："联系上没有？联系上没有？"但每次得到的都是令他失望的回答。

就这样到了12月2号傍晚，终于等来了杜聿明的回电。

"刘总司令钧鉴：部队由徐州撤出，人杂车多，乱象丛生，除部队人员外，尚有许多市民及学生裹挟一同出城，路上拥挤不堪，甚至频现踩踏事件。途中部队较难保持整体建制秩序，先头与李、孙部均失去了联系，弟午前到达孟集附近方得邱、李两兵团报告，共军已派重兵堵截围追……计划今晚在孟集、李石林、袁圩、洪河集附近休息整顿，明天继续向永城方向前进。"

刘峙如获至宝，指示电讯室赶快向南京转发，以表明自己作为总司令已经尽心尽力。但刘峙没有想到的是，在杜聿明心中，他刘峙只是个名义上的总司令，给他发电之前早已在第一时间向蒋介石报告过了。

当天晚上，国防部作战厅突然来电，要刘峙提供一份重要的机密文件。这时的刘峙才想起从徐州打包运过来的二十多箱档案还在库房里堆着没有开封呢，于是吩咐李婉丽立即带人去找。二十多个装档案的箱子整整齐齐地在仓库中码放着，上边的封条完好无损。

等二十多个箱子被抬到档案室打开后，李婉丽和所有在场的人都傻了眼，其中八九个密级最高的箱子中装的根本不是文件和档案，而全部是捆扎好的破旧报纸。得到消息，穿着睡衣的刘峙急匆匆赶来了，抓起这些旧报纸发疯似的嚎叫："文件呢？我的文件呢？！"

站在旁边的李婉丽早就吓得六神无主，等反应过来后一下瘫坐在了地上，"哇"的一声大哭起来。一旁的其他人个个被吓得大气都不敢出，双腿颤抖不停。气急败坏的刘峙依然在发狂，他抓起报纸一把一把地向天上抛撒，边抛边用脚踹纸箱子，嘴里哀嚎着："完了，这下全完了！"

两眼猩红的刘峙在众下属面前完全失态了，已全然不顾自己堂堂"剿总"总司令的身份。

刘峙发泄完，已经累得满头大汗，他用布满血丝的双眼恶狠狠地盯着仍然在歇斯底里哭泣的李婉丽，咬着牙一字一顿地说："给—我—抓—起—来！"此时的刘峙一改以往对李婉丽时和颜悦色的态度，恨不得当场枪毙这个给自己带来大祸的可恶女人。

"刘总司令，不，刘叔，我，我是冤枉的啊，婉丽根本不知道这是怎么一回事啊！"满脸是泪的李婉丽挣脱开两个士兵，拼命地哭喊着。

"关起来，马上审！"刘峙根本听不进李婉丽的哭喊解释，扭头走了出去。

为给自己留下转圜的余地，档案出了如此大的问题，刘峙没有如实向上报告，而是亲自给国防部打去了一个搪塞的电话："档案正在从徐州向蚌埠运送的路途中！"

"剿总"情报处长顾一炅跟随杜聿明转移，此时并不在蚌埠，审讯由外号叫"阚麻子"的副处长阚宝林执行。

"说吧，在我还没动手之前，把该说的想说的都吐出来，你李婉丽是怎样瞒天过海干成这件事的！"阚麻子从腰里解下皮带，狠狠地砸在了桌子上。

此时的李婉丽快速地回忆起来，她知道这个时候自己如果忽略任何一个细节或者说错一句话，到不了天亮，她的人头就会落地。

低头沉思一会儿后，李婉丽平复了情绪开始说话。

"阚副处长，有三个理由证明不是我李婉丽做的。一是刘总司令对婉丽十分器重，提拔任用，恩如泰山，在情义上，我无论如何也不会做出如此不仁不义的事来；二是从刘总司令28日晚交给我和佟处长二人负责整理并运送档案的任务后，直到29日夜里护送二十几个箱子去机场，我从没有离开'剿总'办公厅一步，婉丽纵有天大的本事，又怎能把八九个箱子都给神不知鬼不觉地调了包？三是我李婉丽虽是女流之辈，算不上聪明，但就是再笨也知道档案的事情迟早会露馅的，一旦露馅就是脑袋搬家的事。如果我是共谍卧底，完成如此重大任务后，一定是要想方设法逃离徐州，又怎么可能再跟来蚌埠呢?！"

李婉丽的一席话把阚麻子说得愣住了。

"这些理由都是你事先想好的吧，我告诉你，先不要着急把自己撇得干干净净，我要先听听事情经过！"阚麻子冷笑一声后说道。

"上个月28日晚上，刘总司令让我和军务处佟处长一道把档案整理好装箱运过来，在档案整理阶段，参与的人除了我们俩，还有佟处长的手下小钱，我们三人指挥一帮士兵将档案分类装进了二十多个箱子，并在每个箱子上贴上了标签。29日上午，档案全部整理完，我正要与佟处长商量运输档案的事，他突然说家里有急事就匆匆离开了，后来就再也没有见到他。"李婉丽尽力地回忆着每一个细节。

"佟处长后来到哪里去了？"阚麻子问。

"当时'剿总'内因紧急撤退乱了套，我根本没有办法打听他去了哪里，况且大家都知道佟处长有个神通广大的老婆，谁都不敢多问。"

"佟处长的事等会再说，说说29日下午以后的事！"

"29日下午，佟处长走后，我只得自己到后勤处找处长龚方令，请他安排人将装档案的箱子用汽车运到机场，忙得不可开交的龚方令将活儿转手交给了他的一个手下。"

"他手下叫什么名字?"阚麻子不想错过任何一个细节。

"采购办主任孔汉文。"李婉丽回答。

"继续说!"

"晚饭后,孔主任来找我,说车辆备好了,他要先看看有多少箱档案,好知道怎么个装法。因当天夜里十二点要飞往蚌埠,我在办公室里收拾自己的东西忙不开,就请小钱陪着孔主任去档案室走了一圈。后来听孔主任说,小钱陪他看完之后,说要去与徐州一个亲戚道个别后就离开了'剿总'大院,以后再也没有回来。晚上大概九点左右,孔主任找了一帮人将二十多个箱子搬到了汽车上,在出发去机场之前,我拿着手电筒上了运送档案的卡车,不但核对了箱子的数量,还检查了标签,准确无误后,我们才出发去机场的。"李婉丽尽量回忆,边想边说,每句话每个字说得都特别慢。

"后来怎么去机场的?"阚麻子追问。

"我坐的吉普车走在前面,孔主任的车跟在后面,从'剿总'大院出发后一路未停直接到了机场。到机场后,我是亲眼看着二十多个箱子被搬上飞机的……"

李婉丽极尽所能地把整个过程说得清清楚楚,毫发无遗。阚麻子中间不时打断插话,对每一个可疑点都刨根问底。就这样,双方你来我往,两个钟头过去了,到底是谁将档案调的包,阚麻子仍没有寻觅出一点线索。按照李婉丽的说法,这些档案的打包搬运过程没有一丝一毫纰漏,是无论如何也不可能被调包的。

"李婉丽,绕了半天,意思就是这事和你没有一点关系,难不成这些档案自己长腿跑了?!"打着哈欠的阚麻子不耐烦了,咕咚咕咚喝了几口水。

"这事为啥变成现在这个样子,我李婉丽没有孙悟空那样的火眼金睛,我真的不知道。"李婉丽哭丧着脸回答。

"既然与你无关,那你说说,谁干的可能性最大?"阚麻子从座位上站了起来,走到李婉丽面前,眼露凶光。

"要说谁干的可能性最大,我认为,我认为是小钱。"李婉丽说。

"什么?军务处秘书小钱,就那个胆小鬼?"阚麻子一脸错愕。

"从28日晚上开始,我们一直干到29日凌晨一点,小钱劝我和佟处长回去休息一下,说现场由他盯着就可以了,我们两人都没有回去。到凌晨三点的时候,我和佟处长都困得熬不住了,小钱再一次劝说,我们这才回到各自办公室趴在办公桌上打了会盹,两个小时后,又回到了档案室。这时候的档案室,所有的箱子都装好了,那群士兵也都回去了,只有小钱一个人在往箱子上贴标签。我原来一直以为这个小钱是体贴上级才劝我和佟处长回去休息一会的,现在看来,很可能在我们回去休息的两个小时内,他瞅得机会,动手将八九箱最重要的档案调了包。"

"有可能是有可能，但小钱他一个人就能做成这么大的事？我看不像，你别为了洗清自己，就把屎盆子往别人头上乱扣。"阚麻子对李婉丽所说半信半疑。

"刚才我也考虑过这个问题，也有点不太相信是他一个人干的，更不用说他平常还是个胆小怕事的人。要说他有同伙的话，我认为一个人最有可能。"李婉丽说。

"谁？"阚麻子急切地问。

"佟处长。"

"为什么？"

"我认为有两个原因，一是小钱是佟处长的部下，两个人平常关系很好；二是将档案装完箱后，佟处长是上午走的，小钱下午也不见了，两个人一前一后接连不辞而别，不会那么偶然吧？这里面一定大有文章！"李婉丽分析得头头是道。

"就没有别的可能？比如后来和小钱一起去档案室看箱子的孔汉文！"阚麻子虽然五大三粗，但心细如针。

"我也考虑过这种可能，但可能性很小。试想，如果孔汉文和小钱是一伙的，把如此重要的档案调包处理后，小钱跑了，他肯定也会溜之大吉。但孔汉文现在没跑，而且随杜主任的'前进指挥部'撤离了，说明他根本没有参与此事……"李婉丽对阚麻子提出的另外一种可能性做了详尽的分析。

"阚副处长，您别忘了，档案运到蚌埠之后我就转交了，这个过程中有没有人看管我不知道，被人调包也是很有可能的。"李婉丽补充道。

"行了，别扯这么远了……"

审讯至清晨的时候，阚麻子将结果报告给了刘峙，说李婉丽不可能参与此事，最有可能的两个人是军务处秘书小钱以及他的顶头上司佟处长。阚麻子说完，刘峙勃然大怒，拍桌而起："让你审了一个晚上，就这结果？我看这事必是李婉丽所为，她自始至终一直指挥档案整理和运输的事情，其他几个人都是中间参与一段，根本没有时间策划和实施将那么多箱档案调换。如此密不透风的精心设计，不会是其他人，一定是对'剿总'内部情况十分熟悉的李婉丽干的！在我身边的时候我就一直怀疑她，你今天无论如何一定要给我撬开她的嘴……"

听完刘峙的话，阚麻子心里明白，总司令摆明是想让李婉丽当替死鬼了。

阚麻子开始对李婉丽进行严刑拷打。

在两个士兵的押解下，李婉丽被带进了漆黑的电刑房。李婉丽的双手、双脚和头部被牢牢固定住之后，阚麻子推上了电闸。在撕心裂肺的惨叫中，李婉丽的身体像麻花一样扭曲并颤抖起来。持续了几秒钟，断电，再通电，再断电，再通电……

"刘总司令已经说了，档案就是被你调的包。快说，你到底是怎样偷走文件的?!"阚麻子掐住李婉丽的下巴,托起她下垂的头。

经过多次电击,七窍出血的李婉丽一点气力也没有了,用了好大一会工夫才睁开眼睛,断断续续地说:"求,求你们,放过我吧,真的不是我干的。"

"你是真的不知道还是不想说?"刘峙的一名心腹副官突然到了,阚麻子和几个士兵全部为他让开了道。

"我真的不知道。"

"李婉丽啊李婉丽,你这细皮嫩肉的,我们这样对你也是万不得已啊!你可知道,你这次可害苦刘总司令了。他对你一向不薄吧,你怎么能做出这种事情呢?你让总司令怎么向国防部和委员长交代?我劝你还是承认了吧。"副官开始打感情牌。

"不是我,真的不是我。我是冤枉的。能有机会接触到档案的人很多,况且我一直把刘总司令当叔叔看,怎么会害他呢?!"

听着李婉丽声泪俱下的哀求,副官脸上没有流露出一丝怜悯。"最重要的机密档案悉数丢失,如果抓不到罪犯,该如何向南京交代?谁又能替刘总司令顶下这颗轰天雷!"副官在动身来审讯李婉丽之前,刘峙给他有过反复交代,一定要把李婉丽审出个结果,然后让她签字画押。其实,刘峙并没有将自己心中所想全部告诉副官。刘峙之所以要对李婉丽痛下狠手,更为重要的原因是李婉丽知道自己的事情太多了,包括他与海州唐老板做生意的事。刘峙的盘算是,一旦逼得李婉丽承认,他就可以借档案丢失之事追责,在战争特殊时期动用紧急条款,快刀斩乱麻,"合法"地处理掉这个女人。那样的话,他刘峙就可以高枕无忧了。狡猾的刘峙早就有这个"杀人灭口"的想法,只不过这次给了他一个绝佳的机会和冠冕堂皇的借口。

"李主任,还是说吧,谁指使你这么干的?你的上线是谁?是共军里面的人还是我们南京政府里面的人?"副官恶狠狠地问道。

"没,没有任何人指使我,我是冤枉的,'剿总'大院里一定潜伏着他们的人,趁我不注意调了包。"

"好,算你嘴硬,继续用刑!"副官嚎叫一声。

李婉丽被从电椅上拉了下来,然后被绑到老虎凳上。

阚麻子走到李婉丽面前,皮笑肉不笑地说:"李主任,我劝你还是说了吧,这老虎凳之苦,大老爷们也扛不住啊!"

"我,我真的不知道,我不能胡乱说呀,不然的话命就没了!"

"好,让你嘴硬,看来你是不见棺材不掉泪啊!"阚麻子的话音一落,两块砖已经垫在李婉丽的小腿下面,疼得李婉丽的额头上滚下了豆大的汗珠。

"说不说!"阚麻子喊道。

"不是我干的！"李婉丽用尽全身的力气嘶叫。

第三块砖被塞到了她的小腿下面。

几声惨叫之后，李婉丽昏死了过去。

"真不顶折腾，我还以为多能扛呢，快，用水浇！"站在一旁的副官冷冷地命令道。

几瓢凉水之后，李婉丽慢慢睁开了双眼。

"说！"

"我，我，不知道。"

"让你不知道！继续上砖！"阚麻子狠狠甩了李婉丽两个耳光，双手抱住她的头朝后面的木桩上猛砸了几下。

酷刑一个接着一个，李婉丽一次次昏死过去……

12月2日晚，正在刘峙因大量绝密档案不翼而飞如坐针毡之时，同在蚌埠的另外一个人的焦虑恐慌比起他恐怕有过之而无不及。这个人就是前一天刚从徐州撤到蚌埠立足未稳的陈楚文。这天晚上八点，陈楚文从徐州一个线人处突然得到消息，说当天上午看到了中共进驻徐州部队的"内情通报"，他的手下干将马树奎系中共卧底"黄蜂"，11月30日夜，马不但自己浮出水面，还设计救走了关押在徐州"青年招待所"里的一批中共地下党骨干和谍报人员，其中包括中共徐州工委书记、代号"无名氏"和"林木"的"剿总"军务处佟处长和钱秘书等人。接完线人的电话，陈楚文脑子一懵，手中的听筒"咣当"一声落在了桌面上。

陈楚文怎么也没有料到，徐州站里平常表现得比任何人都忠心耿耿的马树奎竟然是中共卧底。他曾经三番五次设计考验过他，甚至以烧毁马家大院相威胁，还是没能看出丝毫破绽，真是太匪夷所思了。"杨云枫啊杨云枫，你们共产党人到底从哪里学来的瞒天过海之法，把我这个在道上摸爬滚打几十年的人耍得像猴子一样团团转？！"抱头坐在椅子上的陈楚文如丧考妣，欲哭无泪。

此时的陈楚文满脑子装的都是各种可怕的后果。

按照毛局长的指示，他陈楚文在撤退前不但捕获了中共在徐州的地下党骨干，而且还密捕了"剿总"内部的中共卧底"无名氏"佟处长和"林木"秘书小钱。对于抓到的多名中共徐州地下党骨干和卧底，处理掉他们陈楚文绝不会心慈手软，但问题是如何做到掩人耳目，人神不觉？他采用了"干将"马树奎建议的不留任何蛛丝马迹的爆炸手段，"轰隆"一声巨响，既为党国铲除了祸害，也不会节外生枝，引火烧身。可人算不如天算，现在，两拨人不但一拨都没有杀成，反而赔了夫人又折兵，连自己最信任的"干将"竟然也是共党的卧底，而且是自己一直苦苦寻觅却始终不见庐山真面目的"黄蜂"。

陈楚文明白，这一切都是自己的老对手杨云枫的精心布局。

杨云枫的这一招一石二鸟，让他陈楚文陷入了两难困境。共产党那里自不必说，利用此事大做文章，不但将他搞得恶名远扬，还一定会采取各种报复手段，置他陈楚文于死地。而在国民党内部，一旦消息泄露出去，根据过去的经验，肯定会有一些对保密局心存芥蒂的人站出来，指责徐州站目无法纪，先斩后奏，胡作非为。要在平时，老头子为平息风波，自然会对毛人凤一通臭骂，毛人凤一番"诚心诚意"认错并保证永不再犯后，也就大事化小，最后不了了之……陈楚文心里清楚，现在肯定不一样了，当前是党国与中共决战的当口，委员长对手握军权的部队会高看一眼，一向对保密局百般嫌恶的徐州"剿总"抓到把柄后，必将恼羞成怒，不但不会承认佟、钱是中共卧底，反而会反咬一口，以此指责保密局不经批准随意插手部队内务，无端抓人并屈打成招，搞得前线将士人心惶惶，无心与共军作战。特别是总司令刘峙，更是会借此机会报一箭之仇，估计不把徐州站整趴下是不会罢休的。

陈楚文想了整整一个通宵，直到12月3日清晨仍然没有找到对付这个突发事件的良方。正当他万分苦恼之际，办公室内的电话响了，是阚麻子打来的。阚麻子是个吃里爬外的家伙，人在徐州"剿总"任职，但早就被陈楚文买通，成了保密局在"剿总"的卧底。阚麻子告诉陈楚文，刘峙出大娄子了，八九箱绝密档案不翼而飞，恐怕现在已经送到共产党中野和华野刘伯承、邓小平、陈毅和粟裕的案头了！

阚麻子的电话像是给迷茫无措的陈楚文注射了一针兴奋剂。

"天助我也！天助我也！天助我也！"刚才还愁眉苦脸的陈楚文大喜过望，在心中将四个字重复念叨了三遍。接完电话不用费时深想，精明的陈楚文片刻之后就有了对策，他要充分利用这次机会，火上浇油，把蚌埠徐州"剿总"搞乱，让贪财且愚笨的刘峙自顾不暇，根本没有精力再反过来找他陈楚文的茬子。这只是他陈楚文的自保之策，但如果他反手掐住刘峙的"七寸"，说不定刘峙不但不会为难他，还会屈身主动与他联合"共度时艰"呢。

稍加思索，陈楚文拨通了阚麻子的电话。

"李婉丽交代没有？"陈楚文急切地问阚麻子。

"这个女人被整得都不成样子了，可就是不承认，一口咬定自己是冤枉的。"阚麻子回答。

"她说谁最有可能没有？"陈楚文问。

"她说参与这件事的人除了她自己还有四个人，军需处长龚方令、采购办主任孔汉文，还有军务处佟处长和秘书小钱。四人当中，她认为佟和钱最有可能，因为档案装箱后，没等最后运往机场，这两个人就不见了，应该是怕暴露被抓吧，而后面两人一直跟着杜主任,现正在赶往濉溪口解救十二兵团的路上……"阚麻子把审讯的情况和自己的判断一五一十地告知了陈楚文。

手握听筒,陈楚文心想,姓佟的和姓钱的,我没猜错,果真是你俩。沉默了好大一阵儿,他才开口说话。

"刘总司令对此事怎么看?他是不是希望把事情往李婉丽头上栽,尽快审出个结果?"

"是!是!陈处长,您是听谁说的?"阚麻子一脸惊愕。

"我没有听任何人说,而是猜他刘峙一定会这么干。现在,刘总司令对李婉丽说的其他四个人肯定不会感兴趣,不管这事到底是不是李婉丽做的,他都会逼她承认自己是主谋……"陈楚文语气坚定地说道。

在与阚麻子对话的过程当中,陈楚文已经有了下一步的打算。他决定尽快赶到"剿总"去,向刘峙通报自己昨天夜里得到的内线报告,让刘峙明白现在他们两个是一条绳子上的蚂蚱,之所以闹到现在这个局面,是因为两人身边都有共党的卧底,现在的当务之急是两人要精诚团结,共同对付南京的审查。

至于如何应对,狡诈的陈楚文心里也早已有了主意。在他看来,这两起失踪案虽非李婉丽所为,但均能直接或间接地与她扯上关系。所以,倘若双方联合审讯李婉丽,并从她身上打开缺口,逼其承认她本人就是两起失踪案的主谋,然后双方口径一致向南京禀报,这样,牺牲一个李婉丽,就可以保全两帮人,正可谓丢车保帅、一举两得。

陈楚文动身去"剿总"之前,给南京毛人凤打电话请求批准自己的计划。

听闻一批捕获到手的共党骨干和几名重要卧底溜之大吉,毛人凤在电话里把陈楚文骂了个狗血喷头。但事已至此,毛人凤也知道一切都晚了,再重的责骂也都无济于事,现在应当做的是尽力挽回保密局的面子。思考一番之后,毛人凤除了同意陈楚文的建议,还提出了两点要求。

"第一,刘峙是个混迹江湖多年的老狐狸,一定要盯紧李婉丽,不能让刘峙手下寻机将其除掉,那样的话,他高枕无忧了,而保密局徐州站就被动了;第二,不能简简单单武断地排除李婉丽共谍的可能性,如果她受中共指派,明知飞往蚌埠被发现后性命难保,但仍孤注一掷,不惜冒死继续潜伏打探情报呢?!如果真能挖出她和佟、钱还有马三人有关联,也算是将功补过为党国拔去了一颗定时炸弹……"

国共双方在双堆集短兵相接,激战正酣。

随着战事推移，双堆集的空投补给有减无增，争抢也愈演愈烈。面对这种僧多粥少的局面，黄维和胡琏也束手无策。自从胡琏来到双堆集，与黄维商议的一直就是如何持续固守下去，等待蒋介石派兵救援。但形势一天天恶化，必须天天向国防部催运补给，情急之下黄维对胡琏说："早知这样，你还不如不回来，留在南京专门负责联络和催运空投补给，说不定起的作用更大。"

半是玩笑半是抱怨的一句话，倒是让两人都觉得如此颇好，最后达成了一致意见：由胡琏亲赴南京，坐镇督促救援工作。看到战场形势每况愈下，黄维颓废悲哀之情油然而生，他在胡琏临行前沮丧地说道："你就在南京吧，不要再回来了，一来督促空投补给的事，二来万一我们兵团撑不过去了，你在南京得以保全，还可以为十二兵团善后。今后若能重整旗鼓，还能够把我们十二兵团传承下去。"

12月7日，心急如焚的胡琏飞抵南京。见到蒋介石，胡琏当即把双堆集的紧急情况如实禀报，恳求实施救援，并建议若援兵无望，就要尽快安排突围，否则拖下去的话将全军覆没。蒋介石刚开始还说："我调集的援兵已经到达浦口了，马上开赴蚌埠后加入到李延年的兵团，赶去救援你们，希望你们再坚持几日。"

"有多少兵力去救援？"胡琏内心一下燃起了希望，急切想得到准确信息，说起话来直来直去。蒋介石对这位黄埔四期的得意门生一直宠爱有加，也就没太在意他的鲁莽直率。当从蒋介石嘴里获悉只有两个军的兵力前去救援时，胡琏一下子像掉进了冰窟窿。"从南京派两个军赶往濉溪，莫说救援时间来不及，就算来得及，这两个军的兵力还不够共军塞牙缝呢。"胡琏虽然据理力争，黄维也电报不断，但此时的蒋介石确实已经抽调不出更多的部队了。最后，蒋介石突然沉下脸色，神色异常冷峻地对胡琏说："伯玉，你们只能自己突围了，不要再指望杜聿明，他那边也被围上了，陷进了泥潭。也不要再等李延年，他们那边也有大麻烦，进退两难！你还是赶快返回双堆集，和黄维一起商议商议，如何把部队带出来吧！"

蒋介石下了逐客令，胡琏在南京屁股还没坐热，就被打发回了双堆集战场。等胡琏把蒋介石的指示一五一十地传达后，黄维意识到，十二兵团的命运岌岌可危了。"唉，老头子乱了方寸，事到如今已经没有整体部署了，要我们各顾各，现在大家都是泥菩萨过河，最后只能看谁的命大了！"

期盼外援无望，只能孤军奋战的黄维心有不甘，便和胡琏商量："如果只是这样自行突围，根本行不通，无异于自取灭亡。要突围，至少要有空军的配合和掩护，否则，不如就坚持到底，打一天算一天！"

"也对，援军没有，空中支援总不会拒绝吧！"胡琏附和道。

最后，黄维和胡琏还是打电报给蒋介石，希望国防部于12月10日派飞机投放凝固汽油弹进行轰炸，在规定的时间和区域内把共军阵地炸成一片火海，便于掩护十二兵团进行最后突围。

蒋介石这次回复得特别快，电报发出的第二天，一架飞机就飞临双堆集上空，投下了蒋介石的亲笔信。信中说："决用空军全力协助你部突围，可径行同空军总部联络。"不仅如此，蒋介石这次做得更狠，担心凝固汽油弹威力不够，决定使用毒瓦斯弹，并一同投下了大约三百多份油印的毒瓦斯弹和毒气的使用说明。为掩盖这一见不得人的卑鄙行径，国防部将糜烂性毒瓦斯炸弹和窒息性毒瓦斯炸弹对外称为"甲种弹"和"乙种弹"。

绝境之中如获救命稻草的黄维对十二兵团作战处处长陈留乾指示说："你负责拟定突围计划，具体与空军总部进行联系，双方要做到密切配合。"

陈留乾领命而去。一项绝密的通过施放威力巨大的毒气弹完成突围的计划制定了出来，计划还详细规定了空地日夜联络和地上各种标示的办法。为顺利实施这一绝密计划，空军飞行大队还要求陈留乾，把战场地区的日夜气象情况定时报告空军总部。

因在战争中使用灭绝人性的毒气弹违背国际公约，所以，计划只能暗地里偷偷进行。为了保密，知情范围被严格限定，只有黄维、胡琏、正副参谋长、陈留乾还有几个军的军长等少数人知道。经过两天准备，空军果然如约进行了投送，陆续投下了二三十箱催泪性瓦斯投掷弹和催泪性迫击炮弹，指挥部派专人封锁空投场地，总算是保全了这批弹药。

黄维让人叫来十八军军长杨伯涛，悄悄地对他说："箱子里装的是催泪性瓦斯投掷弹和催泪性迫击炮弹，我把它们交给你们军保管，你们一定要保管好，严防泄密，记住，不到万不得已的时候不能随便使用……"

此时，广袤的淮河流域聚集了几十万人马，有国民党部队，有共产党部队，还有上百万的支前民工。黄维十二兵团被围于濉溪双堆集方圆几公里的范围内，杜聿明率领的三个兵团被困于永城陈官庄周边地区，两地相距一百二十多华里，国民党两部人马战线拉得过长，彼此之间已根本无法相顾协防，总前委经过反复研究，决定集中优势兵力先解决掉黄维十二兵团。12月6日，根据总前委的命令，在双堆集地区，中野和华野共九个纵队各就各位，做好了充分的战斗准备。

这一天，双堆集地区格外安静。安静得有点瘆人。

从当天下午四点半开始，中野和华野从东、西、南三面同时向十二兵团展开猛烈攻击。自被围困以来，黄维指示兵团各部依据地形，修筑了大量坚固的工事、地堡群、交通壕等。十二兵团是机械化部队，配备有大量重兵器，但由于后勤供应跟不上，战车、运输车等缺油少弹，已经不能使用，他们就把这些机动车辆排成一行，上面堆满黄泥、树枝等做成屏障性工事，企图以此对解放军的进攻进行阻击拦截。

"兵来将挡，水来土掩。"解放军见招拆招，在对敌人阵地进行周密的侦察后，立即形成对策，构筑了纵横交错的交通壕、散兵坑、对付敌人坦克的鹿寨等工事，另外，充分发挥解放军善于近战和夜战的优势，与敌人展开猛烈的对攻。

　　白天，从早上七八点至下午五六点，是国民党部队逞威的时间。他们在飞机、大炮的掩护下向解放军阵地发起冲锋，试图打开缺口或扩大被围区域，缓解被逼近的压迫感。对黄维兵团的这一企图，解放军不急不躁，没有采取伤亡较大的对攻战术，而是采用"蚕食"的方式消耗对方有生力量。淮海大地上平坦无垠，没有山，没有丘陵，也没有成片的大树，放眼能看到十几里外，唯一的遮蔽物就是小村庄里低矮的房屋和零零星星的树木。为了减少不必要的牺牲，部队就在夜间组织战士向着敌人所在的村庄挖堑壕，随着堑壕不断地向前延伸，一个个村庄里敌人的有生力量被逐步歼灭。

　　12月10日夜两点钟光景，北风凛冽，寒气逼人。在十四军的阵地上，官兵不是躺在屋子里就是蜷曲在帐篷里睡觉，本该持枪四处瞭望的哨兵也躲在背风的地方打起盹来。在张围子村的外围，蔡云邈师的一个团正在村南呈扇形向村子方向挖堑壕，没有人说话，大家轮番上阵，配合默契，干得热火朝天。很多汗流浃背的战士甚至脱掉了外面的棉袄，穿着单衣抡起铁锹奋力地挖着土。

　　蔡云邈一一〇师部队中的大部分士兵都是穷苦人出身，当兵时有的是想混口饭吃，有的是被拉的壮丁，整个队伍之前一直军心涣散。针对这支队伍的状况，按照中野首长的命令，部队起义后立即开展了为期一周的整训。中野对起义官兵实行了优待政策，宣布来去自由，愿意留的就留下来，不愿意留的也不强求，一个人领两块大洋作为路费回家去，绝大多数起义官兵被解放军的宽宏大量所感动，经过一周的思想教育，人心迅速稳定了下来，领取大洋回家的士兵寥寥无几。整训后的一一〇师被编入中野第十一纵队，作为解放军的正规部队随即投入战斗。

　　挖堑壕的工作是悄悄地进行的，在挖好的沟里只点了一盏带罩子的风灯，大家就着微弱的光线一点点向前掘进。没有人讲话，甚至连喘息声都被压到最低，只听到铁锹和洋镐挖土或碰到冻土时的"嚓嚓"和"嘭嘭"的声音，这些声音迅速被冬日里呼啸的北风所掩盖。

　　堑壕在一米米向村子逼近。

　　蔡云邈没有睡，也睡不着。十二兵团的十四军靠在最外围，蔡云邈此时满脑子想的都是怎样尽快完成消灭十四军的任务。他从帐篷里走出去，想去看看堑壕挖得怎么样了。

　　顺着堑壕往前走，身材高大的蔡云邈看到堑壕能到他胸部，估计有一米半深，宽度能并排走下两个人。他弯腰在壕沟内跑动了几步，凭经验判断出防护效果相当不错，子弹平射肯定不会打到人，他满意地笑了。走到最前面的掘进点，蔡云邀看到有两个人用洋镐刨土，另外两个人用铁锨往外抛土，他们旁边蹲着的刚换下来的四个人正在吸烟休息。四个人当中，一个战士可能刚换下来休息还没有穿上棉衣，蔡云邀拍拍他的肩膀，小声地说："干活一停下来就赶快把棉衣穿上，不然会感冒的。"他从口袋里掏出半盒烟，给每人发了一支后说道："剩下的几根留给正干活的四个兄弟。注意，抽烟的时候千万不能站起来，不然被敌人发现了，就会往你们嘴里再塞一支'铁烟头'的！"

凌晨四点半，几条堑壕已经悄悄延伸至张围子村的村头。为了暂时不惊动敌人，蔡云邀下令暂停，召集几个团长研究并布置任务，核对时间，约定五点钟各部准时从各个不同角度的壕沟投入战斗。

冬日的清晨五点，天色依然昏暗朦胧，各支队伍同时从堑壕里钻了出来，悄悄地向前摸去。大家都屏着呼吸，生怕有任何动静惊扰了前方阵地上的敌人哨兵。可是越集中注意力就越紧张，越紧张就越容易出错。突然"砰"的一声枪响了，原来有个战士被他脚下一块土坷垃绊倒，枪走火了。顿时，敌人阵地上就炸了锅。哨兵先惊醒了，拿起枪就朝外乱打，房子里和帐篷里的人纷纷拿起枪钻出门，不分青红皂白就胡乱向外开枪射击……

偷袭遇到意外，经验丰富的蔡云邀随机应变，指挥部队改为执行预备好的第二方案。战士们迅速散开，弓着腰边打边往村子里冲。由于解放军此次突袭前做了充分准备，而处在村外围的十四军十师毫无戒备，一时间被打了个措手不及，晕头转向。蔡云邀率领部队与敌人激战两个小时后，村子里的枪声渐渐稀疏下来，但仍有部分残兵不愿缴械投降。劝降不成，蔡云邀命令士兵在张围子村内逐院逐屋进行清剿，半个多小时后，穷途末路的十师最后一小撮人马放弃了负隅顽抗，仓皇狼狈地向另一个村庄逃去。

挺在最前面的十师阵地被攻破后，十四军指挥部立马暴露了出来。失去屏障的掩护让十四军军长熊逢秋急得像热锅上的蚂蚁，他此前还等着解放军方面的回信呢。

原来，在几天前的一次战斗中，十四军的参谋长梁宏被俘了。当时的梁宏伪装成士兵，没有暴露自己的身份，巧合的是，由于他调任参谋长时间较短，很少有官兵认识他，他自己则交代说是十四军的书记员。当时，与十四军交锋的部队是中野十一纵，杨云枫找他们要十四军的"舌头"，十一纵的首长就把懂文化的"书记员"梁宏交给杨云枫。杨云枫问梁宏愿不愿意当回信使，带信回到十四军去。梁宏是个精明人，当然求之不得，真要回去了，如果后面突围成功，还可以接着当他的参谋长，于是一口答应愿意回去送信。

第二天，一队解放军悄悄地把他押到了阵地前沿，杨云枫委派的一名连长指着对面的一个村庄说:"你看,眼前的村庄就是你们的前哨,过了这个村就是你们十四军的指挥部了。你可以走了,注意安全!"

梁宏信心满满地回话:"长官,您放心,我心里有数!"

由于怕对方误射,梁宏按照杨云枫指的路线向前方匍匐爬行过去。十几分钟后,接近阵地前沿的梁宏被哨兵发现,哨兵端起枪就对准了他:"干什么的?举起手来!"

梁宏急忙喊道:"别开枪,我是你们的参谋长。"

哨兵先是一愣,然后喊道:"你别充大头了,什么参谋长,我们梁参谋长早就为国捐躯了。"

哭笑不得的梁宏只得耐着性子说:"真的,我的确是梁宏,是你们的参谋长。我没有捐躯,是偷跑回来的,你们要不信就把我带到熊军长那里去。"

梁宏被结结实实捆好之后,作为俘虏被送到了十四军军部。军长熊逢秋一看,半天没有回过神来,他没有想到本以为已经一命呜呼的人今天竟然死而复生了,上去一把抱住梁宏就嚷了起来:"梁宏老弟,他们在战场上找到了你的记事本,却怎么也找不到人,我还以为你被炮弹给炸飞了呢,军部通令,说你身先士卒,为国捐躯,已树立你为全军楷模……"

梁宏把杨云枫给他和黄维的信都拿了出来,把他被俘的经过以及在解放军部队的见闻都如实说了一遍。顽固的熊逢秋看过信后,气得当即把信给撕了,见梁宏手里还有给黄维等人的信,也抓过来一并撕掉了,说:"甭理他们,咱们要枪有枪,要炮有炮,与他们这群土包子尚有一拼。"见熊逢秋如此坚定,梁宏也就不敢再多言。最后,熊逢秋对梁宏嘱咐道:"若有人问起,你不要说是被放回来的,就说是自己趁机逃回来的,不然他们要怀疑到你,你的麻烦就大了。"梁宏点点头,从心里佩服和感激熊逢秋的豁达义气。

虽然熊逢秋当众把两封信撕得粉碎,但私下里他又疑惑地问梁宏:"你说,如果我们不打了向他们投诚,他们真的不杀我们吗?"

梁宏回来后,看到的情况比他被俘前更糟了。首先是缺粮食,疯抢空投物资的现象愈演愈烈;其次缺弹药,没有弹药的枪炮成了摆设,有些士兵气愤满腔甚至把枪砸了;最后就是缺医药,不少受伤的士兵只能躺在壕沟里呻吟哀嚎。看到这些,自知人微言轻的梁宏也只能唉声叹气,无可奈何。

两天后,又一个十四军的连长被放了回来,同样是回来送信的。熊逢秋这次拿到信后展开仔细看了看,然后递给了梁宏。梁宏知道熊逢秋的思想有了变动。果不其然,等梁宏看过信,熊逢秋问他:"你有什么看法?"

梁宏明白,现在可谓生死攸关之际,自己必须要把利害关系一五一十讲清楚,再不说就真没有机会了。思忖了一下他缓缓说道:"咱们来分析一下。我们原本是来救援的部队，却被围在了这里，说好李延年的兵团来救我们，但他们自己也被共军盯上了。这下好了，救援的部队都变成了需要别人救援，那再来救援的部队从哪里抽调呢？不是我悲观泄气，我觉得我们被救援突围出去的希望不能说没有，但十分渺茫……"

说到这里，梁宏停了下来。他突然想到，熊逢秋也算是蒋介石的嫡系了，对蒋介石也是比较忠心的，万一他是在故意试探自己的呢？

熊逢秋看梁宏停下来了，再看他的神态就知道他在想什么，于是对他说："说吧，不要有顾虑，都到这时候了，还有什么不能说呢！"

放下包袱后的梁宏说："仗再打下去就没有什么意义了，还是考虑一下弟兄们的活路吧，不能让他们白白送死。"

低头沉默一会儿后，熊逢秋说："我想听听谷副军长的意见，看他怎么说。"

匆匆赶到的谷副军长一听说解放军来劝降，立马痛哭起来，边哭边说："跟着委员长这么多年，如果不战斗到底，我们怎么对得起他老人家啊？还是再等等看吧。"

谷副军长这样一哭，熊逢秋再次犹豫不决起来。站在一旁的梁宏知道事关重大，悄悄提醒熊逢秋："你不如把他控制起来，万一他打个电话给黄总，对你将大为不利！"胸无城府的熊逢秋深以为然，吩咐谷副军长不要走远，甚至连上厕所都有人陪着。

杨云枫在信里只给了一天时间，心急火燎的梁宏也多次提醒熊逢秋要抓紧时间，但熊逢秋一直瞻前顾后，下不了决心。果然到了夜里，解放军就挖堑壕发动进攻，天还未亮，处于最外围的十师已经土崩瓦解了。

当听到十师阵地上传来的枪声，熊逢秋就感觉不妙，待看到从那个方向不断拥来丢盔卸甲的溃败士兵，他已经隐约地感到，一切都晚了。

隆隆的枪炮声越来越逼近十四军军部所在地，空气中弥漫的硝烟味也越来越浓烈……

坐在一个破桌子前，熊逢秋掏出包里的几封信，那是他的家书，匆匆看了几眼后扔进了火盆里。然后从皮夹子里掏出了妻子和孩子的照片，边看边流泪。梁宏看了心里也很难受，他劝熊逢秋："军长，你不要这么悲观，为了爹娘、为了老婆孩子你也要坚强地活下去。其实，就算被俘了，也没有那么可怕，我上次被俘，他们也不打不骂，还没有听说哪个俘虏随便被枪毙的。"

熊逢秋哭丧着脸说："我不光为自己难受，也是觉得对不起你啊。你才调任这个参谋长两三个月就走到这一步，我愧对你啊。"

梁宏说："那就更没有必要了。我已经想开了，被俘了就换个活法，也不一定会差到哪里去。"

正说着，一发炮弹落到了院子里，把十四军军部所在房屋的山墙豁开了两个水缸大小的窟窿，吓得卫兵惊慌失措。熊逢秋一把抓起桌上的手枪就要往外冲，被梁宏死死拽着，说："军长，枪弹不长眼，你不要出去了，就在这躲着吧。"熊逢秋一把将他推开，大声喊道："我要到黄总那里去！"说完不顾梁宏的阻拦就出去了，刚走出门，又一发炮弹落了下来，在离他两米多远的地方爆炸了。

卫兵眼睁睁看着熊逢秋被当场炸死，吓得伏地嚎哭不止。

此时，房屋四周传来了解放军战士此起彼伏的"缴枪不杀！缴枪不杀！"的呼喊声，梁宏对卫兵说："别哭了，快挑个白毛巾到院门外，向他们喊，'参谋长在这里，参谋长在这里'，我们缴枪投降。"

卫兵照着梁宏说的做了，果然不一会就有一群解放军战士端着枪冲了进来。巧合的是，领头的人正是几天前送梁宏回来的那个连长。连长见到梁宏，先是围着他前前后后转了两圈，然后扑哧一下笑出声来，说："啊哈，原来是你啊！你这个家伙升得还挺快，才几天时间就由一个小小书记员升到参谋长了。"

见谎言被识破，梁宏尴尬地低下了头。身份被确认之后，梁宏的日常起居按被俘参谋长的待遇，仍由他原来的一个卫兵照顾他。可是到了第三天，卫兵对梁宏说："参谋长，我要当解放军，以后不能照顾您了。"梁宏惊诧不已，才三天时间，跟了自己三个月的卫兵就变了心。一番交谈后，才知道共产党的优待政策是实实在在的，对被俘士兵过去的事情既往不咎，只要思想转变了，愿意参加解放军的都可以加入，没有半点歧视。

当天夜里，梁宏辗转反侧不能入睡，想到多年的追求无望和理想破灭，以及熊逢秋等一大批身边人不是伤亡就是背弃自己，越发感到人生苦短且毫无意义，便解下腰带欲悬梁自尽。可事与愿违，腰带半道之中断了，悬在空中的梁宏被重重地摔到地上……梁宏那个卫兵已被派回来负责监视他，此时卫兵已经穿上解放军的军装。见到梁宏，他开口就说："你说你这个人活得好好的，上吊个啥?！我本来去前线打仗立功的，硬是被你给拖了回来，我都替你感到丢人！"说完这些，卫兵还嫌不解气，又接着补了一句："你过去是参谋长，在我这个小兵眼里是个顶天立地的人物！但现在动不动就寻死觅活的，还算个大老爷们吗?！"

卫兵的一席话使梁宏幡然醒悟，羞愧难当，并让他彻底改变了态度。几天之后，他对那位卫兵说："你赶快去打仗吧，再耽误你的时间，我肯定又活不下去了，只不过这次不是自杀的，是羞愧死的……"

解放军攻占十四军盘踞的杨围子、张围子等村后，十二兵团的东侧外壳被完全敲碎，他们的防御体系彻底被毁坏，黄维所建的临时飞机场以及兵团指挥部也已经完全暴露了出来。余下的人都被压缩在方圆不到三里的区域内。

39

12月12日，刘伯承、陈毅联名给黄维写了一封劝降信，敦促其投降。

解放军前线阵地广播站以这封信为依据，展开了对十二兵团的攻心战。

"黄维将军：你部所属四个军，业已大部被歼，想必阁下比任何人都心知肚明。关于贵军当前在双堆集的兵力格局，容我们再重复提醒一下：八十五军除军部少数人员外，已全军覆灭。十四军所属不过两千人，十军业已被歼三分之二以上……就是黄将军所依靠的王牌十八军，亦已被歼过半。照此下去，十二兵团全部覆灭只在朝夕。而黄将军翘首以盼的援兵孙元良兵团，想必阁下早已获得消息，已被我部在河南永城一带歼灭殆尽。现在，杜聿明率领的邱清泉、李弥两兵团亦已陷入重围，损失惨重；李延年兵团被我军阻击迟滞，尚在八十里以外，寸步难移且伤亡惨重。两部都是泥菩萨过河自身尚且难保，又何来驰援双堆集之力?!在这种情况下，阁下本人和部属再做绝望抵抗，没有丝毫出路，只能在人民解放军的强大炮火下完全毁灭。黄将军身为兵团司令理应爱惜部属和生命，希立即放下武器，不再让跟随您多年的官兵做无谓的牺牲。如果黄将军接受我们这一最后警告，请即派代表前来洽谈投降事宜。时机紧迫，望即决断。"

黄维经过一番痛苦的思考后，拒绝投降。他心里很清楚，自己还有最后一招，就是凭借毒气弹做最后的挣扎。

解放军没有给黄维喘息的机会，12月13日下午，总攻开始。中野四纵攻击杨文学庄，九纵配合十一纵负责解决杨子全庄、杨老五庄和三棵树的守敌，几十门大炮和抛射筒同时发射，大量的炮弹倾泻到十二兵团的阵地上。当战士们冲向敌人阵地及鹿寨时，遭到守敌使用的火焰喷射器的攻击，冲在最前面的战士被烧成一团火球，在地上嚎叫着翻滚不停，后面的战士看到后并没有退却，立刻勇敢地冲了上来，再次被烈焰吞噬，一个个火球在地上翻滚，伴随着撕心裂肺的惨叫……虽然战斗惨烈异常，但是在冲锋号的激荡下，仍然有更多的解放军战士无畏地呐喊着向敌人阵地扑去。

攻击杨文学庄时，遇到的守敌是十二兵团的十军。十军的阵地是一个筑有两公尺高一公尺厚的围墙，周围有无数暗堡形成的环形结构，看似坚不可摧。火炮阵地和指挥所就布置在墙内，隐秘性和安全性都非常好，墙外还构筑了大大小小的子母堡，无数黑洞洞的枪管从堡内伸出，构成了密集的火力网。在这个集体工事的背后即它的西侧，就是敌人的榴炮阵地和临时飞机场。

几个团互相协助同时攻击，其中就有中野一纵李志平旅下辖的一个团。战前，李志平要求突击队潜入到敌人阵地前沿多次勘察地形，摸清敌情和火力点的位置，后再研究布置作战计划。根据李志平的要求，大家集思广益，以排为单位摆沙盘进行推演，做到对村庄里每一个点都了如指掌，既要按既定的方案实施进攻，也要能应对突发状况。

地形的复杂性决定了杨文学庄是块难啃的骨头。为了保证这一仗能顺利打赢，中野和华野组成的联合部队从南面发起攻击。他们集中约百门以上火炮，首轮是火炮纵队的火力覆盖，无数的加农炮炮弹、榴弹炮炮弹、迫击炮炮弹以及火箭炮炮弹，万箭齐发，一齐倾泻在敌方的阵地上。

为了炸毁敌人的暗堡，工兵排排长高文魁带领战士捣腾出了一种土制"飞雷"，即用空汽油桶填充发射火药后，把捆扎成团的炸药包放进去，然后点燃发射药，这样就可以将炸药包推送出去。"飞雷"十分有效，本来距离比较远，要想炸毁敌人碉堡必须派人带着炸药包爬到跟前，但在敌人强大的火力网面前，那样做伤亡惨重，实现难度极大。"飞雷"制成后，能把二十公斤的炸药包推送四五十米远，远的可达一百多米，大大降低了战士们攻坚战的伤亡率。

在这次战斗前，高文魁他们一共制作了八十多个"飞雷"，整整用去了一千七百多公斤炸药。在攻坚战中，他的飞雷阵地就设在离敌人阵地一百多公尺的地方，高文魁亲自指挥着三门自制"飞雷"发射筒轮番发射，他能亲眼看到一发发二十公斤重的"飞雷"像一个个大磨盘一样飞到空中，再划出一条弧线，精准地射向敌人的阵地，把敌人的工事、鹿寨、武器炸得飞起五六丈高。爆炸范围内的敌人即使侥幸没被炸死也会被爆炸形成的冲击波震昏以致完全丧失战斗能力。因为"飞雷"巨大的威力和震慑效应，国民党士兵又把它叫作"没良心炮"。

攻占沈庄时，高文魁自己操作的一门炸药发射筒共发射了二十二发，有二十一发击中了敌人的目标。战士们看到这神奇"飞雷"大显神威，都兴奋地高叫："炸得好！飞雷，神雷！"

在攻打杨围子时，高文魁的"飞雷排"再次接到命令，配合兄弟部队轰击村东的敌人阵地。他指挥战士们操纵着发射筒，一发发"飞雷"在敌人的地堡群前炸响，地堡群里的敌军瞬间土崩瓦解。突然，一位指导员从旁边战壕里跳出来，冲着高文魁大喊："小高，你怎么搞的，只顾打小地堡群了，最前面一个大的地堡你怎么不打啊？真是捡了芝麻丢了西瓜！"高文魁仔细一看，果真如此，打高兴了，却把最前面的一个大地堡漏掉了。高文魁一检查，糟糕，只剩最后一发弹了，其他的发射筒都拉到其他地方去了，看来考验他的时刻到了。

高文魁暗暗地吸了一口气，对指导员喊："指导员，您就放心吧，大肥肉要留到最后，看我的！"说完，他屏住呼吸，装弹、瞄准、点火一气呵成，"轰隆"一声巨响之后，"磨盘"向着敌人的阵地飞去，不偏不倚正落在那个大地堡顶上。大地堡被炸了个稀巴烂，阵地上一片欢呼，随着冲锋号的响起，战士们潮水般地冲向敌人的阵地……

在解放军英勇顽强的攻击下，十二兵团的阵地开始大面积崩溃，巨大的恐惧感促使他们孤注一掷——十二兵团开始大量投放毒气弹，解放军战士中毒严重，攻击受挫。这种现象是李志平所部的一个连队首先发现的。当时这个连队冲在最前面，突然有几个战士东摇西晃跑上一阵后，就口吐白沫倒下了。连长曹家熙见倒下的战士身上没有任何枪伤，立刻意识到不对劲，赶快喊："同志们，有毒气，停止前进，快向后撤！"但为时已晚，战士们因吸入毒气较多，纷纷倒地不起，最后除去伤亡的人数，整个连队只剩下四人。

其实，国民党部队配备毒气弹的事情总前委已经获取了情报。

前一段时间，杨云枫接到上海方面转来的一封南京"孤雁"的密电——"蒋拟投送毒气弹给黄。"杨云枫立即将这一消息报告了粟裕和总前委常委。中共立即在报纸上公开揭露了这一阴谋并进行强烈抗议，北平、上海、南京等各大城市的学生和民主人士都冒着生命危险纷纷组织起来举行游行示威，声称使用毒气弹违犯国际公约，是冒天下之大不韪的反人类行径。解放军一直以为，迫于这样的压力，十二兵团无论如何也不敢贸然动用毒气弹，但是他们没有想到，黔驴技穷的十二兵团此时已经丧心病狂到置一切于不顾的境地了。

十二兵团施放的毒气弹给解放军官兵造成大量伤亡，有的战士被毒气弹熏坏了眼而导致双目失明，有的战士双肢、双腿因毒气腐蚀而被截肢，随着战斗的进展，牺牲的战士人数剧增。刘伯承到战地医院看望遭受毒气攻击致残的战士时，眼前的惨状让他悲愤难平。在后来发给毛泽东的电报中，刘伯承表示一定要抓住黄维，枪毙这个没人性到令人发指的"恶魔"。

面对敌人的疯狂行径，总前委立刻给前线作战部队运来了简易的防毒用品，并进行了防护培训。李志平所指挥的部队再发现敌人施放毒气时，战士们没有惊慌，立刻用准备好的肥皂水浸泡过的手巾掩住面孔，继续作战，还有的战士用土将未燃烧的瓦斯弹迅速掩埋。中野和华野战士们在这样灭绝人性的攻击下，始终没有退却，以视死如归的气魄咬住黄维，使黄维始终未能从双堆集挪动一步。

随着解放军持续向双堆集发起进攻的频率越来越快，攻击的力度也逐渐加大，十二兵团的阵地被压缩得越来越小。

随着战斗的进行，好消息不断传来。首先是双堆集东侧大土堆制高点阵地被占领，一小时后双堆集北端野堡阵地也被拿下……刘伯承、陈毅非常兴奋，他们也坐不住了，吩咐警卫连："走，带我们到大土堆上去看看。"

因为这一带都是平原，毫无遮挡，就数这个大土堆地势最高。站在大土堆上，他们拿起望远镜瞭望，放眼望去，满目疮痍，四面八方都是挖出的堑壕，曲曲弯弯像一条条僵死的巨蟒横卧在大地上，远处散落分布的村庄里大都浓烟滚滚，不用说都是被炮火打中的房屋在燃烧。在望远镜里，两位将军甚至能看到阵地上支前的民工们正在来来往往救助受伤的士兵。

炮声轰鸣，火光冲天，解放军的攻击一波接着一波，从早到晚一直没有停歇。此时的双堆集地区，地面上升腾而起的浓烟把天地连接在了一起，白昼有时暗如黑夜，黑夜有时亮如白昼。身在战场上的人们，分不清黑白，辨不清乾坤。十二兵团残存的阵地已经支离破碎，横尸遍野，血流成河，十八军以及兵团指挥部完全暴露在解放军的视野之中。

12月15日早晨，黄维、胡琏眼看末日就要来到，还是不死心，商量之后决定突围，想着能带出去多少算多少，保存一些实力，作为今后东山再起的资本。

头一天黄维就让人联系空军总部，指望空军进行轰炸，协助他们突围。可谁知第二天一大早，空军王副司令乘飞机在双堆集上空转了两圈，与黄维通话说："我们不能按照原计划执行了，你看怎么办？"黄维坚定地说："你们不能按原计划执行，我们也要自己突围，否则只有死路一条。"

当天中午，黄维召集胡琏、杨伯涛、吴绍周等高级将领开会，研究突围的计划。会议一开始，黄维气愤地说："空军已经指望不上了，现在空投越来越少，我们不能再这么耗下去了！当断不断，反受其乱，大家在这里只有等死。我决定今天傍晚开始突围。"停了一下，见众人都面面相觑，沉默不语，又接着说，"我想主要采取四面开花、全线反扑、觅缝钻隙而冲出重围的方法。据我观察，共军的主力大多布置在东南和南部方向，主要是防止我们向蚌埠方向突围，西北和北部、东北方向等相对较松懈，可以作为我们突围的主攻方向。"

黄维讲完，胡琏开始部署作战方案："十军方面，十八师向东北角小王庄方向突围，由东北绕过共军的部队再向蚌埠方向转进；七十五师和一一四师的残部向双堆集以东突围，出去后再沿津浦路向怀远、蚌埠方向行进；十八军方面，十一师向双堆集正西方向突围，然后再转向蒙城方向；一一八师及所有的工兵、炮兵尚存部队向西北方向突围，出去后向西绕一圈，然后向南往蒙城再向蚌埠方向；各军集合地一个是蚌埠，一个是安徽凤台县。"

黄维接着说："你们命令部队把能带走的武器都带上，笨重的战车、坦克、火炮等不能带走的都要破坏掉。所有的文件资料都烧毁，总之，清理得越干净越好。"

商定突围方案后，胡琏对黄维说："司令，我们两人一起走吧，找一个师护卫我们突围。"黄维略加思索，摇摇头说："我看还是分开好。这样目标不是太大，说不定成功的几率还大一些。"胡琏想想也是，说："也好，等我们都突围出去了，到蚌埠再见。"

停了停，胡琏又悲观地说："司令，之前我有什么对不住的地方，您不要往心里去。如果您出去了我没有出去，您一定要代为照顾我的一家老小，老弟在此先谢过兄长了。"

　　黄维听了，眼里涌出了泪水，悲伤之情溢于言表："伯玉，这也正是我要对你说的话啊。如果我出不去或者为委员长尽了忠，也请你代我照顾一下家眷。"

　　随后，黄维给下属的几个军长都分配了战车，以便他们指挥部队向外突围时更加安全快速。安排完毕后，胡琏还特意私下交代战车营把最新型号的一辆战车安排给黄维使用。下午四点多，黄维和胡琏指挥十一师和战车营提前行动，向西北方向突围。正如黄维和胡琏所预料的，解放军的主力都摆在双堆集的南面和东南角，因为这里是通往蚌埠的方向，一直在提防着十二兵团首先向这个方向突围。西北方向兵力则相对较弱，他们就选择了较弱的地方下手。

　　由于解放军一直在猛烈炮击，战车营的突然移动，致使不明真相的十二兵团其他部队以为因抵挡不住共军的进攻，当官的准备乘车逃跑了，军心立刻大乱。待突围命令正式下达，更像是天塌一般，部队乱成了一锅粥，原本计划的有组织的突围演变成了溃逃，大家纷纷狼狈地逃窜。

　　国军阵地上一出现异动，解放军就发现了。各纵队首长判断他们一定是要突围了，于是下令各自坚守阵地，狠狠打击，争取不让一个敌人漏网。

　　十一师和战车营行动较早，最初的攻击比较猛烈，国军官兵拿出背水一战的劲头，在解放军的阵地上撕开了一个口子，黄维和胡琏乘坐的战车趁机往前冲，不料在越过一道土坎时，也许是天意使然，恰恰是黄维乘坐的那辆最新的战车出了故障。驾驶员急得满头大汗，可是不管怎么捣鼓就是再也发动不了战车。冲在前面的胡琏看到了这种情况，急迫的战况容不得他再有时间停下车去救助黄维，他心里一边默念："老兄，这都是命啊，您自求多福吧！"一边一个劲地催促驾驶员："快点！快点！"

　　黄维没办法，只得和卫兵及驾驶员一起下了车，向西南方向逃去。黄维平时从来没有走过这么多的路，磕磕绊绊根本走不快。一行人才走出几里路，就被一队手持武器的解放军士兵追上，团团包围了起来。一脸苍白的黄维就这样乖乖地当了俘虏。

　　黄维被俘后，在功德林战犯管理所接受改造。在长达几十年的时间内，黄维一直对淮海战役的失败和十二兵团的覆灭耿耿于怀，不愿直视国民党和自己失败的现实。更为有趣的是，他在改造期间不顾一切地投身于"永动机"的研究，甚至还宣称研究出了一台"东方红永动机"，令人哭笑不得。1975年12月，黄维作为最后一批战犯获得特赦，被安排在全国政协任文史专员。1985年在纪念抗日战争胜利四十周年时，八十一岁的黄维在给老友故交的信中写道："祈求祖国统一，人同此心，心同此理，如统一早日实现，我当亲赴台湾和你们把酒言欢……"

胡琏在出发之前向医务人员要了大量安眠药，准备在不能脱身时自杀成仁。但他这次运气不错，乘坐的那辆战车没出任何问题，只是在包围圈内开始往前冲的过程中不断遇到一批批的解放军。久经战阵、经验丰富的胡琏命令驾驶员不要有任何的迟疑和停顿，只管不顾一切地拼命往前冲。正是这种大摇大摆、视若无人的"做派"让解放军的部队误以为是己方缴获的战车在追击敌人，反而没有遇到任何部队阻挠和盘查。跑、跑、跑，直到感觉周围都安静了下来，他才敢扭头看上一眼。四周一片漆黑，没有了人，没有了枪炮声，也看不到一个村庄，只有战车还在疯狂地向前冲着。唯一能确定的是，战车已经逃出了解放军的包围圈。胡琏此时才大大地松了一口气，默念一声"阿弥陀佛"。

仍然一刻也不敢停，胡琏指挥驾驶员朝着西南方向继续行驶，他们原本就计划逃出后从西南方向绕行然后向蚌埠去的。一直跑到战车的油料耗尽，"嘎吱"一声熄火停下为止。卫兵和驾驶员下了车，二人搀着胡琏高一脚低一脚地继续摸黑赶路，最终辗转逃回了南京。至此，曾被毛泽东主席称作"狡如狐，猛如虎"的胡琏神奇般地从双堆集逃脱。胡琏的好运气似乎还没有完全用尽，后来逃到台湾的胡琏在1958年的金门"八二三"炮战中，金门防卫司令部三位副司令赵家骧、章杰当场死亡，吉星文重伤，于稍后伤重不治而亡，只有时任司令的胡琏再一次死里逃生。1977年6月，一直渴望再看上一眼八百里秦川故土的"陕西冷娃"胡琏终未能如愿，因心脏病在台北去世，了却了他坎坷起伏的一生。

按照计划，十二兵团十八师向东北小王庄方向突围，七十五师则向东逃跑。黄维和胡琏开始突围的时候，根本没有通知十八军杨伯涛军长和十军覃道善军长，他们还老老实实在那里等待。直到等得不耐烦了，出外瞭望的时候才发现，西北十一师方向已经乱作一团，枪炮声异常激烈。

杨伯涛问："怎么回事？"

一个士兵慌慌张张跑过来，说："报告军长，据说是黄司令和胡副司令带人突围了。"

杨伯涛这才紧张起来，他吩咐手下立即开始行动。他和覃道善各自带领得力的人向外冲，杨伯涛事先选出的一个勇敢的营长率部在前冲锋，但是仍然抵挡不住解放军的勇猛冲击，这名营长也身中数弹身亡。此时解放军已经从东南方进入双堆集，到处是"缴枪不杀，缴枪不杀"的喊声。这些人又马上掉头向西北方向逃窜，企图跟在十一师屁股后面逃出去，但十一师这会也被打散了，解放军已经把冲开的缺口重新堵上，他们遭到了迎头痛击，只得折回。

狡猾的杨伯涛和覃道善命令所有人扯掉军装上的全部徽章，并用泥土在脸上抹了一通。

一行人气喘吁吁地跑着，前面出现了一条拦路的小河。只听杨伯涛一声高喊："跳！"一群人先后"扑通、扑通"就跳进了水里。河水并不深，只到人的肩膀处，但是12月的河水冰冷刺骨，他们努力向对岸游，没过几分钟就爬上了岸。湿漉漉的衣服很快冻得硬邦邦的，个个冷得牙齿打颤，杨伯涛、覃道善顾不上这些，还在疯狂地奔跑，一心想着尽快逃离战场，捡个活命。

蔡云邈的部队也在冲锋的行列，大家都在奋力向前冲。战场上乱糟糟的，根本分不清谁是谁。由于是冬季，缺少棉衣，那些起义和投诚的国民党兵有的还穿着以前的衣服，只是把标牌标识撕下了。

蔡云邈随师指挥部正在前进时，眼尖的他发现路边闪过一群神色慌张、四处张望的人，立即命令部下跟了上去。杨伯涛、覃道善他们才跑出一二里路，就被蔡云邈派来的人给围住了。

到了这个份上，没等对方搜身，脸色红紫、浑身哆嗦的杨伯涛就把自己的身份交代得一清二楚。蔡云邈定睛一看押到师部的几个人，竟是老熟人杨伯涛和覃道善，立即吩咐部下："快，快，去找柴火，找柴火，给杨军长和覃军长他们把衣服烤干了，别冻感冒了！"杨伯涛表情讪然地苦笑了一下，说："谢谢，谢谢云邈兄，还是你这位老朋友想得周到！"

再说一下十二兵团副司令兼八十五军军长吴绍周。作为十二兵团中很有实力的指挥官，黄维也给他配备了战车，但是当黄维和胡琏乘车突围的时候，吴绍周并没有上战车，他对自己的前途有几种考量：一是能侥幸突围出去，继续为蒋介石卖命，但是手中的部队陆陆续续都投靠了共产党，自己什么都没有了，以什么做资本体面地活着？二是跟着黄、胡他们一起突围，有可能在突围中被乱枪打死；三是突围失败，成为解放军的俘虏和战犯，要么被枪毙要么蹲大牢。这几种结果都不是他想要的，与其这样生不如死，不如自行了断来得干净利落。想到这些，他趁卫兵不注意，偷偷地跑到一无人处，吞下了身上携带的几十片安眠药，躲在隐蔽处等死。但造化弄人，突围开始后，解放军很快做出了反应和调整，原来布置在东南和南面的部队迅速向双堆集围拢过来。当解放军发现他的时候，他口吐白沫，奄奄一息，正在去往阴司的路上，解放军随队医生马上对其实施了急救，硬是活生生地把吴绍周从阴曹地府门前给拽了回来。

淮海战役结束后，吴绍周在北京战俘所接受改造。改造期间，恰逢朝鲜战争爆发，因他原来所在的国民党八十五军大部分是美械装备，他本人对其优劣、性能了如指掌，遂主动提出对付美军的一系列战术要点，最后由杨伯涛执笔，完成了一篇六万余字《关于美军战术之研究》的报告，呈送毛泽东及当时的中共中央军委，对志愿军了解美军的战略战术起到了一定的积极作用。

15日半夜时分，战斗全面结束。各方面情况汇总了一下，除胡琏及个别几个师、团长逃脱外，十二兵团其余军官包括兵团司令黄维、副司令官兼八十五军军长吴绍周、十八军军长杨伯涛、十军军长覃道善等人全部被俘，至此，蒋介石王牌部队之一的十二兵团被中野和华野联手彻底歼灭。

40

国共双方在双堆集的角力以十二兵团土崩瓦解的结局落下帷幕。

当黄维被俘以及十二兵团全军覆没的消息传到小李家村时，刘伯承、陈毅、邓小平三个人不约而同地从椅子上站了起来，双眉舒展，露出了久违的笑容。从11月中旬开始与黄维兵团交手到12月15日将其全部歼灭，在长达一个月的时间内，三人夙兴夜寐，夜以继日，到了呕心沥血的地步，瞬息万变的战场形势让他们从没有睡过一次安稳觉，吃过一顿完整饭，甚至都没有像今天这样痛痛快快地舒过一口气。

人逢喜事精神爽，陈毅高兴地拖着四川口音说："又解决了一个大问题哟！白居易说，'百事尽除去，唯余酒与诗'！快去找点酒，庆祝庆祝！"陈毅也不顾已经是大晚上了，对警卫员大声地喊道。

此时的总前委，仍然驻守在当时还籍籍无名的濉溪小李家村。房东李前明从没有见过住在自己院子里的几位首长像今天这样兴奋，好像过节了一样，高兴得像群孩子，不但笑容一直挂在脸上，嗓门也提高了几分。当警卫员把前线胜利的消息告诉李前明时，他兴奋得再也睡不着觉了，独自一人披上棉衣来到院子里，透过窗缝看到昏黄的油灯下，一盘花生米，三个酒杯和三位谈笑风生的不眠人构成了一幅平淡无奇的"乡野闲居图"。但有谁知道，就是这看似静逸恬适的闲居图里衣着朴素的三个人，刚刚指挥着千军万马经历了亘古未见的生死搏杀，搅动了淮海大地的千里风云，把蒋家王朝逼到覆灭的边缘。看着这样一幅最为家常的图景，李前明心头先是涌上一阵说不出的甜滋滋的味道，他感叹自己是多么的幸运，能亲眼目睹并见证这一切。但一转念李前明又有几分不舍，他意识到胜利之后，首长们就会马上离开小李家转战他乡，自己再想陪伴在各位首长身边，见证大战的历程，几乎是不可能的了。

三人一边持杯饮酒，一边还在商讨着下一步的作战部署。陈毅提议说："这一仗打完了，部队就地休整几天吧，将士们都太累了，同时也要补充一下给养。"

刘伯承点点头："是啊，陈官庄那里还是遵照中央军委的指示，先围而不打，拖着他们。歼灭黄维兵团的部队已经连续战斗一个月，是该让他们休整休整了。"对杜聿明集团"围而不打"是中央军委和毛主席对总前委发出的指示，此时平津战役已经开始了，为了不逼迫蒋介石海运平津之敌南下，淮海战场这边先暂时按兵不动。

邓小平也同意两人的意见，不过他又说道："部队要休整但是我们可不能闲着，别忘了明天还要到蔡洼去开会呢。"

"不得忘！不得忘！我们脑壳精得很！"刘伯承和陈毅笑着回答。三个人都是四川人，经常心有灵犀地一起冒出几句家乡话，大家相视大笑。

原来，在围歼十二兵团战斗进行到最后阶段的时候，也就是12月12日那天，淮海战役总前委收到了中央军委发来的电报。毛主席已经预见到消灭杜聿明集团只是时间问题，因此指示总前委："黄维歼灭后，请刘、陈、邓、粟、谭五同志开一次总前委会议，商好在邱、李歼灭后的休整计划，下一步作战计划及将来渡江作战计划，以总前委意见带来中央。如粟谭不能分身到总前委开会，则请伯承去粟谭指挥所，与粟谭见一面，了解华野情况，征询粟谭意见，即来中央。"前几天一直在忙于思考如何消灭黄维兵团，现在尘埃落定，是该考虑下一步工作的时候了。粟裕和谭震林正在前线对付杜聿明集团，一时半会抽不开身，所以他们三位领导决定亲自过去。

邓小平口中提到的蔡洼，是徐州西南萧县丁里镇一个十分普通的村庄，1948年12月16日，为了及时掌握战场动态，便于指挥作战，华野指挥部迁至这里。

17日下午，天空虽然阴沉沉的，但粟裕居住的杨家院子里却是一派欢快忙碌的景象。挑水的、打扫院子的，布置房间的，大家各忙各的，井然有序，好像要过大年的样子。房东杨志民止不住问："有大首长要来吗？"粟裕的警卫员说："是啊，你没听树上的喜鹊一直在叽叽喳喳叫吗？真的是有重要的客人要到了！"

冬季天黑得早，还一刻不停地刮着冷飕飕的西北风。天黑后，刘伯承、邓小平、陈毅从小李家乘坐刚刚缴获的两辆美式吉普向蔡洼赶去，后面跟着一辆十轮大卡护卫。当时，国民党的侦察机还在天上盘旋，不时对地面可疑目标投放着照明弹。车队在行进时因无法长时间打开车灯，所以行进得十分缓慢。乡村小道坑洼不平，遇到大的沟壑，车队只能偶尔开灯看下路况，然后很快就得关闭。行进的同时，卡车车厢里士兵的眼睛和耳朵都没有闲着。他们不但要竖起耳朵听声音，还要睁大眼睛观察天空中有没有敌人的侦察机。路途中，车队遇到过几次敌机的侦察，但每次只要一听到飞机抵近的轰鸣声，三辆车就马上停了下来，熄火灭灯，大家谁也不吭声，一动不动地等待飞机飞过。

一路有惊无险，总算平安到达蔡洼。

粟裕专门派车去县城濉溪口迎接，等了好长时间才等到他们。蔡洼村头，一个瘦小但矫健的身影一直在焦急地来回踱步，他已经这样踱了一个小时了。警卫连长说："粟司令员，外面太冷了，您先进屋暖和暖和吧，一有动静，我们立马向您报告。"粟裕微笑着说："不要，我心里暖和和的，一点也感觉不到冷，再说了，三位首长大老远赶过来不容易，我必须得在这边迎接。"

蔡洼西面有一条河，南北路口各有一座石拱桥。到村里来必须要经过石拱桥，粟裕的眼睛一直盯着那里。又过了个把小时，终于听到远处依稀传来汽车的引擎声，粟裕悬着的心才放下来。没等车子停稳，粟裕就迫不及待地迎了上去。

第一个下车的是刘伯承。他和粟裕已经十几年没有见面了。当初刘伯承从苏联刚回来，毛泽东和朱德安排他到中央红军大学当校长兼政委，他还特地要粟裕过去担任军事教官兼学员连连长。一晃十几年过去了，都由过去的英俊青年步入了中年，变得都快认不出来了。一向表情严肃的粟裕率先奔上前去，一把握住刘伯承的手使劲摇动，激动得快说不出话来了："刘总司令，我们又见面了。"

刘伯承见到老朋友，心情同样激动，和粟裕紧紧握过手之后，他又情不自禁地拍着粟裕的肩膀，充满感慨地说："这些年，我也一直在记挂着你啊。你身体还好吧？十多年了，怎么还是这么瘦啊！"

"我这个人就是吃不胖！"粟裕笑着回答。

正说着，陈毅、邓小平陆续从车上下来了，与粟裕和张震等一一握手寒暄。邓小平开玩笑说："你们选这里当指挥部，目标这么大，也不怕蒋介石派飞机来轰炸啊！"

"蔡洼是片洼地，水特别多，蒋介石的炸弹都投进了水坑，进水后那不就都成了哑弹啦！"粟裕的一句话把所有人说得哈哈大笑。

其实，为防止暴露目标引来敌机投弹轰炸，粟裕可是费尽了脑筋。为便于就近指挥围歼杜聿明集团，华野副参谋长张震先行来到萧县蔡洼，选定了一个叫杨家台子的院子。随后，粟裕就把华野指挥部推进到这个离前沿阵地不到四十华里的地方。蔡洼村地势低洼，下雨之时，许多房子都会进水，出入极不方便。华野指挥部所在的院子是该村地势最高的地方。除了地势较高，这个院子还有一个优点，四周全是芦苇荡，易于隐蔽。杜聿明知道华野的指挥部设在这一带，每天都派侦察机飞临侦察，企图发现粟裕的具体位置。但粟裕早料到了这一点，每晚在指挥部工作时，都用高粱秸把窗户遮得严严实实，以防灯光外泄，被敌机发现。尽管多次侦察，敌机始终没有找到华野指挥部的准确位置，每次只能乱丢一通炸弹，回去交差了事。虽然蔡洼附近的刘楼村经常因零星灯火受到轰炸，而蔡洼却始终安然无恙，敌人哪里知道这些灯火也是粟裕专门在空旷地方布置的迷魂阵。

陈毅和粟裕的手握在一起的时间最长，两位老搭档都没有想到能在这里再次见面。陈毅拉着粟裕一边向院子里走一边关切地问："刘老总说的没错，你咋还这么瘦呢？身体怎么样啊？"陈毅最了解粟裕这位多年的老战友，他知道粟裕给毛主席立下了军令状，打起仗来不顾一切，一连打了这么长时间的仗，人一定到了筋疲力尽的地步了。

到屋子里坐定，陈毅喊来随队的医生，严肃地说："你给他好好检查一下！"不管粟裕如何推脱，医生还是按照陈老总的指示给他细致地做了一遍检查。刘伯承、邓小平一直默默注视着眼前这两位惺惺相惜的战友，被他们之间那份温馨的兄弟之情所感染。

简单吃过饭，粟裕就安排他们几位歇息。杨家台子五间土房坐西朝东一字排开，房屋是土墙，房顶铺的却是小灰瓦。院里有两棵石榴树，房屋北面冲着门摆着一张八仙桌和几把椅子，最南面一间摆着一张老式的架子床。没有人能想到，在如此平凡而简陋的院子里，今天晚上会汇聚如此重要的解放军高级将领。

18日一大早，谭震林也从前线匆匆赶来。至此，五位淮海战役总前委委员全部抵达蔡洼，根据中央军委要求，总前委将在这里谋划下一步作战部署。

会议由总前委书记邓小平主持。

会议主要研究了淮海战役后的渡江问题和部队整编方案。

总前委委员先后发言，他们根据中央军委的意图和国民党部队的江防部署，对解放军下一阶段实施渡江作战的有利条件和各种困难进行了全面分析，研究讨论了华野和中野两支大军渡江作战的兵力部署和队伍整编，另外还有渡江作战的时机和各部协同等问题。

这是总前委成立后第一次全体委员参加的会议，会议在热烈和欢快的气氛中进行，朗朗的笑声从未停止过。

会议中间休息的时候，大家走到会场外，有的抽烟，有的喝水，还有的活动起了手脚。这时，不知谁了一句："大家照张像吧！"听到此话，所有的人都说好。于是，在杨家台子这座有两棵石榴树的院子里，指挥了一场震惊中外，被称为世界战争史上的奇迹的"淮海战役"总前委的五个委员留下了一张后来广为流传的珍贵合影。

会议结束后，邓小平返回了小李家，谭震林去了前线。12月19日，刘伯承和陈毅从蔡洼直接赶赴千里之外的河北西柏坡汇报工作，向中央政治局会议做了题为"关于今后作战准备和军队建设的意见"的专题汇报，从而奠定了下一步渡江战役的方案和人民解放军整编建设方案的基础。

十二兵团被歼灭的前两天，杨云枫接到华野指挥部的电报："前期争取敌军部队起义和投诚的任务已经完成，速赶回总部，另有任务。"杨云枫心里十分清楚，黄维兵团已成瓮中之鳖，不必再与他们无限期地耗下去了，总前委即将下达歼灭十二兵团的命令。

杨云枫收拾好行装，与几位纵队领导告别后来到了蔡云邈那里。杨云枫说："云邈，我要回总部一趟，下一步主要精力会在陈官庄的战场上。双堆集这边差不多了,很快就会解决。在战场上指挥的时候,你一定要注意安全,保护好自己。"

蔡云邈说:"云枫,你就放心回去吧,我会保护好自己的。"

杨云枫动情地说:"黄维兵团现在是秋后的蚂蚱蹦跶不了几天了,陈官庄的杜聿明也一定是兔子的尾巴长不了,等打完了淮海战役,估计很快就会向长江以南推进,我们都要好好地活着,一定要看到全国解放的那一天。"

"你也一样,一定要保护好自己!你不是给大家说过,等打完了仗,我们还要回昕昕中学举办一场篮球比赛的吗?"蔡云邈又想起了十几年前的事。

"我没有忘,我们一定要回去举办一场篮球赛。到那个时候,球场上是裁判'嘟嘟'的哨音,赛场周围都是呐喊加油声,想想都让人激动……"

两位患难与共的老同学眼中噙着热泪,相互敬礼,再次依依惜别。

杨云枫快马加鞭地回到华野司令部,正好赶上转移,就跟随大家一起搬到了蔡洼杨家台子这个地方。刚刚安顿下来,杨云枫听说总前委要在蔡洼开会,这一次能同时见到五位首长,他激动的心情无法形容。

在开会休息的间歇,粟裕把杨云枫介绍给了其他几位首长。

陈毅笑着对杨云枫说:"云枫,你这个年轻人可不简单啊!虽然你没有直接拿枪和敌人面对面地干,但你发挥的作用可是不小。张克侠、何基沣起义,不只是带出了两万多人的问题,而是打开了徐州的北大门,让我们的部队长驱直入,这样才得以截断黄百韬兵团的退路,为后面全歼黄百韬兵团奠定了基础。"

"谢谢陈司令表扬。"杨云枫敬礼回谢。

陈毅讲完,邓小平接着说:"你那个同学,蔡云邈的一一〇师起义也是一样,在那种紧要关头,这就像一条鞭子狠狠抽在黄维兵团的脸上,极大地动摇了他们的军心。黄维兵团被歼,你功不可没啊!"

杨云枫被两位首长说得不好意思,谦虚地说:"这都是在前委首长指示下做的一点具体工作,很多工作我没有做好。"

"哈哈,还挺谦虚!"陈老总的夸奖让杨云枫的心里比吃了蜜还甜。

几位首长走后,杨云枫就从粟裕办公室领到了一项重要任务。办公室内还有陈士榘、唐亮和张震等华野的几位领导。

"云枫,你马上回趟徐州,全力以赴把这件事情办好。"粟裕向杨云枫交代了此行的任务。

"请各位首长放心,我一定完成任务。"杨云枫敬礼后匆匆离开了华野司令部,当天即乘坐吉普车赶往徐州。

当天傍晚时分,杨云枫回到了徐州。一进城门,杨云枫就感受到徐州城与过去相比，已经悄然发生了很多变化。过去，徐州一直为国民党部队所据守，路口全是国民党军队的岗哨，大街上呼啸而过的也都是宪兵军警的马队和车辆，杨云枫每次进城都必须化装，隐秘行动，唯恐被国民党特务发现。现在不一样了，徐州发生了天翻地覆的变化——十几天前枪炮声不绝于耳的情景消失了，道路口狼奔豕突的乱象也不见了，街道两旁都插满了迎风招展的红旗，来来往往行人的步伐从容，脸上绽放着祥和欢喜的笑容，大部分店铺已经重新开张，中山公园和云龙山上游玩的群众络绎不绝……在邵晓平的陪同下，杨云枫和燕刚走下汽车，他们再没有往日的瞻前顾后，而是昂首挺胸，大踏步地走在徐州的街道上……杨云枫终于体会到了自己梦寐以求的感觉——一种打下江山做主人的自豪感油然而生。

杨云枫先到了侯师傅那里。

这里杨云枫太熟悉了，闭上眼睛都能找到。侯师傅的儿子小猴子正在大门外劈柴。

"小猴子，还认识我吗？"杨云枫问道。转眼十几年，已经长大成人的小猴子怎么也认不出过去常背着自己玩耍的叔叔了。

小猴子抓耳挠腮想了一会儿，好像忽然想起了什么，说："你，你是滕老伯家里的'高客'吧，他的个子和你一样高，眼睛也和你一样，又大又亮。"

徐州大人小孩将女婿称为"高客"。小猴子认错了人，惹得杨云枫身后的人发出一阵笑声。

"杨部长，您什么时候在徐州城当的'高客'，谁家漂亮闺女这么有福气啊？我一直跟着您，怎么一点都不知道呀？"燕刚故作疑惑地开玩笑说。

"燕科长，不光你不知道，连我这个整天在徐州城满街跑的人也没听到一回鞭炮响，唢呐鸣啊！"邵晓平也来凑热闹。

"去去去，别跟着瞎起哄！"杨云枫瞪了燕刚和邵晓平一眼，然后自己也忍不住笑了起来。

侯师傅和侯五嫂看见杨云枫来了，就像是看到自己的亲人回到了家，话还没出口先红了眼眶。侯五嫂拉着杨云枫的手是从头打量到脚，一会说"黑了"，一会说"瘦了"，一会又说好像在哪里见过他，弄得杨云枫红了脸，一时不知所措。杨云枫对侯师傅和侯五嫂的感情非同一般，十多年前，他就是从他们这里开始走上革命道路的，在感情上早就觉得和他们亲如一家人了。

"云枫，徐州刚解放，我们就见面了，我真是没想到！"侯师傅握住杨云枫的手动情地说。

侯五嫂擦了一把泪水，望着杨云枫说："云枫，你现在都是大首长了，但在我心里啊，想的总还是十几年前那个毛头小伙子的样子，刚才见到你，俺就是转不过弯来！"

"师傅，为了这一天，多少人不是流血就是牺牲，但我们大家的努力和付出没有白费，现在徐州回到了人民的手中，真是大快人心的事情啊！今后，我们再也不用躲躲藏藏了，而是可以光明正大地见面了，我这次回徐州，第一站就赶到你们这里来看看，我也很想念你们呀。"杨云枫同样抑制不住自己的激动，眼里闪着泪花。

不知不觉半个钟头过去了，因为还有重要任务在身，杨云枫才不得不与侯师傅一家依依惜别。

杨云枫一行乘车直接赶往解放军华东军区徐州特别市军事管制委员会。

当天晚上以及第二天，杨云枫一连在徐州出席了几场大会。

第三天上午，杨云枫在徐州的活动情况刊登在了徐州的各大报纸上以及军管会的"内情通报"上。

"内情通报"上说，华野敌工部部长杨云枫昨天专程抵达徐州军管会，看望并慰问在这里工作的几位侦察英雄，他们为解放徐州做出过突出贡献，现在又在新的岗位上开始了紧张的工作。通报还说，他们当中有曾经在国民党"剿总"司令部和徐州保密局卧底的三位同志，也有打入国民党徐州陆军总院、徐州"剿总"军用专线电台的两位智勇双全的英雄。"内情通报"上配有几张照片，其中一张是杨云枫与马树奎、佟处长、小钱、邹铎和车正元等人坐在军管会楼前的合影。照片中，马树奎他们身姿挺拔，威风凛凛，每个人都穿着崭新的解放军军装，显得英姿飒爽，锐气逼人。

照片发出的当天下午，邵晓平按照杨云枫的命令火速赶赴永城陈官庄。送走邵晓平之后杨云枫和燕刚经过一番化装，乘火车前往国民党首都南京，执行一趟绝密任务。

黄维兵团在双堆集被歼后，解放军经过短暂的休整，部队从双堆集向北推进，在陈官庄的包围圈外面又重新部署了阵地，形成了对杜聿明集团的外围封锁。与陈官庄被围之敌直接对峙的华野主力，以八纵、九纵在西侧，二纵和十一纵在正南方向，三纵、四纵、十纵在东侧，一纵、十二纵和渤海纵队在北部，基本上把杜聿明集团包了个严严实实。

邵晓平此次受命前来陈官庄，是来寻找孔汉文的。

孔汉文随国民党部队撤离徐州后，一直跟随杜聿明并留在他的"前进指挥部"里。与孔汉文前期的联络，主要通过一名化装成难民的交通员来完成，由于队伍杂乱无章且流动性很大，接头基本上都能顺利完成，但自从12月15日双堆集黄维兵团土崩瓦解后，杜聿明强化了阵地的防范，防止解放军偷袭，也严防不明身份人员乘机进入，从此之后，交通员就很难及时与他保持联络了。为了孔汉文的安全，也为了通过他摸清杜聿明部队内部的情况，必须尽快想方设法与他恢复联络。

侦察到孔汉文所在的阵地位置并对周边环境详细观测后，半夜时分，邵晓平带领几个人悄悄摸到了华野部队包围圈的最前沿，开始用独特的方式尝试进行联络。

隐蔽在壕沟内，邵晓平几个人从腰中取出唢呐、笙、镲和梆子，朝着对方阵地，呜呜哇哇吹打起来。刚开始吹打时，国民党部队以为这是解放军请来唢呐班以"骚扰"的方式扰乱军心，对这种"伎俩"并没有特别在意，只是朝邵晓平所在的方位打了几次冷枪。因几个人都躲在战壕里，开枪没有丝毫作用，一支烟工夫后，枪声也就没有再响起过。

正在熟睡的孔汉文听到前沿阵地传来的唢呐响动，一下子从床铺上跃了起来。"是，是他们，真是他们！"已经四五天与组织上失去联络的孔汉文过电一般顿时精神抖擞。

原来，杨云枫创造了一个在紧急情况下传递情报的土办法，即通过不同乐器发出声音的次数和长短，把约定的暗语传出去。

孔汉文收到的暗语是："近期有人前去找你……"

在南京鸡鸣寺旁的一个茶坊包间内，杨云枫见到了"孤雁"。

仅仅一个多月没见，"孤雁"整整瘦了一圈，人看起来比正常年龄大出十来岁。

没有握手，没有微笑，两个人坐在茶几的两边只是相互点了点头，一切尽在不言中。

坐定之后，杨云枫转达了陈毅和粟裕两位首长的问候和对他工作的赞许。"孤雁"听罢，只是默默地点了一下头，然后轻声说道："谢谢两位首长，我所做的和那些牺牲的同志相比，不值一提。"杨云枫不由感慨，虽然同处隐蔽战线，但自己遇到困难时，还可以与身边的同志商量一下，向上级首长及时请示汇报，但眼前的"孤雁"十几年来却始终孑然一身，无论面临什么样的危难，处于什么样的困境，都必须心如止水、沉着应对，甚至紧急情况下要毅然做出自我决断，对这样一位忍受巨大身心折磨的孤胆英雄，杨云枫在肃然起敬的同时，内心有种说不出的滋味。

"孤雁"用半个钟头时间把最近国民党国防部的作战计划做了介绍，"介绍"不是说出来的，而是背出来的。"孤雁"说话时没有眼望杨云枫，而是两个眼珠一动不动地低头盯着桌面，说话的语速从前至后几乎一模一样，只有当涉及到人名、时间、地点和部队番号时，他说得才慢一点，以便杨云枫能够默记于心。"孤雁"说话时，杨云枫同样一动不动，双眼紧盯着对方的嘴，把他所背出来的每一句话记在心间……"孤雁"说完后抬头看了看杨云枫，杨云枫点了点头。就这样，两位隐蔽战线的豪杰通过口述和默记方式完成了情报的交接。

喝了一口茶,角色立马进行了互换,杨云枫说话,"孤雁"倾听和默记。杨云枫先把解放军在永城陈官庄地区对杜聿明"围而不打"的部署向"孤雁"做了通报,希望他结合这种情况继续提供急需的情报。紧接着,杨云枫向"孤雁"通报了最近发生的一个突发情况,说是需要"孤雁"利用适当时机在南京进行策应配合。

"孤雁"没有立即说话,而是低头一阵沉默。

"云枫同志,请你回去后转告首长,下一阶段的情报我会全力收集并及时转告。刚才你通报的事情我早就知道了,由于不清楚与我们自己的同志有关,也就没当回事。现在知道后,特别理解首长和你的焦虑心情,你看能否这样办——"

"孤雁"略加思索后,说出了处理突发事件的一个大胆而周密的想法,杨云枫听后点了点头。

"来时首长反复交代我,不管哪件事,都必须以保证您的安全为前提,遇到危险,您可随时停止或放弃行动。"杨云枫说。

"谢谢,我知道了,请你和首长放心。"

于无声处,不久将会掀起惊涛骇浪的重要情报就这样悄悄传递完成了。

分别的时刻到了,杨云枫率先合上茶杯的盖子,这是两人约定的暗号,意思是他先离开茶坊。

"云枫同志,稍等——"当杨云枫准备起身时,"孤雁"叫住了他。这种现象在两人过去的几次接头中从未发生过。

"云枫同志,我有个个人的想法不知当讲不当讲?"向来干练果敢的"孤雁"这次说话如此犹豫,大出杨云枫所料。

"请说,你的意见我会及时报告首长。"杨云枫回答。

"这一段时间,我想得最多的是今后我自己工作的事。你我都清楚,现在只剩下最后对付杜聿明的一战,我们的胜利也只是时间问题。我在隐蔽战线已经工作了十几个年头,白天扮鬼,晚上才是人。对我来说,白天扮鬼不痛苦,只有晚上做人时才痛苦。我不是怕痛苦,而是担心在重压之下出现不应有的疏忽,给组织上带来重大损失……你知道我现在最期望什么吗?是回到自己的部队,穿上自己的军装,堂堂正正地做人,和战友们一起冲锋陷阵!请你回去转告首长,待完全歼灭杜聿明后,希望组织上能同意我归队!"

听了这番话,杨云枫能体会到"孤雁"这么多年来的心力交瘁和备受煎熬,作为指挥人员,杨云枫常年工作在华野对敌工作的最前沿,他比任何人都理解"孤雁"此时的心情。

"我回去后立即向首长和中央转告您的想法。"

杨云枫起身离开时，从心里真想向这位坚韧睿智的无名英雄行个军礼，但条件不允许他这么做，他轻轻将双脚并在一起，用约定的方式向"孤雁"致敬。

"孤雁"看到了杨云枫的双脚，脸上露出了浅浅的微笑，自己的双脚也并在了一起。

当天晚上，杨云枫离开南京，燕刚则留在那里，按照"孤雁"的计划开始实施处理那场突发事件的行动……

41

"得道者多助，失道者寡助。寡助之至，亲戚畔之。多助之至，天下顺之。"

在通往陈官庄东西南北的各条道路上，游动着一条条长龙，那是前往战场运送粮食和弹药的支前民工队伍。相较于杜聿明部队忍饥挨饿，嘈杂无序地哄抢空投物资的窘状，阵地对面的解放军纪律严明，组织有序，保障有力，敌我双方状态可谓天壤之别。

战役开始之前的9月份，中共中央、中央军委就对后勤工作极为重视，对中原、华东、华北中央局多次下达指示，提出全力保障解放军供给的口号和实行耕战互助的方针，要求必须筹集全军部队及民夫约一百三十万人三个月至五个月所需的粮食、草料、弹药，以及为十万至二十万伤员的医治做好充分战役支援准备。到了12月份，支前工作开展得更是如火如荼。已经解放的地区全部动员了起来，一切为着前线，一切为着胜利；前方需要什么，就供给什么，解放军打到哪里，民工就支援到哪里。

12月26日，根据中央军委的指示，总前委在徐州召开华东、华中、中原、冀鲁豫四个地区的联合支前会议，主要是协商各地区的支前工作。总前委给各地区分配了任务，要求各级支前领导机关协助部队的后勤部门，设立粮食储存点、油盐供应点、弹药库、被服库、补给处，另外还有伤员转运站和征兵站等。

后方各地全力以赴，都在动员和行动，积极响应中央军委和总前委的指示。

雪花纷纷扬扬在空中乱舞，大杨庄旧祠堂门前的老银杏树已不堪重负，时不时在风中抖下簇簇雪团。

村长杨敬禄正在给全村的老少爷们开会。他昨天晚上刚从乡里开会回来，今天就立即召集全村人及时传达。下面没有一个人说话，大家都目不转睛，专心地听着，不时传来男人们"吧嗒吧嗒"抽烟和女人们"刺啦刺啦"纳鞋底的声音。杨敬禄的嗓门虽然不高，但说出的每句话都非常威严，会场上所有的人都凝视着这位当家人："今天各家各户在家的劳动力一个不落都到了，大家都很积极，很好！昨天乡里开会，传达了上边下来的好消息，11月底咱们解放军在邳县碾庄圩消灭了黄百韬兵团，12月中旬又在安徽濉溪双堆集消灭了黄维兵团，前不久杜聿明带着二十多万人马从徐州逃跑了，脚底抹油想溜走，可刚跑到河南永城陈官庄一带，又被咱们神通广大的解放军给彻底围上了。"话音一落，会场就像炸开了锅，大家兴奋地议论起来，他们知道，战场连连告捷，外出支前的亲人们回家的日子又近了。

杨敬禄端起他的大搪瓷缸子喝口水，等大伙儿稍微安静下来，他继续说道："你们看，这老天下这么大的雪，战士们在前方与敌人拼命，冰天雪地，挨饿受冻，为了什么？还不是为了今后咱们能够过上舒心太平的好日子，为了咱们普天下的老百姓都能有饭吃、有衣穿，有田种！还有，咱们基本每家都有人出去，要么是扛枪当兵和老蒋打仗，要么就是推车往前线送东西，那可都是咱自己的亲人呐，决不能饿着冻着他们。所以，我们在后方还是要再勒一勒裤腰带，省下尽量多的粮食支援前线，不让他们挨饿，再加把油干活，做出更多的鞋子袜子不让他们受冻。"

突然一个声音从人堆里传出："那俺这些大老爷们不会纳鞋底织袜子咋办？"

杨村长往声音传出的方向瞅了瞅，刚才说话的人吓得立马把头缩了回去。杨敬禄笑着说："你不会纳鞋底织袜子，那你会不会烓鞋底？如果你不会烓鞋底，那你会不会碾米磨面加工军粮，会不会看孩子喂鸡喂猪洗衣裳？你多做一点这些活，你媳妇儿就可以把时间腾出来去纳鞋底去织袜子，这样不也算你为解放军做了贡献吗？"

底下人"嗡嗡"地议论开了："啊，原来也可以这样。"

"村长说得好，大家都能为前方出把力，俺咋没有想到呢！"

"不服气不行，还是村长的主意多。"

待会场上的议论声渐渐平息，杨敬禄再次说话："现在下雪了，地里的活没啥可干的了，大家就在家里帮忙，除了纳鞋底织袜子，也可以打草鞋，或者编篮子、筐子和席子，都要自己开动脑筋，想想能为支前做点什么，没事不能聚在一起闲拉呱，更不能打牌赌钱。如果谁这样做，被我们干部撞见或被人举报，一定轻饶不了。"

随后，杨敬禄向妇女主任王秋菊交代了一声，要她常去各家巡视，接着又对大家说："你们做好的东西随时交到村里来登记，俺们马上折算成工分记在工分账册上，做得越多折算得越多。"

这句话又引来了一阵"嗡嗡"声，许是大家听到在家做活也能挣工分，都在兴奋地议论。不管怎么说，能调动起大家的积极性，杨村长就达到了目的。

说完支前的事儿，杨敬禄又将话题扯到了征兵上，这也是他今天开会讲话的重点之一。关于征兵的事，杨敬禄做了精心的准备，不光看了大量上级发下来的材料，还在区里开会时问了征兵部门很多问题，吃透了政策，因此对于做好征兵动员工作，他已经成竹在胸、信心满满。

"高墙是一块砖一块砖砌成的，部队就是一个兵一个兵组成的。没有墙，挡不住风雨，没有兵，谈不上打仗。"杨敬禄用精心打磨好的两句话为"征兵"话题开了个好头，显得很有哲理性，自己觉得十分满意，情不自禁把嗓门提高了几分，"没有兵就打不成仗，更谈不上胜利，大伙想想，敌人来了，谁来保卫咱们，保卫咱们各家各户分到的土地、房屋和牛马？过去，小日本强占咱中国，咱们拼死拼活了好多年才把他们赶走，仗是谁打的？是提枪握刀的军人们打的！现在解放军和老蒋的部队打仗，解放军要把他们彻底打垮，咱们都举双手支持，为什么支持呢？因为大伙都知道，蒋介石给地主老财撑腰，而解放军是实实在在为咱们老百姓好。解放军为了咱们打仗，咱们不出力谁出力？怎么出力呢？支前是出力，当兵是更大的出力！"

会场上鸦雀无声，所有的人都盯着村长杨敬禄，等着他下面的话。

"当兵好啊，当兵光荣啊！不仅自己光荣，全家都光荣。大伙都知道，俺大儿子老早就去当了八路军，小儿子现在也参加支前到了前线，虽然暂时不是兵，也和兵差不多，等他回来，俺立马动员他参军当兵。还有俺哥家的孩子，就一个儿子不是也去当兵了吗？俺们现在都属于军属。什么是军属？就是军人的家属，是优先被照顾的对象。还有当了兵之后有饭吃还有钱拿，国民党叫军饷，咱们共产党的部队叫津贴。当的官越大拿的津贴越多。班长比士兵拿得多，排长比班长拿得多。"

会场上"嗡嗡嗡"又开始议论了。杨敬禄心里清楚，凡是说到跟钱有关的话题总能引起一阵骚动，所以，他是哪里痒就往哪挠，总能挠到正点上。做群众工作，杨敬禄可谓轻车熟路。

对杨敬禄的讲话，底下人是服气的。村长不但自己家做得好，他哥哥家也做得好，两家都是军属，村里的人也都很羡慕。

村长带头做的事总应该是好的。于是就有人问："怎么去啊？"

杨敬禄回答："愿意去的可以先在村里报名，最后统一报到区里兵站点。有谁积极去参军，一是我们敲锣打鼓去欢送，这种待遇一般人哪能享受到；二是不管是家里农活还是其他事情村里都有照顾，不让你们有任何后顾之忧；三是在大门口挂一块'革命军属'的牌子，让每一个经过你们家门口的人抬头就能看见。所以，这就叫'一人参军，全家光荣'。"

杨敬禄的一席话说得大家欢欣鼓舞。

开过会后，大杨庄和其他地方一样，立马开展了男女老幼齐上阵的生产大竞赛，另外还掀起了"到前线去，到主力部队去"的参军热潮，符合条件的青壮年纷纷报名，出现了父送子、妻送夫、兄弟争着上战场的场景……没有去当兵的就在村里组成了民兵营，在后方担负着维护治安、保卫生产、护送物资、清剿土匪、捕捉散兵等战勤任务，成为解放军有力助手和强大的后备军。

黄百韬第七兵团在碾庄圩被歼灭后，黄维兵团日夜行军向宿县进发，大有重新夺取宿县的架势。11月24日，集结号吹响，华野部队向另一个战场转移了。

支前队伍也不能落后，必须随着部队一起开拔。杨云林的支前队在李指导员的带领下，在碾庄圩待了三天，参与了战场的清理工作。第四天一早，杨云林接到了新的任务——向徐州南运送粮食。

这个时候，杜聿明集团正在组织徐州附近的军队向宿县方向进攻，黄维的十二兵团也经蒙城朝宿县推进，企图南北夹击一举拿下宿县这个津浦铁道线上的重要枢纽。宿县被解放军攻破后，国民党部队被直接掐断了后勤供给线，蒋介石急得如热锅上的蚂蚁，严令各部不惜一切代价夺回宿县，重新打通津浦路徐蚌段。

夺取宿县是要靠实力说话的。解放军既然已经攻击得手，又岂能让国民党军队轻易拿走？激烈的争夺拉锯战每天都在进行。最后，国民党军队对宿县的攻击不但没有奏效，反而连黄维的十二兵团也被严严实实围困在了双堆集附近。黄维的十几万人马被包围后缺粮少弹，只能靠空投维持生计，哄抢粮食事件屡禁不止。战局未开，败象已现。

与如同困兽的黄维十二兵团相比，此时解放军拥有强大后方支前队伍的巨大优势就充分体现出来了，来自各地的支前队伍源源不断地把粮食给养、弹药输送到前线，参与作战的解放军部队完全没有后勤供给上的后顾之忧。徐州"剿总"曾多次企图通过空军侦察寻找解放军的后勤基地，然后轰炸破坏，但始终没能达到目的。倒不是解放军的后勤基地隐蔽和防护如何严密，而是解放军根本就没有固定的后勤基地。他们的后勤基地在广袤的淮海大地上，在人民群众当中。浩如烟海的后方老百姓织成了一张坚韧密集的支前大网，割不断，撕不破。所以，徐州"剿总"派出的几架轰炸机只能漫无边际地侦察，毫无重点地轰炸，追着无数时隐时现的支前队伍跑，对解放军补给线的破坏十分有限。

鉴于飞机侦察对能见度要求较高，敌人一般白天出动比较多，晚上比较少。为了避免队伍受损，李指导员召集云林、文华、铁锁等几个支队长研究对策。

作为队长，云林在支前过程中一直在总结与敌人飞机斗智斗勇的经验，他说："根据这一段敌机的侦察轰炸时间，俺看出了点头绪，他们一般在上午吃过早饭至晌午头，下午上工点至晚饭前出动，中午要回去歇一会。俺认为咱们可以根据他们的规律开展行动，和他们打打游击。他们出来了，咱们就找地方隐蔽休息，等他们休息的时候，咱们再行动。"

云林讲完后，好朋友文华第一个说话："俺同意云林的意见。大队人马隐蔽休息的时候，可以派两三个机灵点的人前去探路。路途熟悉了不但费力少，还可以节省不少时间。"

铁锁上次在行军途中遇到飞机轰炸受过伤，半只耳朵被弹片削去了。此时的他先是摸了摸耳朵，然后说："上次俺出事，吃的就是扎堆的亏，要俺说，最好采取分散行进的方式，把原来的大队人马分成十几个小队，每隔半个钟头出发一队，以减小目标，这样的好处很明显，即使遇到敌人的侦察机和轰炸机也方便隐蔽，即使被轰炸损失也小……"

就这样，大家讨论了大约半个小时，最后李指导员结合大家讲的内容进行了总结："夜间比较黑，不太好走路，效率不高，咱们以休息为主，天刚亮时就开拔，不要停下来吃早饭，一口气走上四五个小时，等觉得敌人的侦察轰炸机该出来的时候，咱们再休息。中午敌人的飞机回去加油休息，咱们反其道而行之，不但不休息还要抓紧赶路。下午的时候，咱们把大队伍分成小组分批出发，就这样一直走到天黑看不清路了再休息。大家说好不好？"

"好！"虽然这样与原来计划有很大差别，而且也会更累更辛苦，但为了确保安全，大家还是一致赞同。

杨云林随即把队伍分成几个小组，要求小组长带领各自小分队按照计划行事。

冬天早上四五点钟，正是人最困的时候，走了一天的人此时哪怕能多睡一分钟的觉都非常满足，李指导员、云林、文华、铁锁强忍着疲累和困意，每天总是早早爬起来招呼大家，他们要重点盯的是平时不太积极的杨老四、冯槐树等几个人，每次都得先喊他们。

"老四，起来了，要走了。"

"啊，天又亮了，好，好。"杨老四迷迷瞪瞪坐了起来，等云林喊了一圈回来，他又歪在那里睡着了，云林只能对着他的耳朵再大声吆喝："老四，肥肉炖熟了，快起来剋一碗！"这时的杨老四才一跃而起……

冬季白天短，黑得比较早，傍晚时分已经看不清路了。为了抓紧赶路，杨云林带着大家伙儿还是不停地前进，直到晚上十点多，大家实在走不动了，才在经过的村庄找个地方露营休息。由于时值深夜，他们尽量不惊动和影响村里的老百姓，就在村头找个空旷的地方安营扎寨歇歇脚。紧赶慢跑了一天的路，大部分人已经累得说不出话来，他们不再生火做饭，而是简单吃点干粮倒头就睡。杨云林安顿好自己的车子，便和李指导员一起四处巡查，检查车辆停放、人员和周边的安全问题。这一次，映入眼帘的景象让两人心头一震，杨老四等几个人横七竖八躺在麦秸垛四周，冯槐树等一些人蜷曲在坑洼不平的磨道里，铁锁几个人钻进了人家的地窖里，实在没有地方了，文华和其他三人无奈睡在了一户人家骚臭刺鼻的废弃羊圈里……看着眼前的一切,李指导员眼含泪水,感慨万千:"多好的老乡啊!一个多月来,尽管最初有些人思想上对支前顾虑重重,有些人身上带有强烈的小农意识,个别人甚至还可以说自私自利,但经过战火的锤炼和洗礼,现在的他们吃苦耐劳、顾全大局。他们本是最平凡最普通的百姓,但现在他们也是这场战役的伟大战士,尽管他们手中没有枪弹,没有在前线冲锋陷阵……"

等李指导员和杨云林巡视完所有队员,已经是半夜时分。他们已经找不到躲避寒风的栖身之处。两个人从自己车上抱下来一捆稻草垫在屁股底下,蹲在一户人家的山墙边,将被子盖住双腿和胸口,露出头部,在呼呼的寒风中,不到两分钟,头一歪就睡着了。

第二天早上,一个队员突然喊了一声:"这两个人是谁?"其他人顺着手指的方向看到了李指导员和杨云林的模样,两个人的眉毛、胡子上和鼻孔、嘴巴四周全都结了一层白白的冰霜,俨然两个雕像似的,根本看不清两人本来的面容了。

自从杨云林他们调整了行动的时间,基本上都能躲过敌人飞机的侦察和轰炸,再没有出现因为敌机轰炸而伤亡的情况。但细心的杨云林几次在茅房内发现了问题,队伍中有人便血。他在队里询问过几次,目的是发现此人后,一是减轻他的运载量,二是想办法给他增加点营养,他吆喝了好几次,并且私下里打听,但始终没有人承认。

便血的不是别人,正是随队的李指导员。一个在城市里长大的小伙子,李指导员从小到大从来没有受过这样的苦,自从跟随支前队伍之后,活干得和别人一样多,一个月下来,累得人开始咯血和便血。前面一段时间,他还可以用土及时掩埋掉"物证"。但自从改变行动时间后,半夜才能停下来宿营,由于天黑看不清楚,他也就没办法用土掩埋了。

徐州"剿总"11月30日撤出徐州后,为延缓解放军追击的步伐,同时也为了阻挡支前大军向前线运送粮食、弹药、药品等物资,狗急跳墙的徐州国民党军炸毁了徐州北面和东面的铁路桥。

李指导员第一时间接到了抢修其中一座铁路桥的任务,他找到云林布置工作:"刚接到任务,要我们在五天内修复徐州北面一座铁路桥。有没有信心按时完成任务?"云林神情坚定地回答:"有!坚决完成任务!"

云林带领队伍连夜出发,迎着刺骨的寒风一路不眠不休,天亮之前就赶到目的地。附近地区的党组织已经开始每家每户动员,当地的群众听说国民党部队已经逃跑了,大家积极响应,把过去铁路被破坏后偷偷拉回来的枕木、道钉、铁轨等都从自家院子里扒出来,帮助支前队修桥。

在上级派来的技术员的指导下,杨云林的队伍开始投入到抢修桥梁的工作中。

下到齐胸深冰冷刺骨的河水中，云林冷得浑身打颤，一会儿腿脚就冻得不听使唤了，就连扶着钢钎的手都不由自主地晃动。半个钟头之后，嘴唇青紫的云林被拉上来烤会儿火，喝了两口烧酒，等身子一热乎，他再次跳进河中干起活来。就这样几个来回后，轮到了李指导员。看着瘦弱的指导员，大家拦着他，说他还要和技术员协调工作，在岸上指挥就不要下水了，但他死活不同意。等文华上岸后，李指导员扑通一下就跳进了河中，和大家一样一干就是半个钟头。等李指导员上岸烤火时，大家端了碗取暖的烧酒，不善饮酒的他喝下一口突然剧烈地咳嗽起来。这一咳不要紧，口中吐出的全是鲜血……李指导员还要下水，云林几个人不再听从他的命令，死死拉住了他。这时候，杨全英站了出来，不吭不响地脱下棉袄棉裤，穿着单衣跳进了河中。

　　日夜不停，杨云林的第五支前队冒着严寒，加班加点拼命地干活，用了四个昼夜就提前完成了任务。

　　这里需要交代一下。由于支前队员几天内几乎不停地下到冰水里浸泡，当时虽然感觉不到异样，但解放后他们很多人因此而得了关节病，每到刮风下雨天，就会疼痛难忍，给晚年的生活带来了无法言表的痛苦。就是这样，朴实的大杨庄的老百姓没有任何人找政府要过任何补助。杨全英从二十世纪六十年代以后身体每况愈下，走路时要架双拐蹒跚而行。家里实在没钱看病，有一次，他的小儿子在他面前犯起了嘀咕："爹，你的病是支前落下的，俺们能不能打个申请，向政府要点钱给你瞧瞧病！"杨全英一口回绝了，他瞪着儿子说："不行，你趁早断了这个念想吧！爹年轻时在大杨庄是有名的落后分子，后来好不容易摘掉了帽子，现在人老了，不能再把落后帽子戴上！还有啊，当时去支前，从大处说为了打败老蒋，从小处说也为了保住咱家分来的房屋和土地，也是为了咱自己，爹是自愿的，不后悔。况且啊，去支前的也不是爹一个人，听说上百万人呢！如果人人都伸手要这要那，政府哪能受得了？！"

　　杨全英于二十世纪七十年代末去世，至死没有向政府要过额外的一分钱补贴。

　　在通往陈官庄战场的道路上，杨云林带着他的第五支队正在行进中。他们这一次运的是副食，车子上装有白菜、萝卜、大葱、生姜还有猪肉。

　　路不好走，前一阵子下过雨，路还没有干，又下起了大雪。路上的泥巴结了冰，高高低低地立在地面上，路面被踩轧出了各种形状，表面结冰后仿佛一道道高高低低的山丘沟壑，凸凹不平。在这样的路面上行进，每隔几分钟就有人滑倒在地，摔成了泥人，手中的车子也失去方向侧滑到路旁的野地里。

　　虽然是数九寒天，杨云林他们还是走得浑身冒汗，不少人敞开了衣襟，有的还把帽子抹了下来。李指导员看到了，举起纸糊的广播筒向大伙喊道："大家就地休息五分钟，擦把汗，但不准抹掉帽子。如果谁觉得穿得多了，等会汗下去了把里面的衣服脱掉一点。大伙一定要保护好自己，绝对不准感冒，有谁把自己弄感冒了，就是拖咱们支前队的后腿，我不仅不同情他，而且还要批评他！"

大伙没想到李指导员这么细心。李指导员这样一吆喝，有几个已经把棉衣脱掉的人赶忙抓起棉衣穿起来，帽子也重新戴了起来，大伙谁都不想成为拖支前队后腿的人。

休息了一阵，稍作整顿，队伍又上路了。风在呼呼地刮着，天上飘着鹅毛状的雪片，漫天遍野白皑皑的再无其他颜色。一群黑点在白色的海洋中移动，他们身后留下了一串歪歪斜斜的脚印，很快又被大雪覆盖。没有什么能阻挡杨云林他们支前的热情，饿了，拿出装在口袋里的煎饼啃一口，渴了，抓一把干净的雪俺进嘴里。

为了赶时间，他们已经一整天没有扎营做饭吃了。杨全英和杨老四两辆车排在一起，车上装的全是猪肉，一路上看着猪肉，可又吃不到，两人边走边拉呱。

杨全英问："老四，你想不想吃肉？"

耳朵里一听到"肉"字，杨老四就止不住吞了口口水，说："全英，俺想啥你就说啥，你可真像是俺肚里的蛔虫啊！咋不想呢，做梦都想吃肉！俺给你说句心里话，说出来你可别笑话，拉车时，抬头瞧着你车子上装的一扇扇生猪肉，俺都恨不得趴在上面啃一口。"

杨全英说："杨老四，你敢！这是送给解放军吃的，再馋也不能啃，等到前面休息时俺要让云林好好检查一下车上装的肉，如果少一口，准是你偷啃的，看俺咋收拾你！"

杨老四诡异地笑了笑，说："全英，不瞒你说，这几天啊，俺天天吃肉，只不过没让你发现罢了！"

杨全英"咣当"一下停下了车，扭过头逼迫杨老四停车后，一把薅住了他的衣领。

"咋回事，快说！"

"好，好，别急眼啊，俺交代还不行吗？"

杨老四突然嬉笑起来，说："李指导员昨天休息时给俺说，老四，全英的车子走在你前面，你赚大便宜了。俺问他咋回事，他说，古人发明了两个成语，一个叫'望梅止渴'，一个叫'画饼充饥'，现在，俺要发明第三个成语了，叫'跟车吃肉'，你天天跟在肉车后面，时时离不开肉，顿顿离不开肉，肉都吃腻了吧？！"

"原来是这样！"杨全英恍然大悟。

"老四，做人得讲究，不能鹅食盆不许鸭插嘴——吃独食，从现在开始，不能让俺一直走在你前面，咱们两个得不停地换换位子，俺也要'跟车吃肉'！"

从此之后，杨全英和杨老四的两辆车经常变换前后位置。别人问他们什么原因，两人一脸憨笑，死活不愿对外讲。

赶到萧县的时候，支前队伍里又出了变故，一辆小推车走走停停，停停走走，直接耽搁了后面队伍的行进。走在前面的杨老四回头一声大喊："杨全英，你磨磨叽叽干啥呢？莫不是你也想趁机偷啃猪屁股上的肥肉？"正郁闷着的杨全英生气地说："滚滚滚，谁像你一样没出息。没看到俺的鞋子坏了吗？"

杨全英个子大，脚步重，走起路来"咚咚"响，因此穿鞋子比别人废，他从家里出来时原本带了一双备用的鞋，就是以防万一。出来已经一个多月了，原来脚上穿的那双布鞋磨得露出了脚趾头，他气得把它扔了。现在脚上穿的就是那双备用的鞋子，不知怎么又被他磨破了，走路一咪一滑的，终于在一个趔趄时，鞋底与鞋帮干脆来了个大分家。杨全英再也没有鞋子可换，只得拿根绳子把它们紧紧地捆绑在一起，可是走不了一会路，绳子脱落，鞋底鞋帮又分了家，杨全英坐在路边直怄气。

队长杨云林走过来，问清楚情况，说："出发前，俺一直告诉你们要带自己最结实的鞋子，咱们指不定什么时候才能回家呢。看来你们没有听进去，现在出问题了吧。"云林说着话，从背包里拿出一双油纸裹着的鞋子，递给了杨全英："你看看合适不，先凑合着吧。"杨全英打开油纸包，"咦，这鞋子看着有点眼熟啊！"再仔细一看，"这不是我扔掉的那双鞋子吗？"

杨云林说："是的，这正是你扔掉的那双鞋子，俺看着还好，就捡回来把破的地方给补好了，你穿上试试！"

"云林，谢谢你，你可帮了俺一个大忙，没想到你的心会这么细。"

云林笑了笑没有说话。

一路上，作为队长的杨云林最担心的还是大伙的吃饭穿衣问题。支前出门的时候，除了脚上穿的，他娘又给他准备了两双鞋子塞到包裹里，就是怕这个宝贝儿子冻着脚。可云林看到有人鞋子破得实在不能穿了，到了快要光脚走路的地步，就把自己的新鞋拿了出来，但他只有两双鞋子，解决不了大问题啊，所以他时时刻刻都留意着，才有了帮杨全英捡鞋和补鞋的举动。

此时，云林下意识地用手捏捏他的一个衣角，这里藏着他自己才知道的秘密。衣角里，娘给他缝了一块银元，直到他出发的时候才告诉他。当时娘含着泪说："云林啊，这是咱们家祖传下来的一块银元，娘一直放着舍不得花。娘把它缝在你身上，就像娘时刻陪伴在你身边一样。你要把它珍藏好，不要弄丢了。"所以，云林时刻牢记着娘的话，每当想娘了，就悄悄摸摸那枚银元，每当遇到困难或有心事也摸摸它，好像娘就在身边，心里顿时感受到不少温暖的抚慰。

铺天盖地的大雪使道路变得越来越泥泞，路更难走了。鞋踩到泥里要费很大劲才能拔出来,又有两个人的鞋子不结实,鞋帮和鞋底分离了。怎么办?云林愁得寝食难安。随手触到的银元提醒了他,用银元换鞋子吗?那回去咋和娘交代啊!可是再看看几乎打赤脚的队友,他咬咬牙,觉得还是要把好钢用在刀刃上。他把银元拆出来,双手合十举过头顶,面对着大杨庄的方向,云林跪了下去:"娘,原谅儿不孝,这枚银元不能陪在儿身边了,儿有急用,等胜利了儿子再回去给您赔不是啊。"

第二天,两名队友长满冻疮的脚上换上了新的胶底棉鞋。

几天之后,云林脚上的鞋也不行了。开始大家都还没有太在意,直到他一瘸一拐停了几次,用麻绳在脚上捆来绕去,队友们才发现原来他的鞋帮和鞋底也开线了。

"云林,我把鞋子给你。"两个穿着云林用银元换来的鞋子的人不好意思,要把鞋子脱了给云林。

"不,不,不,没关系的,俺的鞋子还能凑合。等到前面村里休息时再想办法补补吧。"云林用麻绳把鞋子绑了又绑,硬是坚持到安营扎寨的村子。

到了歇脚的地方,杨云林的脚已经冻得几乎失去了知觉。这一次,村子里的老百姓听说来了支前的队伍,尽管是半夜,全村人立刻行动了起来,腾出房子供云林他们栖身。坐在一户人家炕头上,云林将麻绳解开,又把鞋帮和鞋底揭开,看到自己的脚底板血肉模糊,有些水泡已经破了,一些没有磨破的水泡鼓油油的,泛着瘆人的光亮。屋子里已经生起了一堆火,他想去烤一烤,房东老大爷赶忙制止了他。

不一会,大娘端过来一盆温水,对他说:"孩子,你先把脚放在温水里泡一泡,让脚慢慢地回暖,直接烤会把脚烤坏的。"

云林按照大娘说的办法,把脚暖热后,又把水泡一一挑破包好。这时,大娘拿来一个布包,小心翼翼地打开,里面装着一双新鞋,大娘一把递给了云林。云林死活不要,大娘急得眼泪都出来了,说:"孩子,你就穿上吧,这是俺给俺儿子做的,他也上前线了,不知道什么时候回来。你先穿上吧,你穿上俺就像看到自己的儿子穿上一样,心里要多暖有多暖……"

云林含着泪接过大娘递过来的新鞋,心里暗暗发誓:"不管多苦多累,一定要带着支前队伍把给养及时送到最前线,彻底把老蒋打败,让大娘,让咱老百姓过上安生日子。"

杜聿明被困陈官庄,解放军围而不攻,形势看似风轻云淡,波澜不惊。但静水流深,一场场暗战却在几百里外的蚌埠悄然上演。

陈楚文获悉李婉丽被捕的消息后,立即来到蚌埠"剿总"司令部拜见刘峙,说自己愿为审讯工作献策出力。刘峙打心里瞧不上陈楚文,起初对他的"请战"不屑一顾,但经不住陈楚文的软磨硬泡,特别是陈楚文一再表态绝对听从刘总司令的安排后,刘峙才同意他参与其中。陈楚文参与对李婉丽的审讯后,表面上听刘峙的,实际上每天都向南京毛人凤汇报情况。刘峙要杀李婉丽,毛人凤则坚持要审出结果。陈楚文夹在两人中间,胆战心惊,如履薄冰,不敢有半点马虎懈怠。

皮鞭、竹签、老虎凳、电椅等酷刑一轮接着一轮,折磨得李婉丽死去活来,体无完肤。但任由审讯者使出浑身解数,虚弱得只剩最后一口气的李婉丽还是不承认自己是"共谍",一直哭喊着要见刘峙,口口声声说自己对刘叔、对党国忠心耿耿,没有想到竟受人陷害,落至如此地步。

就这样经历了五天五夜的审讯、拷打之后,遍体鳞伤的李婉丽陷入神志不清的状态。

一桶冷水浇醒了昏迷的李婉丽,又到了审讯用刑的时候。这次还没等陈楚文和阚麻子开口,披头散发的李婉丽就突然喊叫起来:"一切都是我做的,档案丢失与佟处长、钱秘书、龚方令和孔汉文毫无关系,他们四人都是党国忠臣。"当陈楚文急切问她如何换掉档案时,李婉丽神神秘秘地说:在飞机从徐州飞往蚌埠途中,她趁驾驶员不注意,偷偷爬进货舱并把档案扔下了飞机,共军在几百里长的航线上派了上万人马举着火把,等待着从天而降的纸片……随后的几次审讯,李婉丽一再改口,一会儿说不是她干的,是佟处长和小钱拿枪逼自己干的,一会儿又说,主谋人是龚方令,从犯是孔汉文,因为龚方令给了自己、佟处长和小钱各十条"小黄鱼",算是从他们手中买走了档案。阚麻子问现在那十条"小黄鱼"在哪,李婉丽言之凿凿地说埋在自己宿舍床下。阚麻子连夜派人去挖,结果掘地三尺连个铜板也没有见到。

陈楚文和阚麻子两人十分清楚,从疯疯癫癫的李婉丽嘴里已经挖不出任何有价值的东西了。见李婉丽便溺失常,不省人事,刘峙暗示陈楚文和阚麻子,把档案失踪的无头案趁机安在她身上并将她就地正法,一是因为她现在神志不清,已无狡辩之力,二是此事拖得太久会再生枝节,对大家都不利。陈楚文本也想如此,但刘峙越是催促尽快处理掉李婉丽,他越是不敢轻易了断此事。陈楚文心里十分清楚,要是"误杀"了李婉丽,将来这个罪责同样要被刘峙扣到自己头上。混迹江湖多年,通吃黑道白道的陈楚文总结出了一条生存法则:吃得准的事坚决去做,不计任何成本,吃不准的事坚决不做,不给别人留任何把柄。正是凭借这条法则,陈楚文才能在弱肉强食的血腥江湖上进退裕如,始终立于不败之地。

对于李婉丽,陈楚文心里有自己的盘算。若不是毛人凤插手,严令自己提防刘峙借机杀人，他倒希望能给李婉丽扣上个"共匪"的帽子并就地处理掉，这样，所有的罪过都让这个曾经风光一时的女人承担，他陈楚文可以把手下马树奎是共党卧底并逃跑的责任转嫁给她。但现在陈楚文必须服从毛人凤的安排，不但不能让李婉丽死，还得想尽一切办法保证她活着。

正在进退失据之时，陈楚文突然得到一份有关杨云枫在徐州活动的"内情通报"，他立即向毛人凤做了汇报。毛人凤在回电时，说了一通令陈楚文一时摸不清头脑的话："李婉丽这个女人虽然暂时不能确定是共谍，但决不是什么好东西。人已经废了，废了不要紧，但不能再打，打死事情就大了。记住，不能杀也不能放，提出杀她的人有问题，提出放她的人更有问题。从现在开始，你给我关好这个女人，有情况及时向我报告。如不出我所料，围绕这个女人必将有一场大戏上演！"

接到毛人凤的电话，陈楚文陷入困惑之中。特别是那场即将上演的所谓"大戏"更让他坐卧不安、心神不定；虽然不能理解其意，但陈楚文知道这句话的分量。在即将到来的这场大戏中，陈楚文心里清楚，以自己目前的官衔和地位，肯定不是大戏的主角，主角也肯定不止一位，且个个大有来头。在一个个权柄在握的高官大鳄面前，他陈楚文该演什么角色，能演什么角色，能将角色演到何种地步，关系到他自己的仕途甚至生死，来不得半点马虎。

陈楚文紧闭房门，靠在沙发上，点着了一支香烟，陷入苦思冥想之中。他在脑海中把与李婉丽相关的所有线索从前到后细细地捋了一遍，想努力发现对手的疏漏之处，以便找出最佳出击方向，从而扮演好自己的角色。

10月间，他陈楚文从北平调任保密局徐州站站长，由于不折不扣执行委员长和毛局长"监控和防谍"的命令，徐州站的人马常常与徐州"剿总"的各级军官龃龉不断，强龙和地头蛇的明争暗斗，让刘峙并不待见他，陈楚文对此心知肚明。尽管徐州"剿总"处处设置障碍，但徐州站依仗后台老板毛人凤，披荆斩棘，屡有斩获。通过无线电侦听，审讯捕获的共党地下人员所获口供等，陈楚文获悉在徐州"剿总"司令部内潜伏着三名共党谍报人员，代号分别是"无名氏""林木"和"黄蜂"。尤其是他那次将"剿总"二十几位可疑人员带进保密局"谈话"后，他坚信如能给他更多的时间，完全可以挖出三名潜伏极深的共谍。由于刘峙的蛮横阻挠，眼看着即将到手的肥肉丢了。

11月初，李婉丽莫名其妙去了一趟海州，表面上说是去督促李延年部西撤徐州，实际上却是去协助司令刘峙打理不可告人的"小金库"，与当地奸商勾结，趁党国危难之时大发横财。徐州站掌握情报后诱捕了李婉丽，原本打算逼其就范，没有想到，李婉丽背靠大树有恃无恐，知道陈楚文不敢对自己痛下杀手，所以软硬不吃。同时，老奸巨猾的刘峙早已抹去了相关的蛛丝马迹，并设下陷阱等他陈楚文去跳，结果不但没有抓到刘峙的丝毫把柄，倒被其反咬一口，挨了一顿臭骂之后被撵出了"剿总"司令部的大院,可谓折戟沉沙、声名扫地。

挖出"无名氏""林木"和"黄蜂"三名共谍,为党国尽早清除危害无穷的定时炸弹,是陈楚文日思夜想的大事。虽然费尽各种周折,直到11月底徐州站接令准备撤往蚌埠时,事情仍然毫无进展,为此,他不知被南京毛局长劈头盖脸骂过多少次。

皇天不负有心人,机会终于在陈楚文动身离开徐州前的一天出现了。

得知徐州"剿总"准备撤离后,陈楚文密令手下四处出动,一方面炸毁徐州城内重要目标,不让其落入共产党手中,另一方面则是秘密除掉共产党徐州地下组织的头目。他还特别布置眼线寸步不离跟踪监视徐州"剿总"司令部里的四个人——李婉丽、佟处长、小钱和孔汉文。陈楚文一直坚信,这四人当中的三个就是他一直寻找的"无名氏""林木"和"黄蜂"。按照陈楚文的推论,他们四人中如果有人在此时不遵令随部队撤离,擅自遁逃,必为"林木""无名氏"和"黄蜂"无疑,应立即实施抓捕。果然不出他所料,在整理完绝密档案后,佟处长和他的部下秘书小钱偷偷离开"剿总"大院,准备秘密潜出徐州时,被他的手下擒获。陈楚文原以为会有三个人一起溜之大吉,但没有想到只有两人,李婉丽和孔汉文并无任何异常举动。不能一下抓住三名共谍,能剪除其中两个也算是场大胜利,徐州站上下宛如打了鸡血,亢奋异常。陈楚文连夜组织审讯,最后,一直咬牙硬扛的佟处长在被威胁不承认就要杀掉他老婆孩子时,终于低头说出自己就是潜伏的共产党卧底"无名氏"。

攻下一城之后,陈楚文本以为佟处长那个胆小如鼠的部下小钱应是不费吹灰之力就能拿下,直到将人打到神志不清、精神恍惚的地步,小钱还是不承认自己是共谍。审讯完结之后,按照毛局长的密令,陈楚文命令将捕获的所有人员押进"青年招待所"等候秘密处置。

从徐州撤到蚌埠后不久,陈楚文即通过内线获悉,关押在"青年招待所"的那批共产党并没有按照原计划神不知鬼不觉地上西天,而是悉数被人救走了。更令他咬牙切齿痛恨不已的是,解救者不是别人,正是自己"最可靠"的部下马树奎,也就是那个他做梦都想抓住的人——"黄蜂"。

"无名氏"有了下落,"黄蜂"有了下落,那么谁是"林木"呢?在随后的一段时间内,陈楚文一直通过他所能利用的各种途径打探和分析"林木"。"无名氏"和"黄蜂"逃脱了他的处置,毫发无损地回到了共党那边,着实令他懊恼万分,他甚至认为这是自己从事情报工作几十年以来最大的耻辱。陈楚文发誓绝不能再出纰漏,他要使出浑身解数,挖出第三个共谍——"林木",使党国不再遭受更大的损失,以亡羊补牢之举将功补过,对毛局长有所交待。

"谁是'林木'?"陈楚文怀疑过李婉丽,怀疑过孔汉文,甚至也怀疑过龚方令。可这三人至今按兵不动，仍效力党国，没有发现任何逃跑、破坏和打探军情之可疑迹象。没有板上钉钉的证据，仅凭猜疑和推测，他陈楚文对三个人不敢贸然动手。因为保密局徐州站与军方的关系已经紧张到了极点，再次失手，刘峙决不会再给他陈楚文半点生存的机会。

　　正当陈楚文毫无头绪，情绪低落至冰点之时，档案调包事发。"踏破铁鞋无觅处，得来全不费功夫"，这句话在陈楚文这里得到了验证。李婉丽被刘峙手下的人抓了起来。在陈楚文看来，刘峙抓了自己的心腹李婉丽，她肯定是犯了弥天大罪，到了不可饶恕或无法遮掩的地步。在这样的情形下，李婉丽是共谍卧底"林木"的可能性陡然增加。陈楚文火速介入了李婉丽案，目的是挖出共党打入"剿总"内部的最后一个卧底"林木"，以弥补自己的过失。然而，事情远非这么简单，陈楚文介入审讯以及从内线阚麻子那里获得的信息都显示，刘峙抓李婉丽并没有确凿的证据。不但如此，在审讯毫无进展的情况下，刘峙就急不可耐地授意手下给李婉丽扣上"共谍"帽子，不分昼夜采用重刑，逼其就范，企图快刀斩乱麻，赶快抹平这桩惊天大案。发现刘峙的意图后，陈楚文越发怀疑自己原先对李婉丽身份的判断，认为她并非真正的"林木"，"林木"一定另有其人。陈楚文在心里琢磨良久后认为，阴险狡猾的刘峙意图采用弃卒保帅之策，找了个再恰当不过的借口，将了解其利用职权大肆敛财内情的李婉丽作为"替罪羊"悄悄处理掉，杀人灭口，他自己就可以高枕无忧了。一连审讯数日，无论刘峙还是陈楚文都没有料到，这个女人尽管被打得人鬼皆非，但始终不承认自己是共谍，从头至尾哭喊自己被冤枉被陷害，请求面见"刘叔刘总司令"。

　　陈楚文把审讯进展情况和自己的推断密报给了毛人凤。老奸巨猾的毛人凤问得十分仔细，最后回了两点意见。经过毛人凤的指点，刘峙打消了迅速解决掉李婉丽的念头，同时，陈楚文也不敢再像过去一样轻易认定李婉丽就是"林木"……

　　指尖的一阵灼热将陈楚文从沉思中拉回现实。不知不觉之间，香烟已经燃尽，半截烟灰落在了他深黄色的呢子大衣上，他连忙起身拍去。对陈楚文来说，事情陷入了进退两难的境地。

　　正当陈楚文茶饭不思，急于寻觅良策之时，线人突然从徐州发来几份最新情报——既有徐州报纸上的新闻，也有保密级别极高的军管会的"内情通报"，都是有关华野敌工部部长杨云枫的消息。在"内情通报"上，陈楚文看到了一张在徐州军管会楼前的合影照片。在这张清晰的黑白照片上，宿敌杨云枫站在中间，其他几个他非常熟悉的人物分列两旁——他们不是别人，正是令他恨之入骨的马树奎、佟处长、钱秘书、邹铎、车正元等。这几个人与过去不同的是，个个都穿着崭新的解放军军装，军容严整，精神抖擞，可谓威风八面。陈楚文看到这帮老相识本已恨得咬牙切齿，等他读完照片下面的一段文字，更是气得差点把照片撕个粉碎。这段文字是这样写的——"马、佟、钱三位英雄分别以'黄蜂'、'无名氏'和'林木'为代号，长期潜伏在敌人心脏里，密切配合，圆满完成了上级交代的任务。"

愤恨归愤恨，从这份"内情通报"上陈楚文终于得到了自己百思不得其解的答案，坐实了深藏不露的"林木"就是军务处姓钱的那个秘书。陈楚文曾经两次怀疑钱秘书，也曾两次亲自审讯过他。不论是严刑拷打，还是威逼利诱，胆小怕事的他总是一脸惊慌，可怜兮兮，次次吓得满头虚汗，双腿颤抖，无论如何就是不承认自己是共谍。他的表现甚至让陈楚文一度误认为自己抓错了人，现在看来一切都是这小子装出来的。

"内情通报"还通报了一批对徐州解放过程中立功人员的嘉奖通令，涉及三人联手巧换档案之事。通令写道：在佟处长精心策划下，在徐州"剿总"司令部撤退的前一天晚上，钱秘书"诚恳说服"所有加班的人回去休息，自己在两名中共地下党员卫兵的协助下，于后半夜夜深人静之时偷梁换柱，将真正的档案转运至一辆垃圾车上，第二天清晨时分运出司令部大院。后在接头地点转交给了谎称执行任务的马树奎……

尘埃落定，"林木"不是李婉丽，而是戴着眼镜、斯斯文文的钱秘书。陈楚文竭力要甄别和寻找的"林木"此刻正在徐州共产党军管会中担任要职，活得有滋有味。想到这一切，陈楚文心中涌出了一种从未有过的被戏弄的巨大屈辱感，他真想扯着嗓子大骂几声发泄一番。他终究没那么做，因为他不得不佩服自己的对手，与杨云枫的高明缜密相比，自己的手段显得如此拙劣不堪。

陈楚文将自己反锁在房间里不吃不喝，整整待了一天一夜。

第二天一大早，突然响起急促的电话铃声。此时，两眼猩红的陈楚文正蜷缩在沙发里，他一跃而起，扑向电话机。

"陈站长，国防部昨天夜里来电，问了一通李婉丽的事。说如果发现李婉丽是共谍之罪证，可以就地正法，没有的话就立即放人。因为现在已经有人把此事捅到国防部了，说徐州'剿总'与共军作战节节败退，倒把自己人往死里整，直接影响到了临战前官兵作战的士气……"电话是刘峙副官打来的，语气不是带有商量的口吻，像是直接传达上峰的命令。

"请问，国防部的电话打给了谁？"陈楚文疑惑地问。

"直接打给刘总司令的。"对方回答。

"什么？直接打给了刘总司令？那能问一句是谁打来的吗？"一夜未睡的陈楚文虽然十分困顿，这突如其来的电话像一盆冷水彻底浇醒了他。清醒后的陈楚文忽然想起了毛人凤那句针对李婉丽的训示："不能杀也不能放，提出杀她的人有问题，提出放她的人更有问题。"

"不知道，刘总司令也没告诉我。"副官回答得干净利索。

"那刘总司令什么意见？"陈楚文追问道。

"刘总司令请你和阚副处长赶紧准备一下，今天上午再加大力度突审一次，最好撬开她的嘴巴，让她签字画押，实在不行，也只能放人了。"副官不急不躁地转述了刘峙的命令，特意把"加大力度"几个字咬得特别清楚。陈楚文明白刘峙"加大力度"的用意，是暗示自己要利用最后一次机会，逼迫李婉丽自认为共谋。李婉丽如果招认的话，她的一条小命就将悄无声息地消失在他刘峙的地盘上；即使李婉丽不低头，经这么一轮酷刑，身体能不能撑得住暂且不说，精神上会比现在更加错乱，或将彻底崩溃，变成一个疯子。从此之后，即便她再说刘峙与他人合谋做生意的事，也没人相信一个疯女人的话了。

刘峙要趁机除掉李婉丽，国防部却有人想趁审讯无果施压放走李婉丽。一个要杀，一个要放，陈楚文不得不佩服自己主子毛人凤的老谋深算，一场大戏果真如毛人凤所料拉开了帷幕。统领几十万大军的"剿总"司令刘峙不是瓢茌，国防部里能直接给刘峙打电话且口气强硬者定非一般人员，自然更不是瓢茌。一个半死不活、疯疯癫癫、官阶更是不值一提的女人，一下子引来两位大佬出手过招，这令陈楚文始料未及。

夹在两位大佬之间的陈楚文没有闲着，心里反复嘀咕：刘峙为一己之利要置李婉丽于死地，那国防部里高官出于什么目的执意要放人呢？通过审讯，陈楚文十分清楚，李婉丽从未与南京国防部有过任何瓜葛。眼下，首都最高军事机关有人主动站出来替她说话，只有一种可能，李婉丽是共党——李婉丽卧底"剿总"内部，为共党做出了非同一般的贡献。在她遇到危难之时，共党为安抚和稳定一批安插在党国内部的情报人员，不会见死不救，这是中共在刻意表明一种决不放弃任何一个"自己人"的态度。因此，很有可能指令潜入国防部里的高官想方设法营救李婉丽。从毛局长和杜聿明那里，陈楚文早就听说南京国防部内藏有共党"内鬼"，顾祝同、何应钦甚至蒋委员长都有耳闻，苦于缺乏证据，只能不了了之。陈楚文绝对没有想到，共党隐藏在国防部的"内鬼"身影终于浮现，且有幸被他遇到。这一次，赶上了为党国挖出重大隐患的机会，陈楚文激动得不能自抑，大口呼吸了几下才平静下来。

事关重大，陈楚文稳定情绪之后，立即给南京的毛人凤打去了电话。

听闻消息，手握话筒的毛人凤也似乎嗅到了诸多异样。他沉默片刻，便直截了当地询问陈楚文给刘峙打电话者是何许人也，陈楚文一时回答不上来。一阵责骂后，毛人凤指令陈楚文立即去找刘峙，说人不能再审再打，再打就要出人命，同时也不能放人，没有正式定案就将人放走是极不负责的行为。毛人凤还说，有人插手李婉丽案，定是别有用心，保密局不但负责清除党国内部的共谍，也承担整肃对党国不忠和变节者的重任，蚌埠"剿总"必须向徐州站通报是谁打来的电话。不然的话，他毛人凤就直接向委员长禀报此事。放下电话前，毛人凤在电话里小声向陈楚文透露了一句："杜聿明给我说过国防部作战厅厅长郭如桂这个人有问题，参谋次长刘为章也同样说过，我想，这次十有八九应该就是他。"说完之后，毛人凤"啪"的一声挂断了电话。

陈楚文手握听筒伫立良久，他在心里飞快地盘算着如何从老狐狸刘峙那里打探出确切的消息。

当陈楚文走进蚌埠"剿总"司令部办公室，刘峙的脸马上拉了下来。陈楚文知道，和往常一样，这次与"老狐狸"的对话将是一场并不轻松的智斗。

"陈大站长，你每次来都是手持令牌执行重要公务，一直是无事不登三宝殿，我徐州'剿总'司令部的人不是被你查过就是被你审过，这次来，该轮到我刘峙了吧？"陈楚文还未开口，刘峙就对他夹枪带棒地一顿揶揄。

"刘总司令，岂敢岂敢，卑职小小一个站长，人手还没有刘总司令手下一个连队的人马多，连汇报工作都谈不上，我是来请示领命的！"在刘峙的地盘上，八面玲珑的陈楚文很懂得见风使舵的道理。

"少在我面前油腔滑调，你陈楚文向来只认南京毛局长的命令，我刘峙可指挥不了你这么一尊大菩萨！有什么事快说，等会我还要和杜副司令联络通话。"从陈楚文进来，刘峙就一直在埋头看文件，这时才抬眼扫了他一眼。

"刘总司令，我这次来，还真有要事要向您汇报请示！"

"是关于李婉丽的事吧，说！"

陈楚文心头一惊，清楚什么事都瞒不过这位貌似拙笨，实则城府极深的陆军二级上将。

"听您的副官讲，您要我们再审一次李婉丽！"陈楚文说话从来没有像今天一样轻声轻气。

"是，怎么了？"

"刘总司令，李婉丽现在牢房里疯疯癫癫，胡言乱语，想起谁咬谁，整个人和街头的疯婆子没有两样。如果再动刑审上一次，不仅得不到我们想要的结果，极有可能把人彻底给整死了，所以，我认为——"

"你想干什么？"

"我认为，不能再审了！"

"李婉丽是我们的人，她有通共嫌疑也是我们先发现的，审不审该谁说了算，是我刘峙还是你陈楚文？"刘峙"啪"的一声摔下手中的文件夹，抬头直视陈楚文。

"请刘总司令息怒,当然是您说了算。我本来也想再审一次,把事情彻底搞清楚,当我把案子向毛局长汇报后,他不同意再审。他说,之前刘总司令您自己安排人审讯,李婉丽说些啥您都能自己把控。现在国防部过问下来,李婉丽人已经疯了,疯子的话没有边际。万一再乱叫乱咬,说出些对刘总司令不利的话,很多人都在场,她说的话向国防部和委员长报不报?报了,刘总司令不好收场;不报,岂不是故意隐瞒实情,与其沉瀣一气?!"

准备去见刘峙前,陈楚文知道两人的谈话肯定会触及这个关键问题。为了解释好这个问题,他绞尽脑汁,想了很长时间。他要找出一个两全其美的理由,既能用毛人凤的话阻止刘峙的行动,还得让刘峙认为毛人凤在真心帮他。

虽然陈楚文再次搬出毛人凤让刘峙心里大为不爽,但他又感觉毛人凤的顾虑确实在理。

"那按照毛局长的意思,看来我们只好放掉李婉丽了?"稍加停顿,刘峙的态度缓和了一些,说了一句看似不痛不痒、十分随意的话,却是在套取保密局的态度。

"刘总司令,毛局长可没这个意思。"陈楚文按照自己的腹稿在引诱刘峙上钩。

"那是什么意思?"

"毛局长说了,不审不等于就能放人!不审,只要人在,说不定还可以通过其他途径把事情搞清楚,到那时候,她不承认也得承认,这就叫跑了和尚跑不了庙。如果将人放走了,事情可就难说了,就是今后把案子搞明白了,人不在了,又有什么用呢?!亡羊补牢,为时已晚!所以说,要是谁现在向刘总司令提出来放人,谁就有问题,他定是在帮李婉丽甚至她的共党帮凶们逃脱罪责!"

事先,陈楚文对自己说出的这段话早已做了精心设计。他要通过这段话达到一石两鸟的目的,一是要用毛人凤"无可辩驳"的话说服刘峙,二是让刘峙听完之后,不敢再隐瞒国防部给他打电话要求放走李婉丽的那个人。

刘峙听完陈楚文的话,面无表情地瞪眼盯着陈楚文好长一阵,这让立在刘峙办公桌前的陈楚文平添一丝恐惧。

正当陈楚文被刘峙盯得头皮发麻、如坐针毡的时候,刘峙突然哈哈大笑起来。

陈楚文一头雾水。

"高,高,毛局长真是个高人!戴老板罹难后,众人明争暗斗希望坐上他那把交椅,最后是人凤老弟如愿以偿,看来委员长没有选错人!"

"刘总司令,此话怎讲?"陈楚文知道刘峙这个人城府深邃无底,经常不是正话反说,就是反话正说,所以一时不敢搭话,只能求他自解。

"还真有人打电话来要我放了李婉丽!"刘峙突然收住笑意,从办公椅上站了起来。

刘峙起立，陈楚文不敢怠慢，也急忙笔直地站起。陈楚文这时没有像一般人那样紧随刘峙的话茬，去追问打电话的是谁。要是急不可耐慌忙去打探的话，陈楚文就不是现在的陈楚文了。经历过无数大小关隘，在刀尖上舔血的行当里摸爬滚打几十年的他总结出一条法则：在上峰面前，越是自己急于想知道的事，越不能急于打听。他深信一个道理，给上峰留空间和余地，就是给自己留空间和余地。

刘峙同样在心里琢磨，搞情报出身的陈楚文一定会向自己询问到底是谁打来的电话，甚至可能是毛人凤授意让他来打听。可是站得笔直的陈楚文紧闭双唇，根本没有开口说话的意思。

"陈站长，难道你不想知道是谁给我打来的电话吗？"刘峙坐了下来，他摆手示意陈楚文坐下，然后笑眯眯地吐出这一句话来。

"刘总司令，如果您认为可以告诉我，卑职愿听您指教。若您认为不该给我讲，卑职绝不打听！"陈楚文回答得滴水不漏。

刘峙绕来绕去和陈楚文兜圈子说话，其实他也在心里反复斟酌，该不该说出给自己打电话的那个人的名字。见到陈楚文之初，刘峙并没准备讲谁来的电话。当陈楚文祭出毛人凤的狠话后，刘峙开始改变自己的态度。深谙明哲保身之道的刘峙知道，保密局长毛人凤何许人也，那可是在老头子面前专门整理和汇报别人黑材料的人。如果自己不说实情，他的鹰犬陈楚文一定会千方百计四处打探，然后把打探出的情况添油加醋地报告上去，到那个时候，处于被动的他就有口难辩了。

"是南京国防部的人打来的电话。"刘峙自言自语，说话的同时瞄了一眼陈楚文。

陈楚文仍然纹丝不动。

狡猾的陈楚文知道，这时他脸上表情的一点异常都会被阅人无数的刘峙察觉，说不定他再也不会吐出下半句话了。

刘峙默默停了一会，终于说出了打电话人的名字。

"打来电话的人是国防部参谋次长刘为章。"

听到"刘为章"三个字，陈楚文头顶上宛如响了一声炸雷。此前，毛人凤和他自己都猜测此人是作战厅厅长郭如桂，绝对没有想到竟是官阶更高的刘为章。

"刘为章怎么会打电话?! 难道自己错了，毛局长错了，杜聿明也错了？"陈楚文无论如何都不敢相信这样的事实，国防参谋部的总长是顾祝同，接下来就是次长刘为章了，此人要是有问题，那么党国就再无任何秘密了。

"陈大站长，我该说的都说了。我知道，你这次来就想知道这些，请你赶快回去向南京毛局长报告吧。"

刘峙早已看穿了陈楚文。

刘峙两眼盯着陈楚文，心里有种释然的感觉。他把该说的都说了出来，至于这烂摊子如何收拾，那就不是自己该操心的事了。刘峙知道陈楚文肯定会向毛人凤禀报，那样更中他的下怀，下面就没自己的责任了。尽管被刘峙看穿，陈楚文并没感到丝毫难堪，心中反而有种淋漓畅快的感觉。他不但得到了自己想得到的秘密，而且还是一个他原来想都没想到的惊天秘密。

不疼不痒地寒暄两句后，陈楚文退出刘峙办公室，马不停蹄赶回自己的房间。"砰"的一声关上门后，陈楚文快步扑向桌上的红色电话机。

"毛局长，毛局长，我是陈楚文——"

"慌张什么，慢慢讲！"

"毛局长，刘峙，不，给刘峙打电话的，国防部的那个人我问到了。"陈楚文心情太过激动，说话时几乎语无伦次。

"是郭如桂吧？"毛人凤自信满满地对陈楚文说。

"不！不是！"

"什么？不是郭如桂？"

"不是，是刘为章！"

"参谋次长刘为章？！"

"对，是他！"

"这是天大的事，你能确定吗？"

"确定，是刘峙亲口说的。"

电话那头陷入了沉默……

43

时至12月15日，杜聿明仍然严令被华野围堵的各部队不惜代价向双堆集方向攻击前进。

事情的转折发生在第二天。

16日一大早，情报处长手持一份电报急匆匆地跑进办公室，脸上挂着无比沮丧的表情。杜聿明沉着脸看完电报，先是露出惊讶的神色，随即眉头紧蹙变得愤怒异常。他一把将电报甩给情报处长，大声喊道："立即命令各部原地待命，快去叫邱、李二位司令过来开会。"

电报是刘峙从蚌埠发来的，内容仅短短两句话："黄维兵团昨晚突围失败。李延年兵团退至淮河南岸，你部今后归委员长直接指挥。"邱清泉和李弥匆匆赶到杜聿明处后，看罢电报，个个都露出惊恐不已的神情，不敢相信这一切是真的。心绪不宁的杜聿明带领二人一起走进临时设置的情报室，让其他人都出去，只留下情报处长一人。杜聿明对他说："你把共军的电台调出来，听听他们怎么说。"

不准收听共军电台的"蛊惑煽动"，这是杜聿明反复强调的规定，即使是情报室的人也不例外。而现在，急于了解战况的杜聿明自己带头听起了"敌人"的广播。

电台刚一调好，就从里面飘出了播音员铿锵有力的声音："据新华社报道，昨天晚上，已至穷途末路的黄维兵团企图突围逃窜，被我强大的中野和华野解放军指战员拦截阻击，至晚上十二点，黄维兵团溃不成军，基本被歼灭……除胡琏等少数人趁乱逃脱外，黄维、杨伯涛、吴绍周等一批国民党十二兵团高官悉数被俘……"播音员的话语如同重拳一般一下下砸在三人心头。

"啪嗒"，满脸铁青的邱清泉先受不了了，抢前一步关掉了收音机，色厉内荏地喊道："胡说，完全是胡说！"

低着头的杜聿明沮丧而懊恼地自言自语道："看来是真的了，看来是真的了。"

他瘫坐在桌边的椅子上，两只手托着脑袋，像是喃喃自语，又像是对邱、李二人发泄不满的情绪："悔不当初啊！没想到落到今天这个地步！在碾庄圩，黄百韬第七兵团近十万人马被共军围困，短短十几天时间，说没就没了；在永城，被围的孙元良带领十六兵团部分人马孤军突围，一交手，一万多人就在混乱中被共军吃掉了，兵团司令孙元良下落不明，群龙无首的残部只得狼狈逃回包围圈；在双堆集，装备精良的黄维十二兵团十万余人被共军围困，又是短短的十余天时间，再次落了个全军覆没的下场。现在轮到我们了，难道……"

杜聿明虽然把最后一句话咽了下去，邱清泉和李弥还是听出了绝望的况味。他们俩神色黯然地杵立在房间里，久久不语。令他们怎么也想不明白的是，曾经骁勇善战的国军将士们，为何在共军面前竟如此不堪一击……

至于所部人马将要面临的命运，杜聿明更是不敢想也不愿想。这个问题他杜聿明可以走一步说一步，尽量予以回避。另外一个问题，他不得不想——刘峙为何通过电报直截了当地告诉自己"你部今后归委员长直接指挥"？杜聿明细细揣摩电报里所透露出的信息，始终不明白的一个问题是，难道之前他杜聿明率领的徐州"剿总""前进指挥部"不是归委员长直接指挥的吗？看来刘峙这样说，是想彻底与他划清界线，把之前的错误决策都推到自己身上。最近一段时间，很多人指责自己一变再变，首鼠两端，抓住芝麻而丢了西瓜，才造成今天两个兵团二十万人马进退维谷的局面。可又有谁知道，他虽是"剿总""前进指挥部"的主任，但每次作战部署的调整都直接受命于委员长。不是他举棋不定指挥失误，而是南京的委员长三番五次地更改行军路线和作战部署，搞得自己无所适从，逼他放弃了能解救黄维兵团于水火之中的最佳方案，才导致今天这种局面。

杜聿明想把自己心头的苦衷和委屈统统说出来，以正视听。但他不能也不敢，只有把打碎的牙齿往肚子里咽。

刘峙从蚌埠发来的电报像一记闷棍，打得杜聿明满眼金星，独坐愁城无处排解。性情耿直的杜聿明真想直接飞往南京去质问委员长，为什么只顾解救黄维的十二兵团而置自己率领的三个兵团的安危于不顾？如果按照他原来的建议，几个兵团从不同地点一起实施突围，分散解放军的兵力，可能还有活路。现在黄维的十二兵团被全歼，自己带领着二、十三和十六兵团因解救黄维之围也深深陷入了困境。由于连续作战，疲于奔命，已死伤几万人马，剩余的二十万部队早已成了惊弓之鸟。在这种情况下，自己被几十万势头正盛的解放军部队团团围困于陈官庄方圆不足三十华里的包围圈内。人困马乏，缺粮少弹，他杜聿明纵有三头六臂，又怎能逃脱共军构筑的一道道铜墙铁壁呢？

思虑再三，杜聿明终于横下一条心，决定不再瞻前顾后，而是要痛下决心向蒋介石直陈自己的想法。他心里清楚，这次再不说，今后想说恐怕也没机会了。杜聿明在心中反复酝酿的建议分为上中下三策——上策几乎涉及大半个中国的兵力调遣，称得上是个孤注一掷的计划，即果断放弃北平、武汉和西安等地，将华北、华中和西北的兵力全部调集到淮海战场，与中共部队决一死战。中策则建议被包围的各兵团做好持久固守的准备，通过空投来进行物资补给，同时邀请国际力量从中斡旋，以期破解目前之困局。下策则实属无奈之举，即令各兵团背水一战，实施分头突围，能逃出去多少就是多少，做好九死一生的准备。杜聿明给蒋介石发了电报，先是表示自己一定带领部队坚守阵地，加强防守，等着与共军决战的那一天，同时希望委员长慎重考虑他的建议。第二天，杜聿明收到了蒋介石的回电："吾弟辛苦。吾知弟之迫切心情，可抽空飞来南京一趟，当面商榷。"

蒋介石话说得殷切诚恳，杜聿明知道，在这紧要关头，他自己根本无暇离开，也无论如何不能离开陈官庄。在这草木皆兵、风声鹤唳之时，如果他独自赶赴南京，虽是与委员长讨论战局，但下面的官兵肯定会以为他就此逃脱，不再回来。部队本来士气就低落，这样一来军心必将动摇涣散，甚至分崩离析。无奈之下，他喊来参谋长舒适存，两个人商量了半天，最后杜聿明说："适存，还是你去吧，去听听老头子怎么说，兴许还有解决的办法。"

在杜聿明看来，有无最后一线生机就在此一举了。18日这一天，舒适存在杜聿明殷切的期盼中，携带着详尽的"三策建议"独自飞往南京。在国防部，接待他的人是作战厅厅长郭如桂。望见舒适存忧心忡忡的样子，郭如桂给他倒了一杯热茶，待他喝下几口暖过身子后，方才低声问道："陈官庄那边怎么样？"

舒适存无望地摇了摇头，神情沮丧地回答："情况不好。郭厅长，你们国防部赶快想想法子吧，不然的话，这两个兵团可就真的危乎殆哉了。"

郭如桂宽慰舒适存几句之后，同样摇了摇头："委员长都亲自出面了，仍然没有调来人，我们国防部能有什么办法？！光亭派你回来一趟不容易，我建议你见到委员长后，好好向他求求情。"

明显的推托之词，被郭如桂说得极为委婉得体，毫无瑕疵，舒适存顿时哑口无言。不过，郭如桂倒十分热心安排舒适存面见蒋介石之事。在他的安排下，舒适存没费多大周折就见到了蒋介石。整整一个下午，舒适存先是详尽解释了杜聿明的"三策建议"。接着据理力争，在委员长面前人微言轻的他再三请求，希望委员长为被围在陈官庄的二十万官兵的性命着想，想尽一切办法实施救援。商量到最后，蒋介石还是只定了调子：集中力量，在空军投掷甲种弹（即毒气弹）及轰炸掩护下，选定方向，实施突围。

杜聿明、舒适存有自己的难处，蒋介石更有自己的苦衷。

对蒋介石来说，杜聿明的三条"策略"，选择哪一条都十分困难。如果选取"上策"，对杜聿明自然最为有利，要放弃北平、武汉和西安，势必引起社会动荡，政局不稳。最关键的是，拥兵自重的各方诸侯，他蒋介石还不一定能够调得动。西安的胡宗南是嫡系，尚能服从命令，但北平的傅作义和武汉的白崇禧并非嫡系，两人向来明哲保身，短时间内要让他们向徐州一带集结，与共产党部队交手，比登天还难。退一万步而言，就算能说服他们，将兵力全部调到徐州一带，毛泽东就能眼睁睁地看着他蒋介石调兵遣将而无动于衷？不，决不会，毛泽东一定会命令林彪的东北野战军、彭德怀的西北野战军等中共部队追踪而至，局势不但不会好转，很可能被搅成一锅粥，保卒丢车，变得更糟。在蒋介石看来，所谓的"上策"，实则彻头彻尾的"下下之策"。

"'上策'不行，'中策'是否可行呢？"蒋介石斟酌再三。如果让被包围的杜聿明兵团在陈官庄一带固守，正逢天寒地冻的冬季，弹药、食物和饲料等物资供给是个大问题，仅靠数量有限的飞机空投物资根本解决不了二十万人马的给养问题。如果中共部队进一步压缩包围圈，空投的准确性会大打折扣，飞机飞得低会被打下来，而飞得高，空投多半会变成给中共部队送给养。长期下去，缺弹少粮的杜聿明所部即便不被共军打垮，也会被活活饿死和冻死。至于杜聿明所提邀请国际力量从中斡旋以期打破僵局的建议，蒋介石本人最清楚，此时的国际局势已经发生了重大变化，美国已经不可能过多插手中国内战，再为国民党明目张胆地撑腰并提供援助了。

"上策"和"中策"都行不通，蒋介石只得选择下策，一方面让南京空军加大空投物资力度，一方面催促杜聿明尽快做好突围的准备。蒋介石心里清楚自己选择"下策"的最后结局是什么，因此决定给杜聿明一次冠冕堂皇地逃出包围圈的机会，毕竟他的这位得意门生一直以来对他忠心耿耿。蒋介石沉思了许久，让部下给杜聿明发去电报："闻悉吾弟身体有恙，若果属实，日内派飞机接弟回宁医治。"杜聿明在抗战期间因车祸折断右腿，在东北指挥作战时又割除一肾脏，还患有风湿病和哮喘咳嗽，身体状况着实不好。邱清泉虽然狂傲不羁，对杜聿明还是敬重有加，此前他也曾打电报恳请蒋介石接身染重病的杜聿明返回南京。

接到电报的杜聿明并未犹疑，即刻给蒋介石回电："生虽有疾病在身，行动维艰，但不忍抛弃数十万忠勇将士……生一息尚存，誓为校长效忠到底！"

蒋介石见杜聿明执意与部队共存亡，既感到欣慰又有一丝伤感，他叹了口气，对一旁的侍从官说："光亭还是很有骨气的！"

19日刚吃过午饭，出乎杜聿明意料，舒适存和空军司令部的一位副署长董明德一起乘飞机回到了陈官庄。蒋介石的意思是让董明德和杜聿明、舒适存等一起协商确定陆空协同突围计划，待商定后责令舒、董于次日回南京向蒋介石复命后即开始实施。

见两人回来，杜聿明首先关切地询问："你们还没有吃饭吧?"舒适存答道只顾赶着往回飞，哪还顾得上吃饭。杜聿明急忙让勤务兵通知后勤处长龚方令为二人准备饭菜。

此时的后勤处正在开会讨论部队的粮食补给问题，接到通知后，龚方令对正在做会议记录的孔汉文说："孔主任，赶快通知厨房为司令部准备两个人的饭菜。"孔汉文连忙放下手中的笔，领命而去。

孔汉文来到司令部会议室询问要吃什么饭菜，他看到桌子上摊着两封信，看不到是谁写的。从几个人的重视程度来看，极有可能是南京重要人物写来的。退出会议室前，孔汉文支着耳朵听他们窃窃私语，断断续续听到"突围""掩护""飞机""投弹"等几个词，稍停片刻后便急忙抽身离去。孔汉文从几个零星词语中，已经大概琢磨出他想知道的东西了。

孔汉文没有猜错，这两封信分别是蒋介石和空军王叔铭副司令写来的。蒋介石的信写得很长，主要是分析黄维兵团突围失败的原因。在信中，蒋介石把十二兵团兵败的责任归结为黄维不听指挥，让他们白天在空军配合下实施突围，他们非要放在晚上，和空军也没有配合好，另外，配发给他们的"甲种弹""乙种弹"也没有发挥应有的作用等等。蒋介石特别指示杜聿明：这次一定要吸取教训，和空军紧密配合，不得再有丝毫差错，具体事情可与空军王叔铭直接商定。

王叔铭的信看起来十分恳切，说："委员长对吾兄非常关心，特意打电话指示，让我们不惜一切代价支援你们。上次黄维兵团使用了一些甲种弹、乙种弹，共军发现后捅了出去，国人也骂我们丧失天良，违背国际公约，舆论对我们很不利。这次为了配合你们突围，改由我们空军来用，以期更加隐蔽和有效。"最后，他说自己因重要公务来不了,让空军的董副署长代替他来,当面好好研究一下突围计划,看怎么样配合才能更有成效。

看完两封信,杜聿明的情绪低落到了极点。他清楚,在陈官庄仅靠自己的力量很难突围。原来打算固守上一段时间,期望蒋介石派外援赶来解救,现在看来一切都成了泡影,他得到的只是口头上的鼓励和安慰。现在谁也靠不上,只能靠他自己孤注一掷、拼死一搏了。事已至此,懊恼沮丧已经毫无意义,杜聿明只得强打起精神和董明德讨论起具体的实施计划来。

就在他们开会研究的时候,孔汉文将饭菜送了过来。将碗筷摆在舒适存和董明德面前,孔汉文小声对大家说:"各位长官,外面下雪了,下得还不小呢。"屋子里的人讨论研究太专注了,无人注意外面天降大雪,这下个个慌了神,急忙起身拥出门外。

鹅毛般的雪片随着呼啸的西北风上下飞旋着飘落地面,短短一袋烟的工夫,黄土地上已经铺上了一层白白的薄纱,将天地融为了一体。众人看着漫天飞舞的雪花,脸上都现出焦虑凝重的神情。

一群人当中,最为慌张的是董明德。他仰望雪片弥漫的天空,忧心忡忡地说:"这可怎么办呢,委员长和王副司令还等我们回去复命,说要听我们汇报具体突围计划呢!"

见董明德急得手足无措,杜聿明安慰道:"天不作美,这天气飞机根本起飞不了,也只好等等看吧,我们先发电报,把情况给南京汇报一下。"

董明德和舒适存草草吃完饭,孔汉文过来收拾碗碟,同时,他还不忘给一帮人拾掇炭盆,说:"各位长官辛苦,这天寒地冻的,别忘了烤烤火暖和暖和身子,有什么需要随时叫我!"走出门外,孔汉文瞟了一下天空,心中窃喜:"真是天助我也!下这么大的雪,不但飞机回不去,想突围也不可能!"

天空中的雪花纷纷扬扬,地上的积雪也越来越厚,天与地仿佛都被这白茫茫的大雪冻僵了一般。屋子里的气氛越发凝重,作为陈官庄的最高指挥官,杜聿明尽量强压愁绪,故作镇定,但心里却忐忑不安,叫苦不迭:"老天爷,你真的要绝我吗?下这样大的雪,不但突围不了,连空投都无法实现,我的人马吃什么喝什么啊?"

距陈官庄百里之外的安徽小李家村,总前委书记邓小平忍不住跑到院子里,张开双臂,仰脸对着天空,甚至张开嘴巴,捕捉着飞舞的雪花。当一丝丝凉意沁入舌尖的时候,他止不住如孩童般哈哈大笑。其他人也受到感染,纷纷跑到院子里去捕捉漫天飞舞的雪花。不大一会儿,大家头上、身上都铺上了一层洁白的雪。

"大雪下成堆,小麦装满囤。"房东李前明也来到了院子里,并走到邓小平面前，说出一句当地的民谚。

"冬有三天雪，人道十年丰。"邓小平微笑着用浓重的四川口音回了一句。

瑞雪之中，老李家的院子里洋溢着温暖的春意，充满了欢声笑语。

"邓政委，进屋吧，别冻着了。"警卫员喊了一声。

"没得关系，这真是一场及时雪啊！党中央和毛主席的决策多么英明，他们不光能指挥打仗，还能观天象，真是料事如神。"邓小平接着说，"'围而不打'，好一个'围而不打'！这样围上半个月，我们不用动一枪一弹，老天就替我们收拾他们了。这叫啥子，这叫国民党犯天怒，遭天谴，必败无疑！"

同一时间，远在百里外的蔡洼，白色的"蝴蝶"同样在院子上空飞舞。粟裕看到这一幕，松了一口气。他知道大雪这么一下，仗暂时打不起来了。刚吃过晚饭，粟裕就对警卫员说："我要睡觉了，没有什么特殊情况不要叫我。"粟裕本来说话就少，一般情况下不会喜形于色，即便对着久违的雪花他也没有表现出特别的兴奋。

此时，站在雪地里的还有两个人，那就是杨云枫和李志平。人逢喜事精神爽，在难得的闲暇中，两人欢快地谈论一阵瑞雪后，转换了话题。

李志平问杨云枫："云枫，你见过刘占理没有啊？"

杨云枫说："我还真没见过他。去年在整理国民党部队军官情报的时候，得知他在国民党海州李延年部当师长，威风着呢。但打起仗之后，就再没他的消息了！"

李志平听了笑笑说："听一个他老家的熟人讲，他在国民党部队当上军官后，骑着高头大马衣锦还乡，不但大兴土木翻修了自己的祖宅，还摆了几十桌大鱼大肉的流水席，要多排场有多排场！"

"江山易改，禀性难移。刘占理到底还是改不了他那个争强好胜和好显摆的性格。"杨云枫轻笑道。

"不知道他在哪个部队，这么大的淮海战役，牵涉进了这么多的部队，他会不会也在这个战场上？"李志平说。

虽然是敌我，但毕竟是昔日同窗，听罢李志平的话，杨云枫不觉一愣。开战以来，杨云枫穿梭于江淮大地的战场和城市间，从来没有得到片刻休闲，也就没有想过这些事情。此次淮海决战，就像李志平说的，牵涉了这么多的部队，刘占理既然是隶属徐州"剿总"的部队，也一定在这一带的战场上。想到这里，杨云枫说："咱们都留意一下吧，从我个人来说，希望打败击垮国民党的所有部队，刘占理还能活着。"

望着情真意切的杨云枫，李志平深受感染，动情地说："我也一样，他毕竟是我们的同学，最好不是我们俩的子弹打到他，当然他能活着更好。"

"是啊，内战我们谁愿意打呢?！抗战结束后，本是我们这个苦难深重的民族得以休养生息的大好时机，蒋介石独裁政府却放弃国共和谈，背信弃义率先挑起战端，我们大家也是被迫的。我个人真心希望通过这次战役能彻底打垮国民党和蒋介石，从此不再兄弟阋墙，不再硝烟弥漫，而是国泰民安，天下太平。那样的话，我们和刘占理就可以不再争斗于炮火连天的战场，而是相逢于生龙活虎的球场。"杨云枫由感而发，情不自禁地说出了自己压抑许久的肺腑之言。

"彻底胜利的那一天不知道什么时候能到来，但我们都盼望有那么一天，也一定能等到那么一天。"李志平同样心潮澎湃。

两个人沉默一会儿之后，各自从雪地里抓起一大把雪，团好两个鸡蛋大小的雪球，使劲朝远方一个低洼的小河扔去。河面上结了一层厚冰，雪团落在上面，瞬间飞雪四溅，消失得无影无踪。

扔过几个雪球，李志平突然问道："这么多年你见过她吗？"

"谁？"杨云枫不解地问。

"云枫，你知道我问的是谁。"李志平诡异地笑了笑。

杨云枫明白了李志平的意思。他没有闪烁其词，而是落落大方地回答："志平，你指的是李婉丽吧。说实话，这些年我真的一次也没有见过她。但听说她原来一直在南京国民党军队机关里工作，后来又听说她回到刘峙的徐州'剿总'工作了，我就知道这么多。"

"听说你今年去过徐州，没和她见见面吗？还有，她结婚了没有？"李志平又提出了一个问题。

"从今年10月份开始，我倒真是去了几趟徐州，次次都是悄悄去的，人家在刘峙司令部当差，我要是去见她，还能出得了戒备森严的徐州城?！至于她是否嫁作他人之妇，这个我还真不知道，只听华野办事处主任邵晓平不经意间说过一句，好像她还是单身一人。"

"云枫，到现在你也还是一个人，是不是在等她？"李志平说出了憋在心里很久的一句话。

"志平，这句话不能乱说！我在共产党这边，她在国民党那边，昔日同学已成战场对手，根本就不是一家人。不是一家人，怎能进一家门?！"

说完这些，杨云枫默默地扭过头去，使出浑身的力气，扔出了手中的最后一个雪球。雪球越过河沟，开出一朵无声的花。

让杨云枫和李志平料想不到的是，他们谈论和惦念的刘占理此时就在离他们几公里外的地方。刘占理在十三兵团当了宋劲道的团副后，一边打仗一边还要照顾宋团长的侄子福贵。当部队从徐州逃到萧县孟集时，福贵被乱枪打死。侄子死后，联想到自己今后的生死命运，宋团长万念俱灰，不久后即趁一个黑夜偷偷逃离了部队。宋劲道临走前把自己的手枪和团里的印章留给了刘占理，就这样刘占理因祸得福官升半级，由团副变成了团长。刘占理是当过师长的人，指挥起部队来游刃有余。再次手握实权让刘占理从沮丧中振作起来，他暗下决心，誓言重新坐回师长的宝座，让昔日的荣光得以再现。而这一切，刘占理心里清楚，必须通过与共产党部队的血战之功来换取。

与其他团长不同，刘占理在随后的战斗中浑身是胆，次次抱枪冲在前面。卫兵和连排长们都劝他不要打头阵，那样实在危险。他们说，宋团长已经走了，他们不能再走一个团长。刘占理知道部下关心自己，不过他对部下的好心劝阻丝毫没有放在心上。

"等着瞧吧，我刘占理不达目的誓不罢休！"

自从进入"围而不打"的状态，华野战士就开始做与敌人长期对抗的准备。冬天寒冷，首要的任务就是想办法御寒，办法是对已挖筑的堑壕进行改造。在原壕沟的基础上，形成了一个个六米长、三米多宽、两米多深的坑。战士们在坑上支起木头当房梁，盖上一层油布，上面再盖上稻草和树枝，旁边留了一道门，用稻草织成门帘挂在门上，既挡风又保暖。地上铺着麦秸和稻草，战士们睡在里面一点都不觉得冷。

战士们这样做的本意主要是防寒，没有想却发挥了大作用——一场大雪降临了。

当漫天的雪花飞舞之时，许多年轻的战士纷纷跑了出来。他们张着嘴巴，伸着舌头，任凭雪花飞进嘴里、脖子里、衣服上，尽情享受这丝丝凉意带来的快感。这么多天以来，窝在堑壕内的战士从来没有过这样放松心情的机会。

"北风那个吹，雪花那个飘，雪花那个飘啊，年来到……"不知从哪个战壕里传来一阵歌声，让士兵们在寒冬腊月的战场上陷入了对家人的思念和对和平的憧憬，战士们个个眼中噙着热泪。大雪从12月19日开始下，一直下到29日，下了整整十天时间。地上铺上了一层厚厚的积雪，房子被雪掩盖了，树也被雪掩盖了。当下的陈官庄一带，正应了唐代祖咏那句诗："万里寒光生积雪，三边曙色动危旌。"

为了与孔汉文尽快联络上，杨云枫来到了阵地最前沿。为保密起见，他用"孙参谋"的化名与战士们一起窝在堑壕里。

围而不打，战士们只能窝在暖烘烘的战壕里，排好班轮流出去站岗，再无其他事情可做。刚过两天，大家就开始觉得无聊，杨云枫所在战壕里的战士们也是如此。

杨云枫把这一切看在眼里，便琢磨出了几个办法活跃战壕里的气氛，一是擦枪，二是学习文化，三是学唱歌。

第一条擦枪，战士们都愿意做。战士们手中的枪各式各样，有过去从日本兵手里缴获的三八大盖，有从国民党兵那里缴获的"中正式"，还有美式冲锋枪。用的时间长了，大家闭着眼睛都能把枪拆开和装上。找块破布，战士们把枪上的零件拆开擦了又擦，两三天时间里反反复复地拆枪、擦枪，把枪擦得油光锃亮。再往后有人看到杨云枫，开始发牢骚："孙参谋，您让我们擦枪，我们一天都擦了八遍，这都两三天了，再擦下去，枪管都要被我们擦细一圈了。"

杨云枫摆摆手说："不擦了，学文化！"

没有识字本和黑板，杨云枫就在笔记本上写好一段话，用手举着让大伙来认。

杨云枫这次写的是"背母寻药"的民间故事。说的是从前有兄弟二人，哥哥从医，弟弟种地，兄弟俩都很孝顺。一次，母亲生病了，哥哥有药方，却不知去哪里抓药。弟弟性子急，拿着哥哥的药方背起母亲就出了门，一路上受了很多苦，误打误撞中却给母亲找到了药，治好了母亲的病。笔记本上的字战士们大都认得，但大家都不认识字形相对较为复杂的"撞"字。

大伙正猜"撞"是什么字的时候，"呼啦"一下，门帘突然被冲开，一个人闯了进来。由于门口积雪路滑，来人进门时一个趔趄，差点摔倒在地。杨云枫定睛一看，原来是通信员小郭。

"等等，等等，大伙儿先说小郭刚才进门这个动作叫什么？"杨云枫大声询问。

"滑！"

"闯！"

"冲！"

"溜！"

大伙你一言我一语，杨云枫听完之后对他们摇了摇头："小郭在门外不喊报告，进门时也没有轻手轻脚，'哗啦'一下进得门来，把大伙吓了一跳，他的这个动作就是我笔记本上写的这个字。小郭，你给大家说说，这个字念什么？"

"撞！"识字的小郭读完，窘红了脸，想不到自己一个鲁莽的小动作竟让大家认识了这么难的一个字。

大伙儿都认识"撞"字后，杨云枫要求大家用这个字各造个句子。

"冬天时，俺身上痒，不能脱下棉衣挠痒，俺有个法子，每次都在树身上撞几下！"山西的熊洪福说。杨云枫笑了笑："你小子说的是'撞'字的另一个意思，也算对！"

"俺在当兵前，每天早上在村西头都能撞上地主家老幺吴八斤！"山东费县的李六斤说。杨云枫说："既然每天都能看到，最好用'见到'！"

"我哥是个拉毛驴车的，每天夜里从县城收工回家，脸脚都不洗，就撞到了我嫂子的床上。"安徽潜山的申毛子忸怩着说。他的话音刚落，就引起了一阵哄堂大笑。杨云枫说："看来你哥是个急性子，不过要想描写他的心情，不要用'撞'，用'扑'更准确！"

杨云枫的一句话，让所有学文化的战士笑翻了天。

学习文化的间隙，杨云枫要求战士学唱歌。大部分战士五音不全，张不开口，不好意思唱，大家嘻嘻哈哈地互相打趣，战壕里哄笑不断。看着这乱成一团的状况，杨云枫板下了脸："都给我严肃点，我们今天教唱歌不是为了让大家乐呵乐呵，而是用它来鼓舞士气，展现出我们解放军英勇顽强的精神！谁要是胡咧咧，我就不客气了！"杨云枫的一通训话，让大家都老实了下来。

经过杨云枫一遍一遍教唱，大伙儿学完了《义勇军进行曲》《南泥湾》，又学会了《乘胜追击》《狠狠地打》《挖工事》等歌曲。一个叫韩麦垛的阜阳籍老兵伸出大拇指夸奖杨云枫道："孙参谋，恁这人比俺们排长还能，不但认识'撞'字，还能唱这么多歌，不简单！等今后仗打完了，一定会有很多大闺女围着恁转，到时候，恁小子可不要挑花了眼！"

韩麦垛的话音一落，战壕里响起了一阵笑声。

解放军的阵地上歌声此起彼伏，撼天动地，而对面杜聿明国民党军的阵地上却是阴冷沉郁，一片死寂……

44

获悉打电话者是国防部参谋次长刘为章之后，毛人凤不动声色地行动了起来。

毛人凤先是派出得力干将，对刘为章近期的行踪和社会关系进行了秘密调查，以期从中觅得蛛丝马迹。待一切悄无声息地布置妥当，毛人凤亲自出马，拜见参谋总长顾祝同。

关于第一个见谁，毛人凤斟酌思量了很长时间。他一共想到了三个人：委员长、顾祝同和刘为章本人。

直接面呈委员长，毛人凤认为有利有弊。如果确认位高权重的参谋次长刘为章有问题，自然功在党国，而知情不报的徐州"剿总"司令刘峙，亦将被责罚，这是一举两得的事。但任何事情都有两面性，巨大的利益背后往往伴随着巨大风险，万一刘为章没有问题呢？也许他仅是受朋友所托，碍于情面关心询问一下李婉丽之事，且没有说出非分之话，也没有做出非分之举。如果情况真是这样，贸然向委员长面呈，有可能不但得不到褒扬，还会被认为疑神疑鬼，最终受到一通严厉训骂，内容必然是老头子经常挂在嘴边的"大敌当前，党内应精诚团结，不应互相攻讦……"云云。过去，杜聿明、刘为章和郭如桂之间多次相互告状，委员长都是这样处理的。在毛人凤看来，挨委座的骂倒不是什么大问题，但假如此事被刘为章知道了，那事情可就难以收场了。刘为章在抗战中多次参与制定重大作战计划，且屡受嘉奖，最后官至国防部参谋次长，委员长赏识其才，素来对其宠爱有加。恃才自傲的他向来不把刘峙、胡宗南、傅作义、卫立煌、王耀武等军中实权人物放在眼里，甚至对何应钦、顾祝同等大佬都敢怒怼。此事若是惹恼了他，保密局本来就不受国防部待见，以后的处境就更可想而知了，他毛人凤绝不能在此时与刘为章正面为敌。仔细权衡利弊之后，毛人凤决定还是不要冒这么大的风险，放弃了首先向委员长禀报的念头。

如果第一个直奔刘为章而去，后果如何，毛人凤心里也没底。为李婉丽之事，刘为章能亲自出面给刘峙打电话，足以说明他对此事的重视。精明万分的刘为章一定会对打电话可能引起的后果有所考量，也肯定为自己打电话的举动准备好了进退自如的说辞。对刘为章的精明，毛人凤早有领教。原来，刘为章和郭如桂相互指责对方身份可疑后，毛人凤就抓住机会，神不知鬼不觉地对两人进行了秘密监控。监控实施了很长时间，毛人凤一无所获。不但如此，令毛人凤倍感羞辱的是，两人从一开始就察觉有人对自己实施了监控，多次不动声色地对监控人员进行戏弄，搞得毛人凤狼狈不堪，只得草草收场。

权衡再三，毛人凤决定首先面见顾祝同。

顾祝同一见毛人凤到来，似笑非笑地说："齐五，你到这里来，定是无事不登三宝殿，连我顾祝同也紧张啊！"

"哪里！哪里！总长您说笑了。"毛人凤笑着回答。

落座之后，毛人凤开门见山，三五句话便说出了此行的目的，把刘为章给刘峙打电话的事抖了出来。毛人凤本以为顾祝同会惊诧不已，出乎意料，顾祝同听后仅是一阵哈哈大笑，让毛人凤一时不知顾祝同葫芦里装的什么药。

"这么大的事情，难怪日理万机的毛局长亲自登门！齐五，你说说为章都给经扶说了些啥。"笑过之后，顾祝同沉下了脸。

"据我所知，刘次长给刘总司令说，李婉丽如果是共谍，可以马上枪毙她。如果不是，就应该放人。"毛人凤言简意赅。

"就这些，为章难道说错了吗？"顾祝同一个反问。

"不是他说错了什么，而是他就不应该过问此事，参与此事就证明他有问题。"对事关党国利益的事，毛人凤向来不含糊。

"这样就能证明为章有问题？！我认为，为章定是受人之托，打个电话问问情况而已。要是有人给我打招呼求助，我也会说和为章同样的话。"

"关键要看托他的人是谁。"毛人凤话中有话。

"齐五，我不知道为章到底为什么参与此事，以他的为人不会没有缘由。你想知道也可以直接找他去问。他不说，你可以直接找老头子让他说。过去几个月，光亭、为章和如桂三人相互猜忌指责，弄得我实在烦透了，现在你又搅和进来，这些事我不想管，也管不了。"

毛人凤还想做进一步的解释，被顾祝同封住了嘴。

"齐五，你替我考虑一下，为章和经扶相互之间打个电话你就跑来给我说。假如他们知道了，说不定认为是我顾祝同对他们不放心让你暗地里去调查，我承受得起吗?! 现在徐蚌大战正处危急关头，他们两位是我的左膀右臂，因为这查无实据的事让两位将军心存芥蒂，分心战事，不知道老头子知道后会怎么想……"

在顾祝同那里碰了钉子后，毛人凤决定孤注一掷，直接去向刘为章摊牌。

"刘次长，您军务缠身，十分繁忙，我就开门见山，如有得罪，都是为了党国利益，您不要介意。"毛人凤在会议室见到了刘为章，如炬的目光紧盯着他。

"毛局长，请讲，为章接受您的审问！"刘为章冷笑一声，给毛人凤一个软钉子后，坦然地望着他。

"最近刘次长是否给蚌埠的徐州'剿总'司令部打过电话？"

"我每天都打电话。"

"请问有没有无关作战事宜的电话？"

"我的电话都与作战事宜有关。"

"不可能吧，您再仔细想想，比如有关受人之托，为人说情的电话？"

"我没有打过任何私人电话。要是有，请毛局长明示，我可没有时间兜圈子。"刘为章说话向来单刀直入，不给别人留情面。

"刘次长是不是给刘总司令打过一个特殊的电话……"毛人凤继续旁敲侧击。

刘为章愣了一下神，明白了毛人凤所指。

"打过，不过不是私事，是与作战相关之事。刘总司令和你们徐州站抓了一个女军官，怀疑人家是匪谍，却又找不到证据，将人打个半死，闹得沸沸扬扬，现在都告到我们这里来了。再这样下去，军中同仁人人自危，朝不保夕，谁还有心思与刘伯承、陈毅他们打仗?!"

毛人凤没有想到，刘为章提起这件事来口气竟然斩钉截铁，毫不避讳。

"刘次长，您恐怕是受人之托吧？"毛人凤挑明了问题核心。

刘为章淡然一笑，回答："没错！确实有人托我。"

"请问能告诉我委托之人是何方神圣吗？"毛人凤皮笑肉不笑。

"毛局长，我之所以这么做是为了稳定军心，并无不当之处，你此时横插一杠，未免管得有点过宽了吧！"刘为章没有半点恐慌，双眼直盯毛人凤。

"刘次长，我们保密局有权调查委员长以外任何人，这事事关党国安危，今天您不想说也得说！"毛人凤撂出了狠话。

"毛局长，看来你还是不知道我刘为章的脾气。我还有事，失陪了！"刘为章说着站起身来，一把甩开椅子，径自向门外走去。

毛人凤的一个副官上去阻拦，刘为章大声呵斥："放肆！看来你不想走出这个门了！"刘为章话音刚落，几名持枪卫兵冲进会议室内，站在了刘为章身后。

事情闹到了就要兵戎相见的地步，顾祝同不得不出面。

顾祝同将刘为章拉到自己房间问清情况后，再次走进会议室。

"齐五，这事到此为止，你就不要再打听了，出了事我负责，你要是连我也不相信，你现在就可以去老头子那里禀报。"

顾祝同又低声与毛人凤耳语几句，毛人凤只好悻悻地带人离去。

原来，请刘为章给刘峙打电话的人非同一般，是国民政府副总统、桂系大佬李宗仁。桂系的刘为章对其他人趾高气扬，唯独对李宗仁和白崇禧二人恭顺有加，言听计从。正是依靠两位大佬撑腰，刘为章才能如此官运亨通，无人敢于藐视慢待。李宗仁在指挥台儿庄战役期间，结识了担任第五战区抗战总动员委员会委员的李婉丽父亲，就是徐州大同街上大名鼎鼎的"回春堂"的李堂主。悬壶济世的李堂主深明大义，带头响应第五战区长官李宗仁的号令，向抗战部队捐了一大笔钱，并且率领"回春堂"人员赶赴前线救治伤员。不但如此，他还多次为李宗仁以及白崇禧、刘为章等人看病拿药，彼此结下深厚友情。在之后的十多年时间内，李堂主始终与李宗仁保持着联系。十天之前，李堂主托人从徐州捎了一封信到南京，交给了李宗仁。颇念旧情的李宗仁看罢昔日故交的信中哭诉，立马答应帮忙斡旋。当获悉刘峙并没有李婉丽是匪谍的任何证据后，李宗仁气愤不已，指令刘为章直接给刘峙打电话，要求马上释放李婉丽。刘峙通过刘为章的口气知道幕后指使是李宗仁和白崇禧，自然不敢违抗。正当刘峙打算通过审讯彻底整垮李婉丽时，陈楚文和毛人凤插了进来，心怀鬼胎的刘峙只说了刘为章的名字，不敢如实说出真正的后台李宗仁。

老于世故的参谋总长顾祝同最后想了个办法，说人命关天，先送李婉丽去医院治病，等病好了再说。这样，既保了李婉丽的命，也没有让她脱离掌控，算是对刘为章和毛人凤两人都有了个交待。

一天深夜，李婉丽被人从监狱内提了出来并用车拉走，说是送到医院治病。至于是去哪家医院，没有任何人知晓。

从此之后，李婉丽不知去向，从所有人的视野中神秘消失。

事情并没有就此结束。

李婉丽被送进医院治疗的第二天，毛人凤给蚌埠的陈楚文打来了电话。在电话里，毛人凤指示：李婉丽的事到此为止，但铲除共谍的任务不能就此结束。除了李婉丽，还有没有共谍继续藏匿于蚌埠"剿总"以及杜聿明的"前进指挥部"

里？与毛人凤通电话时，陈楚文肯定地说，根据情报，"无名氏""林木"和"黄蜂"的真实身份都已搞清，这些人目前全部都在共军那里，不可能再有卧底的匪谍。陈楚文的分析遭到了毛人凤的一通训斥，说共产党一而再、再而三地通过各种渠道曝光宣传卧底者，很有可能是他们故意释放的烟幕弹和使用的障眼法——到目前为止，还没有确凿的证据证明马树奎、佟处长和小钱是真正的卧底者。李婉丽是不是暂且不说，不能排除还有共谍继续隐藏在我们内部的可能。

最后，毛人凤给陈楚文下了命令："你们不能只将目光锁定在李、佟、钱三人身上，龚方令和孔汉文也多多少少参与了档案转运之事，都有嫌疑，应立即电告跟随杜聿明的情报处长顾一炅加强对龚与孔的监控，宁可信其有，不可信其无。如发现两人行为可疑，可立即采取相应措施。"

12月下旬的一天，蒋介石召集军事会议。到会的有参谋总长顾祝同、参谋次长刘为章、作战厅正副厅长郭如桂、许正春以及作战厅几位处长。但身为国防部长的何应钦没有参加，国民党部队在解放军的强大攻势下节节败退，令这位党国军界的元老也越来越感到束手无策，自感目前的危局已是回天乏力，国民政府岌岌可危了。于是他抱着"大厦将倾，独木难支"的消极心态，借口得了严重的痔疮，不顾蒋介石的极力挽留，住到上海一家医院里疗病去了。

白崇禧也没有来。虽然蒋介石亲自打电话邀他参加会议，但他以身体欠佳为由推辞了。近几个月来，蒋介石的嫡系部队兵败如山倒，可供调度的兵力愈发捉襟见肘。到了这个分上，蒋介石要想调动坐镇武汉、拥兵自重的"小诸葛"白崇禧，更是难上加难。

当天的会议，蒋介石倒是准时来到会议室，可见其心情之迫切。见大家坐定，蒋介石首先讲话："战局于我不利想必大家都清楚，目前杜聿明、邱清泉、李弥他们被共军围困于陈官庄一带，近几日又连降暴雪，天气情况恶劣，空投都无法进行，前线部队面临着弹尽粮绝的困境。今天召集大家议一议，看如何摆脱当前的困局。"

与会人员沉默着，眼光相互瞟了一阵，都不想先开口说话。无奈之下，顾祝同先开了口，这里除了蒋介石，数他的官职最大，他不愿因为冷场伤了老头子的面子。

与往常不同，顾祝同这次说话的声音特别低沉："'徐蚌会战'开战至今，共军攻势之凶猛前所未有。前两仗我们的实力并不弱，黄百韬兵团和黄维兵团在人数、装备等方面均强于共军，失败的原因之一是轻敌，没有从思想上真正重视起来，原因之二是后勤供应跟不上，严重影响战斗力。"

蒋介石轻咳一声，不耐烦地瞅了他一眼，意思是前面的事多说无益，还是说说今后该怎么办吧。

正在这时，机要员进来了，呈给蒋介石一封电报。蒋介石看了看，是杜聿明的，随手递给了顾祝同。电报上面写着："请委座放心，吾部决心固守到底。请尽快想办法空投物资。"

看完电报，顾祝同低头稍加思考，又接着讲话："光亭陷入重围，处境堪忧！他来电决心固守到底，虽说忠勇可嘉，但其目的还是等待援兵。寻机突围，能否成功，有两点很重要：一是保证大批物资的空投，以维持部队的战斗力；二是抽调兵力在外围配合其突围行动。但眼下这两点均无法完成。事已至此，也只能靠光亭自己摆脱困境了！"

蒋介石问："那你的意思是放弃？"

"是的！如果能有一线希望，我们都要尽全力给他们解围，但现实如此，也是不得已而为之，实在没有更好的办法了。现在只有让光亭带领部队寻机突围，能出来多少就出来多少。"顾祝同接着说，"当下首要考虑的是加强长江防线，从'徐蚌会战'以来的态势来看，共军的胃口绝不仅限于淮河流域。所以要提前准备，加紧让李延年第六兵团、刘汝明第八兵团撤回泗河以南布防，确保蚌埠的安全。"

顾祝同话音未落，郭如桂插话说："我认为不妥，那里可是党国的二十万人马啊，不能说不要就不要，说不管就不管了吧？！"

顾祝同反问道："管？要怎么管？再把第六和第八兵团派过去救援？说不定不但救不了，连他们也要搭进去，十二兵团不就是一个活生生的例证吗？！现在十二兵团没了，共军的部队全部集中到了陈官庄一带，加上天时不利，杜聿明他们的处境更加艰难了。要想出来，我看是难上加难，还是面对现实吧！"

正当顾祝同和郭如桂意见相左之时，刘为章出来说话了："就目前这鬼天气看，再派六兵团、八兵团过去救援确实不妥，但对杜聿明他们也不能不管不顾，该安抚还是要安抚，该空投物资还是要克服困难加紧空投。"

郭如桂与杜聿明素来不睦，这在国防部内人人皆知，杜聿明甚至还暗地里怀疑郭如桂有匪谍嫌疑。此时，郭如桂坚定地认为应该帮助危难之中的杜聿明，出乎所有人意料之外，都觉得他还真是个论事不论人的豁达之人。

一时间大家交头接耳，议论纷纷，都在等着委员长决断。

"光亭率领的可都是我们的主力啊。如果他们完了，我们的几大主力就损失得差不多了，今后还拿什么与共军对抗？！"

"看这鬼天气，就是有心救援，也是心有余而力不足啊！"……

一群人讨论来讨论去，拿不出更好的办法。最后蒋介石采取了折中的办法，一方面寻找时机空投物资，另一方面鼓励杜聿明他们暂时固守，并寻找有利时机进行突围。

当蒋介石和一群国防部的大员在南京明亮温暖的会议室里开会讨论的时候，远在几百公里之外的杜聿明正困坐在昏暗的草房里，神情黯然地就着一个炭盆烤着火。

外面的鹅毛大雪已经连下了几天，丝毫没有停止的迹象。空军副署长董明德本来要在20日返回南京的，由于天气恶劣而耽搁了下来。

董明德与杜聿明住在一个屋子里，没事的时候二人只能靠聊天打发时间。

次次都是董明德先说话，这次也一样。"现在各个战场都是不好的消息，黄维兵团没了，你们又被围了，平津也很危急，北平的西苑机场也已失守，很多飞机都被缴了，空军损失巨大，我连想都不敢想啊！如果你们这里没有办法打出去，平津那边再保不住的话，往下这局势就很危急了。以前有人提出和中共和谈，让老头子给否了。现在就是想谈，恐怕他们也未必会同意。听说南京那边都乱作一团了，我看啊，没有人能想出更好的办法了。"

"您怎么看？"说完之后，董明德扭头问闭目冥思的杜聿明。

沉默多时的杜聿明睁开眼睛，看了董明德一眼说："依我看，'徐蚌会战'关系党国的生死存亡，现在傅作义在平津战场牵制着林彪的部队，腾不出手来帮我们，所以我们现在不能与对面的共军进行决战，只能固守，等待时机成熟再突围。如果孤军强行突围，成功的几率不大。倘若我们垮了，国军的实力将被大大削弱，南京势必不保。南京一旦不保，武汉、西安也就撑不了多久。到时候，党国何去何从？老头子何去何从？"

说到这里，杜聿明忽然心念一转："董明德是南京派过来的，会不会是奉委员长的命令来试探我啊？"意识到这个问题的时候，杜聿明虽然内心已沮丧到极点，却不敢再深讲。

董明德是不是在试探杜聿明没有人知道，这时候用"隔墙有耳"这个词却恰如其分。有人一直在悄无声息地从董明德那里打探消息。

这个人就是孔汉文。

虽然部队里缺吃少穿，长官的衣食住行还是必须要保证的。殷勤的孔汉文一直利用送饭送水的机会接近董明德，一再说要不是董明德派飞机空投粮食救急，他这个管吃喝拉撒的就是不被骂死，也会自己愁死的。"董署长可不是一般人，是我们整个部队的救星！"孔汉文的一席话把董明德说得心里美滋滋的，心中的愁苦顿时消减了不少。董明德在这里没有其他熟人，也希望找人闲聊打发度日如年的时光，两个人很快混熟了。杜聿明出去巡视部队时，董明德就会和送饭的孔汉文扯扯闲篇。

中午前来送饭时，孔汉文发现董明德和杜聿明正在谈话，便站在门外等待。两只耳朵支得高高的，一直静静听着。

屋子里，传来董明德的问话声："真的要到这一步吗？"

沉默了一会，杜聿明才又接着说："你想想，白崇禧不愿意出兵，第六、第八兵团肯定要援守蚌埠，南京拿什么救援我们呢？现在天降大雪，空投又跟不上，部队这么多人，已经处于挨饿受冻的状态。我们说决心固守，可这种情况下又能固守多久呢……"杜聿明的声音沉低，孔汉文只能听清只言片语。

董明德的声音较高，孔汉文听得较为清晰："既然这样，您何不直接到南京去和老头子当面讲明，寻找对策呢？"

杜聿明无奈地摇了摇头。他心里很清楚，自从黄维兵团被歼灭后，自己原来在南京的靠山何应钦部长已经通电辞职了。蒋介石虽然对他赏识有加，却还没有到视为股肱的程度。沉默片刻，孔汉文隐隐约约听见杜聿明对董明德说："我去也没用。你看'徐蚌会战'刚开始，就制定了'山东清剿计划''徐蚌会战计划'等，结果没有一个能按计划实施。委员长总是变来变去，弄得我们也无所适从。就像这次吧，从徐州撤出后，本应尽快向蚌埠靠拢的，中途又命令我们停下来救援黄维兵团，结果黄维没救出来，反而把我们困在了这里。"

停了一下，杜聿明似乎觉得自己说得太多了，又像表决心似的说道："不管怎样，我对校长是忠心不二的。我带领部队在这里坚守，等待时机。如有万一，不成功便成仁，绝不向共产党投降……"

"报告，饭送到了！"等了一会，见两人不再说话，提着饭篮站在门外的孔汉文喊了一声。

"进来！"杜聿明喊道。

等两人吃过饭，杜聿明外出巡查部队布防情况，孔汉文过来收拾碗筷，顺便和正在剔牙的董明德唠了一会嗑。在看似无意的闲扯之中，孔汉文把自己刚才没有听清的杜聿明的话一一做了验证。

此刻，杨云枫也在利用堑壕搭建成的隐蔽所里来来回回地走着，时而眯起眼睛思考，时而抬头凝视屋顶。杨云枫身旁的邵晓平提示大家保持安静，大伙儿都很自觉，谁也不去打扰"孙参谋"，都知道这会儿他的脑子在琢磨要紧的事儿。

的确，杨云枫想的正是如何尽快联系上孔汉文并与他见面。

杨云枫想出几个方案，一是派邵晓平扮成国民党兵混进去，伺机寻找孔汉文。这样做虽然直接简单，但风险比较大。尽管邵晓平一再主动请缨，杨云枫还是没批准。原因是邵晓平根本没在国民党部队里待过，言行举止容易露出马脚，而且忽然之间出现个新面孔，难免要引起他们的怀疑。

二是利用电台呼叫孔汉文的新代号。孔汉文原来所在的"剿总"后勤处已经和杜聿明的"前进指挥部"的后勤处合在一起，不知道他能不能接触到电台，盲目呼叫他能否收到，没有把握。

三是找个改造好的俘虏兵，在自愿的基础上送他回去，可以携带信件，让他去找孔汉文，待联系上后再确定接头时间和方式。这个方法在双堆集战场上就利用过，事实证明还是很实用的。

想到这里，杨云枫一拍脑袋："好，就用这个法子！"

杨云枫在邵晓平的陪同下赶往团部指挥所。在行动之前，他还需要和团长好好合计合计，此事需得到他的配合支持。

团长知道"孙参谋"的真实身份，一看杨云枫来了，赶快上前迎接。杨云枫把自己想到的几个方案讲了一遍，并逐一分析每种方案的利弊。说完了，杨云枫问道："你怎么看，觉得哪个方案好呢？"

"我也觉得第三条比较好，比较稳妥。"团长接着又说，"现在我们团每天都能抓到俘虏，只要对他们晓以利害，讲清道理，再让他们回去找人，他们应该能同意。况且他们那边缺少粮食，都吃不饱了，也不怕他们去了不回来。"

杨云枫点点头说："好，你赶快叫几个这样的人来，我从中选一个，让他把我给汉文的信带过去。"

团长打听后知道昨天夜里从对面偷偷爬过来几个国民党士兵，这会吃饱了正在睡觉。"别睡了，我们团长叫你们过去有急事。"团长的警卫员跑过去叫醒了他们。几个人颤颤巍巍地爬起来，跟着警卫员来到了团部。

当几个俘虏进屋的时候，杨云枫的身份变成了团长。他逐个打量了几个人一眼，问道："你们都吃饱睡好了？"

"是，是，是。感谢长官！"

"感觉怎么样？"杨云枫追问。

"好得很，好得很！在那边都快饿死了，在你们这边有馍有菜，可吃上一顿饱饭了。"几个人点头哈腰地抢着说。

杨云枫又问："你们是哪个部队的？"

几个人七嘴八舌，答案不一，有的说是四十五师的，有的说是九十六师的，还有的说是五十八师的。

"你们听说过一个叫孔汉文的吗？"杨云枫又问。

几个人你看看我，我看看你，一头雾水，不知道孔汉文是何方神圣，连这里的长官都认识他。

杨云枫说："他是俺亲表弟，是家里的独苗。有次他出去办事，被你们抓了壮丁，后来还捎过信，说是在杜聿明的司令部里当差。这次他们撤出了徐州，被围到这里，不知死活，俺姥娘在家哭得死去活来的。她就这么一个孙子，非逼着俺娘给俺捎信让俺找找，就怕他有个三长两短的。"

说完，杨云枫装作很苦恼的样子，挠了挠头发，接着说："你们看，现在解放军把你们都围起来了，没吃没喝的，你们几个心眼活，还知道跑出来寻吃的，俺那表弟是个死心眼，真怕就这样饿死了，你们有谁愿意代俺进去找找他吗？找到他后，告诉他最好能过来，不然的话，今后就是不被打死，也会被饿死冻死。"

见杨云枫说得入情入理，几个人又是你看看我，我看看你，然后吞吞吐吐地小声说："愿意，愿意！"

杨云枫说："谁愿意帮俺去找他，回来后俺先给他弄半碗白花花的大肥肉，然后再记上一功，俺这个人说话算话。这样吧，你们每个人挨个站到俺跟前，想清楚了再回答我！"

几个人一时摸不着头脑，还是按要求去做了。杨云枫不吭声，就盯着每个人的眼睛看，直看得几个人个个心里发毛。

过了一遍后，杨云枫指着其中一个人说道："你，出列。叫什么名字？哪里人？"

"我叫方大明，徐州贾汪的。"

杨云枫点点头，说："就是你了，其他人都回去吧。"待其他人走后，杨云枫拍拍旁边的凳子示意方大明坐。方大明迟疑了半天没敢挪动，以前在国民党部队里，士兵是不能与长官平起平坐的。

杨云枫拉他坐下，和气地说道："你不要紧张，叫你坐你就坐，我们这里官兵平等。你知道俺为啥单单挑中你？"

方大明老老实实回答："不知道。"

杨云枫故作神秘地说道："因为俺会看人。你回答'我愿意'时不但比他们几个硬气，最重要的是眼神不飘忽，说明你从心里是愿意帮俺，而不是应付俺。所以俺相信你一定能办成这个事。"

方大明说："多谢长官信任。俺也有一个堂弟，和俺一起当的兵，半个月前在战场上被打死了。俺真不敢想大爷大娘他们知道了该咋难过呢。将心比心，长官您的苦处俺能理解，俺愿意帮你去找找。反正俺跑出来时也没有人看到，如果有人问，俺就说饿得实在受不了，到外边找吃的去了。"

杨云枫满意地拍着方大明的肩膀说："大明，现在的形势你也看出来了，杜聿明他们能逃出包围圈吗？顽固到底等于白白送掉自己和部下的性命啊！你帮俺找到表弟让他趁早过来，算是救了他，他再去影响周围的兄弟，等于又救了几个人……你做的是好事，是助人的善事！等过去时带点饼和馍，也让那边的兄弟填填肚子。记住，俺表弟叫孔汉文，是宿北人。俺给他写封信请你带上，等找到俺表弟，你把信给他就行了。俺在这里等你回来！"杨云枫一遍遍地交代，方大明心里不禁暗暗佩服眼前这位重情重义的汉子。

"请团长放心！我什么时候过去？"

"你先歇着，俺去写信。等到了晚上我把你送到一个地方，你就可以过去了。"

在给方大明交代之前，杨云枫早已写好了一封信："表弟，多年不见，表哥想你，不知你想不想表哥？现在你被围在里面，家里人都急死了，让我打听你的下落。最近一段时间你一定要注意安全，保全自己的性命要紧。天太冷，注意别冻着饿着！今捎信给你，你最好也想办法给家里回个话。如果能让表哥见你一面，那家里人就更放心了。知道你们那边吃不上东西，表哥给你准备了一袋咱们老家的煎饼，饿的时候就垫垫。表哥。"信不太长，即便被搜走，对方看不出什么破绽也不能把方大明怎么样。在这封"普通"的家信里，已经隐藏了足够的信息，杨云枫一方面告诫孔汉文千万要注意隐蔽，不要暴露身份，同时，应想办法尽快把相关情报送回来，必要时可以过来见一面。

杨云枫让方大明把这封信缝到棉衣夹层里，教给他如果遇到有人盘问时的应对办法，反复交代只有见到孔汉文并确认后才能拿出来。杨云枫告诉了方大明确认的办法："除了俺刚才给你说的方法外，如果还有疑问，你就问他是哪个中学毕业的。如果他说是昕昕中学，就再问他在学校时最喜欢哪位老师，如果他回答是姓宋的老师，那就能百分百确认是他。"

"把信给他之后呢？"方大明又问。

"到时候你听俺表弟的，他是个实在人，会安排你平安回来的。"

寒风凛冽，刺骨锥心。方大明出发时，杨云枫脱下自己的厚棉帽换下了他的单帽子，又蹲下身子脱去脚上的棉袜，然后不由分说套在了方大明的粗布袜子外边。赤脚的杨云枫将方大明送了一程又一程。

方大明最后挥手向杨云枫告别时，眼里噙着泪水。

45

19日深夜，方大明背着一布袋白面馒头，顶着严寒费力爬向国民党阵地。

下午的时候，天气还是好好的，到了晚上却狂风大作，铺天盖地下起雪来。伴着刺骨的北风，纷纷扬扬的雪花落在方大明身上，不一会，方大明就成了白色的雪人。

天空像黑漆漆的深渊，旷野里充塞着困兽怒吼般的风声，隐隐约约夹杂着国民党伤兵痛苦的哀嚎。

国民党阵地上全是挖得坑坑洼洼的堑壕，浓密的雪花使得前方的路仅能看到两米来远。方大明小心翼翼地顺着壕沟前行,突然被绊了一跤,装馍的布袋一下子甩出了几米远。摔倒在地的方大明用手摸了摸绊倒自己的东西,圆圆鼓鼓的,不知是何物。凑近一看,方大明吓了个半死,原来是个冻死的国民党士兵的人头。"啊"的一声大叫之后,方大明抓起地上的布袋就向前狂奔。雪越下越大,伸手不见五指。没跑出多远,他再一次被隆起的东西绊倒在地……

"站住,干什么的?"惊魂未定的方大明刚准备爬起来,从一米开外的小土堆后突然钻出两个人来,枪口和刺刀瞬间对准了他。

"兄弟,别误会,都是自己人,俺这里有吃的。"方大明压下对方的刺刀,指着身后的布袋喊了一声。

"少废话,身上有枪吗?掏出来!"

方大明拍拍身上:"别说枪,俺连个烧火棍都没有,不信你们可以搜!"其中一个士兵真的上来在他身上摸了摸,没发现什么东西,又向后面看了看,也没看到其他人,这才放下心来。

"走,跟我们进去!"

原来这里是一个哨兵的地窖掩体。掩体紧靠着堑壕,足有两米深,人趴在里面能看见外面,但外面的人绝对看不到里面。方大明跟着他们爬进了掩体,借着微弱的马灯亮光,看到里面歪歪斜斜坐着四个人。

一个人面露凶光,站起身来迫不及待地喊道:"你不说有吃的吗?快拿出来!"

方大明从布袋里拿出馒头,每人给了一个。其中一个娃娃兵饿疯了,上去就咬了一大口,旁边一位班长模样的人赶紧拍了他一下,说:"你作死啊,忘了老丁头是咋死的了?!"听他这么一说,娃娃兵立马停了下来。只见他把咬进嘴里的馒头吐在了手心里,用另外一只手抓了一把雪唵进嘴,咽下化开的雪水后才回来舔起手心里的馒头渣。

"弟兄们,老丁头是谁,咋回事?"方大明好奇地问班长。

"被馒头噎死的。饿了几天之后吃得太急了,咽也咽不下,吐也吐不出,活活被憋死了。"

冰冷的掩体里,六个人把方大明丢在一边,顾不上盘问他的身份,个个先吃了一团雪,然后手捧馒头啃了起来。

快吃完一个馒头的时候,班长冷不丁地问了方大明一句:"你是干啥的?深更半夜跑出来不是专门给俺们送馒头的吧?"

"俺前天傍晚出去拾柴时,迷了路被共军逮了去,在那里关了两天。今天下雪,他们都在忙着加固掩体,俺趁他们不注意偷了一袋吃的就跑回来了。"方大明按照杨云枫的交代,不慌不忙地说道。

"你是哪个团的,连长、团长是谁?"班长仍然不放心。

方大明流利地说出了自己团的番号和连、团长的姓名。

"好了，看来你真不是共军的奸细。你现在咋办，是摸黑回你们团还是等到明天天亮再走？但先说好，不管怎样，得把吃的留下来一半。"

雪下得大，很可能再次迷路，方大明想了想，决定等天亮后再走。

"行，行，见面分一半嘛！何况都是一个战壕里的兄弟。"方大明爽快地回答。抬眼瞅了那个班长一眼，他又突然改口说："算了，算了，别一半啦，全给你们吧，只要给俺留一个保命就行。俺得谢谢你们，要不然俺今天就可能被冻死了。不过，俺还想在这里凑合一下，等天亮再回俺们团里去。"

出发时，杨云枫反复叮嘱方大明，路上遇到饿极了的人，不要吝啬馒头，如果势头不对，应当全部交出。方大明说留下一半馒头时，注意到班长不但一句感谢的话没说，猩红的眼睛中突然射出两道凶光。机灵的方大明立即想起了杨云枫的话，在这些快要饿死的国民党士兵眼里，自己的命绝对抵不上一袋馒头，所以赶紧改了口。方大明的这一改口，给他自己捡回了一条命。事实确实如此，那个班长是个心狠手辣的兵痞子，从方大明一进洞就萌生了杀人抢粮的恶念，幸亏方大明按照杨云枫的指示见机行事才免遭劫难。

第二天上午，方大明摸回了自己的部队。返回连队后，姓耿的连长正要对他开口审讯，方大明从棉袄里取出一个馒头，又像变戏法一样从裤裆里掏出一袋炒面，全部塞到了连长手里。连长一愣，骂过几声之后嬉笑着说："你小子跑掉又回来了，还算识相！"

方大明眼前的阵地和解放军的阵地有着天壤之别。解放军的阵地上学文化、唱歌、拉琴、说快板书的样样都有。而这边冰窟般的地洞里一片死气沉沉的景象，所有的人都耷拉着头蜷曲在墙边，双手抄在袖子里，不声不语。只有见到食物时才像触电一般兴奋，但这种兴奋的景象寥寥无几。

回来后的方大明表现非常卖力，脏活累活抢在前头干，再次赢得了大家的信任。两天后，他借口出去为大家寻点吃的，往陈官庄方向走去。

陈官庄是指挥部所在地，戒备森严，离村子半里远，就有哨兵把他拦了下来。

"哪个部分的？来干什么？"哨兵问。

方大明不假思索地通报了自己的身份并说是来找一位熟人。

"你要找谁？"

"孔汉文，他以前往家里捎信说在司令部里当差。"

"你找他干什么呢？"

"也没啥大事，他家里的表哥千叮万嘱托俺来给他捎几句话。照眼下这情形，俺怕再不来的话，往后真的就见不着他了。"方大明怯怯懦懦地说完，挽起袖子抹眼睛。

两个哨兵认识孔汉文。

一个哨兵凑近另一个的耳旁说:"孔主任的熟人来了,咱们去通报一下吧。孔主任人很好,平日里对咱们不错。"

另一个年纪较长的哨兵悄悄地说:"好,俺也是这个意思。咱们不能脱岗,你找个人去通知孔主任过来领人吧。"

半个钟头后,从村里走出一个人,来到两位哨兵那里给每人递上一支烟,说:"兄弟们辛苦了!人呢?"

年长的哨兵手指屋后:"在背风处等着呢,俺这就去叫他!"

踏着积雪走来的路上,孔汉文故作欣喜,内心却一直在琢磨,这个时候突然冒出来一位"表哥"的朋友,定是杨云枫派来联系自己的。

"表哥"的朋友出来了,孔汉文见是一位陌生人,正在诧异地打量之际,对方抢先开口说话。

"胖墩,你表哥让我来看你,你还好吗?"

孔汉文的小名叫"胖墩",外人不知道,只有他父母和杨云枫在家里喊。听到"胖墩"两个字,孔汉文立即知道是怎么回事了。

"还好,还好,你咋瘦成这个样子了!"

两个哨兵见果然是孔主任的熟人就走到一边,点起香烟聊起天来。

"你跑这么远来找我,真是苦着你了。走,到我住的地方去坐坐!"孔汉文拉着方大明,显出非常亲热的样子。临走,孔汉文又将半包香烟递给了两个哨兵。

在去孔汉文住处的路上,方大明按照杨云枫的叮嘱问了孔汉文几个问题。孔汉文说出的答案和杨云枫说的完全一样。双方确定了彼此的身份。

在孔汉文住处,方大明把自己怎么被俘,"团长"怎样优待他,又怎么被"团长"选中派过来的情况说了一遍。最后,他将缝在棉衣中的信件取出,交给了孔汉文。看过杨云枫的亲笔信,孔汉文彻底明白了事情的来龙去脉。

孔汉文对方大明说:"俺表哥这个人讲义气,从小到大都是他照应俺!唉,不说这些了,你在这休息会,让俺想想咋给俺表哥通个气!"经验丰富的孔汉文从信中看出,表哥杨云枫使用的是暗语,这样做对自己和方大明都是个保护。

孔汉文知道杨云枫目前想迫切需要与自己见上一面,这样就能将他收集的重要情报准确并及时地传递给上级。这些情报包括各部队的人数装备、各部团以上军官配备、与南京方面的来往情况以及后勤物资供应情况等。

"是将这些重要的情报写在纸上让方大明带回?还是自己将这些情报亲自交给杨云枫?"孔汉文反复权衡利弊,琢磨了好长时间。最后,他决定不让方大明带回情报,而只是让他捎回去一封"普通"的信。在孔汉文眼里,方大明毕竟是刚改造过来的俘虏,既要相信他但又不能全信,况且让他携带如此重要的情报对他自己也很危险。

"表哥，真没想到到现在这种地步，你还惦记着胖墩，俺在心里也想你，只是俺没法当面和你说。俺在后勤处管事，要比其他人方便一些，没有受冻挨饿。俺不用拿枪打仗，除了偶尔去后陈庄买点急用的东西，每天基本上都不用外出，所以不会有太大的危险，请表哥放心！表哥想见俺，俺也想见你，但现在咱们弟兄各为其主，暂时是不可能的了，就让咱们各自保重吧。胖墩。"

吃过饭后，方大明把孔汉文给他的信重新缝好，背着一小袋白面返回了自己的连队。耿连长见他如此神通广大，顿时对他刮目相看："老方，你还真可以啊，往后这地洞里的活你就别干了，有空多出去跑跑！"

第二天夜里，方大明又出去"跑跑"了。这一跑，他再也没有回来。

由于提前摸清了前沿阵地的布置情况，这一次，身披白布的方大明在风雪中行进得要比回来时顺利。

国民党军队和解放军阵地之间隔着一条枯水的河沟，当方大明来到沟边，正暗自庆幸自己又捡回一条命时，不料脚踢到了地上的一个空罐头盒。"咣当"一声之后，十几米外响起了一声吆喝："谁？站住！"话音一落，就响起了乒乒乓乓的枪声。

原来一个打盹的哨兵听到响声，知道又有逃兵，就朝响声处射击。听到枪声的方大明赶紧趴下，然后顺势滑向沟底。在沟底静待一段时间后，直到不再有任何声响，他才起身继续向解放军阵地跑去。

冬天的夜格外寂静，枪声能传出几里远。在解放军前沿阵地上，已经翘首以盼数日的杨云枫也听到了枪声。这一阵子，自从开展阵地政治宣传，每天都有国民党的士兵偷偷跑过来。他猜想，对方阵地有枪声，肯定又出现了逃兵。

半个钟头后，杨云枫果真等到了一个"逃兵"，这个"逃兵"正是方大明……

随后的几天，寒风呼啸，大雪纷纷，一天没有停歇。

国民党空军的给养空投，尝试了几次均无法进行后，被迫停止。二十万人马忍饥挨饿，杜聿明一个劲地往南京发电请求支援，国防部的回电很直接："空军的董明德就在贵部，物资投放宜请咨询他本人！"

杜聿明集团储备的后勤物资极为有限，士兵起初每天还能分到一点东西糊口。随着积雪越来越厚，吃的东西越来越少。孔汉文是个明眼人，他早就料到会有这么一天。所以，他事先藏匿了一批粮食和腊肉，到关键的时候拿了出来，专门保障指挥部的几位长官。为此，后勤处长龚方令对脑瓜活络的孔汉文大为赞赏，对其也更加器重，干脆派他专门负责杜聿明"前进指挥部"的后勤保障。

在"前进指挥部"出入得多了，孔汉文与里面的人慢慢也就熟悉了。有时几个人讨论事情时,便不再背着孔汉文。

这天,杜聿明开门凝望天空,外面仍飘着雪片,没有一点要停的迹象。他的眉心皱成了"川"字,望着屋里的其他几个人,忧虑地说:"这鬼天气,什么时候是个头啊!再这样下去,凶多吉少啊!"

"主任,有酒没有?"说话的是邱清泉。他今天过来开完会,没有急着赶回去。屋子里,杜聿明、邱清泉、董明德和舒参谋长几个人围着一个火盆。

"你的酒瘾又上来了?都快吃不上饭了,还想着喝酒呢。"杜聿明嘴里虽然这么说,可还是吩咐了下去,他知道此时也只有来点烧酒才能缓解胸中的苦闷与忧虑。

很快,孔汉文端着四个下酒小菜还拎着一瓶酒送了进来,舒参谋长说:"还是小孔有办法,这个时候竟能变出酒来。"

"唉,为了长官我就是豁出命也愿意。这是我昨天在后陈庄好不容易换回来的一瓶酒。"

给几个人斟好酒后,孔汉文退了出来。他并没有走远,而是站在门口,做出的样子让人一看便知,他在侍应着,随时等候长官的招呼。

屋内所有人的讲话,字字句句都被孔汉文记在了心里。

"20日,委员长已经下了命令,让九十九、九十六、五十五、六十八军守备淮河,二十八军于浦口占领桥头堡,五十四、三十九军调江南归京沪卫戍总司令部指挥。启动了所谓的'江防计划'。唉,如果江北的大部分地盘都丢了,只凭借长江天险来守护南京,我看也难啊,毕竟是唇亡齿寒啊。"说这话的是董明德。

"是啊,长江防线毕竟太长了,防不胜防啊!现在共军的力量在不断地壮大,和从前已经不可同日而语了。如果几百万部队同时渡江,我们有限的兵力一定会顾此失彼,上有九江、安庆、芜湖,下有镇江、江阴,任何一个地方被突破,都会造成全线崩溃。"这是杜聿明的声音。

站在一旁"无所事事"的孔汉文听到长官们唉声叹气说的这些话,内心激动无比。

邱清泉低着头喝闷酒,再也没有了以往的张狂,他脸色晦暗,萎靡不振,连吞数杯白酒后,沮丧地说:"我请人给算了一卦,前途堪忧啊!"

听到邱清泉的话,杜聿明大为不满:"你不要老是信那些东西,这样算来算去,还没怎么样呢就把自己的士气给消磨完了。"

董明德看着邱清泉,惊奇地问道:"你还真的信那些东西啊?"

杜聿明说:"他不是一般地信,是死心塌地地信。别的不说,就说我们刚在这里停驻时,有一天他过来了,在院子里走来走去,我当时还纳闷,邱副主任在转悠琢磨啥呢?不一会来了几个人,不由分说把院中间一棵树给锯倒了。我问为什么,他说,您是指挥部主任,住的院子中间不能有树。我问他什么原因,他说院子看起来像'方框',方框里有个木是什么字?是个'困'啊!他说,我们不能在这里被困住,我替您提前清除障碍。"

董明德听完杜聿明的话,哭笑不得。

邱清泉板着脸,像是没有听到这些话一样,独自一个人连灌下几杯酒。

端起酒杯饮完一杯酒,杜聿明又悠悠地接着说道:"他倒是把树给我清理了,现在院子里什么都没有了,就剩下我们这些人了。大家想想,方框里有个'人'是什么字啊?"

董明德知道这个字比"困"更为可怕,是个"囚"字……

邱清泉举到嘴边的酒杯突然停住了,脸色愈显苍白。

屋外的风声似乎更大了,偶尔传来几声枪响,估计又有士兵逃跑了。

解放军继续"围而不打",但政治攻势明显加强了。

解放军阵地上,宣传工作开展得如火如荼。很多人走出温暖的"土屋",站在高处通过铁皮喇叭朝对方阵地喊话、唱歌、拉曲、说快板、诉过去受剥削的苦。到了吃饭的时辰,战士们又发明了"敲碗"这一招,几十名甚至上百名解放军战士一齐敲着瓷碗叫喊:"对面的兄弟们,开饭了,赶快过来吧!""今天不但有白面馍,还有猪肉炖粉条,油渣烧白菜,香得很呢,你们快过来吧!"

国民党军队的阵地上冷冷清清,听不到任何声音,更看不到一个人。所有的人都蜷缩在冰冷的地壕掩体里,没有人愿意说话。他们个个饿得前胸贴后背,已经没有勇气和力气走出地洞了。

在解放军政策的鼓动和感召下,越来越多的国民党士兵的内心在悄悄地发生变化,越来越多不愿饿死冻死的人冒死跑到了解放军阵地上。

方大明回来两天后,主动找到杨云枫,神情严肃地说:"首长,俺有一个要求。"

杨云枫有些意外。方大明回来后,他不但马上批准了方大明的入伍申请,还给他记三等功一次;说话算数,杨云枫还派邵晓平弄来大半碗红烧肉,全部让他一人独享。方大明狼吞虎咽地大口吃肉时,团长和几十名战士围成一圈瞧着。等方大明吃完,团长哑巴了几下嘴说:"一个人一顿吃一碗肥肉,俺当兵快二十年了,没见过!"

现在方大明提出新的要求,杨云枫没有料到。

"俺现在是吃得饱穿得暖,但想想对面的兄弟们,俺睡不着觉,能不能给俺一个喇叭,让俺跟他们也讲一讲?"

方大明回来时,摔伤了一条腿不能走路,对外宣传一直没让他参加。

"俺虽然腿上有伤，但其他地方好好的，胳膊能动，嘴巴也能讲，再躺下去，快把俺憋死了！"

见方大明真心实意地想说服敌阵上的士兵，杨云枫最后想出了一个办法，叫来两位战士，用担架把他抬到了前沿阵地上。

这一次，杨云枫从师部调来了一套扩音喇叭，高高地架在了河沿上。

"对面的兄弟们，俺是方大明，你们听到了吗？俺方大明是谁，就是给你们带过馒头的那个人啊！俺问一声，你们现在饿不饿啊？俺知道，你们肯定没吃东西，也肯定很饿，这会儿饿得头发昏，心发慌吧？因为几天前，俺过来之前就看到你们没有东西吃了，真是苦了你们了。想想你们，俺心里就难受！告诉你们，俺来到这边后，解放军的政策好，现在吃得很饱穿得也暖，昨天晚上一顿吃了五个白面馍和两碗猪肉炖粉条……俺过来这一步是走对了，不知道你们是咋想的，你们还想继续挨饿受冻吗？你们愿意被冻死饿死在里面吗？"

方大明边说边想起了自己在对面阵地上经历过的惨状，突然变得哽咽起来。邵晓平拍了拍他的肩膀，让他平复一下情绪再说。

"兄弟们，俺方大明和你们一样过去被国民党抓了壮丁，没有办法才来的。咱们家里还有父母和兄弟姐妹，有的还有老婆孩子，咱们可不能就这样死了啊！咱们死了，他们怎么办呢？俺劝大家都过来吧，解放军同志对俺可好了，他们给俺吃好的穿暖的，耐心和俺说话，一句都没有骂过俺。俺来时头发长了，他们还给俺剃头。兄弟们啊，以前咱们谁有过这种好事啊！俺现在才弄明白什么叫官兵平等，啥叫亲如兄弟！"

方大明从头至尾讲的都是自己的亲身经历，句句发自肺腑。

"兄弟们，咱们都是当兵的，心里都明白，现在，你们人没饭吃，枪没子弹，这仗还能打下去吗?！你们过来吧，俺已经把你们的情况给解放军说了，你们过去都是穷苦人出身，被国民党部队拉了壮丁，都是迫不得已。如果你们过来，解放军答应保证大家的安全，让大家都吃饱穿暖，有想回家的就发给路费，绝不强留……如果你们实在饿急了，熬不住了，可以过来拿吃的东西，可以在这里吃完回去，背回去吃也行！"

方大明通过高音喇叭做了一天宣传后，河对面阵地上的国民党士兵再也忍耐不住了。

当天晚上，一位姓佟的连长逐个征求部下的意见后，安排了两个胆大的士兵按照方大明指定的地点来取吃的东西。杨云枫不但如约给了东西，还说如果不够，明天晚上可以再来。到第二天夜里三更的时候，对方来的不是两个人，而是四个人。到了第三天，连长把整个连队的人全部带过了河。吃饱饭之后，连长领着一帮人齐刷刷跪在了杨云枫面前："长官，我们不回去了，不愿回去当饿死鬼，我们跟你们干，你们要不要?!"

杨云枫一把扯起跪在地上的连长，大声喊道："只要你们愿意为穷苦的老百姓出力，我们解放军就欢迎你们！"

"报告！"
"进来！"

12月27日上午，电讯科科长推门走了进来，把一封电报递给正在喝茶烤火的杜聿明。杜聿明看过，把它递给了参谋长舒适存。

"怎么了？"董明德不知发生了什么事。

"委员长来电。"舒适存说着把电报递给了董明德。南京发来的电报上只有短短的一行字："命你部集中一切力量突出重围，易地决战。"

杜聿明说："突出重围，我拿什么突围？说得容易，不突还好，如果突围完蛋得更快。"

"是啊，就这样的天气，地上这么厚的雪，仗怎么打？况且弹尽粮绝，让士兵饿着肚子去送死吗?!"舒适存也有自己的看法。

董明德说："情况确实如此，我看没办法打，也打不得！再者，没有空军的支持，只靠你们的力量突围更是凶多吉少。"

"唉，但愿风雪赶快停吧，风雪一停，你们才有机会飞回南京，向委员长详细报告这里的情况啊。"这时候的杜聿明还心存幻想，仍然把希望寄托在蒋介石身上，虽然这种希望已经十分渺茫。

参谋长舒适存最熟悉部队的情况，原来有所顾虑，一直不敢说真话，这次见其他几个人都吐露了心声，趁机一吐块垒："这样拖下去绝不是办法啊，我听下面的人说，已经饿死了一批人，饿昏不能动弹的更是不计其数。现在能吃的都吃光了，能烧的也都烧得差不多了。还有，不少士兵已经跑到共军那边去了，甚至整班整连地跑过去了，拖的时间越长逃跑的人越多啊！"

舒适存说的这些情况，杜聿明早已心知肚明，他也禁不住长叹一声："这场仗我们的胜算太小了，总不能眼睁睁看着他们饿死吧，随他们去吧……"

两日后，风雪终于停息，太阳也出来了。

久不见天日的国民党士兵们一个个从掩体里爬了出来，头发像稻草一样蓬乱，个个面黄肌瘦，宛如死囚。

俗话说"下雪不冷，化雪冷"。雪虽然不下了，天气依然寒冷刺骨，地上的积雪足有一尺多厚，每走一步都要花费很大的力气。"天无绝人之路，天无绝人之路！"杜聿明欣喜若狂地喊过两声之后，一大早就通知邱清泉派人清理飞机场。只有飞机场开通了，二十万官兵才有活路。作为战地最高指挥官的杜聿明比谁都清楚，空投是整个部队现在唯一的救命稻草。

机场上很快清理出了一条跑道，被困十天的董明德来到机场，激动得泪水夺眶而出。"这是上天在眷顾我董明德，给了我一条活路啊！我必须尽快离开这鬼地方！"董明德心里默念着，但不敢说出口。

飞机终于可以起飞了，董明德和舒适存终于可以飞往南京了。同样流出眼泪的还有杜聿明。在杜聿明眼里，飞机能抵达南京，是最后一次向蒋介石当面陈述他的二十万人马已身处绝境的机会。他杜聿明盼望这一刻，不是为了自己，而是为了手下的二十万官兵。正因为如此，他比董明德期待飞机起飞的心情更为迫切。董明德和舒适存还没到机场，杜聿明就提前赶到了。在飞机舷梯旁，杜聿明紧紧握着两人的手一遍遍地叮嘱："拜托你们两位了，到了南京，一定尽快将这里的情况面呈委座，速速救我兵团于危难之中啊！"

飞机摇摇晃晃地飞走了，直到天空中的小白点消失，仰望天际的杜聿明依然一动未动。对杜聿明来说，这架飞机承载的是解救他自己和二十万人马的最后一线希望。

董明德和舒适存这一去就再也没有回来。

空投即将恢复的消息迅速在国民党部队中传播，阵地上的国民党士兵感到苦难即将过去，他们纷纷冲出地洞和掩体，原本死气沉沉的阵地顿时沸腾了。

偌大的机场被清理成空投场，数以万计的人眼巴巴盯着这里。为了防止因哄抢引起骚乱，机场周边布置了大量岗哨，黑洞洞的枪口一致对外。每个面黄肌瘦的士兵都得到了警告："胆敢哄抢，格杀勿论！"

一阵飞机的轰鸣声过后，降落伞带着空投箱随着气流晃晃悠悠地飘着，在空中成了万众瞩目的焦点。

大部分空投箱落在了空投场内，仍有不少随风向远方飘去。箱子在空中飞，数以百计的国民党士兵就跟着跑。穿过田野，翻过沟壑。降落伞慢慢地下降、下降，最后"咕咚"一声砸在了地上，溅起一片雪花。

成群结队的人扑向箱子的坠落地，一幅幅诱人的画面在他们的脑海里闪现：梦寐以求的牛肉罐头、压缩饼干、糖、香烟应有尽有，一切尽在眼前，全部都能享用。所有的人不顾一切地向前跑，帽子被风吹跑了，鞋子跑掉了，没有一个人顾得上，人人都想第一个冲到箱子前，然后第一个撬开箱子，能抢走多少就抢走多少……

突然，四周响起了枪声，随即从四面八方的雪地里冒出了一排排乌黑的枪口。与此同时，漫天遍野回荡着震耳欲聋的声音。

"缴枪不杀！缴枪不杀！"

国民党士兵纷纷举手投降，他们这才醒过神来，自己只顾跟着降落伞追逐箱子，根本没有意识到已经跑进解放军的防区。

不费一枪一弹，几百名国民党士兵还没有看到一盒饼干，也没有尝到一口罐头，就稀里糊涂地做了俘虏。

46

杜聿明集团如瓮中之鳖乱作一团的时候，华野和中野两支野战军继续配合中央军委在平津方面的部署，坚定地执行着"围而不打"的战略决策。

虽然双方阵地上风平浪静，暗中较量却始终未停。根据中央军委和毛泽东的指示，包围杜聿明集团的解放军各纵队一面休整待战，一面制定宣传计划，准备从精神上分化瓦解敌人。

12月17日，新华社发布了毛泽东为中原、华东人民解放军司令部写的广播稿《敦促杜聿明等投降书》。这封劝降书的对象十分明确，是写给杜聿明集团各级军官的。劝降书动之以情，晓以利害，目的是让他们能够悬崖勒马，放下武器。

"……你们现在已经到了山穷水尽的地步。黄维兵团已在15日晚全军覆没，李延年兵团已掉头南逃，你们想和他们靠拢是没有希望了。你们想突围吗？四面八方都是解放军，怎么突得出去呢？你们这几天试着突围，有什么结果呢？你们的飞机坦克也没有用。我们的飞机坦克比你们多，这就是大炮和炸药，人们叫这些做土飞机、土坦克，难道不是比较你们的洋飞机、洋坦克要厉害十倍吗？你们的孙元良兵团已经完了，剩下你们两个兵团，也已伤俘过半。你们虽然把徐州带来的许多机关闲杂人员和青年学生，强迫编入部队，这些人怎么能打仗呢？十几天来，在我们的层层包围和重重打击之下，你们的阵地大大地缩小了。你们只有那么一点地方，横直不过十几华里，这样多人挤在一起，我们一颗炮弹，就能打死你们一堆人。你们的伤兵和随军家属，跟着你们叫苦连天。你们的兵士和很多干部，大家很不想打了。你们当副总司令的，当兵团司令的，当军长师长团长的，应当体惜你们的部下和家属的心情，爱惜他们的生命，早一点替他们找一条生路，别再叫他们做无谓的牺牲了。

现在黄维兵团已被全部歼灭，李延年兵团向蚌埠逃跑，我们可以集中几倍于你们的兵力来打你们。我们这次作战才四十天，你们方面已经丧失了黄百韬十个师，黄维十一个师，孙元良四个师，冯治安四个师，孙良诚两个师，刘汝明一个师，宿县一个师，灵璧一个师，你们总共丧失了三十四个整师……黄百韬兵团、黄维兵团和孙元良兵团的下场，你们已经亲眼看到了。你们应当学习长春郑洞国将军的榜样，学习这次孙良诚军长、赵璧光师长、黄子华师长的榜样，立即下令全军放下武器，停止抵抗，本军可以保证你们高级将领和全体官兵的生命安全。

只有这样，才是你们的唯一生路。你们想一想吧！如果你们觉得这样好，就这样办。如果你们还想打一下，那就再打一下，总归你们是要被解决的。"

劝降书发布后的第二天，邱清泉对杜聿明说："陈毅派人给您送来了一封信，我看后烧了。"

杜聿明惊讶地问："啊！里面都写了什么？"

邱清泉忿忿地说："还能有什么内容，还不是老一套，劝降呗，他们也太狂妄，太不自量力了。"杜聿明见邱清泉这个样子，也不好多说什么。

杜聿明和邱清泉二人的关系一直很微妙，说不上太坏，也说不上很好。两人虽然同为黄埔学生，但友情远没有达到彼此交心的那一步。以前，杜聿明一直认为邱清泉是蒋介石派来牵制自己的，因为在之前许多重大决策上，邱清泉确实是飞扬跋扈，处处掣肘。从徐州撤退出来之后，随着战场形势的变化，邱清泉的态度有所收敛，很多事情都主动来问杜聿明，两人的关系比以前有所改善。

晚上，杜聿明刚吃完饭，电话响了起来。杜聿明抓起话筒，李弥的声音就传了过来："主任，我们这边抓到一个人，是以前被共军俘去的我们的一个军官，说是陈毅放他回来给您送信来了。"

杜聿明急忙问道："他都说什么了？"

"什么也没说，只说自己负责送信。"

杜聿明心想，八成又是劝降的事，估计李弥在电话里也不方便说，于是就对他说："没什么大事的话，你看着处理就是了。"

"主任，我看事情还是很重要的。如果您有空，我派人将他送到您那里，兴许他会对您有用呢！"送信人打着陈毅的旗号，李弥认为事关重大，继续向杜聿明解释。

从李弥焦急的语气中杜聿明感觉到事情非同小可，只好勉强同意："好吧，你让人把他带过来吧。"

第二天，李弥就把人带了过来。

杜聿明从头到尾把陈毅的信读了一遍，觉得前面一部分还是挺客气的，后面一部分则不免带有"威胁"的意味，心里很不是滋味。但无论如何，陈毅还算是照顾自己的面子，做到了先礼后兵。杜聿明清楚地知道，他和他的部队现在已经身处绝境，到了生死抉择的关键时候了。沉思良久，瞻前顾后的杜聿明思想有了一些波动，是战是降，一时下不了决心。杜聿明斟酌后，决定先与对方进行接触，了解对方的意图和计划，趁机拖延一点时间，然后再见机行事。

陈毅派来的送信人确实只负责送信，杜聿明问不出任何他想知道的东西，只好把他交给手下继续去审讯。下一步如何做，杜聿明自己一时毫无头绪，便拿着陈毅的信向邱清泉的住处走去，他想再去试探一下邱清泉的态度。

到了邱清泉的住处，杜聿明看到他正与一群手下吃酒谈天，整间屋子乌烟瘴气。大敌当前，邱清泉竟如此放纵，将一切军政大事抛之脑后，杜聿明不禁怒火中烧。桀骜不驯的邱清泉看到杜聿明，依然若无其事，我行我素。

杜聿明了解邱清泉，这位当年以第一名的成绩考入德国柏林陆军大学、指挥才能和勇气胆魄皆为上乘的军官，比任何人都清楚自己深陷泥潭的困境，早就做好了拼死一战的准备。正是有了这种思想，他才彻底想开了，不再有任何顾虑，而是及时行乐，只求在关键的时候放手一搏。看到曾经叱咤风云的抗战名将变成现在这个样子，杜聿明心中顿时有种莫名的酸楚，他想对邱清泉发泄积郁多日的怒火，却怎么也发不出来。

强压愤懑的杜聿明看着邱清泉仰头将满满一杯白酒一饮而尽，才走上前去和他讲话。

"雨庵，又抓到一个对面过来送信的人，你看看。"杜聿明心平气和说完，将信递给了邱清泉。

邱清泉接过信瞄了一眼，根本没抬头看杜聿明，也没说一句话，刺啦刺啦几下就将信撕得粉碎，然后扔到了火炉里。火炉里的火苗顿时蹿出一尺多高，随即冒出一股黑烟。杜聿明望着火盆正在惊愕之际，邱清泉大大咧咧地骂开了："狗屁，说的比唱的还好听，我上次烧掉的就是这个！"邱清泉说完，朝火炉壁上狠命踹了两脚。

邱清泉特立独行、暴躁狂妄的性格再次暴露出来。"咚！咚！"两声过后，在场的所有人被"邱疯子"的这两脚踢得心惊胆颤。

借着酒劲，邱清泉从腰中拔出手枪，高高举过头顶，咆哮着喊道："今后共军再派人送信，抓住一个就枪毙一个！还有，谁愿意降谁就降，我邱清泉至死效忠党国。谁要胆敢再和我提及降匪之事，我就——"

尽管邱清泉的后半句话没有说出口，所有人都明白"邱疯子"的意思。杜聿明心里清楚，虽然自己是这里的最高指挥官，但邱清泉是二兵团的司令，如果没有他的支持，自己想与共军接触谈判是根本没有可能的。杜聿明甚至还想到了更坏的结果，万一自己稍有不慎，说不定还会被邱清泉先给他扣上一顶"叛蒋投敌"的帽子。到那个时候，不但和谈之事办不成，反而落个身败名裂的下场。

这不是杜聿明想要的结果。

杜聿明集团高层与解放军的沟通渠道就此被彻底封死。

望着漫天大雪，刘占理欲哭无泪。

从徐州到陈官庄的二十多天时间里，刘占理可谓起起落落，经历了冰火两重天。邱县兵败之后，他沦为草寇一个，十年苦心经营竟一战化为泡影。不甘心的刘占理投奔故交，终于混上了个团副，到最后时来运转，还捡了个团长的位子。正当他为此暗自庆幸，准备大干一场以期东山再起时，他和他的人马又一下子掉进了动弹不得的冰冷泥潭——部队粮食配给量，从每人每天一斤，减少到半斤，再到二两，直至最后颗粒全无。

　　天降暴雪之后，飞机空投了一些粮食后又停止了。刘占理整整一个团的人马，已无一粒粮食下锅。无奈之下，刘占理声称现在是特殊时期，可以采取一切手段获取食物。于是几百号人马倾巢而出，先是把村中庄户人家的鸡、鸭、狗甚至老鼠等一切活物都抓来杀掉。吃光这些东西，他们就掘地三尺，寻找老百姓逃走时藏起来的粮食。刚开始时，他们还能挖到些高粱、胡萝卜和红薯干，两天过后，村庄里已经找不到任何可以吃的东西了。

　　士兵都饿得东倒西歪，几个身体虚弱的士兵躺在地上已经动弹不得，奄奄一息。见此情景，刘占理扯着嗓门喊道："不是还有三匹马吗？拉来杀掉！"

　　养马的饲养员吓得脸色苍白，他连忙跪下来求情："团长，在部队里，人是兵，马也是兵，万万杀不得啊！还有，今后我们出去，大的和重的东西都得靠战马驮呀。"

　　"我知道阵前杀马是不好的兆头，现在也顾不了那么多了，要么马死，要么人亡！"刘占理一把推开饲养员，随即一声大叫，"杀！"

　　饲养员跟跟跄跄走到那匹年纪最大的马跟前，从头摸到尾，又从尾摸到头。最后，他把自己的脸与马头贴在一起，边哭边嚎："老伙计，你跟俺十二年了，俺没舍得打你一鞭子，但现在俺真是保不了你了，你可别怪俺啊……"

　　刘占理给旁边的士兵使了个眼色，饲养员被拉开了。

　　"求求你们，动作麻利点，给它来个痛快的吧！"饲养员歇斯底里地喊叫。

　　这一天，刘占理部队的阵地上像过年一样热闹。杀马、放血、剥皮、烹煮、分肉忙活了一阵之后，几百号士兵每人终于得到了一碗救命的马肉。正当刘占理和士兵们蹲在战壕里狼吞虎咽的时候，外面忽然传来"砰"的一声枪响。刘占理急忙跑出战壕，眼前的景象把他惊呆了：雪地里一摊殷红的鲜血，旁边横卧着一具尸体，饲养员饮弹自尽了……

　　勉强撑过了两天，到了第三天头上，饥饿再次袭来。只是这时再没有一点可吃的东西，士兵们只能啃树皮、嚼草根……

　　一连数日狂降暴雪，温度持续都在零度以下，陈官庄一带大河小沟全部结了厚厚的冰，这是豫东地区数十年不遇的极寒天气。刚开始，尚可以靠着烧麦秸、稻草、树枝取暖。这些东西都烧完后，大雪依然纷纷扬扬下个不停。他们便开始拆农户家里的门窗、桌子、板凳和床板。当这些东西烧光后，暴雪仍然没有停，不少士兵竟去挖村头的坟墓，把棺材板掏出来烧了取暖。

因为村庄的房屋有限，只有少数官兵能住在里面，大部分人员只能栖身在又冷又湿的掩体内。在这饥寒交迫的环境里，身体强壮者尚可苦撑，可怜那些受伤、羸弱的士兵，蜷缩在冰冷的壕沟里，没有取暖的柴火，加上没有一口食物，不少人就被冻成了僵硬的尸体。大量被冻死和饿死的士兵，尸体根本来不及掩埋，扔到雪地就算完事。

刘占理有空也走出房屋到处转转，眼前的惨状令他触目惊心。路边、河塘、沟渠和战壕里，被打死、饿死、冻死的人都是赤裸裸地被遗弃在那里，趴着的、躺着的、侧身的、仰面的，各种姿势都有。尸体身上较完整的衣服被人扒去穿了，破旧带血的衣服则被扯下来烧火取暖了。此时此刻，刘占理数日前的雄心壮志已荡然无存，止不住哀声连连："决战还没打响，已经如此大的伤亡，这仗还怎么打?!"

又是一周过去了，和刘占理部队的情景一样，陈官庄一带国民党军的阵地上饿殍满地，哀鸿遍野……

29 日，漫天飞舞的大雪终于停了，太阳出来了。十几天来压在人们头上的阴霾正在逐渐散去。解放军战士纷纷从掩体里走出来，伸伸懒腰踢踢腿，一个个神情轻松、精神抖擞地开始了新一轮的政治宣传。

百里之外的总前委驻地小李家的院子里，大家都在热火朝天地扫雪和铲冰。邓小平看大家干得热火朝天，也走出房门，与大家一起干起活来。

一个战士用铁锹铲起雪奋力地向院墙处扔，扬起的雪块把院角红梅树上的冰挂砸得噼里啪啦往下掉，露出了树枝上红红的花蕾。看到这番情景，他想起陈毅司令员的一首新作，情不自禁地朗诵起来——

隆冬到来时，
百花迹已绝。
红梅不屈服，
树树立风雪。

"好诗！好诗！"所有的人都停下铁锹，一齐鼓起掌来。

邓小平打趣说："再有两天，新的一年就要到了，不妨将这首诗作为新年献礼吧！"

"要得，要得。"大伙儿都模仿四川话喊道。

院子里又是一阵欢快的笑声。

"报告！"大家正在说说笑笑的时候，一声"报告"吸引了大家的注意力。原来是警卫连长从外面回来了。邓小平知道有情况，于是放下铁锹向屋子里走去。

这里是临时会议室，屋子中央放着一张方桌，上面摊着地图和一些文件。邓小平坐下来，对警卫连长说："你把情况说说吧！"

"这两天我们几个人一起跑了好几个地方，到了商丘虞城县的张菜园村、砀山县的关帝庙镇、亳州的观堂镇几个地方。经过侦察对比，觉得还是张菜园村比较合适。其他几个地方离前方太近了，另外人多嘈杂，不利于隐蔽；这个张菜园村离前方不远不近，也比较安静，有一个张姓大户人家愿意把房子让出来，那里有房子有院墙，对安保工作也比较有利。"

"你们没有强迫人家吧？"邓小平问警卫连长。

警卫连长赶忙说："没有，没有，绝对没有。现在乡亲们的觉悟都很高，看到解放军进村都亲得不得了，争着抢着往家里拉。"

原来，总前委考虑到目前的战事进展，要把总前委驻地向前线推进。此次警卫连长接受的任务就是前去寻找一个比较合适的居住和办公场所。

警卫连长拿出一张手绘的地形图，边指给首长看边接着说："张菜园村大约位于商丘东南方向二十华里处，地势比较平坦，村子也不小，周围村庄也比较密集。我们是这样想的，可以把总前委、司令部设在张菜园村，政治部设在洪庄，后勤部设在商丘城北的圣保罗医院，其他机关、部、处可以分散设置在周围的一些村庄，这样有利于开展工作。"

邓小平说："想的还是很周到的，先这样吧。我们明天就过去，如果不合适再临时调整也不迟。"

第二天，也就是12月30日，淮海战役总前委书记邓小平率领中野前指从安徽小李家出发，来到商丘的朱集，当天晚上住进了那里的军营。此时的商丘既是离陈官庄战场最近的兵站，又是解放军后勤物资的集散地。商丘火车站所在的朱集堆满了各种备用物资，有弹药、粮食、被服等，在白色帆布的覆盖下形似一座座小山。几位首长看着这堆积如山的支前物资，想到军情通报上描述的国民党军队缺吃少穿的窘迫境况，心中不由感叹人民群众力量的伟大，感叹人心向背的天壤之别。

"三国司马懿临死前悟明白了孟子的一句话，叫'得民心者得天下'，眼前这种情况就是充分的证明！"邓小平感慨。

"是啊，'得道多助，失道寡助'，这就是人心向背啊！"兵站负责人杨国宇随即附和。

"孟子说，天时不如地利，地利不如人和，我们现在不仅有天时，还有地利，更有人和，他杜聿明要是晓得了这一点，就应该顺应时势，放下武器，只有这样才能保证他的十几万人马熬得过这个冬天啊！"邓小平说完，在场的人员热烈地鼓起掌来。

不久，总前委指挥部就秘密转移至商丘古城东南二十多华里处的张菜园村。在此后的八十四天时间里，商丘张菜园村成为淮海战役总前委和渡江战役总前委所在地，成为刘陈邓指挥淮海战役第三阶段战斗和研究部署解放军渡江南下作战的组织、策划和指挥中心。

马上要过元旦了，新的一年即将来到，解放军的阵地上处处洋溢着欢乐的节日气氛。

杨云林他们支队又一次圆满完成了运输任务，一车车粮食、猪肉、大葱、萝卜、棉袜、军鞋等物资按时送到了蔡云邀师。当吱吱呀呀的独轮车川流不息地涌入时，这些起义过来的战士们高兴得又蹦又跳。亲身的经历让他们真真切切体会到了国共双方部队的不同——过去在国民党部队时，每到一处，当地老百姓逃的逃，躲的躲，避之唯恐不及，哪里有眼下军民一家的动人场景！此情此景让战士们无不感慨当初举旗起义、回到人民当中，这一步真是走对了。

运输队抵达后，师长蔡云邀亲自出面表示感谢。蔡云邀紧紧拉着李政委的手说："感谢你们啊，下这么厚的雪，还能及时把粮食、蔬菜还有肉给我们送过来，真是不容易，辛苦你们了。"

李政委谦虚地说："不用谢。要说辛苦，你们更辛苦。在这冰天雪地里坚守着与敌人对峙，随时都有生命危险，你们才是值得我们敬佩的人。"

李政委话音刚落，蔡云邀指着他身边的精壮小伙儿问道："这位是？"

"他是我们支前队的杨队长。"李政委介绍道。

"报告首长，我叫杨云林。"杨云林自我介绍。

"杨云林，杨云林？你是哪里人？"

"我是宿北县大杨村人。"

"我认识的一个人也是你们那里的，他的名字和你只差一个字，叫杨云枫，你认识不认识？"

"太认识了，他是俺哥。"

"你是云枫的弟弟？真是太巧了！我和你哥是同学！"蔡云邀上前一把握住了杨云林的手。

听到蔡云邀说是哥哥的同学，杨云林拉着他的手不放，急切地打听哥哥的下落。

"蔡师长，我哥在哪？你见过他吗？"

"你哥也在这个战场上，但不知道现在他在哪执行任务。我和他还是在双堆集那块见的面。你哥很能干，他现在是接受大首长直接指挥，哪里忙就派他到哪里去。"蔡云邀笑着对杨云林说道。

"俺哥是干什么工作的?"紧接着,杨云林迫不及待地又问了一个他一直想知道的事。

"这个我暂时不能说,但你放心,你哥做的都是大事!"

杨云林还想继续追问,李政委笑着对他说:"云林,别急嘛,等我们卸完东西再问也不迟!"

杨云林这才反应过来,急忙招呼大家搬卸物资。

"你们辛苦了,今天都留下来,咱们来个军民联欢,一起高高兴兴过个元旦吧!"蔡云邈诚恳地邀请。

"好,我代表支前队员谢谢你们!"

当李政委和杨云林将联欢的消息告诉大伙的时候,队员们无不欢呼雀跃。

为搞好元旦节庆祝活动,蔡云邈特地召开了一次动员会。

"同志们,今天是1949年的元旦,既是新的一年开始,又是我们成为解放军战士后的第一个新春佳节。越是在节假日时间,越是不能放松警惕,务必安排好岗哨,做好警戒,然后以连队为单位,举行一个阵地元旦联欢会。"师长蔡云邈的话音一落地,会场上就是一片潮水般的掌声。看着一个个喜气洋洋的脸庞,蔡云邈感慨万千,起义来到这里不过一个月,部队的精神面貌已是焕然一新。

"用什么来庆祝新年呢?"蔡云邈笑着甩出了一个问题。

所有的人都摇了摇头,不知道师长葫芦里卖的什么药。

"现在我们在豫东打仗,在哪里过年就得依着哪里的习俗,河南有句老话叫'甜不过枣子,香不过饺子',今天我们包大肉馅饺子来庆祝新年,大家说好不好?"蔡云邈巧妙地抛出了答案。

已经连续几个月辗转作战,吃饭经常都是对付,有了就吃,来不及就忍一忍,有时一连几天急行军,都是边走边吃冷冰冰的干粮。对战士们来说,吃顿应时的热饭都是奢侈的梦想,更不要说香喷喷、热腾腾的饺子了。

"好!好!"听说要包饺子庆祝新年,会场一下子沸腾了。

"甜不过枣子,香不过饺子!"

"甜不过枣子,香不过饺子!"所有的战士们都大声呼喊起来。

"同志们,我们新年能吃上饺子,得感谢经历千辛万苦,甚至冒着枪林弹雨给我们送来大肉,送来面粉,送来蔬菜的支前队员们!正是由于他们的牺牲和奉献,二十几天来我们才能一直有粮有弹,才能有一场接一场的胜利。大家说对不对?"蔡云邈动情地说道。

"对!"

"支前兄弟们辛苦!"

"支前民工队万岁!"

会场上响起了震耳欲聋的口号声。

在一波接一波的掌声中,杨云林和文华、杨全英等五六个扭扭捏捏的支前民工代表被推到了会场中间。这时候,全场的解放军官兵齐刷刷站了起来,掌声和欢呼声比任何时候都热烈。

"向支前兄弟们敬礼!"随着蔡云邀一声高喊,会场上的掌声戛然而止。紧接着,所有的官兵全体立正,齐刷刷地举起右手,庄重地向杨云林他们行了一个军礼。

杨云林、文华和杨全英等所有支前队员个个感动得眼圈红润,频频向战士们鞠躬还礼致谢,一个多月来的艰难困苦,全都淹没在这突如其来的温暖和自豪当中……

散会后,除了站岗放哨的战士以外,每个连队的官兵都集中在一起包饺子。每个连队都是一溜排开几对面板,摆上猪肉、白菜、葱、姜、蒜等,"啪啪!啪啪!"大家纷纷开始剁饺子馅。刀剁砧板的声音此起彼伏,传出很远很远。在笑逐颜开的解放军战士的耳中,这声音更像节日里炸响的鞭炮,欢庆即将到来的崭新一年。

在这喜庆的时刻,正是战士们进行政治宣传的好时机。架在高处的扩音喇叭里不时传出大家的欢声笑语,时而夹杂着呼喊:"蒋军兄弟们,今天是元旦,是新年的第一天,我们包饺子了,一咬一口油的大肉馅饺子,快过来一起吃吧!"

按照师长蔡云邀的布置,师里两个文工团员即兴编了一首快板,这时候,两个人正站在扩音器前激情充沛地表演:

> 打竹板,竹板响,
> 炊事班里今个忙。
> 案板一长溜,菜刀四五双;
> 猪肉放板上,刀影闪金光;
> 战士不怕累,争抢轮流上;
> 三下五除二,肉馅喷喷香。
>
> 再看另一边,有人和面忙;
> 稠了他加水,稀了又加面;
> 加水又加面,急得团团转;
> 炊事班长到,看了吓一跳;
> 你要不会干,趁早一边站。

万事都齐备,就只欠东风;
大家齐动手,效率出奇高;
有人会擀皮,有人会包馅;
有人会烧火,有人会下饺;
不到半小时,水饺端上来。
开饭了!吃水饺啦!
吃——水——饺——啦!

吃过水饺,下午时分,文工团要上演他们排练的节目《白毛女》。

战士们和支前队员们你一锹我一锹,在阵地前很快就堆起了一个高高的土台当作戏台。在戏台两边,一对高音喇叭高高地竖立着,舞台中间又架起两个话筒后,大戏开演。

按照蔡云逸的安排,杨云林带领的支前队员们被特意安排坐在第一排,他们有的席地而坐,有的坐在扁担上,有的坐在箩筐上。这是他们第一次看新式戏剧,无不激动万分,个个脸上挂着兴奋的笑容。

当音乐声响起,感人的唱段随之而来,"北风那个吹,雪花那个飘,雪花那个飘,年来到……"舒缓的音乐把人们带入了欢欢喜喜过大年的情景之中,刚吃过饺子,又有大戏看,并且官兵不分高下一起联欢,这是作为原国民党士兵的他们从来没有见过的场面。

当演到恶霸地主黄世仁逼债抢走杨白劳女儿喜儿的时候,突发状况发生了。只见杨全英发疯一样从人群中站起来,操起屁股底下的扁担就向舞台冲去。场下所有的战士和支前民工都沉浸在悲怆的气氛中,等发现杨全英时,他已冲上了舞台。来到舞台中间的杨全英二话没说,举起扁担就朝扮演黄世仁的演员头上夯去……当杨全英准备砸下第二扁担时,旁边的杨白劳反应了过来,一把死死地抱住了他:"同志,不能打啊,俺们这是演戏呢!"

"这个王八蛋祸害了俺堂妹,这次他又跑到这里来害人,看俺非打死他不可!"杨全英一边挣脱一边哭喊着。

李政委和杨云林这时一起跑上舞台,想把杨全英拉下来。杨全英死活不同意下去,他挣脱开,走到舞台前大声哭诉起来:"俺大伯家因为欠地主刘金贵家的债还不起,刘金贵带着人跑到他家抓走了俺十五岁的妹妹抵债,大伯阻拦被他们打断了腿,可怜俺那生病的大娘没几天就被活活气死了……"

舞台上下的演员和观众这才明白,杨全英大伯家的故事就是现实版的《白毛女》。

听完杨全英的控诉,场下的战士一个个义愤填膺,全都站了起来。这时候,舞台边一个维持秩序的战士振臂高呼:"打倒黄世仁!""打倒刘金贵!""打倒蒋介石!"

所有的人都跟着呼喊。

原本一个半钟头的戏,因为这个插曲,这一次整整演了两个半钟头。

大戏演完之后,李政委和杨云林带着杨全英到后台去给扮演黄世仁的演员赔不是。杨全英刚要鞠躬行礼,被那位演员一把拉住:"杨同志,不需要向我道歉,我得向你鞠躬道谢呢!"说完,演员真向杨全英恭恭敬敬鞠了一躬。

杨全英愣住了,李政委和杨云林也都愣住了。

那位演员摸了摸额头上被杨全英用扁担砸出的红枣般的血包,笑着说:"杨同志,你知道这是啥东西?这可不是血包,这是大红官印。有了它,俺就可以正儿八经地上台了!还有,你这一扁担以及你今天在台上的哭诉,更加深了我对这部戏的了解,我要感谢你啊!"

原来,扮演黄世仁的演员是个新手,主演生病临时让他上场顶替,想不到挨了杨全英重重的一扁担。演出结束后,文工团长宣布试演成功,他可以正式上台演戏了……

大戏演完已到傍晚时分,杨云林找到李政委,问道:"俺能不能请个假?今天夜里十二点以前一定赶回来。"

李队长不解地问:"你要去干什么?"

杨云林一下变得不好意思起来,红着脸吞吞吐吐地说:"俺,俺想去趟刘桥镇的战地医院,去看看英子。"

从别人那里,李政委已经知道英子是云林喜欢的姑娘,因此答应得十分爽快:"好,准你的假!"

得到批准后,杨云林大致辨别了一下方向,撒腿就向东南方向奔去。

蔡云邀他们师驻扎地是姚庄村,东南方向有个刘桥镇,大约有十五华里的路程。自从离开碾庄圩战场之后,杨云林无时无刻不在关注着英子战地医院的动向。执行任务的路上每次碰上担架队,他总要设法打探一番。遇到上级来支前队慰问的人员,他更是缠住人家问东问西。当前几天杨云林获悉英子所在的战地医院设在刘桥镇,而这次他们执行的任务目的地是姚庄村,两地相距并不太远时,他再也平静不下来。一想到离自己心爱的姑娘越来越近,杨云林心里就禁不住怦怦直跳。推着三百多斤粮食的他比任何人走得都快,把别人远远地甩在了后面。

中午,每个支前队员都分到了满满一大盆热气腾腾的饺子。端着香气四溢的饺子,杨云林想起了英子。"过阳历年了,托解放军的福能吃上饺子,但英子呢?她有饺子吃吗?是不是又在忙着照顾伤病员而忘了吃饭?"想到这些,刚才还恨不得一口吞下一盆饺子的云林却连一个饺子都咽不下去了。"不行，香喷喷的饺子不能光自己吃，应该给英子送去！"

三十个饺子云林只吃了五个，就停下了筷子。"不能再多吃一个！今天下午不但没有赶路，还坐着看了场大戏，人家英子一定在医院忙得不可开交，得多给她留点！"因为没有更多的饺子可以添，云林双手捧盆，一口气把里面的饺子汤一饮而尽，咂了两下嘴："香，真香！"为避免饺子粘在一起，云林从一名战士那里借来一个饭盒，用冷水过了几遍后就把饺子一股脑儿倒在了里面。

走了不到一半路，天就黑成一团。寒风呼啸，云林的心里却是热乎乎的，没有感觉到一丝一毫的寒冷。雪后寂静的旷野白茫茫一片，云林有时分不清哪里是道路哪里是田野，好几次摔进了路边的水沟里。每次摔倒时，云林拎饺子的右手都高高举起。"头和脸可以摔，就是饺子不能摔！"云林在心里反复叮嘱自己。

路过一个村庄时，云林特意来到一户人家，用井水把饭盒里的饺子又过了一遍。过水的时候，他用手指一个个拨动饺子，嘴里不停地喊着："……二十二，二十三，二十四，二十五！"当数够二十五个饺子的时候，云林怦怦跳动的心才安定下来，"要是少一个饺子，英子一定会怪俺的！"

晚上九点半，云林终于摸到了刘桥镇。一打听，英子值的是夜班，这会正在手术室。云林不忍心打搅英子，就在手术室门口坐了下来。坐下之后，云林把冰冷的饭盒揣进怀里，他要把饺子焐热，等英子做完手术后可以吃上热饺子。

坐下之后，跟上一次和英子见面一样，打盹的云林一下子就睡着了。

不知过了多长时间，杨云林突然听到有人喊："云林哥，醒醒，醒醒。你怎么坐在这里啊？"

云林一下惊醒并跳了起来，看到英子后问的第一句就是："几点了？"

英子说："十点半了！"

"哎呀，糟了，糟了。俺怎么就睡着了?!"

说着话，云林从棉袄里取出饭盒，冻僵的饺子已经融化。"英子，今天是阳历年，你肯定忘了吧。你看，俺给你送什么好吃的来了？"

英子小心翼翼地打开饭盒，一股喷香的饺子味扑鼻而来。饺子温乎乎的，一点都没有粘连。

"俺们每人发了五十个饺子，俺吃了二十五个，给你留了二十五个，够你吃吗？"

"够！够！"英子说完，泪水止不住流了下来。

"英子，俺给政委说了，要十二点前准时回去，俺见到你心里就踏实了。你照顾好自己，俺走了！"

"云林哥，你在支前队里要好好干！等仗一打完，就赶快回家！"英子哽咽着说。

"俺会好好干的,到时候俺给你看样东西,你就知道俺干得怎么样了。英子啊,等仗一打完,你也早点回家!"云林边走边扭头喊。

"好!到时候,俺在家里等你带人来——"英子再也忍不住,把心里的话喊了出来。

"俺说话算数,到时候一定带提亲的来!"

这里交代一下杨云林和英子的后续故事。

1950年春节前的腊月二十六,这对年轻人"有情人终成眷属",在大杨庄举办了一场隆重的新式婚礼,云林的家人和所有支前队员都前来参加。婚礼在云林家的堂屋举行,堂屋中央摆放着一辆扎着红绸子的独轮车,这是云林送给英子的结婚礼物。独轮车的两个车把上用刀密密麻麻刻满了这辆车跋山涉水走过的江苏、安徽和河南三省六十六个地方:大杨庄—新安镇—窑湾—炮车—碾庄圩—曹八集—贾汪—潘塘—宿县—萧县—姚庄—陈官庄—永城—萧县—汉王—土山—新安—大杨庄……

婚礼开始前,新郎杨云林一直在村头翘首等待一位远方的客人,可始终没有等来。中午婚宴结束后,一辆吉普车赶到了村里。从车上走下一对城里人模样的夫妇,手里拎着一只崭新的暖水瓶和一对绣着鸳鸯的枕套。这对夫妇是代表儿子专程从南京赶来参加婚礼的。他们的儿子不是别人,正是杨云林在村头一直等待的李政委。至于他为什么没有来,这对夫妇解释说儿子说好来的,临时生病下不了床,实在没有办法,就托他们来了。

这对夫妇在云林大喜的日子里没有说实话,他们的儿子已经于半个月前因病去世了。去世前,除了一对枕套,李政委特意买了一只暖水瓶,对父母交代说:"我们支前的时候,整天喝的都是凉水,甚至是雪水,现在打完仗了,这对新人该喝上热乎乎的开水了……"

离陈官庄不远的后陈庄,与附近村庄一片肃杀之气不同,此时正热闹非凡。

这里尽管也有国民党官兵驻扎,但聚集的主要还是普通百姓——那些从海州、宿北、徐州等地随军逃难的学生、商人、职员,以及许多当地没有来得及逃走的村民。一路上,国民党官兵还可以领到粮饷,而他们则什么都没有,只能靠自带的干粮或者在路上买点食物勉强充饥度日。被困在后陈庄后,天降暴雪,国民党官兵几近断炊,这些逃难的百姓更是苦不堪言,不少人被冻死饿死。为了活命剩下的很多人携儿带女向国民党部队讨口活命粮,结果不但没讨到一粒,反而屡次遭到殴打和侮辱。

随军逃难的学生中有不少是女学生,她们被安置在一个大户人家的四合院里。这户人家听说要打仗,早就拖家带口"跑反"了。刚出来时这些女学生不愁吃喝,还能相安而居,洁身自好。待被围困多日后,一些饥肠辘辘但又手无缚鸡之力的女学生,为了填饱肚子,不得不放弃尊严,委身国民党军官,这座院子渐渐成了一些军官寻欢作乐的场所。

后陈庄的另外一座院子里,住着一个国民党部队的随军京剧团。一批自视清高的梨园之人,为了活命,只要有人出钱点戏或者赏顿糊口饭,他们就按照人家的要求来演。有时演《贵妃醉酒》,有时唱《苏三起解》《白蛇传》,有的时候还唱《杨家将》《岳母刺字》,演员经常是吼叫唱着就在台上莫名地痛哭流涕。

形形色色的人来到后陈庄,村子里聚集的人越来越多。逐渐地,这里自发形成了一个逢双的集市。人们用五颜六色的降落伞搭起帐篷设摊交易,那些没有帐篷者,就在地上摊块布或者黄纸,摆放的多是烟酒、粮食、大饼、罐头等食物,也有兜售金银细软和古董字画的。大战当前,所有物品都改变了原有的价值,因此后陈庄的集市一般不用钱钞,而是进行最简单最原始的物物交换。

后陈庄地处国民党军队阵地的前沿,由于居留者主要是普通百姓,解放军对这一区域网开一面,封锁管控得没有其他地方严格。国民党部队则不同,他们一方面渴望解放军控制区域的百姓挑着东西特别是粮食来这里交换,另一方面则害怕解放军化装后通过该村深入腹地进行侦察,所以对进入后陈庄交易的百姓检查得十分严格。

今天是个逢集的日子,身着便装的孔汉文又来到后陈庄这个集市上。与前几次不一样,他这次来,不光要购买猪肉、粮食、蔬菜、烟酒等急需的生活物资,还有一项只有他自己才知道的秘密任务,就是在这里与杨云枫见面。通过"表哥"派来的方大明,他已经"暗示"把会面的地点定在后陈庄。孔汉文相信,杨云枫一定能看到他的信,如约来和他见面的。

"十多年没见云枫哥,他现在变成什么样子了?这次会以什么样的'面目'出现呢?"在赶往后陈庄的路上,孔汉文心里一直嘀咕着这些问题。

离后陈庄越来越近了,孔汉文的内心越发激动起来。孔汉文与杨云枫在徐州分别后,两人不但再没有见面,相互之间也没有通过信件。孔汉文作为中共特殊党员潜入刘峙的徐州"剿总"司令部,负责与他联络的上级部门一直是中共淮北徐州工委。直到淮海战役打响,上级决定合并情报渠道,他的组织和联络关系才转到华野司令部敌工部。上级只将潜伏人员的代号"黄蜂""林木"和"无名氏"以及与他们的联络方式告知了华野敌工部,他们的真实身份就连杨云枫也不清楚。

为了保密起见，杨云枫的代号为"五号首长"，而孔汉文的代号为"黄蜂"。每次接到"五号首长"的指令，孔汉文并不知道指挥自己的正是表哥杨云枫。同样，杨云枫从前只知道隐藏在敌人内部的"黄蜂"机智勇敢，也不知道此人就是自己的表弟孔汉文。

潜伏在国民党徐州"剿总"司令部的三位地下工作者虽然都在同一个地方，彼此之间并不直接联系。经过相互配合完成截获刘峙的绝密档案的任务后，另外两位同志回归部队，公开身份，而"黄蜂"孔汉文则跟着杜聿明的"前进指挥部"撤离了徐州。考虑到三位潜伏人员已经分开，上级组织这才告知华野敌工部三位潜伏者的真实身份。当得知"黄蜂"就是表弟孔汉文时，杨云枫竟半天没有回过神来。在他的脑海里，表弟是个不爱说话的人，一别十年，怎么也不会想到他现在当上了"火头军"的头目，能干这些活的可都是些油腔滑调、八面玲珑的兵油子啊！

撤离徐州的第二天，孔汉文从与他联络的那位化装成逃难群众的交通员口中获悉，"五号首长"竟然是杨云枫。孔汉文知道杨云枫在解放军部队里，坚信表哥一定会凭借出色的才华和能力担任重要的职务。他万万没想到表哥就是大名鼎鼎的"五号首长"，成了自己的顶头上司。在随后几天与交通员的接头中，激动的孔汉文甚至有几次没用"五号首长"称呼杨云枫，而是叫成了"表哥"，受到交通员的提醒和警告后，他才改回称呼。

不知不觉间，后陈庄到了。

每次来，孔汉文都带着一个帮手，这次也一样。孔汉文用罐头换了几包烟卷和两只母鸡后，就打发帮手先回去，把母鸡炖上。

每到一个摊点，孔汉文一边摆弄手里的物品，一边用眼睛的余光扫描四周，任何的异样都逃不过他的眼睛。就这样围着大小摊位转了一圈，孔汉文并没有看到杨云枫，但他并不着急，因为时间还早。

此时，在通往后陈庄的路上，走来两个农民打扮的人，他们各挑着一对箩筐，里面装着大肉、萝卜、白菜和粉条。当两人来到国民党部队检查哨卡时，看得出已经走了不少路，棉袄的扣子已经解开，帽子也拿下来了，头上冒着丝丝热气。

这两个人不是别人，正是化装成庄稼汉的杨云枫和邵晓平。

临出发前，邵晓平不放心，反复劝杨云枫："杨部长，您真的没必要亲自去，我带一个人去见孔汉文同志拿回情报就行了。"

无论邵晓平怎么劝，杨云枫就是不同意，说："我这次去，不仅是去取情报，还想趁机再往里面摸摸，看看对面到底什么情况，这对接下来的围歼决战至关重要。"

"仅到后陈庄还好，如果继续再往里面摸，那就太危险了！"邵晓平坚决反对。

"能有多大危险？汉文天天在里面，不是好好的吗?!"

"你和他不一样。汉文同志一直混在里面，情况熟悉，又是杜聿明身边的人，哨兵对他检查得就没那么严格了。"

"说得好！假如我们两个琢磨出一个办法，在后陈庄见到汉文后，利用他的身份作掩护，不就没有那么危险了吗？"

邵晓平仔细想想也有道理，只好无奈地点了点头。

两人一前一后来到哨卡，两个端枪的士兵把他们拦了下来，逐个箩筐搜查了一遍，没有发现任何值得怀疑的东西。包围圈里缺乏的就是大肉、蔬菜等食物，所以对挑着这些东西进去的农民一般不会阻止。

"挑这些东西到后陈庄干什么？"一个士兵盘问。

"想换点煤油和蜡烛，家里开磨坊，晚上和早上点灯用！"杨云枫对答如流。

"呦，这回遇到同行冤家了，俺家也是开磨坊的！兄弟，你家筛面用的罗是三匝粗的还是四匝的？"从岗楼里走出一个腰中别着手枪的军官，径直走到了杨云枫面前。

"长官，你们那一带的人可能个个长得像张飞，力大无比，所以才用那么大的罗呀！俺们这一带的罗可没有那么大，一般的都是两匝的，大一点的也就两匝半。"杨云枫笑着回答。

"大兄弟，石磨的磨齿有公母之分，你们这一带咋个分法？"军官上下打量着杨云枫，嘴里又冒出了个问题。

"磨有两扇，就像夫妻二人，缺一扇都磨不出面来。俺们这一带把上扇的磨齿叫'公'，下扇的磨齿沟叫'母'。"杨云枫不紧不慢地答道。

"不错，不错，男上女下，人能生娃，磨能出面！"军官嬉皮笑脸地说完，引得周围的哨兵眯眼一阵憨笑。

杨云枫和邵晓平看着军官，心里百般厌恶，表面上却表现得十分恭敬温顺。

"长官，俺们还急着到后陈庄换东西，如果没啥事的话，俺们就走了！"杨云枫先鞠一个躬，然后心平气和地问道。

"过去吧！"军官嘴里挤出三个字。

杨云枫和邵晓平点头哈腰地道谢后，挑起箩筐刚走出两步，想不到背后又突然传来了一声质问。

"大兄弟，你家一盘磨有多少磨齿？"说话者仍然是那个军官，这时的他已经从腰间拔出手枪，拎在了手里。

"长官，俺家的磨是按老规矩锻的，一盘磨有十二穴，每穴九个磨齿，共有一百零八个磨齿！"杨云枫又放下了肩上的扁担，回头恭顺地回答。

"看来真是开磨坊的，走吧！"军官点了点头，将手枪插回腰中，转身回了岗楼。

再次挑起扁担,吓出一身冷汗的邵晓平终于明白了。昨天晚上两人决定以开磨坊的身份来后陈庄后,杨云枫为什么专门找磨坊的董老汉聊了大半宿。

二人来到后陈庄集市上,到处熙熙攘攘,讨价还价声和叫卖争吵声不绝于耳。他们找了个僻静的空地方,把箩筐摆了下来。

杨云枫低声在邵晓平耳边嘀咕了一句:"你先坐下歇会儿,我出去找汉文,东西暂不卖。若有人问,就说已经定出去了。"

后陈庄的集市不大,位于村中间一条狭长的土路上,从东到西挨个摊位逛个遍也最多只要半个钟头。杨云枫一边走一边观察周边的地形、房屋和道路的布局,快走到西头的时候终于发现了混在人群中的孔汉文。今天的孔汉文故意穿得板板正正,格外显眼,眼尖的杨云枫不费多大力气就认出了他。

孔汉文却没有认出杨云枫。化过装的杨云枫头戴破棉帽,身穿黑色棉袄,腰间还束着一条粗棉布腰带,打眼一看,就是一个地地道道的庄稼汉。外加一路挑着箩筐紧赶慢跑,头发蓬乱,满脸灰尘,看起来要比他的实际年龄大出许多。

"老总,俺挑来了萝卜和白菜,您要不要?"杨云枫挤到孔汉文跟前,说了一句。

孔汉文的心思根本不在买东西,而是在左顾右盼地寻找与他接头的"五号首长"。见一个脏兮兮的庄稼汉向自己兜售东西,根本无暇顾及。

"去,去,去!不要,不要!"

杨云枫知道,孔汉文没有认出自己。

"萝卜白菜不要,和俺一道来的胖墩挑来了十几斤大肉,您要不要?"杨云枫说话时,把"胖墩"两个字说得特别清楚。

孔汉文一下子愣住了,双眼紧盯着站在自己面前的庄稼汉。是的,是的,真是他日思夜想的表哥杨云枫!孔汉文鼻头一酸,差点掉下泪来。

"五——"按捺不住激动心情的孔汉文差一点喊出"五号首长"。

"五斤?不止不止,至少十五斤!"杨云枫巧妙地堵回了孔汉文嘴里的话。

"十五斤,俺都要了!"机智的孔汉文也迅速掩饰住自己的情绪并与杨云枫搭上了话。

"老总,俺们的东西在前面,俺领您去看看!"杨云枫说。

"走!去瞧瞧!"

兄弟相见,两人多么想先来个热烈的拥抱,然后把心中的思念滔滔不绝地倾诉出来啊,但严酷的现实不允许他们这样做。两人一起向东走去,路上假装讨价还价,实际上是在悄悄商量下一步的对策。

两人还没有走到邵晓平那里,远远地就看见几个士兵围住邵晓平在大声争吵。

一个叼着烟卷的军官模样的人吼道:"这些东西我们都要了,现在就给老子送过去。"

邵晓平边鞠躬边赔不是:"老总,不行啊,这些东西已经定出去了。如果你们拿走了,过会儿,那位老总来了会找俺算账的啊!"

"定出去也不行,只要老子相中的,必须留下!"

"老总,俺真的不好交待啊!"

"老子才不管你好不好交待。这后陈庄是我们的防区,老子的地盘老子说了算!"军官说完,挥了一下手,旁边的两个士兵上来就要抢走两副担子。

邵晓平刚要伸手阻拦,军官从腰中拔出了手枪。

"不要命了是吧!不要命了是吧!"军官咆哮着用手枪抵住了邵晓平的胸膛。在这千钧一发之际,孔汉文和杨云枫赶到了。

"谁有这么大的胆子,敢抢我的东西?"离有三五米远,孔汉文就吆喝了一声。

军官扭过头,拎枪走向孔汉文。

"吓,哪来的愣头小子敢在我们地盘上撒野!"军官看见穿戴板正的孔汉文,认为他不是逃难的职员就是附近部队的人着便装前来购买东西,所以根本没放在眼里。

杨云枫急忙走上去说:"老总,这些东西俺们是给他送的,上次逢集时已经说好了,大家不要为这点东西伤了和气。"

军官一把推开试图平息冲突的杨云枫,径直走到了孔汉文面前,两个士兵端枪紧跟其后。

"这位兄弟,牌挺大呀,你敢把刚才说过的话再说一遍?"满脸横肉的军官"哗啦"一下将子弹推上了膛,枪口对准了孔汉文。

周围所有的人都围了上来,目光都集中到了孔汉文身上。

这时候,孔汉文不慌不忙,脸上挂着讥笑,一字一句地说道:"这位兄弟,我劝你还是识相点,把枪放下,不然的话,你就是抢走东西,我一个电话过去,派你来的不论是营长还是团长,都得乖乖地送回来!"

"吓,你小瞧老子了,营团长能使唤动老子?!老子是专程给我们师长来买东西的!"军官说完,朝后面两个士兵使了个眼色,两人摩拳擦掌,准备蹿上来开打。

"慢!说出你们师长大名我就将东西让给你!"孔汉文说出这句话后,军官以为他吓成软蛋了。

"防守此地的刘师长,刘占理师长!"军官得意洋洋地说道。

听到"刘占理"三个字,杨云枫大吃一惊,他真不敢相信,久无音讯的昔日同窗竟然也在这里，而且负责这个防区。他不禁感叹，今天所有的事居然都碰到在一起。

孔汉文笑了笑，低声说了一句话："你们现在可以把东西挑走了！"

军官见对方认怂了，不屑地使了个眼色，两个士兵大摇大摆地走上前来就要拿东西。周围的人都认为孔汉文真被吓成了软蛋，哄笑着准备散去，杨云枫和邵晓平更是心急如焚。

"原来是几天前才当上师长的刘占理的手下，怪不得那么蛮横呢！不过，我在这等着，出不了半个钟头，你们刘师长就得派人把东西给我送过来。我就不信，他小小一个师长，竟敢从杜主任嘴里抢肉吃！"孔汉文的一句话把那位军官和两个士兵说愣了。

"什么，什么，你刚才说什么主任？"军官意识到眼前的人来头不小。

"徐州'剿总''前进指挥部'杜聿明主任！"孔汉文掏出香烟，打火点上，最后才一字一顿地从嘴里蹦出这几个字。

军官傻在一边不知所措，孔汉文掏出自己的证件，冷笑一声说："不信是吧？你睁大狗眼瞧瞧，站在你面前的是不是冒牌货？"

军官看过孔汉文的证件，双目一凝，态度来了个大转弯，脸上马上堆起笑容："孔主任，小的不知道是您，有眼不识泰山，有眼不识泰山！"

"走！"孔汉文瞧都没瞧军官一眼，而是冲着杨云枫和邵晓平喊道，三人随即扬长而去。

走在去陈官庄的路上，见旁边无人，孔汉文说："五号首长，终于见到你们了！"

"汉文，我给你介绍一下，这是华野驻徐州办事处主任邵晓平同志。现在没外人，叫云枫哥就可以了。"杨云枫说。

"云枫哥，你们再不来，我都快挺不住了。这半个月时间，我每天晚上都会做梦回到对面咱们的阵地上去。"望着既是自己领导，又是表哥的杨云枫，孔汉文绷着的心逐渐舒缓下来，他首先打开了话匣子。

"汉文，这几年你做了很大贡献，真是辛苦你了，总前委首长让我转达他们对你的问候和感谢！"

"谢谢，谢谢！云枫哥，前一段时间，当我和交通员失去联系后，我都快急疯了。当那天夜里听到阵地上传来响器班的演奏，我激动了一宿，能再次和组织上取得联系，对我来说比什么都重要！"

"你急，组织上也急啊！我们一直想办法与你取得联系，最后就用了响器班的法子。虽然联系上了你，但不知道你这边的具体情况，我们就派了人来找你。方大明回去后，我们从你的信上知道了见面的地点，这才过来的。"

寒暄问候一阵之后，话入正题。孔汉文把自己了解到的蒋介石、南京国防部以及杜聿明"前进指挥部"几位头面人物对战局分析的观点做了详细汇报。对重要的细节，杨云枫问得特别仔细，孔汉文都一一做了回答。一路上，孔汉文一边走，一边如数家珍地介绍道路两边的大郭庄、刘庄、黄庄埠、杨寨村、宋小窑、帝子庙、郭窑等村庄以及他们周边的公路、河流、树林等地形特点，对各村驻扎的部队情况介绍得尤为详细。

"汉文，对他们火炮、战车等重武器的布防地你掌握了没有？"杨云枫又提出一个关键问题。

"了如指掌！"孔汉文自信地点头回答。

"怎么个了如指掌？"杨云枫对重要的细节从来不含糊。

孔汉文就把杜聿明集团刚到陈官庄，如何打算毁掉重武器准备突围，自己如何设计劝阻他们留下这些东西的事讲了一遍。他接着说，没有想到，他们突然决定不突围了，自己原来的苦心经营反而铸成了大错，这些保留下来的重武器必将会给今后解放军的进攻造成巨大的损失，所以他就特别留心收集了这些重武器的布防情况，希望解放军发起攻击时，先用炮火打击这些地方。

杨云枫和邵晓平将孔汉文提供的重要信息全部记在了心里。

"所有这些东西，我都绘制好了地图并标在了上面。等到了地方，我就把地图转给你们。"孔汉文说。

"汉文，你绘制的地图对我们太重要了，这次我们两个能实地侦察，回去再结合你的地图给首长汇报，那就更准确了。"杨云枫深情地望了孔汉文一眼，由衷地为这位战斗在敌人心脏里的孤胆英雄表弟感到自豪。

一路上，趁没人的时候，孔汉文几次想帮杨云枫挑箩筐，被杨云枫坚决制止："那可不行，你是杜聿明的大管家，威风凛凛的孔大主任，哪能让你帮一个庄稼汉挑担子！"

望着满头大汗、气喘吁吁的"五号首长"，孔汉文百感交集，一时找不出合适的语言来表达自己的心情。

离陈官庄还有两里路的时候，孔汉文终于忍不住提了一个埋在心底很久的问题。

"我有个问题，如果组织上认为现在还不是时候，可以不回答。"孔汉文望着杨云枫说。

"你说说看！"

"我受组织委派在刘峙'剿总'里工作，虽然整日与豺狼共舞，但我并不孤单和恐惧，因为我知道有两位自己的同志在和我并肩战斗。尽管我不知道他们是谁，却能感觉到他们的存在，有时甚至能闻到他们的气息，听到他们的心跳。就我们三人而言，我只是个交通员，'无名氏'和'林木'负责在一线搞情报，他们的危险和困难要比我大得多。每当我沉闷苦恼时，我都会以他们两人为榜样，可以说他们给了我无穷的力量，他们是一直鼓励我、安抚我的影子兄弟。可是他们虽然近在眼前，却又远在天边，不能打听、不能询问甚至连猜测都不可以，这对我来说同样是一种煎熬。直到现在，我仍然不知道他们是谁。真不知道我今后还能不能见到他们，甚至有可能连知道他们是谁的机会都没有了……"孔汉文说到最后，声音有点哽咽。

"我理解你的心情，你们这些战斗在敌人心脏里的同志不但冒着极大的生命危险和忍受常人不能忍受的巨大压力，还要忍受几年、十几年甚至是一生的孤独和压抑。不能问不能说，没有名没有利，随时面对暴露的危险，随时准备走向刑场，你们是真正的无名英雄！你是这样的人，'无名氏'和'林木'也是这样的人，在南京，在上海，在北平，我们的组织还有许多像你们这样的同志……"杨云枫动情地说完，拍了拍孔汉文的肩膀。

稍作停顿，杨云枫将扁担换了一下肩膀，看着身边的孔汉文说道："今天，我就满足你的要求，把其他两位同志的情况告诉你。"

孔汉文的耳朵一下子竖了起来，掩饰不住激动的心情："快说！快说！"

"我要先告诉你的是，其他两位同志之间和你与他们之间一样，彼此只知道对方的存在，但都不知道对方是谁。这是我们组织的纪律，你们三位同志都严格遵守了这项纪律。"杨云枫开口讲三名卧底同志的事，首先是一句整体肯定，说得孔汉文频频点头。

"他们两人先说谁呢？先说'林木'吧！"

"云枫哥，你快点，急死我了！"

"'林木'同志虽然是你的上线，但他的年纪比你还小，是你们三人中年纪最轻的，他就是军务处的钱秘书。"

"小钱？'林木'就是小钱？！"孔汉文觉得不可思议。那个白皙清亮书生的形象立刻浮现在他的眼前。

"小钱虽然年纪轻轻，看起来胆小怕事，实际上却是一个内心极为强大的坚贞不屈的英勇战士。多次受到陈楚文他们的严刑拷打，都挺了过来，我们的人从监狱里将他解救出来时，人已瘦得不到一百斤。"

获悉"林木"小钱已经脱离狼穴，孔汉文心中有说不出的高兴，同时又极为羡慕："好，好，他终于平安地回家了，真为他高兴。"

"他是怎么获取情报的呢？当时陈楚文连着审了几天几夜，也没发现他有什么破绽啊。"孔汉文又好奇地问了一个关于"林木"的问题。

"小钱同志的记忆力特别好,卧底之前,组织上又特别对他这方面的能力进行了培训。所以,他在办公室抄写重要文书和电报时,由于敌人防范严密,不可能有复制的机会,只能靠回到宿舍在脑海中放电影,一字一句地倒出来,然后誊写在纸上,通过厕所里的秘密交接点转给你……"杨云枫解开了孔汉文一直藏在心里的疑问。

"原来是这样!"孔汉文恍然大悟。

杨云枫接着讲"无名氏"的身份。

"'无名氏'也是军务处的人,就是那个佟处长。他原来并不是我们的人,是后来被我们争取过来的。工作是由晓平同志去做的,让他讲讲吧!"杨云枫说完,扭头看了一眼邵晓平。

"对佟处长这个人,起先我们并不了解,与他交过几次手之后,知道他这个人不善钻营,对尔虞我诈的国民党内部极不适应,对抗战结束后徐州城里的国民党官员大发国难财更是愤恨不已,经常说些对时局不满的话。从小钱那里得知这个情况后,我们就通过各种渠道接触他,阐明我党的政策,包括他关心的宗教政策。他的思想随着国民党部队的溃败一点点在转变,最后主动要求为我们工作……"

"真没想到佟处长也是我们的同志,他现在人在哪里?"孔汉文感慨万千。

"和小钱一样,现在两人都在徐州军管会工作。为了你的安全,我还没有告诉他们'黄蜂'就是你呢!"杨云枫笑着说。

杨云枫的话音刚落,还没等孔汉文反应过来,他紧接着又补充了一句:"不,'黄蜂'不是你,是另外一位同志。"

"什么?组织上给我的代号不是一直就是'黄蜂'吗?"听到杨云枫的话,孔汉文惊愕不已。

"在你离开徐州之前,你的代号是'黄蜂'。你离开后,就不是了。现在,我们对外一律讲'黄蜂'就是回到我们队伍里的马树奎同志。"杨云枫语气肯定地说。

"啊,为什么呢?"

"为了你的安全!"

"我明白了!"

快到陈官庄的时候,三人不再交谈,而是默默地赶路。走过几十米后,孔汉文自言自语道:"原来,我一直认为小钱、佟处长和李婉丽三人中的两人是自己的战友,现在终于确定了两人,那个跑到蚌埠的女妖精李婉丽果真不是!"

杨云枫听到了孔汉文的话,没有回话,只是盯着孔汉文看了一眼。表哥的这一眼,让孔汉文心里感到从未有过的威严,让人捉摸不透。孔汉文以为说到了表哥的痛处，也就没敢再多说一句话。

三个人终于来到了陈官庄。孔汉文让他们把东西挑到了厨房，给他们每人舀了一碗水解渴。当着众人的面，孔汉文故意对杨云枫吆喝道："你，跟我来拿换给你们的东西。"

杨云枫跟着孔汉文进了他的住处，两人一阵快速行动，便藏好了陈官庄一带的部队布防图。两人走出门时，杨云枫手拎一只洋铁皮油桶，里面装有十几斤煤油。

"老总，俺们十几斤肉和那么多萝卜白菜就换这么一点煤油，太少了吧！"杨云枫哭丧着脸说。

"少什么少！嫌少可以不要，滚蛋就是！"孔汉文大声呵斥。

"那俺们不换了，俺们把自己的东西挑回去！"杨云枫脸上现出愤怒的表情。

"我答应，你们问问这家伙答不答应！"孔汉文说完，用手拍了拍腰里鼓鼓囊囊的地方。

"俺们走，俺们走！"杨云枫装作惊慌害怕的样子，拉着邵晓平就往外走。

杨云枫和邵晓平再次来到早上路过的那个哨卡。

两人怎么也没有料到，一场更为可怕的危机正等待着他们。

"换完东西回来了？"拦在两人面前的仍然是那个军官。不过细心的杨云枫发现，哨卡加岗了。早上他带领三个士兵值勤，现在一下子变成了五个。

"是的，长官。"杨云枫依然毕恭毕敬。

"刚接到上峰命令，对回去的每个人要严加盘查！"军官大声说完，身后的两个士兵就扑了上来，开始对杨云枫两人进行搜身。

从头上的破棉帽到腰里的布带和内裤，再到脚上的袜子和布鞋的鞋帮鞋底，两个士兵反反复复检查了两遍，一无所获。

又换了另外两名士兵，依然彻彻底底检查了一遍，还是没有找到任何东西。在寒风中站立许久，杨云枫和邵晓平冻得满脸通红，瑟瑟发抖。凭借丰富的经验，杨云枫知道今天的情况不对。他偷偷给邵晓平使了个眼色，意思是一定要沉着应对。

身上没有发现东西，军官带领几个士兵开始搜查两人的箩筐和扁担。

翻腾了半天，箩筐也没有问题，士兵将注意力集中到了两根扁担上。

"混蛋，光看表面不行，给我劈开看！"军官命令士兵。

两根扁担被当众劈开，里面却什么也没有。

"老总，你们就放俺们走吧，俺们啥也没干，就是来换点煤油啊！"杨云枫苦苦哀求。

军官看都不看两人一眼，径直走到装着十几斤煤油的洋铁皮油桶跟前。

"这就是你们换的煤油？"军官绕着油桶转了两圈，停了下来。

杨云枫点了点头。

"拿几个脸盆来，把里面的油统统给我倒出来！"军官一声吆喝。

桶里的煤油全部被倒出来后，军官用手电筒朝桶内晃了半天，仍然没有发现可疑物品。

军官无奈地摇了摇头，走进了旁边的岗楼里。一会儿之后，从里面走出的不再是军官一人，而是两个人。

另外一个人杨云枫和邵晓平都认识，是徐州"剿总"司令部情报处长顾一炅。顾一炅的出现让杨云枫感觉到最大的考验到来了。

"把油桶给我劈开！"顾一炅用脚踢了踢空油桶。

不顾杨云枫两人的苦苦哀求，"咣咣当当"一阵响动，洋铁皮油桶被劈开摊在了地上，里面同样是什么都没发现。

沉默好大一阵后，顾一炅走到了杨云枫两人面前。

"两位兄弟，哪个庄的，庄里有多少人？"

"俺们是董寨的，是个小庄，只有七十多户人家，不到三百口子。"杨云枫回答。

"董寨的南边是什么村，你们庄有几家和他们那里通婚的，说说名字？"顾一炅的语速明显加快，眼睛盯着杨云枫一动不动。

"俺们庄南边叫石各庄，两个庄挨得近，不是俺们的娃娶了他们的姑娘，就是他们的娃儿娶了俺们这里的闺女，要一时半会说清楚，还真不容易，俺家邻居董老三的老幺娶了石龙虎的豁牙子闺女，董土堆的大闺女嫁给了对面石保长的老三……"

杨云枫说话的时候，顾一炅一直盯着他。杨云枫看起来老实巴交，话也说得不紧不慢，不急不躁，没有一点停顿思考，像是在拉最熟悉不过的家常。

杨云枫说完，顾一炅面无表情。

"这个刘占理，说话办事没个谱！"顾一炅恶狠狠地吐了一句，说完朝军官使了个眼神。

"你们两个，滚吧！"听到军官的话，杨云枫和邵晓平装作吓破了胆，也不再多问一句煤油的事儿，匆忙逃离了哨卡。

在哨卡发生的一切都起源于刘占理。

原来，刘占理刚刚当上二兵团一个师的代理师长，正是想表现一番的时候。他之所以能当上代理师长，一是靠他与共军死拼到底的决心得到了邱清泉的赏识，二是得益于他驻扎后陈庄，近水楼台先得月，隔三差五地买些鱼肉和烟酒孝敬上峰，得到信任才如愿以偿的。这次部下回去后把孔汉文抢走大肉的事添油加醋说了一遍，令刘占理大为恼火。经过回忆，刘占理想起孔汉文是杨云枫的表弟，而之前从顾一㬢嘴里获悉，他的老同学杨云枫担任华野的情报头子，心里顿生疑窦，就急忙将情况报告给了顾一㬢。这一段时间，顾一㬢一直在盯梢龚方令和孔汉文，得到消息后就迫不及待地亲自出马，在杨云枫必经的哨卡截住了他们。

在回去的路上，邵晓平焦急地问杨云枫："杨部长，地图呢？"

"莫急，莫急，回去你就知道了！"

回到驻地，杨云枫快速脱下棉袄，接着又小心地脱下了一件白色粗布衬衫，他将这件衬衫摊在桌面上，然后用两三支棉签蘸了蘸瓶中的碘酒，在衬衫上轻轻涂了起来。不大一会儿，蓝色的村庄名、部队番号和山岗、道路、河流等字迹和图画便逐渐呈现了出来。

原来，精心准备的孔汉文早将陈官庄一带的军事布防的详细情况用淀粉描在了一件白色粗布衬衫的后背上。当他领着杨云枫以拿煤油的名义走进自己的住处后，迅速让杨云枫用这件衬衫换下了原来的衬衫，不要说别人，就连邵晓平也没能看出来。

48

12月30日，留在南京的燕刚发回了"孤雁"获取的最新情报。

"杜聿明向蒋提出三策建议：一调集武汉、西安等地力量解淮海之围；二持久固守，争取外国斡旋调停，化解危机；三择机突围。"中共高层据此知道了当前杜聿明集团对淮海之战的基本思路。至于如何抉择，还要等待蒋介石的最终决定。

不久，"孤雁"再次截获情报，并迅速传递给总前委："蒋拟以治病为由派飞机将杜接回南京。杜未接受，决定留在陈官庄抵抗到底。"

获得这个消息后，总前委已经基本摸透了杜聿明的心理。这时候他之所以再三向蒋介石提请各种建议，个人因素的考量已经很少。在穷途末路之际，很明显打算孤注一掷，想为手下的十几万人马拼出一条生路。

"这是垂死挣扎，是覆灭前最后的疯狂！"总前委的几位首长都非常清楚。

1949年1月1日，蒋介石经过反复权衡，意识到取胜无望，南京已危如累卵。在万般无奈下，他发表和谈讲话，以所谓"国家独立完整"和"人民休养生息"为幌子，要求与中共进行"和平"谈判。这也是蒋介石一贯的招数，自己身处劣势时就要求进行"和谈"，旨在拖延和争取时间，一旦缓过劲来，立马亮出刀剑，再次兵戎相见。

　　河北西柏坡，毛泽东、朱德、刘少奇、周恩来等中共中央领导人围坐在一起，分析讨论了当前国内和国际的斗争形势。大家一致认为，当下敌消我长，国共两党领导的军队在兵力和作战意志上发生了彻底的改变，应抓住这一关键时机，发扬不怕困难、连续作战的作风乘胜追击，务必全歼陈官庄的杜聿明集团，坚决不做"救活冻僵的毒蛇反被其咬死的农夫"，对此切不可心慈手软，否则只会放虎归山，贻害无穷，从而迟滞全国解放的进程。元旦当日，毛泽东发表新年献词《将革命进行到底》，向全世界展示了与蒋介石国民党进行彻底决战的决心。

　　……现在摆在中国人民、各民主党派、各人民团体面前的问题，是将革命进行到底呢，还是使革命半途而废呢？如果要使革命进行到底，那就是用革命的方法，坚决彻底干净全部地消灭一切反动势力，不动摇地坚持打倒帝国主义，打倒封建主义，打倒官僚资本主义，在全国范围内推翻国民党的反动统治，在全国范围内建立无产阶级领导的以工农联盟为主体的人民民主专政的共和国。这样，就可以使中华民族来一个大翻身，由半殖民地变为真正的独立国，使中国人民来一个大解放，将自己头上的封建的压迫和官僚资本（即中国的垄断资本）的压迫一起掀掉，并由此造成统一的民主的和平局面，造成由农业国变为工业国的先决条件，造成由人剥削人的社会向着社会主义社会发展的可能性。如果要使革命半途而废，那就是违背人民的意志，接受外国侵略者和中国反动派的意志，使国民党赢得养好创伤的机会，然后在一个早上猛扑过来，将革命扼死，使全国回到黑暗世界。现在的问题就是一个这样明白地这样尖锐地摆着的问题。两条路究竟选择哪一条呢……

　　以蒋介石等人为首的中国反动派，自一九二七年四月十二日反革命政变至现在的二十多年的漫长岁月中，难道还没有证明他们是一伙满身鲜血的杀人不眨眼的刽子手吗？难道还没有证明他们是一伙职业的帝国主义走狗和卖国贼吗？请大家想一想，从一九三六年十二月西安事变以来，从一九四五年十月重庆谈判和一九四六年一月政治协商会议以来，中国人民对于这伙盗匪曾经做得何等仁至义尽，希望同他们建立国内的和平。但是一切善良的愿望改变了他们的阶级本性的一分一厘一毫一丝没有呢？这些盗匪的历史，没有哪一个是可以和美国帝国主义分得开的。他们依靠美国帝国主义把四亿七千五百万同胞投入了空前残酷的大内战，他们用美国帝国主义所供给的轰炸机、战斗机、大炮、坦克、火箭筒、自动步枪、汽油弹、毒气弹等等杀人武器屠杀了成百万的男女老少，而美国帝国主义则依靠他们掠夺中国的领土权、领海权、领空权、内河航行权、商业特权、内政外交特权，直至打死人、压死人、强奸妇女而不受任何处罚的特权。难道被迫进行了如此长期血战的中国人民,还应该对于这些穷凶极恶的敌人表示亲爱温柔,而不加以彻底的消灭和驱逐吗?只有彻底地消灭了中国反动派,驱逐了美国帝国主义的侵略势力出中国,中国才能有独立,才能有民主,才能有和平,这个真理难道还不明白吗?

……中国阶级力量的对比正在发生着新的变化。大群大群的人民正在脱离国民党的影响和控制而站到革命阵营一方面来,中国反动派完全陷入孤立无援的绝境。人民解放战争愈接近于最后胜利,一切革命的人民和一切人民的朋友将愈加巩固地团结一致,在中国共产党的领导之下,坚决地主张彻底消灭反动势力,彻底发展革命势力,一直达到在全中国范围内建立人民民主共和国,实现统一的民主的和平……已经有了充分经验的中国人民及其总参谋部中国共产党,一定会像粉碎敌人的军事进攻一样,粉碎敌人的政治阴谋,把伟大的人民解放战争进行到底。

一九四九年中国人民解放军将向长江以南进军,将要获得比一九四八年更加伟大的胜利……

一九四九年将要召集没有反动分子参加的以完成人民革命任务为目标的政治协商会议,宣告中华人民共和国的成立,并组成共和国的中央政府。这个政府将是一个在中国共产党领导之下的、有各民主党派各人民团体的适当的代表人物参加的民主联合政府。

这些就是中国人民、中国共产党、中国一切民主党派和人民团体在一九四九年所应努力求其实现的主要的具体的任务。我们将不怕任何困难团结一致地去实现这些任务。

几千年以来的封建压迫,一百年以来的帝国主义压迫,将在我们的奋斗中彻底地推翻掉……

1月3日,南京"孤雁"再次发回重要情报:"蒋电令杜按照第三方案突围,自五日起投足三日粮弹。"

第二天,又到了约定接头的逢集日子。身着便装的孔汉文上午早早就赶到了后陈庄,他有十万火急的情报要通报给杨云枫。一到后陈庄,机警的孔汉文就发现有两个不明身份的人跟踪自己。这种情形下不能马上接头,他就带着两名随从在拥挤的集市上四处转悠,伺机寻找机会。

来到集市中间一个卖烧饼的摊位前,孔汉文停了下来,"来十个烧饼!"孔汉文每次来后陈庄,都要带些木炭现烤的芝麻脆皮烧饼回来,指挥部的几位长官都喜欢吃。

"大兄弟,您得等会儿,他们几位先到的。"摊主看了一眼炉子旁边站着的四五个人，笑着对孔汉文说。

"我们有急事，先给我们！"孔汉文气势汹汹地喊道。

"凭什么？"几位排队买烧饼的人不同意了。

孔汉文二话不说，朝身后的两个随从使了个眼色。

两个随从立即蹿上前来，抓住站在最前面的两人的衣领就动手打起了人。当四个人扭打在一起的时候，人群中不知是谁冲着孔汉文喊了一句："揍这个孬货，是他最先挑事找茬的！"

孔汉文的行径显然已经引起众怒，话音一落，另外几个等待买烧饼的人立刻操起烧火棍、擀面杖和长把铁锅铲就朝孔汉文扑来。

一看势头不对，孔汉文扭头就逃。

三四个人手持家伙在后面紧追不舍。

孔汉文没有往人多的地方逃，而是朝十五六米外一棵大榆树跑去。跑到大榆树跟前，躲在树后盯梢孔汉文的两个人见无处可躲只好站了出来。孔汉文边跑边朝两人大声喊道："有人追我，你们两个快给我拦住他们！"

孔汉文的喊声不但把两个盯梢的人听愣了，连身后追赶的人也听到了。正当两个盯梢者不知所措时，烧火棍、擀面杖和长把铁锅铲就如雨点般落在了头上，两人被打得头破血流，躺在地上动弹不得……

孔汉文趁机跑掉，一口气跑到了集东头，来到一个卖野兔皮的摊位前，没事儿一样与一位弯腰驼背、身着破烂不堪棉衣的老人聊起天来。

"老大爷，这张黄色的兔皮啥个价？"

"啥个价？你先说！"

"昨日杜聿明收到了蒋介石的电报，要执行突围的方案，从后天起，要空投足三天的粮弹。"孔汉文压低声音说道。

卖野兔皮的老人问："杜聿明什么态度？"

"杜聿明虽然觉得困难重重，但还是决定遵照命令执行，准备待粮弹投递完毕后实施突围。"孔汉文担心地说，"我觉得不能再拖下去了，必须早做决断，虽然现在他们军心涣散，但如果等他们准备充分了，可能会造成我军较大的伤亡。"

卖野兔皮的老人说："我们从其他途径已经获得了蒋介石电报的内容，和你说的一样，这样就把事情坐实了。刚才你又说了杜聿明的态度，这个情报很重要，我回去马上报告。情况紧急，我个人也觉得不能再拖了。如果打起来，你是撤出还是继续留在那里，我想听听你的意见。"

孔汉文低头想了想，说："我还是暂时先留在指挥部吧，这样可以随时探知杜聿明他们的行动。开打也不要紧，我会保护好自己的，请组织上放心。"

"汉文，我同意你的意见，不过，你一定要保护好自己。"

"你个老头真敢要价，这兔皮也太贵了，走了，不买了！"孔汉文说着悻悻地走开了。

"年轻人，这还算贵，你不知道下网逮到一只野兔多不容易……"

卖野兔皮的老者不是别人，正是化装二进后陈庄的杨云枫。四五个等待买烧饼的人也不是一般吃客，而是邵晓平带领的几个身手不凡的解放军侦察兵。上次见面时，杨云枫预料到敌人可能会对孔汉文实施跟踪监视，便为下次见面时遇到意外设计好了脱身的方案。而孔汉文身后的两名盯梢者，正是心有不甘的刘占理派来的。邵晓平几人将孔汉文的两名随从和刘占理派去的盯梢者打得动弹不得之后，就悄无声息地溜走了。

与孔汉文分手后，杨云枫立即返回驻地，用电报把情况汇报给了华野司令部和总前委。总前委高度重视，他们结合多方汇集来的情报和实地侦察获得的信息，经过紧急研究讨论，决定不宜再拖，应立即抓住战机，对杜聿明集团发起总攻，力求一举全歼。中央军委和毛泽东全面审视淮海和平津两大战役进展状况，慎重研究后同意了淮海战役总前委的意见。

1月6日下午三点三十分，对杜聿明集团的总攻开始。

首先，炮击半小时。

随着一颗信号弹冉冉升起，几分钟前还万籁俱寂的豫东平原顿时万炮齐鸣，火光冲天，地动山摇。一发发炮弹拖曳着耀眼的火光准确地飞向敌人的炮兵阵地，飞向敌人驻扎的村庄，飞向敌人构筑的防御工事……按照部署，宋时轮、刘培善指挥三、四、十、渤海纵队，谭震林、王建安指挥一、九、十二纵队，韦国清、吉洛指挥二、八、十一纵队同时发起攻击。华野司令部指挥七、十三、两广纵队附司令部特务团并冀鲁豫三分区地方武装，鲁中南纵队指挥豫皖苏军区部队附司令部骑兵团、三十五军等部也开始了外线行动……经过两小时激战，解放军各路攻击部队攻克十三个村庄，歼敌近万名，牢牢楔入了邱、李兵团接合部。

被解放军围困了二十多天的国民党各部早已军心动荡，毫无斗志，一触即溃，东西两面的不少阵地顷刻间土崩瓦解。面对四面八方铺天盖地而来的解放军，杜聿明心急如焚，立即下令："赶快联系空军进行轰炸。"蒋介石确实派来了空军支援，无奈解放军斗志昂扬，攻势凶猛，敌我双方很快搅在一起，几架飞机在阵地上空盘旋了几圈，终因不辨敌我，在外围扔下几颗炸弹就匆匆飞走了。

杜聿明集团仅一天就丢失了三分之一的阵地，形势岌岌可危。

"喂，雨庵吗？赶快来我这一趟。"杜聿明呼叫二兵团司令邱清泉。

"喂，炳仁吗？马上到陈官庄来。"杜聿明接着呼叫十三兵团司令李弥。

晚上，杜聿明电话急召邱清泉、李弥来陈官庄商讨对策。

"共军攻势如此猛烈，显然是要置我们于死地，你们有什么对策，赶快说出来！"这时的杜聿明一改往日的沉稳，焦躁不安地在屋子里踱来踱去，说话的速度也快了几分。事到如今，邱清泉、李弥和几个参谋长哪里还有什么办法，你看我我看你，最后都低头沉默不语。

"眼下战况对我们越来越不利，如果我们再拿不出应对的办法，要不了多久，共军就会蜂拥而至。那时，诸位和我将死无葬身之地。"杜聿明虽然不停地催促，屋子里还是静得出奇，大家各自闷头抽烟，没有人接话。

隆隆的炮声一直不停地在响，震得指挥部房子上的泥土一直往下掉个不停。每隔一会儿，杜聿明就会命令手下拨一个电话出去，大声喊叫着追问："侦察清楚没有，打到哪了？"结果是，解放军在不断推进，"顶住！给我顶住！"杜聿明脸色铁青，声嘶力竭地咆哮着。阵地上的国民党官兵乱了阵脚，指挥部里，邱清泉和李弥等几位高官也同样张皇失措，个个脸色苍白，不知如何是好，只能在心中默念"天无绝人之路"。就这样，一直纠结到半夜，杜聿明已方寸大乱，其他人更是束手无策。

"都散了吧，诸位自求多福吧！"杜聿明最后无奈地说道。

众人低头无语，黯然无神地散去。

7日，华野攻占了十三兵团的司令部驻地青龙集，李弥率残部逃到下属九军三师的指挥部张庙堂。师长周藩见到长官李弥到来既惊讶又高兴，说："司令你来得太及时了，我们正不知道该怎么办呢。临近的师接到命令要撤了，军长正准备要我们也撤呢。"

李弥问："你们这里情况怎么样？能不能守住？"

"那要问问卜团长再说。"

"好，赶快接通电话。"李弥吩咐。

周藩接通电话后，李弥夺过电话亲自问道："卜团长，我是李弥，你们那边怎么样？你们所在的周楼能不能守得住？"

卜团长说："报告司令官，目前还可以，我觉得可以守得住，请李司令放心！"

"那好，我们就先撤到你们那里去。"

已经是深夜两点，李弥一群人慌慌张张向周楼逃去。此时的十三兵团阵地上，漆黑一片，到处都是横七竖八的尸体，远处解放军的攻势还在继续，不时有炮弹打过来，根本不敢点灯或使用火把，所有的官兵只能慌慌张张连滚带爬摸黑走路。谁知走着走着，竟然把司令李弥给挤丢了。

"李司令，您在哪里？"周藩发觉后大惊失色，急忙令人四处寻找，可找了半个小时也没有找到。他们一行人到达周楼后，个个垂头丧气，疲惫不堪，周藩更是惶恐至极。

就在大家都倍感灰心沮丧的时候，电话铃突然响了。卜团长接起来一听，是外围的岗哨打来的，说是李弥司令在他们那里。

周藩悬着的心这才落了下来，急忙对卜团长说道："你让司令在那里等着，我马上派人去接。"

李弥见到周藩后，气不打一处来，指着他的鼻子骂道："你怎么搞的，只顾自己逃命，不管长官死活，看我不枪毙你！"周藩自知理亏，点头哈腰一通道歉，方才平息了李弥的恶气。

之后，李弥强压心中的惶恐不安，详细询问了周楼阵地的布防情况。最后强打精神，鼓励大家道："你们一定要振作，目前南京老头子正在与共产党讲和，很快就会有结果，我们再坚守几天，只要一停战，我们就都能出去了。"

卜团长愁眉苦脸地说："没有吃没有喝的，怎么坚守？就怕还没等谈判成功，我们就都饿死了。"

"不要灰心，也就三两天的时间，再坚持一下！"说着，李弥从怀里掏出几叠金圆券，说："这是飞机空投下来的，大家分分吧。"

就这样又坚持了几天。1月10日，华野九纵对周楼发起攻击，阵地上的国民党士兵不堪一击，伤亡惨重。冬日的天亮得晚，拂晓时分，解放军先头部队打到了村口。卜团长神色慌张地跑到周藩面前报告说："刚才一队共军冲进了壕沟，估计有三十多个，都被我们干掉了，捡到了二十九支步枪。"

周藩听后十分亢奋，说："好，继续坚守，绝不能让他们冲进来。"

历经这番折腾，躲在掩体里的李弥如热锅上的蚂蚁，深知在劫难逃，末日即将到来。沉默良久之后，他突然说道："现在已经退无可退了，你们都是我身边信得过的人，就不能想想办法吗？"

李弥的这句话让周藩很诧异，他疑惑地看看眼前这位满脸颓废之色的司令官，又看看他旁边的人，一时有点摸不着头脑。赵副司令官把周藩拉到一边，低声说："司令的意思是想个办法赶快脱身，不是别的意思。"

周藩恍然大悟，原来李弥的真实意图是要自己创造机会，掩护他趁机混出去。

天亮后，解放军开始炮击周楼。一时间阵地上硝烟弥漫，哭叫之声此起彼伏。炮击过后周藩出去巡视了一遍，所到之处，一片惨相：炮兵营杨营长的一只手被炸掉了，九团王营长的腿负伤不能动了，其他士兵负伤阵亡的不计其数。到这时周藩才意识到真的不能再等了，更不能再打了。再打下去，长官跑不掉，自己和部下一个都活不成。

想到这里，周藩扭头冲进掩体，径直走到李弥跟前，说："李司令，情况紧急，伤亡非常严重，不能再打了，再打下去就全完了。我准备派人送信出去请求投降，可不可以？"

正在等着这句话的李弥马上回答说:"可以!"

周藩说:"信怎么个写法?"

与解放军讲和的条件,李弥早就盘算过,此时不假思索地脱口而出:"要写上投降的条件:一是投降后保证全体官兵生命安全;二是投降后不论官兵,凡是不愿意干的不能强留,放他们回家;三是投降后所有的轻重伤员要送后方医院治疗。这三条也算是对咱们十三兵团弟兄们有个交代。如果他们答应这三条就投降,不答应的话就先拖着,拖到晚上再说。天黑了说不定有机会突围出去。"

大家听司令这样说,都暗暗高兴,心想终于可以有条活路了。信写好后,又拿给李弥看了看。条子上没有署名,李弥看到最后抬眼瞧了瞧周藩,意思是要他署上自己的名字。周藩不愿意写自己的姓名,怕暴露真实姓名后无法逃脱。在李弥的坚持下,无奈的周藩最后说:"就写上'周楼守备部队长官'吧!"李弥点头表示同意,之后周藩派手下把条子送了出去。

巧合的是,就在周藩派人送条子出去的时候,也接到了劝降条子,是被俘的一六六师一位姓肖的师长写来的。这位师长十分诚恳地劝说周藩别再打了,赶快放下武器,他们被俘后受到了优待。还说,如果仍负隅顽抗,拒不投降将被全部围歼等等。解放军的劝降信提名道姓,说明他们通过肖师长对周藩以及守军的情况已经摸得一清二楚。

周藩把信递给了李弥:"肖师长写给我的,他们已经知道我在这里了。"

狡猾的李弥看过信说:"我们的信不是才送出去吗?再等等,等他们回复。现在时间还早。"肖师长的信使也是被俘过去的,认识李弥,还是像以前一样向他敬礼:"啊!李司令,您在这啊!"面带尴尬的李弥点了下头,神情严肃地对信使说:"你先回去,告诉姓肖的,我们要等他们的回信。还有,看在我过去是你长官的情分上,千万不要说我在这里。小兄弟,拜托了!"

信使回去半小时后回来了,这次带回的是张最后通牒。大意就是要他们立即投降,主官出去报到,所有士兵放下武器到集合点接受点验,否则十分钟后就开始攻击。

事情到了千钧一发的时刻,已经没有退路了,李弥拉下脸说:"他们要主官出去报到,你们看看谁出去合适?"正当众人面面相觑之时,所有的人都想不到,身为司令长官的李弥没有了往日的威严,他突然抱头抽泣起来,语无伦次地说:"我不能死啊,我死了咱们十三兵团就全完了。我若能回去,你们的家人我一定帮你们照顾好,你们完全可以放心,我说到做到。"

李弥面前的周藩和卜团长两人,他们算得上解放军所要求的"主官"。李弥的意思是让周藩去,因为卜团长是他的小老乡,是其一手提拔上来的,还想给他留个活路。这个时候,谁先站出来谁就可能丢掉性命,周藩自然也不愿前去。他假装糊涂，故意说："这个阵地由卜团长他们把守，就让卜团长去吧，劝降信上写得清清楚楚，想必共军也不会把我们怎么样的。"见师长要把自己当作"替死鬼"往前推，卜团长不顾众人在场，嚎啕大哭："不不不，我不能去啊，我上有八十岁卧床不起的高堂老母，下有两个嗷嗷待哺的儿女，一大家子活路都靠我一个人啊！"周藩看他哭得可怜，又见李弥沉着脸不高兴，只得不情愿地说："算了，算了，别哭了，还是我去吧！"卜团长见师长同意了，立马止住了哭嚎，千恩万谢地鞠躬不止。

周藩整理好仪容，准备出去交涉，被李弥拉住："再等等，现在才三点钟，还太早，再等一会才好。"说完立马吩咐卜团长给他找士兵的棉大衣和胶鞋，还说最好是受伤的人穿过的大衣，很明显他这是要化装成伤兵外逃。东西很快找来了，李弥和两个副司令官还有卜团长等都换了装，把换下来的皮鞋拿出去给士兵穿。

这时，那位信使又来了，催促周藩说："你快出去吧，他们很客气的，不会对你怎么样，要是晚了可就不好讲了。"

周藩磨磨唧唧还是不情愿出去。这时，村头响起了一阵警告的枪声。周藩知道实在不能再拖了，向李弥敬了个军礼，然后跟着信使向解放军阵地走了过去。

周藩右手拿着白手套举在头上，示意停战投降。一路上，映入眼帘的全是受伤的士兵和阵亡者的尸体，有国民党兵的也有解放军的，惨状让人心惊胆颤。当看到仍有国民党士兵在向对面阵地射击，周藩赶忙大声制止："停火，停火，投降吧，都到集合地点去。"

"不打了，快投降吧弟兄们，投降还能留条活命！"

周藩边走边哭，边喊边劝。

听到师长的声音，阵地上的士兵纷纷停止射击，放下武器，举手投降。

在壕沟里，举行了简单的受降仪式，周藩以投降代表的身份向解放军团长举手敬礼，交出配枪。

阵地上的士兵个个举着双手走出战壕，解放军战士点验之后，命令他们沿着道路走到集合点去。这时候，化过装的李弥和几个随从悄悄钻出掩体，混进士兵队伍里往前走。投降队伍越往前走，看守他们的解放军战士越少，有时看守者甚至换成了支前民工。狡诈的李弥对身边的赵副官说："你通知其他人，等天变暗了，分头离开，想办法回到南京去，到时我们到鼓楼那个老地方碰头。"

李弥穿着破胶鞋，身着带血开花的军大衣，头戴一顶皱巴巴的帽子，始终低着头，双手抄在袖筒里，与普通士兵并无两样，没有人想到这身打扮的一个伤兵会是十三兵团的中将司令官。走到一片树林边时，李弥见附近没人注意自己，便假装去解手离开队伍，然后弯着腰慢慢地向远处走去，身影逐渐淹没在夜色中……

两天后，在永城乡下的一个村头，一个人扛着篮子，准备到村头自家麦草垛前取些麦秸回家烧火。当他来到垛前时，却发现地上多了一堆凌乱的麦秸。正在诧异的时候，麦秸堆竟然动了动。取麦秸的人用棍子捅了捅，里面动得更厉害了。不一会，一个人扒开麦秸露出头来。

"你是谁？怎么睡在这里？"取麦秸的人惊讶地问。

"我叫李石锁，原来在十三兵团里当兵。唉，打败了，当了俘虏，解放军给了两块大洋，让我们不愿干的人回家去，半道太累了就在这里睡了会。"躺在地上的人说。

"啊！巧了，我也是被俘后释放的，刚刚才回到家。我叫汪义安，我们团也隶属李弥长官的十三兵团。"两个同病相怜的人聊得十分投机，汪义安把自称李石锁的人悄悄领回家，还把家里最好的东西都翻出来招待这位"难兄难弟"，包括自家酿的埋藏在地下的一坛老酒。

在汪义安的帮助下，"李石锁"李弥1月16日潜至徐州。

2月1日，李弥辗转到达仍被国民党军控制的青岛，后又从青岛乘海轮回到了南京。

李弥后来到溪口见到了蒋介石，在蒋介石的支持下又重建了十三兵团，仍任司令兼第八军军长。1950年1月，李弥奉召去了台湾。不久，他所指挥的八军、二十六军除少部分逃到缅甸外，大部分被解放军歼灭。几个月后，李弥受蒋介石委派赶到缅甸北部，纠集外逃残部组成"反共抗俄救国军滇南边区第一纵队"。此后，李弥又被委任为"云南省人民反共救国军总指挥"和"云南省政府主席兼云南绥靖公署主任"，目的是有朝一日能从西南方向配合蒋介石"反攻大陆"的行动，重回境内"执掌政权"。

三年之后，在缅的李弥部队改称"云南反共救国军游击总部"，为了苟延残喘地生存下去，李弥指挥部队种植鸦片制成毒品并贩卖，逐渐成了声名狼藉的金三角大毒枭。缅甸政府多次向联合国提出控诉，并派部队对李弥进行围剿。一年后，在缅甸生存不下去的李弥率大部分人员撤退至台湾。

1973年12月，李弥病死于台湾。

李弥，这位抗战时曾率部袭击日军宜昌机场、烧毁日军飞机二十一架的少将师长，从赫赫有名的抗日英雄一步步沦为蒋介石打内战的忠实帮凶，最后成为一名被国际社会唾弃的毒枭，他的人生经历成为了现当代史上的一则"奇谈"。

随着对杜聿明集团发动总攻时间的日益逼近，一个棘手的问题在杨云枫的头脑中反复闪现："战斗打响后，杜聿明等人如果乘飞机溜掉怎么办？"

在永城陈官庄一带，有个村庄叫朱小庄，被围困的国民党部队在那里修建了临时机场，四周布置重兵把守。遇到紧急情况，瓮中之鳖的杜聿明等高官完全有可能乘飞机从朱小庄逃之夭夭。

"必须在发动总攻前拿下机场，彻底切断杜聿明等人逃跑的后路！"杨云枫下定决心后，便带领邵晓平秘密前往朱小庄附近华野一纵的前沿阵地。

抵达朱小庄后，杨云枫会同驻防部队一位叫周文江的指导员很快摸清了地形。庄子后面有一条河，河对面就是国民党部队的临时机场。由于敌人对机场防守严密，强攻硬夺不可能成功，只能智取。

智取的前提是必须摸清敌人机场内部的场地设施和防范情况，对当地情况十分熟悉的周文江主动请缨，要求化装进入机场侦察敌情。杨云枫想了一下，认为方案可行，但为保险起见，就指派机智多谋的邵晓平同行，希望依靠两人的相互配合确保万无一失。

一连两天，通过望远镜查清机场周边敌人的活动规律后，这天，趁着天黑，身穿国民党士兵服的周文江和邵晓平待对岸敌人一波巡逻队走过，就乘坐木筏悄悄过了河。二人一个放哨一个快速将木筏藏进岸边的芦苇丛，又匍匐前进一段后，通过电网下面的排水沟爬进了机场围堤内。两人在机场内一直待到后半夜，把机场跑道和警卫士兵的主要居住点摸得一清二楚。凌晨时分，两人沿原路回到了军营。

杨云枫与两人研究了整整一个白天，决定当天夜里开始行动。

晚上九点，周文江和邵晓平带领五六个身穿国民党服装的战士通过朱小庄后面的石桥，大摇大摆地走到了机场边的岗楼旁。

"站住，干什么的？"两个国民党士兵端枪询问。

"自己人，自己人，去吃点东西！"走在最前边的周文江点头哈腰地回答。

"哪一部分的？"

"三团七连的！"身穿连长服的邵晓平不慌不忙地回答。

"去的几乎全是你们三团的人，个个都是贪吃鬼！"端枪的卫兵说。

周文江所在团在桥边设有一个院子，作为专门招待对方士兵的接待点，每天供应稀饭馒头，有时还蒸上几笼大肉包子。夜里经常有三五成群饿极了的国民党士兵偷跑过来吃东西，吃饱后再回去。岗哨刚开始时还严加盘查询问，到后来因为人多也就不再多管。

"兄弟，这是几个白面馒头，拿去吃！"邵晓平将几个温热的馒头塞到了哨兵的手里。

"快走，快走，让我们班长看到了就把你们交给督察队！"哨兵一边啃馒头，一边喊道。

周文江和邵晓平带领一行人快步跑进了机场。

通过昨天夜里的侦察，周文江和邵晓平发现机场内有一个国民党士兵聚集的场地。在这个场地上，士兵们有的抽烟，有的闲聊，还有人无聊地哼着小曲。周文江和邵晓平带领大伙来到广场边，两人彼此点了一下头，示意开始行动。

"集合！集合！"周文江从口袋里拿出一只哨子猛吹了一阵，然后大声吆喝道。

广场上的国民党士兵来自不同的部队，外加天黑，根本搞不清喊话的是何许人也。听到哨音后，将近两百个士兵纷纷围拢了过来。

这时候，邵晓平站了出来，扯着嗓子喊道："九班长，带兄弟们过桥吃饭！"

周文江转身向众人喊道："兄弟们，今天我们长官的姨太太给他生了个带把儿的大胖小子，请大家吃包子，在场的人人有份，都跟我走！"

近两百个士兵兴高采烈地跟着周文江他们向朱小庄的石桥走去。

来到石桥边，两个哨兵看到呼啦啦走过来一大队士兵，慌忙问道："这是干什么去？"

"执行任务！"藏在人群中的邵晓平压低帽檐，厉声说道。

"执行什么任务？"哨兵问。

"站好你的岗，这不是你该问的事！"这一次，面对气势汹汹的邵晓平，哨兵被镇慑住了，不敢再问，下意识地抬手放行。周文江带着队伍径直走上了石桥。

将近两百名国民党士兵进了解放军接待点的院子，面对四周黑洞洞的枪口一下傻了眼。这时，一个满脸胡茬的老兵疑惑地问道："这是什么地方？"

周文江哗啦一下站了出来："这里是解放军的接待点，今天特意为大家准备了两种包子，一种是热乎乎的大肉包子，另一种是一拉就响的'铁包子'，不知道大家选哪一种？"

国民党士兵一听，个个吓得魂飞胆丧，不知所措。正在这时，谁都没有想到，那个老兵大声吆喝起来："管他什么地方，老子好几个月没吃过肉了，先吃饭再说。"说完，将手中的步枪哗啦一下扔在了地上。

于是，近两百名国民党士兵纷纷缴枪吃饭。

这批国民党士兵在接待点院内狼吞虎咽的时候，几乎同样多的身穿国民党士兵的解放军战士趁夜色悄悄走近了石桥。

"回来了？"哨兵吆喝道。

"回来了！"邵晓平回答。

"你们到底干啥去了？"哨兵又问。

"站好你的岗，这不是你该问的事！"邵晓平呵斥道。

当天夜里，解放军神不知鬼不觉地占领了杜聿明的临时机场。

49

6日下午，解放军对杜聿明集团发起总攻。

疾风骤雨般的炮弹和子弹在天空中划过一道道青灰色的光芒，带着刺耳的呼啸声。方圆几公里的范围内，无数炮弹炸裂开来，如同一朵朵死亡之花在绽放，弹片四处飞射，爆炸形成的巨大冲击波，把弹着点周遭的一切掀上了高空。

任何人在这样的情形下都会胆裂魂飞，失去斗志，杜聿明虽然久经沙场，也被强大的炮火打蒙了。他一遍又一遍厉声命令手下急电蒋介石，请求速派飞机前来轰炸支援。

令杜聿明没有想到的是，战斗只进行一天，李弥十三兵团司令部所在的青龙集阵地就被突破，司令官李弥失联，十三兵团从此陷入了群龙无首的境地。邱清泉二兵团的阵地同样是千疮百孔，他们的车辆向着陈庄、刘集地区溃败转移并集中力量向这个方向突围。解放军识破了二兵团的图谋，从东、南、北三个方向发起了更加猛烈的攻击，迅速堵住了二兵团的退路。

7日和8日两天两夜，来自解放军部队四面八方的攻击一轮接着一轮，一万多门各式山炮、榴弹炮、加农炮、轻重迫击炮等同时发威，朝着国民党军所在的阵地日夜不停地倾泻着炮弹……二兵团和十三兵团的阵地上，硝烟四起，遮天蔽日，到处是残缺不全的尸体，到处是倒地呻吟的士兵，鲜血如鹅毛般四处飞溅，染红了地上还未融化的皑皑白雪。

陈官庄一带尸横遍野，血流成河。

当初董明德在陈官庄与杜聿明商议使用的甲种弹和乙种弹，一种是催泪性毒气弹，一种是窒息性毒气弹。谁知两天后消息就泄露了出去，这一违反国际公约的行径引起了全国民众的示威游行和谴责抗议。最后逼得国民党不得不出面澄清仅使用催泪性弹而决不使用窒息性弹，抗议的浪潮才逐渐消停下来。在眼下濒临绝境的当口，杜聿明也曾考虑过使用窒息性毒气弹，最终还是不敢冒天下之大不韪，放弃了这一念头。"即便战死疆场，也不能留下千古骂名啊！"一脸绝望的杜聿明在心里对自己说。

苦苦支撑到9日，杜聿明盼望多日的杀出重围的最后时机总算到了。

在蒋介石派来的二十多架边轰炸边施放毒气的飞机掩护下，地面部队利用火焰喷射器开道，企图"烧"出一条活路向西突围遁逃。面对空中和地面敌人双重火力的疯狂反扑，华野战士没有被吓倒，九纵、渤纵、八纵等部奋勇当先，全力合围，予以迎头痛击，四、十、三纵等部从不同方向奋力进攻，直捣杜聿明和邱清泉的指挥中心——陈官庄和陈庄。

黄昏时分，杜聿明、邱清泉从陈官庄匆匆忙忙赶到陈庄，与五军军长熊笑三再次商量对策。这里多说一句，国民党五大主力之一的第五军的军长熊笑三，正是被誉为中共"红色管家"的熊瑾玎的儿子。在那个残酷的战争年代，父子、夫妻、兄弟因各自的信仰不同而身处不同阵营的情况并不鲜见。

在接下来商定具体突围时间时，几个人意见又不一致了。杜聿明说："我已经与老头子约定十日上午突围，到时候加大飞机轰炸频次，大量投掷毒气弹，掩护部队突围，这样我们的伤亡会小一些。"

气急败坏的邱清泉说："白天往哪突围？一举一动都被共军看得清清楚楚，我觉得白天突围希望不大，不如趁黑夜还好冲出去。"

"晚上黑灯瞎火的，方向难以辨认，四周都是共军，往哪个方向突？弄不好就要钻到他们的口袋里！"杜聿明断然拒绝。

两人争执不下时，都把目光投向了站在一旁的熊笑三。熊笑三也赞成夜间突围，他说："夜间突围好，我们集中战车、火炮朝一个方向攻击，只要撕开一个口子就有突出去的希望。"

"你以为共军的阵线就那么容易被突破啊。如果你们坚持晚上突围的话，就先走好了，我一个人在这里坚持到底，以免耽误了你们。"杜聿明的话明显是在赌气。他的倔脾气一旦上来，九头牛都拉不回头。

三人争吵不休，一直持续到夜里十点。见杜聿明死活听不进其他人的意见，邱清泉悄悄碰了下熊笑三，又看了看外面，心领神会的熊笑三叼着烟，忿忿不平地走出了掩蔽部。不大一会儿，外面炮声、机枪声和手榴弹的爆炸声越来越密集，越来越近。这时，熊笑三慌慌张张地跑进来报告："不好了，不好了，共军已经攻到指挥部附近了，赶快做决断吧！"

作战经验极为丰富的杜聿明仔细听了听，外面的响动虽然不断，但是好像只朝着一个方向。他知道这是熊笑三在捣鬼，毫不留情地对他说："这都什么时候了，你搞什么鬼！这是你们自己的部队在放空枪！马上命令他们停下来！"

熊笑三愣在那里不肯去，邱清泉意识到杜聿明已经识破他们的伎俩，于是对熊笑三说："老熊，走，出去看看！"说罢，拉起熊笑三，两人就一起走了出去。没有多久，枪炮声就停了下来。二十分钟后，两人又一起回到掩蔽部，继续劝说杜聿明当天夜里突围，说话的口气已经不再是部下对长官那种尊敬的口气，甚至带有威胁和恫吓的成分。杜聿明见两人一唱一和，并且对自己如此无礼，一阵撕裂般的疼痛涌上心头，气得差一点昏厥过去。

杜聿明之所以这么坚持己见，有三个方面的原因：一是作为黄埔学生，在国民党部队里一直以天子门生自居，对蒋介石忠诚有加，凡是与蒋介石商定的计划不管正确与否，都会不折不扣地执行，以免让校长失望；二是性格使然，杜聿明虽然刚毅坚韧，可一旦陷入困境时，往往变得瞻前顾后，造成关键时刻不能决断，从而丧失最佳战机；最后一点，与之前邱清泉等人一直对他封锁消息也有着直接的关系。任何解放军的宣传单、总前委发出的《敦促杜聿明投降书》等，他们都尽可能不让杜聿明看到，所以他对中共对待国民党部队投诚和被俘军官的政策知之甚少，再加上他对蒋介石的效忠思想根深蒂固，所以始终认为"突围"是唯一选择。

沉默了好长时间，杜聿明终于决绝地对几个人说："既然你们都想好了，那就各走各的，分头突围好了。"邱清泉急忙说："光亭，还是一起走吧！"

"不，你们想被共军一网打尽吗?！既然决断要突围了，那就赶快通知你们的部队，让他们各自想办法突出去吧。"杜聿明话音刚落，几个军长面面相觑之后，就迫不及待地消失在夜色中。

杜聿明镇定了一会，给蒋介石发了最后一封电报："部队已经混乱，无法维持到明天，决定今天晚上分头突围。"同时命令将指挥部内的重要文件、资料就地销毁，准备突围。

邱清泉也在打电话，还没把分头突围的命令全部讲完，电话就断了。邱清泉扯着嗓门，气急败坏地大叫："喂！喂！喂！"可电话再也接不通了，气得他把话筒一摔，然后硬架起杜聿明就出了掩蔽部。走到门外，邱清泉大声命令道："警卫营，开路！"一群人就慌慌张张地向西奔去。

四面的枪声不时响起，偶尔有一两发炮弹在附近爆炸。惊慌失措的邱清泉带着一行人一直在茫茫夜色中摸黑向西南跑，一口气跑了有三四里地。邱清泉身体还可以，可杜聿明身患重病，身体极为虚弱，跑下来已经气喘吁吁，脸色蜡黄。瘫坐于地的他手捂胸口，一边大口喘气一边说："不行了，我实在跑不动了。"

"主任，不跑不行啊。你看这周围到处都是共军，我们跑得越远越好，尽快跑出包围圈才行，要不找个人背你吧。"邱清泉和几个随行人员围在杜聿明身边劝说。

杜聿明心里清楚，这样一队人马一起跑不是个办法，目标太大，还不如脱离大部队，几个人趁黑夜摸出包围圈逃脱的可能性还要大些。想到这里，他对邱清泉说："雨庵，我实在跟不上了。你给我留些人，我们慢点走，你赶快带着大家先走吧。"

"光亭，我们怎么能丢下您不管呢，我们一定要患难与共！"邱清泉心里到底如何想无人知道，此时说出的话却令杜聿明十分感动。

"雨庵，谢谢你了，都火烧眉毛了，你就不要再固执了。你能把这些人都带出去就是你的一大功劳。"杜聿明同样说得情真意切。

两人争执了一会之后终于达成共识，决定分头行动。愿意跟着杜聿明的都留下来，其他的人和邱清泉一起继续向西南跑去。

二人互道珍重，握手告别。不知他们是否想到，这一别竟成永诀。

邱清泉率兵团部二十余人在警卫营的保护下向西南突围。凌晨时分，他问警卫营长远硕卿："估计到哪了？"

远硕卿答："快到张庙堂村了。"

"二〇〇师不是驻守在张庙堂村吗？我们可以先到那里去！"邱清泉突然想起一件事来。

似乎看到了一丝希望，于是一行人仓皇地朝着张庙堂村跑去。正跑着，迎头碰到了通讯营姓程的营长。当听说他们要去二〇〇师指挥部时，程营长头摇得像拨浪鼓一般："别去了，别去了，那边在两个钟头前就已经失去联系了，可能早被打散了。"

听到这个消息，邱清泉顿时泄了气，一屁股坐到了地上。此时，四周的枪声稀稀拉拉，但解放军"缴枪不杀"的喊声仍不绝于耳。听到这些喊声，他感到惶恐不安，心里绝望的草正在疯长。坐了一会，他的眼睛逐渐适应了周围昏暗的环境，往右前方看去，看到一个个黑黢黢的土堆，才意识到这里原来是一片坟地，这一幕更令他毛骨悚然。

留学德国柏林的邱清泉接受过西式教育，经常撰写介绍西方军事理论的论文，出版过在国民党军队内认知度极高的《教战一集》《教战二集》《建军从论》等一系列军事著作。可令人无法理解的是，从头到脚沐浴在东西方现代文明光环下的邱清泉竟笃信占卜算卦，并且达到了如痴如醉的地步。过去蒋介石让他驻守商丘，因一个算命先生说自古大将犯地名，"商丘"即是"伤邱"，他就坚决要求调防，死活不愿意待在商丘。更匪夷所思的是，钻研并精通中外军事理论的邱清泉还认可"赌咒发誓"。在淮海战役开始之前的10月中旬，有一天他把参谋长李汉萍喊过去，板着脸说："马上又要开战了，必须给官兵们打打气才行，我准备明天集合全体官兵宣誓。"于是二人拿来政工处油印好的宣誓词仔细斟酌一番，认为不够生动，便增加了一些内容："……不逃跑，受伤不退，被俘不屈，如有违背誓言，天诛地灭，雷打火烧……男盗女娼，红炮子穿心。"因邱清泉在官兵中具有很高威信，这些不伦不类甚至滑稽可笑的词写在战前动员的誓词中，也没人敢提出异议。因为官兵人数众多，宣誓仪式只得分批进行。"天诛地灭，雷打火烧""男盗女娼，红炮子穿心"等口号响彻云霄，宣誓一直持续了整整三天，在国民党内部一时传为笑谈。

逃亡之中陷入这一片坟地，迷信的邱清泉不由暗暗叹了一口气："这是天要灭我啊！"失魂落魄的他再也无力坚持，被两个人架着继续前行，可没走出多远他就大喊："停！停！停！"

身边的人感到很诧异，问道："司令，怎么了？"

邱清泉从左到右环视了一圈，心情沉重地说："弟兄们，我邱清泉对不起大家啊，带着大家走到这一步，实非我本人所愿。现在这种仓惶凄惨的情况大家也都看到了，我已自身难保了，很难带领大家突出重围。况且这么一大帮子人，都窝在一起目标太大，不如分开更容易突出去。"

听完邱清泉的话，远硕卿和程营长立即说："不不不，还是我们保护您一起走。"追随在邱清泉身边的大多是他的亲信军官和士兵，不忍心抛下他一个人。见大家仍然围着他不愿意走，主意已定的邱清泉掏着手枪指着他们威吓道："走，都走！你们到南京去集合，不要管我，我不成功就成仁。听我命令，谁不走，我就打死谁！"

同行的官兵见邱清泉执意要赶他们走，知道邱清泉这次是铁了心了，于是就陆陆续续地四散奔走，各自逃命。最后只剩下警卫营长远硕卿、通讯兵何永福、通讯营程营长、副官陈亮和卫士徐仁成等人。

此时，在张庙堂村西南约四百多米的一处农田里，几个人围着邱清泉无所适从。只见邱清泉先把手枪插进腰间的枪套，面向南京方向，举手敬礼，口中念念有词："校长，学生对不起您！"礼毕，邱清泉假装乏力顺势躺倒在地："走不动了，不能再走了。"周围几个人非常纳闷，平时身体状况不错的邱长官怎么一下子会瘫倒在地？

谁知邱清泉刚刚躺下，手就悄悄摸向腰间，准备拔枪自戕。警惕性极高的远硕卿隐隐约约地感到邱清泉行为反常，就一直盯着他。当邱清泉的手伸向腰间时，远硕卿敏捷地一把将他的手按住并夺走了他的佩枪。跟随邱清泉多年的远硕卿"扑通"一下跪了下来，哭着哀求道："邱司令，万万不可，万万不可啊！您要是出了事，我们怎么办啊，二兵团怎么办啊？"

几近疯狂的邱清泉手指远硕卿喊道："把枪给我！你想让我给共产党做俘虏吗？你想抗命吗？"

可无论邱清泉如何呵斥，远硕卿就是不还给他手枪。见远硕卿不从，邱清泉就朝副官陈亮喊叫："把你的枪给我！"陈亮是邱清泉同族的一个妹夫，多年一直跟随他。听了邱清泉的话，陈亮吓得浑身哆嗦不停后退，也死活不肯将手枪递给邱清泉。

邱清泉转而命令通讯兵何永福和卫兵徐仁成等人，依然无人敢按他的命令去做。

正在这时，伴随着一阵枪响，不远处传来解放军战士由远至近的"缴枪不杀"的呐喊。远硕卿急忙组织在场的人开枪还击，自己企图架起邱清泉继续逃窜。谁都没有料到，躺在地上的邱清泉突然蹿了起来，站直了身子疯狂地朝解放军冲来的方向跑去……

"嗒嗒嗒嗒！"一阵机关枪扫射过来，跑出几十米远的邱清泉扑通一下栽倒在地。

看到自己的长官被打死，所有在场的人立刻作鸟兽散，只有远硕卿还呆呆地立在原地，望着邱清泉的尸体发愣。突然远硕卿感觉右边身子一麻，接着也摔倒在地。远硕卿中弹之后，知道自己已无法逃走，于是忍痛慢慢爬到邱清泉的身边，先用手合上邱清泉的双眼，然后就安静地躺了下来，等待解放军战士的到来。

大约过了十几分钟，一支解放军的搜索队摸过来。躺在地上的远硕卿举起帽子边摇边喊："这里有人，这里有人，别开枪，我投降。"

两个解放军战士端着步枪走了过来，枪口对着远硕卿问："你们是哪部分的？你是干什么的？"

"这里躺着的是邱清泉，他已经死了，我是他的卫兵。"

"邱清泉？是二兵团司令邱清泉吗？"

"是的，是他。"

远营长的话音一落，这两个战士就大喊起来："快来人啊，快来人啊，找到邱清泉了。"邱清泉在淮海战场上可谓大名鼎鼎，解放军部队里的每一个普通士兵都知道敌人二兵团的司令官是邱清泉，绰号"邱疯子"。两名战士这一喊，立即就有十几个人围了过来。

两名战士不敢怠慢，喊来担架队，把邱清泉和远硕卿一起抬去见他们的团长。战士缺乏经验，相信了远硕卿只是个卫兵，就将他送到后方医院治疗去了。后来远硕卿偷跑回了河南许昌老家，隐姓埋名直到去世。而邱清泉的尸体被送往萧县锦桥村，当天晚上又用汽车送到了单庄，派当地一个名叫王中义的村民给邱清泉擦洗了身体，经被俘的一群国民党官兵确认身份后，随即进行拍照留证。一纵司令员叶飞决定为邱清泉殓棺入葬。

在单庄以北荒林中的乱坟岗上，多了一座新坟。坟前竖了一块木牌，上写"乐清邱清泉之墓"。

当年横刀立马斩杀日寇于昆仑关的抗日名将邱清泉，战后曾写过一首气势恢弘的五言律诗："岁暮克昆仑，旌旗冻不翻。天开交趾地，气夺大和魂。烽火连山树，刀光照弹痕。但凭铁和血，胡虏安足论。"他怎么也不会料到，如今，自己的落魄之魂只能归于荒郊野林之中。

逃到台湾的蒋介石为"褒奖"邱清泉"壮烈"之精神，1950年，将其入祀台湾"忠烈祠"。1966年，台中公馆机场改名为清泉岗机场。时移事易，如今不论在大陆还是台湾，年轻一代已经很少有人知道邱清泉其人其事了。

杜聿明与邱清泉分开后，自己带着十几个人先走出村庄，再转向东北逃去。一路上见有大批国民党部队成批列队向解放军重点围攻的陈庄方向行进，甚感奇怪，一问才知道是已经投降的七十二军。

"为什么，到底为什么啊，枪炮一响就成群结队地变节投降？"杜聿明扪心自问。此时此地的他除了捶胸顿足，仰天长叹，再无任何回天之力。

杜聿明他们从永城的陈庄一口气逃到萧县的夏寨，正准备找个地方休息，突然看到大批解放军部队经过此地向西运动，正在分散搜索。杜聿明一行人吓得魂飞魄散，急忙躲进战壕里隐蔽了半个多钟头才敢出来。为保护杜聿明，他的副官尹东生帮他换上了一身士兵服。待杜聿明穿戴妥当，尹东生看过之后，仍然摇了摇头，对杜聿明说："主任，我还是帮您把胡子剃掉吧？"起初杜聿明还有点犹豫，尹东生就反复劝导他："留得青山在，不怕没柴烧。"杜聿明想了想，觉得尹东生说得有道理，也就同意了。

解放军的大部队过去后，尹东生扶着杜聿明走出战壕，然后由两个人架着继续向东北方向逃窜。杜聿明他们跑着跑着觉得人越来越多，尹东生疑惑地说："不对头，人这么多，可能是共军主力在这个方向，我们必须换个方向跑。"于是一行人又转向往南逃。

杜聿明的身体本来就非常糟糕，惊慌失措逃了好几个小时，气喘吁吁的他早已精疲力尽。10日黎明时分他们来到一座村庄附近，在村头小路上，碰到一个早起拾粪的老农，尹东生便问："老乡，这是哪里啊？"

老农回答说是萧县张老庄。

"村里有解放军吗？"尹东生又问。

"有，四面村子里都有。"老农如实回答。

"你能给我们找些便衣吗？我给你钱！"尹东生向老农说道。

"给钱我也没本事给你们找到衣服！"老农说了句大实话。

杜聿明不敢抬头，他紧锁眉头低头沉思，都跑了一二十里地了，怎么还有共军队伍？这跑到什么时候才能跳出包围圈啊！他把尹东生叫到跟前，悄悄说："别问了，我们不进村，赶快走！"

尹东生知晓杜聿明的意思后，从口袋里摸出一枚金戒指，塞给了拾粪老人："这个给你，千万不要告诉别人我们从这里路过。"

等一行人走远，拾粪老人望着他们慌慌张张、左顾右盼的背影，越琢磨越觉得不像普通的国民党士兵，便扭头进村报告。

片刻之后，一群人从村子里跑了出来，很快就追上了疲惫不堪的杜聿明一行。跑过来的人是四五个解放军战士和几个村民，其中两三个人头上和胳膊上还裹着纱布。

领头的一名解放军战士举起手枪,大声命令道:"站住,把枪统统扔到地上,不然的话我们就不客气了!"

杜聿明和身边的人只能乖乖从腰间掏出武器放在了地上,随即被收缴而去。

"你们是干什么的?"领头的战士厉声问道。

杜聿明给尹东生使了个眼色,尹东生回答:"送俘虏的。"

"报出你们的番号,我马上就可以查证!"经这名战士一吓唬,杜聿明他们竟没有一个人再敢答话。

"统统举起手来,跟我们走!"

杜聿明他们被押进了村里。

颇具戏剧性的是,当那个拾粪老人回村报告时,村子里只驻有华野四纵十一师的一个卫生所。卫生队的通讯员范正国和崔喜云听到有可疑人员出现后,立即拿着仅有的一支手枪,带着几个轻伤员和村民追了上来,将杜聿明一行人俘获,立下一大奇功。

他们抓到这些人,并不知道其中有杜聿明。范正国和崔喜云等人把这一行人带到村里,给他们送水送饭,让他们吃了一顿饱饭。然后将抓到一批可疑人员的消息报告给了师政治部,陈茂辉主任派人将杜聿明他们押了过去。

陈主任开始对杜聿明、尹东生还有司机张印国进行审讯。

"我叫尹东生,是中央日报的随军记者。"被问的尹东生说道。

"你是干什么的?"陈茂辉问张印国。

"我是在徐州开商车的司机,被部队征召的。"张印国乖乖地回答。

"说说你是干什么的。"这次轮到了杜聿明。

"我是十三兵团的一个军需。"杜聿明害怕对方认出自己,低着头回答。

"把你们的证件拿出来!"陈主任大声说道。

尹东生和张印国都拿出了证件。

陈主任看着杜聿明问:"你的呢?"

"我的证件跑丢了。"杜聿明仍然低头回话。

"你叫什么名字?"

杜聿明随口说:"高文明。"

"起的名字倒不错。你们十三兵团有几大处?"

"六大处。"杜聿明回答。

经验丰富的陈主任追问道:"你把各处处长的名字写一下!"

杜聿明根本不认识这些下级官兵,毫无准备的他自然写不出这六位处长的名字。他一边假装思考,一边打岔:"您贵姓?"

"免贵姓陈。"

"你是陈毅将军吗?"杜聿明误把陈茂辉当成了陈毅。

"我不是陈司令,但可以代表陈司令来问话!就你的级别,陈司令不必亲自出马,除非抓到了杜聿明本人!"

"这里谈话是不是不方便啊?"杜聿明还在东拉西扯。

"哗啦"一下,陈主任站起身来,手指杜聿明:"高文明,杜聿明集团已经全部覆灭,你们只要坦白交代,我们一律从宽,除战犯杜聿明之外。"

陈主任这样一说,把杜聿明吓得心惊肉跳,以为对方已经知道自己的身份。谁知停了一会,陈主任又问:"你们有谁知道杜聿明到哪里去了?"

三个人一致摇头:"不知道,听说乘飞机逃跑了。"

陈主任左审右问,三个人则揣着明白装糊涂,见一时半会问不出所以然,陈主任停止了审讯,除枪支外,一一发还了他们的个人物品。

审讯之后,解放军战士把尹东生的东西归还后对他说:"你是安徽人,去找你的老乡去吧。"尹东生侥幸脱身,只剩司机张印国陪着杜聿明。

两人被警卫人员押着带到一个广场上,从十三兵团大批的俘虏面前经过。抬头瞅见许多熟悉的老部下,杜聿明感到既惭愧又恐慌。惭愧的是弄到这一步觉得对不起自己的部下,恐慌的是知道解放军已经对他产生了怀疑,恐怕很快就会把他的真实身份弄清楚。念及这些,杜聿明赶紧埋下了头。

最后,两人被带到一间空磨坊内,一个战士对他们说:"你们先休息,好好想想,等会有人来见你们。"

杜聿明垂头丧气地坐着,"战犯"这两个字不停地在他的脑海中闪现,他万万没有想到自己会沦落到这一步。"唉,完了!"一旁的张印国劝他:"主任,到了夜里你还是找个机会逃走吧。"

杜聿明先点点头,又摇摇头:"不行啊。我现在腰腿都疼痛难忍,又走不快,别说出不去,就是逃出去了也走不了太远,说不定还得被俘。"

沦落到如此地步,杜聿明内心一直在思量着对策:"自己是共产党认定的战犯,被识破身份后肯定会被处死。与其这样,还不如自裁了断,这样还落个'杀身成仁'的忠名,也算对得起校长多年的栽培。"

主意打定,他对张印国交代:"你赶快喊人,说我们要解手。"

警卫人员过来带他们到旁边的茅房,杜聿明进去了,警卫人员和张印国在门口守着。大约过了几分钟,还不见人出来,警卫人员就进去催促,看到杜聿明正提着裤子,手里拿着一卷用剩的卫生纸。

将杜聿明押回磨坊后,这个警卫人员越琢磨越不对劲。"都这个时候了,谁拉屎还有纸擦屁股,而且是这么高级的卫生纸!这个人一定是个大官!"于是,警卫员赶紧把观察到的这个情况汇报了上去。

杜聿明回到屋里，口袋里多了一块石头。警卫人员离开后，他趁张印国不注意，拿起石头就往头上砸，几下就把头砸得头破血流。张印国发现后，连忙大叫："有人自杀了，快来人啊。"

警卫人员喊来几个人，赶紧把杜聿明送到卫生处进行紧急抢救，所幸没有伤到要害部位，不久他就苏醒了。此事给参与审讯的人员提了个醒，结合卫生纸的事他们更加警惕起来，立马把张印国叫过去，连夜进行突审。

"张印国，我现在问你问题，你敢说半句假话，我立马把你拉出去毙了！"负责审讯的连长把手枪"咣当"一声拍在了桌子上。

"我说，我说！"张印国吓得如筛糠般颤抖。

"高文明到底是什么人？"

"他，他是，他是杜长官，杜聿明！"

在强大的心理攻势之下，张印国很快交代了"高文明"的真实身份。

杜聿明一个晚上翻来覆去睡不着，经过激烈的思想斗争，还是决定要顽抗到底。

第二天，陈主任来了，先是围着杜聿明转了一圈，然后望着他哈哈笑了起来，最后说道："高文明呀高文明，你这个人的骗术还真高明，我都差点被你骗了！说吧，你到底叫什么名字？"

杜聿明知道已经隐瞒不下去了，翻翻白眼看着陈主任说："你们不都知道了吗？还问什么问！"

确认身份之后，警卫人员组织担架队把杜聿明抬到了纵队司令部。杜聿明表现得冥顽不化，很不配合。四纵陶勇司令员、郭化若政委还是以礼相待，非常客气地做他的思想工作，并没有如他想象的那样作为"战犯"将他立刻处死。

杜聿明夫人曹秀清得到丈夫被俘的消息后，匆忙从上海赶往南京求见蒋介石，并声称要奉还蒋经国所送钱款，请求蒋介石搭救她丈夫。尽管曹秀清一路哭泣高喊，却终未见到蒋介石。对此事，《中央日报》以《曹秀清大闹总统府》为题做了报道。之后曹秀清因听闻杜聿明已被共产党处决，只得携全家移居台湾。二十世纪五十年代，杜聿明长子杜致仁去美国哈佛大学读书，由于家庭拮据，只好向台湾银行贷款。他没有料到的是，只差最后一年即可毕业时，银行却终止了贷款。万般无奈之下，曹秀清只得向蒋介石写了借贷三千美元的报告，可蒋介石签字只准借一千美元，并且分两年支付。曹秀清将到手的五百美元寄给儿子，当接到这笔钱之后，倍感世事悲凉的杜致仁，在极度失望和悲愤中服用安眠药自尽了。对蒋介石彻底绝望的曹秀清一家，后来在周恩来的安排下从海外回到北京居住。

1949年后，杜聿明在战犯管理所接受改造长达十年之久。管理所投入很大的人力和财力，医护人员对他精心治疗和护理，使其所患的胃溃疡、肺结核和肾结核等长期痼疾得以逐渐好转直至痊愈。杜聿明1959年12月被特赦，后被任命为全国政协文史资料研究委员会的文史专员，积极撰写文史资料，1964年被特邀为第四届全国政协委员。

1981年5月杜聿明在北京去世。在遗嘱中，杜聿明仍念念不忘祖国统一大业，嘱其妻率其子女和诺贝尔物理学奖获得者、女婿杨振宁为祖国现代化继续做出贡献，"盼在台湾之同学、亲友、同胞们以民族大义为重，早日促成和平统一"。

50

大战在即，暗潮涌动。

1月5日下午，孔汉文再赴后陈庄，名义上是为长官换几只老母鸡补身体，实际上是要将搜集到的最新情报及时送出去。

为了便于与孔汉文保持联络，杨云枫每天都派不同的侦察员化装到后陈庄摆摊设点。每个侦察员都认识孔汉文，孔汉文却不认识对方。为此，杨云枫制定了联络暗号，侦察员左手大拇指和小拇指沾有泥巴，而中间三根指头干干净净，右手则正好相反。

来到后陈庄后，孔汉文找借口打发走两个随从，自己装作漫无边际地在街上闲逛，遇到感兴趣的摊位就蹲下身聊上几句。十几分钟后，他来到了一个卖棉袜的摊位前。孔汉文没有说话，从竹篮里拿起一双黑色棉袜，里里外外反复翻看一阵后扔回了竹篮内，"不要不要，针线活太糙了！"

从孔汉文扔回的棉袜中，侦察员找到了一张密密麻麻写着字的纸条："杜已将十五辆战车加满燃料，布置在'前进指挥部'以北约两百米田野里，极有可能作逃跑之用。后有详情续报。"

在双堆集围歼战中，由于解放军缺乏击毁国民党重装战车的武器，所以黄维、胡琏等人就利用装甲车进行突围，胡琏最终逃出了我军包围圈，这让中野和华野指挥人员倍感痛惜。有了上次的教训之后，这次陈官庄围歼战，粟裕早就想到杜聿明等人很有可能乘装甲战车逃跑。因此12月22日他就下达命令，要求华东野战军各兵团和各纵队"在第二线构筑反坦克工事，各纵之间应贯通并互相检查，使战车无法往外突围"。

关键问题是杜聿明等高官是否真有乘坐坦克突围的计划，华野司令部急需确切的消息。杨云枫就把任务交给了孔汉文——"立即摸清总攻后杜聿明、邱清泉等人利用战车逃跑的可能性和路线。"

孔汉文经过缜密的侦察，及时获得了华野司令部急需的信息。

在徐州"剿总"的部队中，有一个特殊的军种——装甲部队。打造这支快速机械化部队的不是别人，正是先后留学德国和美国的"太子"蒋纬国。凭借父亲蒋介石的鼎力相助，回国后的蒋纬国很快组建了几个装甲兵团。在这几个团中，战一团大多数坦克驾驶员都有几千小时的驾驶经验，称得上装备最好，实力最强，担任过该团团长的蒋纬国更是将其视为股肱心膂。淮海战役开始后，战1团一直跟随在杜聿明左右，不但成为左突右攻的利器，也是杜聿明手中可以利用的最后一张王牌。

华野根据情报，对装甲战车可能突围的方向事先做了精心的防御部署，使得蒋纬国的看家之宝，杜聿明的最后王牌一辆也没有跑掉。

这里不妨提前做个交代。

在制定突围计划时，杜聿明让副参谋长文强特别叮嘱战车团的主要军官，随时准备搭载"前进指挥部"人员突出共军重围。大战开始后的1月9日，战车部队已经集结完毕，随时可以投入战斗，执行突围命令，但始终没有接到杜聿明的命令。最后，战车团一名军官冒着密集的炮火，率领十五辆战车冲到了杜聿明所在的指挥部，却怎么也找不到他。原来，解放军总攻开始后，慌不择路的杜聿明他们早已把利用战车强行突围的计划忘在了脑后。

这些战车最后自行沿薛家湖、张集、会亭集一线向豫南驻马店方向突围。华野部队一直紧盯着这批战车，在其到达永城西北会亭集前，已经摧毁其中的九辆。剩下的六辆坦克不顾一切疯狂向南逃窜。华野指挥部以为杜聿明等人藏在战车内，便分别用电报和电话的方式，将情况通报华野特纵司令部和骑兵团，命令驻扎在会亭集附近的骑兵团加强警戒，不可放走一人一车，务必全部予以拦截和摧毁。

华野特纵骑兵团接到命令，很快就发现了坦克的行踪。骑兵们打又厚又重的"铁乌龟"有自己的一套，就是不即不离，不轻易开火，但决不允许坦克乘员离车。在狂奔过程中，坦克虽然没有受到重创，但无线电天线、潜望镜都已被打坏，相互之间无法联络，也无法进行有效的射击，成了只会奔跑的聋子和瞎子。从早上到傍晚跑了两百里路后，车上乘员再也坚持不住，最后不是陷入泥潭就是挂白旗投降，最终六辆坦克上的四十三人全部被俘……

孔汉文传递完情报，又逛了几个摊位，最后换了几只老母鸡准备回陈官庄。这一次，他万万没有想到，危险已经悄然而至。正当他站在村头等待两个随从时，旁边突然冲出五六个壮汉，迅速将其蒙头挟持而去。

当头套被取掉，反绑双手的孔汉文看到对面端坐着两个人，一个是顾一燊，一个是刘占理。

"孔大主任，想必你也知道我是谁，用这种方式把你请来，实在对不住了！"首先发话的是刘占理。

孔汉文面带轻鄙地笑了笑，说道："大名鼎鼎的刘师长谁不认识。我要说的是，因为区区十几斤肉，犯得着动这么大干戈?!"

"难道就十几斤肉那么简单?!"刘占理狰狞地笑了起来。

自从看到顾一炅和刘占理坐在对面，孔汉文就知道今天遇到了大麻烦。他故意装糊涂，和对方兜着圈子。

"孔主任，如果你记性不差的话，应该记得咱们两人还算是校友吧？"

"我记性再坏，也不会忘记刘师长这位学长啊，不但门门功课好，而且能打一手漂亮的篮球。"孔汉文的话字字点在了刘占理的痛处。

刘占理面露窘态，一时竟无言以对。

"少胡扯，说正事！"一直沉默不语的顾一炅开了口。

"好，既然你认我这个学兄，那我就打开窗户说亮话，免得让学弟嫌弃学长啰嗦！"刘占理沉下了脸。

"请便！"

"今天来后陈庄，又给杨云枫送什么情报？"刘占理开门见山。

"我是受龚处长的命令来这里换几只老母鸡的，给杜主任和几位长官补补身体，送什么情报?!"

"聪明，聪明，开口就把龚处长和杜主任抬了出来，都说官大一级压死人，官高三级吓死人，你以为我刘占理会害怕？告诉你，小看我刘占理了！"

"怕和不怕是你的事，反正我说的是实话。"孔汉文反驳道。

"孔主任，不要再兜圈子了，我们不会无缘无故请你过来。给你说句实话吧，这次请你到这里来不是刘师长的主意，也不是我的主意，是南京毛人凤局长的命令，今天你进这个门容易，想出这个门就难了！"顾一炅面露凶光，他向来是个少言寡语的人，说一句是一句。

"真的受宠若惊了，我一个小小管后勤的，不知何故惊动了毛局长？"孔汉文不慌不忙地反问道。

"'黄蜂'！你不要再装了！"顾一炅怒目圆瞪紧盯孔汉文，突然大喊一声。

孔汉文听到"黄蜂"两字，顿时头顶犹如炸了两个惊雷。历险无数的他没有表现出来，好像顾一炅不是在叫自己，而是在呼喊另外一个人。

"顾处长，什么黑蜂黄蜂的，我不知道你在说什么。就是毛局长，也不能随便抓人吧！"孔汉文疑惑地看着顾一炅，故意把话题岔开。

"你是不见棺材不掉泪啊！好，事到如今，该说的我今天就给你说明白。我说清楚后，姓孔的你若如实交代，说不定还能保条活命，再装疯卖傻，我们就按毛局长的手令办了。"顾一炅说完，摘下头上的羊皮帽子，狠命地摔在了桌子上。

孔汉文表面镇定，心里却十分清楚，关键的考验到了。

"你那位表哥，共党华野情报部门的头头杨云枫这段时间一直在导演一场大戏，'无名氏''林木'和'黄蜂'三个人是他这场大戏的主角，至少有六个人可能演过这三个角色——军务处的佟处长、小钱、保密局徐州站的马树奎、刘总司令办公室的李婉丽，还有你和龚方令。后来，从多种渠道获悉，马树奎、佟处长和小钱分别是'黄蜂''无名氏'和'林木'，徐州站陈楚文站长和我对此都信以为真。"

顾一炅说这段话的时候，眼睛紧盯着孔汉文，观察着他表情的每一丝变化。

"顾处长，你说的这些我压根听不懂！"顾一炅说话的时候，孔汉文表面上装作在听天书，但他的心却一直怦怦跳个不停，因为他知道顾一炅说的全部都是事实。

"不要急，等我把话说完你自然就懂了！"顾一炅脸上浮现出不可捉摸的冷笑。

"别以为你们很高明，就算你们骗得了陈处长和我，但骗不过南京的毛局长！毛局长仔细分析后得出结论，杨云枫对马树奎、佟处长和小钱公开实施嘉奖，让他们抛头露面，目的在于掩盖一个事实——'黄蜂'仍然潜伏在我军内部。这个'黄蜂'是谁呢？就是你孔汉文！因为时至今日你还在为党国效劳。毛局长说，'历史上有身在曹营心在汉，有各种各样的苦肉计，难道现在就没有？！'越是那些看起来不可能的人越有可能，还说这正是杨云枫的高明之处。按照毛局长的安排，一个多月来，我的人一直在监视毛局长圈定的两个人——龚方令和你。现在，我们彻底排除了龚方令。因为他除了工作，其他时间不在牌桌上就在酒桌上，根本没有时间顾及他事。而你孔主任就不同了，这段时间你以各种名义频繁穿梭于陈官庄'前进指挥部'、下属部队和后陈庄之间，交往的人更是形形色色，其中不乏至今仍不知道真实姓名的陌生人。从刘师长那里知道杨云枫是你表哥后，我们对你的怀疑陡然上升，虽然几次行动都没发现与你接头之人是共党的证据，但并没有打消我们的怀疑。昨天，我们与刘师长一起把上一段时间共军阵地上突然响起唢呐声，你家里来人看你，开磨坊的人到指挥部里来以及两位跟踪你的人莫名其妙挨打等事情重新梳理了一下，终于发现这四件事情都经过了严密的策划且策划者都是一个人。刘师长听了对开磨坊男人脸盘的描述后，确定那两人中的一个就是杨云枫，是杨云枫策划了与你有关的所有行动。综合以上分析，你就是'黄蜂'！所以就不要再给我们演戏了，老老实实交代免得受皮肉之苦。"

顾一炅侃侃而谈，好像并不是在审讯，而是在排演一场话剧，他把每一句台词都说得条理清晰，鞭辟入里。随着他的诉说，孔汉文心里比刚才更加紧张，狡诈阴险的顾一炅好像钻进了他的头脑里，把他所作所为、所思所想挖得清清楚楚。孔汉文暗暗告诫自己："这个关头一定要冷静，顾一炅如果已经确定自己是'黄蜂'的话，哪里还需要跟自己大费口舌，他显然还不能完全确定自己的身份。"

想到这，孔汉文哈哈大笑起来，笑完之后对顾一炅说："顾处长，你刚才说杨云枫是个导演，而我怎么觉得，你导起戏来，可比他精彩和夸张一百倍啊！"孔汉文再次打断顾一炅，目的是让自己能够有片刻的思考时间，找出对方的漏洞，以便反驳和还击。

"别激动！孔大主任，等我把话说完！"顾一炅站起身走过来，拍了拍孔汉文的肩膀。

"至于你是'黄蜂''无名氏'和'林木'中的哪一个，我们的分辨颇费了一番功夫。先说'无名氏'，俗话说'小隐隐于野，中隐隐于市，大隐隐于朝'，能在追求功名利禄的'朝'中进退自如，必定是位不显山不露水的'大隐'。'大隐'应该自成一体，有独到的行事风格，让人看起来离其很近，实际上却很远，与其接触宛如雾里看花，醉中逐月。因此，代号'无名氏'者一定是位人人都认识，但没有一个人真正认清他的人；再说'林木'，'林木林木'意思应该是'林中一木'，都说'单木不成林'，但林由单木来，因此代号为'林木'者必定是众多卧底中的一个，此外还有一句话叫'人挪活，树挪死'，既然是'木'，就不能常动，也就是不能经常在公开场所抛头露面，因此，代号'林木'者应该是三人当中最不显眼最不活跃的一个人；最后说说'黄蜂'，'黄蜂'不是'蜜蜂'，蜜蜂可爱，而黄蜂可怕。蜜蜂蜇人最多肿疼而已，但黄蜂蜇人就不止肿疼那么简单了，谁被其身上可怕的长螫针刺中，严重者会造成肝肾功能衰竭甚至死亡。黄蜂既然是蜂，也就和蜜蜂具有同样的特点，即在寻找食物花蜜的过程中，必定飞来飞去，易被发现其存在。据此分析，代号'黄蜂'者必定是个整天出入于人群中，人人又不敢得罪之人，他的任务应该不是获取情报，而是传递情报。综合以上三种分析，整天跑东跑西采购东西，令人羡慕的管食堂的大主任，你孔汉文不是'无名氏'，不是'林木'，而是'黄蜂'无疑。"

顾一炅讲完，露出得意的笑容。旁边的刘占理见状连连点头："神算，神算，顾兄真乃天下妖怪的克星啊！"

"一个堂堂的党国情报处长，抓人锄奸竟靠咬文嚼字，拆字算卦，荒唐可笑至极！党国一路溃败，与你们这群无能之辈脱不了干系，假如我能出去，第一个就向杜主任控告你！"孔汉文怒不可遏，双眼紧盯着走来走去的顾一炅。

"孔主任息怒，息怒。以上的分析只是个玩笑，真正得出你的代号是'黄蜂'，我们不是靠咬文嚼字，也不是靠拆字算卦，而是需要感谢杨云枫给我们提供的三个人——佟处长、钱秘书和马树奎。前两个人的分析定性是陈站长的事，我不管，也管不了。我详细分析了马树奎这个人，他先作为保密局徐州站行动队的成员后又成为队长，自然有条件在徐州城内四处走动，具备了'黄蜂'传送情报的优势。马树奎跟着陈站长去过几次徐州'剿总'司令部，但不是随时都能进得去，特别是后期陈站长与刘总司令关系搞僵后，就连陈站长也很难进入，更不用说他马树奎了！与上线不能正常接头，怎么能及时得到情报?！或许你会说，下班后到一个秘密地点交接啊。这也是不可能的，钱秘书住在司令部大院宿舍内，很少出门，因此在院外见不到他。佟处长倒是经常回家，陈站长怀疑此人，不但一直监听他家的电话，而且全天候跟踪监视其人，他根本不可能频繁地与人接头而不被发现。因此，马树奎虽然是中共卧底，但他只是杨云枫放出来的一只用来迷惑我们的假'黄蜂'，真'黄蜂'不是别人，正是你孔汉文！"

顾一晃说完，得意地坐下来，看了一眼旁边的刘占理。

"姓孔的，还有什么话赶快说！我要提醒你的是，杨云枫就是再有本事，现在也鞭长莫及，无济于事了！"刘占理站了起来，走到孔汉文面前，一把薅起他的衣领，气势汹汹地吼道。

"你们也欺人太甚了！"孔汉文义愤填膺，开始了自己的控诉。

"我作为刘总司令'剿总'和杜主任'前进指挥部'后勤处的人员，为保障官兵的衣食住行，谈不上夙兴夜寐，但也算得上起早贪黑，几年来恪尽职守。刘总司令签发嘉奖两次，杜主任签发嘉奖三次，可谓没有功劳，也有苦劳，这些情况是否属实，你们可以问刘总司令和杜主任。这是我说的第一点。

龚处长是我的顶头上司，我对他很尊重。他年纪大了，喜静不喜动。正如你们所知喜欢喝酒打麻将，本该由他出面协调的事他懒得动，都让我去做。因此，我常到下面去督察食堂伙食。还有来后陈庄，是龚处长亲自给我交待的任务，他让我要想办法尽量为几位长官换点烟酒和荤菜，因此我才常常带人往这里跑。为换东西，我把自己的手表都贴进去了，杜主任听说后一定要折算成钱给我，我都婉言谢绝了。这些情况是否属实，你们可以问龚处长，这是我说的第二点。

杜主任和邱李两位司令带人刚到陈官庄时就被共军包围，计划毁掉重武器轻装突围，命令已经下达。我突然想到，如果委员长派出大部队前来解救或者遇到突发情况，坦克大炮如都毁掉了，后面的仗就没法打了！我把这个想法告诉了龚处长，请他向上峰反映。他不去，还说我多管闲事，但我还是去了。试想一下，如果我是共党卧底，我还能站出来说这些?！后来还真被我说中了，杜主任他们突然决定不突围了，如果重武器都毁了，没有撑腰壮胆的硬家伙，我们还能固守到今天！这些情况是否属实，你们可以问炮兵团和战车团的团长，也可以去问文强副参谋长，这是我说的第三点。

我还可以再说第四点，第五点，但不想说了，想不到我孔汉文东奔西跑，想尽一切办法为大家筹集军粮，改善伙食，为长官换取食物和日用品保证他们全身心投入指挥作战，竟成了为共党转送情报的所谓什么'黄蜂'?！在徐州时，陈站长就以莫须有的罪名将我们一帮人打得皮开肉绽，可以说是莫大的屈辱，但在刘总司令的劝慰下我也认为，误会总是难免的，事情过去就过去了。我们决心继续为党国尽心尽力。想不到在陈官庄，又被你们这帮小人算计，要是知道有今天，老子他妈的早就不干了……"

"诉苦是吧？表功是吧？在杜主任面前诉苦和表功可以，这里不是你诉苦和表功的地方！从你来到这里的那一刻开始，你已经不是什么主任了。我正式告诉你，抓到你后，我们已经给南京发过电报，毛局长会给杜主任一个解释的。"顾一炅给孔汉文亮了底牌。

"孔汉文，看在我是你表哥同学的情分上劝你一句，你就认了吧，认了我们把你交给南京，兴许你还有个活路。要是不认，毛局长说了，就地正法！"刘占理说得更为直截了当。

"我不是共谍，交代什么？承认什么？要有本事，你们拿出证据来？"孔汉文高昂着头，理直气壮地回答。

"那就对不住了！"刘占理喊道。

门外冲进来两位手持木棍的壮汉，朝孔汉文一阵狠命击打。

打了一遍又一遍，孔汉文满脸满身都是血，死活不承认自己是"黄蜂"……

6日下午三点，解放军发起了总攻。

刘占理驻扎的后陈庄外围岗哨迅疾被解放军排山倒海般的炮火吞噬，几个连的兵力瞬间死伤过半。正当刘占理不知所措时，解放军派人送来了一封信。

信中说，给刘师长半个小时的考虑时间，要么投降要么被歼。半个小时一到，不回信即按负隅顽抗处置。

此时，顾一炅还在刘占理的师部，所有国民党阵地全被解放军的炮火覆盖。放眼望去，方圆几公里内一片火海，他已经回不到陈官庄了。接到来信后，两人迅速碰头商量，顾一炅坚持拼死抵抗。作战经验丰富的刘占理从炮弹的着弹点看出，解放军早已把他的阵地驻防情况包括他所在的师部位置摸得清清楚楚，抵抗无异于自寻死路。是负隅顽抗做无谓牺牲，还是给手下兄弟们留条活路？刘占理一时没了主意。

时间还剩十分钟的时候，解放军见信使没有回来，一阵炮火打掉了距刘占理师部不到五百米的一座破庙，里面驻扎着的一个步兵连瞬间全部报销了，这让刘占理更加感觉到火烧眉毛，岌岌可危。

与顾一炅谈不拢，心急如焚的刘占理突然想到了被关押的孔汉文，急忙来找他。

"姓孔的，不，不，汉文老弟，你是不是共党咱们先不说了，你也听到共军开始攻击了，他们给我写了信，限定半个小时内缴械投降。还剩七八分钟了，不回信，他们就动手。你是杨云枫表弟，看看能不能让他们多给我们一点时间想想。"

"你们和他们硬拼不就是了，我又不是共党，找我干什么！"昏迷中被摇醒的孔汉文还不知道解放军已经发起了攻击，以为刘占理他们在耍花招。

两人正说话时，顾一炅走进屋内。他见刘占理蹲在孔汉文面前点头哈腰，猜想刘占理已有降意，不禁怒火满腔，遂从腰间拔出手枪，大声喝道："刘师长，请你马上离开这里，迅速组织官兵进行还击。否则，贻误战机我就不客气了。至于这个姓孔的，留着已经毫无价值，我来处理。"

"顾处长，我看是不是可以和共军谈一谈，拖延一点时间！"刘占理央求道。

"谁谈我就打死谁！请刘师长离开这个房间！"顾一炅举起手枪，大声吆喝道。

刘占理看了孔汉文一眼，悻悻地往外走。刘占理还没走到门口，就响起了"砰砰"两声枪响。

枪响之后，顾一炅应声倒地。

先开枪的不是顾一炅，而是刘占理。

半个钟头时间到了，正当解放军准备下达攻击令时，信使发疯似的跑了回来，说一个叫孔汉文的人是杨云枫部长的表弟，他也在刘占理的师部，请求解放军把攻击时间延长十五分钟，他们再商量一会。

十五分钟到了，刘占理发布命令，余部缴械投降。

后来，孔汉文没有暴露身份，被当作俘虏在解放军后方医院接受治疗。一个星期后，他拉上几个思想顽固的国民党伤兵趁深夜打伤值勤民工，逃离了解放军的后勤医院……在孔汉文的枕头底下，医院的警卫搜出了一封信，信封上写着"杨云枫表哥亲启"。杨云枫看过信后，气得当众将信撕得粉碎："他又跑到国民党那里去了，就当我没这个表弟吧！"

国共双方从 6 日下午开始，交战至 10 日清晨，华野各纵队以摧枯拉朽之势首先攻克杜聿明"前进指挥部"所在地陈官庄，接着又铲平了邱清泉兵团指挥部。杜聿明集团各部失掉指挥中枢，如无头苍蝇般再无任何招架之力，顿现兵败如山倒之状，部队整师整团向解放军投降，十几万人的部队至此土崩瓦解。当天下午，少数残敌拒不缴械，撤到陈官庄以西刘集、周楼一带企图负隅顽抗。华野迅即调集四纵、十纵等五个纵队从四面八方将两个村庄团团包围，经半个钟头的全力围歼，最后一批国民党顽敌被彻底消灭，从这里逃窜的战车团十五辆坦克随后也被全部击毁、截获……至此，从 1948 年 12 月初至 1949 年 1 月上旬历经三十多天，解放军战史上最大的，也是世界战争史上极为罕见的围歼战全部结束。陈官庄一战，解放军共歼灭国民党军一个"剿总""前进指挥部"，三个兵团部十个军即二十五个师和一个骑兵旅，共计二十六万余人。

陈官庄战役结束几天后，正当杨云枫和战友们都沉浸在胜利喜悦之中的时候，他忽然接到上级命令，要他紧急赶赴南京与"孤雁"见面。

此时的南京，处在风声鹤唳、草木皆兵的状态，国民党军政人员个个神色紧张，如临大敌。燕刚从上次陪同杨云枫到南京见过"孤雁"后就一直留在这里，协助传递"孤雁"送出来的情报。按照组织规定，燕刚不与"孤雁"直接联系，而是通过一位中间人"君子"；"君子"得到"孤雁"的情报后，由燕刚以最快的速度转到淮海战役前线。

杨云枫在老地方见到"孤雁"，两人都了解陈官庄之战的详情，内心激动万分，表面却依然平静如常。

"淮海战役取得决定性胜利，这里面有您的重大贡献，一号首长让我向您表达问候和敬意！"杨云枫开口说道。

"都是前方同志的功劳！""孤雁"依然不露声色。

"淮海战役结束后，我军准备大举渡江，解放南京。因此，急需国民党下一步长江沿岸的防御计划和兵力部署，我这次受组织委派来见您，就是希望您能尽快获得这些重要情报。"杨云枫向"孤雁"转达了上级的指示。

"蒋介石预料到了淮海战役的结果，这一段时间正组织人马制定庞大的江防计划和江南作战计划，我也是主要参与人。我正在整理收集，等确定实施哪些方案后，我会及时转给'君子'。"

"好！'君子'拿到后会及时转给我派到南京的一位同志。"

"你派来的那位同志贵姓？住在哪里？现在毛人凤他们像疯狗一样盯人，如果'君子'暴露，好有个替代方案。"

"他叫燕刚，是华野敌工科科长，这段时间一直住在大行宫凤凰旅社215房间。"

两人谈完工作，又到了分别的时刻。

"上次说过的我个人归队的想法，不知组织上考虑没有？""孤雁"神情严肃地问道。

"组织上考虑过了，要我转达您，请您暂时不要考虑归队的事，目前当务之急是全力以赴做好渡江战役的情报搜集工作。您的工作安排组织上会考虑，但不是现在。"杨云枫回答。

"我已经三次提过归队申请了。抗战中我提过，组织上说等抗战胜利后；淮海战役开始后我又提过，说等打完仗再看；现在仗打完了，我又要等到渡江作战结束了……每次从报纸上看到其他同志穿着自己部队军装的威武形象，手就会发抖，眼睛就要流泪！""孤雁"说话虽然声音很小，却难掩内心的激动，他和上次一样又开始"抱怨"。从事对敌工作的杨云枫理解"孤雁"，很多从事地下工作的同志都有这样的"抱怨"。这种"抱怨"在杨云枫看来应该叫"倾诉"，是长年累月孤寂无助的战士对组织的倾诉，宛如离开家乡多年的游子对家人的倾诉。"倾诉"不是这些孤胆英雄对组织不满，而是出于对组织的信任和情感上的依靠。他们倾诉得越多，心里就越畅快，之后的意志就会越坚定。

"我理解您！但我们都必须从全国解放的大局考虑，坚决服从组织上的决定！"杨云枫强忍着泪水回答道。

"这个请组织上放心，我说说心里好受些！我已经做好了渡江战役结束后继续隐藏下去的准备。不过，你回去后一定要给我准备一套崭新的军装，就是我现在不穿，也要给我准备好！""孤雁"说话时有点动情。

"这个也请您放心，回去后我马上就办！先放在我那里，您一旦归队我就立刻交给您！"

"孤雁"笑着说出了自己衣服的尺寸，最后不忘细心地交代："一定要在上衣口袋留个别钢笔的孔，我身上少不了笔！"

杨云枫眼含泪水与"孤雁"握手告别……

半个月后，"孤雁"在把国防部制定的绝密文件《江防计划和江南作战计划》报送蒋介石的同时，整理了一份准备交给与他直接联络的交通员"君子"。遗憾的是，"君子"此时因事不在南京。为把情报尽快送达上级，万般无奈之下，化装后的"孤雁"冒着生命危险，趁夜色直接来到大行宫凤凰旅社215房间并找到了燕刚。凤凰旅社的一位店员是保密局的线人，他无意中看到了"孤雁"和燕刚匆匆见面的情况。虽然，他没有认出"孤雁"，但认为两人"行为诡异"，情况异常，便打电话向保密局做了汇报。当天夜里，一群特务闯进凤凰旅社，燕刚为保护"孤雁"，烧毁了绝密情报，然后与特务展开枪战，打死三人后负伤被俘。一连几天几夜的审讯，受尽酷刑的燕刚始终没有说出"孤雁"的姓名。当"孤雁"后来看到保密局枪杀燕刚的消息时，在家中用被子蒙头嚎啕痛哭了一场。

"孤雁"是谁，直到解放后很长一段时间仍无人知晓。有的说是郭如桂，有的说是刘为章。众说纷纭，莫衷一是。

这里介绍一下刘为章和郭如桂两人后来的情况。

先说郭如桂。

制定完长江的防御计划，郭如桂向顾祝同提出不愿再担任作战厅厅长，而愿意下到自己熟悉的西南一线，亲率部队为党国带兵打仗，与共党决战到底。他的申请得到了顾祝同和蒋介石的批准。被任命为七十二军军长的郭如桂依靠自己的人脉向国防部和联勤总部要了足够装备一个军的军火、辎重，然后立即奔赴四川。

当后来解放军进入湘西，准备向四川进军时，蒋介石飞抵重庆，召开守卫大西南的作战会议。会后，他亲自召见了郭如桂，询问部队的作战情况。当得悉解放军即将由贵入川剑指西南腹地时，蒋介石又任命他为二十二兵团司令，直接指挥二十一军、四十四军、七十二军和三个独立师，作为防堵解放军进入四川的前哨兵团。蒋介石还要求七十二军在长江、沱江布防，以便蒋介石将其主力集中于成都附近与解放军决战。

解放军千军万马大规模入川后，将郭如桂的部队团团包围。最后，他在宜宾地区通电起义。

1949年后，郭如桂自愿到南京军事学院当教员。后当选江苏省政协委员，第四届全国政协委员。

再说刘为章。

随着国民党军队的节节败退，国防部参谋次长刘为章对国民党政府也越来越失去信心。他坚决要求辞去参谋次长的职务并获得了批准，只挂了个最高战略顾问委员会委员的空衔。

刘为章从南京回到老家长沙。不久，中共方面发表了和平谈判八项条件，李宗仁代总统声明接受"八条"并进行谈判。随后，作为桂系骨干的刘为章一直协助李宗仁、白崇禧做时任长沙"绥靖"公署主任兼湖南省主席程潜的工作，希望其不要参与内战，而要力促和平，成为协助程潜走上和平道路的关键人物。后来，李宗仁代理总统后，多次电邀刘为章回到南京总统府担任重要职务，遭到婉言拒绝。3月初，李宗仁组建国民政府和平谈判代表团，再邀刘为章参加。这次，刘为章欣然同意前往，但他当面向李宗仁表示反对将依靠美国政府作为和平谈判的资本。

4月1日至16日，刘为章随"南京政府和平商谈代表团"与张治中将军等一道乘"天王"号专机由南京飞抵北平，参加为期半个月的谈判。其间，受到中共中央主席毛泽东的接见。

国共双方代表达成《国内和平协定》后的4月16日，黄绍竑和屈武携协定飞往南京。在黄、屈两人出发前，刘为章与黄彻夜深谈，希望他回宁后务必做好李宗仁、白崇禧、黄旭初三位桂系首领的工作，敦促他们直面现实，认清局势，同意和平协定。令刘为章没有想到的是，南京政府拒绝在协定上签字，还电召留北平代表立即返回南京。对此，刘为章极为愤慨，和其他代表一道拒绝回到南京。

南京解放，蒋介石国民政府垮台。从北平抵达香港的刘为章曾秘赴广州，同李宗仁、白崇禧促膝长谈，规劝他们与共产党合作，未获成功，刘为章只得再返香港。8月13日，他联合四十四位国民党知名人士签名发表了《我们对于现阶段中国革命的认识与主张》，宣布起义，与国民党政府公开决裂。当月下旬，刘为章应邀北上，出席了由中共组织在北平举行的具有伟大历史意义的中国人民政治协商会议第一届全体会议。

1949年后，他历任革命军事委员会委员、国防委员会委员、中南军政委员会委员兼水利部部长、体育运动委员会主任等职务。他去世后，屈武曾说："他在半封建半殖民地旧中国的每一次人民争取解放之重要历史时刻，都表现了他忠于祖国的有远见卓识的英雄胆略。""其高瞻远瞩，临事决断，都说明他是一位推动历史前进的人物。"

后　记

历时六十六天，波澜壮阔的淮海战役终于落下帷幕。

在这场被国共双方分别称为"徐蚌会战"和"淮海战役"的鏖战中，国民党军先后投入七个兵团、两个绥靖区，三十四个军，八十六个师，共约八十万兵力。解放军一方参与作战的有华野十六个纵队，中野七个纵队，连同华东军区、中原军区地方部队共约六十万人，此外，五百余万各类支前民工也浩浩荡荡地参与到这场大战当中来。此次战役，是解放军在兵力、装备均不占优势的情况下同国民党重兵集团展开的决定性的战略决战，消灭国民党军徐州"剿总"及其所指挥的五个兵团部，二十二个军部，五十六个师、一个绥靖区，正规军连同其他部队共五十五万五千余人，解放军也付出了伤亡和失踪近十三万七千人的巨大代价。

淮海战役的胜利使国共双方在军事力量对比上发生了根本性的转变。解放军通过这次战役彻底歼灭了蒋介石赖以支持战争的中坚力量。淮河以北完全解放，淮南大部也为解放军所控制，大军前锋已直逼长江，为接下来的渡江战役的胜利打下了坚实的基础。

在这场鏖战中，无数英雄儿女将自己的生命献给了广袤而深情的淮海大地，他们前仆后继的身影在中华民族的历史进程中写下了既浓墨重彩又沧桑厚重的一笔。

胜利了！

淮海大地沉浸在巨大的喜悦中。

从南京回到徐州的杨云枫一边休整，准备随部队东进南下参加渡江战役，一边悄悄打听着一个人，这个人就是李婉丽。

在刚刚解放的徐州、蚌埠、淮阴、海州、盐城等地，杨云枫通过各种途径找遍了几乎所有的监狱、医院、诊所和战争收容站，都没发现有叫"李婉丽"的人。

杨云枫没有放弃寻找。他派人在起义、投诚和被俘的国民党军官中打听，看有没有人知道一个叫"李婉丽"的女人。不少军官认识原来在徐州"剿总"司令部工作的李婉丽，但不知道后来她到哪里去了。

在徐州、蚌埠、淮阴、济南和开封，解放军抓获了一批国民党保密局的潜伏特务。杨云枫也派人前去逐个审问。这些特务交代，他们参与暗杀和活埋过十几位从事地下工作的女青年，但没有叫"李婉丽"或者长得像李婉丽的。

李婉丽在蚌埠失踪后，年迈的父亲思女心切，承受不了痛失爱女的打击，一个月后便撒手人寰。杨云枫离开徐州南下作战之前，又去了一趟大同街上的"回春堂"。无奈此时已人去楼空，看着大堂中间挂着的李堂主的遗像，杨云枫无限伤感，心如刀割，不禁潸然泪下。强压心中无限悲伤，杨云枫与临时主持"回春堂"生意的管家一起草拟了一份"寻人启事"，随后刊登在徐州、蚌埠等地的报纸上。

"堂主之女李婉丽，江苏徐州人，现年廿八岁，原为国军军官，于1948年底在蚌埠失踪，遂致消息中断，迄今音讯杳无。如本人看到启事，请速回徐，以慰乃父在天之灵。如有人知其下落或生死确讯者，请函告或转知徐州大同街'回春堂'主持赵丰辰为荷。重谢。赵丰辰代启。"

杨云枫与赵丰辰告别时留下了自己的地址，说："赵老先生，请您放心，我会想尽办法打听您家堂主女儿的消息。一有消息，我会第一时间告知'回春堂'。你们有音讯，也请第一时间告诉我。"赵丰辰问杨云枫与堂主女儿什么关系，杨云枫沉吟了一下说："我俩是昕昕中学的同学。"

随华野司令部来到长江北岸的泰州白马镇后，杨云枫随即投入到了渡江战役前繁忙的准备工作。稍有余暇，他就托地方上的同志打听有没有见过一个叫"李婉丽"的人。粟裕和华野司令部的首长也几次询问杨云枫寻人的情况，他都无奈地摇了摇头。

1949年4月23日，南京解放。杨云枫又在南京所有的监狱、拘留所、医院、难民所、车站、码头等地寻找打听，仍然一无所获。

5月27日，上海解放。杨云枫旋即派人在上海、苏州、无锡、杭州等地探寻，仍然杳无音讯。

一晃两年时间过去了。

尽管历尽千辛万苦，杨云枫仍然没有获得李婉丽的任何音讯。经过个人申请，他从部队转业来到南京，担任南京市公安局局长，后又转任江苏省公安厅厅长。每到逢年过节之时，独身一人的杨云枫便自己开着吉普车到安徽、江苏、山东、浙江和上海一带的战争残疾人员收留站、战俘改造所和关押政治犯的监狱去寻找。为防止李婉丽因各种原因改名换姓，他还通过关系给很多单位发去李婉丽的年龄和外貌特征，有相似者不论姓名，他都要见一下。

就这样，杨云枫又四处跑了整整一年，仍然没有得到任何消息。

"李婉丽啊李婉丽，你究竟在哪里？"多少个寂静的夜晚，身受压抑和煎熬的杨云枫在心中反复默念着这句话，虽然一次次希望又一次次落空，但他始终没有放弃。

1954年春节前的一天中午，位于无锡的苏北荣军疗养院突然给杨云枫打来了一个电话。在电话里，院长激动地说："杨厅长，给您报告一个情况。我们疗养院已经好几年没给病人置换服装了。这不要过年了嘛，我们就筹集了一些资金给每个病号买了身新衣服，还给大家洗了澡理了发。其中一个叫冯梅生的中年女精神病人，平常疯疯癫癫，披头散发，满脸不是鼻涕就是泥巴，但洗过澡剪过头特别是穿上一身新衣服后，吓了我们一跳，还真有点像您说过的那个李婉丽，要不您过来看一下……"

扔下饭碗，杨云枫拽着司机就往无锡赶。一路上，杨云枫一个劲地催促："快点，快点，再快点！"

傍晚时分，杨云枫赶到位于太湖边的苏北荣军疗养院，这个地方他已经来过两次，再熟悉不过。吉普车进入疗养院大门还未停稳，杨云枫就跳下车去，几乎跑着奔向事先与院长约定见面的会议室。

会议室内，一个满头白发的女人被反绑双手按在板凳上，嘴角留着口水，浑身异味。杨云枫走到她的面前，俯下身看了一下面前女人的眼睛，惊得后退两步。

"是，是李婉丽！"杨云枫的心几乎快要蹦出胸膛。

"你们知道她是谁吗？怎么能把她捆起来？快给她松绑！"杨云枫几近疯狂地对院长吼道。

"杨厅长，不捆不行啊，这女人不仅砸东西，还打人！"院长解释说。

女人的双手被解开后，她蹒跚着站了起来，傻傻地盯着杨云枫。杨云枫也死死地盯着她，心怦怦跳个不停。

"是李婉丽！"杨云枫眼中闪着热泪，激动地说。

恍惚间杨云枫好像又看到了那个在篮球场边亭亭玉立的女孩，她穿着浅蓝衫黑裙子，剪着齐齐整整的刘海，瓜子脸上嵌着一双雪亮的大眼睛，"杨云枫加油！杨云枫加油！"她的声音如同夜莺般在耳边萦绕……

"婉丽，你好好看看我是谁，我是云枫啊，我找你找得好苦啊！"杨云枫完全忘记了自己的身份，嘶吼着的同时热泪夺眶而出。

疯女人看着哭泣的杨云枫，先是嘻嘻地笑，然后就用手去抓杨云枫的脸，被旁边的两位工作人员及时拉住。

"我是谁？我是谁？"被工作人员控制双手后，女人挣扎着尖叫不止。

"你是李婉丽，你是中共地下党员李婉丽！直到现在，也只有粟司令和我几个人知道你的真实身份。"杨云枫几乎是喊着说完这句话的。

"我是谁？我是谁？"女人的喊声越来越大。

"李婉丽同志，不，不，'无名氏'同志，我是'五号首长'，我现在正式通知你，你出色地完成了任务，现在可以归队了！"杨云枫毕恭毕敬地站在女人面前，一连说了三遍。

"我是谁？我是谁？"女人仍然反复不停地喊叫着。

"杨厅长，自从冯梅生来到这里，从她嘴里我们听到的就只有这句话！"院长解释说。

杨云枫知道，李婉丽恐怕再也无法知道自己真的是谁了。

杨云枫把帽子戴好，接着整理一下服装，然后站在被两人架着的女人面前，立正之后行了一个标准的军礼，神情庄重地说道："'无名氏'同志，我现在正式向你报告，刘峙、杜聿明等率领的八十万部队大部分已经被我们歼灭，蒋介石反动派已经跑到台湾去了。现在，我们已经建立了新中国，我们都成了国家的主人，你再也不用过那种非人非鬼、黑白颠倒的生活了……"

疯女人仍然只是嘻嘻地笑。

会议室内的所有人，个个泪流满面。

杨云枫随后查阅了相关的档案材料并与有关部门进行了联系核实，最后确认疯女人"冯梅生"就是李婉丽。

把李婉丽带上革命道路的，不是别人，是她的父亲。每次回家，李堂主和自己掌上明珠般的女儿都会进行一番润物无声的谈话。进入昕昕中学后，李婉丽已经隐约知道父亲悄悄所做的事情，聪明伶俐的她从来不会点破。在父亲的熏陶和影响下，怀抱一腔爱国热情的李婉丽逐渐成熟。后来她去南京工作，也是组织上征求他父亲的意见后特意安排的，并指定专门的联络员对她进行培养并把她发展为一名特殊的共产党员。

在徐州，李婉丽多次出色完成组织交给的任务，直至最后截获刘峙办公室的绝密档案。随后，李婉丽向组织上提出转往蚌埠继续潜伏，"五号首长"杨云枫为她的安全考虑，起初没有同意。她却据理力争，说凭着与刘峙的特殊关系，不会有任何问题，杨云枫经向上级请示后，同意了她的请求。事发后，被摧残成"疯子"的李婉丽被从蚌埠秘密转运至扬州，关押在一家精神病医院中。此时的李婉丽，名字被换成了"冯梅生"，审讯登记表上只有一行字："海州亲共疑犯，女，二十八岁，态度顽固，拒不交代。羁押续审。"扬州解放后，该精神病院"通共"的病人被解放军收容站接收，后转往无锡。无锡苏北荣军疗养院对"冯梅生"的病状登记为："神经错乱，喜怒无常，经常大声嚎哭不止，换季时痛苦尤甚，彻夜呼叫，难眠。"

李婉丽的真实身份是"无名氏"，佟处长并不是"无名氏"。佟处长和全家人被杨云枫、马树奎从监狱营救出来后，更加坚定了脱离国民党反动政府的决心，还与夫人一起诚心诚意地表示愿为解放徐州做事。于是，杨云枫就让他扮演了"无名氏"这个角色，以便掩护继续潜伏的真正的"无名氏"——李婉丽。

李婉丽在蚌埠被捕的消息传来，组织上便迅速开展营救工作。根据"孤雁"的建议，杨云枫设计了一个对李婉丽来说相对安全的营救计划——让李婉丽的父亲给抗战时期的故交李宗仁写了一封信，信件由化装成李堂主店铺伙计的燕刚带到了南京。李宗仁后来把信件转给了刘为章，让他具体操办。可惜由于毛人凤和顾祝同的先后介入，李婉丽最终未能获释。

淮海战役结束后，组织上加大了寻找李婉丽的力度。因为她的特殊身份，外加她有可能仍在国民党特务手里，甚至可能去了台湾，组织上不便于正式下文和发动人员公开查询李婉丽的下落，只能指示杨云枫利用同学、朋友等私人关系秘密打探。

如今终于找到了李婉丽，可物是人非，她已经不是原先那个聪明伶俐的李婉丽了。

杨云枫站在疗养院门口，回首望着二楼李婉丽的病房，泪如雨下……

芳菲妩媚，智勇双全，为淮海战役的胜利做出重大贡献的"谍战传奇"李婉丽，于1979年5月，在草长莺飞的太湖之畔走完了光辉而历经磨砺的一生，离开了人间。

李婉丽临终前的那几天，杨云枫始终守在其左右，未离半步。

1949年后，台湾政界和军界一直关注着身在大陆的刘为章和郭如桂的情况。在台湾，有的说刘为章是"隐藏最深的最大的匪谍"，有的说郭如桂是"一谍卧底弄乾坤，两军胜败已先分"。还有的说，两人是"联手双谍"，在为国防部和蒋介石"运筹帷幄"之中，让中共决胜千里之外……

究竟两人谁是"孤雁"？或者两人皆为"孤雁"？答案直到1981年方才揭晓。

1981年，已至暮年的杜聿明患病住院，郭如桂前去探望。

杜聿明拉着郭如桂的手问："如桂，我的时间不多了，过去我问了你和别人很多次，你和他们都避而不答。我最后再问一次，你当时是不是共产党？"

郭如桂想了一会儿，对杜聿明说："过去不能说，这次来看你之前我请示了组织，现在可以说了。是的！"

听完短短的两个字"是的！"杜聿明双眼死死盯着郭如桂很长时间，一句话也说不出来。

"你是从哪里得知的？"郭如桂笑着问杜聿明。

"山东方面。"杜聿明回答。

"谁？"郭如桂好奇地问。

杜聿明笑而不答。

"那你为什么不告发我？"郭如桂追问。

杜聿明长叹一声:"告了,可是老头子不信,我拿不出真凭实据啊!"

两人临别时,郭如桂望着杜聿明深情地说道:"光亭啊,我们是属于政见不同。"

"如桂,你后悔过吗?"杜聿明问。

"假如历史再重演一遍,我仍然会那样选择。"郭如桂坦然回答。

埋藏心中几十年的谜底终于揭开,杜聿明明白了一切。

至此,郭如桂中共地下党员的身份彻底解密。

郭如桂实为共产党安插在国民党内部的谍报人员的消息传开后,台湾方面舆论哗然,一时间把满腔怨恨统统发泄到郭如桂头上,似乎没有他"投共",国民党就不会输掉淮海战役,最后也不会逃到台湾。对于这些指责甚至谩骂,郭如桂坦然一笑后回答:"战争的胜败,决定于人心的向背。我早年就参加共产党,从来没有跟国民党干过反共的事,说不上什么背叛。更何况,背叛那个反共反人民的国民党也是好事。如果站在清王朝的立场,说孙中山先生为叛徒,视郑孝胥、张勋这些保皇派为忠臣,岂不可笑?不为国家民族利益着想而徒谈忠义,只会助长专制独裁,阻止社会进步。这是一种糊涂之论……"

1997年10月,中央军委在为郭如桂举行的追悼会上,赞颂他的一生是"惊险曲折、丰富深刻的一生""为抗日战争的胜利和人民的解放事业做出了重大贡献"。

淮海战役胜利六十周年前夕,终身孑然一人的杨云枫由侄子陪同从南京来到徐州,与蔡云邈、李志平、邵晓平、小钱、邹铎会面后,相约来到南郊凤凰山东麓的淮海战役烈士纪念塔凭吊战友。听说杨云枫来了,已经不在人世的马树奎、侯师傅侯五嫂及燕刚的家人这一天也都来到纪念塔。风风雨雨六十年,杨云枫原来昕昕中学的同学多已离世,其中包括六十年代因病死在战犯改造所里的刘占理。淮海战役烈士纪念塔管理局的同志想得十分周全,派车把健在的五六位同学也都接来了。

昔日风华正茂的翩翩少年,如今个个成了耄耋老者。

杨云枫的表弟、徐州城出生的孔汉文没有来。随国民党部队前往台湾并继续潜伏的他,1950年因中共台湾省工委书记蔡孝乾叛变而遭秘密逮捕,后被枪杀于台北。

深秋的凤凰山绿树成荫,枝繁叶茂,高耸的纪念塔巍然伫立,烁烁发光。纪念塔前,杨云枫与战友站成一排,后面站着他们的同学和朋友。大家在杨云枫的带领下一起敬礼和鞠躬,许久不愿离去。山风轻拂,带着声声呜咽,似在低语共鸣那段峥嵘岁月。松柏挺直,决绝而沉默,如同记忆中一个个战友坚毅前行的身影,杨云枫再也控制不住自己,老泪纵横……

在淮海战役烈士纪念塔管理局接待室内,杨云枫接受了记者的集体采访。回答完几个问题后,一名青年记者提出了最后一个问题。

"这场战役是内战,其意义是否与抵御外敌侵略的战役一样重要?"

这是个非常难于回答的问题。

所有的人都紧盯着杨云枫。杨云枫坦然一笑,开始说话。

"看来你这个年轻人爱动脑子,问题提得好!从淮海战役结束至今,整整六十年了,作为这场决战的亲历者,我一直在思考这个问题。"杨云枫微笑着对提问题的青年记者说。

"我们都读过历史,都知道我们这个民族数千年来内战频繁,苦难深重。我们憎恨内战,不想打内战,但如果通过不可避免的内战走向不再内战,走向国泰民安,那就张开双臂迎接这种必然吧!伟大的淮海战役就是这种必然。在这个必然的过程中,我们这个民族经历了自我认识,经历了自我重生,尽管这种认识和重生以损失无数鲜活生命为代价,令人非常痛惜,但放在浩浩荡荡的历史长河中去考量,是值得的,甚至可以说是必须的……"

听罢杨云枫的话,所有在场的人都频频点头。

随后,杨云枫一行应地方政府的邀请乘车前往庞庄煤矿一带参观考察。来到徐州城北,过去又脏又臭的环境不见了,取而代之的是一片热火朝天的工地。工作人员告诉他们,这里原来流传着一句顺口溜,"城北日均二两土,白天不够晚上补"。现在不一样了,这里的采煤塌陷地正被开发成与附近九里山交相辉映的九里湖生态湿地公园,等来年这个时候,定是一片"湖光山色"的美丽景象。

杨云枫在徐州的最后一站,是和同学们一起去重游母校昕昕中学。昕昕中学对这几位杰出校友的学习经历了如指掌,特意在球场上举行了一场篮球比赛欢迎他们。杨云枫一行刚来到球场边,场上的队员和场外的观众哗啦一下都围了过来。

"现在,请我们的几位老校友给大家讲话!"校长说完,带头鼓起掌来。

蔡云邈、李志平都示意先让杨云枫讲话。

"好,那就先请老校友杨云枫同志讲话!"校长大声宣布。

球场上掌声雷动。

顿时,孩童们几十双大眼睛满含渴望地注视着杨云枫,恍惚间,杨云枫感觉眼前的他们就是从前的自己,还有蔡云邈、孔汉文、刘占理,当然还有那个大眼睛的李婉丽……他许久才缓过劲来。只见杨云枫整理了一下花白的头发,向前迈了半步,饱含深情地环视着这片熟悉又陌生的校园。

"学弟学妹们,我这个老学长脑瓜现在不灵光了,应该从哪开始讲呢?我想了想,就从六十年前在脚下这片篮球场上举行的一场比赛开始吧……"